KAT MARTIN
Wie Samt auf meiner Haut

Buch

Die bezaubernde, anmutige Velvet Morgan entschließt sich schweren Herzens, mit ihrer Heirat den drohenden finanziellen Ruin von ihrer Familie abzuwenden. Auf der Reise zu ihrem ungeliebten künftigen Ehemann, dem unermeßlich reichen, aber skrupellosen Duke of Carlyle, lauert jedoch ein Entführer. Jason Sinclair, zu Unrecht als Mörder verurteilt, entflohen aus der Gefangenschaft, setzt alles daran, seine Unschuld zu beweisen und seine Güter wiederzuerlangen. Dazu braucht er die schöne – und unverheiratete! – Velvet. Starrköpfig und gewitzt, wehrt sie sich anfangs, bis aus stürmischer Abneigung verzehrende Leidenschaft wird. Doch wird ihre verbotene, hingebungsvolle Liebe Jasons Herz gewinnen können?

Autorin

Kat Martin entdeckte nach ihrem Studium der Geschichte und der Anthropologie mit ihrem Mann Larry, ebenfalls Schriftsteller, eine neue Leidenschaft: die grüne Weite Montanas. Dort, auf ihrer kleinen Ranch, möchte sie irgendwann einmal Pferde züchten. Doch noch läßt ihr dazu ihre riesige Fangemeinde keine Zeit. Momentan ist sie ausschließlich mit Schreiben beschäftigt. Die Gesamtauflage ihrer Bücher liegt bei weit über drei Millionen Exemplaren.

Von Kat Martin ist bereits erschienen

Der Pirat und die Wildkatze (42210)
Duell der Herzen (42623)
Dunkler Engel (42976)
Geliebter Teufel (43794)
Heißer Atem (42224)
Heißer als die Sonne (42781)
Hungrige Herzen (42409)
In den Fängen der Leidenschaft (42699)
Süße Rache (42826)
Teuflischer Verführer (43546)
Wilde Rose (43215)

KAT MARTIN

Wie Samt
auf meiner Haut

Roman

Aus dem Amerikanischen
von Ingrid Rothmann

BLANVALET

Die Originalausgabe erschien 1997 unter dem Titel
»Nothing But Velvet«
bei G. P. Putnam's Sons, New York

Umwelthinweis:
Alle bedruckten Materialien dieses Taschenbuches
sind chlorfrei und umweltschonend.
Das Papier enthält Recycling-Anteile.

Blanvalet Taschenbücher
erscheinen im Goldmann Verlag,
einem Unternehmen der Verlagsgruppe Bertelsmann.

Deutsche Erstveröffentlichung Januar 1999
Copyright © der Originalausgabe 1997
by Kat Martin
Copyright © der deutschsprachigen Ausgabe 1999
by Wilhelm Goldmann Verlag, München,
in der Verlagsgruppe Bertelsmann GmbH
Umschlaggestaltung: Design Team München
Umschlagillustration: Schlück/Gadino
Satz: deutsch-türkischer fotosatz, Berlin
Druck: Elsnerdruck, Berlin
Verlagsnummer: 35063
Lektorat: Maria Dürig
Redaktion: Petra Zimmermann
Herstellung: Katharina Storz/HN
Made in Germany
ISBN 3-442-35063-8

1 3 5 7 9 10 8 6 4 2

I

ENGLAND, 1752

»Ich verbiete es! Hörst du?« Das Gesicht des Duke of Carlyle verfärbte sich unter seiner schneeweißen Haarmähne zu fleckigem Rot. »Du bist ein Sinclair«, fuhr der alte Herzog erregt fort und hielt den Blick seines gutaussehenden, eigenwilligen Sohnes unbeirrt fest. »Du bist ein Earl, Mitglied des Oberhauses, Erbe des Duke of Carlyle. Dein schmutziges Verhältnis mit dieser Dirne kann ich nicht dulden!«

Jason, der in aufrechter Haltung reglos verharrte, hielt seinen Jähzorn nur mit Mühe im Zaum. Allein das Muskelspiel seiner breiten Schultern verriet seinen inneren Aufruhr, als er seinem Vater in dessen nußholzgetäfeltem Arbeitszimmer auf Carlyle Hall, dem prächtigen Landsitz des Herzogs, gegenüberstand.

»Um Himmels willen, Vater, die Dame ist die Countess of Brookhurst – und nicht irgendeine liederliche Kneipendirne!« Er war einundzwanzig, groß und stattlich, ein erwachsener Mann, und doch behandelte ihn sein Vater wie ein unmündiges Kind ohne Verstand.

»Sie ist darüber hinaus acht Jahre älter als du, eine Witwe, die ungezählte Liebhaber hatte. Mir ist klar, daß sie sich mit nichts weniger als dem Titel und dem Vermögen der Carlyles zufriedengeben wird.«

Jason ballte die Hände zu Fäusten. »Ich lasse nicht zu, daß du so von Celia sprichst. Ob es dir genehm ist oder nicht, ich

treffe meine Wahl allein.« Auch als sein Vater mit der Faust
auf den Schreibtisch aus Rosenholz hieb, zeigte er sich unbe-
eindruckt und verließ mit energischen Schritten, die klackend
auf dem schwarzen Marmorboden widerhallten, den Raum.
Zu der Wut, die in ihm tobte, gesellten sich das Gefühl der
Demütigung und der feste Entschluß, seinem Vater mit allen
Mitteln Widerstand zu leisten.

Vor dem Portal stand sein schlanker Brauner bereit, tän-
zelnd und ungeduldig mit den Hufen scharrend. Jason bedankte sich mit einem Kopfnicken beim Stallburschen und
schwang sich in den Sattel. Hinter dem Fenster des Arbeitszimmers seines Vaters flackerte unruhig die Öllampe, als der
große Mann hinaus in die Halle trat und die Tür zuschlug. Das
Geräusch hallte im gesamten massiven Herrenhaus wider.

In Jason regte sich ein ungutes Gefühl. Sein Vater würde
ihm doch hoffentlich nicht zum Wirtshaus, seinem Treffpunkt mit Celia, folgen. Nein, sicher nicht. So weit würde
nicht einmal ein Mann mit dem starren Eigensinn und der
Anmaßung des Duke of Carlyle gehen.

Jason betrachtete noch einmal die Fassade, sein Vater war
aber nirgends zu sehen. Aufatmend ergriff er die Zügel und
wandte dem Gebäude den Rücken, erleichtert, daß er der
Konfrontation fürs erste entronnen war. Er spornte sein
Pferd zu einem Trab an, und die gleichmäßige, rhythmische
Bewegung tat ein übriges, um ihn zu beruhigen. Heller
Mondschein fiel schräg zwischen den Baumkronen ein, eine
leichte Brise zauste sein dunkelbraunes Haar und kühlte die
letzten Reste des Zorns, der noch immer in ihm brannte.

Während er die Meilen zurücklegte, wanderten seine Gedanken von seinem Vater und dessen verbitterten Anschuldigungen zu der Frau, deren warmer, williger Körper ihn erwartete. Celia Rollins, Lady Brookhurst. Groß, schlank und

schön, vom elegant frisierten schwarzhaarigen Kopf über formvollendete Brüste und einer schlanken Taille bis zu den zierlichen Füßen mit dem hohen weiblichen Rist.

Seit einem halben Jahr trafen sie einander regelmäßig, sehr oft im Peregrine's Roost, einem kleinen, einladenden Wirtshaus auf halbem Weg zwischen Carlyle Hall und Brookhurst Park, dem Landsitz der Countess. Auch heute hatten sie ein Stelldichein vereinbart, und Jasons Männlichkeit wurde hart in seinen eleganten schwarzen Breeches, wenn er an die Wonnen dachte, die ihn im Bett mit der Countess erwarteten.

Als nach einer knappen Stunde der vertraute efeuüberwucherte Torbogen vor ihm auftauchte und das Hufgeklapper seines Pferdes hell auf dem Pflaster des ummauerten Hofes erklang, geriet sein Blut noch mehr in Wallung. Er saß ab und tätschelte den glatten Pferdehals, ehe er die Zügel dem bereitstehenden Stallknecht zuwarf.

Mit ausgreifenden, seine Ungeduld verratenden Schritten lief Jason zur Rückseite des Hauses und zu einer Treppe, die zu einem auch von außen zugänglichen Raum führte, der seiner Lage wegen oft von zahlungskräftigen Gästen in Anspruch genommen wurde. Als Jason den Fuß auf die erste Stufe setzte, ließ eine Bewegung an der Ecke ihn unvermittelt innehalten.

»Eine Münze, Sir? Schenkt einem Blinden eine Münze, und Gottes Segen ist Euch sicher.« Es war ein ausgemergelter alter Mann, der da auf dem Boden kauerte, von Kopf bis Fuß in Lumpen gehüllt, einen alten Blechnapf in einer Hand. Trotz der Dunkelheit konnte Jason die Schwären auf seiner fahlen Haut sehen. Er warf eine Münze in den Napf und eilte weiter, zur Hinterfront des Gasthofes, um sodann, zwei Stufen auf einmal nehmend, die Treppe hinter sich zu bringen. Ein einziges kurzes Pochen, und Celia ließ ihn ein.

»Mylord«, flüsterte sie und schmiegte sich lächelnd in seine Arme. Von üppiger Schlankheit, erschien sie im Schein des kleinen Feuers, das im Kamin glomm, als der Inbegriff aller Schönheit. »Jason, Liebster, ich bin ja so froh, daß du gekommen bist.«

Sie drückte ihre Lippen auf seinen Mund und küßte ihn so wild und hemmungslos, daß er sich kaum beherrschen konnte. Jason erwiderte den Kuß mit demselben heißen Begehren, das er in ihr spürte, und zog die Nadeln aus ihrem seidigen, taillenlangen Haar, das im Lampenlicht blau schimmerte, als es ihr lose über den Rücken hing wie ein mitternachtsdunkler Vorhang. Im Gegensatz dazu war sein nicht ganz schulterlanges, im Nacken zusammengefaßtes Haar von dunkelstem, leicht rötlichem Braun.

»Celia ... mein Gott, mir kommt es vor, es wäre ein ganzes Jahr und nicht nur eine Woche vergangen.« Er drückte einen Kuß auf eine Stelle knapp unter ihrem Ohr, ließ Küsse auf ihre nackten Schultern regnen, während er sich hastig an den Knöpfen ihres Kleides zu schaffen machte, dessen schwere saphirblaue Seide im Ton fast dem Blau ihrer Augen entsprach.

Momentan zauderte Celia. »Ich ... ich hatte schon Angst ... ich weiß, wie dein Vater denkt ... ich befürchtete, du würdest nicht kommen.«

»Die Meinung meines Vaters spielt keine Rolle. Nicht in dieser Sache.« Wie um seinen Worten Nachdruck zu verleihen, küßte er sie wieder auf den Mund, um sodann eine ganze Reihe von Küssen folgen zu lassen, von der Wölbung ihrer Kehle bis zu ihrem Busen, als ein energisches Pochen an der Tür ihn innehalten ließ.

So weit kann er nicht gehen, schoß es Jason durch den Kopf, der unwillkürlich das zornrote, fleckige Gesicht seines

Vaters vor sich sah. Und als er öffnete, stand wie befürchtet der Herzog vor ihm.

»Ich bin gekommen, um ein Wörtchen mit dir zu reden. Mit euch beiden.« Blaue Augen stießen auf ebenso blaue, und der Blick seines Vaters verdunkelte sich mit einer Andeutung stählerner Härte. Der alte Herzog registrierte ungerührt den Zustand der Countess, das offene Haar, das zerdrückte Kleid. »Ich gehe nicht eher, bis alles gesagt wurde.«

Jason biß die Zähne zusammen. In ihm kämpfte Wut mit dem Gefühl der Demütigung, nicht nur seiner eigenen, sondern auch der von Celia. »Sag, was du sagen möchtest, und laß uns dann allein.« Er wich zurück, als der alte Herr eintrat und die Tür schloß. Während Jason schützend einen Arm um Celias Taille legte, verwünschte er insgeheim seinen Vater und dankte Gott, daß sie beide wenigstens noch voll bekleidet waren.

Der Duke of Carlyle fixierte sie mit einem eisigen Blick und öffnete den Mund, um etwas zu sagen. Eine Bewegung an der Tür auf der anderen Seite des Raumes ließ ihn innehalten. Ein Schuß ertönte mit ohrenbetäubendem Knall und machte allem, was er sagen wollte, ein Ende. Er war mitten in die Brust getroffen worden.

Die Countess unterdrückte einen Aufschrei, und Jason sah starr vor Entsetzen den Blutschwall, der die silberfarbene Weste seines Vaters rot färbte. Der alte Mann faßte stöhnend nach dem rasch größer werdenden Fleck, als könne er sein Blut mit den Händen eindämmen, ehe er ohnmächtig umsank, während seine Knie unter ihm nachgaben.

»Vater!« rief Jason bestürzt und drehte sich blitzschnell zu dem Angreifer um – nur um fassungslos das vertraute Gesicht seines Halbbruders Avery vor sich zu sehen, der über die Außentreppe heraufgeschlichen war und durch ein offenes Fenster gefeuert hatte. Im nächsten Moment glaubte Jason, sein Kopf würde zerspringen. Etwas Hartes war darauf zerborsten. Der Raum begann sich um ihn zu drehen, seine Beine versagten ihm den Dienst. Helle und dunkle Flecken nahmen ihm die Sicht und tanzten vor seinen Augen.

»Vater ...«, hauchte er, gegen die schwarzen wirbelnden Kreise ankämpfend, die sich vor ihm drehten. Aufseufzend sank er um und rutschte wie eine Stoffpuppe neben den leblosen Körper des Herzogs.

Die Countess tat vorsichtig einen Schritt über die Scherben des Kruges, mit dem sie Jason niedergestreckt hatte, öffnete die Tür neben dem Fenster und ließ den modisch gekleideten jüngeren Sohn des Herzogs ein.

»Sehr gut, meine Liebe.« Avery Sinclair glättete eine dicke Seitenlocke seiner eleganten silbrigen Perücke. »Du warst immer schon rasch von Begriff.« Ohne auf das aufgeregte Pochen an der Innentür zu achten, kniete er nieder und drückte die noch rauchende Pistole in Jasons schlaffe Hand.

Die Countess lächelte dünn. »Man sollte stets auf eine günstige Gelegenheit vorbereitet sein.«

Avery nickte beifällig. »Ich hatte gehofft, du wärest klug genug, um zu wissen, daß unser Vater es nie zugelassen hätte, daß du Jason heiratest.«

»Im Gegensatz zu Jason wußte ich es.«

»Nun, jetzt ist dein Problem gelöst.« Er betrachtete die leblosen Körper auf dem Boden mit hämischer Genugtuung. »Ich hatte keine Ahnung, daß der Alte es mir so leicht machen würde.«

»Los, öffnen Sie!« Die heisere Stimme des Wirtes drang vom Korridor herein. Schwere Fäuste trommelten gegen die dicke Eichenholztür.

»Das übernehme ich«, sagte Avery.

Celia zog eine schmale, schwarze Braue hoch. »Nein, ich.«

»Und vergiß nicht, daß ein Skandal ein geringer Preis für deinen Anteil an einem stattlichen Vermögen ist.«

Ihr hübscher Mund verzog sich. »Keine Angst, ich werde es nicht vergessen ... Durchlaucht.«

2

ENGLAND, 1760

Eine Herzogin! Sie würde Herzogin werden! Ihr aus purer Verzweiflung ersonnener Plan war nun doch von Erfolg gekrönt.

Velvet Moran stand an den hohen Sprossenfenstern der Eingangshalle und blickte der prunkvollen Karosse des Duke of Carlyle nach, die sich eben in Bewegung gesetzt hatte. Sie wartete, bis das Gefährt auf der von Pappeln gesäumten Auffahrt verschwunden war. In Gedanken noch bei der Begegnung mit dem eleganten blonden Mann, ihrem künftigen Gatten, hätte sie beinahe die Schritte ihres Großvaters auf dem schwarz-weißen Marmorboden überhört. Der alte Mann trat zu ihr ans Fenster.

»Na, mein Mädchen, du hast es wohl geschafft?« Heute hatte der Earl of Haversham einen guten Tag. Keine Gedächtnislücken, kein Vergessen, wo er war oder was er gesagt hatte. Da diese Tage zunehmend seltener wurden, wußte Velvet sie um so mehr zu schätzen. »Du hast Windmere gerettet und uns beide vor dem Ruin bewahrt – dein Plan hat funktioniert.«

Velvet lächelte trotz eines unguten Gefühls, das ihr zu schaffen machte. »Noch zwei Wochen, und ich werde verheiratet sein. Dabei habe ich allerdings nach wie vor ein schlechtes Gewissen, weil ich ihn hintergehe. Ich wünschte, es würde einen anderen Weg geben, aber wir können auf keinen Fall riskieren, ihm die Wahrheit zu sagen.«

Der Alte lachte beruhigend. Seine spärlichen Haare waren schneeweiß, er war hager und dürr, und seine Haut so dünn, daß auf den Händen und im Gesicht blaue Adern durchschimmerten. »Er wird sehr ungehalten sein, wenn er entdeckt, wie groß die Schulden sind, die er als dein Gatte übernehmen muß, aber deine Mitgift kann sich sehen lassen. Das wird ihn wieder besänftigen. Und dazu bekommt er dich. Kein Mann könnte sich eine bessere Frau wünschen.«

»Großvater, ich werde ihn glücklich machen. Er wird es nicht bereuen, mich geheiratet zu haben – das schwöre ich bei meiner Ehre.«

Der alte Mann umfaßte ihr Gesicht mit seinen runzligen Händen und starrte in ihr hübsches Antlitz. Mit ihrem zierlichen Näschen und den ein wenig schräggeschnittenen goldbraunen Augen war Velvet das Ebenbild ihrer längst verstorbenen Mutter. Zierlich und wohlgeformt, hatte sie einen vollen Busen und eine schmale Taille. Ihr Haar war lang und natürlich gelockt, von schimmerndem, mit rötlichen Glanzlichtern versehenem Mahagonirot, wenn es ungepudert war.

Ihr Großvater seufzte. »Ich weiß, daß es nicht anders geht, aber ich hatte mir für dich eine Verbindung aus Liebe erhofft und keine Vernunftehe. Ich wünschte mir das, was deine Großmutter und ich hatten, auch für dich. Aber das Leben ist nicht so einfach, und man muß tun, was man tun muß.«

Momentan empfand sie Wehmut. Auch sie hatte ersehnt, mit einem Mann vor den Traualtar zu treten, den sie liebte, obwohl sie insgeheim nie wirklich geglaubt hatte, das Glück würde ihr so hold sein. »Der Herzog und ich werden gut miteinander auskommen. Er verfügt über ein großes Vermögen und nimmt eine hohe Stellung ein. Ich werde Herzogin sein und ein Leben in Pracht und Luxus führen. Was kann sich eine Frau mehr wünschen?«

Der Earl lächelte versonnen. »Nur Liebe, mein Mädchen, nur Liebe. Vielleicht wirst du sie mit der Zeit beim Herzog finden.«

Sie zwang sich zu einem Lächeln. »Ja, Großvater. Das werde ich gewiß.« Aber wenn sie an den arroganten Avery Sinclair dachte, an sein aufgeblasenes und steifleinenes Gehaben, dann erfaßten sie große Zweifel. »Hier drinnen zieht es«, sagte sie und nahm den Arm des alten Mannes. »Setzen wir uns doch an den Kamin.«

Er nickte, und sie führte ihn in den rückwärtigen Teil des Hauses, vorüber am offiziellen Salon mit dem üppigen roten Muster an den Wänden, der mit seinen Deckenmalereien und den massiven, geschnitzten Möbeln sehr förmlich wirkte. Es folgte ein kleinerer Salon, mit Draperien aus Seidenmoiré und mit einem Kamin aus grünem Marmor nicht weniger prächtig ausgestattet.

Kaum aber waren sie um die Ecke des Korridors gebogen, war es mit der Pracht und Herrlichkeit aus. Hier gab es keine vergoldeten Wandleuchten und Gemälde in Goldrahmen, da diese längst veräußert worden waren. Für den Erlös aus dem Verkauf der schönen Orientteppiche, die einst den Boden wärmten, hatten sie sich mit Kohle für den Winter eindecken können. Als Schutz gegen die bittere Kälte lagen nun fleckige, abgetretene Teppiche anstelle der kostbaren Stücke.

Einem gelegentlichen Besucher mochte der zweistöckige Bau mit der warmen Backsteinfassade so großartig erscheinen wie eh und je, zumal Windmere inmitten eines herrlichen parkähnlichen Geländes über dem Fluß aufragte. Zu Lebzeiten ihres Vaters hatte der Landsitz der Havershams mit seinen auffälligen viereckigen Türmen, dem Giebeldach mit den aufragenden Kaminen und nicht zuletzt wegen seiner ausgedehnten Wiesenflächen als Sehenswürdigkeit gegolten.

Die letzten drei Jahre hatten alles verändert. Die von ihrem Vater vor seinem Tod angehäuften Schulden hatten Velvet und den Earl wie ein Schock getroffen. Trotz seines schwankenden Geisteszustands hatte ihr Großvater klar erkannt, daß es ein großer Fehler gewesen war, die Verwaltung seines Besitzes seinem Sohn zu übertragen. Da es seinerzeit jedoch um die Gesundheit des alten Earl schon schlecht bestellt war und er niemanden hatte, dem er vertrauen konnte, hatte es sich nicht vermeiden lassen.

Jetzt war George Moran tot wie seine Frau, die schon vor mehr als zehn Jahren gestorben war. Er war bei einem Wagenunfall auf dem Kontinent ums Leben gekommen, auf Reisen mit seiner Geliebten, einer Schauspielerin namens Sophie Lane.

Velvet war es, die zu ihrem Entsetzen entdeckt hatte, wie schlecht es um ihre Finanzen stand – und wieviel Schulden ihr Vater hinterlassen hatte. Nur ihre Mitgift war ihr geblieben, der einzige Beweis von Uneigennützigkeit ihres Vaters aus der Zeit, als er die Güter verwaltete. Da das Vermögen des Earls sehr groß gewesen war, würde auch die Mitgift sehr ansehnlich ausfallen. Tatsächlich galt sie als eine der höchsten in England, mit Sicherheit ausreichend, um ihr über viele Jahre hinweg ein sorgloses Leben zu sichern.

Der einzige Haken daran war, daß Velvet heiraten mußte, um an das treuhänderisch verwaltete Geld heranzukommen. Ihrem Ehemann würde ein kleines Vermögen zufallen.

Er würde aber auch die Riesenschulden der Havershams übernehmen müssen.

Ihr Großvater hielt auf dem Korridor inne. »Wohin gehen wir?«

»Ins Eichenzimmer. Snead wird sicher schon Feuer gemacht haben.« Snead gehörte zu dem halben Dutzend Getreuer, die man sich auf Windmere als Personal noch leisten konnte. »Drinnen wird es warm und behaglich sein.«

»Aber der Herzog ... ich dachte, er wollte uns einen Besuch machen?«

Velvets Herz sank. Der helle Tag war vorüber. »Er war schon da, Großvater.«

»Und was ist mit der Hochzeit?«

»Wir fahren Ende der Woche nach Carlyle Hall. Seine Durchlaucht besteht darauf, daß wir einige Tage früher kommen, damit mir vor der Hochzeit noch Zeit für Vorbereitungen bleibt.« Das alles hatte sie schon gesagt, doch er hatte es vergessen. Aber was machte es schon aus, wenn sie es noch einmal erzählte?

»Du wirst eine schöne Braut sein«, sagte er mit sentimentalem Lächeln.

Und Avery wird ein sehr verblüffter, wenn nicht sogar tobender Ehemann sein, dachte Velvet. Aber darüber wollte sie sich erst den Kopf zerbrechen, wenn der Augenblick gekommen war. Bis dahin galt es, den für eine gute Partie notwendigen äußeren Schein zu wahren. Sie würde der Kälte trotzen, die im ganzen Haus herrschte, dem Geruch muffiger, verschlossener Räume, dem Gestank billiger Talgkerzen.

Gottlob dauerte es nicht mehr lange. Sie brauchte nur noch zwei Wochen so zu tun als ob.

Jason Sinclair lief vor dem Marmorkamin mit dem fast heruntergebrannten Feuer auf und ab, so erregt, daß die weißen Spitzenmanschetten seiner langen Hemdsärmel bei jeder

Armbewegung seine Finger streiften. Er war immer schon groß gewesen, breitschultrig und schmalhüftig, aber erst die Schwerarbeit der letzten acht Jahre hatte den schlaksigen Jüngling zu einem muskulösen, stahlharten Mann werden lassen.

Er wandte sich seinem Gesprächspartner zu. »Bei Gott, Lucien, wir haben den Schuft fast in die Knie gezwungen. Jetzt dürfen wir ihm nicht womöglich noch den Sieg überlassen.«

Lucien Montaine, Marquis of Litchfield, lehnte sich in seinem Gobelin-Sessel zurück. »Mir ist klar, daß diese Nachricht nicht das ist, was du gern hören möchtest, mein Freund, aber wenn du zu lange über der Sache brütest, wird es dich auch nicht weiterbringen. Es mag vielleicht noch einige Zeit dauern, aber früher oder später werden wir einen anderen Weg finden, um deinen Bruder zu treffen. Ein Leopard wird seine Flecken nicht los, und ein Schakal wie Avery läßt nicht von seinen Lastern ab.«

Jason trat auf seinen Freund zu, den einzigen Menschen, der in der Hölle der letzten acht Jahre zu ihm gehalten hatte. »Lucien, ich habe lange genug gewartet. Mein Bruder hält zwar den Anschein großen Reichtums aufrecht, aber wir beide wissen, daß er so gut wie mittellos ist. Jetzt ist der Zeitpunkt gekommen, um zuzuschlagen.«

»Ich muß dir rechtgeben. Sein Geldmangel ist auch der Grund, warum er unbedingt zur Heirat entschlossen ist.«

»Ich will nur zurückbekommen, was rechtmäßig mir gehört, Lucien. Und Carlyle Hall ist der erste Schritt. Ich möchte, daß meinem Vater Gerechtigkeit widerfährt und werde alles tun, damit mein Bruder für seine Tat büßt.«

»Bis zur Hochzeit bleibt dir nur eine Frist von zwei Wochen. Das Mädchen gehört zu den reichsten Erbinnen Englands. Sobald Avery ihre Mitgift kassiert, wird er seine Schulden bezahlen können – auch das Pfandrecht auf Carlyle, das du erworben hast. Du wirst deine Rechte nicht geltend machen können. Wenn du keine Möglichkeit findest, die Heirat zu verhindern ...«

»Mein lieber Litchfield, das ist es genau, was ich zu tun gedenke.«

Jasons Freund zog seine dichten schwarzen Brauen hoch, die sich über pechschwarzen Augen wölbten. Annähernd so groß wie Jason, war er von schlankerem Wuchs und hatte härtere Züge und ebenholzschwarzes Haar. »Und wie willst du das erreichen, wenn ich fragen darf?« Auf benachbarten Landsitzen aufgewachsen, waren sie von Jugend an befreundet. Der Marquis war der einzige Mensch, dem Jason sein Leben anvertraut hätte.

Und genau das hatte er getan, indem er nach England zurückgekehrt war, wo er seit Jahren für tot galt.

»Hast du nicht gesagt, das Mädchen würde mit seinem Großvater gegen Ende der Woche nach Carlyle Hall fahren?«

»Das stimmt.«

»Dann werde ich eben die ach so kostbare Braut meines Bruders bis nach dem geplanten Hochzeitstermin in Gewahrsam nehmen. Die Pfändungsfrist ist fast abgelaufen. Wenn mein Bruder nicht zahlen kann, machen wir unser Recht geltend, und der Besitz gehört mir.«

Lucien stützte seine langen Finger schräg gegeneinander. »Du willst das Mädchen entführen?«

»Es bleibt mir nichts anderes übrig.« Jason strich eine Strähne seines dunklen gelockten Haares zurück, das sich aus dem schwarzen Band im Nacken gelöst hatte. »Natürlich muß ich deine Hilfe in Anspruch nehmen. Ich brauche ein Versteck, wo sie bleiben kann, bis der Besitz mir gehört.«

»Es ist also dein voller Ernst«, sagte Litchfield.

Jason setzte sich ihm gegenüber und streckte seine langen Beine aus. »Das ist es immer. Was ich an Humor hatte, wurde mir in den letzten acht Jahren aus dem Leib geprügelt.«

Litchfield sah ihn finster an. »Sie ist erst neunzehn, eine Unschuld in jeder Hinsicht. Sie wird Todesangst ausstehen.«

»Ich werde ihr nichts antun. Ich werde sogar alles in meiner Macht Stehende tun, damit es ihr an nichts fehlt.« Er spielte mit dem Spitzenvolant seiner Manschette und strich über die Narbe an seinem linken Handrücken. «Ich werde ihr sagen, daß ich für sie Lösegeld erpressen möchte und keinen Grund habe, ihr etwas anzutun, solange ihr Verlobter gewillt ist zu zahlen.« Er lächelte kalt. »Bis sie entdeckt, daß ich gar nicht hinter dem Geld her bin, wird der Hochzeitstermin verstrichen sein, und die Pfändung wird bevorstehen. Carlyle wird mir gehören – und mein Bruder wird ruiniert sein.«

Litchfield rückte sich auf seinem Sitz zurecht und runzelte nachdenklich die Brauen. »Unter normalen Umständen würde ich dein Vorgehen nicht billigen, aber diesmal magst du recht haben. Das Mädchen wird davor bewahrt – eine Zeitlang wenigstens –, einen Mörder zu ehelichen. Wenn sie Glück hat, wird sie es nie tun müssen. Das allein rechtfertigt deinen Plan.«

Jasons Lächeln verriet seine Erleichterung. »Ich wußte, daß ich auf dich zählen kann. Du hast mir in Zeiten beigestanden, wie ein Mensch sie nicht schlimmer erleben kann. Und jetzt setzt du deinen Ruf aufs Spiel, um mir erneut zu helfen. Lucien, das werde ich dir nie vergessen. Du bist der beste Freund der Welt.«

«Und du, mein Freund, verdienst die Chance, wiederzugewinnen, was ein böses Schicksal – und dein mörderischer Halbbruder – dir so grausam geraubt haben.« Er stand auf, trat an das kunstvoll verzierte Sideboard und hob den Deckel einer Brandykaraffe aus Kristall. »Das Mädchen kommt von Windmere und nimmt die zwischen Winchester und Midhurst verlaufende Straße. Ich besitze unweit Ewhurst, das ganz in der Nähe liegt, eine Jagdhütte, klein, aber sauber und gut gehalten. Dort werden wir für dich und das Mädchen Vorräte anlegen.«

Er goß Brandy in seinen Schwenker und füllte dann Jasons Glas. »In der Nähe wohnt ein Junge, der dir zur Hand gehen wird. Er ist mir treu ergeben. Du kannst ihm vertrauen. Er kann dir als Bote dienen und alles tun, was immer an Arbeit anfällt. Von dem Jungen abgesehen, wirst du allein sein.«

Jason nickte. »Einmal mehr stehe ich in deiner Schuld.«

Der Marquis nahm einen Schluck Brandy und verzog die Lippen. »Ich kenne Lady Velvet. Sie ist ein zauberhaftes kleines Ding. Ich baue darauf, daß du die Tugend der Dame ebensowenig antastest wie sie selbst.«

Jason ließ ein Brummen hören. »Das letzte, was ich möchte, ist eine sogenannte Dame. Celia war mir eine Lehre, eine sehr bittere.« Bei Erwähnung ihres Namens schien die Narbe auf seinem Handrücken zu erglühen. Er rieb sie geistesabwesend. »Da ziehe ich jederzeit eine willige Dirne vor. Der Preis dafür, eine Dame ins Bett zu kriegen, ist mir zu hoch.«

Lucien blieb ihm eine Antwort schuldig. Jason Sinclair hatte in den vergangenen acht Jahren eine große Veränderung durchgemacht. Sein Haß und das qualvolle Leben, das er in den Kolonien hatte erdulden müssen, hatten dafür gesorgt, daß der unbeschwerte junge Mann von einst nicht mehr existierte. Vier dieser acht Jahre hatte er Sklavenarbeit auf einer versumpften Plantage in Georgia leisten müssen, angesichts der Tatsache, daß ihm eigentlich der Tod am Galgen gedroht hatte, eine sonderbare und geradezu glückliche Fügung des Schicksals.

Die Jahre hatten ihn verändert, ihn zum Mann gemacht, so daß Lucien seinen Freund kaum wiedererkannte. Die blitzeblauen Augen Jasons zeigten nicht mehr die Wärme seiner Jugendjahre. Jetzt waren es Raubtieraugen, kalt und hart wie sein kraftvoller Körper. Jede seiner Bewegungen kündete von der Veränderung, von den ausgreifenden, geschmeidigen Schritten bis zu der scharfen Wachsamkeit, die er erkennen ließ, wenn er Gefahr witterte.

Vier Jahre Strafarbeit, dann endlich die Flucht. Die letzten drei Jahre hatte er es zu Wohlstand gebracht und seine eigene Plantage auf einer kleinen Insel vor St. Kitts bearbeitet. Nur ein Jahr fehlte. Ein Jahr, von dem Jason nie sprach.

Lucien fragte sich, ob dieses Jahr Grund der Düsternis war, die sich über die Züge seines Freundes legte, wenn er sich allein wähnte.

3

Velvet Moran rutschte auf der weichen Plüschpolsterung der glänzenden schwarzen Kutsche hin und her, der letzten des halben Dutzends, das die Havershams einst besessen hatten.

»Wie lange noch, Großvater? Mir kommt es vor, als wären wir schon Stunden unterwegs.«

»Das sind wir in der Tat – es ist schon fast dunkel. Gewöhnlich fällt dir die Zeit nicht auf. Du drängst mich ja immer, wir sollten herumfahren. Und jetzt sind wir unterwegs, und du zappelst vor Ungeduld.«

Velvet seufzte. »Du hast wohl recht. Einerseits möchte ich

das alles ganz rasch hinter mich bringen, während ich mir andererseits wünschte, wir würden nie ankommen.«

»Kopf hoch, meine Liebe. Sobald du verheiratet bist, wird sich alles finden.«

Sie waren allein im Wageninneren. Trotz der Kälte fuhr ihre Jungfer Tabitha Beeson mit dem Kutscher auf dessen Sitz mit. Dort oben saß sie seit der Rast in einem Gasthof, wo sie früh zu Abend gegessen und sich ihrer zerknitterten Reisekleidung entledigt hatten. Velvet vermutete, daß Tabby eine kleine Schwäche für den Kutscher hatte, die dieser zu erwidern schien.

Seufzend lehnte sie den Kopf an die tiefe Plüschpolsterung. Wie es wohl sein mochte, wenn man sich verliebte? Zuweilen hatte sie davon geträumt, einen Mann zu heiraten, der sie liebte, aber ebensooft hatte sie sich gewünscht, gar nicht zu heiraten, da sie in den letzten drei Jahren ihre Unabhängigkeit zu schätzen gelernt hatte, und eine Ehe bedeutete, diese aufgeben zu müssen.

Meist hatte sie sich allerdings nur gewünscht, allein zu bleiben, ohne die Einschränkungen, die ihr ein Ehemann auferlegen würde.

»Velvet?«

»Ja, Großvater?«

»Ich muß es wohl vergessen haben … wohin sagtest du, daß wir fahren?«

Velvet drückte liebevoll seine schmale, geäderte Hand. »Nach Carlyle Hall, Großvater, zur Hochzeit mit dem Herzog. Erinnerst du dich nicht?«

Er nickte und lächelte. »Die Hochzeit! Ja, ja, natürlich. Du wirst eine bildschöne Braut sein.«

Velvet gab darauf keine Antwort. Statt dessen spielte sie mit einer Locke ihres gepuderten mahagonifarbenen Haares, glättete ihr Kleid aus aprikosenfarbenem Seidenmoiré unter der schweren Reisedecke und versuchte, nicht an die Hochzeitsnacht zu denken. Oder daran, wie ihr Ehemann auf die Eröffnung reagieren würde, daß vom Vermögen der Havershams nur ihre Mitgift geblieben war. Andererseits hatte Avery Sinclair auf sie den Eindruck eines einigermaßen vernünftigen Menschen gemacht. Er war steinreich und schien aufrichtig Gefallen an ihr gefunden zu haben. Vielleicht würde er ihrer Situation mit Verständnis begegnen.

Velvet lehnte den Kopf wieder zurück und schloß die Augen, in der Hoffnung, sie könne damit auch ihre Gedanken ausschließen. Eine Weile verharrte sie so, bis Hufgetrappel die Stille des kühlen Märzabends störte. Das Geräusch wurde lauter, und es hörte sich schneller an als die Hufe ihres eigenen Gespannes. Plötzlich ertönte ein Pistolenschuß, und ihre Kutsche kam rutschend und rumpelnd zum Stillstand.

»Was, zum Teufel …?« Der Earl fragte es mit gerunzelter Stirn, nachdem er sich wieder auf seinem Sitz zurechtgerückt hatte, und Velvet beugte sich vor und steckte den Kopf aus dem Fenster.

»Einen schönen guten Abend, Mylady«, sagte ein hochgewachsener Mann, der einen mächtigen Rappen ritt. Eine Pistole rauchte in seiner Hand, in der anderen hielt er eine schußbereite Waffe, die er auf den Kutscher richtete. Velvet hielt den Atem an. Es war ein furchteinflößender Anblick, der sich ihr bot … ein dunkler Reiter in wolkenverhangener, von spärlichem Mondlicht erhellter Nacht.

»Bei allen Heiligen!« hörte sie Tabbys erschrockenen Aufschrei vom Kutschbock. »Der Straßenräuber! Der einäugige Jack Kincaid!«

Am ganzen Körper zitternd, zog Velvet den Kopf ins Wageninnere zurück. Du lieber Gott, er war es tatsächlich!

Natürlich war ihr der berüchtigte Jack Kincaid ein Begriff. Er hatte hilflose Reisende auf dem Weg von Marlborough nach Hounslow Heath ausgeraubt, und nun tauchte er hier leibhaftig auf – mit schwarzer Augenklappe und allem!

»Keine Angst, Mylady«, sagte der Bandit. Sein leiser Ton ließ eiserne Entschlossenheit erkennen. Sich aus dem Sattel beugend, öffnete er den Wagenschlag. »Geben Sie mir sämtliche Wertsachen, und Sie können ungehindert weiterfahren.«

Er war groß, muskulös und kräftig gebaut. Über einem Auge trug er eine dicke schwarze Klappe, das andere war vom strahlendsten Blau, das man sich nur vorstellen konnte. Velvet, die ihrem Großvater einen Blick zuwarf, sah, daß dieser einen völlig verwirrten Eindruck machte. Ihr nächster Blick galt wieder dem unheimlichen Reiter. Er trug knappe schwarze Breeches, die in kniehohen Stiefeln steckten. Ein langärmeliges weißes Leinenhemd bedeckte eine breite, muskelbepackte Brust.

»Ob Sie es glauben oder nicht«, sagte sie mit so viel Festigkeit, wie ihr zu Gebote stand, »Wir reisen mit wenig Geld und noch weniger Schmuck. Sie täten besser daran, jemanden anderen auszurauben.«

Er musterte sie kurz, dann fiel sein Blick auf das vergoldete Wappen auf dem Wagenschlag, eine Taube über zwei gekreuzten Schwertern, Friede und Stärke. Der Wahlspruch der Havershams.

»Vielleicht. Vielleicht aber auch nicht. Geben Sie mir die Börse des alten Herrn und Ihre eigene!«

Hastig kam sie seiner Aufforderung nach und übergab ihm mit zitternden Händen die Geldbeutel. Sie hatte die Wahrheit gesagt, ihr Inhalt war so bescheiden, daß sie ihm ein unwilliges Stirnrunzeln entlockten, ehe er sie in seinen Hosenbund stopfte.

»Und jetzt Ihren Schmuck.«

Ihr Großvater mußte sich von seiner schweren goldenen Uhr und einem großen Rubinring mit dem Familienwappen trennen, demselben, das auch den Wagenschlag schmückte. Es erbitterte Velvet, diese Wertsachen ausliefern zu müssen. Als sie jedoch die Brosche von ihrem Kleid löste, tat sie es mit heimlichem Lächeln. Ihre Diamantnadel war nicht echt. Das Original hatte sie verkaufen müssen, um Schulden zu bezahlen.

»Mehr haben wir nicht.« Widerstrebend übergab sie ihm die Nadel. »Ich sagte schon, daß es nicht viel ist.«

Der Mann verzog einen Mundwinkel in einem unechten Lächeln. Ihr fiel auf, daß seine Lippen wohlgeformt waren, die untere ein wenig voller als die Oberlippe, doch ließen sie eine gewisse Härte erkennen. Seine Nase war gerade, seine dunklen Augenbrauen fein gewölbt. Eine dünne Narbe zog sich über die untere Begrenzung seines Kinns, das streng und unnachgiebig wirkte.

»Ja, Sie sagten, daß es nicht viel ist.« Wieder starrte er das Wappen an, und sie fragte sich, ob er wußte, wem es gehörte. »Da dem so ist, werde ich wohl aus einer schlechten Situation das Beste machen müssen.« Er wurde ernst. »Steigen Sie aus, Lady Velvet.«

O Gott, er kannte ihren Namen! »W ... warum? Was wollen Sie?«

»Ich will, daß Sie tun, was ich sage.«

»Nicht ... nicht ehe ich Ihre Absicht kenne.«

Er sah sie kurz und abschätzend an, erstaunt über ihre Beherztheit. »Mylady, ich beabsichtigte, von Ihrem Bräutigam Lösegeld zu fordern«, sagte er mit steinerner Miene. »Sie müssen ein Vermögen wert sein. Steigen Sie aus, ehe es Verwundete gibt.«

Seine letzten Worte erfüllten sie mit Angst und Schrecken. *Ehe es Verwundete gibt.* Sie konnte nicht zulassen, daß ihrem hochbetagten Großvater ein Leid geschah.

»Was ist los, mein Kind?« fragte der Earl, als sie sich bückte und unsicher zur Tür tastete. »Wohin willst du?«

»Schon gut, Großvater.« Sie sagte es mit erzwungener Gelassenheit. »Dieser Gentleman möchte mit mir sprechen. Hab keine Angst. Sicher hat er nichts Böses im Sinn.«

Zu dem Mann mit dem Rappen aufblickend, sah sie, daß seine Miene ruhig und ernst war. »Es wird Ihnen nichts geschehen, Mylady. Darauf gebe ich Ihnen mein Wort.«

»Ihr Wort? Erwarten Sie, daß ich mich auf das Wort eines Wegelagerers verlasse? Wollen Sie damit sagen, daß ein Straßenräuber so etwas wie Ehre kennt?«

»Ich schon.«

Warum Velvet ihm glaubte, hätte sie nicht zu sagen vermocht, doch ihre Angst legte sich. Er wollte nur Geld, und sie wußte aus eigener Erfahrung, was ein Mensch alles auf sich nahm, um Geld zu bekommen. Sie stieg aus, schob ihren Reifrock zurecht, den tiefen Ausschnitt ihres Kleides verwünschend. Der Räuber registrierte ihre modische Aufmachung mit der Andeutung eines unwilligen Stirnrunzelns.

Dann wanderte sein Blick zum Kutscher. »Es wird Zeit, daß du losfährst. Der Dame wird nichts geschehen, solange du tust, was ich sage.« Er richtete die Pistole direkt auf den Mann. »Wenn du nur ein einziges Mal bis Carlyle Hall anhältst, kann ich für ihr Schicksal nicht garantieren.«

»Ach, mein armes Kind!« jammerte Tabby. »Von einem wie Jack Kincaid dem Einäugigen entehrt zu werden.« Sie führte schluchzend ihr Taschentuch an die Augen, wiewohl aus ihren Worten ein gewisses Bedauern für sich selbst herauszuhören war.

»Ich sagte schon, daß ihr nichts geschehen wird«, herrschte der Räuber Tabby an. »Und jetzt fort!« Die eine Pistole knallte, und wie durch Zauberei erschien eine zweite in seiner Hand. Tabby kreischte auf, der Kutscher ließ die Zügel schnalzen, und ihr Großvater wurde in die Polster zurückgeworfen, als die Kutsche mit einem Ruck anfuhr und davonrumpelte.

Als Velvet sie hinter einer Biegung verschwinden sah, wurde ihr Herz schwer. Langsam hob sie den Blick zum Gesicht des Räubers.

»Nehmen Sie den verdammten Käfig ab, den Sie da tragen.«

»Wie bitte?«

»Ihre Untersachen ... dieses teuflische Gestänge unter Ihren Röcken. Weg damit, rasch!«

Velvet wurde von Übelkeit übermannt. Er wollte sie entehren. Wie hatte sie nur so einfältig sein können zu glauben, daß er ihr nichts tun wollte?

»Hier?« Sie sah die gewundene Straße entlang, die im Wald verschwand, die hohen Eiben, die sie auf beiden Seiten begleiteten. Eine Eule ließ ihren Ruf von einem fernen Ast ertönen, ein unheimliches Geräusch in der Dunkelheit, das ihr Schauer über den Rücken jagte.

»Tun Sie es einfach.«

Ihre Unterlippe bebte, doch sie reckte ihr Kinn. »Drehen Sie sich um.«

»Was?«

»Ich sagte, Sie sollen sich umdrehen. Glauben Sie, ich würde mich vor Ihnen entkleiden?«

»Zum Donnerwetter, von Entkleiden war nicht die Rede. Sie sollen nur diese gräßliche Vorrichtung ablegen, damit Sie vor mir im Sattel sitzen können.« Doch als Velvet sich nicht

26

rührte, wendete er sein Pferd und richtete seinen Blick in den Wald hinein.

Vielleicht sagte er die Wahrheit, vielleicht auch nicht. Velvet hatte nicht die Absicht, es auszuprobieren. Mit einem letzten Blick auf den Räuber hob sie ihre Röcke und fing zu laufen an. Sie dachte gar nicht daran, sich angesichts einer Flucht-möglichkeit in ihr Schicksal zu ergeben. Inzwischen war es stockfinster. Die Mondsichel war hinter einer Wolke ver-schwunden, und Velvet konnte kaum den Boden unter ihren Füßen sehen. Sie hatte erst ein paar Schritte getan, als sie hin-ter sich einen Fluch hörte, gefolgt von einem dumpfen Geräusch, als seine schweren Stiefel auf dem Boden auftrafen. Lieber Gott, er durfte sie nicht einholen!

Verzweifelt hastete sie weiter. Steine bohrten sich in die Sohlen ihrer weichen Ziegenlederschuhe, Ranken zerrten am Spitzenvolant ihrer Ärmel, aber Velvet lief unbeirrt weiter. Einem Baum zur Linken ausweichend, stürzte sie sich tapfer ins schwarze Nichts zur Rechten, erreichte eine Lichtung und lief noch schneller. Sie hatte Seitenstechen, ihr Herz drohte die Rippen zu sprengen.

So schnell sie auch rannte, seine Schritte kamen unaufhalt-sam näher. In Sekundenschnelle hatte er sie erreicht und stieß sie zu Boden, so daß beide im Staub landeten. Velvet schrie wie unter Schmerzen auf, ihr Atem kam keuchend, aber ir-gendwie hatte er es geschafft, den Aufprall zu dämpfen, so daß sie zu ihrer Verwunderung unverletzt blieb.

Sie lag flach auf dem Bauch, von seinem Gewicht niederge-halten, aber unversehrt.

»Runter von mir!«

»Verdammt, stillhalten!« Seine großen Hände umfaßten ihre Mitte, glitten unter das Gurtband ihres Rockes und das enge Mieder. Er riß an der Rockhalterung, dann an den Stangen der Krinoline. Er kennt sich mit weiblicher Bekleidung aus, zuckte es ihr durch den Kopf, während sie sich energisch zur Wehr setzte.

»Loslassen!«

Ehe sie wußte, wie ihr geschah, war er aufgestanden, packte die Stangen unten am Rocksaum und riß sie heraus.

Sie war noch voll bekleidet, wie ihr trotz ihrer Benommenheit klar wurde, als er ihr auf die Beine half. Nur der unförmige Reifrock fehlte.

Er begutachtete ihren desolaten Zustand, das dunkelrötliche Haar, das ihre Schultern umspielte, die Risse im Oberteil ihres Kleides, die Schmutzstreifen in ihrem Gesicht.

»Es wird Zeit, daß wir hier fortkommen«, sagte er. »Ihrer Freunde wegen wie auch Ihretwegen – es ist besser, wenn sie uns hier nicht antreffen, falls sie zurückkehren.«

Als sie in das einzelne blaue Auge starrte, schauderte Velvet. Auch wenn Jack Kincaid ein Mann war, der sein Wort hielt, so minderte das den Eindruck der Gefährlichkeit keineswegs. Seine Drohungen mochten subtil sein, doch zweifelte sie keinen Augenblick daran, daß er nicht zögern würde, sie in die Tat umzusetzen.

Mit verschmutzten Kleidern, das Haar lose, da ihre Haarnadeln herausgefallen waren, ging sie vor ihm zurück zu seinem Pferd. Er hob sie auf den Rücken des Tieres und schwang sich behende hinter ihr in den Sattel. Sie spürte seine Brustmuskeln in ihrem Rücken, stählerne Arme umschlangen sie und griffen nach den Zügeln.

Angst durchzuckte sie wie ein Messerstich. Der Mann war ja noch größer, als es zunächst den Anschein gehabt hatte, und sie war hier allein mit ihm. Velvet wagte nicht daran zu denken, was er mit ihr vorhaben mochte. Haltsuchend faßte sie mit einer Hand in die spröde schwarze Mähne des Pferdes und klammerte sich mit der anderen verzweifelt an den Sattel.

In Sekundenschnelle waren sie im Waldesdickicht verschwunden und bewegten sich so schnell vorwärts, wie sie es in dieser Finsternis nie für möglich gehalten hätte. Doch der Räuber schien blind seinen Weg zu finden. Sie merkte sofort, daß er ein hervorragender Reiter war. Sitz und Haltung waren untadelig und eines Edelmannes würdig. Nun erst fiel ihr ein, daß auch seine Sprache die eines Gentlemans war. Damit drängte sich ihr die Frage auf, woher er kommen mochte, was ihn vom gesetzestreuen Pfad abgelenkt haben mochte und ihn zum Verbrecher gemacht hatte.

Sie fragte sich auch, was ihr bevorstand, und ob er sich an sein Versprechen halten und ihr nichts antun würde.

Was immer passieren würde, eines stand auf jeden Fall fest. Ihre Hochzeit sollte in wenigen Tagen stattfinden. Wie ihr Zukünftiger eine Lösegeldforderung aufnehmen würde und ob er gewillt war zu zahlen, wußte sie nicht. Sie wußte nur, daß die Trauung unbedingt stattfinden mußte.

Bei der ersten sich bietenden Gelegenheit würde sie wieder einen Fluchtversuch unternehmen.

Der große Rappe strauchelte, und Jason umfaßte das Mädchen vor sich fester. Sie war klein, aber nicht zart, mit mandelförmigen goldbraunen Augen und einem kleinen, keck nach oben weisenden Näschen. Ihre Lippen waren voll, ihre Wangen von der Farbe weicher, reifer Pfirsiche. Ihr gewölbter üppiger Busen drängte aus ihrem Kleiderausschnitt und streifte mit der Unterseite gelegentlich seinen Arm, mit dem er die Zügel hielt.

Bei ihrem Ringkampf hatte sich ihr Haar gelöst und wallte nun locker über ihre Schultern. Ein dunkler, rötlicher Ton, dachte er, obwohl er die Farbe nicht genau hatte unterscheiden können, da eine Puderschicht die einstmals elegante Frisur bedeckt hatte. Jetzt lockte es sich ungebändigt den Rücken hinunter und fühlte sich weich und seidig an, wo es seine Hand berührte.

Das Pferd ging nun vorsichtig bergab, wodurch das Mädchen enger an seine Brust gedrückt wurde. Sein Körper reagierte entsprechend. Litchfield hatte ihn gewarnt – ein zauberhaftes kleines Ding, hatte er gesagt. Aber diese Beschreibung war der jungen Dame kaum gerecht geworden. Velvet Moran war das Köstlichste, das ihm je untergekommen war, feurig und doch weiblich, weich und sinnlich an den richtigen Stellen – und er war schon zu lange ohne Frau. Insgeheim fluchend, verschob Jason seinen Sitz im Sattel, um die Härte in seinen Breeches zu erleichtern.

Nie hätte er gedacht, er könnte die Zukünftige seines Bruders begehrenswert finden. Nichts war ihm ferner gelegen. Und jetzt ertappte er sich bei dem Gedanken, wie es sein mochte, mit ihr ins Bett zu gehen.

Natürlich würde er es nicht tun. Er hatte in den Jahren, seit er England verlassen hatte, vieles getan, abscheuliche Dinge, nur um am Leben zu bleiben. Doch hatte er niemals einer Frau etwas zuleide getan, niemals eine gegen ihren Willen genommen, und er gedachte nicht, mit dieser hier anzufangen.

Außerdem war die Befriedigung seines Verlangens unwichtig. Wichtig war nur, daß sein Erbe wieder in seinen Besitz gelangte, der erste Schritt, der der Gerechtigkeit zum Sieg verhelfen würde.

Es war erst der Anfang des langen schmerzlichen Weges, an dessen Ende hoffentlich seine Rehabilitierung stehen würde.

Als er spürte, wie das Mädchen schauderte, zügelte er sein Pferd und band einen Mantel los, der hinter seinem Sattel festgezurrt war. Diesen legte er um ihre Schultern und ritt weiter. Zuerst war sie von ihm abgerückt, entschlossen, seiner Berührung auszuweichen, doch die lange Kutschfahrt und die Aufregung hatten sie müde gemacht, so daß sie nun an seiner Brust lag und ihren Kopf an seine Schulter schmiegte.

Sein Anflug von schlechtem Gewissen verflog sofort wieder. Er würde tun, was er tun mußte. Das Mädchen war bei ihm sicher, das hatte er versprochen. Er war derjenige, dem Folterqualen bevorstanden. Sie rührte sich ein wenig, und als ihr seidiges Haar seine Wange streifte, stieg ihm ihr zartes Fliederparfüm in die Nase. Die vor ihm liegende Woche würde die reinste Hölle sein, dann aber war alles vorüber. Im Laufe der Jahre hatte er viel mehr ertragen müssen als ein unwillkommenes Ausmaß an Verlangen.

Sie mußten noch ein ganzes Stück hinter sich bringen, ehe endlich die Jagdhütte Litchfields vor ihnen auftauchte. Gott sei Dank, stieß er im stillen aus, da er es kaum erwarten konnte, die Schlafende abzusetzen. Er zügelte vor dem kleinen einstöckigen Bau aus hellgelbem Stein am Rand einer Wiese sein Pferd. Oben gab es eine einzige Schlafkammer, unten lag ein großer, als Küche dienender Raum, bis unters Dach hin offen und mit einer großen gemauerten Feuerstelle ausgestattet.

Bennie Taylor, der Stallbursche, stand schon bereit. Litchfield hatte nicht zu viel versprochen: Der tüchtige und verläßliche Junge würde alles tun, was Jason von ihm verlangte.

»'n Abend, Mylord.« Bennie war etwa zwölf, ein kräftiger Bursche mit sandfarbenem Haar und schüchternem Lächeln. Litchfield hatte ihn dem Jungen als Earl of Hawkins vorgestellt. Da Hawkins der Name war, den er benutzte, seitdem er England verlassen hatte, sollte es ihm recht sein.

»Kümmere dich ums Pferd, Junge. Ich kümmere mich um die Lady.«

»Jawohl, Mylord.«

Velvet wurde unsanft aus ihrem Schlummer gerissen, als er sie hinunterhob, und sie erstarrte in seinen Armen, als er sie auf den Boden stellte. »Wo ... wo sind wir?«

»An einem Ort im Wald. Ich habe mich bemüht, ihn angenehm zu machen.«

Ihr Blick hob sich zu ihm, anklagende Augen, die ihn unter einer dichten Wimpernreihe hervor ansahen. »Das war von langer Hand geplant. Sie hatten es von Anfang an auf mich abgesehen.«

Und wie, dachte er, als er sah, wie sich die Röte über ihrem Busen ausbreitete, aber nicht so, wie sie es meinte.

»Ich hoffe, daß Sie sich wohlfühlen werden.« Er wies mit einer Kopfbewegung auf das Haus. »Hier entlang, Mylady.«

Mit offensichtlichem Widerstreben folgte sie ihm zum Haus und hielt kurz im Eingang inne, offensichtlich erstaunt über die Ordnung, die hier herrschte.

»Eigentlich nicht das, was man sich als Räuberhöhle vorstellt«, sagte sie.

»Was haben Sie erwartet? Eine elende Dachkammer über einer schmierigen Kneipe?«

»Genau.«

»Tut mir leid, Sie enttäuschen zu müssen.« Er wandte sich zur Treppe, in der Annahme, sie würde ihm folgen.

»Wieviel werden Sie fordern?«

Innehaltend drehte er sich um. »Wie bitte?«

»Das Lösegeld. Wieviel werden Sie fordern?«

Er lächelte mit schmalen Lippen. »Nun, wie hoch würden Sie Ihren Wert ansetzen?«

Nicht annähernd so hoch, wie du glaubst, dachte Velvet mit einem Anflug von Panik. Ihre Sicherheit hing von dem Betrag ab, den sie ihm einbringen würde, und sie fragte sich, was er tun würde, sollte er entdecken, wie gering ihr Wert tatsächlich war.

»Es könnte sein, daß der Herzog beschädigtes Eigentum nicht schätzt«, sagte sie eingedenk ihres ruinierten Rufes und der Tatsache, daß Avery Sinclair sehr penibel sein konnte. »Er kann ja nicht wissen, ob Sie … daß Sie nicht …«

Eine schmale dunkle Braue wurde gewölbt. »Daß ich was nicht habe, Mylady? Daß ich Sie nicht entehrte? Daß ich Sie nicht davonschleppte, um Ihnen die Tugend zu rauben?«

Heiße Röte stieg ihr in die Wangen. »Ich will damit nur sagen, daß er möglicherweise nicht zahlen will.« Und daß ihr Großvater nicht zahlen konnte.

Er aber zog nur seine Schultern hoch, die es an Breite mit den Türrahmen aufnehmen konnten. »Abwarten.«

Merkwürdig, die Aussicht, kein Lösegeld zu bekommen, schien ihn nicht sonderlich zu beunruhigen. Tatsächlich hatte sein Verhalten bis jetzt nicht den Vorstellungen entsprochen, die man sich von einem Räuber und Wegelagerer machte. Es hätte tröstlich sein sollen, sie freilich fand es eher beunruhigend, so als ginge irgend etwas vor, das ihrer Sicht entzogen war.

»Oben ist für Sie eine Kammer bereit«, sagte er und machte sich daran, die Treppe hinaufzugehen. »Folgen Sie mir.«

Sie tat, wie ihr geheißen und schleppte ihre nun viel zu langen Röcke mit. Da die Krinolinenstangen entfernt waren, schleiften sie hinter ihr her und belasteten sie, als wären sie aus Blei und nicht aus teurem Moiré.

Ihr Entführer mußte es bemerkt haben, da er unwillig die Stirn runzelte. Oben angekommen, drehte er sich zu ihr um. »Bleiben Sie stehen.«

Beim Anblick der blitzenden Klinge, die er aus seinem hohen schwarzen Stiefel zog, stieß Velvet einen Schrei aus und wäre fast rücklings die Treppe hinuntergefallen. Ein langer Arm schnellte vor und fing sie gerade noch auf. Der Räuber fluchte.

»Verdammt, ich sagte doch, daß ich Ihnen nichts tun würde.«

Sie zitterte, streckte aber entschlossen ihr Kinn vor. »Das ist kaum glaublich, wenn Sie so vor einem stehen und dieses Ding in der Hand halten.« Sie deutete auf die blitzende Klinge, und er lächelte mit einem Anflug von Bosheit.

Sich vorbeugend, griff er nach ihrem Kleidersaum und säbelte mit dem Messer gut drei Handbreit ab. »Umdrehen.« Sie warf ihm einen argwöhnischen Blick zu, drehte sich aber um, und wieder fiel ein Stück des Kleides dem Messer zum Opfer. »Jetzt können Sie wenigstens gehen, ohne über das verdammte Zeug zu stolpern.«

»Wenn Sie mich nicht praktisch ausgezogen hätten …« Sie hielt mitten im Satz inne, als sein durchdringender Blick sie traf. Wieder stieg ihr Röte in die Wangen, und sie wandte die Augen ab. »Ich nehme an, daß ich hier schlafen soll.«

»Das Bett ist frisch überzogen. Sie werden sehen, daß es sehr bequem ist.«

Als sie sich zum Fenster umdrehte, flammte momentan Hoffnung in ihr auf.

»Vergessen Sie es. Für den Fall, daß Sie auf dumme Gedanken kommen sollten, ist es vernagelt. Und ich schlafe unten. Benehmen Sie sich, Lady Velvet, und Sie werden bald wieder frei sein. Diese Unannehmlichkeit werden Sie höchstens ein paar Tage ertragen müssen.«

Unannehmlichkeit, dachte sie. Wenn es nur dabei bliebe. Trotzdem nickte sie ihm zu. »Wie Sie wünschen … Mylord.«

Verblüfft zog er eine Braue hoch.

Sie hatte nicht geschlafen, als der Junge ihn so tituliert hatte. Und sie würde nicht einfach dasitzen und warten, daß er – wer immer er sein mochte – dem Herzog eine Nachricht schickte. Und hoffen, daß Avery zahlen würde. Und zu riskieren, ihren Hochzeitstermin zu verpassen, Windmere zu verlieren, ihre Familie und ihre Zukunft zu ruinieren. Sie mußte eine Möglichkeit zur Flucht finden.

Velvet, die am liebsten ununterbrochen auf und ab gelaufen wäre, hockte statt dessen auf der weichen Federmatratze des Bettes, das sehr bequem hätte sein können – wenn sie Schlaf gefunden hätte.

So aber kauerte sie in der Dunkelheit da, noch immer in ihrem hinderlichen Kleid, dessen lästige Korsettstäbe ihr in die Rippen stachen, insgeheim heilfroh, daß sie wenigstens ihre Krinoline los war.

Vor dem Fenster hatten sich die Wolken verdichtet, rollende, unten flache Gewitterwolken, deren Konturen von fernen Blitzen erhellt wurden.

Es war keine Nacht, die sie sich zur Flucht ausgesucht hätte, aber mit jeder Stunde, die sie hier länger blieb, verschlimmerte sich ihre Situation. Sie hatte keine Ahnung, wo sie sich befand, war jedoch sicher, früher oder später auf ein Dorf oder einen Weiler oder auch nur auf ein Haus zu stoßen, wo man ihr helfen würde.

Aber zuerst mußte sie von hier fortkommen.

Wie lange wartete sie jetzt schon? War ihr Entführer inzwischen eingeschlafen? Da er die Tür versperrt hatte, blieb als einzige Fluchtmöglichkeit das zugenagelte Fenster.

Ganz vorsichtig, damit die Holzbretter des Bettes nicht knarrten, schwang sie die Beine auf den Boden und stand langsam auf. Ihr Herz schlug schneller, als der entscheidende Moment gekommen war. Sie griff nach den Laken, die sie auf Seillänge zusammengeknüpft hatte, und ging auf Zehenspitzen durch die Kammer. An der Kommode blieb sie stehen und faßte nach ihrem provisorischen Hammer – einer Haarbürste aus Silber, die sie mit einem hübschen, ebenfalls silbernen Kamm hier vorgefunden hatte.

Sie warf einen Blick zum Himmel, in der Hoffnung, mit ihrem verzagten Gebet Erhörung zu finden. »Lieber Gott, da ich in diesen Dingen nicht sehr begabt bin, hoffe ich auf deine Hilfe.«

Sie mußte Gehör gefunden haben, denn als sie das Leinenzeug gegen die Scheibe drückte und mit dem Bürstenrücken vorsichtig darauf einschlug, brach das Glas feinsäuberlich aus dem Rahmen, und nur ein einziges kleines Stück splitterte ab.

»Danke.« Ihre Hände zitterten stark, doch zwang sie sich zu ruhigen Bewegungen, als sie die beiden Stücke vom Fensterbrett sammelte, langsam die Größe der Öffnung erweiterte, um dann die hölzernen Streben zwischen den kleinen Scheiben herauszubrechen und die letzten gezackten Glasreste zu entfernen. Es dauerte länger als geplant. Bis sie den Rest des zerbrochenen Fensters vom Glas befreit und das Laken am Bein des schweren Tisches festgebunden hatte, hatte es leicht zu regnen angefangen.

Damit Laken und Tisch ihr Gewicht aushielten, sandte sie wieder ein Stoßgebet zum Himmel, zwängte sich durch die Fensteröffnung und ließ sich Hand über Hand bis zum Boden hinunter. Ihr Fuß landete in einer Schlammpfütze, und sie schnappte nach Luft, als das eisige Wasser in ihren Schuh eindrang und ihren weißen Seidenstrumpf durchweichte.

Einen wenig damenhaften Fluch auf den Lippen, sah sich Velvet um, da es jetzt zu entscheiden galt, welche Richtung sie einschlagen sollte. Nichts kam ihr vertraut vor. Sie wünschte, sie hätte bei ihrer Ankunft genauer Umschau gehalten. Nun, das ließ sich jetzt nicht mehr ändern.

Velvet hob ihre rasch feucht werdenden Röcke und lief auf den Wald zu.

Jason zwinkerte mehrmals, da er seinen Augen nicht trauen wollte. Doch die kleine Gestalt, die er vor dem Fenster hängen gesehen hatte, die Gestalt, die jetzt auf den Wald zulief, wollte nicht verschwinden. Wie zum Teufel hatte sie es geschafft? Er hatte die Fenster selbst mit Nägeln gesichert. Sie mußte das Glas zerbrochen haben, ohne daß er etwas gehört hatte. Und jetzt lief sie fort, direkt in ein Gewitter hinein, das jeden Moment losbrechen konnte.

»Herrgott …« Das Frauenzimmer war eine richtige Plage. Während er den letzten Knopf seiner Hose schloß, zog er auch schon die Stiefel an und griff nach seinem Mantel, den er sich um die Schultern schwang, als er aus der Tür lief. Blitze zuckten, gefolgt von warnendem Donnergrollen. Das verdammte Weibsstück hatte sich die richtige Nacht ausgesucht, um ihm Ärger zu bereiten.

Bis er die Wiese hinter sich gebracht hatte, der Richtung folgend, die sie einschlug, prasselte der Regen nieder, und ein heftiger Wind fegte durch die Bäume. Immer wieder blitzte es, und der rasch folgende Donner zeigte an, wie nahe das Gewitter war.

Ein Blick zum Himmel, und Jason lief noch schneller, da er sich nun ernstlich Sorgen machte. Er verwünschte seine kleine Gefangene mit jedem frostigen Atemhauch, der weiß in der feuchtkalten Luft vor ihm stand, und lief in den Wald hinein. Regentropfen stachen ihm ins Gesicht, der Wind zauste sein Haar, doch seine ausgreifenden Schritte wurden im-

mer länger. Er sah ihre hellen Röcke hinter einem Baum auf-
schimmern, wieder im Dickicht verschwinden, sah einen gezackten Blitz, hörte das Krachen und Zischen, als er in einen
überhängenden Ast einschlug.

Er beschleunigte sein Tempo noch mehr, und sein Herz
dröhnte laut wie der Donner und schlug wild gegen seine
Rippen. Wenn etwas passierte? Wenn sie sich verletzte oder
sogar umkam?

In seinem Inneren krampfte sich etwas zusammen. Er hatte
sie entführt. Es lag nun an ihm, sie zu beschützen. Und das
werde ich, gelobte er sich.

Und betete gleichzeitig darum, daß er nicht wortbrüchig
wurde.

Velvet atmete in keuchenden brennenden Zügen. Ihr Seitenstechen war unerträglich, und ihre Beine zitterten, bis sie
glaubte, sie würden sie nicht weitertragen. Ihr Haar war eine
verfilzte, feuchte Masse, die ihr auf die nackten Schultern fiel,
ihr Kleid ein schlaffer, nasser Fetzen, der an ihren Beinen
klebte und sie behinderte. Lieber Gott, wie rasch das Gewitter gekommen war! Ein leichter Regen wäre ihr zu Hilfe gekommen, da er ihre Spuren verwischt hätte, doch das Unwetter, das um sie herum tobte, der starke Wind, der gegen Arme
und Beine schlug und an ihrem Haar zerrte, erschienen ihr
geradezu als lebensbedrohlich.

O Gott, damit hatte sie nicht gerechnet! Und doch gab es
kein Zurück für sie. Die Gefahr, die in der Jagdhütte lauerte,
war nicht weniger bedrohlich.

Die Angst saß ihr im Nacken, als wieder ein Blitz auf-
leuchtete, dem der Donner unmittelbar folgte. Velvet stand
wie angewurzelt da und sah die zischenden gelben Zacken im
Bogen auf sich zuschießen, so nahe, daß sie schon glaubte, um

sie wäre es geschehen. Er schlug in einen Baumwipfel über ihr ein, und sie stieß einen Entsetzensschrei aus, als knapp vor ihr Flammen aus dem Geäst züngelten. Hastig drehte sie sich um und lief in die entgegengesetzte Richtung.

Nur um gegen ein menschliches Hindernis zu stoßen und abermals laut aufzuschreien.

»Verdammt, Herzogin.« Feste Arme umschlossen sie, zogen sie aus der Gefahrenzone der Flammen über ihrem Kopf, in Sicherheit. Er hielt sie an sich gedrückt, hüllte sie in seinen Mantel und preßte ihr Gesicht an seine warme Brust. Trotz ihres Zitterns spürte sie, daß auch er bebte.

Auf merkwürdige Weise fand sie es tröstlich.

So standen sie einige Augenblicke da, und seine Brust hob und senkte sich unter ihrer Wange. Seine Kleider rochen nach Regen und dunkler, feuchter Erde.

»Bitte«, sagte sie schließlich, »lassen Sie mich los.« Sie hob den Blick zu seinem regennassen Gesicht, ihr Puls hämmerte, ihr Atem kam stoßweise. »Ich … ich muß zurück.«

Er schüttelte nur den Kopf. Die Lederschnur war aus seinem Haar gerutscht, das nun in dunklen Wellen fast bis zu seinen Schultern fiel.

»Bitte … ich muß nach Carlyle. Ich muß den Herzog heiraten.«

Ihre Worte ließen ihn erstarren. Er rückte ein Stück ab. Härte legte sich über seine Züge. »Sie können heiraten, wen sie wollen … sobald Sie zurück sind. Bis dahin aber bleiben Sie bei mir.«

Sie wollte sich zur Wehr setzen, sich befreien, doch sein Griff wurde fester. Er schüttelte sie – nicht sanft – und zwang sie, zu ihm aufzublicken. »Hör gut zu, du kleine Närrin – weißt du nicht, daß es dich das Leben hätte kosten können?«

Ehe sie antworten konnte, hob er sie auf seine muskelbe-

39

packten Arme und hielt rasch ausschreitend aufs Haus zu. Sie spürte seinen Herzschlag, das im gleichen schnellen Takt wie ihres schlug. Dunkles Haar fiel ihm in die Stirn, sein Mund war streng. Sonderbar, aber ihr fiel auf, daß Jack Kincaid trotz der unheimlichen schwarzen Augenklappe ein sehr gutaussehender Mann war.

Es dauerte nicht lange, bis sie das Haus erreicht hatten. Er stieß die Tür mit dem Fuß auf und trat ein. Dann stellte er Velvet auf die Füße, und sofort wurde die Stelle naß vor Regen und Schlamm.

Sie zitterte am ganzen Leib, vor Kälte, Angst und unter dem Gefühl des Fehlschlages wie erstarrt. Ihre Zähne klapperten so heftig, daß sie den Fluch, den er ausstieß, kaum hörte.

»Herrgott! Haben Sie wirklich geglaubt, da draußen überleben zu können?«

»Es … es hatte noch nicht zu regnen angefangen … und wenn es nicht so kalt geworden wäre …«

»Ja … wenn … wenn es das Wenn nicht gäbe, wäre Ihnen die Flucht geglückt.«

Sie reckte ihr Kinn. Es mochte ja dumm gewesen sein, wie sie sich davongestohlen hatte. Vielleicht hätte sie alles besser planen sollen, aber in ihrer Aufregung hatte sie nicht klar überlegen können. Sie biß die Zähne zusammen, um ihr Klappern zu unterdrücken, und sah sehnsüchtig zum Feuer hin, vor dem der Bandit kniete und es schürte.

Er legte Holz nach, und es dauerte nicht lange, bis Wärme den hohen Raum erfüllte. In ihren nassen Sachen hörte sie jedoch nicht zu zittern auf.

»Sie müssen sich ausziehen.« Seine sonore Stimme übertönte das Knistern und Prasseln des Feuers. Er drehte sich um und riß eine Decke vom Sofa, auf dem er geschlafen hatte.

»Morgen wird der Junge Ihnen etwas Sauberes zum Anziehen bringen. Bis dahin können Sie sich darin einwickeln.« Er reichte ihr die Decke und blieb dann mit unnachsichtiger Miene stehen und wartete.

Velvet nagte an ihrer Unterlippe. Ihre Finger waren wie abgestorben. Sie spürte nicht mal mehr, ob ihre Daumen noch an den Händen waren. Unmöglich, die Knöpfe im Rücken aufzuknöpfen. »Vieleicht wird das Kleid bald trocknen«, sagte sie, wohl wissend, daß nicht die kleinste Chance bestand.

»Seien Sie nicht dumm, und ziehen Sie es aus«, sagte daraufhin ihr Entführer mit spöttischem Unterton. »Wenn Sie wollen, gehen Sie hinauf, obwohl ich an Ihrer Stelle hier unten bliebe, wo es warm ist, da oben das Fenster zerbrochen ist.«

Sie sah ihn nachdenklich an. »Vielleicht haben Sie recht, aber … ehrlich gesagt, wenn Sie nicht gewillt sind, Zofe zu spielen … ich schaffe es allein nicht. Meine Finger sind zu klamm, um das Kleid aufzuknöpfen.« Auch wenn es nicht der Fall gewesen wäre, hätte sie die Knöpfe ohne Hilfe nicht erreichen können.

Wieder stieß er eine Verwünschung aus und machte dazu ein so finsteres Gesicht, daß sich sein einzelnes blaues Auge verdunkelte. »Drehen Sie sich um.«

Mit bebenden Knien folgte sie seiner Anweisung. Züchtigkeit mochte im allgemeinen angebracht sein, hier aber nicht. Sie unterdrückte ihre Verlegenheit, beachtete auch nicht das leise Kitzeln, als seine Hand ihre Haut streifte, und fing das Kleid an ihrem Busen auf, als das Oberteil heruntersank. Sie drehte sich um und sah seinen breiten Rücken vor sich, weil er die gegenüberliegende Wand anstarrte. Ein Gentleman-Räuber! Daß es diese Sorte gab, hatte sie gehört, wenn auch nicht in Verbindung mit dem einäugigen Jack Kincaid.

Da sie seine Geduld nicht überstrapazieren wollte, zog sie sich eilig bis aufs Hemd aus und wickelte sich fest in die Decke.

»Was ist mit Ihnen?« Sie ging ans Feuer und atmete erleichtert auf, als wohlige Wärme sie einhüllte.

»Ich bin ein wenig Unbehagen gewöhnt.« Er drehte sich dem Feuer zu, hob die Arme und zog das nasse Hemd über den Kopf, ein Anblick, der Velvet momentan verblüffte. Sie hatte noch nie eine nackte Männerbrust gesehen, und schon gar nicht hatte sie sich eine vorgestellt, die aussah wie seine. Der Feuerschein ließ das Spiel der Muskeln hervortreten, dunkelbraunes Haar bedeckte den oberen Teil und lief nach unten spitz zu. Nicht zum erstenmal fiel ihr das Netzwerk von Narben auf seinem linken Handrücken auf.

»Ich werde hinaufgehen und das Fenster verrammeln«, sagte er, und setzte sich, um die Stiefel auszuziehen. Velvet drehte sich um und überhörte geflissentlich das Stoffgeraschel, das andeutete, daß er sich seiner Hose entledigt hatte. »Dann wird uns vielleicht ein wenig Schlaf vergönnt sein.«

Velvet sagte nichts darauf. In Gedanken war sie noch immer bei dem Anblick, den sein harter, männlicher Torso geboten hatte. Sie stellte sich vor, wie es sein mochte, einen Körper wie seinen zu berühren, fragte sich, ob sein gelocktes braunes Brusthaar so weich und seidig war, wie es aussah.

Wieder hörte sie Rascheln, als er trockene Sachen anzog, hörte seine Schritte auf der Treppe, dann Gehämmer auf Holz, als er das Fenster sicherte, das sie aufgebrochen hatte. Das also war ihre raffinierte Flucht gewesen. Schuldbewußt war sie nicht, doch sie konnte das Bild nicht verdrängen, wie er sie im Wald beschützt hatte, die Sorge, die sie in seiner Miene gelesen hatte.

Wer ist er? fragte sie sich.

Warum hatte ihn der Stallbursche als Lord angesprochen?

Wichtiger noch, wie sollte sie ihm nun entkommen, da ihr erster Versuch fehlgeschlagen war?

4

Jason leerte den letzten schweren Eimer mit heißem Wasser in den hölzernen Zuber, der vor dem Feuer stand. Da er in den Tropen fast jeden Tag geschwommen war, war das tägliche Bad für ihn im Laufe der Jahre zu einem zwingenden Bedürfnis geworden. Er selbst hatte sich an diesem Morgen im Freien mit eisigem Wasser begnügt und nahm an, daß das Mädchen nach dem im Schlamm geendeten Fluchtversuch der Nacht ein Bad schätzen würde.

Insgeheim war er außerdem neugierig, wie sie wirklich aussah. Bei der ersten Begegnung war sie ihm sehr reizvoll erschienen, obwohl die verdammte Augenklappe seine Sicht beeinträchtigt hatte. Aber wie wirkte sie, wenn der graue Puder aus ihrem Haar gespült war und ihr hübsches Gesicht sauber geschrubbt, anstatt schmutzverschmiert?

Er wußte, daß es gefährlich war. Seine Willenskraft hatte ihre Grenzen, und die Dame hatte sie schon sehr beansprucht. Gestern hatte er sie begehrt, obwohl sie schmutzig gewesen war und völlig verwahrlost ausgesehen hatte. Dennoch hatte er danach gelechzt, im Schein des Feuers ihre glatte Haut zu liebkosen, ihre vollen Brüste zu entblößen und zu umfassen.

Er verspürte Übelkeit, wenn er sich vorstellte, daß sein Bruder sie berührt, sie geküßt hätte, sie in Besitz genommen hätte. Die Vorstellung ließ ihn mit den Zähnen knirschen, doch da hörte er auch schon, daß die Tür am oberen Treppenabsatz geöffnet wurde.

Sie steckte den Kopf heraus und betrachtete ihn kurz, ehe sie sagte: »Guten Morgen, Mylord.«

»Guten Morgen. Sicher haben Sie gut geschlafen.«

»So gut, wie nur möglich … in Anbetracht der Umstände.«

Jason ignorierte einen Anflug von Schuldbewußtsein. »Ich habe Ihnen saubere Kleider gebracht und dachte mir, Sie würden vielleicht ein Bad nehmen wollen, ehe Sie sich anziehen.« Der junge Bennie hatte ein paar Sachen besorgt, da der Koffer der Dame zu schwer für Jasons Pferd gewesen war, ein Umstand, den Litchfield und er übersehen hatten, als sie die Entführung planten. Zum Glück war die Schwester des Jungen von ähnlich zierlicher Statur wie die junge Dame. Jason hatte für einen schlichten braunen Rock aus Wollstoff, eine weiße Bauernbluse und ein Unterkleid sowie für ein Nachthemd ein hübsches Sümmchen gezahlt.

»Sagten Sie, ein Bad?« Ihr Blick fiel auf den Zuber, und ihre Miene erhellte sich mit einem Lächeln, das ihr Gesicht verwandelte. »Ja, ich würde gern baden.«

Auch Jason lächelte. Er hatte befürchtet, sie würde die Meinung vieler Engländer teilen, die glaubten, ein Bad mache krank. Offenbar scheute sie das Risiko nicht.

»Haben Sie Hunger?« Er versuchte, den Blick von der nackten Haut loszureißen, die die Decke freigab, und statt dessen die zerzauste Haarflut anzusehen, doch das Bild heller Haut blieb ihm unverrückbar vor Augen.

»Ich sterbe vor Hunger. Die Entführung hat meinen Appetit offenbar nicht beeinträchtigt.«

»Auf dem Tisch stehen Käse, Brot und eine Kanne Tee. Ich warte draußen, bis Sie fertig sind.«

Velvet sagte nichts. Sie blieb auf der Treppe stehen, bis er hinausgegangen war und die Tür fest hinter sich geschlossen hatte. Dann entschlüpfte ihr ein erschöpfter Seufzer. Ihr Körper schmerzte von den Abenteuern der letzten Nacht. Sie hatte nur wenig geschlafen und sich lange im Bett gewälzt, ehe sie endlich tiefen und betäubenden Schlaf gefunden hatte. Kurz nach Tagesanbruch war sie erwacht, als die Sonne schräg durch das mit Brettern vernagelte Fenster fiel. Das Unwetter hatte sich so rasch verzogen, wie es gekommen war.

Im ersten Moment hatte sie nicht gewußt, wo sie sich befand. Dann erst war die Erinnerung wiedergekommen. Ihre Entführung. Ihre fehlgeschlagene Flucht. Das Gewitter. Der gefährliche Straßenräuber. Sie hatte den Blick über ihre Umgebung wandern lassen ... die Schlafkammer mit den volant-geschmückten Musselingardinen, die Kommode an der Wand, auf der eine blaugemusterte Porzellanwaschschüssel und ein Krug standen. Sonderbar, daneben stand eine Vase aus geschliffenem Kristall mit einem Sträußchen gelber Narzissen. Gestern war ihr außerdem die bunte Steppdecke auf dem Bett nicht aufgefallen.

Für ein Gefängnis gar nicht so übel.

Trotzdem ... sie war hier nicht sicher. Ihr Entführer war ein gefährlicher Mann, und solange sie nicht ihre Freiheit wiedererlangt hatte, schwebte sie in Gefahr. Ihr behagliches Gefängnis konnte ihr zum Grab werden. Wer konnte das voraussagen?

Velvet ging die Treppe hinunter und lief ans Fenster, um hinauszuspähen. Als sie sah, daß der Räuber in einiger Entfernung mit Holzhacken beschäftigt war, zog sie die Gardinen zu und trat dann vor die kleine hölzerne Badewanne. Nervös überlegte sie, ob sie das Wagnis eingehen sollte, doch mußte sie sich unbedingt von Schmutz und Staub befreien.

Dazu kam die Überlegung, daß der Räuber ihr längst Gewalt angetan hätte, wenn ihm danach gewesen wäre.

Sie prüfte das Wasser, fand die Temperatur zu ihrer Zufriedenheit und warf die Decke ab, um in die Wanne zu steigen.

Ein Laut höchsten Wohlbehagens kam ihr über die Lippen. Genau die richtige Wärme. Sie tauchte so tief ein, wie es nur ging, und genoß das seidige Gefühl des Wassers an ihrer Haut, ehe sie sich vorbeugte und ihr Haar wusch. Ein Stück lila Seife lag zu diesem Zweck bereit. Zufrieden und entspannt seifte sie die nassen Strähnen ein, um Schmutz und Puderreste herauszurubbeln.

Dann schrubbte sie ihr Gesicht, wobei ihr einfiel, daß sie das kleine herzförmige Schönheitspflästerchen beim Mundwinkel während des Ringkampfes mit dem Räuber verloren hatte.

Sie ruhte eine Weile im Wasser, bis es auskühlte und sie herausstieg und sich mit einem kleinen Leinenhandtuch abtrocknete. Ein reines Hemd, ein brauner Wollrock und eine weiße Musselinbluse, deren Ausschnitt über der Brust mit einem Schnurdurchzug zusammengehalten wurde, lagen über einer Sessellehne. Sie zog sich rasch an, überrascht, daß die Sachen paßten. Dann stärkte sie sich mit Brot und Käse und setzte sich auf einen Schemel vor das Feuer, um Tee zu trinken und ihr Haar zu trocknen.

Kaum war sie fertig, als der Räuber an die Tür klopfte.

»Sie tun gut daran, wenn Sie da drin sind, Herzogin. Ich komme jetzt rein.« Die Tür wurde aufgerissen, und Jack Kincaid trat umgehend ein.

Velvet warf ihr mahagonirotes Haar über eine Schulter, setzte ihre Teetasse ab und richtete sich auf, um ihn anzusehen. »Sie hatten nicht gesagt, daß ich mich beeilen müßte.«

Der Räuber schwieg.

»Es … es tut mir leid, wenn es zu lange gedauert hat. Ich hatte nicht auf die Zeit geachtet. Ich … ich habe einfach das Bad genossen.«

Jack Kincaid starrte sie wortlos an.

»Mylord?« fragte sie.

Da trat er vollends ein und schloß die Tür. Als er zum Reden ansetzte, war seine Stimme tief und ein wenig rauh. »Ich bitte um Entschuldigung, Lady Velvet. Ich dachte schon, Sie wären irgendwie entkommen. Ich …« Er räusperte sich und sah sie mit seinem blauen Auge durchdringend an. »Ich sehe, daß ich mich irrte.«

Sie benetzte die Lippen. »Ja … ja, es war ein Irrtum. Ich danke Ihnen für das Bad. Seien Sie versichert, daß ich es sehr zu schätzen wußte.«

»Ihr Haar …«, sagte er. »Es ist wie Feuer … die bemerkenswerteste Farbe, die ich je gesehen habe.«

Ein warmes Gefühl durchströmte sie, warum, das wußte sie nicht. »Danke, Mylord.«

»Oben sind Bürste und Kamm, falls Sie sie brauchen sollten.«

»Ja … danke.« Ihre Worte klangen atemlos, und genauso fühlte sie sich plötzlich. Er sah sie so sonderbar an, daß sie in ihrem Inneren ein merkwürdiges Flattern spürte. »Ich wollte eben nach oben und sie holen.«

Er blieb, wo er war. Velvet, die einen Moment brauchte, um sich zu fassen, ging auf dem Weg zur Treppe an ihm vorbei, wobei ihr sein Geruch nach Holzrauch und Leder in die Nase stieg. Ihre Hände zitterten. Und warum pochte ihr Herz so heftig?

Als sie wieder herunterkam, hatte sie ihr Haar zu einem ordentlichen Nackenknoten zusammengefaßt. Er kniete vor dem Feuer, schnitt frischgewaschene Kartoffeln in Stücke und

47

warf sie zusammen mit Hammelfleisch in einen schweren Eisentopf. Offensichtlich war er dabei, ein Stew zuzubereiten.

Sie sah seinen dunklen Kopf über die Arbeit gebeugt, das gewellte Haar zurückgebunden, und sie dachte daran, wie wild er in der Gewitternacht ausgesehen hatte. Nun wirkte er zivilisierter, doch umgab ihn noch immer eine Aura von ungezügelter Kraft. Von Gefährlichkeit.

Damit waren ihre Gedanken wieder bei der Gefahr, in der sie schwebte, bei dem Risiko, das jeder hier verbrachte Augenblick bedeutete, bei dem Ruin, der ihr und ihrem Großvater drohte, wenn sie den Herzog nicht heiraten konnte.

Das Wetter war klar. Der blaue Himmel war wolkenlos, es wehte eine kühle, sanfte Brise. In den langen Stunden vor Tagesanbruch hatte sie sich einen neuen Fluchtplan ausgedacht. Nun brauchte sie nur eine Möglichkeit, ihn durchzuführen.

»Ich nehme nicht an, daß Sie schon vom Herzog gehört haben?«

Er drehte sich zu ihr um. »Vom Herzog? Sie meinen Ihren geliebten zukünftigen Ehemann?«

»Ich meine Seine Durchlaucht, den Duke of Carlyle.«

»Nein.« Er widmete sich dem Würzen des Stews, doch unter seinem weißen Hemd schienen seine Rückenmuskeln angespannter als zuvor.

»Ich nehme an, daß die Zeit zu knapp war – aber den Lösegeldbrief haben Sie sicher abgeschickt?«

Er sah sie an. Seine Unterlippe verzog sich unmerklich. »Warum sollte ich nicht? Aus diesem Grund habe ich Sie schließlich entführt, oder?«

»Ich nehme es an. Sie haben es zumindest gesagt.« Er wich ihrem Blick aus. Wie kam es, daß sie immer, wenn die Rede auf das Lösegeld kam, das Gefühl hatte, es wäre nicht der Grund ihrer Entführung?

Der Morgen ging in den Nachmittag über. Der Bandit verbrachte viel Zeit im Freien, während sie drinnen eingesperrt blieb. Wenigstens hatte er ihr einen Stapel Bücher dagelassen und ihr jeden einzelnen Titel vorgelesen, als er ihn ihr reichte. Miltons Werke, Bunyons *Pilgrims Progress*, einen Band Shakespeare-Sonette und *Robinson Crusoe* von Defoe. Obwohl er die Rolle des Gentlemans spielte und vielleicht sogar edler Geburt war, wunderte sie sich doch, daß er lesen konnte.

Die nächsten Stunden blätterte sie zwar in den Büchern, doch vermochte keines, ihr Interesse zu fesseln – sie hatte Wichtigeres zu tun.

Endlich kam er herein und sah nach dem Stew, das über dem Feuer köchelte.

»Wie lange dauert es noch bis zum Essen?«

Er warf ihr einen finsteren Blick zu. »Immer mit der Ruhe, Herzogin. Ich bin nicht Ihr Dienstbote. Ich schlage vor, Sie fragen höflich oder übernehmen das Kochen selbst.«

Sie schob ihr Kinn vor. »Ich habe noch nie im Leben ein Essen gekocht.«

»Wie kommt es, daß mich das nicht überrascht?«

»Sind Sie wirklich ein Lord?« Der jähe Themawechsel überrumpelte ihn. »Ich habe das Gefühl, daß der Titel Ihnen nicht ungewohnt ist.«

Er zog die breiten Schultern hoch. »Vielleicht war ich es … einmal. Jetzt hört es sich irgendwie sonderbar an.«

»Aber Sie *sind* adlig?«

Er zog eine dunkle Braue in die Höhe. »Warum? Was würde das schon ausmachen? Aber natürlich – für eine Frau, die einen Herzog heiraten soll …«

Seine Formulierung berührte sie seltsam. »Was meinen Sie mit ›heiraten soll‹? Ich werde ihn heiraten. Davon lasse ich mich von niemandem, auch von Ihnen nicht, abhalten.«

Er ließ den Löffel klirrend in den Stew-Topf fallen. »So entschlossen sind Sie?« Seine Wangenmuskeln spielten. »Ich wußte nicht, daß Ihnen so viel an dem Mann liegt.« Er strich über seine Narbe auf dem Handrücken. »Vermutlich kann er gelegentlich sehr charmant sein. Und ich schätze, daß er auch recht gut aussieht. Wollen Sie mir weismachen, daß es eine Liebesheirat ist?«

Velvet benetzte ihre Lippen. Sie sollte in Avery Sinclair verliebt sein? Avery war kein Mann, den man lieben konnte, da er viel zu sehr in sich selbst verliebt war. Velvet starrte seufzend in die Flammen. »Nein, ich bin nicht in Avery verliebt. Ich wünschte, ich wäre es. Die Verbindung wurde von meinem Großvater arrangiert.« *Mehr oder weniger.* »Sie kommt uns beiden gelegen. Und sie kommt vor allem unseren Familien *sehr* gelegen.«

Seine Spannung löste sich ein wenig, und sie fragte sich, was ihn das alles kümmerte.

»Wenn Sie so großen Hunger haben, können wir trotz der frühen Stunde schon zu Abend essen.« Er schöpfte Stew in einen Zinnteller und reichte ihn ihr, dann häufte er einen Teller für sich voll. Beim Essen wurde nicht gesprochen, und kaum waren sie fertig, nahm er die zwei Teller und ging mit ihnen hinaus, um sie zu spülen.

Der Augenblick war gekommen. Ihr Herz setzte ein paar Schläge aus und schlug dann um so heftiger. Velvet stand auf, griff nach dem schweren Feuerhaken, den er benutzt hatte, und lief hinauf. Sie konnte nicht länger warten. Sie hätte gleich am Morgen zur Tat schreiten sollen, aber irgend etwas hatte sie zurückgehalten.

Ein Blick zum zugenagelten Fenster zeigte ihr, daß die Sonnenstrahlen schräg durch die Ritzen fielen. Die Sonne stand also hoch. Vor Einbruch der Dunkelheit blieb ihr noch genügend Zeit. Diesmal wollte sie sein Pferd nehmen, und wenn alles wie geplant ablief, würde er nicht in der Verfassung sein, ihre Verfolgung aufzunehmen.

Ihre Hand, mit der sie den Feuerhaken hielt, fühlte sich feucht an. Sie rieb die Handfläche an ihrem braunen Wollrock trocken und drückte ein Ohr an die Tür, um zu hören, ob er wieder im Haus war.

Nicht lange, und sie vernahm seine Schritte. Sie hatte die hellgelben Narzissen aus der Vase auf der Kommode genommen und das Wasser in das Nachtgeschirr unter dem Bett geschüttet. Den Feuerhaken in einer Hand, schleuderte sie die Vase auf den Boden und stieß einen Schrei aus, von dem sie hoffte, er würde erschrocken genug klingen, während das Glas in tausend Splitter zerbarst.

»Herzogin?«

Sie antwortete mit einem jämmerlichen Schluchzen und stieg rasch auf den Stuhl, den sie hinter die Tür geschoben hatte. Sie spürte, wie sich ihr Magen zusammenkrampfte und ihr Mund trocken wurde, doch ihr Entschluß stand fest.

»Herzogin, ist alles in Ordnung?« Seine schweren Stiefel nahmen zwei Treppenstufen auf einmal.

Velvet machte sich mit einem tiefen Atemzug Mut und hob in Erwartung des Räubers den Feuerhaken mit zitternden Armen hoch. O Gott, sie wollte ihm nicht wehtun – doch sie umklammerte die Waffe fester, die Tür sprang auf, und der Feuerhaken sauste auf seinen Kopf nieder.

Ein leuchtend blaues Auge erhaschte die Bewegung und wurde weit vor Staunen. Im letztmöglichen Moment wich er aus. Der Feuerhaken traf ihn seitlich am Kopf und prallte von seiner Schulter ab. Aber der Hieb hatte seine Wirkung getan, und der Mann brach krachend zu Boden.

»Allmächtiger.« Mit zitternden Knien kletterte sie vom

Stuhl, warf den Feuerhaken fort und kniete neben dem Mann nieder, um seine Wange zu berühren.

»Tut mir leid«, flüsterte sie und versuchte, sein mitleiderregendes Stöhnen zu überhören. »Ich mußte es tun. Ich muß fort.« Seine Haut fühlte sich warm an. Gottlob, sie hatte ihn nicht getötet. Hoffentlich war er nicht zu schwer verletzt.

Am ganzen Körper bebend, lief sie die Treppe hinunter, blieb nur so lange stehen, um seinen schweren Mantel sowie die Reste von Brot und Käse, die sie hatte verbergen können, an sich zu nehmen, und war schon aus der Tür und auf dem Weg zum Stall. Der mächtige Rappe war da, der Stallbursche zum Glück nicht. Sie hatte darum gebetet, daß er sie nicht aufhalten würde.

»Komm schon, Blackie«, lockte sie das Pferd, da sie sich gemerkt hatte, wie sein Reiter es genannt hatte. Sie führte das Tier am Halfter aus dem Stall und befestigte das Leitseil, das sie als Zügel benutzen wollte, um seinen Kopf. Es blieb ihr nur noch Zeit, die Satteldecke aufzulegen. Dann führte sie das Pferd hinaus, kletterte auf einen Zaun und ließ sich auf seinen Rücken fallen, wobei sie ihre Röcke um sich herum ordnete, ohne Rücksicht darauf, daß ihre bestrumpften Beine unter dem Kleidsaum zu sehen waren.

»Braves Pferd, ganz ruhig.« Es war ein feuriges Tier, aber sie war eine ganz passable Reiterin, besser als die meisten Frauen. Sicher würde sie den Rappen im Herrensitz meistern und es bis zu einer Ansiedlung schaffen.

Zumindest redete sie es sich ein, als sie ihre Fersen in die Flanken des Tieres bohrte und sich vorbeugte, um loszupreschen. Doch das Pferd hatte seinen ersten Satz noch nicht getan, als kräftige Hände ihre Taille umfaßten und sie zu Boden rissen. Velvet schrie auf, als Jack Kincaid, der Einäugige, sie vor sich auf den Boden stellte. Sein Gesicht war so vor Wut verzerrt, daß ihr der Atem stockte. Sie drehte sich um und versuchte zu fliehen, doch er packte ihren Arm mit derartiger Kraft, daß es schmerzte, und hinderte sie somit an jeder Bewegung. Von seinem Haaransatz ausgehend, lief eine breite Blutspur über die Stirn. So verzweifelt sie sich wünschte, ihr Fluchtversuch wäre gelungen, so sehr meldete sich ihr Gewissen, als sie sah, wie arg sie ihn verletzt hatte.

»Wohin, Mylady?«

Seine zornige Miene erfüllte sie mit Todesangst. Du lieber Gott, womöglich würde er sie jetzt umbringen. Sie biß sich auf die bebenden Lippen. »Es tut mir leid, aber ich muß fort.«

Um seinen Mund legte sich ein harter Zug. »Tut *mir* leid, Sie enttäuschen zu müssen.«

Ihre Angst wuchs. Eisige Schauer liefen ihr über den Rücken und drangen wie kalter Stahl in ihr Inneres. Während sie ihn wie gebannt anstarrte, fiel ihr auf, daß es nun nicht nur ein blaues Auge war, das sie drohend ansah, sondern deren zwei.

»Herrje«, flüsterte sie und versteinerte. »Wer sind Sie?« Ganz gewiß nicht der einäugige Jack Kincaid.

Seine Miene verschloß sich noch mehr. »Ihr böser Geist, Mylady. Ein Mann, der Ihre Willenskraft nicht noch einmal unterschätzen wird.« Mit einem gellenden Pfiff brachte er das Pferd an seine Seite. Während er ihren Arm mit stählernem Griff festhielt und sie mit sich zog, führte er das Tier zurück in den Stall. Dort riß er die Satteldecke herunter und befreite das Pferd von seinem provisorischen Zügel, dann zerrte er Velvet zurück ins Haus, ohne seinen Griff zu lockern.

Sie bemühte sich, keinen Klagelaut von sich zu geben, doch der Schmerz und das Gefühl des Versagens bewirkten, daß sie tränenüberströmt vor der Haustür anlangte.

Als der Räuber ihre Tränen bemerkte, knurrte er einen Fluch und ließ sie los. »Hinein mit Ihnen«, befahl er barsch.

Sie tat, wie ihr geheißen, und machte ein paar vorsichtige Schritte außerhalb seiner Reichweite.

Seine Augen schienen sie zu durchdringen, als er Velvet wütend anfuhr. »Sie gottverdammtes Weibsstück! Begreifen Sie denn nicht? Ich werde Sie gehen lassen, wenn die Zeit gekommen ist, nicht eher. Machen Sie es nicht noch schwerer, und fügen Sie sich in Ihr Schicksal. Sie werden erst wieder frei sein, wenn es mir beliebt.«

Schniefend wischte sie sich die nassen Wangen trocken und senkte den Kopf.

»Verdammt!« Damit marschierte er hinaus und knallte die Tür so fest zu, daß die rauchgeschwärzten Deckenbalken beleidigt ächzten. Durch das Fenster sah sie, daß er zum Wassertrog ging. Er hielt den Kopf ins Wasser und schüttelte dann das Naß aus seinem dunklen Haar wie ein Hund nach einem Bad. Rote Rinnsale liefen ihm über die Wange, und wieder regte sich ihr schlechtes Gewissen.

O Gott, noch nie hatte sie einem Menschen etwas angetan. Sie haßte sich dafür, und das mit gutem Grund, wie sie sich eingestehen mußte. Sie wich ein paar Schritte zurück, als er wieder eintrat. Er machte aber keine Anstalten, sich ihr zu nähern. Er ließ sich aufs Sofa sinken, schloß die Augen und lehnte den Kopf an die Rückenlehne.

Velvet, die ihn wachsam beäugte, bemerkte eine Beule an seiner Schläfe, Grund für neue Seelenqualen. Sie ging ein Stück näher.

»Ich wollte Ihnen nichts antun«, sagte sie leise.

Zwei blaue Augen öffneten sich, und sie spürte ihren Blick so intensiv wie eine Berührung. »Sie sind eine Frau. Ich hätte es besser wissen müssen und Ihnen nicht trauen dürfen.«

Velvet seufzte. »Wenn Sie mir die Wahrheit sagen, mir endlich sagen, um was es hier geht, könnte ich Ihnen vielleicht sogar helfen. Ich glaube nicht, daß Sie wirklich Jack Kincaid sind. Ich bin auch nicht sicher, ob Sie tatsächlich hinter dem Lösegeld her sind. Bitte ... wenn Sie nur ...«

»Lady, wenn Sie still wären, würden meine Kopfschmerzen vielleicht nachlassen.«

Velvet biß die Lippen zusammen. Daß der Mann Schmerzen litt, war ihre Schuld. Entschlossen ging sie zum Wassereimer und tauchte einen Lappen ein, den sie dem Verletzten über die Stirn legte.

Die durchdringenden blauen Augen öffneten sich. In ihren Tiefen glühte etwas, dunkel und brennend, das von Qualen und dem Gefühl des Betrogenseins kündete. Etwas, das in ihr den Wunsch weckte, sie hätte alles ungeschehen machen können.

»Ich mußte es tun«, flüsterte sie. »Ich wünschte, Sie könnten es verstehen.«

Seine Augen schlossen sich langsam. »Vielleicht verstehe ich es«, murmelte er. »Vielleicht bewundere ich Sie deswegen sogar. Aber ich kann Sie trotzdem nicht gehen lassen.«

Velvet sagte nichts mehr. Einem Mann wie ihm war sie noch nie begegnet. Sie verstand ihn nicht im mindesten, und dennoch fühlte sie sich zu ihm hingezogen. Sie war fasziniert von der Wildheit, die ihm anhaftete, und berührt von der Sanftheit, die sie mehrmals in ihm gespürt hatte.

Sie würde ihren Kampf nicht aufgeben, da sie keine andere Wahl hatte. Aber sie wußte auch, daß sie ihm niemals wieder wehtun würde, komme, was da wolle.

5

Carlyle Hall präsentierte sich in der Dunkelheit des kühlen Märzabends funkelnd wie ein Juwel. Sämtliche Fenster waren von Wachskerzen erhellt, Spinettklänge durchdrangen wohltönend die nächtliche Stille.

Anfang des Jahrhunderts erbaut, wirkte das aus Portland-Stein im klassischen Palladio-Stil geschaffene Haus mit seinen grazilen, venezianisch anmutenden Balustraden und den für die Epoche typischen Giebelfeldern mitten in West Sussex wie ein seltenes Kleinod.

Unter den Deckenfresken des King-James-Raums schritt Avery Sinclair vor dem Goldbrokatsofa auf und ab. Sein Besucher war Bacilius Willard, ein großer, stämmiger Mann, ehemaliger Polizeispitzel, der seinen Dreispitz nervös in den Händen drehte und wendete.

»Wo, zum Teufel, kann sie nur stecken?« Der Feuerschein fiel auf die Perücke, die das goldene Haar des Herzogs bedeckte. »Bis zur Hochzeit sind es nur mehr drei Tage. Die Gäste treffen schon ein. Zum Glück ist ihnen nicht aufgefallen, daß die Kleine nicht da ist. Sogar der Alte vergißt es die halbe Zeit. Aber früher oder später wird durchsickern, daß etwas nicht stimmt.«

»Wir hätten sie längst finden müssen«, sagte der vierschrötige Willard. »Ein gutes Dutzend Männer haben die Wege zwischen hier und dem Ort der Entführung durchgekämmt. Früher oder später müssen wir auf die Bande stoßen.«

»Na, dann sorge dafür, daß es eher früher der Fall ist!«

Baccy nickte mit dem mächtigen, zottigen Schädel. Er war schon seit über sechs Jahren für Avery tätig, seit er bei einem kleinen Diebstahl ertappt wurde und im Gefängnis von Newgate gelandet war. »Der Kutscher sagte, daß der Kerl das Mädchen raubte, weil er Lösegeld wollte, aber bis jetzt ist noch keine Forderung eingetroffen.«

»Sie ist ein niedliches kleines Ding. Gut möglich, daß bei dem Mann die Lenden über den Verstand siegten.«

Baccys breites, pockennarbiges Gesicht färbte sich rot. »Wenn er sie angefaßt hat, ist er ein toter Mann. Ich werde diesem Hund eigenhändig die Kehle durchschneiden. Mein Wort darauf, Euer Durchlaucht.«

Avery tat seine Worte mit einer Handbewegung ab. »Im Gesamtplan spielt es keine Rolle, ob er es mit ihr treibt oder nicht.« Obwohl die Vorstellung, von einem gemeinen Räuber betrogen worden zu sein, heißen Zorn in ihm weckte. »Wichtig ist nur, daß wir sie finden – und zwar bald. Ich kann den Alten ja nicht ewig versteckt halten. Und die Hochzeit steht vor der Tür. Die Zeit läuft uns davon.«

Baccy zerknüllte den Dreispitz in seinen Händen. »Ich werde Euch nicht enttäuschen, Euer Durchlaucht.«

»Da bin ich ganz sicher.« Avery glaubte dem Mann tatsächlich. Baccy Willard war treu wie ein Jagdhund. Avery hatte ihn den Fängen des Todes entrissen, indem er ihn vor dem Galgen auf Tyburn Hill bewahrte, und es gab nichts, was der Riesenkerl nicht für ihn getan hätte.

Genau das war auch seine Absicht gewesen.

»Fort mit dir«, sagte Avery und schlug dem Mann auf die mächtige Schulter, eine Geste, als würde er einem Spaniel einen Knochen hinwerfen. »Bring mir die Kleine zurück, und dir ist ein hübscher praller Beutel voller Guineen sicher.«

Baccy gab keine Antwort. Anders als Avery schätzte er Geld gering. Er arbeitete für ein nettes Wort, für ein Lob oder ein Lächeln als Dank.

Avery freilich, der ihm befriedigt nachblickte, hielt seine Methode für die denkbar haltbarste Fessel, um einen Menschen an sich zu binden.

Wieder war ein Tag vergangen. Jason fuhr mit dem Striegel durch die dichte schwarze Mähne seines Pferdes. Die leichte Arbeit sollte ihn von den Gedanken an das Mädchen im Haus ablenken. Sein Kopf schmerzte noch immer bei jeder jähen Bewegung. Verdammt, er konnte es nicht fassen, daß er so dumm gewesen war, auf sie hereinzufallen.

Einmal, vor acht Jahren, hatte ihn Celia Rollins auf ähnliche Weise hereingelegt, und es hätte ihn fast sein Leben gekostet. Herrgott, es hätte ihm eine Lehre sein sollen.

Und doch waren die Umstände anders. Velvet Moran hatte ihn nicht betrogen, sie hatte ihm nicht Gefühle vorgespielt, die sie nicht empfand. Sie war nicht mit dem Teufel in Gestalt seines gewissenlosen Bruders im Bund gewesen. Und sie hatte es nicht auf sein Vermögen abgesehen.

Sie hatte nur einen Fluchtversuch unternommen. Sie kämpfte darum, sich von einem Mann zu befreien, der für sie eine unbekannte Bedrohung darstellte, von einem Mann, dessen Absicht sie nicht kannte und von dem sie auch nicht wußte, was er mit ihr vorhatte.

Hätte er unter ähnlichen Umständen nicht ebenso reagiert?

In Wahrheit nötigte ihm ihr Mut, die Initiative zu ergreifen, Bewunderung ab. Andere Frauen wären in Ohnmacht gefallen, als er im Galopp auf die prächtige Kutsche der Havershams zugesprengt war. Die meisten wären vor Tränen zerflossen, wenn zwei Pistolenschüsse über ihre Köpfe hinweg abgegeben worden wären.

Velvet hatte nichts dergleichen getan. Sie hatte sich um der

Sicherheit der anderen willen geopfert, und hatte ihn dann mit aller Kraft bekämpft.

Sie war viel zu gut und zu weiblich für seinen mörderischen Halbbruder. In den letzten Stunden war in ihm der Entschluß gereift, daß dieser Schuft sie nie bekommen sollte. Sie verdiente eine gute Ehe. Sobald sie den Herzog los war, konnte sie sich einen redlichen Mann suchen, einen, der zu einer beherzten und temperamentvollen Frau wie Velvet Moran paßte.

Er warf einen Blick zur Haustür und fragte sich mit einem unmerklichen Lächeln, was sie im Moment aushecken mochte, da er keinen Augenblick glaubte, daß sie es aufgegeben hatte, ihn zu überlisten.

Es würde ihr nicht glücken. Davon war er überzeugt. Für ihn stand zu viel auf dem Spiel, als daß er sich dieser halben Portion von Mädchen geschlagen gegeben hätte.

Sein Lächeln wurde breiter. In Anbetracht der Beule, die er seitlich am Kopf abbekommen hatte, war er fast neugierig, was ihr tollkühner Mut ihr als nächstes eingeben würde. Er erwog, das Striegeln sein zu lassen und zurück ins Haus zu gehen.

Velvet lugte durch die Ritzen des vernagelten Fensters in ihrer Schlafkammer. Der Räuber war noch immer im Stall. Der Räuber. Das war er für sie immer noch, obwohl er mit seinen zwei gesunden Augen ganz entschieden nicht Jack Kincaid war. Und er sah noch besser aus, als sie es sich vorgestellt hatte. Geradezu atemberaubend groß und stattlich.

Velvet seufzte. Wer immer er auch war, er war nach wie vor ihr Widersacher, ein Mann, den es irgendwie zu überlisten galt. Einfach war es nicht, wie sie bereits entdeckt hatte, doch wenn es sich machen ließ, war sie entschlossen, einen Weg zu finden.

Dies vor Augen, schob sie das unterste Schubfach der Kommode zu, enttäuscht, weil sie nichts Nützliches darin gefunden hatte.

Ihr Blick fiel auf die alte Truhe, die an einer Wand stand. Sie ging durch den Raum und kniete davor nieder. Daß er sie ertappen würde, brauchte sie nicht zu befürchten, da sie ihn hörte, wenn er das Haus betrat, und auch wenn er nach oben kam, so hatte er bis jetzt noch nie ihre Schlafkammer betreten.

Die Truhe knarrte, als sie den Deckel hob und hineinspähte. Ein Behälter mit Nähzeug war das einzige, was sie auf den ersten Blick sehen konnte: ein Ballen unversponnener Wolle, Nadeln aus Hirschhorn, eine Strähne farbigen Stickgarns, ein paar Längen eines groben, ungefärbten Wollstoffes. Nichts, was ihr weitergeholfen hätte. Sie hob den Behälter heraus und durchsuchte den darunterliegenden Teil der Truhe. Vorräte für den Krankheitsfall: Streifen gebleichten Musselins für Verbände, ein Hirschhorn voll Ammoniak gegen Ohnmachten, ein paar Salbentiegel. Sie hob den Deckel eines der Tiegel und rümpfte die Nase, als ihr ranziger Talggeruch vermischt mit Meerrettich und dunklen Pünktchen namenloser Kräuter in die Nase stieg.

Auf dem Boden lagen etliche weitere Säckchen mit Kräutern. Sie öffnete eines und erkannte den Duft getrockneter Nesseln. Dann machte sie das nächste auf und runzelte die Stirn. Es war eine als Narkotikum verwendete Pilzart, die, zu Pulver verrieben und mit Glühwein gemischt, gern als Schlaftrunk verabreicht wurde. Die Köchin hatte ihr gezeigt, wie sich nötigenfalls ein solches Gebräu für ihren Großvater herstellen ließ.

Ein schattenhafter Gedanke tauchte im Hintergrund ihres Bewußtseins auf. Sie versuchte ihn abzuschütteln, doch er ließ sie nicht los und entwickelte sich unversehens zu einem ganzen Plan. Sie hatte gelobt, ihm nicht wehzutun, aber was würde er denn spüren, wenn er in einen tiefen und entspannenden Schlummer verfiel?

Aus dem er nach einiger Zeit wieder erwachen würde.

Bis dahin würde sie längst über alle Berge sein.

Velvet drückte das Päckchen lächelnd an die Brust. Ihre Hauptmahlzeit nahmen sie nachmittags ein. Vorhin hatte der Stallbursche kalte Pastete, Lammauflauf, Stiltonkäse und eine Flasche Wein gebracht. In ein Tuch eingebunden, standen die Sachen und der Wein auf einem Tisch neben dem Kamin.

Wieder blickte sie aus dem Fenster. Nirgends ein Zeichen von ihrem Entführer. Sie legte das Päckchen auf den Boden und zerstampfte den Inhalt mit einem beschuhten Fuß, dann griff sie nach einem Zinngefäß, das neben Schüssel und Krug auf der Kommode stand, um die getrockneten Pilze vollends zu pulverisieren.

Kaum war sie fertig, als sie auch schon hinunterlief. Die Weinflasche stand genau dort, wo der Junge sie hingestellt hatte. Sie entkorkte sie und wollte das Pulver hineinschütten, als sie, die Hand über dem Krug, innehielt.

Wieviel sollte sie hineintun?

Er war ein großer Mann und brauchte sicher eine große Portion, doch trank er nie mehr als ein oder zwei Glas Wein. Soweit ihr bekannt war, wirkte das Pulver nicht tödlich. Sie schloß die Augen und schüttete den gesamten Inhalt des Päckchens hinein, dann korkte sie die Flasche wieder zu und schüttelte sie, bis sie den Eindruck hatte, das Gemisch hätte sich aufgelöst.

Kaum war sie fertig, als sie auch schon Schritte hörte. Sie sprang weg vom Herd, hin zum Sofa, griff nach dem Buch, das sie angeblich gerade las, und steckte ihre Nase hinein. Sie

konnte nur hoffen, die Röte ihrer Wangen würde sich ver-
flüchtigen, ehe der Entführer – wer immer es war – sie bemerkte.

Der Mann blieb am Eingang stehen, beäugte sie einen Moment länger, als er es hätte tun sollen, dann trat er ein und
schloß die Tür. Sie zwang sich, bei seinem Näherkommen
nicht aufzublicken, obwohl seine ausgreifenden Raubtier-
schritte nie verfehlten, ihre Aufmerksamkeit auf sich zu lenken.

»Shakespeare-Sonette.« Er zog die Brauen zusammen.
»Und ich dachte, Sie würden Defoe lesen.«

Ihr Herz raste. Du lieber Gott, wie hatte sie es nur vergessen können? Sie täuschte einen matten Seufzer vor. »Ehrlich
gesagt, fesselt mich keines der Bücher. Ich denke immer nur
daran, wie lange ich hier eingesperrt sein werde.« Ihre ge-
reizte Bemerkung schien seinen Argwohn zu beruhigen.

»Tut mir leid.« Er verzog spöttisch einen Mundwinkel.
»Betrachten Sie diese Zeit als letzte Atempause vor den
Pflichten, die das Leben einer Herzogin prägen.«

Velvet warf ihr Haar zurück, das sie lose zusammengebunden und ohne eine Spur Puder trug, ein Zustand, der ihr sehr
behagte. »Da ich über Scharen von Dienstboten gebieten
werde, könnte ich mir denken, daß es auszuhalten sein wird.«

Der Räuber machte ein finsteres Gesicht.

Sie legte das Buch weg und sah ihn an. »Sie haben ja zwei
gesunde Augen«, sagte sie. »Ich glaube nicht, daß Sie wirklich
John Kincaid sind. Würden Sie mir wenigstens Ihren Namen
nennen?«

Momentan sagte er nichts, so daß sie schon glaubte, er
würde ihr nicht antworten. Ihr Herz schlug schneller, als er
zum Tisch ging, auf dem die Flasche stand, das Essen aus-
packte und zurechtlegte.

»Jason«, sagte er mit einem Blick über seine Schulter. »Ich heiße Jason.«

Velvet lächelte. »Jason«, wiederholte sie und ließ den Namen förmlich auf ihrer Zunge zergehen. Es lag etwas Weiches darin, das in scharfem Kontrast zu diesem Mann stand, ein Hauch von Verfeinerung, der nicht zu dieser ungezügelten Persönlichkeit passen wollte. »Das ist nicht der Name eines Gesetzesbrechers, doch paßt er irgendwie zu Ihnen.«

Jason sagte nichts, sondern belud zwei Zinnteller mit Essen und schenkte für jeden einen Becher Wein ein. Velvet nahm Essen und Wein entgegen, trug beides zum Sofa und setzte sich. Sie kostete von der kalten Pastete, war aber so nervös, daß sie nicht richtig essen konnte. Statt dessen tat sie, als tränke sie Wein, wobei sie darauf achtete, keinen einzigen Tropfen zu schlucken.

Jason aß seinen Teller leer und schüttete seinen Wein hastig hinunter, um sich sofort nachzuschenken und auch den zweiten Becher in einem Zug auszutrinken. Als er sich ein drittes Mal nachgoß, wuchs ihre Anspannung.

»Meine Güte, Sie sind heute aber durstig.«

Er blickte erst auf sein Glas, dann auf sie und sah, daß sie unbewußt an ihrer Lippe nagte.

»Befürchten Sie etwa, ich könnte betrunken werden und Ihnen nahetreten? Sie können beruhigt sein, daß ich es nicht tun werde.« Er trank den Becher ganz leer. »Keine Angst, Mylady, ein paar Becher Wein werden mich nicht in eine reißende Bestie verwandeln.« Doch er blinzelte bei diesen Worten, und als er das Glas auf den Tisch stellte, wirkte seine Bewegung schwer und unbeholfen.

Velvet beobachtete ihn unter gesenkten Lidern hervor, sah, wie seine große Gestalt im Sessel vor dem heruntergebrannten Feuer zusammensank. Er starrte in die Glut, der Wein war vergessen, ebenso wie ihre Anwesenheit. Lieber Gott, es wirkte tatsächlich!

Die Minuten vergingen. Allmählich fielen ihm die Augen zu, und Velvets Puls schlug noch schneller. Es würde klappen! Ihr Plan würde tatsächlich funktionieren! Sein Kopf sank nach vorn, immer tiefer auf seine Brust. Und er rutschte im Sessel immer weiter nach unten, sein Körper wurde schlaff, die Muskeln entspannten sich, und die Lider schlossen sich vollends.

Nur noch eine Weile, dachte Velvet. Ihre Nerven waren angespannt vor Erregung und dem Verlangen, endlich ihrem Kerker zu entrinnen. Nur noch ein paar Minuten, und sie würde fliehen können.

Sein Kopf sank so weit vor, bis sein Kinn auf seiner Brust ruhte. Velvet beugte sich auf der Kante des Sofas mit klopfendem Herzen vor und wartete ... wartete ...

Fast war sie schon auf den Beinen, als der Mann seitlich abzusacken drohte und sich deshalb mit einem Ruck aufrichtete. Er blinzelte, blinzelte abermals, strich mit der Hand über sein Gesicht, um sich dann benommen zu ihr umzudrehen.

In dem Moment, als er sie ansah und das schlechte Gewissen in ihrer Miene las, wußte er sofort, daß sie irgendwie an seinem Zustand schuld war.

»Was haben Sie getan?« fuhr er sie an und sprang auf. »Verdammt, haben Sie mich vergiftet?« Zwei lange Schritte, und seine großen Hände umfaßten ihren rechten Arm.

Sie versuchte sich loszumachen, sein Griff aber hielt sie eisern fest. »Allmächtiger ... nein! Das würde ich nie tun! Sie werden nicht sterben ... es war lediglich ein Schlaftrunk. Er wird Ihnen nicht schaden – Sie werden nur einschlafen.«

Er taumelte und wäre fast hingefallen, ließ sie aber nicht los. »Luder!« rief er. »Verdammtes kleines Luder!« Er zog sie ein paar Schritt näher zum Feuer, dann schnellte seine Hand vor, und er ergriff die Lederschnur, die um das Essenstuch gewickelt gewesen war.

»Wa … was machen Sie da? Was …?« kreischte sie, als er sie an sich riß, das Lederband um ihr Handgelenk sowie um seines wickelte und es festzurrte. Dann schüttete er unbeholfen ein wenig Wein über den Knoten, um das Leder anzufeuchten und damit den Knoten zu festigen.

»Kann ja sein, daß ich schlafen werde, Herzogin, aber Sie können sicher sein, daß Sie das Haus nicht verlassen werden.« Er taumelte zum Sofa, in der Absicht, sich hinzulegen, ehe er hinfiel, schaffte es aber nicht so weit. Er zog sie an sich, als seine Augen sich verdrehten. Seine Knie gaben nach, und sie landeten in einem Durcheinander von Gliedmaßen auf dem Boden, wobei der Mann mit seinem ganzen Gewicht auf ihr zu liegen kam.

»Allmächtiger …« Sie konnte kaum atmen. Es bedeutete beträchtliche Mühe, ihn das kleine Stück weiterzuschieben, das nötig war, damit sie ihre Lungen mit Luft füllen konnte. Einen weiteren Augenblick brauchte sie, um sich zu orientieren. Kaum hatte sie es geschafft, als sie vor Verlegenheit rot anlief. Ihre Wange lag an seiner Schulter, sein Schenkel hatte sich viel zu intim zwischen ihre Beine geschoben, eine mächtige schwielige Hand lag auf ihrer Brust. Langgliedrige Finger umfaßten sie, von ihrer Haut nur durch eine dünne Musselinschicht getrennt.

Eine Fingerkuppe streifte ihre Brustspitze.

Kaum spürte sie es, als die rosige Knospe fest wurde und eine sonderbare Hitze sie durchströmte. Ach, du lieber Gott! Sie versuchte sich zu rühren. Es war unmöglich. Sie erreichte nur, daß sich ihre weiblichen Teile noch enger an sein Bein drückten. Sie ritt praktisch auf den harten Muskeln seines

Schenkels, und dieses Wissen ließ noch stärkere Hitze in ihrem Inneren aufsteigen.

Ihr Herz klopfte wie verrückt, doch gleichzeitig wuchs in ihr eine merkwürdige Neugierde. Die eine Hand war an sein Handgelenk festgebunden, die andere aber konnte sie bewegen. Sie hob sie ein Stück, dann noch ein wenig. Sie spürte sein leinenes Hemd unter ihren Fingerspitzen, das sich über einen breiten, kraftvollen, nach unten sich verjüngenden Rücken bis zur Mitte spannte, die schmal und muskulös war. Unwillkürlich glitt ihre Hand tiefer, über eine runde Gesäßhälfte, deren Wölbung und Festigkeit sie prüfte. Schuldbewußt glitt sie zurück zu seiner Taille, doch die Erinnerung an festes Fleisch blieb haften.

Velvet biß die Zähne zusammen. Eine schlimmere Folter hätte sie für sich nicht erfinden können. Stunden unter ihm zu liegen, während sein warmer Atem über ihre Wange strich und sein harter Körper sie bewegungslos hielt. Stunden, in denen diese sonderbaren prickelnden Gefühle ihr Blut in Wallung brachten. Während die Minuten verstrichen, machte sich ein merkwürdiges Verlangen in ihrer Brust bemerkbar, so daß sie versucht war, sich noch enger in seine erzwungene Umarmung zu drücken.

O Gott – was war nur mit ihr los? Der Mann war ein Wegelagerer, ein Räuber, vielleicht noch Schlimmeres. Dennoch blieb diese vage schmerzende Sehnsucht, und mit dem Vergehen der Stunden verfluchte sie ihn. Und sich. Wie hatte sie nur in diese Situation kommen können?

Als es dunkelte, hatte sein Gewicht seinen Tribut gefordert. Ihre Versuche, ihn von sich zu wälzen, hatten sie viel Kraft gekostet, ebenso aber auch ihr Bemühen, die Hitze seines großen Körpers und das leise prickelnde Gefühl zu ignorieren. Da nicht abzusehen war, wie lange sie noch unter ihm

gefangen liegen würde, fand sie sich mit ihrer Mattigkeit ab
und schlief schließlich ein.

Das Feuer war längst heruntergebrannt, doch sie fror nicht
und empfand im Schlaf das Gefühl tiefer Geborgenheit.

Jason rührte sich. Sein Brummschädel fühlte sich sonderbar
an, seine Knochen waren von einer merkwürdigen Lethargie
erfaßt. Nur ein Teil nicht, der hart wie Stein und von demselben hämmernden Pulsieren erfüllt war wie sein Kopf.

Herrjeh, was war nur los? Er schüttelte den Kopf, um wieder Klarheit hineinzubringen. Die Augen zu öffnen, kostete
ihn geradezu heroische Anstrengung. Himmel, er lag auf dem
Boden! Der Raum war dunkel und so kalt, daß er zu zittern
anfing. Er hob den Kopf, und sein erster Gedanke galt dem
Mädchen, voller Angst, weil er fürchtete, sie könnte ihm ent-
wischt sein, und wenn ja, wohin.

Dann fiel ihm alles sturzbachartig wieder ein. Noch ehe er
sich bewegte, spürte er ihren weichen Körper unter sich, sah,
daß ihr Rock hochgerutscht war, sein eines Bein zwischen
ihren Beinen lag und daß er mit einer Hand ihre Brust umfaßte.

Jason stöhnte auf, und seine Erregung wuchs, als er sich gegen das warme Dreieck zwischen ihren Beinen preßte. Flam-
mendunkles Haar streifte seine Wange, lange weiche Strähnen
ringelten sich um seinen Nacken und seine Schultern. Er bewegte sich instinktiv, und ihre Brustspitze wurde unter seiner
Hand fest.

Sein Körper reagierte noch hitziger, und Jason stieß insgeheim eine Verwünschung aus. Als er sich hastig hinkniete,
weckte er sie mit seiner Bewegung, so daß sie ihn zwinkernd
anstarrte.

Sein Lächeln war unbekümmert. »Na, gut geschlafen, Mylady? Ich hätte gedacht, Sie würden Ihr hübsches bequemes Bett vorziehen.«

»Sie Schuft!« rief sie aus und wollte sich wegrollen, doch die Lederschlinge um seinen Arm hielt sie fest.

»Gemach, gemach, Herzogin. Es war Ihr kleines Abenteuer, das gescheitert ist, nicht meines.«

»Soll das heißen, daß es meine Schuld ist? Nichts davon ist meine Schuld! Sie waren es, der mich entführte!«

»Und ich bin es, der Ihre Versuche satt hat, mich hereinzulegen.« Unsicher rappelte er sich hoch und half ihr auf die Beine. »Hören Sie gut zu, Herzogin – noch einmal ein Versuch dieser Art, und ich lehne jede Verantwortung für mein Verhalten ab.« Er zwang ihr Kinn mit einer Hand in die Höhe. »Ich garantiere Ihnen, daß ich nächstes Mal nicht mehr annähernd so nachsichtig sein werde.« Er sah sie eisig an. »Habe ich mich klar ausgedrückt?«

Momentan schwieg sie, und er ließ ihr Kinn los.

»Mich freizulassen, wäre die einfachste Art, allem ein Ende zu machen«, sagte sie schließlich und rückte ein wenig ab.

»Zum richtigen Zeitpunkt werde ich das tun.«

»Und wann wird das sein, bitte schön? Nachdem mein Hochzeitstermin verstrichen ist?«

Er sah sie finster an. »Genau.«

»Was?«

»Ob Sie es glauben oder nicht, eines Tages werden Sie mir noch dankbar sein.«

»Ihnen dankbar! Haben Sie den Verstand verloren?«

Er ging auf ihre Frage nicht ein. »Kalt ist es hier drinnen.« Er bückte sich, zog das Messer aus seinem Stiefel und durchschnitt das Band, das ihre Handgelenke aneinanderfesselte. Sie machte ein Gesicht, als hätte sie ihm die Klinge am liebsten zwischen die Rippen gestoßen.

Er suchte unter den Scheiten neben dem Kamin die passende Größe und stapelte etliche feinsäuberlich auf die Kohlen. Dann nahm er den Blasebalg, um die letzten Reste der Glut von neuem zu entfachen. »Ein Feuer könnte nicht schaden.«

»Sie … Sie sind unerträglich!« Sie drehte sich um und marschierte zur Treppe. Jason bemühte sich zu übersehen, wie ihr langes rötliches Haar über ihren Rücken tanzte, die schlanken, bestrumpften Fesseln unter ihren angehobenen Röcken hervorblitzten. Aber am meisten bemühte er sich, die Erinnerung daran zu verdrängen, wie ihre Brust sich in seiner Hand angefühlt hatte.

Als sie in ihrer Schlafkammer innehielt und die Tür zuknallte, war er plötzlich froh, daß er so lange und so tief geschlafen hatte. Wenn ihn die Erinnerung an den weichen Körper des Mädchens die ganze Nacht heimsuchte, würde er nicht viel Schlaf bekommen.

Jason warf einen Blick zu ihrer Tür am oberen Treppenabsatz. Zumindest dort war sie sicher aufgehoben.

Der Herzog lächelte Viscount Landreth und dessen fülliger Gemahlin Serena mit übertriebener Herzlichkeit zu, als das Paar die letzte Stufe der breiten Eingangstreppe erreicht hatte und die Eingangshalle betrat.

»Wie schön, daß Sie gekommen sind, Landreth. Sie müssen eine wahre Höllenfahrt hinter sich haben, schlammig wie die Straßen jetzt sind.«

»Diesen Anlaß hätte ich mir nie entgehen lassen.« Der Viscount zwinkerte so heftig, daß sein Lorgnon aus den wulstigen Augenfalten fiel. »Leckeres kleines Ding, das Sie sich geangelt haben. Hatte gehofft, mein Sohn würde sie heiraten, aber gegen einen Mann Ihres Ranges hat er keine Chancen.«

Avery lächelte höflich. »Ja, ich darf mich glücklich schätzen.« Er wandte sich an den in der Nähe stehenden Butler. »Cummings, führen Sie Seine Lordschaft und seine Gemahlin auf ihre Suite. Lord und Lady Landreth sind müde und werden sich nach der beschwerlichen Fahrt gewiß erfrischen wollen.«

»Ganz recht«, sagte der Viscount. »Unter anderem plagt mich die Gicht ein wenig.«

Avery lächelte. »Ich freue mich, Sie beim Abendessen wiederzusehen.«

Der Butler neigte den ergrauenden Kopf vor den Gästen, der Viscount und sein Gefolge von Dienstboten wurden weitergebeten, und Avery bot sich eine Fluchtchance.

Er nutzte sie und lief direkt in sein Arbeitszimmer, wo Baccy Willard wie ein schuldbewußter Schuljunge vor dem prächtigen Schreibtisch des Herzogs stand. Als Avery die Tür mit lauten Nachdruck schloß, sah er ihn zusammenzucken.

»Also, wo ist sie? Du hast gesagt, daß du sie finden würdest. Du hast es mir versprochen, und wieder hast du versagt.«

Baccy ließ den Kopf hängen. »Wir haben die ganze Gegend durchkämmt, Durchlaucht, aber wir haben keine Spur von ihr gefunden.«

Avery bezwang seinen aufsteigenden Zorn. »Dann muß er weiter geritten sein, als ihr geglaubt habt.«

»Ja, Durchlaucht. Wir dachten, er würde in der Nähe bleiben und Druck wegen des Lösegeldes machen.«

»Nun, das tut er offenbar nicht.«

»Nein, Euer Durchlaucht.«

Avery schob sein Kinn drohend vor. »Übermorgen soll die Hochzeit stattfinden. Bis zum Abend wird es im Haus vor Gästen wimmeln. Was soll ich deiner Meinung nach den Leuten sagen?«

Baccy zog seine massiven Schultern in die Höhe. »Die Wahrheit?« schlug er lahm vor.

»Die Wahrheit! Welche Wahrheit denn? Daß das Mädchen entführt wurde oder daß ich ruiniert bin, wenn die Heirat nicht zustande kommt?«

Baccy senkte den gewaltigen Kopf, daß es aussah, als hinge er schlaff an seinem massigen Hals. »Diese Wahrheit meinte ich nicht, Durchlaucht.«

»Das kann ich mir denken. Ich schlage vor, du machst dich wieder auf die Suche. Ihr Großvater wird langsam zu einem Problem, und heute morgen kam aus London eine Nachricht des Anwalts, der den Inhaber des Schuldscheins für Carlyle Hall vertritt. Wenn wir nicht rasch handeln, kann ich die Frist nicht einhalten und werde in bittere Armut gestürzt. Und du, mein Lieber, wirst wieder auf der Straße landen.«

Baccy schauderte zusammen. »Ich werde sie finden, Durchlaucht.«

Avery hob einen schweren gläsernen Briefbeschwerer von seinem Schreibtisch und starrte hinein, mit eisigen Augen, die die kalten, kristallenen Tiefen des Glases widerspiegelten. »Dann tu es.« Als Avery nichts mehr sagte, drehte sein Besucher sich um und ging zur Tür, um der Bedrohung zu entgehen, die aus den harten Zügen des Herzogs sprach.

Avery sah ihm nach. Aus ihm selbst nicht begreiflichen Gründen war Baccy Willard der einzige Mensch, dem er vertraute. Obwohl Baccys Verstandeskraft kaum die eines Kindes überstieg, sagte Avery Dinge zu ihm wie zu niemandem anderen, vielleicht weil er wußte, daß der Kerl sie nicht richtig verstand. Oder aber es war die Gewißheit, daß man Baccys Zunge zum Schweigen bringen konnte, ehe er ein Wort verriet.

Ebensogut möglich war es freilich, daß Avery, wie jeder

Mensch, jemanden brauchte, bei dem er sich aussprechen konnte, und er keinen anderen hatte.

Wie auch immer, das bereitete ihm keine Sorgen, jedenfalls keine so großen wie das Verschwinden der Haversham-Erbin. Er brauchte Velvet Moran. Er brauchte ihre große Mitgift, um seine Haut zu retten. Wo zum Teufel steckte sie?

In seinem Arbeitszimmer auf und ab gehend, verfluchte Avery den Wegelagerer, der sie entführt hatte, verfluchte Baccy Willard, weil er sie nicht finden konnte, verfluchte sein Pech, das ihn gezwungen hatte, sein Haus zu verpfänden, und verfluchte nicht zuletzt den gnadenlosen Inhaber des Pfandscheines, wer immer dieser sein mochte.

»Bei Gott!« Er schüttelte die geballte Faust, wünschte den verfluchten Entführer zur Hölle und verfluchte seine Gäste, denen er sich bald stellen mußte. Übermorgen würden die angesehensten und reichsten Mitglieder der ersten Gesellschaft Carlyle Hall mit ihrem Besuch beehren. Er hatte keine Kosten gescheut, um sie zu beeindrucken. Und seine Gläubiger hatten beflissen mitgemacht, da die Gerüchte über das Vermögen, das bald in seinen Besitz übergehen würde, berechtigte Hoffnung in ihnen weckten, er würde bald seinen Verpflichtungen nachkommen können.

Und Velvet Moran? Entehrt oder nicht, wenn sie am Leben war, würde er sie heiraten. Er würde die auf Carlyle Hall lastenden Schulden tilgen, Velvet ein Kind machen und sie dann auf dem Land versauern lassen. Er selbst wollte in der Stadt leben, ihr Vermögen zur Neuerschaffung seines eigenen verwenden, und seine Macht würde sich mit der seines Vaters messen können, als dieser Duke of Carlyle war.

Bis dahin galt es, auszuharren und Rückgrat zu zeigen. Mit einem gezwungenen Lächeln auf den Lippen gesellte sich Avery wieder zu seinen Gästen.

6

Zwei Tage waren vergangen. Heute war ihr Hochzeitstag, und Velvet fragte sich, wie Avery seinen Gästen das Verschwinden seiner Braut erklärt haben mochte, und ob er den Hochzeitstermin einfach verschoben hatte.

Ihre mißglückten Fluchtversuche hatten sie daran gehindert, rechtzeitig zur Trauung zu erscheinen. Den ganzen Morgen über spürte Velvet das Gewicht der Niederlage schwer auf sich lasten. Sie warf einen Blick zur Tür, die fest verschlossen blieb. Ihr Entführer machte sich draußen zu schaffen, dem Haus und ihrem Zorn ausweichend. Nur der Stallbursche war gekommen, hatte das Nachtgeschirr geleert und Lebensmittel gebracht, alles, ohne ein Wort zu sprechen. Sein Benehmen gab ihr klar zu verstehen, wo seine Loyalität lag.

Der Junge war oben an der Arbeit, machte in ihrer Schlafkammer sauber und brachte frisches Wasser. Sie beobachtete ihn, als er die Treppe hinunterstieg, den Blick stur geradeaus.

Sie markierte mit dem Finger die Stelle im Buch und sah den Jungen an, der noch immer seinen Blick angestrengt auf den Boden vor sich gerichtet hielt.

»Du heißt doch Bennie, oder?« Mehr wollte ihr nicht einfallen, obwohl ihr sehr daran lag, ihn und seine Hilfe für sich zu gewinnen.

»Ja.«

»Bist du Jasons Freund?«

Sein Kopf mit dem sandfarbigen Haar fuhr hoch. »Sie sprechen von Seiner Lordschaft?«

»Ja.«

»Er bezahlt mich, das ist alles. Und ich tue, was er sagt.« Bennie wollte verlegen zur Tür.

»Draußen im Wald ist es sehr schön … findest du nicht?«

»Nur im Winter nicht, da ist es schrecklich kalt.«

»Mir ist entfallen, wie die kleine Ortschaft an der Straße unweit von hier heißt … wie heißt sie doch gleich …«

Er sah sie wachsam an. »Versuchen Sie ja keine Tricks bei mir. Seine Lordschaft hat mich gewarnt, daß Sie eine ganz Raffinierte sind … ich sollte nicht auf Sie achten.«

Velvet schob ihr Kinn vor. »Was hat er sonst noch gesagt? Hat er gesagt, daß er mich entführte? Daß ich hier gegen meinen Willen festgehalten werde?«

An der Tür angekommen, schüttelte der Junge so energisch den Kopf, daß sein Haar ihm über die Augen fiel. »Geht mich nichts an, warum er Sie hergebracht hat. Er hat Ihnen nichts getan, und Sie sind seine Frau. Sie sollten darauf hören, was Seine Lordschaft sagt.«

»Seine Frau! Hat das dieser verlogene Spitzbube gesagt?« Aber der Junge öffnete schon die Tür.

»Ich könnte dich bezahlen«, rief Velvet ihm nach. »Wenn du mir bei der Flucht hilfst, würde ich dir das Doppelte dessen geben, was er dir zahlt.«

Ohne ihr Beachtung zu schenken, trat er ins Freie und schloß die Tür fest hinter sich.

Ihren Versuch, ihn für sich zu gewinnen, konnte sie also auch als Fehlschlag verbuchen. Sie hatte von Anfang an vermutet, daß Bennies Anhänglichkeit nicht käuflich war, und in gewisser Hinsicht gefiel er ihr dafür um so besser.

Aber damit war ihr Problem nicht gelöst. Mit einem verzagten Seufzer ging sie wieder zum Sofa und warf dabei einen Blick auf die Uhr über dem Kamin. Zwei Uhr nachmittags. Um diese Zeit hätte sie schon verheiratet sein sollen. Daß sie in diesem Fall sehr beklommen der Hochzeitsnacht mit Avery Sinclair entgegengesehen hätte, spielte nun keine Rolle mehr.

Obwohl sein kühles Benehmen sie nervös machte und seine unwillkommenen Küsse in ihr keine Reaktion geweckt hatten, wäre sie ihrer Pflicht nachgekommen. Es gehörte zum Abkommen und war der Preis, den sie willig gezahlt hätte, um Familie und Vaterhaus zu retten.

Noch immer auf dem Sofa sitzend, griff Velvet nach dem in Leder gebundenen Band von *Robinson Crusoe*, den sie zu lesen begonnen hatte, doch die Buchstaben verschwammen vor ihren Augen. Wut und Enttäuschung waren zu groß. In einem Anfall von Jähzorn schlug sie das Buch zu, warf es beiseite und sah es mit einem dumpfen Aufprall auf dem Boden landen.

Dieser verdammte Kerl! Wovon sollten sie und ihr Großvater leben, wenn die Trauung nicht zustande kam?

Ihre Mittel waren so gut wie aufgebraucht. Sie schuldeten ihren Dienstboten die Löhne, im Haus gab es nichts mehr, das sich zu Geld machen ließ. Es war gar nicht daran zu denken, weiterhin den Schein zu wahren, der nötig war, um sich wieder einen reichen Mann zu angeln.

Ein Blick aus dem Fenster zeigte ihr, daß ihr Entführer in einiger Entfernung mit seinem Pferd, das er an einem Leitseil laufen ließ, trainierte. Warum lag ihm so viel daran, die Hochzeit zu verhindern? Was ging ihn ihre Heirat an?

Ihr wollte keine Antwort einfallen.

Frustriert sprang sie vom Sofa auf und bückte sich nach dem schweren Buch. Dabei bemerkte sie, daß sich eine der Bodenplatten gelockert hatte. Bei genauerem Hinsehen sah Velvet, daß man den Stein mit Absicht nicht mit Mörtel festgemacht hatte. Sie schob das Buch beiseite und machte sich daran, die Steinplatte herauszuheben. Vielleicht wartete dahinter ein geheimes Versteck.

Vor Anstrengung stöhnend, hob sie den schweren Stein an und entdeckte darunter einen kleinen Lederbeutel, der in der ausgehöhlten Vertiefung lag. Als sie ihn an sich nahm, klirrten Münzen darin, doch war es die danebenliegende Waffe, die ihre Aufmerksamkeit auf sich zog.

Ihre Erregung war schuld, daß ihre Hände plötzlich unbeholfen waren, als sie nach dem alten Schießprügel faßte und ihn vorsichtig aus seinem Versteck holte und die schützende Hülle entfernte.

Sie strich nachdenklich über das abgegriffene glänzende Holz. »Möchte wissen, ob du funktionierst.« Die Waffe war gut instand gehalten, der Lauf metallisch schimmernd, die Messingteile noch immer mit Ölgeruch behaftet. Die alte Pistole war tadellos und einsatzbereit, wie ihr klar wurde, als sie sie näher untersuchte. Wer auch immer sie hier versteckt hatte, wollte für jede Bedrohung gerüstet sein.

Sie lief ans Fenster und sah, daß ihr Entführer das Pferd zum Stall führte. Das bedeutete, daß er jeden Moment das Haus betreten konnte.

Wieder betrachtete sie die Waffe und wog sie in der Hand. Es sah ganz danach aus, als würde sich ihr abermals eine Chance bieten –, und die konnte sie nicht einfach verstreichen lassen. Aber andererseits konnte sie ihn schlecht erschießen. Was also sollte sie tun?

Velvet biß sich auf die Unterlippe, als die Tür aufschwang und Jason eintrat, die Arme voller Holz. Die Chance war vertan, die Waffe zu verstecken, ihr Vorgehen zu verschieben – falls sie überhaupt den Mut aufbringen würde. Ihre Unsicherheit unterdrückend, entsicherte sie die Waffe, die so schwer war, daß sie beide Hände brauchte, legte an und zielte auf Jasons breite Brust.

»Ich – ich möchte Ihnen nichts antun.«

Er ließ das Holz fallen, daß die Scheite vor seine langen Beine rollten. »Was, zum Teufel …«

»Ich möchte nur fort. Ich habe nie etwas anderes gewollt. Aber wenn Sie mich zwingen, werde ich schießen. Geben Sie die Tür frei, und lassen Sie mich durch.«

In seiner Wange zuckte ein Muskel. »Legen Sie die Waffe aus der Hand, Herzogin, ehe jemand zu Schaden kommt.« Harte saphirblaue Augen musterten ihr Gesicht. Sie ertappte sich dabei, daß sie darum kämpfte, sich den genauen Farbton des Blaus merken zu wollen und sich seine Züge einzuprägen, damit sie ihr in Erinnerung blieben.

»Sie sind derjenige, der zu Schaden kommen wird«, sagte sie. Dabei zuckte ihr der Gedanke durch den Kopf, daß der Jason Genannte in wenigen Augenblicken für immer aus ihrem Leben verschwunden sein würde, und ihr wurde eng ums Herz. »Ich sage noch einmal – geben Sie die Tür frei, und lassen Sie mich passieren.« Ihr Herz dröhnte. Die Pistole bebte so stark in ihrer Hand, daß sie ihren Griff festigte, um sie ruhig zu halten.

Daß sie nicht abdrücken würde, konnte er nicht wissen. Sie hoffte nur, daß sie überzeugend geklungen hatte.

Er trat ein Stück näher. »Herzogin, ich habe Ihre Mätzchen satt – legen Sie das verdammte Ding aus der Hand.«

Ihr sehnsüchtiger Blick galt der Tür, die hinter ihm offenstand. »Das kann ich nicht.« Schon wollte sie um ihn herum zum Eingang laufen, als sie einen Blick auf sein Gesicht warf. Er war so wütend, daß er mit den Zähnen knirschte, und in ihr regte sich ein Anflug von Angst.

»Bitte … Jason … gehen Sie mir aus dem Weg.«

Er ballte die Hände zu Fäusten. Seine leuchtendblauen Augen sprühten zornige Funken. »Ich habe Ihnen mehrmals versichert, daß ich Ihnen nichts zuleide tun werde und Sie in wenigen Tagen freizulassen gedenke. Sie wollten nicht hören. Sie haben mich durch den Schlamm gezerrt, mir eins über den

Kopf gegeben und mich fast vergiftet. Und jetzt bedrohen sie mich mit einer Schußwaffe. Ich warne Sie, Herzogin, legen Sie die Pistole aus der Hand – sofort –, oder Sie werden einen Preis dafür bezahlen, der Ihnen nicht gefallen wird.«

Sie zog eine Braue hoch, von seinem herausfordernden Ton gereizt. »Einen Preis, Mylord? Sie scheinen zu vergessen, daß ich es bin, die eine Waffe in der Hand hat.«

Er verzog den Mund. »Und ich bin es, der Sie übers Knie legen und Ihnen eine Tracht Prügel verabreichen wird, wenn Sie nicht tun, was ich sage.«

Um ihre gespielte Tapferkeit war es geschehen. Unsicherheit trat an ihre Stelle. Die Drohung, die aus Jasons Miene sprach, war unmißverständlich. Erwischte er sie, würde er sie verprügeln. Durch die offene Tür wehte eine Brise. Sie blickte auf ihre tödliche Waffe nieder. Würde er tatsächlich sein Leben riskieren, um sie aufzuhalten?

»Die Pistole, Herzogin.«

Wieder galt ihr sehnsüchtiger Blick der Tür. Die Versuchung war zu groß. Ohne ihn aus den Augen zu lassen, stürzte sie mit auf ihn angelegter Waffe an ihm vorüber auf die Tür zu. Sie hörte ein lautes Knurren, eine Hand schnellte aus dem Nichts vor und stieß den Lauf nach oben, so blitzschnell, daß sich ein Schuß löste. Velvet schrie auf, als Holz und Mörtel auf ihre Köpfe regnete, während ein starker Arm sich um ihre Taille legte und Jason sie unsanft an sich zog.

»Ich habe Sie gewarnt!« donnerte er, sie zu einem Stuhl zerrend, auf den er sich sinken ließ und sie trotz ihres Zappelns übers Knie legte.

»Loslassen!« Er schenkte ihr keine Beachtung. Seine mächtige Hand hob sich und drei harte Schläge fielen auf ihr Hinterteil und brannten durch den einfachen Wollrock. Jeder einzelne heftige Schlag trug die volle Wucht seines Zornes. Dann umfaßte er ihre Schultern und drehte sie um, so daß sie ihn ansehen mußte. Schweratmend begegnete er ihrem lodernden Blick.

Velvet machte den Mund auf, um die saftigen Verwünschungen von sich zu geben, die ihr auf der Zunge lagen, doch sein harter Blick brachte sie abrupt zum Schweigen. Ihre Augen trafen aufeinander, stählernes Blau und wütendes Goldbraun. Seitlich an seinem Hals bebte eine Ader unter seinem Pulsschlag. Seine Brust hob und senkte sich, und seine Muskeln bewegten sich so, daß sie unwillkürlich daran erinnert wurde, wie verlockend er sich angefühlt hatte, als er sie in der Nacht auf dem Boden fast erdrückt hatte.

Unwillkürlich benetzte sie ihre Lippen mit der Zunge, und sie hörte ihn aufstöhnen.

»Herrgott ... du unmögliches Frauenzimmer, du ...« Ihr Kinn umfassend, preßte er seinen Mund entschlossen auf ihren.

Ihrer Fassungslosigkeit folgte ein Gefühl der Benommenheit, das von Empörung abgelöst wurde. Dann erst nahm sie das Gefühl seiner festen Lippen wahr, hart und doch weich, die Wärme, die Wildheit, mit der sie Besitz von ihr ergriffen. Ein leiser Seufzer, den sie ausstieß, gab seiner Zunge den Weg frei und ließ sie ihr Recht fordern, als stünde es ihm zu.

Um sie herum schien sich alles zu drehen. Ihr Inneres geriet in Aufruhr, und sie hatte das Gefühl, von einer Klippe in die Tiefe zu fallen. Jason faßte in ihr Haar und zog sie noch dichter an sich, wobei er das Band, das es zusammenhielt, löste und die dichte rötliche Haarflut offen ihre Schultern umspielte.

Gierig erforschte seine Zunge ihre Mundhöhle und erfüllte sie mit durchdringender Wärme. Ihr Herz raste in ihrer Brust, und unter ihrer dünnen Bluse wurden ihre Brüste prall und schwer.

Jasons Kuß, der immer leidenschaftlicher wurde, entzündete winzige Feuer, die über ihre Haut huschten, so daß sie vor wohliger Schwäche erbebte. Ihre Hände glitten zu seinen Schultern, ihre Finger gruben sich in seine Muskeln und klammerten sich an ihn, als sei seine Stärke das einzige, was sie aufrecht zu halten vermochte.

»Jason …«, flüsterte sie, als sein Mund über ihre Wange glitt, ihre Kehle entlang und weiter über ihre Schultern.

»O Gott, kleine Herzogin …« Er küßte sie wieder, wobei seine Hand sich von ihrer Mitte löste und nach oben glitt, um ihre Brust zu umfassen. Atemlos drängte sie sich an ihn, als ihre Brustspitze unter seiner Berührung steif wurde. Ein prickelndes Gefühl stieg in ihr hoch. Sie schmiegte sich in seine Hand, und seiner Kehle entrang sich ein heiserer Laut.

Velvet merkte gar nicht, daß er das Zugband ihrer Bluse gelöst hatte, sie spürte nur undeutlich, daß der Stoff über ihre Schultern herunterglitt. Als seine warme Handfläche ihre nackte Brust umfaßte, zuckte ein wahrer Flächenbrand in ihr auf. Herr im Himmel … da sie darauf nicht gefaßt war, hatte sie das Gefühl, den Boden unter den Füßen zu verlieren.

«Jason …», hauchte sie, und kämpfte um die Reste ihrer Beherrschung, die ihr immer mehr zu entgleiten schien. Ihr Körper stand vollends in Flammen. In ihren Brüsten pulsierte es, feuchte Hitze pochte zwischen ihren Beinen.

Er küßte sie wild, senkte dann den Kopf und nahm eine Brustspitze in den Mund. Sengende Hitze durchfuhr ihren Körper. Seine Zunge umspielte die empfindliche Knospe, und sie wölbte sich ihm mit einem leisen Keuchen entgegen, während ihr Verstand unter einer Woge unvorstellbarer Lust begraben wurde. Sie wußte, daß sie ihm Einhalt gebieten mußte, doch brachte sie die Kraft nicht auf. Ihre Hand glitt über seine Rückenmuskeln, die sich unter ihrer Berührung strafften. Sie fuhr mit den Fingern durch sein seidiges dunkles Haar und löste das schmale Band, das es zusammenhielt. Die leicht gewellten Strähnen fielen wie ein dunkler Schatten über seinen starken Nacken.

Sie zitterte am ganzen Leibe, als sie den Kopf zurückwarf, den ihr Haar wie eine dunkle, schimmernde Wolke umgab, aus der sich feine Locken um seine Hände wanden. Sie spürte die Härte seiner Erregung unter sich, doch auch diese Bedrohung war nicht imstande, den Nebel ihrer Ekstase zu durchdringen.

Das konnte nur Gott allein, und sie sandte trotz allem pflichtbewußt ein Stoßgebet um sein rasches Eingreifen zum Himmel. Und es kam in Gestalt Bennie Taylors – zumindest glaubte sie, daß er es war, der an die Tür klopfte.

»Was, zum Teufel …?« Es dauerte einen Moment, bis Jason sich aufraffte, seinen betäubenden Kuß unterbrach und sich von ihr losriß. Als er es schließlich tat, spürte sie einen kalten Luftzug und damit verbunden das eisige Gefühl der Realität, das ihrer Benommenheit ein Ende machte.

»O mein Gott!« fluchte Jason und zog mit unsicherer Hand ihre Bluse zurecht. Der Blick seiner gewitterdunklen Augen zeigte fast so viel Bedauern wie der ihre.

»Schon gut, Herzogin«, sagte er leise, als er ihre erschrockene Miene sah. »Ich lasse ihn nicht ein.« Er brachte seine Kleidung in Ordnung, wobei die Auswölbung seiner knappen Wildlederhose nur zu deutlich verriet, was eben vorgefallen war.

Velvet wandte sich mit hochrotem Gesicht zutiefst verlegen ab. Noch immer spürte sie den Nachhall der warmen, prickelnden Gefühle, die sie auf dem feurigen Pfad der Leidenschaft mitgerissen hatten.

Sie schwieg, als Jason die Tür öffnete und mit Bennie sprach, der davor stand. Als der Junge zum Stall deutete, sah

Velvet ein schlankes graues Pferd, das am Zaun angebunden war, und im Schatten daneben einen hochgewachsenen Mann. Er trat einen Schritt zurück und war ihrer Sicht entzogen, ehe sie mehr als einen flüchtigen Eindruck von seinem Gesicht gewinnen konnte. »Ich bin gleich wieder da«, sagte Jason zu ihr. Nach einem letzten prüfenden Blick, der ihr galt, durchschritt er die Tür und schloß sie. Er ließ Velvet total aufgewühlt zurück. Ihre Gedanken wie auch ihr Körper waren in Aufruhr.

Als er den Stall betrat, sah Jason Lucien Montaine in der kühlen Dunkelheit warten. Sich zur Ruhe zwingend, strich er sich das Haar aus dem Gesicht. Zu dumm, daß er das Band vergessen hatte, mit dem er es zügelte. Zu dumm, daß er aussah wie ein Mann, der eben bei der Liebe gestört worden war. Er verwünschte sich deswegen und haßte sich für sein Benehmen.

»Und ich machte mir schon Sorgen wegen deines einsamen Landlebens ... und befürchtete, du littest Langeweile.«

Jason, dem Luciens Sarkasmus nicht entging, beschränkte sich darauf, den Kopf zu schütteln. Der Marquis of Litchfield wußte offenbar genau, was sich eben im Haus zugetragen hatte.

»Langeweile ist meine geringste Sorge.« Jason fuhr sich mit der Hand durchs Haar. »Gottlob bist du gekommen, und das genau zum richtigen Zeitpunkt. Ich weiß gar nicht, wie es passieren konnte. Eben kämpften wir noch miteinander, und im nächsten Moment küßte ich sie. O Gott, sie hat den weichsten, süßesten Mund, den ich je kostete.« Wieder schüttelte er den Kopf, noch immer erstaunt über sich selbst. »Jedenfalls ist es allein meine Schuld und nicht jene der Lady. Es war nicht meine Absicht, so etwas geschehen zu lassen. Lucien, du hast mein Wort, daß es nie wieder vorkommen wird.«

»Ich nehme an, ich bin rechtzeitig eingetroffen, ehe du so weit gehen konntest, unsere reizende kleine Unschuld zu entjungfern.«

Jason schloß die Augen. Er wünschte, er hätte die Erinnerung an ihre schönen Brüste auslöschen können. »Das Mädchen ist noch unberührt.« Aber sie wäre es nicht mehr gewesen, wenn Lucien sie nicht gestört hätte.

»Dann ist es ja gut, daß dir nur noch ein Tag in inniger Zweisamkeit mit ihr bevorsteht. Ich baue darauf, daß du deine niedrigen Instinkte so lange zügeln kannst.«

Jason seufzte. »Unfaßbar, daß ich mich so benehmen konnte. Daß ich mich verändert habe, seit ich England verließ, wußte ich wohl, aber wie stark, das ahnte ich nicht.«

Sein Freund zog erstaunt eine schwarze Braue hoch. »Gewiß hast du das Mädchen nicht mit Gewalt nehmen wollen.«

Jason riß die Augen auf. »Um Himmels willen, nein. So tief würde nicht einmal ich sinken.«

Lucien verzog amüsiert den Mund und schlug Jason auf den Rücken. »Dann beruhige dich, mein Freund. Die Dame ist ein hübsches kleines Ding und verlockend für jeden Mann. Quäle dich nicht mit Gewissensbissen, weil du nur menschlich reagiert hast.«

Diese Bemerkung entlockte Jason ein Lächeln. »Ihre Tugend ist nicht gefährdet, wie ich eben sagte. Trotzdem bin ich froh, daß die Sache so gut wie erledigt ist.«

»Und das ist auch der Grund meines Kommens. Avery hat das Schreiben erhalten, das den Verfall des Pfandscheines ankündigt. Morgen um Mitternacht wird Carlyle Hall samt vierzehntausend Morgen Land wieder dein Eigentum sein.«

Jason nickte befriedigt. «Und die Hochzeit? Was hast du darüber gehört?«

Lucien ließ ein leises Lachen hören. »Ich muß sagen, es war

einmalig. Als ich heute frühmorgens in Carlyle Hall eintraf, trug Avery mit seinen Gefühlen so dick auf, daß er beinahe knöcheltief darin versank. Er zeigte sich schier untröstlich, weil seine Zukünftige auf der Fahrt zu ihrer Hochzeit Wegelagerern in die Hände gefallen sei. Er scheue keine Kosten und Mühen, sie zu finden, die Trauung müsse freilich verschoben werden.«

Jason runzelte die Stirn. »Er hat seine Heiratspläne nicht aufgegeben?«

Lucien sah ihn lange an und zuckte dann mit den Schultern. »Wenn sie ihn noch möchte. Aber vielleicht wird sie entdecken, wie es in Wahrheit um seine Vermögensverhältnisse steht. Ich bezweifle sehr, ob die Haversham-Erbin Wert darauf legt, sich an einen verarmten Herzog zu binden.«

Jasons Spannung ließ sichtlich nach, als er das hörte. Ihm war gar nicht aufgefallen, wie widerwärtig ihm die Vorstellung war, Velvet könnte seinen Bruder trotz allem heiraten. »Dann werde ich dafür sorgen, daß sie übermorgen wohlbehalten in Carlyle Hall eintrifft. Ihr Großvater soll sich nicht länger als nötig aufregen müssen.«

Lucien nickte. »Falls ein Problem auftauchen sollte, sende ich dir Nachricht, aber ich erwarte keines. Sobald das Mädchen dort eingetroffen ist, kannst du zu mir kommen, und wir können drangehen, weitere Schritte zu unternehmen, um deinen Namen zu rehabilitieren.«

Jason reichte dem Marquis seine Hand. »Danke, Lucien. Was du für mich getan hast, werde ich dir nie vergessen.«

»Mein Freund, das war erst der Anfang.« Er deutete mit einer Kopfbewegung zum Haus hin. »Um die nächsten zwei Tage beneide ich dich nicht.«

Jason verdrehte bezeichnend die Augen. »Du hast ja keine Ahnung …«

Lucien lachte nur. Darauf bedacht, den Fenstern nur seinen Rücken zuzukehren, schwang er sich auf sein Pferd. »Gib acht auf dich. Bis dann.«

Jason sah ihm nach, ehe er mit einem tiefen Atemzug zurück ins Haus ging. Er erwartete, das Mädchen in seiner abgeschlossenen Kammer anzutreffen, vor Reue und Scham am Boden zerstört. Sicher gab sie ihm die Schuld an dem, was vorgefallen war – zu Recht.

Statt dessen saß sie unbeweglich auf dem Sofa und las. Er schloß die Tür und stellte sich vor sie hin, sie aber hob den Blick nicht von ihrer Lektüre.

»Ich weiß, daß Sie wütend sind.«

Velvet reagierte nicht.

»Ich behaupte nicht, daß es nicht berechtigt wäre. Sie sollen nur wissen, daß es nie meine Absicht war, es so weit kommen zu lassen. Ich wollte Sie nicht anrühren. Nehmen Sie bitte meine Entschuldigung entgegen, Lady Velvet. Sie haben mein Wort, daß es nie wieder vorkommen wird.«

Sie senkte das Buch, und er sah nun, daß ihre Wangen sich rosig gefärbt hatten. »Ich hätte nicht gedacht, eine Entschuldigung zu hören. Von einem Wegelagerer kommt sie ganz unerwartet.« Sie befeuchtete ihre Unterlippe. Nun erst merkte er, wie schwer es ihr fiel, ihre Fassung zu bewahren. »Mylord, Sie haben sehr galante Worte gefunden, aber in Wahrheit liegt die Schuld ebenso bei mir. Ich habe mich sehr schlecht benommen.«

Sie schüttelte den Kopf so heftig, daß ihr Haar, das noch immer offen über ihre Schultern floß, ins Schwingen geriet. »Ich verstehe es nicht«, sagte sie. »Es war so, als wäre ich nicht ich selbst gewesen. Das macht vielleicht das lange Eingeschlossensein oder ...« Ihre Wangen röteten sich noch mehr. Wieder schüttelte sie den Kopf. »Hoffentlich glauben

Sie nicht, ich würde mich immer so benehmen. Seien Sie versichert, daß es nicht der Fall ist, Mylord.«

Fast hätte er gelächelt. »Ich mag abgestumpft sein, Mylady, und es mag auch sein, daß ich von Frauen nicht immer die beste Meinung hatte, aber ich vermag Unschuld zu erkennen, wenn ich ihr begegne. Ich hätte Ihre Unschuld nicht ausnutzen dürfen.«

Sie wandte ihren Blick ab und starrte zum Fenster. »Dieser Mann, der eben kam … Der Hochzeitstermin ist verstrichen. Ist das Lösegeld eingetroffen?«

»Es wurde keine Lösegeldforderung abgeschickt. Bei der Entführung ging es nicht um eine Erpressung und Geld.«

»Dann kann ich also nach Hause zurück?«

Er nickte. »Übermorgen werde ich dafür sorgen, daß Sie wohlbehalten in Carlyle Hall eintreffen. Ich glaube, Ihr Großvater befindet sich noch immer dort. Sicher kann er es kaum erwarten, Sie wiederzusehen.«

»Übermorgen?«

»Mein Wort darauf.«

Sie sah ihn abschätzend an, da sie nicht sicher war, ob man ihm glauben konnte oder nicht. »Aber ich habe Ihr Gesicht gesehen. Müssen Sie nicht befürchten, daß ich Ihre Identität preisgebe?«

Nun lächelte er spontan. »Wer bin ich denn, Mylady?«

»Nun, Sie sind … Sie sind …« Sie warf frustriert den Kopf zurück. »Sie sind ein großer, starker Straßenräuber mit blauen Augen. Der Punkt geht an Sie, Sir.«

»Velvet?«

Sie blickte auf, erstaunt über die vertrauliche Anrede. »Ja?«

»Es gibt etwas, das Sie von Ihrem zukünftigen Ehemann wissen sollten.«

Sie sah ihn wachsam an. »Und das wäre, Mylord?«

»Der Herzog steht am Rand des Ruins. Nicht einmal Carlyle Hall gehört ihm mehr.«

»Was?« Sie sprang so unvermittelt auf, daß das Buch von ihrem Schoß plumpste. »Aber das ist absurd.«

»Tut mir leid. Sie können ja Ihre Anwälte bemühen, um es festzustellen, aber Sie werden entdecken, daß ich die Wahrheit sage.«

»Ich glaube Ihnen nicht. Das ist ganz ausgeschlossen. Der Herzog ist sehr begütert.«

»Das war er einmal. Leider ist diese Zeit vorbei. Er heiratet Sie nur wegen Ihres Geldes, das er dringend braucht, da er im Laufe der Jahre einige glücklose Investitionen tätigte. Ein gescheitertes Unternehmen folgte dem anderen. So steckte er ein kleines Vermögen in ein Verfahren zur Gewinnung von Trinkwasser aus Salzwasser, das nicht klappte. Viel Geld kostete ihn auch eine Formel zur Verwandlung von Blei zu Silber, ebenso das Experiment, Quecksilber zu einem vielfach verwendbaren Metall zu machen. Er handelte mit Menschenhaar, importierte Esel aus Spanien und finanzierte einen Erfinder, der behauptete, ein Perpetuum mobile ersonnen zu haben.«

Ihr Gesicht war aschfahl geworden. »Du lieber Himmel …«

»Keines dieser Unternehmen hat auch nur den geringsten Profit abgeworfen. Der Herzog ist in geschäftlichen Dingen ein totaler Versager. Wenn Sie ihn heiraten, gerät Ihr Vermögen in die Hände eines Mannes, der es sehr wahrscheinlich bald verpulvern wird.«

Sie sank auf das Sofa, noch bleicher als vorhin. »Warum sagen Sie mir das alles erst jetzt? Warum sind Sie nicht eher damit herausgerückt, wenn Sie die Verlobung beenden wollten?«

»Ich habe nie gesagt, daß ich der Verlobung ein Ende machen wollte. Es genügt, wenn ich sage, daß ich nicht riskieren konnte, Ihr Geld in seine Hände fallen zu lassen … wenigstens nicht vor übermorgen.«

Sie faltete ihre zitternden Hände im Schoß. »Sie sprechen doch die Wahrheit, oder?«

»Ja, das tue ich.«

Velvet ließ sich auf dem Sofa zurücksinken, schüttelte fassungslos den Kopf, und plötzlich fing sie zu lachen an. »Nicht zu glauben!« Der Gedanke an Avery und die Ehe, von der sie sich Rettung erhofft hatte, steigerte ihre Belustigung, so daß sie lachte und immer heftiger lachte und gar nicht aufhören konnte. »Das ist ja der Gipfel! Absolut der Gipfel!«

Jason sah erstaunt, daß ihr Gelächter in Tränen überging, die sie mit der Faust abwischte. Doch sie hörte nicht auf zu lachen. Es war ein hartes, fast schmerzhaftes Lachen, dessen bitterer Unterton Jason entging.

Der Herzog heiratete sie ihres Geldes wegen! Sie krümmte sich weiter vor Lachen und schlug sich auf die Schenkel.

Sie lachte mehr Tränen, so viele, daß diese sie blendeten und sie nichts mehr sehen konnte.

»Schluß jetzt!« befahl Jason stirnrunzelnd, doch sie reagierte nicht auf ihn. »Schluß, sage ich!« Erst als er sie vom Sofa hochriß und schüttelte, brachte er sie zum Schweigen. Ihr Lachen ging in heftiges Schluchzen über, das qualvoll ihren Leib durchzuckte.

»Ach Herzogin …« Jason nahm sie in die Arme und drückte sie schützend an seine Brust. »Er hat Sie nicht verdient.«

Sie weinte noch mehr, schlang ihre Arme um seinen Nacken, klammerte sich an ihm, um seine Wärme und Stärke zu spüren.

»Ist ja gut«, versuchte er sie zu trösten. »Sie werden einen anderen finden, den Sie heiraten können, einen viel besseren Ehemann als Avery Sinclair.«

Velvet hörte seine Worte zwar, doch war es vor allem sein sanfter Ton, der ihre Verzweiflung durchdrang. Er fühlte sich so gut und so fest an, und seine tröstenden Hände waren von so unglaublicher Zärtlichkeit. Ihre Tränen versiegten allmählich, das Schluchzen verebbte. Sie spürte seine harten Arme um sich, seinen stetigen Herzschlag unter ihrer Hand. Mit einem letzten verschleierten Blick in sein Gesicht machte sie sich los.

»Es tut mir leid.« Ihre Stimme klang heiser vom Weinen. »Es ging nicht nur um den Herzog und meine fehlgeschlagenen Ehepläne. Es war alles zusammen, denke ich.«

Er wischte ihr mit dem Daumen die Tränen von den Wangen. »Schon gut. Bald werden Sie zu Hause sein, und dies alles wird hinter Ihnen liegen.«

Velvet nickte, doch ihr Herz schmerzte unter der Gewißheit eines unersetzlichen Verlustes, und das Lächeln, mit dem sie ihn ansah, war gezwungen.

Es würde ganz und gar nicht alles wieder gut sein. Wenn sie keinen anderen Mann fand – einen mit so viel Geld, daß er für die Haversham-Schulden aufkommen konnte –, würde sie ruiniert sein.

Velvet, die mit Mühe gegen neue Tränen ankämpfte, wünschte sich mehr denn je, in die Stille ihres Hauses zurückkehren zu können.

7

Die letzten zwei Tage vergingen friedlich und ereignislos. Jason war zwar im Zweifel, ob es nicht ein Fehler gewesen war, daß er Velvet nicht gleich von Anfang an die Wahrheit über

Avery gesagt hatte, doch stand zu vermuten, daß er bei ihr auf Unglauben gestoßen wäre. Sie hätte ihn für verrückt gehalten und ihre Fluchtversuche noch energischer betrieben.

Nun aber kannte sie die Wahrheit – zumindest einen Teil – und schien ihm zu glauben. Sie hatte ihm auch geglaubt, als er ihr versprach, daß er sie nach Carlyle Hall bringen würde, und sie hatte ihm ihr Wort gegeben, keinen Fluchtversuch mehr zu unternehmen.

Da nun eine Art Burgfrieden zwischen ihnen herrschte, ließ er ihr mehr Freiheit. Sie durfte hinaus in die frische Märzsonne, und sie genoß die freie Natur, indem sie am nahen Bach entlangwanderte, dem Zwitschern einer verfrüht zurückgekehrten Drossel lauschte oder das Wild im Wald beobachtete.

Ihr Benehmen hatte sich verändert, da sie entschlossen schien, aus den letzten Tagen, die ihr hier blieben, das Beste zu machen und das kurze ländliche Zwischenspiel zu genießen, ehe sie in ihr geordnetes Leben zurückkehrte.

Sogar Bennie hatte seinen Argwohn ihr gegenüber abgelegt, so daß sich in den letzten zwei Tagen zwischen ihnen eine zaghafte Freundschaft entwickelte. Es gab viel gemeinsam zu lachen, und Velvet führte immer wieder heitere Gespräche mit ihm und half ihm bei seinen morgendlichen Pflichten.

Auch Jason war entspannter und ließ in seiner Wachsamkeit nach, mehr vielleicht, als gut war. Als er einmal nach dem Holzhacken zur Sonne sah, die schon tief am Horizont hing, fiel ihm auf, daß sich Velvet seit über einer Stunde nicht mehr hatte blicken lassen. Aus Angst, sie könnte doch wieder Reißaus genommen haben, wollte er sofort die Suche aufnehmen und überlegte, welchen Weg sie genommen haben mochte.

Als er sie im Stall antraf, atmete er erleichtert auf.

»Ach, hier sind Sie also.« Er ging zu der Box, aus der ihm ihr dunkles Haar entgegenschimmerte, stellte einen Fuß auf eine Querlatte und stützte die Ellbogen auf. »Ich dachte schon, Sie wären wieder auf und davon.«

Sie saß mit gekreuzten Beinen in einem frischen Strohhaufen. Eine Andeutung von Seidenstrumpf lugte unter ihrem hochgerutschten Rock hervor. Drei winzige schwarzweiße Hündchen lagen wohlig zusammengekuschelt in ihrem Schoß.

Velvet blickte auf, ungerührt von seiner leichten Gereiztheit. »Ich habe Ihr Wort, daß Sie mich morgen nach Hause bringen, und gab Ihnen meines, das ich nicht zu brechen gedenke.«

Er wußte in dem Moment, daß sie die Wahrheit sprach. Er nickte lächelnd und erfreute sich an dem hübschen Anblick, den sie gemeinsam mit den drei jungen Hunden bot. »Wie ich sehe, haben Sie neue Freunde gewonnen.«

Sie bejahte entzückt. »Sind sie nicht niedlich? Der da heißt Marty, und der andere ist Nigel. Bennie hat sie so genannt. Dem dritten durfte ich einen Namen geben.«

»Und?« fragte er und zog eine Braue hoch.

»Ich entschied mich für Winky, weil er der kleinste des Wurfes ist.« Sie drückte ihre Nase in das weiche schwarze Nackenfell des Hündchens. »Wie gern ich wieder einen Hund hätte … Meine schöne Spanielhündin hat leider schon vor ein paar Jahren das Zeitliche gesegnet. Sie hieß Sammy – als Abkürzung von Samantha.« Ihr Lächeln erlosch. »Sie fehlt mir auch nach so langer Zeit immer noch.«

Jason sagte nichts. Sie sah so reizvoll aus, wie sie da im Stroh saß, daß er sich kaum konzentrieren konnte. Mit welcher Behutsamkeit sie die Hündchen in ihrem Schoß hielt … Als Junge hatte er einen Hund besessen, an dem er sehr hing, ein Geschenk seines Vaters zu seinem zwölften Geburtstag. Es war ein Jagdhund, ein prachtvoller Setter mit ständig vorwurfsvollem Blick und seidigem rötlichem Fell. Sie waren vom ersten Moment an unzertrennlich gewesen.

Seit Jahren hatte er nicht mehr an Rusty gedacht. Nicht mehr, seitdem er in Ketten an Bord der verrotteten, altersschwachen Brigg geschafft worden war und seine Heimat hatte verlassen müssen.

»Mögen Sie Hunde, Mylord?« Ihre Stimme versetzte ihn in die Gegenwart zurück. In ihrem klaren, unverfälschten Ton klang mitfühlende Wärme.

»Ja«, erwiderte er ein wenig barsch.

Sie legte zwei der Hündchen behutsam ins Stroh und stand auf, das dritte an sich drückend, als sie auf ihn zuging. »Möchten Sie Winky ein wenig halten?«

Schon wollte er ablehnen, streckte aber unwillkürlich die Hände nach dem Winzling aus, einer Mischung unbestimmten Ursprungs, dem Hund, der gelegentlich an Bennies Fersen klebte, verdächtig ähnlich. Das Tier, das so klein war, daß es in einer von Jasons großen Händen Platz fand, fühlte sich weich und mollig an. Es roch nach frischer Milch und jungem Hund, ein unvergleichlicher Geruch.

Er lächelte wider Willen. »Vielleicht könnten Sie ihn mitnehmen. Bennie wird sicher froh sein, wenn das kleine Kerlchen ein Zuhause findet.«

Sie schüttelte bekümmert den Kopf. »Ich glaube nicht, daß das ginge. Erst muß ich alles mit dem Herzog klären, und dann muß ich an meinen Großvater denken. Er ist schon … sehr vergeßlich. Sich um ihn zu kümmern, nimmt den Großteil meiner Zeit in Anspruch. Auch wenn er eine gute Phase hat, bin ich in ständiger Sorge um ihn. Ich wünschte, ich könnte ihm helfen, aber ich kann es nicht.«

Jason streichelte den jungen Hund, der seine Augen mit den langen Wimpern geschlossen hielt, völlig entspannt unter der sanften Liebkosung. »Und was ist mit Ihren Eltern?« fragte er.

»Mutter starb, als ich neun war. Und kommenden Herbst werden es drei Jahre sein, seit Vater verunglückte.« Bitterkeit färbte ihren Ton. »Er war kein idealer Vater, zumal er kaum da war, aber ich hatte ihn lieb. Ich glaube, auf seine Art hat er mich sicher auch gern gehabt.«

Das Hündchen fiepte leise im Schlaf, und Jason beruhigte es, indem er behutsam über sein Fell strich. »Mein Vater war ein wunderbarer Mensch, weise und stark, offen und ehrlich. Er stellte hohe Ansprüche, war aber auch bereit, sehr viel zu geben. Ich konnte seiner Liebe immer sicher sein. Er war der beste Vater, den man sich denken kann.«

Die Erinnerung war so schmerzlich, daß sie seinen Ton rauh färbte. Als er auf Velvet hinuntersah, erwiderte sie seinen Blick mit aufrichtigem Mitgefühl. Er reichte ihr den jungen Hund, verlegen, weil er ihr so viel anvertraut hatte. »Es ist schon spät und wird kalt. Morgen werden wir zeitig aufbrechen. Höchste Zeit, ins Haus zu gehen.«

Velvet sah ihn so eindringlich an, als wolle sie seine Gedanken lesen, die er wieder vor ihr verschlossen hatte. Er hatte schon mehr gesagt, als es seine Absicht gewesen war, da er ungern von seiner Vergangenheit sprach. Sie ging nur ihn etwas an und war viel zu schmerzlich.

»Einen Augenblick«, sagte sie und kniete nieder, um den Hund wieder zu den anderen ins Stroh zu legen und den Wurf seiner Mutter zu überlassen, der herrenlosen Hündin, die das Ganze aufmerksam beobachtet hatte und sofort zur Stelle war.

Velvet lächelte, ohne etwas zu sagen. Da sie rennen mußte,

um ihn einzuholen und mit seinen langen Schritten mithalten zu können, verlangsamte er sein Tempo. Seite an Seite gingen sie zurück zum Haus. Ein kräftiger Wind ließ das frische Laub rascheln und bewegte die Äste der Ulme vor der Tür, doch die Sonne wärmte noch. Ihre schrägen Strahlen vertieften den rötlichen Schimmer von Velvets brünettem Haar und verliehen ihren braunen Augen einen warmen Goldton. Nun erst fiel ihm auf, daß ihr leicht schräger Augenschnitt noch betont wurde, wenn sie lachte.

Ihm ging nicht aus dem Sinn, wie sie im Stall gesessen hatte, lachend, mit den Welpen spielend, und wie ihre Pfirsichlippen ihn angelächelt hatten, als sie ihm einen entgegenhielt. Es bedurfte seiner ganzen Willenskraft, nicht an der Schwelle umzudrehen, sie in die Arme zu nehmen und sie zu küssen. Es war eine Vorstellung, die Hitze in ihm aufsteigen ließ und sein Blut in Wallung brachte.

Er spürte, wie drängend seine Männlichkeit reagierte. Als er das Haus betrat, tat er es mit zusammengebissenen Zähnen, und Velvet wunderte sich über seinen jähen Stimmungsumschwung – und über die Mißlaunigkeit, die ihn den ganzen Abend über nicht verließ.

Morgen sollte sie nach Hause zurückkehren. Oder zumindest nach Carlyle Hall. Velvet glaubte Jason, daß er sie wie versprochen wohlbehalten abliefern würde. Sie dachte an die Episode vom Nachmittag und an den kurzen Einblick in sein Leben, den er ihr gewährt hatte. Unter der harten äußeren Fassade wohnte Jason eine Sanftheit inne, die sich ganz unerwartet zeigte, in Augenblicken wie mit dem Hund etwa, oder als er von seinem Vater sprach und seine Liebe sich in seinem Blick widerspiegelte.

Danach hatte er sich wieder in sich zurückgezogen, hatte

beim Abendessen nur barsche Worte für sie gefunden und war in spürbarem Groll schließlich aus dem Haus gestürmt. Als er zurückkam, hatte sie sich bereits zurückgezogen. Gut möglich, daß er genau das bezweckt hatte.

Nach der Stille zu schließen, die unten eingezogen war, mußte er eingeschlafen sein. Sie zog sich aus und schlüpfte in das weiche Nachthemd aus Baumwolle, das er ihr gegeben hatte. Nun mußte sie nicht mehr davor zittern, daß er unerwartet in ihrer Kammer auftauchen würde. Jason war ein Mann, der sein Wort hielt. Seit ihrer hitzigen Auseinandersetzung und seiner unerwarteten Entschuldigung hatte er sich wie ein Gentleman benommen. Sie wußte, daß er sie nicht wieder anfassen würde.

Velvet kletterte ins Bett und beugte sich zur Kerze, um sie auszublasen, als ein Geräusch von unten sie innehalten ließ. Sie hörte jemanden sprechen und schwang sofort wieder die Füße aus dem Bett. Leise durchquerte sie den Raum und drückte ein Ohr an die Tür, die Jason allabendlich vor dem Zubettgehen abschloß.

Nicht daß es nötig gewesen wäre. Bei den seltenen Gelegenheiten, wenn er einnickte, war sein Schlaf so leicht, daß ihn das kleinste Geräusch auffahren ließ und er sofort hellwach war.

Die Stimme fuhr fort zu sprechen, Jasons Stimme, wie ihr klar wurde, und sie fragte sich, wem seine Worte gelten mochten. Obschon sie wußte, daß es vergebens war, versuchte sie, die Tür zu öffnen. Ihr Erstaunen war groß, als sie entdeckte, daß er sie unversperrt gelassen hatte. Offenbar glaubte er, sie würde nicht mehr fliehen. Oder er hatte es einfach vergessen.

Sie öffnete vorsichtig die Tür einen Spaltbreit und sah Jason unten auf dem Sofa liegen. Er war allein im Raum. Durch

95

das helle Glimmen des Kaminfeuers sah sie, daß er tief schlief, die Decke bis zur schlanken Mitte hinuntergeschoben, seine breite Brust nackt und mit Schweiß bedeckt.

Der Anblick trieb ihr die Röte in die Wangen. Gleich darauf meldete sich Besorgnis. War er am Ende krank? Sie schlich die ersten Stufen hinunter, überzeugt, er würde erwachen wie immer, doch er wälzte sich nur unruhig auf seinem Lager und fuhr fort, unverständliches Zeug zu stammeln. Er träumt, dachte sie, und spricht mit jemandem, den nur er in seinem schrecklichen Alptraum sehen kann.

»Jason«, rief sie leise von der Treppe aus, aber er hörte sie nicht. Er war den Schrecknissen des Traumes ausgeliefert, von einer dunklen Bedrohung gefangengehalten, die seinen mächtigen Körper erbeben ließ.

Velvet ging nun langsam ganz hinunter, in der Hoffnung, er würde erwachen. Dabei versuchte sie nicht daran zu denken, wie männlich er aussah, halbentblößt daliegend, so wie sie auch jeden Gedanken daran verdrängte, wie seine glatten, harten Muskeln sich angefühlt hatten, als er sie küßte.

Sie stand nun an seiner Seite, ohne daß er erwacht wäre. »Jason …?« Sie streckte die Hand nach ihm aus, berührte leicht seine Schulter und schüttelte ihn sacht. «Aufwachen, Mylord. Sie haben einen Alpt …« Sie schrie auf, als er mit einem Ruck hochfuhr, sie packte und mit atemberaubender Kraft an sich drückte.

»Ich bin es … Velvet!« rief sie aus. »Loslassen!« Es dauerte einen Moment, bis er zu sich gekommen war, einen Augenblick, bis ihm klar wurde, daß er sie so fest umfangen hielt, daß es schmerzte.

»Herrgott!« stieß er grollend hervor und ließ sie los, um sich mit der Handfläche über die schweißnasse Stirn zu fahren. »Was, zum Teufel, treiben Sie hier unten?«

Unwillkürlich wich sie einen Schritt zurück. »Sie haben sich hin und her gewälzt und im Schlaf geredet, so daß ich schon befürchtete, Sie wären krank.«

Er lehnte sich mit einem matten Seufzer zurück. »Ich habe Ihnen doch nicht wehgetan, oder?« Geistesabwesend strich er über die Narbe an seinem Handrücken, während sie die Druckstelle an ihrem Arm massierte.

»Schon gut, Sie haben es nicht so gemeint.« Sie sah, daß er die Stirn runzelte. »Es muß ein schrecklicher Alptraum gewesen sein.«

»Ich hatte schon schlimmere. Tut mir leid, daß ich Sie so unsanft angefaßt habe. Gehen Sie zurück ins Bett.«

»Sind Sie sicher, daß alles wieder in Ordnung ist?«

»Aber ja.« Sein Blick glitt von ihrem Gesicht ab und wanderte über ihren Körper, der von ihrem dünnen Nachtgewand nur unzulänglich verhüllt wurde, und seine blauen Augen verdunkelten sich. Er sah zur Seite und faßte eine Stelle über ihrem Kopf ins Auge. »Ich sagte, Sie sollen hinaufgehen. Sie hätten gar nicht erst herunterzukommen brauchen.«

Nun erst kam ihr der Gedanke, daß man durch ihr Hemd vermutlich durchsehen konnte, da sie vor dem heruntergebrannten Feuer stand. Errötend drehte sie sich um und ging zur Treppe. Jetzt wünschte sie sehnlichst, sie hätte ihn in Ruhe gelassen.

»Wir brechen früh auf«, rief er ihr nach, mißlaunig wie den ganzen Abend schon. »Sie tun gut daran, rechtzeitig fertig zu sein, sonst komme ich hinauf und werfe Sie eigenhändig aus Ihrem weichen Bett.« Er ließ die Andeutung eines boshaften Lächelns folgen. »Vielleicht gar keine schlechte Idee. Sicher wäre es sehr viel genußreicher, den Morgen auf diese Weise zu beginnen.«

Glühende Hitze stieg ihr in die Wangen. Du lieber Gott!

Sie drehte sich um und lief eilig die Stufen hinauf. In ihrer Kammer angekommen, schloß sie die Tür und ließ sich dagegen sinken, atemlos und verwirrt.

Er würde es nicht wagen, heraufzukommen! Doch die Vorstellung genügte, um ihr den dringend benötigten Schlaf zu rauben. Ruhelos wälzte sie sich hin und her, während ihre Gedanken um Jason kreisten und sie sich ausmalte, wie er in ihre Kammer eindrang, während sie schlief, und sie mit seinen feurigen Küssen weckte.

8

Als Velvet entschlossenen Schrittes den marmorschimmernden Korridor auf Carlyle Hall entlangging, war ihr Ziel der prunkvolle Queen's Salon, in dem sie mit Avery Sinclair verabredet war. Sie hatte ihn um eine Unterredung an einem Ort gebeten, wo sie ungestört bleiben würden, da das Gespräch, das es zu führen galt, nicht für fremde Ohren bestimmt war.

Sie beschleunigte ihre Schritte, als sie sich den vergoldeten, vier Meter hohen Türen des Salons näherte. In diesem Raum, einem der prächtigsten des ganzen Hauses, hielt sich Avery bevorzugt auf. Der Herzog hatte auf ihre Ankunft vor zwei Tagen mit gebührend feuchten Augen und übertriebener Freude reagiert, während ihr Großvater Tränen der Erleichterung vergossen und dann sofort wieder vergessen hatte, daß sie verschwunden gewesen war.

Sie waren auf Jasons Rappen querfeldein nach Carlyle Hall geritten. Nachdem sie am Waldrand aus dem Sattel geglitten war und er ihr den Weg zum rückwärtigen Teil des Herrensitzes gewiesen hatte, war der Augenblick des Abschieds gekommen.

»Tja, Herzogin, nun kommt das Lebewohl«, hatte er gesagt und wie zufällig nach seiner Beule am Kopf gegriffen. »Ich kann nicht sagen, daß es mir eine Freude war, Sie entführt und eingesperrt zu haben.« Dann hatte er sie mit anzüglichem Schmunzeln angesehen. »Aber andererseits kann ich auch nicht sagen, daß es mich nicht freute.«

Sie war errötet, da sie wußte, daß er an ihre leidenschaftlichen Küsse dachte. »Mylord, Sie sind ein Schuft.«

»Und Sie eine wundervolle Frau.«

Das Kompliment entlockte ihr ein Lächeln. »Alles in allem hat das Abenteuer mir mehr genutzt als geschadet. Wenn Carlyle verarmt ist, wie Sie sagten, haben Sie mich vor einer katastrophalen Ehe bewahrt. Das an sich wäre ausreichend, um Ihnen meine Verschwiegenheit und Dankbarkeit zu sichern.«

Sein Blick war über ihr Gesicht gewandert und hatte jede Einzelheit registriert. »Merkwürdig, aber ich glaube, Sie werden mir fehlen.«

Unerwartet hatte sie einen dicken Kloß in der Kehle gespürt, und in ihren Augen hatten dummerweise Tränen gebrannt. »Und Sie mir – Mylord Wegelagerer. Gott schütze Sie, Jason.«

Daraufhin war Schweigen eingetreten. Schließlich hatte Velvet sich umgedreht und war, gegen die Beklemmung in ihrer Brust ankämpfend, über die Felder auf den Herrensitz zugelaufen, mit Schuhen, die vom Tau des frühen Morgens vollgesogen waren. Lauter Hufschlag hatte sie innehalten lassen. Als sie zurückblickte, sah sie ihn auf sich zureiten. Er hatte sich aus dem Sattel gebeugt, hatte sie hochgehoben, sie vor sich gesetzt und sie geküßt.

Sein Kuß war so leidenschaftlich und besitzergreifend, daß ihr schwindelte. Dann wurde der harte Kuß sanft, bedächtig, genießend, dazu bestimmt, eine kostbare Erinnerung zu schaffen. Er schien endlos zu dauern, schmerzliche, süße Augenblicke lang, während Velvet ihre Arme um seinen Nacken schlang. Ein letztes heißes Erkunden ihres Mundes, und Jason hatte sie freigegeben und auf den Boden gleiten lassen.

»Lebewohl, Herzogin«, hatte er heiser hervorgestoßen. »Ich schwöre, daß ich dich nie vergessen werde.« Damit hatte er seinen Rappen gewendet, hatte ihm die Sporen gegeben und war in die entgegengesetzte Richtung davongesprengt.

Velvet hatte zitternd dagestanden und ihm nachgeblickt. Und plötzlich rollten ihr Tränen aus den Augen. Sie fühlte sich innerlich leer und völlig allein gelassen. In den Tagen ihrer Gefangenschaft hatte seine kraftvolle Gegenwart sie umgeben, die sie zwar oft erschreckt, jedoch nie als wirklich bedrohlich empfunden hatte. Jetzt war sie allein, einsam und auf sich selbst gestellt.

Ihre Augen hatten die Stelle gesucht, wo sie ihn zuletzt gesehen hatte. Da stand sie nun mitten auf dem weiten Rasen, mit Herzweh und enger Kehle. Es war verrückt, aber ihr Schmerz wollte nicht nachlassen.

Und nun spürte sie es wieder, das schmerzliche Gefühl der Erinnerung, als sie im Queen's Salon stand und auf den Herzog wartete, dieses Gefühl, daß etwas fehlte, etwas Wichtiges und Starkes, das sie nie wieder erleben würde.

Wer mag er sein? fragte sie sich zum ungezählten Male. Warum hat er die Hochzeit vereitelt? Sie hatte einen der Diener ihres Großvaters mit einer Nachricht für ihren Anwalt nach London geschickt. Bald würde sie wissen, wie es tatsächlich um das Vermögen des Duke of Carlyle stand. Aber dieser Bestätigung bedurfte es gar nicht, da sie nicht daran zweifelte, daß der Mann, der sich Jason nannte, die Wahrheit gesprochen hatte.

Von dem Moment ihrer Entführung an hatte sie Aufrichtigkeit in ihm gespürt. Außerdem hatte er keinen Grund, sie in diesem Punkt zu belügen. Mit gemischten Gefühlen wartete sie also vor dem Marmorkamin unter einer sieben Meter hohen Kassettendecke stehend auf den verarmten Herzog, der ihr Leben fast ganz ruiniert hätte.

Sie hatte sich dem Anlaß entsprechend herausgeputzt und ihr schönstes Kleid gewählt, aus elfenbeinfarbenem, mit Goldfäden durchwirktem Brokat, mit schwarzer Mechelner Spitze besetzt. Es gehörte zu ihrer kostbaren Ausstattung, die zwar ihr letztes Geld verschlungen hatte, für eine künftige Herzogin aber eine absolute Notwendigkeit darstellte. Ihr in kunstvolle Löckchen gelegtes gepudertes Haar war auf dem Kopf zu einer modischen Frisur aufgetürmt. Neben ihrem Mundwinkel prangte ein kleines ovales Schönheitspflästerchen, ihr Busen wölbte sich über dem viereckigen Dekolleté ihres Mieders.

Sie war bereit für die Aussprache, die für sie unbedingt mit einem Erfolg enden mußte, und sie wußte genau, wie sie diesen herbeiführen konnte.

Die hohen Doppeltüren schwangen auf, der Herzog trat ein. Zwei Diener in Livreen aus roter Seide schlossen die Tür hinter ihm, und er schritt lächelnd auf sie zu. Sein Mund, mit einem Hauch Rouge gefärbt, wirkte wie ein schmaler Schmiß.

»Meine Teuerste.« Er führte ihre Finger an seine Lippen, als sie in einem tiefen Knicks vor ihm versank.

»Euer Durchlaucht.« Er war ebenso erlesen gekleidet wie sie, im modischen *habit à la française*: Rock und Beinkleid aus dunkelgrüner Seide, mit Gold abgesetzt, die Weste reich bestickt. Sein Haar, das keine Perücke bedeckte, war gepudert, so daß seine natürliche Goldfarbe nur an seinen Brauen und dichten blonden Wimpern zu sehen war. Nach den Maßstäben der guten Gesellschaft galt er dank seiner feingeschnittenen Züge als gutaussehend, zumal seine dunkelbraunen Augen mit den schweren Lidern den Eindruck von edler Vornehmheit erweckten.

»Wollen wir uns setzen?«

Sie nickte. »Wie Sie wünschen.« Sie ließ sich von ihm zu einem ausladenden Brokatsessel vor dem Kamin führen, nahm Platz und wartete, bis er sich ihr gegenüber setzte.

»Soll ich eine Erfrischung bringen lassen?«

»Nein. Es wird nicht lange dauern. Wie ich schon sagte, ziehe ich ein Gespräch unter vier Augen vor.«

Er lehnte sich zurück und schlug ein Bein über das andere. Nie zuvor hatte sie männlichen Waden Beachtung geschenkt, nun aber hatte sie den Eindruck, daß Avery unter seinen Strümpfen gepolstert war, ganz anders als Jason, der, gutgebaut und muskelbepackt, auf solche Hilfsmittel verzichten konnte.

»Ich nehme an, daß die Angelegenheit, in der Sie mich sprechen möchten, eher heikler Natur ist. Kann ich davon ausgehen, daß sie mit der Entführung zu tun hat?« Er beugte sich vor. »Meine Teuerste, falls Ihre Tugend Gegenstand unseres Gespräches sein soll, so haben Sie nichts zu fürchten. Ich bin nicht so hartherzig, den Verlust Ihrer Jungfräulichkeit als Hindernis zwischen uns treten zu lassen. Es ist ja nicht Ihre Schuld, daß man Sie Ihrem Anverlobten so ruchlos entrissen hat. Von heute an soll alles, was geschehen sein mag, unser Geheimnis bleiben, an das nie wieder gerührt werden soll. Die Hochzeit wird stattfinden, wenn …«

»Die Hochzeit, Durchlaucht, wird nicht stattfinden.«

Avery runzelte die Stirn. »Das ist absurd. Eben sagte ich, daß es mich nicht kümmert, ob …«

»Meine Tugend wurde nicht angetastet. Nein, darum geht es nicht.«

Sein Stirnrunzeln vertiefte sich so sehr, daß seine blonden Brauen in der Mitte der Stirn fast zusammenstießen. »Darf ich fragen, um was es sich dann handelt, meine Liebe?«

»Leider habe ich eine sehr beunruhigende Wahrheit erfahren, Durchlaucht. Eigentlich wäre es Sache meines Großvaters, diese Dinge mit Ihnen zu besprechen, aber wie Sie wissen, ist er im Moment nicht … ganz bei sich. Nun denn, es handelt sich darum, daß ich – egal wie – entdeckte, wie es um Ihre Vermögensverhältnisse bestellt ist. Ich wünschte, Geld wäre zwischen uns kein Thema. Bei einer Verbindung wie der unseren ist es aber sehr wohl der Fall, wie wir beide wissen. Ihren finanziellen Nöten, Durchlaucht, gelten mein Verständnis und mein Mitgefühl. Meine Mitgift wird jedoch nicht dazu dienen, Ihre Probleme zu lösen.«

Seine Miene blieb unverändert, nur die Farbe wich langsam aus seinen Wangen. »Entschuldigen Sie, meine Liebe, aber ich habe nicht die leiseste Ahnung, wovon Sie reden.«

»Sie wissen es nur zu gut.« Ihr Ton wurde milder. »Durchlaucht, ich weise nicht Ihnen die Schuld zu. Als Angehörige des Adelsstandes tragen wir alle große Verantwortung. Vernunftehen zur Lösung finanzieller Probleme sind in unseren Kreisen gang und gäbe. Aber unsere geplante Heirat wird nicht zustande kommen.« Sie setzte sich bequemer zurecht und glättete den Rock ihres Brokatkleides. »Wie ich schon sagte, weiß ich um Ihre Probleme. Ich habe allerdings nicht die Absicht, sie außerhalb dieser vier Wände zu diskutieren.«

Avery sagte nichts darauf.

»Um mein Schweigen zu belohnen, werden Sie mir einen Gefallen tun.«

Er sah sie scharf an. Wenn es um ein Geschäft ging, befand

er sich auf vertrautem Terrain, genau dort, wo sie ihn haben wollte. Sich vorbeugend, zupfte er einen hellen Faden von seinem dunkelgrünen Frackrock. »Meine Teuerste, ich bestätige keine einzige Ihrer lächerlichen Behauptungen, aber wenn Sie irgendeine Art von Beistand benötigen, kann ich Ihnen vielleicht helfen.«

Als Velvet aufstand und ans Feuer trat, überragte sie ihn um einiges. »Die letzten Tage waren für alle eine harte Prüfung. Sicher wissen Sie sehr gut, daß sich die Entführung auf meinen Ruf nicht eben vorteilhaft auswirkte.« Sie sah ihm ins Gesicht. »Sollte unsere Verlobung ein abruptes Ende finden, werden sich die Leute nach dem Grund fragen. So wie Sie es eben taten, wird man meine Ehre in Frage stellen, und obwohl diese unangetastet blieb, sinken meine Aussichten auf eine passende Partie.«

»Weiter«, sagte der Herzog.

»Als Gegenleistung für mein Schweigen ersuche ich Sie, unsere Beziehung in den nächsten Wochen wie bisher aufrechtzuerhalten. Lassen Sie erkennen, daß Sie noch immer zur Ehe bereit sind. Sie können ja sagen, daß Sie Lösegeld bezahlt haben und damit meine Rückkehr erkauften.« Das hörte sich viel besser an, als die Version von ihrer geglückten Flucht, die sie ihm aufgetischt hatte.

Avery schürzte die Lippen. »Ich sehe darin kein Problem.«

»Es wird eine Weile dauern, bis der Hochzeitstermin neu festgesetzt ist, eine Verzögerung, die auf Verständnis stoßen dürfte. Ehe das neue Datum feststeht, werde ich einfach die Verlobung lösen. Wir werden natürlich gute Freunde bleiben, zumal bis dahin jeder vielleicht einen anderen, passenderen Ehekandidaten gefunden hat.«

Averys abschätzender Blick verriet, daß er sie nun in ganz anderem Licht sah. Sein Lächeln ging über ein bloßes Verziehen der Lippen hinaus. »Mylady, seien Sie versichert, daß alle Gerüchte über mein Vermögen, die Ihnen zu Ohren kamen, falsch sind. Sollten Sie es dennoch vorziehen, unser Verlöbnis zu lösen, bin ich gewillt, mich Ihren Wünschen zu fügen. Natürlich werde ich Sie freigeben, wie jeder Gentleman es tun würde.«

»Wir sind uns also einig?« Sie streckte geziert eine weißbehandschuhte Hand aus, über die er sich formvollendet beugte.

»Völlig, Mylady.«

Ihr entging weder der boshafte Unterton seiner Antwort noch der Umstand, daß er unter seiner höflichen Fassade vor Wut kochte. Sie hatte seinen Plan, sein Vermögen zu retten, durchkreuzt, und Avery Sinclair war nicht der Mensch, der es hinnahm, wenn jemand ihm in die Quere kam.

»Morgen werde ich nach Windmere zurückkehren. Soweit ich weiß, hatten Sie hier in Carlyle Hall drei Wochen nach unserer Hochzeit ein Fest geplant.«

Sein Lächeln fiel düster aus. »Für unseren ersten gesellschaftlichen Auftritt als Jungvermählte wollte ich ein Kostümfest veranstalten. Die Einladungen sind bereits verschickt. Wie Sie ganz richtig sagten, hätte das Ereignis heute in drei Wochen stattfinden sollen.«

»Gut. Die Saison hat noch nicht richtig begonnen. Lassen wir diesen Ball stattfinden. Kurz danach werde ich die Verlobung lösen, damit wir beide frei sind und jeder seine Interessen verfolgen kann.«

»Wie Sie wünschen«, sagte er gepreßt.

Velvet versank in einem Knicks. »Danke, Euer Durchlaucht. Ich hoffe, daß ich Euch nicht zu arg das Herz gebrochen habe.«

Eine goldene Braue wölbte sich hoch. »Oh, Lady Velvet.

Der Schmerz über Ihre Weigerung wird sehr lange währen.«
Er warf ihr einen Blick voll purer Bosheit zu. »Leben Sie
wohl, Mylady, bis zum nächsten Mal.«

Dunkelgrüne Seide schimmerte, und fort war er. Seine ha-
stigen Schritte zeugten von seinem Zorn. Sie hatte sich Avery
Sinclair zum Feind gemacht, doch verspürte sie Freude und
Erleichterung, da er nun aus ihrem Leben so gut wie verschwunden war.

Wenn sie an den bösen Ausdruck in Averys Gesicht
dachte, fragte sie sich, ob der Straßenräuber sie nicht vor
einem noch böseren Schicksal als nur einer katastrophalen
Ehe bewahrt hatte. Velvet schauderte bei dem Gedanken an
Averys eisige dunkle Augen, die in ihr eine Ahnung weckten, welcher Bedrohung sie sich als seiner Frau gegenüberge-
sehen hätte.

Vor dem Kamin im dunkelgetäfelten Arbeitszimmer seines
Landsitzes Castle Running unweit Carlyle Hall sitzend, beobachtete der Marquis of Litchfield seinen Freund Jason Sinclair, der ruhelos auf und ab schritt.

»Mein Freund, du scheinst seit deiner Rückkehr ständig in
Gedanken. Deine Zerstreutheit hat wohl nicht zufällig mit einer gewissen jungen Dame zu tun?«

In Jasons Wange spannte sich ein Muskel. »Das Mädchen
ist wohlbehalten nach Hause zurückgekehrt und weiß nun,
wie es um Averys Finanzen bestellt ist. Wenn sie nicht so viel
Verstand hat, das Verlöbnis zu lösen, kann man ihr nicht helfen …«

Luciens schwarze Braue hob sich unmerklich. »Ich glaube,
daß sie es tun wird … zum richtigen Zeitpunkt, da es sich um
eine heikle Angelegenheit handelt und Velvet Moran nicht
dumm ist. Aber sie wird ihr Verlöbnis mit deinem Bruder

ganz sicher lösen und auf dem Heiratsmarkt erneut ihre Netze auswerfen.« Er sah seinen Freund über den Rand seines Brandyschwenkers an, ehe er einen Schluck nahm. »Dann wird sich vielleicht bei dir Interesse für sie regen.«

Jason gab einen unwilligen Laut von sich. »Lucien, ich bin eher ein Kandidat für den Galgen auf Tyburn Hill als für die Ehe.«

»Verzeih, aber ich dachte, das Mädchen hätte aus irgendeinem sonderbaren Grund eine gewisse Wirkung auf dich ausgeübt. Wenn ich mich recht erinnere, warst du einer Liebelei mit ihr nicht abgeneigt. Sie muß dir also ziemlich reizvoll erschienen sein.«

Jason drehte sich mit finsterer Miene zu ihm um. »Ich hätte sie zu gern ins Bett gekriegt. Sie war ein temperamentvolles kleines Ding, das ich praktisch vom ersten Augenblick an begehrte. Sie ist reif für einen Mann, und wäre sie nicht unschuldig gewesen, ich hätte nicht gezögert, sie in Besitz zu nehmen. Hätte ich meine Lust gestillt, würde ich nicht mehr an sie denken.«

»Was heißen soll, daß du noch an sie denkst, obwohl sie fort ist.«

»Was heißen soll, daß ich noch immer gern mit ihr ins Bett möchte. Da es sich aber für einen Gentleman nicht schicken würde, werde ich mich bemühen, sie zu vergessen.«

Lucien griente. »Und ich dachte, du hättest gesagt, es sei nichts mehr von einem Gentleman in dir, da du diese Eigenschaften vor Jahren in den Sümpfen Georgias abgelegt hättest.«

Fast hätte Jason gelächelt. »So ist es. Aber hier in England bemühe ich mich, diese Tugenden wieder aufleben zu lassen. Sei versichert, daß es mir nicht leichtfällt, mein Freund.«

»Du hast also die Absicht, England wieder den Rücken zu

kehren, auch wenn dein Name von jedem Verdacht reingewaschen wurde?«

»Ich gehöre nicht mehr hierher und kann diesem Leben nichts mehr abgewinnen. Ich werde nur bleiben, solange es nötig ist.«

Lucien seufzte, als er die Zeichen der Ungeduld in den finsteren Zügen seines Freundes las. Um seinen Namen zu rehabilitieren, hatte Jason vor über einem Jahr einen Detektiv engagiert, von dessen Ermittlungen er sich die Aufklärung des Mordes an seinem Vater erhoffte. Bislang aber hatte der Mann nichts entdeckt, was von Bedeutung gewesen wäre. Nach Jasons Ankunft in England hatte Lucien einen zweiten Mann engagiert.

»Mir ist klar, daß in diesem Fall keine Nachricht eine schlechte Nachricht ist«, sagte Lucien, »aber ich kann dir versichern, daß der Mann, der für uns arbeitet, sehr kompetent ist. Ich habe mich schon mehrfach seiner bedient, und er hat sich immer bewährt.«

»Ich zweifle nicht an seinen Fähigkeiten. Aber acht Jahre sind eine lange Zeit. Die ersten Ermittlungen haben nichts gebracht. Selbst wenn es jemanden gäbe, der gesehen hat, was damals geschah, wird es nicht einfach sein, ihn ausfindig zu machen.«

»Nein, das wird es nicht. Aber Geld erleichtert alles. Ein Wort hier und eines da … und es meldet sich ein besonders aufmerksamer Beobachter. Wer weiß, was wir noch entdecken werden?«

Jason lächelte, aber Lucien deutete sein Lächeln richtig. Jason Sinclair wußte, daß alles gegen einen Erfolg sprach. Durch seine Rückkehr nach England setzte er sein Leben aufs Spiel, ein Risiko, das er bewußt eingegangen war.

In den vergangenen acht Jahren hatte er sich geschworen,

alles zu unternehmen, um seine Unschuld zu beweisen, wieder in den Besitz des Familienvermögens zu gelangen und dafür zu sorgen, daß der Mörder seines Vaters seiner Strafe zugeführt wurde. Den ersten kühnen Schritt hatte er bereits getan, Carlyle Hall war wieder sein Eigentum, wenngleich er Avery erlaubt hatte, weiterhin dort zu wohnen. Der neue Besitzer bereise den Kontinent, hatte man dem Herzog bedeutet. Er dürfe einstweilen im Haus bleiben.

Der wahre Grund war, daß man Avery in Carlyle Hall oder im Stadthaus am Grosvenor Square besser beobachten konnte.

Lucien lehnte sich in seinem weichgepolsterten Ledersessel zurück und nippte an seinem Brandy. Jasons Glas stand noch unberührt auf dem Kaminsims. Er tigerte nach wie vor auf und ab, den Kopf voller Gedanken, die Lucien nicht annähernd zu erraten vermochte.

»Vielleicht sollten wir nach London fahren«, schlug Lucien vor. »Die Saison kommt allmählich in Schwung. Selbst wenn das nicht der Fall wäre, so gibt es dort immer Amüsement unterschiedlichster Art. So wie du aussiehst, könnte dir weibliche Gesellschaft nicht schaden.«

»Nach London?« Jasons Blick blieb an Lucien hängen.

»Ja. Solange du darauf achtest, deinem Bruder aus dem Weg zu gehen, falls dieser sich in London blicken läßt, besteht kaum Gefahr, daß man dich erkennt. Deine eigene Mutter würde in dir nicht mehr den Knaben erkennen, der du seinerzeit warst.«

Nur zu wahr, antworteten Jasons Augen.

»Mir fiel auf, daß du Celia Rollins klugerweise ausgewichen bist. Eine Frau vergißt nur selten einen Mann, den sie so intim kannte wie Celia dich.«

Jason blieb stehen und griff nach seinem Glas, das er in den Händen drehte, ehe er es an die Lippen führte. »Lady Brook-

109

hurst hat im Moment nichts zu befürchten. Sie nehme ich mir später vor. Als erstes muß ich zurück an den Tatort. Vielleicht taucht dort eine Erinnerung auf, etwas von Bedeutung, das mir entfallen ist.«

Natürlich hatte sich auch der Detektiv im Peregrine's Roost umgehört, mehr als einmal sogar, aber nur wenige der damaligen Dienstboten waren noch da, und keinem war von der Nacht des Mordes etwas Bedeutsames in Erinnerung geblieben.

Lucien wärmte sein Glas zwischen seinen feingliedrigen Händen. »Eigentlich ist dir besser gedient, wenn du noch ein paar Wochen hier auf Castle Running bleibst. Avery plant ein prächtiges Kostümfest – obwohl ich keine Ahnung habe, wie er sich das leisten kann. Aber der Ausgang könnte sich als sehr interessant erweisen.«

Jasons Wangenmuskeln spielten. Der Blick seiner ungestümen blauen Augen war angetan, den Brandy im Glas zum Gefrieren zu bringen. »Mein Halbbruder hat immer schon gern glanzvolle Feste gefeiert. Er hält sich für den Gipfel der Eleganz und Vornehmheit, und Carlyle Hall bildet den idealen Rahmen für seine Prunksucht.«

Sich lässig aus seinem Sessel erhebend, stellte Lucien das leere Glas auf das runde Tischchen daneben. »Lady Velvet wird gewiß auch anwesend sein«, sagte er mit beabsichtigter Beiläufigkeit. »Wenn sie sich mit dem Herzog zusammen sehen läßt, werden eventuellen Gerüchten die Grundlage entzogen. Für sie ist es geradezu lebenswichtig, den Skandal um ihre Entführung aus der Welt zu schaffen.«

»Ich wünschte, ich hätte tatsächlich Grund für einen Skandal geliefert«, meinte Jason boshaft.

Lucien beschränkte sich auf ein Lächeln. Ob sein Freund es sich eingestehen wollte oder nicht, das Mädchen war ihm nicht gleichgültig. Es waren Gefühle, die er sich seit seiner unseligen Affäre mit Celia Rollins nicht mehr gestattet hatte, Gefühle, zu denen Lucien ihn ermutigen wollte. Jason Sinclair hatte in den vergangenen acht Jahren genug durchgemacht und verdiente seinen Anteil an Glück.

Er verdiente es, die zärtliche Seite einer Frau kennenzulernen, anstatt sein Leben lang unter dem gemeinen Betrug einer Frau leiden zu müssen.

Obschon Lucien sich selbst kaum als Experten bezeichnet hätte und im übrigen zum Zynismus neigte, glaubte er im Innersten seines Herzens, daß sein Freund es verdiente, wahre Liebe zu erfahren.

Als Jason die Tür des Peregrine's Roost aufstieß und eintrat, hatte er das sichere Gefühl, die Antwort auf sein Problem sei hier in diesem ländlichen Wirtshaus zu finden. Es mußte jemanden geben, der etwas gesehen hatte – und nicht nur das, was Avery in die Welt gesetzt hatte, daß nämlich der Duke of Carlyle von seinem älteren Sohn im Verlauf seiner Auseinandersetzung, bei der es um seine Geliebte ging, ermordet wurde.

Jemand mußte mehr gesehen haben als das Gesicht seines gramgebeugten Halbbruders, dessen heroische Bemühungen nicht vermocht hatten, das Leben des Vaters zu retten, wohl aber den Mörder zu überwältigen. Es mußte etwas geben. Aber bislang hatte niemand auch nur den geringsten Hinweis entdecken können.

Jason zog den Kopf ein und betrat die niedrige Schankstube, in der acht Jahre nicht viel verändert hatten und in der wie immer der Geruch nach Rauch und schalem Bier hing. Nur der Boden mit den rohen Planken und die schweren eichenen Deckenbalken waren nachgedunkelt.

Die Holztische waren frisch gebeizt, doch die Schrammen und Vertiefungen waren dieselben, die Bänke noch immer uneben ... oder vielleicht war es der Boden. Der Raum im Obergeschoß, den er mit Celia geteilt hatte, sah aus wie ehedem, oder zumindest hatte er diesen Eindruck gehabt, als er durch das Außenfenster einen Blick hineingeworfen hatte. Die Gardinen wirkten zwar ein wenig verschlissener, das Bett, dessen Matratze frisch gestopft werden mußte, schien kleiner, aber vielleicht hatte der Raum ohne Celias beherrschende Gegenwart schon seinerzeit so ausgesehen.

Seine Gedanken galten ihr, als er sich an einen leeren Tisch setzte und einen Humpen Bier bestellte. Er hatte erfahren, daß sie in London dank der jährlichen Apanage, die Avery ihr zukommen ließ, auf sehr großem Fuß lebte, und er fragte sich, wie sie reagieren würde, wenn man ihr erzählte, daß der Duke of Carlyle bankrott war – falls sie es nicht ohnehin schon wußte.

Er fragte sich auch, wie sie jetzt aussehen mochte und verglich unwillkürlich ihre hochgewachsene, ranke, schwarzhaarige Schönheit mit dem Reiz, den die zierliche, vollbusige Gestalt Velvet Morans auf ihn ausübte.

Sie waren so unterschiedlich, wie Frauen nur sein konnten. Dunkel und verführerisch die eine, die andere lebendig und energiegeladen und vor allem durch ihr Temperament begehrenswert. Celia war die Verkörperung des Bösen, während in Velvet Leidenschaft mit Unschuld kämpfte, wobei ihr Reiz durch ihre Naivität noch erhöht wurde. Dazu kamen Sanftheit und Güte, Eigenschaften, von denen er spürte, daß sie den meisten Frauen, denen er begegnet war, fehlten.

Lady Brookhurst hatte nicht das kleinste Quentchen Güte besessen, keinen Funken Mitgefühl, doch hatte seine Leidenschaft ihm damals den Blick für ihre wahre Natur getrübt.

Jason sah Celia vor seinem geistigen Auge und umfaßte unwillkürlich seinen Humpen fester. Celia wußte, was damals wirklich geschehen war. Celia könnte seine Rettung sein, doch wagte er nicht, zu ihr zu gehen. Er konnte ihr Geld bieten, das sie sehr bald brauchen würde, wenn sie nicht jetzt schon in Not war. Aber auch eine große Summe würde womöglich nicht ausreichen, um ihm ihre Hilfe zu sichern. Ein kleiner Skandal war etwas ganz anderes als ihr Eingeständnis, daß Avery Sinclair der Mörder seines Vaters war. Damit hätte sie sich der Komplizenschaft an einem Mord schuldig gemacht.

Selbst wenn es sich bezahlt machte, würde Lady Brookhurst nie das Risiko eingehen, von der guten Gesellschaft geächtet zu werden. Nein, er mußte den Zeitpunkt richtig wählen und sie mit der drohenden Entlarvung in Angst und Schrecken versetzen, und dazu brauchte er ein Druckmittel, um sie zu einem Geständnis zu zwingen – kurzum, er brauchte einen Zeugen, der sich mit seinem Wissen aus der Deckung wagte.

Jason ließ seinen Blick durch den Schankraum wandern und musterte die Gesichter der Kellnerinnen, der Gäste, des feisten Mannes hinter der Theke. Er leerte seinen Humpen und schlenderte wie zufällig in die Küche. Beim Anblick des bekannten runden Gesichtes der Köchin schlug sein Herz schneller.

»Was kann ich für Sie tun, mein Lieber?« Die kleine beleibte Frau fragte es lächelnd und kam mit einer schweren eisernen Kelle in der Hand auf ihn zu. Auch damals war sie ihm immer mit großer Freundlichkeit begegnet. Gut möglich, daß sie ihm deswegen in Erinnerung geblieben war.

»Ein köstlicher Duft lockte mich. Ich könnte einen Happen vertragen.«

Sie besah seine schmucken Lederbreeches, den dunkelblauen Reitrock und die Spitzenmanschetten, die ihm bis zu den Kuppen seiner gebräunten Finger hingen. Obwohl sein zurückgebundenes Haar nicht gepudert war, verriet seine Kleidung den Landedelmann.

»Mein Aal steigt Ihnen in die Nase und meine gebratene Rehkeule dazu. Ich kann Ihnen im Handumdrehen etwas servieren, Sir.«

Jason lächelte. Eigentlich war er nicht hungrig, aber wenn er sie damit zum Reden brachte, konnte es nicht schaden, wenn er etwas zu sich nahm. »Meinen innigsten Dank, Mistreß. Darf ich mich hier drinnen niederlassen?«

Erst runzelte sie die Stirn. Ein sonderbares Ansinnen von einem Mann seines Standes. Dann lächelte sie. »Falls Sie nach meiner Betsy Ausschau halten, die kommt nicht so bald. Sie ist ins Dorf gelaufen und wird erst abends wieder da sein. Aber ich kann ihr sagen, daß Sie da waren, wenn Sie mir sagen, wie Sie heißen. Betsy wird es leidtun, daß sie einen so schmucken Gentleman verpaßt hat.«

»Mein Name ist Hawkins«, sagte er. Es war ein Name, der ihm nach den letzten acht Jahren leicht über die Lippen kam. »Jason Hawkins.«

Sie nickte nur und machte sich daran, ihm eine ausgiebige Portion zurechtzumachen. In der Küche war es feuchtwarm. Ein großer schwarzer Kessel mit blubberndem Inhalt hing an einem Haken über dem Feuer, und einen Moment verschwand die beleibte kleine Köchin hinter einer Dunstschwade. Als sie wieder auftauchte, trug sie einen Zinnteller mit Fleisch und einem Stück Roggenbrot, den sie vor ihm auf den massiven Holztisch stellte. Sie verschwand wieder, um gleich darauf mit einem Zinnkrug voller Bier zurückzukehren.

»Ich war außer Landes«, sagte Jason leichthin. »Eine ganze Weile ... trotzdem kann ich mich erinnern, daß Sie schon vor Jahren hier in der Küche gearbeitet haben.«

Sie betrachtete ihn nachdenklich, in ihrer Erinnerung kramend. »Ja, irgendwie kommen Sie mir auch bekannt vor, aber ich könnte wirklich nicht sagen, wohin ich Sie tun soll.«

Fast wünschte er, sie könnte es, da sie sich dann vielleicht auch an die Umstände des Mordes erinnert hätte.

»An einen Abend, den ich hier versaß, kann ich mich besonders deutlich erinnern. Es war ein aufregender Abend – damals wurde der alte Duke of Carlyle ermordet.«

Die Köchin verdrehte ihre von Fältchen umgebenen Kulleraugen. »Ja, damals herrschte freilich helle Aufregung. Der arme alte Mann ... was für ein Ende ... von seinem eigenen Fleisch und Blut umgebracht.«

»Sie haben es mitangesehen?«

Sie schüttelte den Kopf. »Ich war hier in der Küche, als es geschah, aber den großen Schreck, den bekam ich mit, glauben Sie mir.«

»Ich weiß noch, daß man den Mörder gefaßt hat. Obwohl später Gerüchte umgingen, daß es der älteste Sohn gar nicht getan hätte. Manche sagen, es wäre der jüngere gewesen.«

Ein sonderbarer Ausdruck glitt über ihr Gesicht. »Das hörte ich auch, aber das ist lange her. Eine Zeitlang hörte man allerlei Gemunkel, das dann verstummte. Der Herzog ist hier in der Gegend ein mächtiger Mann. Nicht viele würden es wagen, etwas gegen ihn zu sagen.« Ihr Blick erfaßte sein Gesicht genauer. »Komisch, wenn ich es recht bedenke, sehen Sie ihm ein wenig ähnlich, dem Ältesten des Herzogs, meine ich. Er war dünner, und so groß habe ich ihn nicht in Erinnerung. Und er war auch blasser und sah weicher aus ... nicht so männlich, wenn Sie wissen, was ich meine.«

Niemand wußte es besser als er.

Als sie grinste, sah er, daß ihr unten ein paar Zähne fehlten. »Sie sind wohl nicht aus der Verwandtschaft?«

Jason lächelte in der Hoffnung, sein Lächeln würde ehrlicher aussehen, als es gemeint war. »Das will ich nicht hoffen, wenn man bedenkt, daß der Mann ein Mörder war.«

Sie zog die Schultern hoch. »Wie Sie sagten, wurde geflüstert, daß nicht er es getan hätte. Ich selbst habe keine Ahnung. Ich war hier unten in der Küche und habe nichts gesehen, ehe der Konstabler kam und den Jungen mitnahm – aber das ist alles lange her. Der Junge ist tot und begraben. Am besten, man läßt die alten Geschichten auf sich beruhen.«

Daraufhin sagte Jason nichts und aß schweigend weiter, obwohl er sich im Zustand höchster Anspannung befand und nicht den geringsten Appetit verspürte. Vielleicht wußte man hier etwas, das ihm weiterhelfen konnte. Es herauszufinden, würde nicht einfach sein, doch bei ihm regte sich ein Fünkchen Hoffnung. Er vertilgte den letzten Bissen, ließ ein paar Münzen auf den Tisch fallen und stand auf.

»Meinen Dank für das köstliche Mahl, Mistreß, und für Eure Unterhaltung.«

»Sie kommen doch wieder? Um mein Mädel zu sehen?«

Wieder rang sich Jason ein Lächeln ab. »Ja, möglich.« Er würde ganz sicher kommen. Aber er mußte auf der Hut sein und den richtigen Zeitpunkt abwarten.

Wenn er bis dahin nicht am Galgen gelandet war, konnte ihn nichts davon abhalten, hier wieder einzukehren.

9

Velvet stand vor dem hohen Ankleidespiegel in ihrem Zimmer, das wie fast alle Räume und Korridore im Obergeschoß sehr karg eingerichtet war. In ihrem Schlafgemach hatte ein schöner Rosenholzschrank einem aus schlichter Eiche weichen müssen. Die Wände waren kahl, da sämtliche alten Gemälde samt den Goldrahmen verkauft worden waren. Nur die pfirsichfarbenen Vorhänge aus Seidenmoiré samt passenden Bettdraperien und Überdecke waren ihr geblieben.

Velvet lächelte insgeheim, als sie daran dachte, daß sie die Draperien womöglich zu einem Kleid würde verarbeiten lassen müssen, wenn sich ihre finanzielle Lage nicht bald besserte.

Aber heute war keine Zeit für solche Gedanken. Heute wollte sie zum Kostümfest nach Carlyle Hall fahren, dem letzten Schritt vor der Auflösung ihrer Verbindung mit dem Herzog. Bei dem Gedanken an ihn überlief sie ein eisiger Schauer. Avery Sinclair hatte etwas Bedrohliches an sich, das er bis zu ihrer entscheidenden Aussprache im Queen's Salon gut verborgen hatte. Zum ungezählten Male dankte sie insgeheim ihrem Entführer, weil er sie vor dem schrecklichen Schicksal einer Ehe mit Avery bewahrt hatte, und fragte sich, wohin der große, gutaussehende Schurke verschwunden sein mochte.

Kaum dachte sie an ihn, als auch schon ihre Wangen erglühten und Erinnerungen an seine leidenschaftlichen, verzehrenden Küsse sie überfielen. Das Bild seiner Hände auf ihren Brüsten. Guter Gott, wie hatte sie sich bemüht, diese Bilder zu verdrängen, hatte in der kleinen Dorfkirche auf Knien darum gebetet, sie möge von ihnen nicht mehr heimgesucht werden.

Statt dessen hatte sie sich jede Nacht schlaflos im Bett gewälzt, hatte sich gewünscht, ihn wiederzusehen, so wie sie sich gewünscht hatte, er möge kein Verbrecher sein und zu ihrer Verteidigung herbeieilen wie damals, als er aus dem Nichts aufgetaucht war und sie aus der Kutsche geraubt hatte. Sie mußte einen anderen finden, einen reichen standesgemäßen Ehemann, der nicht auf ihre Mitgift angewiesen war. Und sie würde ihre Suche auf dem Kostümball beginnen.

Natürlich war dabei ein gewisses Maß an Fingerspitzengefühl angebracht. Ihr Hauptziel war es, die Lästermäuler zum Schweigen zu bringen, aber mit Averys widerstrebend gewährter Hilfe glaubte sie, dem Klatsch ein Ende bereiten zu können. Danach kam der Anfang der Saison. Vielleicht würde es ein neues Gesicht unter den Freiern geben, die die Hand einer reichen Erbin suchten und selbst reich und angesehen waren. Mit ein wenig Glück würde der Auserwählte vielleicht sogar einen Funken Gefühl in ihr entfachen.

Und eines Tages würde dieses Gefühl vielleicht sogar zu Liebe werden.

Velvet seufzte und drehte dem Spiegel den Rücken, als ihre Zofe eintrat, um ihr das Kostüm für den Ball zu bringen, das einzige, was noch für die Fahrt eingepackt werden mußte.

»Eben ist es fertig geworden, Mylady. Es ist wunderschön. Sie werden auf dem Ball alle in den Schatten stellen.«

Das hoffte Velvet auch, da sie heute auf Carlyle Hall zur Tat schreiten wollte. Sie lächelte, als sie sich vorstellte, wie enttäuscht der Herzog sein mußte, weil nicht sie es war, die für die Unkosten des glänzenden Festes aufkommen würde. Das arme Wesen, auf das dieses Los schließlich fallen würde, konnte ihres Mitgefühls sicher sein. Velvet zweifelte nicht daran, daß der Duke of Carlyle eine Frau für sich gewinnen würde – sehr bald sogar.

»Danke, Tabby. Sag Martha, daß sie wie immer großartige Arbeit geleistet hat.« Besonders großartig, wenn man bedachte, wie viel Improvisationskunst dahintersteckte. Andererseits war es nicht weiter erstaunlich, da die wenigen Dienstboten, die noch im Windmere ausharrten, längst gelernt hatten, mehrere Funktionen zu erfüllen. Wenn Martha sich nicht als Hausmädchen betätigte und Tabby beim Saubermachen und Aufräumen half, fertigte sie mit Nadel und Faden wahre Meisterwerke an. »Mein Kostüm ist wirklich zauberhaft.«

Sie hatte ein mittelalterliches Gewand gewählt und würde als junge Guinevere erscheinen. Ihre Tunika aus blauem Samt, die ein Unterkleid aus bernsteinfarbener, goldbestickter Seide ergänzte, schmückte ein goldener Gürtel, von dem ein Dolch mit verziertem Griff hing, dessen Edelsteine längst durch Imitationen ersetzt worden waren. Die langen, spitz zulaufenden Enden ihrer Ärmel reichten fast bis zum Boden, und ihr Haar würde ihr lose über den Rücken fallen, wie es im Mittelalter für unverheiratete Mädchen Sitte gewesen war.

Ein Geräusch auf dem Korridor lenkte ihre Aufmerksamkeit von dem wunderschönen Gewand ab, das sie in Händen hielt.

»Was geht hier oben vor?« Der Ton ihres Großvaters verriet seine Ungeduld. »Der Wagen wartet schon, und der Kutscher drängt, da wir uns schon verspätet haben.«

Velvet lief an den oberen Treppenabsatz. »Wir sind fertig, Großvater. Eine Minute noch.«

Ihrem Wort getreu befanden sie sich binnen einer Viertelstunde auf dem Weg und holperten die Straße entlang, die sie nach Carlyle Hall bringen würde. In der Woche zuvor war es noch bitter kalt gewesen, doch mit dem gestrigen Tag war endlich vorfrühlingshaftes Wetter eingetreten. Der Himmel wölbte sich als blaue Kuppel über Felder und Wiesen, und durch das Geäst der Bäume am Straßenrand fiel warmer Sonnenschein.

Durch ihre verspätete Abfahrt trafen sie in dem auf halber Strecke gelegenen Gasthof erst nach Einbruch der Dunkelheit ein, doch ihre Zimmer waren bereit, und das Feuer im Kamin warm. Am Morgen ging es weiter, und sie kamen viel schneller voran als erwartet. Unweit des Wealdon Forest kamen sie an einem kleinen, aus rötlichem Backstein erbauten Weiler vorüber, und ein magerer Hund mit vorstehenden Rippen rannte kläffend neben ihrem Gefährt einher.

Carlyle Hall rückte immer näher, und je näher sie kamen, desto intensiver wurde Velvets Beklemmung. Immer wieder dachte sie an das letzte Mal, als sie diese Straße entlanggefahren war, an die Nacht ihrer Entführung.

Er würde doch nicht kommen, oder? Gewiß würde er es nicht wagen, sie erneut zu entführen. Doch sie ertappte sich bei dem Wunsch, er würde auf seinem großen Rappen aus dem Wald jagen, die Kutsche aufhalten und sie vor sich auf den Sattel schwingen.

Als sie die Straßenbiegung erreichten, an der er sie überfallen hatte, biß Velvet sich auf die Lippen und verkrampfte die Finger ihrer im Schoß gefalteten Hände. Zwischen ihren Brüsten hatte sich ein Schweißrinnsal gebildet.

Ihr Großvater beäugte sie unter seinen buschigen weißen Augenbrauen hervor. Ihm waren ihre nervösen Blicke nicht entgangen, die sie aus dem Fenster warf. »Mein Kind, ich sehe dir an, daß du in Sorge bist. Aber keine Angst, meine liebe Velvet, diesmal wird dieser Schurke uns nicht unvorbereitet antreffen.« Er schmunzelte befriedigt. »Wir sind für sein Auftauchen gerüstet. Diesmal ist der Kutscher bewaffnet.«

»Bewaffnet?« stieß Velvet hervor. »O Gott ...!«

»Ganz recht, meine Liebe. Sollte der Räuber uns wieder angreifen, wird er sich dem Lauf einer Pistole gegenübersehen.«

Velvet dachte an den kräftigen John Wilton auf dem Kutschbock, und ihr Wunsch, der Räuber möge erscheinen, wurde vom Gegenteil verdrängt. *Komm ja nicht, Jason, komm nicht.* Lieber Gott, sie wollte nicht, daß er getötet wurde! Sie hatte ja nur gehofft, ihn ein letztes Mal zu sehen.

Sie starrte ihren Großvater an, ein stummes Stoßgebet auf den Lippen. Dabei konnte sie sich nicht genug wundern, daß der alte Earl so vorausblickend war, noch mehr aber wunderte sie sich, daß er sich an die letzte Fahrt überhaupt erinnern konnte. Aber so war der Verlauf seines Leidens. Seine Erinnerung an die fernere Vergangenheit blieb ungetrübt, während sein Gedächtnis von einer Situation zur nächsten so verschwommen war wie Londoner Nebel.

Velvet, die an den Rand ihres Sitzes vorgerutscht war, hielt ihren Blick unverwandt auf die Bäume am Straßenrand gerichtet und versuchte, ihr wild pochendes Herz zur Ruhe zu bringen.

Schließlich aber zeigte es sich, daß ihre Sorgen unbegründet waren. Jason ließ sich nicht blicken, und ihr Wagen rollte ungehindert seinem Ziel zu. Offenbar hatte der Straßenräuber ihre Existenz vergessen.

Velvet schwor sich, daß sie ihn von jetzt ab für immer und ewig aus ihrem Gedächtnis streichen würde.

Musik durchflutete die prachtvollen Salons und strahlend erhellten Korridore von Carlyle Hall. Spinettklänge schwebten durch den Ballsaal mit seinem Goldzierat und den unzähligen Spiegeln, in dem Avery Sinclair im flackernden Licht einer der unzähligen Wandleuchten allein dastand und die

kurze Atempause genoß. Er mußte sich von seinen Gästen –
und seiner sogenannten Braut – erholen.

Als er einen kurzen Blick auf ihre zierliche, tanzende Gestalt erhaschte, auf ihr gelocktes Haar, das wie poliertes Holz
im Kerzenschimmer leuchtete, knirschte er mit den Zähnen,
bis er einen nadelfeinen Schmerz in der Wange spürte. Der
Anblick dieser Frau genügte, um ihn in Rage zu bringen. Es
hatte ihn so viel Mühe gekostet, den Anschein von Reichtum
und Macht zu wahren. Wie hatte sie nur die Wahrheit entdeckt? Wo hatte sie in den Tagen vor der Hochzeit gesteckt,
als sie angeblich entführt worden war?

Er hatte nicht die leiseste Ahnung, und es war ihm auch
herzlich egal. Aber wo immer sie gewesen sein mochte, eines
war klar. Sie war ein gerissenes kleines Luder, klüger als er geglaubt hatte. Es würde ihm nicht wieder passieren, daß er sie
unterschätzte.

Avery rückte sein schwarzes, hermelinbesetztes Samtba-
rett mit der langen Feder schräg zurecht und begutachtete
sich im Spiegel. Als Heinrich VIII. kostümiert, prangte er in
einem Wams mit geschlitzten und gebauschten Ärmeln, einer
Weste aus Silberbrokat und weißen Seidenstrümpfen. Gipfel
der Echtheit bildete sein bestickter, silbrigglänzender Hosen-
latz.

In Gedanken bei dem König, den er darstellte, lächelte er
grimmig, von dem Wunsch beseelt, diesem kleinen Biest Velvet Moran auch den Kopf abschlagen zu können.

Er verschob den Latz zu einer bequemeren Position über
seinem Geschlecht. Vielleicht würde er sich Heinrich tatsächlich zum Vorbild nehmen, indem er sich mit dem Mädchen
ein paarmal vergnügte und es dann beseitigte.

Er hing dem Gedanken mit einer Aufwallung von Befriedigung nach, wobei sein Blick sie verfolgte, während sie ein

Menuett mit dem alten Earl of Whitmore tanzte, dessen lüsterne Greisenaugen gierig an ihrem Busen hingen. Gut, daß ich sie los bin, dachte er, und wandte seine Aufmerksamkeit einem lohnenderen Objekt zu:

Einem schlanken jungen Mädchen, das er schon einige Male gesehen hatte, einem aufblühenden Geschöpf, das seine erste Saison in London erlebte. Sir Wallace Stanton, ihr Vater, war Finanzberater des Königs und mit seinen Unternehmungen sehr erfolgreich. So gehörte er zu den wenigen, die tatsächlich Geld gemacht hatten, ehe die Südsee-Projekte wie eine Seifenblase geplatzt waren. In den Jahrzehnten seither hatte er seinen damaligen Profit zu einem Riesenvermögen vermehren können. Stanton besaß Reichtum und Macht, aber nur eine einzige Tochter, die achtzehnjährige Mary, Erbin aller seiner Besitztümer.

Der alternde Sir Wallace hatte alles, was ein Mensch sich nur wünschen konnte. Seinen größten Wunsch allerdings, einen Adelstitel für seine Tochter, hatte er noch nicht verwirklichen können.

In den letzten Monaten hatte Avery munkeln gehört, daß das Mädchen und ihr Vermögen zu haben wären. Damals war er nicht interessiert gewesen, da er die Haversham-Erbin aufs Korn genommen hatte. Eine Ehe mit einer Nichtadeligen kam für ihn nicht in Frage.

Der Verlust seiner Braut und sein drohender Ruin zwangen ihn zu seinem Leidwesen, seine Lage neu zu überdenken.

Avery nahm eine Prise Schnupftabak, als er das junge blonde Mädchen studierte. Dann steckte er die juwelenbesetzte Dose wieder in seine Weste. Man konnte nicht behaupten, daß es Mary an etwas gemangelt hätte. In ihrem schlichten Milchmädchenkostüm wirkte sie blankgeschrubbt und auf simple Art hübsch. Nicht so lebhaft wie Velvet Moran, dafür aber um so lenkbarer. Vergangene Woche war er in London zu einer geheimen Unterredung mit ihrem Vater zusammengetroffen. Bei der Aussicht, seine Mary könnte einen Herzog zum Mann bekommen, hatte sich Sir Wallace fast überschlagen.

Man war zu einer vorläufigen Übereinkunft gelangt, die eine riesige Mitgift mit der Zusage verband, daß der Duke of Carlyle das gewaltige Stanton-Vermögen erben würde.

Die Sache hatte nur einen Haken. Mary Stanton mußte einverstanden sein.

Avery sandte ihr über den schimmernden Marmorboden hinweg ein Lächeln zu. Er sah, daß sie mit dem Earl of Balfour tanzte, einem gutaussehenden reichen Mann, der sich, wie zu erfahren war, endlich entschlossen hatte, auf dem Heiratsmarkt aktiv zu werden. Er brauchte einen Erben und gedachte dieses Problem bis zum Ende der Saison zu lösen.

Avery runzelte die Stirn. Diesen Balfour konnte er nicht in Mary Stantons Nähe dulden. Der Mann stand im Ruf, ein Verführer zu sein, und Mary war bereits verlobt, wiewohl sie es noch nicht wußte. Avery würde es dem Earl mit gebührender Deutlichkeit beibringen. Sobald er seine lästige Verlobte los war, gedachte er, seinen ganzen Charme bei Mary Stanton spielen zu lassen.

Avery lächelte. Das Mädchen würde in die Ehe einwilligen – und zwar bald. Er würde dafür sorgen, daß ihr nichts anderes übrigblieb. Der Fehler, den er bei Velvet Moran gemacht hatte, würde ihm bei Mary nicht unterlaufen.

Er strich über seinen falschen dunklen Bart und dachte an Heinrich. Sobald er wieder zu Geld gekommen war, wollte er seine Macht ausbauen. Vielleicht würde er sogar sein Mütchen an Velvet Moran kühlen, wenn sich seine Position wieder gefestigt hatte.

Velvet, die es mit dem Earl of Whitmore kaum noch aushielt, zwang sich zu einem Lächeln. Den ganzen Abend lang hatte er nichts anderes getan, als ihre Brüste mit lüsternem Lächeln anzustarren. Zum Glück hatte Avery den Großteil des Abends seine Rolle perfekt gespielt, hatte mit ihr getanzt und aller Welt kundgetan, daß sie noch ein Paar waren und daß zwischen ihnen alles stimmte. Eine Zeitlang hatte seine übertriebene Aufmerksamkeit sie vor den Annäherungsversuchen des Earls bewahrt, nun aber schien der Herzog anderweitig interessiert.

»Sie sehen müde aus, meine Liebe«, sagte der Earl mit einem Blick auf ihre Wangen, die vom letzten Tanz gerötet waren. »Vielleicht würde ein Moment auf der Terrasse Sie erfrischen.«

»Nein! Ich meine … tut mir leid, Mylord, aber ich fürchte, daß es nicht geht.« O Gott, Erbarmen! Mit diesem alten Lüstling allein zu sein, war das allerletzte, was sie wollte. »Den nächsten Tanz habe ich schon jemandem versprochen. Sicher wird mein Partner jeden Moment auftauchen und sein Recht fordern.«

Sie drehte sich um und wollte gehen, in der Hoffnung, ihm zu entkommen, wurde jedoch abrupt daran gehindert, da ihr eine breite Brust den Weg versperrte.

»Ganz recht, Mylady«, hörte sie die rauhe und doch samtige Stimme, die ihr so gut in Erinnerung geblieben war. »Wenn ich nicht irre, gehört dieser Tanz mir.«

Jason! Ihr Herz fing zu rasen an und schlug in eigenartigem Rhythmus. Er konnte es nicht sein. Er konnte unmöglich hier sein. Er war maskiert und trug eine Perücke, und doch wußte sie ohne Zweifel, wer er war.

»Mylady?« Er verbeugte sich tief und deutete mit schräggelegtem Kopf zurück auf die Tanzfläche.

Ihr Mund war wie ausgetrocknet. »Nun … ja, ich glaube,

dieser Tanz gehört Ihnen, Mylord.« Er trug den scharlachroten Rock und die knappen weißen Breeches eines Offiziers der Kavallerie. Seine kraftvollen Beine steckten in hohen schwarzen Stiefeln. Eine silberne Perücke bedeckte sein dunkles Haar, eine schwarze Seidenmaske verhüllte die obere Gesichtshälfte, nicht jedoch die leuchtenden blauen Augen, deren beunruhigende Wirkung sie sofort spürte.

Seine dargebotene Hand ergreifend, wurde ihr wieder seine imponierende Kraft bewußt, als er ihre Finger warm und energisch umschloß. Ihre Knie zitterten unter ihrer blauen Tunika, als er sie auf die Tanzfläche führte.

Sie sah ihn an, spürte die Glut seines Blickes, und Erregung durchfuhr sie. Mit einem Schlag ging ihr auf, wie sehr er ihr gefehlt hatte, seit damals, als er sie auf dem Feld zurückgelassen hatte. Wie oft sie an ihn gedacht hatte, wie sehr sie sich um ihn gesorgt hatte! Es war verrückt, doch ihre Besorgnis um ihn war geblieben und wuchs, als sie ihn die Tanzfiguren ausführen sah, anmutig wie ein Höfling, obwohl er größer und breiter war als der Großteil der anderen männlichen Gäste. Velvet sah nervös an ihm vorüber zu den anderen. Die Situation war für ihn nicht ungefährlich. Wer immer er war, er war sicher ein Gesetzesbrecher und jeder, dem er etwas angetan hatte, würde ihn so leicht erkennen wie sie. Man würde ihn festnehmen, womöglich sogar ins Gefängnis werfen. Lieber Gott, selbst als verarmter Edelmann war er gegen den Arm des Gesetzes nicht gefeit.

Sie versuchte sich auf die Melodie zu konzentrieren, die gespielt wurde, einen ländlichen Tanz, der kein Ende zu nehmen schien. Ihre Gedanken waren intensivst mit dem Mann ihr gegenüber beschäftigt. Trotz seiner Größe bewegte er sich geschmeidig. Die funkelnden Augen hinter seiner Maske musterten sie eindringlich von Kopf bis Fuß.

Sie studierte ihn ebenso ungeniert, nahm die unglaubliche Breite seiner Schultern wahr, seinen flachen Leib und die schmalen Hüften, seine kraftvollen Schenkel, die sich unter den Breeches abzeichneten. Sie sah, wie das Material die Auswölbung seiner Männlichkeit umspannte, und glühende Hitze stieg ihr in die Wangen. Velvet senkte verlegen den Blick, als sie sein amüsiertes Lächeln bemerkte. Kaum war der Tanz zu Ende, faßte er nach ihrem Arm und führte sie von der Tanzfläche auf die Terrasse über dem Garten. In der Luft lag eine Andeutung von Frühling, und der Abend war frisch, ohne kalt zu sein. Oder vielleicht war es die Hitze, die durch ihre Adern schoß und sie warmhielt.

Sie ließ sich von ihm in die Dunkelheit am Ende der Terrasse ziehen, um sich wie ein Blitz zu ihm umzudrehen. Zum erstenmal, seitdem er aufgetaucht war, gehorchte ihr die Stimme wieder.

»Um Himmels willen, Jason, hast du den Verstand verloren? Das Haus des Herzogs ist der allerletzte Ort, an dem du dich blicken lassen solltest.«

Jason zuckte mit den Schultern, eine Bewegung, bei der unter dem roten Waffenrock die Muskeln spielten. »Ich bin gekommen, um dich zu sehen.« Er grinste. »Ich dachte, du hättest mich vielleicht vermißt.«

»Dich vermißt! Du aufgeblasener, unerträglicher ...« Sein Arm, der sich fest um ihre Mitte legte, schnitt ihre Worte ab. In der Dunkelheit der Terrasse zog Jason sie an sich. »Was bist du ...« Ihr Satz wurde durch den Druck seiner heißen, verführerischen Lippen beendet. Er küßte sie mit leidenschaftlicher Entschlossenheit, verschaffte sich umgehend Eingang mit seiner Zunge in ihre samtene Mundhöhle und erforschte sie mit aller Raffinesse.

Ihr Blut jagte durch ihre Adern, ihre Beine wurden schwach,

ihr Herz schlug Purzelbäume. Er zog sie fester in seine Arme, drückte sie an seinen harten Körper, so daß sie ein wohliges heißes Prickeln verspürte. Ihre Lippen brannten, und ihre Haut rötete sich. Lust, rein und unverhüllt, erfaßte sie wie eine Woge, und ihr ganzer Körper bebte.

»Jason ...«, flüsterte sie und erwiderte hingebungsvoll seine Küsse, ihre Arme um seinen Nacken schlingend. Lieber Gott, sie benahm sich wie ein leichtes Mädchen, und doch konnte sie nicht anders.

Jasons Kuß wurde drängender. Seine Hände glitten über ihren Rücken, umspannten ihre Taille und glitten dann tiefer, um ihr Gesäß zu umfassen und sie noch fester an sich zu ziehen. Sein Geschlecht war eine harte, vorstehende Wölbung, Warnung für sie, auf der Hut zu sein, doch sein Kuß war so innig, so verzehrend, daß sie sich noch enger an ihn drückte, sein Gesicht zwischen ihre Hände nahm und seine Küsse mit gleicher Leidenschaft erwiderte.

Jason war es, der sich als erster losmachte. Seine Maske war leicht verrutscht, und seine blauen Augen nagelten sie mit einem anklagenden Ausdruck fest. »Du bist noch immer mit dem Herzog verlobt. Ich bezweifle sehr, ob er unseren Kuß billigen würde.«

Sie atmete stockend ein, verblüfft, daß er plötzlich so ruhig sein konnte. Noch erstaunter war sie, als ihre Worte ähnlich kühl klangen. »Seine Durchlaucht und ich sind übereingekommen, uns zu trennen. Um den Klatschmäulern nicht zusätzlichen Stoff zu liefern, warte ich nur einen günstigen Zeitpunkt ab.«

Die Spannung in seinen Schultern ließ ein wenig nach. »Ich hoffte sehr, du würdest so klug sein, Schluß zu machen.«

Fast hätte sie laut aufgelacht. Sie hatte schließlich gar keine andere Wahl gehabt, als Schluß zu machen, nachdem sie fast

128

ebenso dringend Geld brauchte wie der Herzog. »Jason, warum bist du gekommen?«

Er straffte sich ein wenig und wurde sichtlich zurückhaltender. »Natürlich um dich zu sehen.« Es steckte aber mehr dahinter. Sie las es in seinen Augen. Nicht einmal sein spitzbübisches Lächeln konnte sie täuschen. »Und es hat sich gelohnt, Herzogin.«

Ihre Wangen färbten sich rosig. Sie hätte ihn nicht küssen sollen. Schlimmer noch, da sie es getan hatte, hätte sie es bereuen sollen, was nicht der Fall war. »Jetzt werde ich nie Herzogin sein.«

»Bedauerst du es?«

Sie schüttelte den Kopf. »Nicht im geringsten. Tatsächlich glaube ich, daß ich Grund habe, dir sehr dankbar zu sein. Die Ehe mit Avery Sinclair wäre die reinste Hölle für mich geworden. Ich weiß gar nicht, wie mir entgehen konnte, was für ein Mensch er wirklich ist.«

Die Linie seines sinnlichen Mundes verhärtete sich. »Avery ist ein Mensch mit vielen Gesichtern. Kein Wunder, daß eine Unschuld wie du sich hat blenden lassen.«

»Das klingt ganz so, als würdest du ihn gut kennen.«

»Das dachte ich auch – aber es war ein Irrtum. Ein sehr folgenschwerer. Ich werde ihn nie wieder begehen.«

»Ich bin noch immer mit ihm verlobt. Als du heute gekommen bist, mußtest du doch befürchten, daß ich Alarm schlage und dich als meinen Entführer preisgebe?«

Sein Lächeln war entwaffnend und ließ ihn jünger, weniger kämpferisch und weniger wachsam erscheinen. Der Gedanke lag nahe, daß Lächeln für ihn neu und rar war.

»Sicher wußte ich es nicht. Ich glaubte aber, du würdest inzwischen festgestellt haben, daß ich die Wahrheit über ihn sagte, und hoffte, deine Dankbarkeit würde dich schweigen lassen.« Er zog eine Braue hoch, als er sie eindringlich studierte. »Oder daß du hin und wieder an mich gedacht hast wie ich an dich.«

Ihr Herz tat einen Sprung und schlug schneller. Sie starrte in sein markantes Gesicht, und eine Woge der Traurigkeit überschwemmte sie. Sie hatte an ihn gedacht – endlos – seit dem Augenblick ihrer Trennung. Doch es nützte nichts. Sie mußte eine gute Partie machen und einen Mann finden, der ihre Familie vor dem Ruin bewahrte.

Eine Ironie des Schicksals, daß sie und Avery Sinclair den gleichen Weg einschlugen. Tatsächlich waren sie einander gar nicht unähnlich, so ungern sie es sich eingestand.

»Ich muß hinein«, sagte sie, obwohl sie ihn nicht verlassen wollte. »Werde ich dich wiedersehen?«

Er schüttelte den Kopf. «Das glaube ich nicht. Es wäre wohl nicht sehr vernünftig. Ich hätte dich auch heute in Ruhe lassen sollen.«

Sie streckte die Hand aus und berührte seine Wange. »Ich bin froh, daß du es nicht getan hast.« Seine Augen schienen aufzuleuchten, und einen Moment glaubte sie schon, er würde sie wieder küssen, doch er tat es nicht.

»Leb wohl, Herzogin.« Sie korrigierte ihn nicht, da der Titel aus seinem Mund wie eine Liebkosung klang, vor allem, wenn er sie dabei so zärtlich ansah wie jetzt.

»Leb wohl Jason. Und bitte achte auf dich.« Er drehte sich um, und sie sah ihn in der Dunkelheit des Gartens verschwinden, während seine Körperkonturen zu verzerrten Schatten im flackernden Fackelschein wurden.

In Sekundenschnelle war er unsichtbar, und Velvet war plötzlich wie leer und den Tränen nahe. Es tat nicht gut, wenn sie sich zu einem Mann, den sie kaum kannte, mit aller Macht hingezogen fühlte. Sein Abschied bewirkte, daß ihr eng ums

Herz wurde. Doch weshalb? Auch wenn Jason mehr für sie empfand als nur Begierde, konnte nichts daraus werden. Er gehörte nicht in ihre Welt und sie nicht in seine, und niemand konnte dies ändern.

Aber seine verzehrenden Küsse und die Erinnerung an seine wunderschönen blauen Augen, die sie so zärtlich ansahen, ließ sich nicht vertreiben. Die Kühle der frischen Nacht zwang sie schließlich, ins Haus zurückzukehren. Doch vergessen konnte sie nicht.

Der Kostümball zog sich für Velvet qualvoll in die Länge und schien kein Ende nehmen zu wollen. Sie zwang sich jedoch unentwegt zu lächeln und zu scherzen. Immer wieder fand sie liebevolle Worte, wenn sie über Avery zu seinen Gästen sprach, während sie sich erschöpft und fehl am Platz fühlte und sich mit der Frage quälte, warum Jason nun wirklich gekommen war. Rückblickend glaubte sie, seine rotgekleidete Gestalt in der Halle unweit des herzoglichen Arbeitszimmers flüchtig gesehen zu haben. Hatte er den Raum betreten? Hatte er einen Raub oder gar Schlimmeres geplant? Und wenn nicht, was hatte er dort drinnen zu suchen?

Sie fand keine Antwort darauf. Der Jason Genannte war ein Rätsel, unergründlich und geheimnisvoll. Sie hätte jemanden engagieren können, der seine wahre Identität herausfand, doch waren ihre Mittel sehr begrenzt, zudem war es nicht von Bedeutung. Für Jason war in ihrem Leben kein Platz. Er konnte sie nicht aus ihrer bedrängten Lage retten. Sie mußte einen Mann finden, der vermögend genug war.

Aber heute schienen die Chancen gering, und mit dem Fortschreiten des Abends wuchs ihre Müdigkeit.

Als sie ihren Großvater suchte, stellte sie fest, daß er bereits zu Bett gegangen war. Erschöpft, aber immer noch zu aufgewühlt, durchschritt sie die imposanten Marmorkorridore von Carlyle Hall, ließ den Ballsaal und damit die Gäste hinter sich und bewunderte die Flucht der eleganten Salons.

In der Waffenkammer standen schimmernde Rüstungen, die schweren Schwerter in der Scheide, die Lanzen von starren Metallhänden gehalten. Aber ihr besonderes Interesse galt der riesigen, getäfelten Bibliothek mit den hohen Regalen, in denen so viele Bücher standen, wie sie sie an einem Ort noch nie gesehen hatte.

Eine Bibliothek von Rang bedeutete großes gesellschaftliches Ansehen, etwas, an dem Avery sehr viel gelegen war. Doch sie traute ihm nicht zu, so viele herrliche Bücher zusammengetragen zu haben. Sie ließ einen Finger über die Rücken der Lederfolianten wandern, Bunyans *Pilgrim's Progress*, das Buch der Märtyrer von Foxe, die Chronik von Baker. Sie fand auch *The Whole Duty of Man, The Seven Champions, The Tale of a Tub*, Turners *Spectator*. Ein bedeutender Titel reihte sich an den anderen. Die Vorstellung, daß sie sich hier drinnen die Zeit hätte vertreiben können, wenn sie Herzogin geworden wäre, entlockte ihr ein wehmütiges Lächeln.

Eine hohe vergoldete Standuhr schlug, als sie wieder hinaus auf den Korridor trat. Von weitem war noch immer Musik aus dem Ballsaal zu hören. Sie blickte um sich und überlegte, wie sie zu ihrem Zimmer gelangen konnte, mußte jedoch entdecken, daß sie in dem weitläufigen Haus die Orientierung verloren hatte.

Eine Biegung um die nächste Ecke führte sie in die Lange Galerie, einen schmalen Bogengang mit Deckengemälden und Dutzenden goldgerahmten Porträts an den Wänden. Vier Generationen von Herzögen und ihre Väter, Porträts ihrer Gemahlinnen und Kinder. Ihre Namen waren auf kleinen Silberplaketten unterhalb jedes Bildes eingraviert.

»Verzeihung, Mylady.« Der grauhaarige Butler stand in der Tür. »Es tut mir leid, Sie zu stören, aber ich sah Sie diese Richtung einschlagen und dachte mir, daß Sie sich vielleicht verirrt haben.«

Sie lächelte über die Besorgnis, die sie in den hageren Zügen des alten Mannes las, den sie mit jedem Mal, das sie nach Carlyle Hall gekommen war, lieber gewonnen hatte. »Danke, Cummings, ich habe mich tatsächlich in der Richtung geirrt. Hier bin ich ganz falsch, aber langweilig war es trotzdem nicht.«

Aus seinem Lächeln sprach aufrichtige Wärme, als er sich umdrehte und auf eines der Porträts deutete. »Das ist der zweite Herzog, Mylady, der Großvater Seiner Durchlaucht.«

»Und dieser imponierende Herr?« Sie deutete auf einen massigen, silberhaarigen Mann auf einem der Gemälde. »War das der Vater des gegenwärtigen Herzogs?« Sie versuchte, den Namen auf dem Schild zu lesen, doch das Licht war zu schwach.

»Ja, Mylady.«

»Unglaublich. Die beiden sehen einander nicht ähnlich.«

Der Butler trat näher, bis beide vor dem Bild standen. »Der gegenwärtige Herzog ist der zweite Sohn seines Vaters. Seine erste Gemahlin starb im Kindbett, und der alte Herzog vermählte sich kurz darauf wieder. Der gegenwärtige Herzog ist seiner Mutter, Duchess Clarice, nachgeraten.«

Velvet nagte an ihrer Unterlippe. Ihre Stirn war nachdenklich gerunzelt. »Ich wußte gar nicht, daß Avery einen älteren Bruder hatte.«

Der alte Mann nickte. »Ja, Mylady.« Er wandte sich einem Familienporträt zu, das ein wenig seitlich hing und auf das weniger Licht fiel als auf die anderen Gemälde. »Das hier ist er. Die Frau neben dem alten Herzog ist seine zweite Gemahlin Clarice. Seine Durchlaucht ist der blonde Junge links, der ältere Halbbruder ist der dunkelhaarige Junge rechts.«

Als Velvet näher an das Bild herantrat, fing ihr Herz aufgeregt zu pochen an. Das Porträt stellte eine vierköpfige Familie dar, deren zwei Söhne an der Schwelle des Erwachsenenalters standen. In den Knabengesichtern spiegelten sich Unschuld, gepaart mit jugendlichem Ungestüm und der unstillbaren Neugierde dieser Jahre. Avery war auf den ersten Blick zu erkennen, da er sich nicht viel verändert hatte. Haare und Teint waren noch immer sehr hell, seine Figur noch immer schlank, wenn auch etwas gereifter.

Es war der andere Junge, der sich stark verändert hatte, und doch erkannte sie eindeutig, wer er war, als sie einen Kerzenleuchter von einem Tisch in der Nähe nahm und ihn in die Höhe hielt.

Jeder Zweifel war ausgeschlossen … diese durchdringenden blauen Augen, das markante Kinn, die starken Wangenknochen, der Schwung der sinnlichen Lippen. Heute sah er verändert aus, härter, größer, stärker. Zäher. Dem Körper des Halbwüchsigen war ein Krieger entwachsen. Aus dem Knaben war ein Mann geworden.

Velvets Hand zitterte, als sie das flackernde Licht hochhielt. »Wie … wie hieß er?«

»Sein Vater nannte ihn Jason, Mylady, nach dem ersten Duke of Carlyle.«

Velvet spürte, wie sich in ihrem Inneren etwas zusammenkrampfte. Als sie den Butler wieder ansah, lag ein trauriges Lächeln auf seinen Zügen und machte ihn um Jahre älter. »Jason war ein guter Junge. Was dann über ihn gesagt wurde, ist nicht wahr. Ich werde es nie glauben, mein Leben nie.« Seine Stimme war so gefühlsbeladen, daß sie dünn und gebrochen klang. Velvet schluckte schwer.

»Was ist mit ihm geschehen?« fragte sie im Flüsterton.

Er schüttelte den Kopf. »Tut mir leid, Mylady, ich hätte nicht davon anfangen sollen. Es steht mir nicht zu, über diese Dinge zu reden. Seine Durchlaucht würde es nicht billigen, und ich spreche selbst nicht gern davon.«

Sie streckte die Hand aus und faßte nach seinem Arm, so fest, daß er zusammenzuckte. »Es ... es tut mir leid.« Sie ließ ihn los und stellte den Kerzenleuchter ab. »Ich muß wissen, was mit Jason geschah. Ich schwöre, daß ich es nicht weitersagen werde, aber Sie müssen es mir verraten. Ich bitte Sie, Cummings.«

Er sah sie an, sah, wie bleich sie war und hörte die stille Verzweiflung, die aus ihren Worten klang. Ein resignierter Seufzer kam über seine Lippen.

»Es war vor acht Jahren, Mylady, aber ich erinnere mich noch so deutlich, als wäre es heute geschehen. Der junge Jason und sein Vater hatten einen Streit. Der Junge war eben erst einundzwanzig geworden.«

»Um was ging es bei dem Streit?«

»Ich glaube, um Lady Brookhurst.«

»Lady Brookhurst?« wiederholte Velvet mit wachsender Bestürzung. Sie war der schönen Countess heute zum erstenmal begegnet. Als Kleopatra verkleidet, in einem gewagten Kostüm aus rubinroter Seide und Silbertüll, das schwarze Haar ungepudert und offen, hatte sie die Aufmerksamkeit aller Männer im Ballsaal erregt. Obschon über dreißig, hatte sie sich Teint und Figur makellos erhalten, so daß Velvet geradezu betroffen ihre Schönheit bewundert hatte, als die Countess den Raum betrat.

»Ja, Mylady, es ging sehr wahrscheinlich um die Countess. Das sagten jedenfalls die Bediensteten. Es war bekannt, daß der alte Herzog die Affäre Jasons mit der Frau mißbilligte.

Der Junge stürmte aus dem Haus, und wenig später ging auch der Herzog. Er folgte seinem Sohn zu dem Wirtshaus, in dem der Junge und die Countess ihr Stelldichein hatten, und dort geschah es dann.«

Velvet befeuchtete die Lippen. »Was geschah?«

»Es gab wieder Streit. Seine Durchlaucht wurde durch einen Schuß getötet. Und es hieß, der junge Jason hätte es getan.«

Velvet konnte kaum atmen, so groß war der Druck auf ihrer Brust. Sie sah trotz der trüben Beleuchtung, daß Tränen auf den abgezehrten Wangen des Alten glänzten. »Aber so kann es nicht gewesen sein, Mylady. Der Junge liebte seinen Vater. Er hätte ihm nie etwas zuleide getan.«

Velvet zitterten die Knie. Sie hatte das Gefühl, ihre Beine würden sie nicht mehr tragen, so daß sie sich an die Tischkante klammerte. »W … was geschah mit Jason?« Teils wollte sie es hören, teils nicht.

»Er wurde verhaftet und in Newgate eingekerkert. Sein Bruder war dem Herzog gefolgt, als dieser Carlyle Hall verließ. Der Jüngere sagte, er hätte versucht, den Schuß zu verhindern. Auch Lady Brookhurst sagte gegen den jungen Jason aus. Nur ein einziger hielt beim Prozeß zu ihm – Lord Litchfield. Er und der Junge waren seit langem befreundet.«

»Litchfield?« wiederholte Velvet und rief sich die hochgewachsene dunkle Erscheinung des Marquis in Erinnerung.

»Ja, aber es nützte nichts. Der Junge wurde zum Tod durch den Strang verurteilt. Aber Gott wollte nicht, daß es geschah. In seiner ersten Nacht im Kerker stürzten sich Diebe auf ihn. Newgate ist ein schrecklicher Ort, mit dem Abschaum der Erde angefüllt. In jener Nacht wurde er getötet, Mylady. Der Ärmste wurde um ein paar Münzen und die Kleider, die er am Leibe trug, getötet. Es hieß, daß er gräßlich zerstückelt wurde.«

Velvet kämpfte mit Übelkeit. Wieder sah sie zu dem Porträt auf, spürte die flammenden Augen, als stünde Jason im Raum. Das Gesicht war unverwechselbar. Es war das Gesicht des Mannes, der sie entführt hatte, des Mannes, der sie davor bewahrt hatte, den kaltherzigen Herzog zu heiraten.

Das Gesicht des Mannes, der sie heute auf der Terrasse geküßt hatte. Ein Gesicht, das sie nicht vergessen hatte.

»Danke, Cummings.« Sie schaffte es, ihren bebend geäußerten Worten wenigstens eine Andeutung von Dankbarkeit zu geben. »Und jetzt möchte ich Sie bitten, mich zur Treppe zu führen, damit ich meine Suite aufsuchen kann.«

Er nickte ernst. »Natürlich, Mylady.« Kein Wort fiel zwischen ihnen, als er sie zum richtigen Gang führte und sie die geschwungene Marmortreppe hinaufstieg.

Tabby erwartete sie in ihrem Schlafgemach. Velvet sprach nur wenig, als sie sich von ihrer Vertrauten beim Ausziehen helfen ließ. Sie bedankte sich knapp und kletterte die Stufen zum riesigen Himmelbett hinauf.

Kaum hatte sich die Tür hinter ihrer Zofe geschlossen, als Velvet sich erschöpft in die weiche Federmatratze sinken ließ. Ihr Herz lastete wie ein Zentnergewicht in ihrer Brust.

Also nicht nur *Jason*, als den sie ihn kannte, sondern Jason Sinclair – der Mann, der vierter Duke of Carlyle hätte sein sollen. Der Mann, der heute gekommen war und sie auf der Terrasse so leidenschaftlich geküßt hatte.

Kein Straßenräuber, sondern ein Mörder. Gott im Himmel!

Velvet biß sich auf die Unterlippe, um sie am Zittern zu hindern. Ihre Gedanken waren so konfus, daß sie nicht imstande war, sie zu ordnen. Wo hatte er sich all die Jahre versteckt? Warum war er jetzt aufgetaucht?

Ein einziger falscher Schritt genügte, um ihn wieder hinter

Gitter zu bringen, ein Mensch, der ihn als Erstgeborenen des Herzogs erkannte. Warum setzte er sein Leben aufs Spiel? Was konnte ihm so wichtig sein?

Velvet starrte die bernsteingelben Bettdraperien an, die roten Seidenquasten, mit denen sie gesäumt waren, doch sie nahm sie nicht wahr, da sie vor sich nur ein Gesicht sah. Jason Sinclair. Duke of Carlyle.

Sie dachte an seinen verzehrenden Kuß und fragte sich, wo er jetzt sein mochte und warum er heute gekommen war.

Und sie fragte sich auch, ob er wirklich ein Mörder sein konnte.

Sie schloß ermattet die Augen, fand aber keinen Schlaf.

10

Jason stieg die Treppe zu seinem Schlafraum im Nordturm von Castle Running hinauf, wo er in sicherer Entfernung vom Haupttrakt untergebracht war und nach Belieben kommen und gehen konnte, ohne mit jemandem vom Gesinde zusammenzustoßen.

Es war der schlichteste und urtümlichste Teil des alten Schlosses, vielleicht der Grund dafür, daß er sich hier sehr wohl fühlte. An den dicken Steinmauern hingen schwere flämische Tapisserien mit kunstvoll ausgeführten mittelalterlichen Jagdszenen. Ein normannischer Schild, eine Lanze und zwei gekreuzte Schwerter bildeten den übrigen Wandschmuck. Das Bett war aus geschnitztem massivem Eichenholz. Felle lagen darauf, ebenso auf dem Boden mit den groben Dielen.

Ein Feuer knisterte im Kamin, entfacht von dem treuen

Diener, den Lucien ihm zugeteilt hatte. Jason lächelte beim Anblick der einladenden Flammen und genoß die Wärme, die die im Turm ständig herrschende Kälte ein wenig vertrieb.

Er schwang den Mantel von den Schultern und warf ihn auf die Holzbank zu Füßen des Bettes. Als er sich umdrehte, entdeckte er, daß er nicht allein war.

Lucien lächelte und erhob sich geschmeidig. »Vermutlich hätte ich ein wenig länger auf Averys gräßlichem Fest bleiben sollen, aber als ich sah, daß du von deinem kleinen Ausflug in sein Arbeitszimmer wohlbehalten zurückgekehrt warst, verabschiedete ich mich. Daß du in deiner Kostümierung auf Probleme stoßen würdest, war nicht zu erwarten, und es war offenbar wirklich nicht der Fall.«

»Nur ein kleines, eher amüsantes als ärgerliches Problem.«

Eine schwarze Braue wurde hochgezogen. »Ja ... ich glaube, ich sah dein kleines Problem mit dem alten Wüstling Whitmore tanzen. Gegen Ende des Menuetts wurde er fast zudringlich. Hoffentlich hast du die Dame erlöst, ehe der alte Lüstling vollends den Verstand verlor.«

Jason feixte. »Sie war über das Wiedersehen sehr erfreut. Und jetzt behauptest du, das wäre nicht meiner gewinnenden Persönlichkeit zuzuschreiben, sondern Whitmores aufdringlichen Annäherungsversuchen, die ihre Freude über mein Auftauchen auslösten.«

Lucien grinste. »Zumindest war er für etwas gut.« Er kam näher und sah, daß Jason ein paar zusammengefaltete Papierbögen aus seiner Westentasche zog. »Aus Averys Arbeitszimmer?« fragte er.

»Genau. Wie ich dir schon sagte, wußte ich, wo der Safe sich befindet und wie man ihn öffnet. Ich war nicht sicher, was ich vorfinden würde, aber wie es sich zeigte, hatte ich Glück.« Er entfaltete die Blätter und strich sie auf dem schweren Eichentisch glatt. »Dieses Dokument wurde drei Tage nach der Ermordung meines Vaters datiert. Es ist ein Vertrag zwischen dem Duke of Carlyle und der Countess of Brookhurst. Avery verpflichtet sich darin zur Zahlung von zweihunderttausend Pfund auf die Hand, plus einer stattlichen Leibrente. Es ist so viel, daß sich die Countess ihr Leben lang eine sehr luxuriöse Existenz leisten kann.«

»Laß mich sehen.« Litchfield beugte sich im flackernden Kerzenschein über das Schriftstück. »Herrgott, Avery würde giftgrün vor Haß werden, wenn er wüßte, daß du das Papier in Händen hast.«

»Es reicht nicht, um den Schuldspruch zunichte zu machen, aber es ist ein Anfang, der erste handfeste Beweis, den wir haben. Es gab also von seiten Averys ein geheimes Einverständnis zu betrügerischen Zwecken.«

Lucien legte ihm schwer eine Hand auf die Schulter. »Noch besser – dieses Schriftstück stellt eine Verbindung zwischen Celia und Avery dar. Seine Existenz könnte schon Drohung genug sein, um sie zum Eingeständnis ihrer Mittäterschaft an dem Komplott zu bringen und sie zu bewegen, die Wahrheit über die Ereignisse des tragischen Abends zu enthüllen.«

Jason schüttelte den Kopf. »Das können wir nicht riskieren. Celia läßt sich nicht so leicht ins Bockshorn jagen. Wir können es uns nicht leisten, daß einer der beiden Verdacht schöpft. Wir dürfen nicht zulassen, daß sie etwas von unseren Ermittlungen merken, ehe wir nicht sicher sein können, daß sich die Countess zu einem Geständnis bequemt. Sollte sie auch nur einen Moment Verdacht schöpfen, daß ich noch am Leben bin, wird sie es Avery sagen, und er wird alles tun, um mich unschädlich zu machen. Mein Leben wäre dann keinen Pfifferling mehr wert.«

Lucien furchte die Stirn. »Daß wir sehr vorsichtig sein

müssen, wußten wir von Anfang an.« Er lächelte leicht. »Wie du schon sagtest, ist das Schriftstück an sich nicht ausreichend, aber wenigstens ein Anfang. Und das zumindest freut mich sehr.«

Jason schloß die Augen und lehnte den Kopf gegen einen der hohen Bettpfosten. »Ein gutes Gefühl, Lucien, das kann ich dir sagen. Die erste Hoffnung seit Jahren.«

»Das ist erst der Anfang, mein Freund.«

Jason wünschte, er hätte den Optimismus seines Freundes teilen können. Mit jedem Tag, den er länger in England blieb, stieg die Gefahr einer Entdeckung. Früher oder später würde ihn jemand irgendwo erkennen. Die Behörden würden seine Spur aufnehmen und ihn in den Kerker werfen. Und diesmal würde er sicher hängen – diesmal würde es keine Flucht geben. Er mußte mit äußerster Vorsicht vorgehen, doch mit jeder Sekunde, die verging, sanken seine Erfolgschancen.

»Du hast gute Nachtarbeit geleistet«, sagte Lucien schon unterwegs zur Tür. »Aber versuche jetzt, Schlaf zu finden.«

Vielleicht werde ich tatsächlich gut schlafen, dachte Jason, der wieder an den Tisch trat und fast liebevoll über das kostbare Schriftstück strich. Er dachte an das Risiko, das er auf sich genommen hatte, indem er nach Carlyle Hall gegangen war, und lächelte dann eingedenk der Begegnung mit Lady Velvet. Auch wenn er die Dokumente nicht gefunden hätte, hätte sich das Risiko gelohnt. Er dachte an das Gefühl, als er sie in den Armen gehalten hatte, an den Fliederduft ihres Haares. Er rief sich in Erinnerung, wie ihre weichen Lippen sich unter seinem Kuß willig geteilt, wie ihre Brüste sich gegen seine Brust gepreßt hatten, und ein dumpfer Schmerz pulsierte in seinen Lenden.

Vielleicht werde ich schlafen, dachte er. Ebensogut möglich

war aber, daß er die Nacht in einer Agonie des Begehrens verbringen mußte und die leidenschaftlichen Augenblicke mit Velvet Moran immer wieder durchlebte.

Velvet wälzte sich auf ihrer weichen Federmatratze hin und her und schlief erst kurz vor Tagesanbruch ein. Als Tabitha sie schließlich weckte, fühlte sie sich zerschlagen und unwohl. In ihren Schläfen lauerte leichter Kopfschmerz.

»Seine Durchlaucht hat nach Ihnen gefragt. Er möchte, daß Sie ihm und seinen Gästen Gesellschaft leisten.«

Velvet nickte. Avery spielte seine Rolle gottlob perfekt. Der Klatsch war fast verstummt und beschränkte sich auf Mitleidsbekundungen, die den Unannehmlichkeiten der Entführung galten. Ihre Trennung von Avery würde nur die üblichen Spekulationen nach sich ziehen. Velvet warf ihr zu einem einzigen langen Zopf geflochtenes Haar über die Schulter und schwang die Beine über den Bettrand.

»Ich werde das Taftkleid mit den safrangelben Streifen tragen«, sagte sie, dem Tag mit einigem Bangen entgegensehend. Aber sofort kehrten ihre Gedanken zu dem Thema zurück, um das sie unablässig kreisten. In den langen schlaflosen Nachtstunden hatten sich ihre Überlegungen einzig und allein um Jason Sinclair gedreht.

War er wirklich ein Mörder? Oder lag irgendein Mißverständnis vor, das ihn zum Täter stempelte?

Während sie sich vor dem kostbaren Sheraton-Toilettentischchen von Tabby kämmen ließ, die ihr Haar auf dem Kopf zu einer hohen Frisur aufsteckte, aus der ein paar vorwitzige Löckchen auf ihre Schultern fielen, grübelte sie, ob Jason tatsächlich imstande war, einen Mord zu begehen.

Nein, sie bezweifelte eigentlich nicht, daß er unter gewissen Umständen zum Mörder werden konnte. Verfolgte er ein

Ziel, tat er es mit großer Entschlossenheit und Härte und duldete nicht, daß sich ihm jemand in den Weg stellte.

Jason Sinclair war ein gefährlicher und schwer durchschaubarer Mensch. Jede Faser seines Körpers verriet die Härten, die ihn zu dem Menschen gemacht hatten, der er war. Sie versuchte sich einzureden, daß er kaltblütig seinen Vater ermordet haben konnte, doch ihr Inneres weigerte sich, es zu glauben. Vor ihrem geistigen Auge ließ sie die gemeinsam im Jagdhaus verbrachten Tage abermals Revue passieren. Sie hatte ihm von Anfang an Widerstand geleistet, und doch hatte er ihr nie etwas zuleide getan, auch nicht, als sie ihm Grund dazu geliefert hatte.

Sie dachte an ihre Begegnung im Stall. Wie sanft er mit dem Hündchen umgegangen war. Und als er von seinem Vater gesprochen hatte, spiegelten seine Worte und seine Miene Ausdruck seiner Liebe und seiner Achtung, die er seinem Erzeuger entgegenbrachte. Auch der Butler hatte gesagt, daß Jason seinen Vater geliebt hätte und nie imstande gewesen wäre, ihm etwas anzutun.

Er ist unschuldig, dachte Velvet mit wachsender Überzeugung, während Tabby ihre Krinoline befestigte und ihr dann in das Tageskleid mit den safrangelben Streifen half. Mit jeder Minute wurde sie ihrer Sache sicherer.

Eine kleine Stimme warnte sie, daß es Wunschdenken war, daß man den Mann zum Tod durch den Strang verurteilt hatte, doch das änderte nichts an ihrem Gefühl. Jason Sinclair war nicht der Mann, der an einem Menschen, den er liebte, ein solches Verbrechen begehen konnte.

Vielleicht war das der Grund, weshalb er aus seiner Deckung hervorgekommen war. Vielleicht hatte er all die Jahre seine Unschuld zu beweisen versucht. Sie wußte zwar nicht, warum er so lange gewartet hatte, aber wenn er beabsichtigte, sich zu rehabilitieren, mußte er jemanden gefunden haben, der ihm half, und dem er vertrauen konnte.

Einen langjährigen Freund etwa, wie es der Marquis of Litchfield war.

Ihr Herz schlug schneller, pumpte Blut in ihren brummenden Schädel und steigerte den Schmerz. Litchfield hatte an Jasons Unschuld geglaubt, hatte beim Prozeß für ihn ausgesagt. Im Jagdhaus war ein großer und dunkler Mann kurz zu Besuch aufgetaucht. Sie hatte sein Gesicht nicht ganz sehen können, aber wenn sie es recht überlegte, so war sie jetzt sicher, daß die schmalen, harten Züge Lucien Montaine gehörten.

Litchfield war ein Mann von Format, ein Mann, dem unter seinesgleichen Respekt und Bewunderung entgegengebracht wurden. Wenn der Marquis gewillt ist, ihm zu helfen, muß Jason unschuldig sein, folgerte Velvet.

Und Litchfield war es auch, der wußte, wo er sich aufhielt. «Tabitha! Tabby!« rief sie ihre Zofe zurück. »Ich habe meine Meinung geändert. Komm und hilf mir beim Umkleiden.« Sie lief an ihren Kleiderschrank, öffnete die verspiegelten Türen und nahm ein Reisekleid aus rostbrauner Ripsseide samt passendem Umhang heraus.

»Sieh einer an«, äußerte Tabitha verdutzt. »Wohin wollen Sie denn? Ich dachte, Sie hätten die Absicht, den Morgen mit dem Herzog zu verbringen.«

»Ich sagte schon, ich habe mich anders entschieden. Ich muß etwas erledigen und brauche etwas Schlichteres, Nüchterneres. Hilf mir beim Umkleiden, und mach dich dann selbst zurecht. Du kannst mich beim Herzog entschuldigen, während ich hinuntergehe und anspannen lasse.«

Tabby, die eine Debatte für zwecklos hielt, half Velvet beim Umziehen und machte sich dann selbst reisefertig. Im Handumdrehen saßen sie in der Haversham-Kutsche, Tabby in der Rolle einer Anstandsdame auf dem Sitz Velvet gegenüber. Auf dem Kutschbock ließ John Wilton die Peitsche knallen, und das Gefährt setzte sich in Bewegung und rumpelte über die Landstraße nach Castle Running, dem Landsitz des Marquis.

Velvet wollte zu Litchfield gehen und ihn zu dem Einge-ständnis bringen, daß er Jasons Mitwisser war. Sodann wollte sie ein Treffen mit Jason fordern. Aus welchen Gründen und wie unbeabsichtigt auch immer, Jason Sinclair hatte ihr ge-holfen, und nun war die Reihe an ihr, ihm zu helfen. Ich werde einen Weg finden, gelobte sie sich. Litchfield war erst der An-fang.

Und da sie genug über Jason wußte, war sie überzeugt, ihn zur Zusammenarbeit überreden zu können.

Lucien öffnete die Türflügel zum Roten Salon, trat ein und schloß sie leise hinter sich. Auf einem üppig gepolsterten ro-ten Brokatsofa sitzend, erwartete ihn Velvet Moran, umgeben von ihren rostbraunen Röcken, aufrecht, die zierlichen Schul-tern zurückgenommen. Ihm entging die Aura der Entschlos-senheit nicht, die sie umgab wie starkes Parfüm.

Bei seinem Eintreten stand sie auf und ging ihm entgegen, um ihn zu begrüßen.

»Mylord, Sie müssen mein unangemeldetes Erscheinen entschuldigen, aber was ich mit Ihnen zu besprechen habe, ist sehr wichtig und duldet keinen Aufschub.«

Er nahm ihre Hand und beugte sich darüber. »Mylady, eine Entschuldigung erübrigt sich. Der Besuch einer schönen Frau ist immer ein Vergnügen.« Ihre Wangen erglühten unter sei-nem Kompliment. Was sie für eine Schmeichelei hielt, war freilich ehrlich gemeint. Ihre Schönheit war zudem von einer Lebhaftigkeit geprägt, von einem Temperament, das ihre goldbraunen Augen belebte und ihr ovales Gesicht mit den pfirsichsamtenen Lippen nahezu unwiderstehlich machten. Sogar der satte Mahagoniton ihres dichten Haares schien vor Lebendigkeit und Feuer zu knistern.

»Was ich zu sagen habe, ist äußerst privater Natur«, sagte sie und nahm auf dem Sessel Platz, den er ihr anbot.

»Wir sind hier unter uns. Sie können ganz offen sprechen.« Er ging ans Sideboard und zog den Stöpsel einer Karaffe heraus. »Darf ich Ihnen Sherry anbieten? Oder möchten Sie lieber etwas anderes?«

»Sherry ist mir recht, danke.«

Er ging zu ihr und reichte ihr ein gefülltes Stielglas aus Kristall. Dann setzte er sich ihr gegenüber. »Also, Lady Velvet, was möchten Sie mit mir besprechen?«

Zwei einfache Worte. »Jason Sinclair.«

Er verschluckte sich fast an seinem Brandy. »Wie bitte, was sagten Sie eben?«

»Mylord, ich glaube, Sie haben sehr gut verstanden. Ich möchte über Ihren guten Freund Jason Sinclair sprechen, dem rechtmäßigen vierten Duke of Carlyle.«

Er beugte sich vor. Seine Augen waren verschattet, schätzten sie aber mit neuem Respekt ab. »Mein Freund wurde im Gefängnis von Newgate ermordet, Lady Velvet. Da sein Tod besonders schmerzlich war, spreche ich selten davon.«

Sie beobachtete ihn so genau wie er sie. »Aber Sie waren sein Freund?«

»Ja.«

»Glauben Sie, daß er seinen Vater umgebracht hat?«

»Was ich glaube, ist von geringer Konsequenz, wenn man ...«

»Halten Sie ihn für schuldig?«

»Nein.«

146

Sie beugte sich vor, das Sherryglas fest in der Hand. »Ich auch nicht, Mylord. Wie Sie glaube auch ich an seine Unschuld.«

»Das ist sehr tröstlich, Mylady, aber ich begreife nicht, welche Bedeutung es hat ...«

»O doch, Sie verstehen sehr wohl. Ich glaube, wenn Jason heute noch am Leben wäre, könnte er Sie noch zu seinen Freunden zählen. Ist es so?«

Sie lockte ihn in eine Falle. Er sah es kommen, war aber machtlos dagegen. »Ja, so ist es.«

»Und wir beide wissen, daß Jason noch am Leben ist, oder?«

Er erwog, an seinen Lügen festzuhalten, doch ihre Miene verriet, daß sie ihm nicht glauben würde. »Warum sind Sie gekommen, Lady Velvet?«

Sie richtete sich auf, ohne den Blick von ihm abzuwenden. »Ich möchte ihn sehen. Ich glaube, Sie könnten eine Zusammenkunft arrangieren. Und deshalb bin ich hier, Mylord.«

Er überlegte, sah das entschlossene Blitzen ihrer Augen. »Es wäre sehr gefährlich ... für beide. Warum möchten Sie ihn sehen?«

»Wenn ich Ihnen den Grund nenne, würden Sie es ihm weitersagen, und dann würde er womöglich nicht kommen. Es muß Ihnen genügen, wenn ich sage, daß ich morgen mit ihm sprechen möchte. Sollte er nicht erscheinen, wäre ich gezwungen, seine Identität zu enthüllen.«

Er lächelte schmallippig. »Ich glaube nicht, daß Sie das tun würden.«

Sie zog eine Braue in die Höhe. »Aber sicher können Sie nicht sein, und ein Risiko können Sie nicht eingehen.«

Ihre Kühnheit war bewundernswert. Mut und Intelligenz

waren ungemein reizvolle Eigenschaften bei einer Frau. Kein Wunder, daß sein Freund von ihr hingerissen war. »Jason wird es nicht gefallen, erpreßt zu werden.«

»Das ist mein Problem. Unterdessen könnten Sie vielleicht einen geeigneten Ort für die Zusammenkunft vorschlagen.«

Er schwenkte den Brandy in seinem Glas, führte es an seine Nase und genoß das volle Aroma, ohne einen Schluck zu tun. »Am Rande des Dorfes lebt eine Witwe, die ich gut kenne. Im Moment ist sie auf Besuch bei ihrer Familie in Northumberland.« Ein Mundwinkel zuckte leicht. »Zufällig besitze ich einen Schlüssel zum Haus. Da wir gute Freunde sind, wird sie gewiß nichts dagegen haben, wenn Sie ihr Haus für das Treffen mit Jason benutzen.«

»Ausgezeichnet.« Ihr Lächeln ließ erkennen, daß sie nicht so unwissend war, wie es sich für eine junge Dame ziemte. »Vergessen Sie nicht, Ihre … *Freundin* nach ihrer Rückkehr meiner Wertschätzung zu versichern.«

Er erwiderte ihr Lächeln. »Denken Sie daran, daß ich Sie warnte. Jason wird Ihre Einmischung in seine Angelegenheiten nicht schätzen.«

»Und ich wußte seine Einmischung in meine nicht zu schätzen. Wie es sich aber zeigte, habe ich Grund, ihm dankbar zu sein. Vielleicht wird auch Jason Grund haben, mir dankbar zu sein.«

Er erhob sich, und sie folgte seinem Beispiel. Obschon er sie um einen Kopf überragte und sie ihm nur knapp bis ans Kinn reichte, erschien sie dank ihrer Selbstsicherheit und geradezu spürbaren Willenskraft fast gleichgroß.

»Wäre Ihnen zwei Uhr genehm, Mylady?«

»Ja, sehr«, sagte sie. »Ich danke Ihnen für Ihre Hilfe, Mylord.«

Sein Lächeln ließ eine Andeutung von Spott erkennen.

»Lady Velvet, Ihren Dank können Sie sich bis nach der Unterredung mit meinem Freund sparen.«

Darauf gab sie keine Antwort, ließ sich von ihm den Schlüssel des Hauses aushändigen, hob den Rocksaum ihres Kleides eine Spur an und rauschte hinaus. Als Lucien ihr nachblickte, zeigte sein Lächeln unverhohlene Belustigung. Jason hatte in Velvet Moran jemanden gefunden, der ihm gewachsen war. Unter anderen Umständen hätte es ihn amüsiert, den Willenskampf zu beobachten, der sich zwischen den beiden entspinnen würde. So aber bedeutete Velvets Einmischung erhöhte Gefahr für Jason.

Er fragte sich, wie sein Freund reagieren würde, wenn er von der für den morgigen Tag geplanten Begegnung erfahren würde.

»Verdammt! Willst du damit sagen, das Frauenzimmer wäre einfach in dein Haus marschiert, hätte dir erklärt, sie wüßte, daß ich Jason Sinclair bin, um unter der Drohung, sie könne mich dem Henker ausliefern, auf einer Zusammenkunft zu bestehen?« Jason, der im kleinen Sitzbereich seines Turmzimmers stand, konnte nur mit Mühe seinen Zorn unterdrücken.

Litchfield lächelte. »So ungefähr.«

Jason hieb mit der Faust auf den Kaminsims. »Das kann sie vergessen. Ich tanze nicht nach ihrer Pfeife – sag dem kleinen Biest, es solle zur Hölle fahren!« Dann hielt er inne und knurrte: »Wie, zum Teufel, ist sie dahintergekommen?«

»Ich habe nicht die leiseste Ahnung.«

»Sie ist ein raffiniertes kleines Ding. Ich hätte wissen müssen, daß sie neugierig ist, wie ich auch hätte wissen müssen, daß sie sich nicht damit zufriedengeben würde, die Sache auf sich beruhen zu lassen.«

»Du wirst dich mit ihr treffen müssen«, sagte Lucien.

»Man weiß nicht, wozu sie im Falle einer Weigerung deinerseits imstande ist.«

»Und ich bin nicht sicher, was ich mit ihr anstelle, wenn ich es tue.«

Litchfield lachte verhalten auf. »Ja, sie kann einem schon zu schaffen machen. So schön und feurig wie sie ist, reizt es einen Mann, sie zu zügeln.«

»Es reizt einen Mann, sie ins Bett zu bekommen«, knirschte Jason.

»Genau«, pflichtete Lucien ihm bei, und Jasons Kopf fuhr hoch. »Immer mit der Ruhe, mein Freund, das Mädchen gehört dir. Meine momentane Geliebte und ein gelegentliches Schäferstündchen mit der reizenden Witwe Carter während meiner Landaufenthalte genügen mir vollauf.«

Jason drehte sich um und starrte aus dem Fenster. »Ich glaube zwar nicht, daß sie mich verraten würde, aber nach Celia werde ich meiner Sache nie mehr sicher sein, wenn eine Frau mit im Spiel ist.«

»Das Treffen könnte sich als sehr interessant erweisen. Möchte wissen, was sie will.«

»Das weiß nur sie und der liebe Gott.«

»Und morgen um zwei auch du.«

Jason, der darauf nichts sagte, starrte hinaus auf die sanften grünen Hügel zwischen Schloß und Dorf. Er war wütend, nein, fuchsteufelswild über Velvets Einmischung, konnte aber nicht abstreiten, daß er insgeheim die Begegnung kaum erwarten konnte.

11

Velvet, die zu dem Treffen im Haus der Witwe am Rand von Hammington Heath in einem im modischen Uniformstil gehaltenen Reitkostüm aus rubinrotem Samt erschienen war, stand am Kamin und schürte das Feuer, das sie gemacht hatte. Der weißgetünchte Bau mit dem Schieferdach, dessen Vorderfront unter dem Efeubewuchs fast verschwand, war größer als erwartet.

Der Schlüssel des Marquis hatte sie in das Innere geführt, in dem Steinfliesenböden und massive eichene Deckenbalken den Ton angaben. Im untadelig aufgeräumten Salon verbreitete das weiß-rosa Blumenmuster von Sofa und Sessel einladende Behaglichkeit.

In den Holzscheiten stochernd, sah sie zu, wie die Flammen das Holz umzüngelten. Während sie ihre Hände an die Wärme hielt, lauschte sie auf Jasons Schritte, doch war das Knacken und Ächzen des Feuers alles, was sie hörte.

Es war zwei Uhr vorüber. Hatte er nur gebluff und würde nicht erscheinen? Konnte er denn sicher sein, daß sie ihn nicht verriet?

Velvets Seufzer war in der Stille laut hörbar. Nach dem gestrigen Besuch auf Castle Running war sie nach Carlyle Hall zurückgekehrt, um wieder in die Rolle von Averys treu ergebener Braut zu schlüpfen. Heute war sie unter neuen Ausflüchten in den Stall geeilt und hatte ein Pferd für einen Ritt ins Nachbardorf satteln lassen.

Sie ging ans Fenster und befingerte nachdenklich die goldenen Schulterstücke ihres Reitkostüms, die ebenso wie die Messingknöpfe die Erinnerung an Jasons Uniformjacke weckten, in der er auf dem Ball erschienen war.

Sie spähte aus dem Sprossenfenster zu den schon leicht grünen Feldern hinüber. O Gott, wo blieb er nur?

»Suchst du mich, Herzogin?« Die tiefe Stimme ertönte so dicht hinter ihr, daß Velvet erschrocken herumfuhr.

»Allmächtiger! Du hast mich zu Tode erschreckt! Wie um alles in der Welt bist du hereingekommen?«

Er stand auf einer Seite des Kamins, eine breite Schulter lässig an den Sims gelehnt, doch ihr entging nicht, unter welcher Anspannung er stand.

»Hereinzukommen war kein Problem. Inzwischen solltest du wissen, daß ich über mannigfache Talente verfüge.« In seinen Worten klang eine Andeutung von Drohung mit, obwohl sein Ton sanft und sogar ein wenig wehmütig schien.

Als er auf sie zuging, sah sie, daß seine Augen funkelten und er die Fäuste ballte. O Gott, wie zornig er war! Er schnaubte vor Wut. Trotz Litchfields Warnung war sie nicht darauf gefaßt.

»Ich ... ich weiß, daß du außer dir bist, aber ich mußte dich sehen.«

»Warum?«

»Ich weiß, wer du bist.«

Er kam näher, wilde Entschlossenheit im Blick. »Velvet, du hast mir gedroht. Und das mag ich nicht.«

Sie reckte ihr Kinn. »Nun, ich mochte es auch nicht, entführt zu werden, doch hat dich das nicht gehindert, mich einfach zu überfallen.«

»Mir blieb keine andere Wahl.« Auch Jason trug seinen Reitdreß, enge, hellbraune Breeches und ein weißes Hemd mit weiten Ärmeln.

»Du hast dich also meinen Wünschen gebeugt und bist gegen deinen Willen gekommen. Hast du wirklich geglaubt, ich würde dich ausliefern?«

Seine Augen musterten eindringlich und forschend ihr Gesicht. »Ich hoffte, du würdest es nicht tun, aber sicher konnte ich nicht sein. Ich hätte auch nicht gedacht, Celia Rollins würde seelenruhig zulassen, daß man mich hängt, und doch hat sie es getan und dazu noch gerne.«

Velvet legte ihm die Hand auf den Unterarm und spürte das Beben seiner Muskeln unter dem Hemd. »Ich würde dich nie betrügen, wie Lady Brookhurst es getan hat. Und ich glaube nicht, daß du deinen Vater getötet hast. Ich glaube vielmehr, daß du ihn liebtest. Ich möchte dir helfen, deine Unschuld zu beweisen.«

Sie trat zurück, hob ihren Rock an und versank in einem tiefen, anmutigen Knicks, »… Euer Durchlaucht«.

Jason rührte sich nicht vom Fleck. Seine Halsmuskeln strafften sich, doch sagte er kein Wort. Einen stillen Moment hielt er ihren Blick fest. Ein unmerkliches Zittern durchlief seine Hand, als er nach Velvet griff, ihre Finger mit seinen verschränkte und sie aufrichtete. Dann nahm er sie in die Arme.

»O Gott, Herzogin. So hat man mich sehr lange nicht genannt.«

Velvet schmiegte sich an ihn, legte die Arme um seinen Nacken und spürte, wie er seine Wange an ihre drückte. Sie blinzelte, als Tränen in ihren Augen brannten. »Ich bin gekommen, weil ich dir helfen möchte. Du sollst mir alles sagen, was damals passierte, damit ich einen Weg finden kann, dir zu helfen.«

Er schüttelte nur den Kopf. »Ich weiß deine Besorgnis zu schätzen, aber es gibt nichts, was du tun könntest. Wenn du dich in meine Angelegenheiten einmischst, handelst du dir nur Schwierigkeiten ein. Es könnte sogar gefährlich für dich werden.«

Ein wenig abrückend, blickte sie zu ihm auf. »Jason, ich möchte alles wissen. Bitte, willst du es mir nicht sagen?«

Lange Augenblicke vergingen. Das Ticken der Uhr schien im Raum zu widerhallen. Er wandte sich mit einem matten Seufzer ab und strich sich eine Haarsträhne aus der Stirn, als er sie zum Sofa führte. Dort setzte er sich neben sie.

»Es fällt mir noch immer schwer, darüber zu sprechen. Damals hatte ich in meiner großen Naivität nicht den leisesten Argwohn.« Er schüttelte den Kopf. »Es war von Anfang an ein abgekartetes Spiel zwischen Avery und der Countess. Sie ...«

»Avery? Avery hat deinen Vater getötet?«

Er nickte. »Was hast du denn gedacht?«

»Ich dachte ... daß er vielleicht getäuscht worden war, daß er einem Irrtum anheimfiel, der ihn von deiner Schuld überzeugte.«

»Es gab keinen Irrtum. Celia wollte Geld. Avery wollte den Titel eines Duke of Carlyle. Sie hatten von langer Hand geplant, meinen Vater und mich aus dem Weg zu schaffen, vermutlich nicht gleichzeitig, aber sie ließen sich Zeit und warteten den richtigen Moment ab, um ihren Plan in die Tat umzusetzen. Als an jenem Abend mein Vater das Haus verließ und mir zum Wirtshaus folgte, erkannte Avery sofort, daß sich eine einmalige Gelegenheit bot, und er zögerte nicht, sie zu nutzen.« Er lachte voller Bitterkeit auf. »Und ich habe es ihnen so leicht gemacht. Ich verliebte mich in Celia, blind für die Gefahr. Ich konnte an nichts anderes denken als an sie.«

Velvet empfand eine vage Regung, die sie als Eifersucht erkannte. Es tat ihr weh, sich Jason in die schöne Countess verliebt vorzustellen. So lächerlich es war, doch der beißende Schmerz blieb.

»Ich weiß, daß du im Kerker warst. Wie ist dir die Flucht geglückt?«

»Gar nicht.«

»Aber …«

»Gleich in der ersten Nacht fielen ein paar Häftlinge über mich her. Sie wollten meine Kleider und meine Schuhe, Dinge, die in Newgate ein kleines Vermögen wert sind. Sie schlugen mich bewußtlos, zogen mich nackt aus und hinterließen mir nur ein paar Lumpen. Einer dieser Männer übertraf die anderen an Größe und Härte und sicherte sich den Löwenanteil an meinen Sachen.«

Er senkte den Blick, in seinen schmerzlichen Erinnerungen gefangen. »Ein böses Schicksal wollte es, daß er sich nicht lange an ihnen erfreuen konnte. Noch am selben Abend wurde der Mann in eine weitere Rauferei verwickelt und regelrecht abgestochen. Da die Messerstiche sein Gesicht unkenntlich machten, verwechselte die Wachmannschaft ihn der ähnlichen Größe und Haarfarbe wegen mit mir, als er gefunden wurde.« Jason schüttelte den Kopf. »Ich habe mich oft gefragt, ob Avery hinter dem Anschlag steckte. Lucien hatte damals alle Hebel in Bewegung gesetzt, um mich vor der Hinrichtung zu bewahren. Avery, der meinen Tod wollte, ist aber ein Mensch, der jedes Risiko ausschaltet.«

Als er die breiten Schultern hochzog, zeichnete sich das Muskelspiel unter seinem weißen Hemd ab. »Vermutlich werde ich es nie erfahren.«

Velvets Herz flog ihm entgegen. »Ach, Jason.« Sie wollte ihn berühren, ihn festhalten, den gequälten Blick, der sein Gesicht verfinsterte, vertreiben. Statt dessen wartete sie, daß er ihr alles sagte, mit schmerzender Brust und enger Kehle, da die Tränen um den Schmerz, den er erlitten hatte, jeden Moment zu fließen drohten.

Er starrte zum Fenster. »In jener Nacht entkam ich dem Henker, doch sollte ich später Zeiten erleben, da ich mir wünschte, ich wäre tot. Als man am Morgen den Häftling mit Namen Hawkins suchte, den Mann, der getötet worden war, nahm ich seine Stelle ein. Ich wurde in die Kolonien verschifft und leistete in glühender Hitze Sklavenarbeit in den Sümpfen, vier lange Jahre, bis ich fliehen konnte. Das einzige, was mich aufrechthielt, war mein Schwur, nach England zurückzukehren.«

Velvet merkte nicht, daß sie weinte, bis sie die Tränen auf ihren Wangen spürte.

Jason neigte sich zu ihr. »Schon gut.« Er wischte mit seinem Finger die Tropfen fort. »Was passiert ist, liegt in der Vergangenheit.« Er hob ihr Kinn an. »Und ich sagte schon, daß es nichts gibt, was du tun könntest.«

Velvet sah ihm in die Augen. »An deiner Stelle wäre ich da nicht so sicher. Ich bleibe noch einen Tag in Carlyle Hall, Zeit genug, um mich umzusehen, ein paar Fragen zu stellen. Über dich habe ich ja auch allerlei erfahren. Vielleicht stoße ich auf etwas, das dir nützen könnte.«

»Ebenso möglich ist es aber, daß deine Fragen Averys Argwohn wecken. Wenn das geschieht, bin ich so gut wie tot.«

Ein Schauer überlief sie, doch sie verdrängte das unheimliche Gefühl. »Ebenso besteht die Möglichkeit, daß du selbst etwas tust, was seine Aufmerksamkeit weckt.«

»So dumm bin ich nicht.«

»Ach? Und dein Erscheinen auf dem Kostümball? Es hätte katastrophal enden können. Was, wenn dich außer mir noch jemand erkannt hätte?«

»Ich trug eine Gesichtsmaske«, erwiderte er eigensinnig.

»Ja, und was hätte sie dir genutzt, wenn dich jemand in Averys Arbeitszimmer verschwinden sah? Ich bin nicht so tollkühn wie du. Du mußt es mich versuchen lassen, Jason. Je länger es dauert, bis du auf einen Beweis stößt, desto größer ist die Gefahr deiner Entdeckung.«

Um seinen Mund erschien ein grimmiger Zug. »Das ist mir mehr als klar.«

»Laß zu, daß ich dir helfe, Jason.«

Er schüttelte den Kopf. »Ich möchte nicht, daß dir etwas zustößt.«

»Verdammt – ich möchte dir aber helfen.«

»Ich sagte nein, Velvet, und ich meine es ernst.«

Velvet gab sich damit nicht zufrieden. »Glaubst du wirklich, du könntest mich davon abhalten?«

Jason reagierte mit zähneknirschender Wut. »Du kleines Luder – du bist doch das eigensinnigste, sturste Frauenzimmer, das mir je untergekommen ist!«

»Ich werde Ihnen helfen, Durchlaucht, ob es Ihnen paßt oder nicht.«

»Verdammt – ich hätte dich fester verprügeln sollen.« Er umfaßte ihre Schultern, seine Augen sprühten Feuer. Eine Weile standen beide reglos da. Mit resigniertem Aufseufzen zog Jason sie dann an sich. »Aber eigentlich möchte ich dich viel lieber küssen.« Er preßte seinen Mund auf den ihren, teilte ihre Lippen mit einer verführerischen Bewegung und versenkte aufseufzend seine heiße Zunge in ihrer samtenen Mundhöhle.

Sie hätte wütend sein sollen, hätte ihn von sich stoßen sollen, doch schmiegte sie sich statt dessen eng an ihn, die Wärme auskostend, die sie durchflutete, das Gefühl, in seinen Armen zu liegen, seinen Geschmack in ihrem Mund zu spüren. Seine Zunge spielte mit ihrer, stieß zu, machte sie zur seinen, als gehörte sie zu ihm. Sein Kuß war zärtlich und leidenschaftlich zugleich. Hitze breitete sich von ihrem Hals über ihre Schultern aus und weiter über ihre Brüste, so daß sie spürte, wie diese prall wurden und ihr Mieder zu sprengen drohten.

Jason vertiefte seinen Kuß und nahm ihren Mund so vollständig in Besitz, daß ihr fast die Sinne schwanden. Die Hitze durchdrang ihren ganzen Körper und rötete ihre Haut. Seine Hand glitt über ihre Brust, umfaßte die Fülle und knetete sie leicht. Ihre Brustspitze richtete sich steif auf. Er machte sich an den Knöpfen zu schaffen, öffnete ihr Kleid und ließ seine Hand unter ihr Mieder gleiten. Wärme durchflutete sie von neuem, ein schmelzendes Gefühl, das ihr einen kleinen kehligen Laut entlockte. Seine Handfläche rieb an ihrer Brustwarze, die sich noch mehr aufrichtete und unter seiner Hand zu einer purpurnen Spitze wurde.

Velvet hörte sein Aufstöhnen.

Er küßte die Wölbung ihrer Kehle, zog die Nadeln aus ihrem Haar, griff in die schwere dunkle Flut, die um ihre Schultern fiel.

»Jason …«, hauchte sie, doch sein feuriger Kuß erstickte ihren matten Protest, und seine Hände wanderten weiter über ihren Körper. Er streifte das Oberteil ihres Kleides samt dem Mieder von den Schultern, dann sank der erste Träger des weißen Batistunterkleides herunter. Mit dem zweiten glitt auch das Unterkleid herab und entblößte sie bis zur Taille.

»Wundervoll«, flüsterte er, während er mit glühendem Blick ihre nackte Schönheit verschlang. Als er den Kopf senkte und eine Brustspitze mit den Lippen erfaßte, durchfuhr sie ein wohliger Schauer.

»Barmherziger Gott …« Die Worte entschlüpften ihr unwillkürlich, doch gebot sie ihm nicht Einhalt. Statt dessen wölbte sie ihm ihren Körper entgegen, nach mehr flehend, erbebend, wenn er die aufgerichteten Knospen ihrer Brüste mit seiner Zunge streifte. Ihre Finger gruben sich in seine Schultern, und harte Muskeln strafften sich unter ihrer Hand. Sie spürte den Herzschlag unter dem Leinen seines Hemdes und seine Brustwarze, die unter ihrer Berührung hart wurde. Sie erbebte, und seine Hand glitt tiefer, schob ihre Röcke hoch und wollte sie um ihre Taille zusammenballen. Ihre Reifrockstangen, an ihrem Reitkleid nicht so ausladend wie an anderen Kleidern, waren seinem Ziel dennoch im Weg und entrangen ihm eine knurrende Verwünschung.

Er blickte auf und atmete tief durch. »Velvet, wir müssen dem ein Ende machen. Wenn nicht, kann ich für nichts mehr garantieren.«

Aber sie wollte nicht, daß er innehielt. Sie war in Jason Sinclair verliebt. Sie hatte versucht, es abzustreiten, kaum aber hatte sie ihn gesehen, kaum hatte er sie berührt, wußte sie, daß es die volle Wahrheit war. Er war ein Verbrecher auf der Flucht, ein Mann, der unter Mordanklage gestanden hatte. Er konnte jederzeit entdeckt werden. Und wenn das der Fall war, hatte er sein Leben verwirkt.

Sie zog an dem schmalen schwarzen Band, mit dem sein glänzendes dunkles Haar zurückgebunden war, griff fest hinein und zog seinen Kopf zu sich herunter. »Jason, liebe mich. Bitte. Ich möchte nicht, daß es endet.«

Wieder stöhnte Jason auf. Er schüttelte den Kopf, hörte aber nicht auf, ihre Brust zu liebkosen. »Ich begehre dich, Velvet. Ich kann mich nicht entsinnen, eine Frau mehr begehrt zu haben, aber es ist nicht ... wir können nicht ...«

»Bitte ...«, flüsterte sie. Wenn sie den Moment nicht nutzte, mußte sie befürchten, daß diese letzte Chance, wahre Leidenschaft zu entdecken, nie wiederkehren würde. Jason küßte sie leidenschaftlich und doch sanft. Als sie sein Hemd aufknöpfte, darunter faßte und spürte, wie ihn ein Schauer überlief, wußte sie, daß sie gewonnen hatte.

Mit plötzlich unsicherer Hand machte er sich an ihrer Kleidung zu schaffen, löste das Gestänge ihres Rockes und streifte beides hinunter, dann bückte er sich, um sie von Schuhen und Strümpfen zu befreien. In Minutenschnelle hatte er sie völlig ausgezogen und sich dabei auch seines Hemdes und seiner Reitstiefel entledigt. Nur seine knappen Breeches hatte er anbehalten, die seine Auswölbung so eng umspannten, daß Velvet diese an ihrem Schenkel spürte, als Jason sie aufs Sofa drückte.

Sie hätte Angst haben sollen, stellte aber fest, daß es nicht der Fall war. Er war ein großer Mann und sehr stark, aber irgendwie wußte sie, daß er sich bemühen würde, ihr nicht wehzutun. Seine Hände liebkosten ihre Brüste, streichelten sie, reizten die Spitzen, bis sie vor Verlangen kaum mehr an sich halten konnte. Sie stieß einen sehnsüchtigen Laut aus, als er tiefer glitt, über die Wölbung ihrer Weiblichkeit strich und seine Finger in den rotbraunen Locken versanken.

Das Gefühl war so neu, so intensiv, daß sie kurz erstarrte, einen kleinen angsterfüllten Moment. Jason küßte sie wieder, und Mund und Zunge wirkten so verführerisch, daß alle Angst von ihr wich. Wärme trat an ihre Stelle, Hitze schien in Spiralen über ihre Haut zu tanzen und sich in ihr zu stauen.

»Jason ...«, stöhnte sie, als er sanft ihre Liebesperle massierte und gleichzeitig mit einem Finger in sie eindrang.

»O Gott, wie gut du dich anfühlst.« Es folgte ein tiefer Kuß, bei dem seine Zunge in demselben sinnlichen Rhythmus eindrang wie sein Finger in ihrem Schoß. Velvet bewegte sich ruhelos, von Ekstase erfüllt, und wölbte sich ihm entgegen. Sie begehrte ihn ohne Rücksicht auf die Folgen.

Plötzlich hielt er inne und sah sie an, schweratmend, mit

einem Blick voller Begehren. »Velvet, es muß ein Ende haben. Ich kann dich nicht heiraten. Auch wenn mir nicht der Galgen drohte, könnte ich dich nicht zur Frau nehmen. Ich kann es nicht. Halte mich auf, ehe es zu spät ist.«

Ihr Herz krampfte sich zusammen. »Du ... bist verheiratet? Hast du schon eine Frau?«

Er schüttelte den Kopf, daß seine dunklen Haare um seine Schultern flogen. »Nein.«

Er liebte sie nicht. Er würde sie nicht heiraten. Ein Gedanke, der sie tief schmerzte. Dennoch begehrte sie ihn und sehnte sich verzweifelt danach, die Liebe durch ihn kennenzulernen. »Dann liebe mich, nimm mich. Wir wollen es beide.«

Seine Miene verfinsterte sich. Er biß die Zähne zusammen. »Es gibt Dinge, von denen du nichts weißt, und die ich dir auch nicht erklären kann. Velvet, es täte dir leid. Du würdest es bereuen. Gebiete mir jetzt Einhalt, solange ich noch soviel Verstand habe, um auf dich zu hören.«

»Jason, ich möchte es.«

Sein Blick bohrte sich in ihren. »Du weißt nicht, was für ein Mensch ich bin, was ich getan habe.«

»Das kümmert mich nicht!«

Er starrte sie an. »Ich habe gelernt, meinen Begierden freien Lauf zu lassen, Velvet. Vor Jahren schon habe ich gelernt, zu nehmen, was ich möchte, um zu überleben.« Er faßte unter ihr Kinn. »Du wirst es vielleicht bereuen, aber ich schwöre dir, meine Süße, ich nicht.«

Wieder küßte er sie umgestüm, während er ihre Brust umfaßte und ihre Spitze behutsam rieb. Sofort war sie erneut zu höchster Leidenschaft entflammt, und sie wand sich vor Lust, als sie seine warme Hand zwischen ihren Beinen spürte.

»Velvet, du bist für mich bereit. Feucht und glatt. Ich werde leicht eindringen und dir nicht wehtun. Vertraue mir, Liebes. Ich will, daß es für dich schön ist.«

Sie vertraute ihm. Mehr als jedem anderen Mann, den sie kannte. »Ja …«, flüsterte sie und sah in sein geliebtes Gesicht, das sie aufmerksam und zärtlich betrachtete. »Ja, bitte, Jason.«

Er ließ sie kurz los, um seine Breeches auszuziehen, dann legte er sich zu ihr aufs Sofa und spreizte ihre Beine. Wieder küßte er sie und nahm ihren Mund in Besitz, während seine Finger Zauberdinge taten, die ihren Körper schier zum Schmelzen brachten. Sie merkte kaum, wie er sein heißes Glied in sie schob und erst innehielt, als er die Schranke ihrer Unschuld erreichte.

»Velvet, ich bin ein selbstsüchtiger Schuft.« Er küßte eine Stelle seitlich an ihrem Hals. »Für dich war es ein trauriger Tag, als ich dich entführte.« Er drang mit einem heftigen Stoß tief in sie ein, und Velvet schrie entsetzt auf, doch der Laut wurde von seinen Lippen erstickt.

Es folgte ein stechender Schmerz, der sie aufschluchzen ließ. Aber so rasch wie er gekommen war, verging er. Jason schwebte reglos über ihr, auf die Ellbogen gestützt, mit hervortretenden Muskeln, unbeweglich durch Aufbietung aller Willenskraft. »Es tut mir leid. Ich versuchte, dir so wenig wie möglich wehzutun. Ist alles in Ordnung?«

Sie schluckte, schenkte ihm sogar ein zaghaftes Lächeln. »Der Schmerz ist weg. Ich spüre nur ein merkwürdiges Ausgefülltsein.«

Sein sinnlicher Mund verzog sich. »Davon wirst du noch mehr zu spüren bekommen, das verspreche ich dir.«

Er begann, sich langsam zu bewegen. Seine Hüften hoben sich, um dann sein Glied in sie hineinzustoßen. Er steigerte sacht sein Tempo, drang in ihr Inneres, bis sie sich vor Wollust wand. Sie spürte das schwere Zustoßen und Ziehen seines Schaftes, spürte ihre eigenen wellenartigen Vibrationen. Sie bäumte sich auf und nahm ihn noch tiefer auf. Ihre Hände, die seinen schweißnassen Rücken umschlangen, spürten, wie sich die straffen Muskeln anspannten.

In ihrem Inneren glühte es. Ihr ganzer Körper schien in Flammen zu stehen, bis die Lust schier unerträglich wurde.

»Jason!« Gutturral stöhnte sie auf. Die Welt um sie herum schien zu bersten. Wogen der Wonne erfaßten sie, und sie klammerte sich in konvulsivischen Zuckungen an ihn. Jasons Körper erstarrte über ihr. Mit aller Macht pumpte er seine letzten Stöße in sie und erschauerte bebend. Sie hörte sein gurgelndes Stöhnen, und kraftlos sank er auf sie.

Lange zärtliche Augenblicke hielt er sie fest. Velvet glaubte, noch nie etwas so Wundervolles erlebt zu haben. Was immer geschehen mochte, was immer das Leben für sie bereithielt, ihr würde immer dieser Augenblick der Leidenschaft bleiben, den ihr niemand rauben konnte.

Da löste sich Jason von ihr. »Es wird schon spät. Du ziehst dich jetzt besser an.« Der Anflug von Schroffheit, der aus seinen Worten herauszuhören war, kam unerwartet, ebenso die Distanziertheit. »Du bist schon zu lange von Carlyle Hall weggeblieben.«

Unsicherheit erfaßte sie. Am liebsten hätte sie die Hand nach ihm ausgestreckt und ihn berührt, um aus seiner unerschütterlichen Stärke Trost zu schöpfen wie schon sooft zuvor. »Was wir gemacht haben ... hast du nicht ... hast du es nicht angenehm gefunden?«

Er sah sie hart an. »Angenehm? Ach, Herzogin, angenehm wäre untertrieben. Ich sagte ja, meine Süße, daß ich es nicht bereuen würde.« Er griff nach seinen Breeches, schlüpfte hinein und zog sie zurecht. »Erwarte nicht, daß ich mich für das, was geschehen ist, entschuldige. Ich habe dich vorher gewarnt.«

Sie blickte an sich hinunter, in ihrer Nacktheit frierend. Seine Barschheit weckte Unbehagen in ihr. Sie wünschte, seine sanfte Seite würde sich wieder zeigen. »Eine Entschuldigung wollte ich nicht. Mir ist alles neu. Ich war nicht sicher ... ob ich ...«

Er zog sein Hemd an und rieb die Narbe an seinem Handrücken, als würde ihn die Haut brennen. »Mylady, Sie sind sehr talentiert. Einen Ritt wie diesen hatte ich seit Jahren nicht erlebt.«

Velvet biß sich auf die Unterlippe, konnte aber das leise Schluchzen nicht zurückhalten, das sich ihrer Kehle entrang. Sie wandte sich von ihm ab, tastete nach ihren Kleidern. Als sie ihr Hemd über den Kopf zog, mußte sie mit aller Gewalt ihre Tränen zurückhalten, ein verlorener Kampf, da sie ihr im nächsten Moment über die Wangen flossen.

Für sie war es etwas Besonderes gewesen, als sie sich liebten, während es ihm nichts bedeutete.

Sie beugte sich vor und suchte, geblendet vor Tränen, nach der Jacke ihres Reitkleides. Ihre Finger streiften seine, als er sie ihr reichte.

»Velvet ... es tut mir leid. So war es nicht gemeint.«

Sie sah zu Boden, zwängte ihre Arme in die Ärmel und kämpfte mit den Knöpfen. »Es war meine Idee, Durchlaucht. Ich hätte Sie daran hindern können und tat es nicht. Ein Mann kann von einer solchen Frau keine allzu hohe Meinung haben.«

Die Heftigkeit, mit der er sie an sich riß, zwang sie, seinem durchdringenden Blick zu begegnen. »Sag das nicht. Das darfst du nicht einmal denken. Es war meine Schuld, weil ich meinen Instinkten freien Lauf ließ und dir die Unschuld raubte, ohne an den Preis zu denken, den du bezahlen würdest. Ich versuchte dich zu warnen und dir die Augen dafür zu öffnen, was für ein Mensch ich bin. Du aber wolltest nicht hören. Und jetzt weißt du es.«

Sie sah ihm an, wie sehr es ihn schmerzte und wie groß sein Bedauern war, und empfand bei seinem Anblick selbst Schmerz. Ihre Hand zitterte, als sie seine Wange berührte.

»Ich werde dir sagen, was ich weiß. Ich weiß, daß du ein leidenschaftlicher und zärtlicher Liebhaber bist. Ich weiß, daß du viel länger als jeder andere versucht hast, Widerstand zu leisten, ich aber ließ es nicht zu. Meine Leidenschaft war so groß wie deine. Sie mögen das Geschehene bedauern, Durchlaucht, aber ich nicht, das schwöre ich.«

Er schüttelte den Kopf. »Ich hätte nicht weitergehen sollen. Ich hätte dich bewahren sollen …«

«Was du mir gegeben hast, das wollte ich. Das ist das einzige, was zählt.«

Er starrte sie an, suchte nach der Wahrheit und versuchte, ihre Miene zu deuten. Was er sah, mußte ihn überzeugt haben, denn seine Augen schlossen sich kurz, und als er sie wieder öffnete, schien sein Schmerz verebbt.

Er stieß einen langgezogenen Seufzer aus. »Es könnten sich Folgen einstellen. Ich hätte vorsichtiger sein sollen, aber ich …« Er sah sie mit schiefem Lächeln an. »Ich fürchte, daß ich meinen Verstand nicht ganz beisammen hatte.«

»Durchlaucht, ich nehme es als Kompliment.«

»Es war als ein solches gemeint, Mylady.«

Sie lächelte unmerklich. Plötzlich verlegen, drehte sie sich um und sah, daß ihre Beine mit Jungfernblut befleckt waren. Jason mußte es bemerkt haben, da er hinausging und wenig später mit einem feuchten Tuch und einem Handtuch wiederkam. Errötend nahm Velvet die Tücher entgegen. Jason tat, als bemerkte er nichts, drehte sich um und ging wieder hinaus.

Nach ein paar Minuten folgte sie ihm, wieder korrekt angezogen in ihrem rubinroten Samtkleid, das Haar im Nacken zu einem Knoten geschlungen. Gefaßt trat sie auf ihn zu.

»Sollte ich etwas erfahren, das von Bedeutung ist, lasse ich es dich durch Litchfield wissen.«

Seine Augen verdunkelten sich wie eine tiefblaue See, an deren Horizont Sturmgewölk aufzieht. »Velvet, ich sagte schon, daß es zu gefährlich ist. Sieh zu, daß du Avery aus dem Weg gehst und stelle ihm ja keine Fragen.«

Sie lächelte liebreizend. »Was immer Sie befehlen, Durchlaucht.«

»Du sollst mich nicht so nennen! Jemand könnte es hören.«

»Wie du willst, Jason. Hilfst du mir aufs Pferd?«

Als er sie mühelos in den Damensattel hob, lagen seine Hände ein wenig länger als nötig um ihre Mitte. »Leben Sie wohl, Lady Velvet«, sagte er schroff, ohne den Blick von ihrem Gesicht abzuwenden. »Sie sind eine ganz besondere Frau.«

Sie spürte, wie ihre Kehle eng wurde. »Leb wohl, Jason.« Schon jetzt vermißte sie ihn. Mit wehem Herzen und Tränen in den Augen griff sie nach den Zügeln und trieb ihr Pferd an, ohne einen Blick zurückzuwerfen. Was sie gesagt hatte, meinte sie auch so. Sie bereute das Vorgefallene nicht. Es war der einzige wirklich denkwürdige Moment ihres Lebens gewesen, und sie würde ihn nie bedauern. Zu bedauern war nur, daß Jason sie nicht liebte und daß sie solche Momente nie wieder erleben würde.

Sobald sie Carlyle Hall verlassen hatte, würde sie nach London gehen. Die Saison war in vollem Gange, und sie mußte einen Ehemann finden. Jason hatte ihr klar zu verstehen gegeben, daß er an einer Ehe nicht interessiert war. Selbst wenn er einverstanden sein würde, ihr die Mitgift zurückzugeben, konnte sie ihn nicht heiraten, wenn er sie nicht wollte.

Wieder verspürte sie einen Stich. Jason wollte mit ihr ins Bett. Seine Männlichkeit drängte ihn, die Reize eines Frauenkörpers voll auszukosten. Darüber hinaus lag ihm wenig an ihr.

Das änderte aber nichts an ihrer Entschlossenheit, ihm beizustehen, so daß sie auf dem Ritt nach Carlyle Hall das neue und für sie unerwartete Gefühl der Einsamkeit energisch verdrängte und überlegte, wie sie Jason am besten helfen konnte.

Avery stand in der Tür zum Morgenzimmer, wo seine letzten noch anwesenden Gäste sich zum Frühstück versammelt hatten, unter ihnen die hübsche kleine Mary Stanton, die neben ihrem Vater an der langen, mit Damast gedeckten und mit Silbergeschirr überladenen Tafel saß.

Avery erwiderte das Lächeln, das Mary in seine Richtung warf, und unterdrückte das Verlangen, sich selbstzufrieden die Hände zu reiben.

In allernächster Zeit würden seine Probleme gelöst sein. Sobald er seine Beziehung zu Velvet Moran gelöst hatte, konnte er Mary Stanton heiraten, über ihre riesige Mitgift verfügen und als künftiger Erbe des väterlichen Vermögens auftreten.

Avery empfand Unbehagen, als er sah, daß Velvet mit Lady Brookhurst allem Anschein nach in eine amüsante Plauderei vertieft war. Über eine Bemerkung Celias lachte sie so herzlich, daß ihre großen braunen Augen noch schräger wirkten. Averys Stirnrunzeln vertiefte sich. Celia war beileibe keine

Frau mit Witz, zumindest hatte er sie nicht dafür gehalten. Ihr Humor war von zweideutiger Art und kam am besten im Bett zur Geltung.

In den letzten Jahren hatte sie ihm sogar dieses kleine Vergnügen verwehrt, und ihn statt dessen ihre scharfe Zunge spüren lassen, ohne ihm die Wonnen zu gewähren, die ihr Körper bot. Sie forderte ohne Unterlaß Geld von ihm und gab ihm immer wieder zu verstehen, wie sehr sie es bereute, sich auf ihr Abkommen eingelassen zu haben. Vergangenen Monat hatte sie zu allem Überfluß irgendwie entdeckt, wie undurchsichtig seine Vermögensverhältnisse waren. Nur seine Verlobung mit Lady Velvet hatte sie davon abgehalten, ihm wieder ihre Krallen zu zeigen.

Er beobachtete, wie die zwei Frauen plauderten. Für seinen Geschmack viel zu vertraulich. Er konnte nur hoffen, daß die kleine Haversham genügend Verstand hatte, den Mund darüber zu halten, wie es um ihre Verlobung wirklich stand. Da fiel ihm ein, wie geschickt Velvet ihn manipuliert hatte, und er atmete auf. Sie war eine würdige Gegnerin Celias – und es gab Wichtigeres, um das er sich kümmern mußte.

Avery drehte sich um und ging auf die am anderen Ende der Frühstückstafel sitzende Mary Stanton zu.

Velvet quittierte eine der dümmlichen Bemerkungen Lady Brookhursts mit einem Lächeln. Sie hatte es geschafft, einen Platz der Countess gegenüber zu ergattern, doch das Interesse Celias galt vorwiegend dem hübschen Christian Sutherland, Earl of Balfour. Leider saß der Earl ein gutes Stück weiter, und Celia hatte es bald satt, seine Aufmerksamkeit mit allen möglichen Tricks auf sich lenken zu müssen.

»Meiner Treu, Männer sind doch bedauernswerte Geschöpfe«, sagte sie seufzend. »Dieser da wandert so oft von

Bett zu Bett, daß ihm bei dem Versuch, sich die Namen aller seiner Geliebten ins Gedächtnis zu rufen, schwindlig werden muß.«

Velvet blickte die lange weißgedeckte Tafel entlang, an dem schimmernden Tafelaufsatz aus Silber vorbei, zum blonden Earl of Balfour, der mit Sir Wallace Stanton plauderte. »Er sieht ja sehr gut aus.«

»Tja, und bietet sich obendrein als blendende Partie an, da er sehr vermögend ist. Im Moment sucht er eine Frau, obwohl ich sehr bezweifle, daß er sich ernsthaft Fesseln anlegen ließe.«

»Wenn es stimmt, was Sie sagen, muß er sich eine sehr tolerante Frau aussuchen.«

Die Countess lachte leise. In ihrem hellvioletten Seidenkleid, dessen Manschettenvolant aus schwarzer flämischer Spitze ihr vom Ellbogen bis zum Handgelenk reichte, sah sie elegant und schön, kühl und damenhaft aus, doch der Earl ignorierte sie auch weiterhin.

»Früher oder später werden alle untreu.« Ihr Blick flog zu Avery, dann wieder zu Velvet. »Bis auf Seine Durchlaucht, natürlich. Der Herzog ist offenbar so verliebt, daß er sich in die Rolle des pflichtbewußten Ehemannes gern fügen wird.«

Die Lüge, die ihr ungezwungen über die Lippen kam, wurde von beiden als solche eingestuft. Velvet lächelte. »Dessen bin ich sicher, und wenn nicht, sollte einer Frau dieselbe Freiheit wie ihrem Ehemann zugebilligt werden, nachdem sie ihre Pflicht erfüllt hat.«

Celia zog eine feingezeichnete Braue in die Höhe, als sie beifällig lächelte. »Sie sind ja viel intelligenter, als ich glaubte, Lady Velvet. Avery kann sich glücklich schätzen, daß er Sie gefunden hat.« Aber ihr selbstgefälliges Lächeln verriet, daß Avery nicht dulden würde, wenn ihm Hörner aufgesetzt wurden, gleichgültig, wie viele Geliebte er selbst haben mochte.

Velvet schob Fasan und Eier vor ihrem Teller hin und her, dann legte sie die Gabel aus der Hand, ohne einen Bissen gegessen zu haben. »Wie ich hörte, kannten Sie seinen Bruder.«

Die Countess sah sie mit neu erwachtem Interesse an, erstaunt, daß Velvet auf den längst verjährten Skandal zu sprechen kam, den aus der Welt zu schaffen Avery so viel Mühe gekostet hatte. Sie seufzte dramatisch. »Ja, ich kannte ihn. Wir waren sehr verliebt. Jason dachte an eine Ehe.«

Fast hätte Velvet die Teetasse fallen gelassen, die sie eben an die Lippen führen wollte. »Ich … ich wußte nicht, daß Sie beide verlobt waren.«

»Es war noch nicht offiziell. Ich war ja erst wenige Monate zuvor Witwe geworden. Wir wollten die gebührende Trauerzeit abwarten, ehe wir unsere Pläne offenbarten. Das war auch der Grund, daß wir uns heimlich treffen mußten.«

»Ich verstehe.« Velvet betupfte ihre Lippen mit der Serviette, froh, daß ihr ein Moment blieb, um sich zu fassen. »Avery spricht kaum von ihm. Ich nehme an, der Verlust von Bruder und Vater ist zu schmerzlich.«

»Ja, gewiß.« Celia lächelte gütig. »Meine Erinnerungen an Jason könnten gar nicht angenehmer sein, wenn man von der Nacht des Mordes absieht.« Sie beugte sich näher zu ihr. »Er war ein großartiger Liebhaber. Jung und männlich. Im Bett nahezu unersättlich.« Sie sah zu Avery hinüber. »Aber ich bin sicher, daß Ihr künftiger Ehemann als echter Sinclair ebenso gut taugt.«

Wohl kaum, dachte Velvet. Averys fade Küsse hatten nichts von der Glut von Jasons Liebkosungen. Sie wünschte nur, Celia Rollins wäre sich dessen nicht so deutlich bewußt gewesen.

»Ich nehme an, es muß schrecklich gewesen sein, Augenzeugin des Mordes zu werden. Ich meine ... zu wissen, daß den Geliebten der Galgen erwartet und alle gemeinsamen Zukunftspläne mit ihm sterben werden.«

Die Countess machte ein gequältes Gesicht. »Es war schrecklich. Der arme Avery war zutiefst erschüttert. Niemand hätte einem Menschen wie Jason einen Mord zugetraut.« Wieder folgte ein dramatischer Seufzer. »Eigentlich war es meine Schuld. Obwohl der alte Herzog unsere Beziehung nicht billigte, wollte Jason mich unbedingt heiraten. Deshalb gerieten sie in einen heftigen Streit, Jason verlor die Fassung, zog seine Pistole und erschoß ihn. Als Avery Augenblicke später am Schauplatz erschien, war es zu spät.«

Velvets Kopf fuhr jäh hoch. »Ich dachte, Avery hätte gesagt, er hätte versucht, Jason durch gutes Zureden von seiner Tat abzubringen, doch sein Bruder wollte nicht hören. Wenn er aber erst kam, als der Herzog schon tot war ...«

Momentan wurde die Countess unsicher, tat dann aber Velvets Einwand mit einer Handbewegung ab. »Ja, kann sein, daß er vor der Schießerei da war. Man kann ja nicht erwarten, daß ich nach all den Jahren den genauen Ablauf noch im Kopf habe.«

Velvet zwang sich zu einem Lächeln und lehnte sich bequem in ihrem Stuhl zurück. Sie versagte es sich, weiter in die Countess zu dringen, so gern sie es getan hätte. »Natürlich nicht. Mir war ja nur da und dort ein wenig Klatsch zu Ohren gekommen. Ein schreckliches Thema. Es war ein Fehler, daß ich davon anfing.«

»Nun ... ja, es gibt gewiß angenehmere Themen.« Die Countess lächelte dem hübschen Earl of Balfour zu, der ihr Lächeln nicht erwiderte. Das tat dafür ein anderer, der schlanke, dunkelblonde Viscount Dearing, mit dem sie nach einem unwilligen Blick zu Balfour begann, offen zu flirten.

»Wie ich schon sagte«, bemerkte die Countess mit Verschwörerlächeln zu Velvet, »gibt es viel angenehmere Themen. Eines davon fesselt mich im Moment ungemein. Sie entschuldigen mich sicher.«

»Aber natürlich.« Velvet beobachtete den anmutigen Abgang der Countess, der wenig später der schlanke Dearing folgte. Älter als der junge Viscount, hatte sie ihren Zauber trotz ihrer Jahre bewahrt. Sie war schön, verrucht und sehr verführerisch. Kein Wunder, daß Jason verliebt in sie gewesen war.

Es war ein unwillkommener Gedanke, der sich Velvet aufdrängte, aber die Möglichkeit, daß ein Wiedersehen mit Celia bei Jason die alte Liebe wieder aufflammen lassen würde, war nicht von der Hand zu weisen.

12

Jason überflog die amüsante kleine Kolumne im *Morning Chronicle* noch einmal. Der Verfasser scheute sich nicht, seinen Lesern den brisantesten Gesellschaftsklatsch zu präsentieren, beschränkte sich allerdings darauf, die Beteiligten nur mit ihren Initialen anzuführen. In diesem Fall war der Duke of C. von der raffinierten Lady V. verlassen worden, die sich offenbar nicht entscheiden konnte, welchen ihrer zahlreichen Anbeter sie erhören und heiraten sollte.

Der letzte Satz lautete: »Könnte es nicht sein, daß ein schlichter Herzog neben dem um vieles romantischeren Straßenräuber, von dem sie jüngst entführt wurde, verblaßt?«

Jason zerknüllte das Blatt und schleuderte es durch sein Schlafgemach in Litchfields Stadtresidenz. Die Zeitung prallte gegen die Wand mit der Goldtapete, um dann auf dem dicken türkischen Teppich zu landen. Verdammt, er hatte gehofft, die Tratschbasen würden Velvet in Ruhe lassen. Er wollte nicht, daß ihr Name durch den Schmutz gezogen wurde, und hatte wie sie geglaubt, daß die freundschaftliche Trennung, die sie mit Avery inszeniert hatte, die Klatschmäuler zum Schweigen bringen würde.

Jason seufzte. Er verwünschte sich und die Rolle, die er bei ihrer Entführung hatte spielen müssen, vor allem aber verwünschte er sich, weil er seinem Verlangen nachgegeben und mit ihr geschlafen hatte. Verdammt, das Mädchen war Jungfrau gewesen! So weit hatte er sich noch nie hinreißen lassen.

In Wahrheit aber empfand er keine echte Reue. Die Liebe mit Velvet hatte seine kühnsten Phantasien übertroffen. Er konnte sich nicht entsinnen, wann das Zusammensein mit einer Frau so lustvoll für ihn gewesen war. Noch schlimmer aber war der Umstand, daß er sie von neuem begehrt hatte, kaum daß sie sich angezogen hatte.

Auch jetzt war die Qual des Verlangens geblieben. Luciens Vorschlag, eine der privaten Luxusbarken an der Themse zu besuchen, stellte für ihn keine Verlockung dar. Er wollte Velvet Moran in seinem Bett und konnte sie nicht bekommen.

Früher oder später würde er sich damit abfinden müssen.

Ein Klopfen an der Tür riß ihn aus seinen Gedanken. Sein Diener, ein hagerer Mann um die fünfzig mit Namen Holcomb, derselbe, der ihn schon auf Castle Running bedient hatte, öffnete die Tür. »Mylord, ein Gentleman ist eingetroffen. Der Marquis bittet Sie in sein Arbeitszimmer.«

»Danke, Holcomb.« Er folgte dem Diener hinunter und betrat hinter ihm Litchfields von Bücherregalen gesäumtes Arbeitszimmer.

Lucien blickte auf und erhob sich hinter seinem Schreibtisch. »Lord Hawkins, darf ich Ihnen Mr. William Barnstable vorstellen?«

»Guten Tag, Mylord«, sagte der untersetzte, stiernackige Detektiv.

»Mr. Barnstable.« Jason vollführte eine knappe Verbeugung.

»Lord Hawkins ist wie ich interessiert, der Wahrheit zu ihrem Recht zu verhelfen. Mit Ihrer Hilfe möchten wir den Namen unseres Freundes Jason Sinclair rehabilitieren und ihn von dem Makel befreien, der ihm seit acht Jahren anhaftet.«

Jason hob den Deckel eines Zigarrenbehälters und bot dem kleinen Mann eine von Litchfields teuren Zigarren an. »Nun, wie steht es mit Ihren Ermittlungen, Mr. Barnstable? Haben Sie schon etwas entdeckt, das uns unserem Ziel näherbringen könnte?«

Eine gedrungene Hand griff in den Behälter und zog eine dicke schwarze Zigarre heraus. Anstatt sie anzuzünden, stopfte Barnstable sie in die Tasche seiner Wolljacke. »Seit dem Mord sind acht Jahre vergangen. Die Nachforschungen gestalten sich nicht ganz einfach.«

»Das kann ich mir denken«, meinte Jason.

»Wir stellen nicht das Ausmaß Ihrer Bemühungen in Frage«, warf Lucien ein. »Obwohl wir ungeduldig auf Ergebnisse warten.« Er hatte dem Detektiv die Mär aufgetischt, sie hätten zu dritt in Oxford studiert, und eines Abends wären er und sein Freund bei Almack's während eines Drinks übereingekommen, mit vereinten Kräften den guten Namen von Jason Sinclair wiederherzustellen. Sie wollten den Schurken überführen, der den Duke of Carlyle tatsächlich ermordet hatte. »Ihre Nachricht deutete an, daß Sie etwas ausgegraben hätten, das von Bedeutung sein könnte.«

»Das stimmt, Mylord.«

Jasons ungeduldiger Blick blieb am runden Gesicht des Mannes hängen. »Was ist, Mann? Was haben Sie gefunden?«

Lucien warf ihm einen warnenden Blick zu. *Immer mit der Ruhe*, signalisierte er. *Du darfst deine Ungeduld nicht zu offen erkennen lassen.*

»Leider erwiesen sich meine Bemühungen im Peregrine's Roost als nutzlos. Das Personal von damals ist nicht mehr da. Und diejenigen, die noch vorhanden sind, können sich nur an einen Schuß und den Aufschrei einer Frau erinnern.«

»Aber Sie haben doch wohl etwas gefunden«, bohrte Lucien weiter.

»Ja, das habe ich allerdings.« Der kleine Mann lächelte triumphierend. »Ich glaube, den Mann gefunden zu haben, der Ihren Freund im Kerker von Newgate ermordete.«

Jason traf diese Eröffnung wie ein Blitz. »Weiter«, drängte er, als er sich gefaßt hatte.

»Es war ein Dieb mit Namen Elias Foote.«

»Lebt dieser Foote noch?« fragte Lucien.

»Ja … oder zumindest lebte er noch, als ich von ihm hörte. Er ist ein echter Schurke, ein Gauner und Halsabschneider, der sich meist in Southwark oder unten an den Kais herumtreibt. Noch habe ich nicht versucht, ihn ausfindig zu machen, da ich erst mit Ihnen sprechen wollte.«

»Sie haben sich richtig verhalten, Mr. Barnstable«, lobte ihn Lucien. »Lord Hawkins und ich werden selbst mit Foote sprechen. Geben Sie uns eine Aufstellung der Orte, wo er herumstrolcht, und alles übrige übernehmen wir.«

»Und in der Zwischenzeit«, Jason stand auf, »machen Sie weiter wie bisher – stellen Sie Fragen und fördern Sie Antworten zutage. Die brauchen wir nämlich dringend.«

Der untersetzte Mann verstand den Wink und erhob sich

ebenfalls. »Ich gebe Bescheid, wenn ich noch etwas entdecke.« Schmunzelnd klopfte er auf seine Tasche, in der die Zigarre steckte. »Einen schönen Abend noch, Mylords.«

Vielleicht werde ich den haben, dachte Jason, dem die Vorstellung zusagte, endlich aktiv werden zu können, da er bis auf gelegentliche Ausflüge in das alles andere als noble East End, wo ihn keiner kannte, im Stadthaus praktisch eingesperrt war, während sein Freund keinen der eleganten Anlässe ausließ, die Avery oder Lady Brookhurst besuchten.

Sich der Gesellschaft zu präsentieren hatte Jason noch nicht gewagt, obwohl er überzeugt war, er hätte sich äußerlich so sehr verändert, daß man ihn, Vorsicht und ein paar zusätzliche Veränderungen vorausgesetzt, nicht erkennen würde. Er fragte sich, wie Velvet bei einer Begegnung reagieren würde. Ob sie sich über sein Auftauchen freute? Oder war sie inzwischen zu der Einsicht gelangt, daß sie eine Torheit begangen hatte, als sie sich ihm hingab?

Er konnte nur hoffen, daß sie nicht schwanger geworden war. Eine solche Situation wäre mehr als verzwickt.

Jason seufzte und verdrängte den unangenehmen Gedanken. Heute hatte er Besseres zu tun, als sich vor Sehnsucht nach Velvet Moran zu verzehren. Heute würde er der ersten echten Spur nachgehen. Er war nicht sicher, ob sie den Mann beim ersten Versuch finden konnten, er wußte nur, daß sie ihn früher oder später erwischen würden. Und wenn sie ihn einmal hatten, würden sie herauskriegen, ob tatsächlich Avery der Mann hinter dem Angriff im Gefängnis war, von dem Jason schon von vornherein vermutet hatte, daß er ihm gegolten hatte.

Er warf Lucien, der ihn aus einiger Entfernung studierte, einen Blick zu. »Ich nehme an, du kannst es kaum erwarten, diesen Schurken zu fassen.«

Jason lächelte grimmig. »So ist es.«

Lucien zog spöttisch einen Mundwinkel hoch. »Na, wenigstens werden deine Gedanken manchmal von einer gewissen Dame abgelenkt.«

Jason knurrte: »Leider.« Er hatte unerwähnt gelassen, was zwischen ihnen im Haus der Witwe vorgefallen war. Hätte er es getan, wäre seinem Freund klar gewesen, daß die einzige Chance, die Frau aus seinen Gedanken zu verbannen, darin bestand, daß er sich mit ihr vergnügte, bis er sie satt hatte. Da er aber keine ehrbaren Absichten hatte, war es unwahrscheinlich, daß dies je der Fall sein würde.

Avery stand vor dem Fenster im Salon, die Hände hinter dem Rücken verschränkt, und blickte hinaus auf den symmetrisch angelegten Garten an der Rückseite seiner Stadtresidenz am Grosvenor Square. Alles lief glatt. Er war Velvet Moran los, und Mary Stanton, die seinen Annäherungsversuchen nicht abgeneigt schien, hatte auf seine angedeuteten Heiratsabsichten mit schüchterner Zustimmung reagiert.

Mehr, weil ihr Vater es wünschte, als daß sie seinem Charme erlegen wäre, wie er sich ein wenig gekränkt eingestehen mußte, aber das war ziemlich unwichtig. Sie würde einwilligen, und sie würden heiraten.

Zu seinem Leidwesen hatte Mary ihm klar zu verstehen gegeben, daß sie noch mindestens ein Jahr bis zur Hochzeit warten wollte. Avery hatte lächelnd geantwortet, daß er vollstes Verständnis dafür hätte, während er sich den Kopf nach einer Möglichkeit zermarterte, wie er das Mädchen zu einer früheren Ehe zwingen konnte.

Das erwartete Pochen an der Tür ertönte. Er öffnete und ließ Baccy Willard eintreten.

»Nun, hast du getan, was ich dir aufgetragen habe?«

»Ja, Durchlaucht.« Baccy hatte seinen Dreispitz abgenommen, der auf seinem schwarzen Haar einen Abdruck hinterließ.

»Also gut. Die nächsten zwei Wochen wird Sir Wallace aus geschäftlichen Gründen nicht in London sein. Er hat seine Tochter bei ihrer Freundin Jennie Barclay zurückgelassen. Die Barclays und Miß Stanton werden nächsten Donnerstag zur Soireé Lord Briarwoods erwartet. Dies könnte unseren Absichten dienlich sein.«

»Sehr wohl, Durchlaucht.«

»Du weißt, was zu tun ist?«

»Ich soll dafür sorgen, daß das Mädchen von einer Erkrankung ihres Vaters erfährt.«

»Richtig. In der Nachricht soll auch stehen, daß sie es niemandem sagen soll. Sie solle sich an den Duke of Carlyle wenden, der sie sicher zu ihrem Vater bringen wird.«

»Ja, ich kümmere mich selbst darum.«

»Gut. Und in dem Gasthof an der Straße nach Windsor – wirst du dich auch darum kümmern?«

»Ja, Durchlaucht.«

Avery schlug dem großen Mann auf die Schulter. »Mein Freund, unsere Sorgen werden bald ein Ende haben.«

Baccy nickte und wandte sich zum Gehen. Avery, der dem großen ungeschlachten Mann nachblickte, lächelte.

Warum sollte er nicht guter Dinge sein? Nächsten Freitag würde er wieder über Vermögen und Ansehen verfügen. Die hübsche kleine Mary Stanton würde sein Bett wärmen. Und bald darauf würde der Duke of Carlyle glücklich verheiratet sein.

Avery wartete auf das Geräusch, das anzeigte, daß die Tür geschlossen wurde, doch es blieb aus. Als er sich umdrehte, stand Baccy noch immer da.

Avery zog eine Braue hoch. »Ist noch etwas?«

»Fast hätte ich es vergessen. Dieses Mädchen, Durchlaucht, Lady Velvet. Sie stellte in Carlyle Hall Fragen über Ihren Bruder. Ich hörte, wie sie mit Cummings sprach. Sie sagten, ich sollte Ihnen melden, falls jemand Fragen stellte.«

»Richtig.« Er lächelte. »Aber in diesem Fall bin ich sicher, daß Lady Velvet nur neugierig auf den Mann war, der fast ihr Schwager geworden wäre.«

Baccy nickte. »Neugierig war sie wirklich. Ich weiß es, weil ich ihr folgte. Und ich sah, daß sie mit Sylvie Winters, dem Hausmädchen für den ersten Stock, sprach. Ich brachte Sylvie dazu, daß sie mir alles sagte. Lady Velvet hat nach Ihrem Bruder gefragt ... und wollte alles über die Nacht des Mordes wissen.«

Avery erstarrte äußerlich, während sein Herz raste. »Baccy, das gefällt mir nicht. Warum sollte sich Velvet Moran für den Mord an meinem Vater interessieren?«

»Keine Ahnung, Durchlaucht.«

»Vielleicht sollten wir es herausfinden.« Er durchquerte den Raum. »Einer deiner Leute soll sie im Auge behalten. Wenn sie weiterhin Fragen stellt, möchte ich es wissen. Und wenn etwas passiert, das auch nur geringfügig aus dem Rahmen fällt, möchte ich es erfahren.«

»Ja, Durchlaucht.«

»Das wäre alles, Baccy.« Als der hünenhafte Mann endlich ging und die Tür schloß, konnte Avery in aller Ruhe diese neue Wendung überdenken.

Velvet Moran war ihm immer schon ein Ärgernis gewesen, seit dem Tag, als er beschlossen hatte, sie zu heiraten. Obschon er nicht die leiseste Ahnung hatte, warum sie sich für seine Angelegenheiten interessierte, sah er darin keinen Anlaß für echte Besorgnis. Ehe die Woche um war, würde er eine sehr vermögende Frau haben. Seine Welt würde wieder in Ordnung sein und er wieder Herr der Lage.

Sollte Velvet zu einem Problem werden, würde er es einfach aus der Welt schaffen.

Avery lächelte und gab sich wieder der beruhigenden Aussicht hin, die der Garten bot.

»Lady Velvet, Sie sehen heute hinreißend aus.«

»Danke, Mylord.« Velvet, die eine smaragdgrüne Robe über einem golddurchwirkten, bernsteingelben Unterkleid trug, lächelte Christian Sutherland, Earl of Balfour, zu, der neben ihr am Rand der Tanzfläche stand. Seit zwei Wochen machte er ihr den Hof, was in Anbetracht des Klatsches, der ihr anhing, eine Überraschung war, um so mehr, als sein Interesse in erster Linie Mary Stanton gegolten hatte.

»Sie haben den ganzen Abend eifrig getanzt«, sagte er. »Darf ich Ihnen ein Glas Punsch bringen?« Der Earl war groß und stattlich, sein blondes Haar dicht und lockig. Seine Haut war dunkel anstatt hell, seine Augen dunkelbraun, seine Züge nicht fein, sondern kantig. Alles in allem wirkte er sehr männlich. Er war genau der Typ, den sie anziehend gefunden hätte – wäre da nicht Jason Sinclair gewesen.

Velvet lächelte. »Ich bin nicht durstig. Lieber würde ich dem Gedränge eine Weile entfliehen, wenn Sie nichts dagegen haben. Ich weiß, daß es sich nicht gehört, aber in Wahrheit habe ich diese gesellschaftlichen Anlässe allmählich satt.«

In seinen dunklen Augen blitzte es belustigt auf. »Ich glaube, jetzt weiß ich, was mir an Ihnen so gut gefällt, Mylady.«

»Und das wäre, Mylord?«

»Ihre Aufrichtigkeit. Eine Eigenschaft, die in unseren Kreisen selten anzutreffen ist.«

Sie zog eine Braue hoch und ließ sich von ihm zu den Glastüren geleiten, die auf die Terrasse und in die kühle Nachtluft führten. »Sind Sie nicht ein wenig zynisch, Mylord?«

»Möglich, aber nicht ohne guten Grund.«

Velvet seufzte. »Zuweilen bin ich wirklich zu offen und ehrlich, vielleicht deswegen, weil die Krankheit meines Großvaters mir viel Verantwortung aufzwingt. Die meisten Männer verabscheuen unverblümte Offenheit bei einer Frau. Wenn Sie es nicht tun, sind Sie eine rühmliche Ausnahme von der Regel.«

Er lächelte. »Ich nehme es als Kompliment, Mylady.« Sie blieben auf der Terrasse stehen und blickten in den fackelerhellten Garten mit den Blumen hinunter, die in vielfarbiger Blütenpracht prangten. »Also gut, Lady Velvet, da wir beide Offenheit schätzen, will ich Ihnen sagen, was mich bewegt.«

»Mylord?«

»Es ist kein Geheimnis, daß ich auf dem Heiratsmarkt Umschau halte. Gewiß haben Sie darüber klatschen gehört.«

»Obwohl ich Klatsch verabscheue, fällt es mir schwer, seiner Verlockung zu widerstehen.«

»In meinem Fall beruht der Klatsch auf Wahrheit. Ich suche eine Frau, und es ist verteufelt schwer, eine zu finden.«

»Es ist schwer vorstellbar, daß es einem Mann wie Ihnen schwerfallen sollte, eine Frau für sich zu gewinnen.«

»Eine Frau schon, aber eine Ehefrau ist etwas anderes.«

Als sie mit der Hand über die Balustrade strich, spürte sie die Rauhheit des Steins unter ihren weißbehandschuhten Fingern. »Eine Zeitlang dachte ich, Ihr Interesse würde Mary Stanton gelten.«

Er schmunzelte. »Ihre Direktheit ist wirklich bemerkenswert.«

»Ich habe Sie gewarnt, Mylord.«

Der Earl seufzte. »Meiner Familie war diese Heirat nicht genehm. Sie drängt auf eine Verbindung mit einer Frau adliger Herkunft, obwohl ich an Mary großen Gefallen gefunden hatte.« In seinen Augen blitzte etwas auf und war im nächsten Moment erloschen. »Aber Miß Stanton hat mir ohnehin klar zu verstehen gegeben, daß ihre Interessen in ganz anderer Richtung lägen – aus was für Gründen auch immer.«

Damit hatte Mary gewiß nicht Avery gemeint. Die zwei Männer ließen sich nicht vergleichen.

»Von Mary Stanton abgesehen«, fuhr der Earl fort, »gibt es nur eine Frau, die mich interessiert – und das, Mylady, sind Sie.«

Velvet lachte leise auf. Ein Glück, daß sie in den Earl nicht verliebt war, da sie es als nicht sehr schmeichelhaft empfand, seine zweite Wahl zu sein. »Das heißt also, Lord Balfour, daß Sie lieber Mary Stanton geheiratet hätten, sich aber mit mir begnügen würden?«

Er stieß eine leise Verwünschung aus. »Verdammt, so war es nicht gemeint.«

»Wie dann, Mylord?«

»Lady Velvet, ich wollte damit zum Ausdruck bringen, daß ich glaube, Sie und ich würden gut zusammenpassen. So einfach ist das. Sie waren mit dem Duke of Carlyle verlobt, doch glaube ich keine Sekunde, daß es eine Verbindung aus Liebe war. Ich bin zwar kein Herzog, aber immerhin Earl und obendrein vermögend. Ich bitte Sie, meinen Antrag in Erwägung zu ziehen. Wenn Sie an einer Ehe mit mir interessiert sind, könnten wir beide diesen öden gesellschaftlichen Anlässen endgültig den Rücken kehren und unser normales Leben wieder aufnehmen.«

Velvet sagte nichts. Der Earl of Balfour nahm wahrlich kein Blatt vor den Mund. Gutaussehend und reich, eignete er sich für ihre Zwecke geradezu ideal. Einen Besseren als den Earl hätte sie nicht bekommen können, und doch war es Jason, den sie ständig vor sich sah.

Jason mit seinem stürmischen Temperament und den feurigen Küssen. Jason, der sie so wild in Besitz genommen und so zärtlich liebkost hatte. Jason, mit dem tiefen Schmerz in den Augen, der nie zu weichen schien.

Sie dachte an die letzte Begegnung, an den Tag, an dem sie sich geliebt hatten, und ihr Herz verkrampfte sich. Sie faltete ihre Hände, um sie am Zittern zu hindern, und schaute zum Earl auf.

»Mylord, Sie haben mich überrumpelt. Hoffentlich geben Sie mir Zeit zum Überlegen.«

»Velvet, ich möchte keine lange Verlobung. Ich brauche eine Gemahlin und einen Erben. Seitdem mein Entschluß feststeht, plagt mich die Ungeduld.«

Velvet, die nicht einmal den nüchternen Heiratsantrag des Duke of Carlyle als so kaltherzig empfunden hatte, überlief ein Schaudern. Sie wich dem abschätzenden Blick des Earl aus, dieser aber faßte unter ihr Kinn und drehte sie zu sich um.

»Velvet, ich werde Ihnen ein guter Ehemann sein. Sie sind schön, und ich begehre Sie. In späteren Jahren werde ich meine Affären diskret abwickeln und Ihnen anders als Carlyle Peinlichkeiten ersparen. Lassen Sie sich alles durch den Kopf gehen, Velvet. Ich glaube, wir könnten zusammen ein gutes Leben führen.«

Velvet fuhr sich mit der Zunge über die Lippen. Es war genau das, was ihr vorgeschwebt hatte, und dennoch … »Ist … liegt Ihnen etwas an meiner Mitgift, Mylord?« Einem anderen hätte sie diese riskante Frage nie gestellt, aber Lord Balfour war kein Mann, den sie zu hintergehen gewagt hätte.

Er sah sie lange an, dann schüttelte er seinen Kopf. »Nein. Ich hätte Mary geheiratet, obwohl sie mir nicht ebenbürtig ist. Auch wenn Sie mittellos wären, würde ich mich für Sie entscheiden. Ich möchte eine Frau, die zu mir paßt und meinen Söhnen eine gute Mutter sein wird. Ich glaube, Sie würden beiden Zwecken perfekt entsprechen.«

Sie senkte die Wimpern in der Hoffnung, ihren inneren Aufruhr zu verbergen. »Ich nehme an, das soll wohl ein Kompliment sein, und doch empfinde ich eine sonderbare Verwirrung. Vielleicht ist die Wahrheit doch schwieriger zu akzeptieren, als ich dachte. Vielleicht würde ich es vorziehen, wie andere Frauen mit schönen, falschen Worten umworben zu werden, anstatt mich mit der unverblümten Wahrheit konfrontiert zu sehen.«

In seinen dunklen Augen erschien ein Anflug von Güte. »Nun, vielleicht schmeichelt es Ihnen, wenn ich sage, daß ich zu keiner anderen so gesprochen hätte. Es geschah nur aus Hochachtung vor Ihnen.«

Velvet lächelte matt. »Vielleicht haben Sie recht, Mylord, und wir passen zusammen. Sie haben mein Wort, daß ich es mir überlegen werde.«

Er hob ihre Hand und drückte einen Kuß darauf. »Danke, Mylady. Und jetzt sollten wir zurück ins Haus, ehe wir den Lästerzungen Gelegenheit liefern, sich auf unsere Kosten in Bewegung zu setzen.«

»Ja … natürlich …« Doch als sie den Ballsaal betraten, verrieten die wissenden Blicke, die ihnen galten, daß es schon zu spät dazu war.

13

Jason überflog den kurzen Artikel im *Morning Chronicle*, und gleich darauf noch ein zweites Mal. *Ist der Earl of B. den Verlockungen der charmanten Lady V. erlegen?* hieß es darin. Man hatte sie in letzter Zeit des öfteren bei verschiedenen Anlässen zusammen gesehen. Der flotte Earl war auf der Suche nach einer Gemahlin, und wollte man dem Artikel glauben, schien sich auch die fragliche Dame mit Heiratsabsichten zu tragen.

Zeichnet sich eine Verbindung ab? Lieber Leser, nun heißt es geduldig abwarten, was sich weiterhin tut.

Jason fluchte herzhaft. Dieses verdammte kleine Biest. Kaum war sie mit ihm aus dem Bett gestiegen, hatte sie nichts Besseres zu tun, als mit diesem Balfour herumzutändeln. Ein Gedanke, der ihn erboste. Er konnte sich nicht erinnern, daß es einer Frau jemals gelungen war, ihn dermaßen aufzubringen.

Den Rest des Tages nahm sie seine Gedanken in Anspruch und war Anlaß dafür, daß seine Laune ständig knapp unter dem Siedepunkt schwebte. Herrgott, hatte Velvet Eis in den Adern? Bedeutete er ihr denn gar nichts? Womöglich hatte ihr hastiges, verstohlenes Liebesspiel ihr Lust auf mehr gemacht.

Bis zum Abend steigerte er sich in helle Wut hinein. Wochenlang hatte er sich nach der Kleinen verzehrt und sie dennoch in Ruhe gelassen. Sie ist unschuldig, hatte er sich gesagt, und er hatte ihr bereits genug geraubt. Er hatte sein Verlangen gezügelt, während der flotte Earl sich die ganze Zeit über ihrer Reize erfreuen durfte.

Verdammt! Sollte sie doch zur Hölle fahren!

Jason lief auf und ab, die Hände zu Fäusten geballt, als ein Pochen ertönte und die Tür geöffnet wurde.

»Bist du fertig?« Schwarzgekleidet wie immer bei ihren spätabendlichen Streifzügen, stand Litchfield in der Tür.

»Mehr als bereit. Noch einen Augenblick länger in diesem verdammten Haus, und ich explodiere noch.«

Lucien lachte amüsiert. »Der Wagen wartet. Ich bin sicher, daß wir ihn heute finden werden. Der Mann kann uns ja nicht immer wieder entkommen.«

Jason hoffte sehr, daß ihre Suche heute von Erfolg gekrönt sein würde. Es juckte ihn in den Fingern nach einem Kampf, und Elias Foote verdiente die Abreibung, die er ihm mit Wonne verpassen würde.

»Wohin geht es?« fragte er. Ihre Liste verrufener Lokale war zusammengeschrumpft, ohne daß sie nennenswerte Fortschritte gemacht hatten.

»Zum Bell Yard in eine Bierkneipe mit Namen Turnbull's, in die Foote laut Barnstable gern einkehrt.«

Also in die Gegend des alten Westminster – Thieving Lane, Petty France, The Sanctuaries –, Stadtviertel, die er kein zweites Mal zu sehen hoffte. Bei dem Gedanken an ähnliche Orte, Schlupfwinkel des Verbrechens und der Armut, an eine Vergangenheit, die er zu gern vergessen hätte, überlief es ihn kalt. Die Erinnerung daran war erst unlängst wieder hochgekrochen, als sie Southwark und Shoreditch durchstreiften, The Spittle, St. Giles in the Fields, Saffron Hill – jeden einzelnen verkommenen Slum der Stadt. Foote war dort überall bekannt, aber erwischt hatten sie ihn nicht.

Sie mußten mit äußerster Vorsicht vorgehen und sich Zeit lassen. Wenn Foote dahinterkäme, warum sie ihm nachstellten, würde er untertauchen, und sie konnten nicht riskieren, daß er verschwand.

»Na, vielleicht haben wir heute Glück«, sagte Jason, als er in die vor dem Haus wartende Mietdroschke stieg. Für den Anlaß entsprechend einfach gekleidet, trug er schlichte braune Hosen und ein grobes Hemd, sowie einen alten, abgewetzten Dreispitz, obwohl er sonst meist barhäuptig ging. Auch sein Mantel aus grobem Wollstoff hätte nicht einfacher sein können, und doch war seine Aufmachung für die schmierige Kaschemme, die ihr Ziel war, noch zu gut und würde Aufmerksamkeit erregen.

Da sie wußten, daß ihr Auftauchen nicht unbemerkt bleiben würde, hatten sie vorsorglich laut werden lassen, sie suchten Foote, weil sie für ihn Arbeit hätten. Die ihm zugedachte Aufgabe erfordere eine ganz bestimmte Geschicklichkeit, und nach allem, was sie gehört hätten, sei Elias Foote der richtige Mann für ihr Vorhaben. Jason hoffte, Foote wäre eingebildet genug, um das zu schlucken.

Die Fahrt zu ihrem Ziel, einer Lasterhöhle in einer verkommenen Seitengasse, dauerte nicht lange. Ein hölzernes Schild, dessen rote Farbe abgeblättert war, schwang im Wind rostig knarrend über der Tür. Mitternacht war längst vorbei, im Schankraum drängten sich Betrunkene und billige Huren.

Jason zwängte sich durch die Tür, krampfhaft bemüht, den Geruch gindurchtränkter Körper und billigen Parfüms zu ignorieren. Noch schwerer aber fiel es ihm, die Erinnerungen zu verdrängen, die ihn so massiv überfielen wie das Geruchsgemisch.

»Hallo, du Hübscher.« Eine vollbusige Rothaarige drängte sich an ihn heran, kaum daß er den Raum betreten hatte. »Spendierst du mir einen Drink, ja?« Sie ließ ein zweideutiges Zwinkern folgen. »Du wirst es nicht bereuen.«

Jason lächelte gezwungen, obwohl es ihn Überwindung kostete, die Frau nicht von sich zu stoßen. Sie roch nach Gin und dem abgestandenen Rauch, der über den Tischen waberte und sich in streifigen Schwaden unter den niedrigen Deckenbalken dahinzog. Er zwang sich, einen Arm um ihre Taille zu legen. Dann griff er weiter hinunter und tätschelte ihr Hinterteil.

»Einen Humpen Ale, Süße, und noch einen für meinen Freund.«

Die Rothaarige grinste. »Hier seid ihr richtig, Freunde. Bin gleich wieder da.« So flink, wie sie aufgetaucht war, verschwand sie auch, so daß Jason nun Gelegenheit hatte, sich im Raum genauer umzusehen.

»Herrgott, wie ich diese Kaschemmen hasse.«

Aus Litchfields Blick sprach ähnlicher Widerwillen. »Ja, ich muß sagen, daß ich angenehmere Örtlichkeiten kenne, obwohl es mich nicht wundert, daß sich einer wie Foote gern in einem Drecksloch wie diesem herumtreibt.«

»So, das wär's, meine Herren.« Die Frau stellte die Zinnkrüge auf den verkratzten Tisch vor ihnen. »Trinkt aus, ihr Hübschen. Wenn ihr fertig seid und noch eine Münze springen laßt, dürft ihr hinauf auf eine kleine Balgerei.«

Wieder rang Jason sich ein Lächeln ab. »Ich weiß das Angebot zu schätzen, aber eigentlich haben uns Geschäfte hergeführt. Vielleicht kannst du uns behilflich sein.«

»Geschäfte? Welcher Art?«

»Wir suchen einen Mann mit Namen Foote«, sagte Lucien. »Wir hätten eine gutbezahlte Arbeit für ihn. Könnte ja sein, daß Sie ihn kennen.«

»Schon möglich.«

Litchfield ließ eine Münze zwischen die prallen Wölbungen fallen, die über ihren Blusenausschnitt quollen. Als sie das Geld kirchernd herausangelte, durfte Jason einen Blick auf ihre rotgefärbten Brustwarzen werfen.

»Ach, dann ist es also Foote, der euch herführt. Tja, Elias war schon eine ganze Weile nicht in der Stadt. Ende der Woche soll er wieder aufkreuzen. Wenn er da ist, dann kommt er auch her – er haust nämlich oben unterm Dach. Ich werde dafür sorgen, daß er eure Nachricht bekommt.«

Lucien ließ noch eine Münze in ihren Ausschnitt gleiten. »Sag ihm, daß wir kommenden Montag um Mitternacht da sein werden.«

Jason fügte noch eine Münze hinzu. »Sag ihm, es würde sich lohnen, wenn er sich mit uns trifft.«

»Ich sag's ihm, Herzchen. Auf Gracie könnt ihr zählen – das verspreche ich.«

Jason lächelte trocken. »Danke, Gracie. Also, bis nächste Woche.«

Sie verließen die Kneipe, und Jason blieb vor der Tür kurz stehen, um ganz tief durchzuatmen. Die Luft war hier zwar kaum besser als drinnen, trotzdem war er froh, im Freien zu sein. Er konnte nur hoffen, Foote würde sich von seiner Habgier leiten lassen und sich mit ihnen treffen.

»Ich möchte deinem Optimismus keinen Dämpfer aufsetzen«, sagte Lucien, als sie wieder in der Mietdroschke saßen. »Man muß aber damit rechnen, daß Foote uns nichts zu sagen hat, was uns zu Avery führt.«

Jasons Blick glitt zu Luciens Gesicht, in dem Licht und Schatten abwechselten, während der Wagen im Mondschein dahinrumpelte. »Ich weiß.«

Seine Gedanken galten nicht mehr Foote. Diesem Problem mußte er sich wieder am Montag stellen. Jetzt lag ihm eine andere, dringendere Angelegenheit auf der Seele, deretwegen er etwas unternehmen mußte.

Luciens Stimme brach das Schweigen im Wageninneren. »Die Nacht ist noch jung. Wir könnten bei Madame Charmaine auf einen Schlummertrunk vorbeischauen. Sie soll sich ein ganz tolles neues Mädchen zugelegt haben.«

»Tut mir leid, Lucien, ich muß passen.« Er klopfte ans Wagendach. »Zum Berkeley Square«, rief er dem Kutscher zu, und Lucien zog eine Braue hoch.

»Lady Velvet?«

»Ja, zwischen der Dame und mir gibt es noch einiges zu bereinigen.«

Litchfield lächelte. »Ich verstehe.«

Jason bezweifelte dies, da er es doch selbst nicht ganz verstand. Bis die Droschke auf den Platz einbog, schwiegen sie.

»Setzen Sie mich in der Gasse hinter dem Haus ab«, wies Jason den Kutscher an, der ihn daraufhin unweit des Wagenschuppens an der Rückseite aussteigen ließ.

»Viel Glück«, rief Lucien seinem Freund leise nach. Dieser aber war in Gedanken schon bei der Dame, die er oben anzutreffen hoffte.

Als er im Wagenschuppen Nachschau hielt, mußte er zu seiner Enttäuschung entdecken, daß die Haversham-Kutsche fehlte. Velvet war vermutlich auf dem glänzenden Fest, das der Earl of Whitmore heute veranstaltete. Wer sich zur ersten Gesellschaft zählen durfte, war dort heute geladen. Seit ihrer Ankunft in London hatte Velvet es sich zur Gewohnheit gemacht, keinen Anlaß dieser Größenordnung zu versäumen.

Jason verzog erbittert den Mund. Im Jagdhaus wäre er nie auf den Gedanken gekommen, daß sie so großen Wert auf geselligen Trubel legte. Offenbar hatte er sich geirrt.

Zähneknirschend wehrte er den unwillkommenen Gedanken ab und tastete sich durch den finsteren Garten bis zur Rückseite des Hauses. Wenn sie nicht mit Balfour zusammen war, würde Velvet früher oder später kommen. Warten zählte zwar nicht zu seinen größten Tugenden, aber wenn ein triftiger Grund vorlag, konnte er ein erstaunlich geduldiger Mensch sein.

Die Kälte im Haus nicht achtend, stieg Velvet müde die Treppe hinauf. Kohle war so teuer, daß sie es sich nicht mehr leisten konnten, leere Räume zu heizen, und ihr Großvater hatte sich bereits in sein Schlafzimmer zurückgezogen.

Sie streifte ihre mit Atlas besetzte Pelerine von den Schultern, öffnete die Tür zu ihrem Schlafgemach und trat ein. Tabitha tappte schlaftrunken hinter ihr her, um die Lampen anzuzünden und Feuer zu machen, ehe sie ihr beim Auskleiden half.

»Nun, haben Sie sich gut amüsiert, Mylady?«

Velvet seufzte. »So gut, wie zu erwarten war, wenn man bedenkt, daß es ein Fest dieses lüsternen Whitmore war. Gott sei Dank hat Balfours Anwesenheit geholfen, Whitmore abzuwehren, aber ich war heilfroh, als ich endlich nach Hause fahren konnte.« Sie hatte das Fest mit dem Earl und der Countess of Briarwood, Freunden Lord Balfours und neuerdings auch ihre Freunde, besucht.

Tabby hängte ihr Abendkleid und den Reifrock auf und wollte ihr ins Nachtgewand helfen. Velvet sah die müden Schatten unter ihren Augen und winkte ab.

»Schon gut, Tabby, alles übrige mache ich selbst. Geh zu Bett, ehe es auskühlt, und versuche rasch wieder einzuschlafen.«

»Sind Sie sicher?«

»Tabby, ich komme allein zurecht.«

»Sehr wohl, Mylady. Danke.«

Tabby schlurfte hinaus, und Velvet setzte sich an den Toilettentisch, um ihr Haar für die Nacht zurechtzumachen. Nachdem sie alle Nadeln herausgezogen hatte, fiel es ihr in

lockeren Wellen bis zur Taille. Sie hatte erst ein paar Bürsten-
striche getan, als eine Bewegung am Fenster sie aufschrecken
ließ. Sich hastig umdrehend, schnappte sie nach Luft, als sie
auf dem Balkon den Schatten eines Mannes sah. Im nächsten
Moment schwang die Doppeltür auf, und eine große, breit-
schultrige Gestalt stand im Raum.

Jason! Velvet schlug das Herz bis zum Hals, als sie erschrocken aufsprang. »Jason – was, um alles auf der Welt,
treibst du hier?«

Im Lampenschein wirkten seine Züge hart. Sein markantes
Kinn signalisierte finstere Entschlossenheit. Als er seine Lippen verzog, war es das Zerrbild eines Lächelns. »Nun, ich
wollte Sie sehen, Mylady. Sagen Sie bloß nicht, Sie würden
sich nicht freuen.«

»Natürlich freue ich mich. Ich habe große Angst um dich
ausgestanden. Ständig befürchtete ich, jemand würde entdecken, wer du bist.«

Als er auf sie zuging, wirkte seine beeindruckende Größe
und sein Körperbau in ihrem eleganten, feminin eingerichte-
ten Gemach geradezu überwältigend. In seiner einfachen
Kleidung, mit dem schlicht zurückgebundenen Haar, hätte er
irgendein Mann von der Straße sein können, und doch war sie
nie einem begegnet, der besser ausgesehen hätte.

Als er vor ihr stehenblieb, musterte Velvet sein Gesicht,
seine kühnen, wie gemeißelten Züge, und ihr Herzschlag
stolperte.

»Es ist schon spät«, sagte er. Seine Augen wanderten über
ihr dünnes Unterkleid und die weißen Seidenstrümpfe, das
einzige, was sie noch anhatte. »Du mußt den Abend sehr genossen haben.«

Unter seinem abschätzenden Blick stieg Röte in ihre Wangen. Es war ein so hungriger Ausdruck, daß er ihre spärliche

Aufmachung zu durchdringen schien. Sie drehte sich um und griff nach ihrem Morgenmantel aus gesteppter Seide, schlüpfte hinein und schloß einige Knöpfe.

»Der Abend war nicht ganz nach meinem Geschmack. Ehrlich gesagt, wäre ich lieber zu Hause geblieben.«

Er zog spöttisch eine Braue hoch. »Ach?« In seinem Ton lag etwas Eigenartiges, ein Anflug von gekränkter Eitelkeit, den er nicht zu unterdrücken vermochte. »Ja, vielleicht wärest du lieber zu Hause geblieben – mit Balfour.«

»Balfour! Du glaubst, ich hätte eine Schwäche für ihn?«

»Etwa nicht?«

»Nun ... wir sind bekannt. Er hat sein Interesse für mich geäußert, und ich ... ich habe ...«

»Sie haben was, Mylady? Sein Werben ermutigt? Ihm Freiheiten erlaubt? Womöglich sein Bett geteilt? Du hast wahrlich keine Zeit verloren.« Wieder ließ er seinen Blick über sie schweifen. »Nun ja, was für ein leidenschaftliches kleines Ding du bist, entdeckte ich schon damals im Jagdhaus.«

Jähzorn flammte in ihr auf wie ein Blitz. »Wie kannst du es wagen!« Velvet holte aus und schlug ihn auf die Wange, so fest, daß es knallte. »Lord Balfour ist immer ein vollendeter Gentleman – was ich von dir nicht behaupten kann!«

Wut verdunkelte seine Züge. Velvet bekam es momentan mit der Angst zu tun, als sie ihn so vor sich sah, mit funkelnden blauen Augen und verkniffenem Mund. »Lady Velvet, Sie haben ganz recht, ein Gentleman bin ich nicht. Das habe ich von Anfang an nicht verhehlt.« Er legte den Arm um ihre Taille und zog sie an sich. »Ich nehme mir, was ich möchte – und im Moment möchte ich dich!« Er drückte mit schmerzhafter Intensität seinen Mund auf ihre Lippen.

Der Kuß war als Bestrafung gedacht, wild, von Wut und Rachedurst erfüllt, doch ihre Angst wich der Leidenschaft.

Flammen züngelten über ihre Haut. Sie versuchte sich zu befreien, stemmte sich gegen seine Brust, doch sein harter Griff hielt sie fest.

Verdammt! Sie setzte sich weiterhin zur Wehr, aber seine Hände lockerten sich nicht. Unter ihren Fingern spürte sie das wilde Pochen seines Herzens und das Beben seiner Muskeln. Er zwang ihre Lippen auseinander und drang tief mit seiner Zunge in sie, nahm sich, was er wollte. Velvet röchelte, als er nach ihrem Morgenmantel griff und ihn vorne auseinanderriß. Ihr hübsch besticktes Unterkleid erlitt dasselbe Schicksal, so daß sie in ihrem durchsichtigen rosa Höschen und weißen Satinstrümpfen dastand.

»Ich begehre dich«, flüsterte er, seinen Mund von ihr lösend, um gleich darauf wieder heiße Küsse zu verteilen, auf ihre Wangen und dann ihren Hals entlang. »O Gott, ich muß ständig an dich denken.«

Diese Eingeständnisse entschlüpften ihm unwillkürlich. In seinen Worten klang Schmerz mit, in seinen tiefblauen Augen lag Kummer. Dieses Wissen machte ihrem Widerstand ein Ende. Sie hatte ihn verletzt, erkannte sie, und sie wünschte nun, sie hätte ihm von Anfang an die Wahrheit gesagt. Ihm lag zwar nicht so viel an ihr wie ihr an ihm, dennoch empfand er Schmerz.

»Jason ...« Ihre Arme um seinen Nacken schlingend, gab sie sich seinen Händen und seinem Mund hin. Auch sie war in Gedanken ständig bei ihm gewesen und hatte ihn vermißt. Ach Gott, wie sehr sie ihn vermißt hatte!

Wieder küßte er sie, nun viel sanfter, verführerischer und nicht mehr so stürmisch. Sein Atem war heiß, und das Spiel seiner Zunge weckte lodernde Flammen in ihrem Leib.

»Ich brauche dich«, raunte er, umfaßte ihre Brüste und rieb mit dem Daumen über die Spitzen, bis sie steif wurden. Dann senkte er den Kopf und nahm die festen kleinen Knospen abwechselnd in den Mund.

Velvet stöhnte verzückt auf. Sie spürte, wie er ihre Gesäßbacken umfaßte und sie zu sich anhob. Er knetete ihr Fleisch, schob das Höschen zur Seite, und fuhr mit einem Finger seiner anderen Hand tief in sie. Herrgott, sie war feucht und bereit und verzehrte sich nach ihm.

»Du begehrst mich«, sagte er leise, und sein Ton war heiser vor männlicher Genugtuung. »Sosehr, wie ich dich begehre.«

Sie bestritt es nicht und leistete keinen Widerstand, als er ihr Höschen auszog, sie gegen die Wand drückte und seine Hose aufknöpfte. Wieder legte er seine Hände unter ihre Hinterbacken und hob Velvet an. Sie stöhnte auf, als er sie auf sein erregtes Glied setzte. Sie war feucht, aber so eng, daß sie nach Luft schnappte, als er sie förmlich pfählte und sie glühenden, dennoch köstlichen Schmerz verspürte.

»Ganz ruhig«, flüsterte er und küßte sie innig. Er legte ihre Beine um seine Mitte und fing an, sich langsam in ihr zu bewegen. Mit einer Hand in ihr Haar fassend, zog er ihren Kopf zu sich herunter zu einem heißen fordernden Kuß, den sie leidenschaftlich erwiderte. Sie gab sich seinem Rhythmus hin, und er hob und senkte sie immer schneller. Jeder Stoß ging tiefer, war stärker und nahm an Wildheit zu.

Jason! schrie sie stumm, während sie ihre Nägel in seinen Rücken grub und den Kopf zurückwarf, von flammendem Verlangen mitgerissen. Er füllte sie völlig aus, stieß heftig zu, immer wieder, mit gieriger Entschlossenheit.

»Jason!« schrie sie ekstatisch, als die Welt zu explodieren schien und die Wogen der Lust über ihr zusammenschlugen. Ihr Inneres krampfte sich zusammen, umschloß Jason so fest, daß er gurgelnd aufstöhnte. Mit großer Willenskraft befreite er sich von ihr, und Velvet sah enttäuscht, daß er seinen Samen außerhalb ihres Schoßes vergoß. Dieses Erlebnis hinterließ eine merkwürdige Leere in ihr.

Velvet preßte die Lippen auf seine Schulter, und seine Muskeln spannten sich. Er ließ ihre Beine los, und sie glitt an seiner hochgewachsenen Gestalt herunter, bis ihre Füße wieder den Boden berührten. Wortlos wandte er sich ab und knöpfte seine Hose zu. Velvet zog mit bebenden Händen ein weißes Nachthemd aus der obersten Lade ihrer Kommode und schlüpfte hinein, ehe sie sich wieder zu ihm umdrehte.

Ihr stockte der Atem, als sie sah, daß er schon wieder an der Flügeltür zum Balkon stand. Es tat ihr bis ins Herz weh, daß er so eilig gehen wollte. Er hatte sie im Zorn genommen, sie wie eine Hure benutzt, und ein Blick in sein Gesicht sagte ihr, daß er nicht wiederkommen würde.

»Wie immer war es mir ein Vergnügen, Mylady.« Seine Miene war wie erstarrt. »Meine besten Empfehlungen an Lord Balfour.« Er wollte hinaus, doch ihre Stimme hielt ihn auf.

»Ich muß Balfour heiraten«, sagte Velvet leise. »Nach allem, was heute nacht passiert ist, ist es wohl unfair, aber ich muß es tun.«

Er zog seine Brauen zusammen. »Was heißt das, du mußt ihn heiraten? Willst du damit sagen, daß ich dich geschwängert habe?« Er drehte der Tür den Rücken zu und kam mit wenigen Schritten auf sie zu. »Oder trägst du sein Kind?« Er blieb dicht vor ihr stehen. Seine blauen Augen schossen Blitze.

Velvet wich seinem Blick nicht aus. »Ich bin nicht guter Hoffnung. Ich habe eine noch viel schwerwiegendere Sünde begangen, Durchlaucht. Ich bin verarmt. In meiner Welt ist das ein ungeheuerliches Verbrechen.« Sie lächelte voller Bitterkeit. »Sehen Sie sich um, Durchlaucht. Wenn die Einrichtung ein wenig schäbig aussieht und die Wände viel zu kahl, ist dies ein Spiegelbild der Wirklichkeit. Ich sage es nur ungern, aber Avery und ich hatten dasselbe Ziel vor Augen. Ich wollte ihn heiraten, weil er reich war. Mein Vater hat das Vermögen der Havershams verspielt. Meinem Großvater und mir blieb als einziges das Geld, das für meine Mitgift auf die Seite gelegt wurde.« Als er etwas sagen wollte, kam sie ihm zuvor, aus Angst, sie würde nicht mehr den Mut haben, fortzufahren, wenn sie einmal unterbrochen wurde.

»Leider komme ich an das Geld nicht heran. Das kann nur mein Ehemann. Dem Mann, den ich heirate, wird ein kleines Vermögen in die Hände fallen, aber leider auch die Haversham-Schulden.«

Jasons Gesichtsausdruck konnte man beim besten Willen nicht geistreich nennen. »Ich kann kaum glauben, was du da sagst.«

»Durchlaucht können versichert sein, daß es stimmt.«

Sein Blick umfaßte den Raum, registrierte die kahlen Wände und die anspruchslose, zweckmäßige Einrichtung. »Und Balfour ist der Mann deiner Wahl?«

»Ich wählte Avery. Keine besondere Wahl, wie du weißt. Du hast mich vor diesem Schicksal bewahrt, aber das bedeutet leider nur, daß ich einen anderen finden muß.«

Aus seinen Augen sprach Kummer, als er sie ansah. »Und dieser Mann ist Balfour.«

»Eigentlich hat er mich gefunden. Was ich dir sagte, ist die Wahrheit, Jason. Er hat sich immer wie ein Gentleman benommen. Der einzige Mann, der mich berührte, warst du.«

Jason sagte nichts, doch seine Augen verdunkelten sich vor Schmerz … oder vor Bedauern. Er sah sie an, sah ihre von Leidenschaft geröteten Lippen, ihr wirres Haar, und ein leises Knurren kam aus seiner Kehle.

Zwei lange Schritte, und er umfing sie und drückte sein Gesicht in ihr Haar. »Ach Gott, Herzogin, wie leid mir das tut. So verdammt leid. Aber du bringst wirklich das Schlimmste in mir zum Vorschein.«

Velvet klammerte sich an ihn, wohl wissend, daß sie es nicht sollte, da sie wußte, daß der Verlust sie um so schwerer treffen würde, und doch sehnte sie sich nach der Stärke seiner Arme.

»Ich hätte dir gleich am Anfang die Wahrheit sagen sollen. Aber es war mir wohl peinlich. Du hattest genug eigene Probleme, und meine gingen dich nichts an.«

Er trat etwas zurück und sah sie an. »Sie gehen mich etwas an. Ich habe deinen Ruf ruiniert und dir die Unschuld genommen, deine beiden kostbarsten Güter auf dem Heiratsmarkt. Dadurch geht es mich etwas an.«

Er drückte einen Kuß auf ihr Haar. »Wenn ich als Mann etwas taugte, würde ich dich heiraten. Aber ich werde sehr wahrscheinlich hängen, ehe alles ausgestanden ist. Selbst wenn es mir gelingen sollte, dem Schicksal abermals ein Schnippchen zu schlagen, gibt es keine Garantie dafür, daß es mir glückt, meine Unschuld zu beweisen. Doch auch in diesem Fall würde ich nicht in England bleiben.«

»Du willst wieder fort?« In ihr krampfte sich etwas zusammen. Er wollte fort. Früher oder später würde er für immer aus ihrem Leben verschwunden sein. »Wohin ... wohin willst du?«

»Dorthin, woher ich komme. Nach Westindien. Dorthin gehöre ich, nicht hierher nach England. Dazu bin ich nicht mehr zivilisiert genug. Ich passe nicht mehr in diese Gesellschaft.«

Sie dachte an den gemeinsamen Tanz und wie prachtvoll er auf dem Kostümfest ausgesehen hatte. Sie hätte einwenden können, daß er sich nach Belieben überall einfügen könnte, unterließ es aber. Wenn Jason England verlassen wollte, hatte sie kein Recht, ihn aufzuhalten.

»Velvet, heiraten kann ich dich nicht, aber ich kann dir helfen. Ich habe Geld – viel Geld. Mir gehört eine Plantage auf einer kleinen Insel vor St. Kitts. Ich besitze mehr als genug, um deine Schulden zu begleichen und dafür zu sorgen, daß du mit deinem Großvater ein angenehmes Leben führen kannst. Du wärest dann nicht zu einer Heirat gezwungen und könntest warten, bis du den richtigen Mann findest.«

Velvet schenkte dem dumpfen Schmerz in ihrem Inneren keine Beachtung, dem Druck, der sich in ihrer Brust aufbaute. Sie hatte den Richtigen gefunden. Aber der hatte keine Heiratsabsichten. »Ehrlich gesagt, würde ich am liebsten überhaupt nicht heiraten, wenn es nach mir ginge. Ich genieße meine Unabhängigkeit, die ich mit einer Ehe aufgeben müßte.«

»Und was ist mit Kindern?« fragte Jason. »Sicher möchtest du eine Familie wie alle Frauen.«

Velvet reagierte mit einem Achselzucken. »Darüber habe ich mir wenig Gedanken gemacht. Ich nahm an, daß Kinder sich eben in einer Ehe einstellen. Andere Ideen dazu habe ich nicht.« *Bis heute abend.* Mit Jason Kinder zu haben, wäre etwas ganz anderes. Sie konnte sich nichts Schöneres vorstellen, als ihm einen Sohn zu schenken.

Sie spürte seine Hand auf ihrer Wange. »Wegen heute tut es mir leid, Herzogin, aber es tut mir nicht leid, daß ich zu dir kam. Jetzt kenne ich die Wahrheit, und alles wird gut – das verspreche ich.« Er streifte ihren Mund mit einem federleichten Kuß, ihre Lippen trafen aufeinander, und der Kuß wurde inniger. »Verdammt, ich begehre dich schon wieder.«

Ihre Wangen glühten. Auch sie begehrte ihn.

Aber Jason wandte sich endgültig zum Gehen. »Es wird schon bald Tag. Ich muß weg, ehe mich jemand sieht.« Ein rascher Blick zum Fenster, dann sah er wieder Velvet an. »Was ich sagte, war mein Ernst. Alles wird gut.«

»Jason, ich möchte dein Geld nicht. Ich habe selbst Vermögen, nur muß ich heiraten, um es in die Hand zu bekommen.«

Aber Jason hörte gar nicht mehr zu. Nach einem nochmaligen heißen Kuß ging er zur Balkontür. Ein letztes Winken, und er schwang seine langen Beine über die Brüstung und stieg am Spalier ab, an dem er auch heraufgeklettert war. Als ein Rosendorn ihn stach, stieß er einen unterdrückten Fluch aus, dann hörte sie seine Stiefel auf dem Boden auftreffen, und fort war er.

Velvet ließ sich auf die Bank vor dem Frisiertisch sinken. Die Uhr tickte in der Finsternis, ein hohles, hallendes Geräusch. Sie rührte sich nicht. Seit sie Jason begegnet war, hatte sie sich noch nie so allein gefühlt.

Obwohl körperlich befriedigt, schlief Velvet den Rest der Nacht nur wenig. Jason war zu ihr gekommen, und hatte sie in ebendiesem Raum geliebt. Die Erinnerung an seinen muskulösen Körper, der in ihren eindrang, ließ ihren Leib schweißfeucht werden. Ihre Brustspitzen wurden hart, wenn sie daran dachte, wie Jasons glatte Zunge darübergeglitten war und sie in den Mund genommen hatte. Mit zitternder Hand streichelte sie sich dort, von dem Wunsch erfüllt, er würde noch immer bei ihr sein.

Statt dessen lag sie allein im Bett, voller Verlangen nach einem Mann, der sie zwar begehrte, aber kein Interesse an einer Ehe hatte, zumindest nicht an einer Ehe mit ihr.

Es war schon spät, als sie sich aufraffte und aufstand. Sie trat ans Fenster, öffnete es und sog tief die feuchte, neblige

Luft ein. Nachdem sie sich von Tabby in ein einfaches Musselinkleid hatte helfen lassen, ging sie hinunter.

»Guten Morgen, Großvater.«

»Gut ist er allerdings, meine Liebe.« Der alte Mann am Frühstückstisch lächelte. »Sicher hast du auch gut geschlafen. Hab' dich gar nicht hereinkommen gehört.«

Das wunderte Velvet nicht. Er hörte sie kaum einmal, und selbst wenn, hätte er es sofort vergessen. »Ich habe gut geschlafen, Großvater.« Die Lüge entschlüpfte ihr ganz unbewußt. Als sie daran dachte, was wirklich geschehen war, stieg ihr die Röte in die Wangen. »Hoffentlich hast du nicht auf mich gewartet. Leider habe ich heute ein wenig getrödelt.«

Er nickte und warf dann einen Blick auf die kleine Visitenkarte in seiner Hand. Er überlegte kurz, dann erhellte sich sein faltiges Gesicht.

»Ach, das hätte ich beinahe vergessen. Du bekommst Besuch. Der Marquis of Litchfield möchte seine Aufwartung machen und müßte jeden Moment eintreffen.«

»Litchfield!« Sofort krampfte sich ihr Inneres zusammen. O Gott, war Jason etwas zugestoßen? »Was … was möchte er?«

»Ich habe nicht die leiseste Ahnung, meine Liebe. Du wirst es herausfinden, wenn er gekommen ist.«

Was nicht lange auf sich warten ließ. Sie hatte ihre Schokolade kaum ausgetrunken und ihre Kekse noch nicht aufgegessen, da sie vor Angst und Aufregung keinen Bissen hinunterbrachte, als Snead im Speisezimmer erschien.

»Mylady, Sie haben Besuch. Lord Litchfield wartet im Salon.«

»Danke, Snead.« Sie versuchte sich mit einem tiefen Atemzug zu beruhigen, schob ihren Stuhl zurück und stand auf. *Bitte, Jason darf nichts zugestoßen sein.*

Ihre Hände zitterten, als sie den Gang entlangging und den Salon betrat, dessen Tür sie hinter sich schloß. Als der schwarzhaarige Marquis lächelnd auf sie zuging, empfand sie Erleichterung. »Guten Morgen, Lady Velvet.«

»Lord Litchfield.« Der Austausch von Artigkeiten war kurz. Dann übergab der Marquis ihr einen wachsversiegelten Umschlag, den Velvet sofort erbrach. Ein gefaltetes Stück Papier flatterte zu Boden. Als sie sich danach bückte, sah sie, daß es ein Scheck über zehntausend Pfund war.

»Allmächtiger!« Als sie das Schriftstück überflog, bestätigte sich ihr Verdacht – das Geld kam von Jason. Velvet machte ein finsteres Gesicht. »Sie wissen, was der Brief enthält, Mylord?«

»Ja. Hoffentlich wissen Sie, daß Sie mich zu Ihren Freunden zählen können. Ihre Geheimnisse – und die Jasons – sind bei mir sicher.«

Sie glaubte ihm. Das minderte jedoch nicht die Schmach, die sie empfand, weil Jason ihr Geld geschickt hatte. Sie fragte sich, wieviel Litchfield über ihre Beziehung wußte und wieviel er sich zusammengereimt hatte.

»Sie können unserem gemeinsamen Freund ausrichten, daß er trotz seiner guten Absichten gewaltig im Irrtum ist, wenn er glaubt, ich würde sein Geld annehmen.« Sie zerriß das Papier, einmal, zweimal, dreimal, sie konnte gar nicht aufhören, bis die winzigen Papierfetzen eher wie eine Handvoll Konfetti aussahen als das Geld, das sie so dringend benötigte. Den Brief faltete sie zusammen und tat die Papierschnipsel hinein, um sie dem Marquis zu überreichen.

»Sagen Sie ihm, daß er sich seine guten Absichten an den Hut stecken kann.«

Litchfield verzog amüsiert einen Mundwinkel. »Sonst noch etwas, Mylady?«

»Sagen Sie Seiner Durchlaucht, daß er mir nichts schuldet. Was ich gab, das gab ich aus freien Stücken. Geld war und ist nicht der Grund für das, was zwischen uns geschah. Sie könnten ihn auch daran erinnern, daß ich eigenes Geld besitze, das bald meine Probleme lösen wird, so daß ich seine Hilfe nicht mehr brauche.«

Litchfields Miene wirkte noch erheiterter. »Ich will es ihm ausrichten, Mylady.« Er wollte zur Tür.

»Ach ... Litchfield.«

»Ja?«

»Richten Sie ihm auch meinen Dank aus. Ich genoß unser letztes ... Zusammensein ... ungemein.«

Nun grinste der Marquis ungeniert. »Ich werde es sicher nicht vergessen, Lady Velvet.« Ein Wort des Abschieds, und der Marquis war fort.

Velvet ließ sich auf das Sofa fallen. Je länger sie darüber nachdachte, was eben geschehen war, desto wütender wurde sie. Wie konnte er es wagen! Wie konnte er es wagen, sein schlechtes Gewissen mit Geld zu beschwichtigen! Sie war doch kein Flittchen! Sie war nicht seine Hure! Nur weil Jason ihr leidenschaftliches Beisammensein bereute, hieß das noch lange nicht, daß auch sie es bereute. Tatsächlich war sie dem Schicksal sehr dankbar, daß sie mit einem Mann, den sie liebte, ein solches Erlebnis gehabt hatte.

Velvet sprang vom Sofa auf und lief zur Treppe. Sie wollte Jasons Geld nicht. Und wenn es ihm einfallen sollte, es ihr noch einmal anzubieten, würde sie ihm raten, er solle damit zur Hölle fahren!

14

Jason lief in seinem Schlafzimmer in der Londoner Residenz seines Freundes ruhelos auf und ab. Kaum hörte er, daß die Haustür geöffnet wurde und Lucien die Eingangshalle betrat, als er auch schon hinaus auf den Korridor eilte und die Treppe hinunterlief. Er folgte Lucien in dessen Arbeitszimmer und schloß rasch die Tür.

»Nun?« fragte er ungeduldig wie immer.

Litchfield lächelte andeutungsweise. »Halte deine Hand auf.«

Jason tat, wie ihm geheißen. Schmunzelnd hielt Litchfield den aufgerissenen Umschlag hoch und ließ winzige Papierschnipsel auf die Hand seines Freundes rieseln. Jason, der sofort wußte, was dies zu bedeuten hatte, verbarg seine Betroffenheit und blieb äußerlich ungerührt.

»Die Größe der Papierschnipsel«, sagte Lucien, »zeigt an, wie erfreut die Dame über dein Angebot war.«

Jason sah ihn düster an. »Was hat sie gesagt?«

»Sie sagte – ich zitiere – ›Er kann sich seine guten Absichten an den Hut stecken.‹«

Jason hörte es zähneknirschend. »Und?«

»Sie trug mir auch auf, dir ihren Dank auszudrücken. Sie sagte, sie hätte euer letztes … Beisammensein … sehr genossen.«

»Was?«

»Das hat sie gesagt.«

Jason schlug mit der Faust auf den Tisch. »Dieses kleine Biest. Ich schwöre, sie ist anders als alle anderen Frauen, die ich je kennengelernt habe.«

»Da kann ich nicht widersprechen. Und es wundert mich

überhaupt nicht, daß sie dein Hilfsangebot ablehnte, obwohl sie nach allem, was du sagtest, das Geld dringend braucht.«

»Das steht unbestritten fest.«

»Hast du noch immer die Absicht, ihr zu helfen?«

»Ich muß es tun, da ich es ihr schuldig bin.«

»Und was gedenkst du zu tun?«

Jasons Miene verdüsterte sich noch mehr, als er auf und ab lief, dann am Fenster stehenblieb, um seine ruhelose Wanderschaft sogleich wieder aufzunehmen. Schließlich hielt er inne und wandte sich Lucien zu. »Ich werde das einzige tun, was mir zu tun übrigbleibt – und wozu mich dieser kleine Teufelsbraten zwingt. Ich werde Velvet heiraten.«

Litchfields dichte, schwarze Brauen schossen in die Höhe. »Hast du nicht gesagt, du wärest nicht interessiert …«

»Bin ich auch nicht. An meiner Ansicht über die Ehe ändert sich nichts, aber mit einer Heirat wäre Velvets Problem gelöst.« In seiner Wange zuckte ein Muskel. »Dazu kommt noch etwas.«

»Und das wäre?«

»Als ich gestern ihr Haus verließ, bemerkte ich einen Mann in der Dunkelheit, der bei meiner Ankunft noch nicht da war. Das bedeutet, daß er sich nach Velvets Heimkehr dort postiert haben muß.«

»Du glaubst, daß er ihr folgte?«

»Ich weiß es nicht. Als ich mich davonschlich, achtete ich jedenfalls darauf, von ihm nicht gesehen zu werden. Der Mann hat das Haus aus irgendeinem Grund beobachtet. Mein Instinkt sagt mir, daß Velvet herumgeschnüffelt und Fragen über Avery gestellt hat. Und das bedeutet, daß sie in großer Gefahr schwebt.«

»Ich werde veranlassen, daß unser Mann die Sache in die Hand nimmt. Mal sehen, was er herausfindet.«

»Gute Idee. In der Zwischenzeit werde ich mit Velvet sprechen.« Da kam ihm plötzlich ein Gedanke, der ihn wie ein
Stich durchzuckte. Was, wenn sie seinen Antrag abwies?
Wenn sie es vorzog, Balfour zu heiraten? Er hätte es ihr nicht
verdenken können. Eine Hochzeit mit Balfour war für sie tatsächlich viel sinnvoller. Er selbst wollte ja keine richtige Ehe
und dachte nicht daran, sich an das Ehegelöbnis zu halten.

Doch wurde er ein unbehagliches Gefühl nicht los, wenn er
daran dachte, daß er sich bei ihr womöglich einen Korb holen
würde.

Velvet blieb einen Moment vor dem großen Ankleidespiegel
stehen und drehte die weiße Visitenkarte des Marquis of
Litchfield hin und her. Die für sie interessante Mitteilung befand sich auf der Rückseite. *Lord Hawkins* stand da, mit dun-
kelblauer Tinte, in schwungvoller Männerhandschrift.

Jason war gekommen und wartete unten im Salon. Warum
er sie aufsuchte, konnte sie sich nicht vorstellen.

Die Karte zitterte in ihren Händen. Jason war da, und sofort war sie atemlos, und ihre Haut erglühte rosig. Immer
übte seine Nähe diese Wirkung auf sie aus. Insgeheim verwünschte sie ihn, während sie sich gleichzeitig sehnlichst
wünschte, sie könnte ähnliche Reaktionen bei ihm bewirken.

Velvet knickte die Karte zur Hälfte und dann noch einmal.
Verdammt – wußte er denn nicht, in welche Gefahr er sich be-
gab, wenn er sich in der Öffentlichkeit zeigte? Es bestand immer die, wenngleich geringe, Möglichkeit, daß er von jemandem gesehen wurde, der sich an ihn erinnerte.

Am liebsten hätte sie ihn erwürgt. Andererseits sehnte sie
sich nach seinen heißen Küssen – beides zugleich. Warum war
er gekommen? Warum hatte er sich wieder in Gefahr begeben?

Sie warf die geknickte Karte auf die Silberschale, auf der sie gebracht worden war. Nachdem sie ein letztes Mal ihre Erscheinung im Spiegel überprüft und ihr gelbes Seidenkleid glattgestrichen hatte, schritt sie in den Salon.

Zuerst sah sie ihn gar nicht, da sie erwartet hatte, er würde vor dem Kamin sitzen. Ein rascher Blick zeigte ihr, daß er am anderen Ende des Raumes stand, vor einer Reihe goldgerahmter Porträts, Bilder ihrer Mutter und ihres Vaters, ihrer Großeltern und einer Porzellanminiatur, die sie als kleines Mädchen zeigte.

Er hatte sie nicht eintreten gehört. Seine sonst so wache Aufmerksamkeit galt den Porträts. Es war sehr sonderbar, wie er die Bilder betrachtete, brütend und so angespannt, daß sich unter seiner dunkelblauen Jacke die Muskeln straff abzeichneten. Es war etwas Abweisendes an ihm, eine Düsterkeit, die sie schon früher an ihm bemerkt hatte. Er war jeder Zoll der gefährliche Mann, als der er ihr an dem Abend erschienen war, als er sie aus der Kutsche geraubt hatte. Aber so verrückt es auch sein mochte, sie fühlte sich immer heftiger zu ihm hingezogen.

»Jason?«

Sein dunkler Kopf fuhr herum. Leuchtendblaue Augen sahen sie an. Die finsteren Schatten wichen aus seiner Miene, doch die Spannung blieb, eine andere, spürbare Spannung als vorhin.

»Guten Tag, Velvet.«

»Ich … ich hatte nicht erwartet, dich so rasch wiederzusehen.«

Er zog eine Braue hoch. »Ach? Was hast du denn gedacht, was passieren würde, nachdem du mein Hilfsangebot abgelehnt hast?«

Sie schluckte. Mochte sie sich auch noch so stark zu ihm hingezogen fühlen, den Verstand hatte sie dennoch nicht völlig verloren. Jason Sinclair war in seiner Härte nicht zu unterschätzen. Sie befeuchtete ihre Lippen und hob ihr Kinn. »Ich glaubte, du würdest wieder zur Vernunft kommen und die Sache auf sich beruhen lassen. Ich sagte ja, daß ich über eigene Mittel verfüge, um meine Probleme zu lösen. Sobald ich verheiratet bin …«

»War es dir ernst, mit dem, was du sagtest?« unterbrach er sie überraschend. »Du sagtest, daß du eigentlich keinen Mann möchtest, da du deine Unabhängigkeit nach Möglichkeit nicht aufgeben willst.«

Es war ihr Ernst. Da sie nicht aus Liebe heiraten konnte, hätte sie es vorgezogen, allein zu bleiben. Leider hatte sie keine andere Wahl. »Es war mir ernst.«

Unwillkürlich straffte er seine breiten Schultern. »Dann werde ich dich heiraten.«

Velvet verschlug es die Sprache. »Was?« brachte sie nur heiser heraus.

»Ich sagte, daß ich dich heiraten würde – zumindest eine Zeitlang. Sobald wir ein Paar sind, werde ich dafür sorgen, daß du deine Mitgift bekommst. Deine finanziellen Probleme werden damit gelöst, ohne daß du deine Unabhängigkeit verlierst.«

Ihr Herz flatterte wie ein gefangener Vogel. »Ich verstehe wohl nicht ganz … Wie kann ich als deine Frau meine Unabhängigkeit bewahren? Und was meinst du mit ›eine Zeitlang‹?«

Jason schüttelte den Kopf. In seinem dunkelblauen Frackrock mit der hauchzarten Spitzenkrawatte, die sich schneeweiß von seiner dunklen Haut abhob, wirkte er wie die Verkörperung vornehmer Eleganz.

»Sobald wir verheiratet sind«, erklärte er, »kann ich dir zu deiner Mitgift verhelfen. Allerdings kann ich nicht für ständig in England bleiben. Ich gehöre nicht mehr in dieses Land. Wenn es mir glückt, dem Henker zu entkommen, kehre ich auf meine Plantage nach St. Ives in Westindien zurück. Sobald ich außer Landes bin, kannst du sofort eine Annullierung der Ehe erwirken.«

In ihr krampfte sich etwas zusammen, und Erstaunen kämpfte mit Wut. »Du willst mich heiraten, mit mir ins Bett gehen und mich dann nach Wunsch wieder verlassen? Wie praktisch, Lord Hawkins. Ich kann mir vorstellen, daß es eine ganze Anzahl heiratswilliger Gentlemen gibt, denen ein solches Arrangement ebenfalls sehr zusagen würde.«

»Ich werde nicht mit dir ins Bett gehen – es hätte gar nicht passieren dürfen. Velvet, ich sagte schon, daß ich keine Frau möchte – und schon gar keine Kinder –, jetzt nicht, niemals. Es wäre eine reine Vernunftehe. Du kämst an dein Geld heran, und ich hätte mein Gewissen beruhigt, weil ich dir deine Unschuld raubte. Es handelt sich um eine rein geschäftliche Vereinbarung.«

Velvet glaubte, das Herz würde sich ihr im Leibe umdrehen. Jason war der dritte Mann, der ihr eine Vernunftehe vorschlug. Von Liebe war bei keinem der drei die Rede gewesen. Was war denn an ihr, daß man sie nicht lieben konnte?

Sie schluckte mühsam. »Ich weiß Ihre Besorgnis zu schätzen, Mylord, aber die Mühe können Sie sich sparen. Lord Balfour hat mir ebenfalls einen Vorschlag gemacht, der mein Problem lösen würde. Ich habe ihm noch keine Antwort gegeben, beabsichtige aber, es bald zu tun.«

Die Farbe wich aus Jasons sonnenverbrannten Wangen. Ein leichtes Zittern ließ seine großen, ungewöhnlich feinnervigen Hände erbeben. »Du sagst also, daß du lieber Balfour heiraten würdest?«

Sie sah etwas in seinen Augen, finstere Schatten, eine dunkle Verzweiflung, die ihn ganz auszufüllen schien und in die sich gleichzeitig so viel Bedauern mischte, daß sie ihren Blick abwandte. »Das sagte ich nicht, ich sagte nur, daß …«

»Vermutlich hast du recht.« Er starrte auf den Fußboden. »Balfour ist gewiß in dich verliebt. Von ihm könntest du Kinder haben, und er würde der Ehemann und Vater sein, der ich nie sein werde.«

Velvet glaubte, ihr Herz würde brechen. O Gott, was war nur mit ihm passiert, daß er so empfand? »Lord Balfour liebt mich nicht. Er ist sehr wahrscheinlich in Mary Stanton verliebt.«

»Warum will er dann …«

»Es handelt sich um eine rein geschäftliche Vereinbarung, wie du es nennst.«

Die Anspannung in seinen Schultern ließ nach. Der Blick seiner blauen Augen ließ sie nicht los und schlug sie so in den Bann, daß sie sich nicht abwenden konnte. »Wenn dem so ist, solltest du lieber mich heiraten. Sobald ich fort bin, kannst du dir in aller Ruhe einen richtigen Ehemann suchen, einen, der dich so liebt und schätzt, wie du es verdienst.«

Wieder wurde ihre Kehle schmerzhaft eng. Er liebte sie nicht, doch war sie ihm nicht gleichgültig. Das war mehr, als Avery oder Balfour für sie empfanden. »Jason, ich muß wissen, warum du so über die Ehe denkst.«

Seine Kinnmuskeln spielten. Das Dunkle in seiner Seele schlug wie eine Woge über ihm zusammen. Er rieb die Narbe an seinem Handrücken, als würde seine Haut noch immer brennen. »Ein Mann wie ich heiratet nicht, Velvet. Er hat weder Frau noch Kinder. Ein Mann wie ich wüßte gar nicht mehr, wie man ein normales Leben führt.« Er sah sie an, und der Schmerz in seinem Blick rührte tief in ihrem Inneren etwas an. »Ich war über acht Jahre außer Landes. Ich habe

Dinge gesehen, die kein Mensch jemals sehen sollte, habe Dinge getan, die ich mein Leben lang bereuen werde.«

Und du hast gelitten, dachte sie mit einem Blick in sein verzweifeltes Gesicht, wie kein Mensch leiden sollte.

»Ich könnte dir nie ein Ehemann sein, Velvet, könnte nie Vater deiner Kinder sein. England ist ein zivilisiertes Land, und ich bin kein zivilisierter Mensch mehr.«

»Jason ...« Sie streckte die Hand nach ihm aus, er aber wich einen Schritt zurück.

»Velvet, gib mir eine Antwort. Wird es Balfour sein oder ich?«

O Gott ... ihr gesunder Menschenverstand riet ihr, vor Jason Sinclair so weit und so schnell davonzulaufen wie nur möglich. Er würde ihr mit Sicherheit wehtun. Schon jetzt zerriß sein Schmerz ihr das Herz, als wäre es ihr eigener.

Lauf davon! riet Velvet ihr Verstand. Ihr Herz aber flüsterte ihr die Worte zu, die sie schließlich aussprach. »Jason, ich wähle dich. Ich werde dich heiraten, wann du willst.«

Seine Düsternis verschwand. Unsicherheit trat an ihre Stelle. »Litchfield kann uns eine Sondergenehmigung verschaffen. In drei Tagen bist du Lady Hawkins. Und wenn die Woche um ist, wirst du eine reiche Frau sein.«

Eine reiche *verheiratete* Frau, dachte Velvet voller Bitterkeit. Verliebt in einen Mann, der ihre Liebe nicht erwiderte. Frau eines Mannes, der nie heiraten wollte und von vornherein die Absicht hatte, sie zu verlassen. Verheiratet mit einem Mann, der Gefahr lief, wegen Mordes am Galgen zu enden.

Sie versuchte ein Lächeln, doch in ihrem Inneren herrschte verzweifelte Leere.

Avery Sinclair saß vor der goldmarmorierten Wand von Lord Briarwoods elegantem Salon. Seine Jagdbeute Mary Stanton stand ein Stück weiter, in ein Gespräch mit einer ihrer Freundinnen vertieft, während ihr Blick einem hochgewachsenen Mann an der Terrassentür galt: Christian Sutherland, der stattliche Earl of Balfour.

Avery ballte unwillkürlich seine Hände zu Fäusten. Mary hatte Balfour von Anfang an sehr attraktiv gefunden und seine Werbung nur ihrem Vater zuliebe abgewiesen, der an einem Mann, den man den »wüsten Earl« nannte, wenig Gefallen fand. Zudem war Sir Wallace geradezu besessen von der Idee, seine Tochter als Duchess of Carlyle zu sehen.

Avery fixierte Mary, die es bemerkte und ihren Blick errötend von Balfour losriß. Blaß, bis auf den rosigen Hauch, der nun über ihre Wangen huschte, sah sie heute in ihrem weißen, mit eisblauen Rosetten verzierten Kleid bezaubernd aus. Das Gewand brachte ihre hellblauen Augen und das silbergoldene Haar sehr vorteilhaft zur Geltung. Es betonte die Aura der Unschuld, die sie umgab, und Avery spürte, wie ihm seine Hose zu eng wurde.

Er verschob seine Stellung im Stuhl ein wenig, um die Spannung zu erleichtern, und lächelte vor sich hin, als er an den Abend dachte, an das Vergnügen, das es bedeutete, Balfour seine Beute abzujagen. Er zog seine goldene Taschenuhr aus der Tasche seiner safrangelben Brokatweste und sah nach, wie spät es war. Als ein livrierter Diener mit einem Silbertablett den Raum betrat, lächelte er befriedigt. Der große, hagere Mann ließ seinen Blick suchend über die Gäste wandern und ging dann direkt auf Mary zu.

Zwanzig Minuten später saß sie Avery gegenüber in seiner eleganten schwarzen Karosse, auf dem Schoß eine Reisedecke. Ihr sanftes Schulmädchengesicht war gezeichnet von Sorge um ihren angeblich kranken Vater. Bislang hatte sein Plan perfekt geklappt.

Das Gefährt holperte über die letzte gepflasterte Straße der Stadt und gelangte auf die Landstraße. Marys leise verängstigte Stimme übertönte trotzdem das Räderrollen und das Klirren des Pferdegeschirrs.

»Ich verstehe das einfach nicht. Auch wenn mein Vater erkrankt ist, finde ich es sonderbar, daß er wünscht, ich solle mich an Sie wenden. Es ist für ihn sehr ungewöhnlich, Fremde in Familienangelegenheiten einzubeziehen. Ich kann mir nicht vorstellen, warum er es tut.«

»Meine Liebe, mich kann man ja wohl kaum als Fremden bezeichnen, da ich bald Ihr Gatte sein werde. Ich muß sagen, daß ich mich sehr geehrt fühle, weil Ihr Vater mich schon als Familienmitglied ansieht.«

Mary überlegte. »Das muß wohl so sein, aber wenn dem so ist, warum dann diese Geheimhaltung? Seine Nachricht war ganz sonderbar – ich sollte es außer Ihnen niemandem sagen.« Sie schüttelte den Kopf. »Und warum wünscht Vater, daß wir ohne Anstandsdame fahren?« Ihre Augen füllten sich mit Tränen. »Ich bin in so großer Sorge, Durchlaucht. Es muß etwas Schreckliches passiert sein. Eine andere Erklärung gibt es nicht für ein so ungewöhnliches Verhalten.«

Avery griff nach ihrer zitternden Hand und drückte sie beschwichtigend. »Meine Liebe, Sie dürfen sich diesen Sorgen nicht hingeben, sonst wird das alles zuviel für Sie. Bald werden wir den Gasthof erreichen, in den man Ihren Vater geschafft hat, und Sie werden erfahren, was sich wirklich zugetragen hat und wohin dies alles führt.«

Und genauso kam es auch.

Aber erst als sie ihr Ziel erreichten, eine kleine strohgedeckte Herberge an der Landstraße. Erst als sie in Sorge die Treppe zu dem Raum hinaufgeeilt war, in dem sie ihren erkrankten Vater vorzufinden glaubte.

Erst als Avery sie aufs Bett geworfen, ihr die Kleider vom Leib gerissen hatte und brutal in sie eingedrungen war. Inzwischen hatte sie ihre verzweifelte Gegenwehr aufgegeben und lag einfach da wie eine leblose Puppe, gegen Tränen des Schmerzes und der Demütigung ankämpfend, während er sich ächzend auf ihr abmühte.

Als er schließlich fertig war, zog er sein erschlafftes Glied zwischen ihren blutverschmierten Schenkeln hervor und verkündete ihr, daß sie am Morgen mit einer Sondergenehmigung getraut würden.

»Tut mir leid, meine Liebe«, sagte er ohne einen Funken Aufrichtigkeit, »aber du hast mir keine andere Wahl gelassen.« Sein befriedigtes Grinsen bereitete ihr Übelkeit. »Leider war meine Leidenschaft einer langen Verlobungszeit nicht gewachsen.« Mary hatte das Gefühl, sich im nächsten Moment übergeben zu müssen.

Sie schloß ihre vom Weinen geröteten Augen, um seinen Anblick nicht länger ertragen zu müssen, und lag steif und starr da, während er seine Breeches zuknöpfte und zur Tür ging, um mit größter Unbefangenheit hinaus auf den Gang zu treten.

Als sie sein gemeines Lachen auf der Treppe zum Schankraum hörte, wußte Mary, was ihr Vater nicht wußte – daß der Mann, den sie nun heiraten mußte, ganz anders war, als ihr Vater sich ihren zukünftigen Gemahl vorgestellt hatte.

In ihre Kissen schluchzend, wünschte Mary sich sehnlichst, sie hätte auf ihr Herz gehört, anstatt sich in ihre Pflicht als Tochter zu fügen. Sie wünschte sich, sie hätte einen Mann gewählt, den sie liebte und der ihre Liebe erwiderte und sie glücklich machen würde.

Lord Balfours gut geschnittenes Gesicht kam ihr in den Sinn. Sie hatte sich zu dem Earl vom ersten Augenblick an hingezogen gefühlt. Er war überaus liebenswürdig zu ihr gewesen und hatte mit umsichtiger Besorgnis auf die Sanftheit reagiert, die er in ihr ahnte. Er schien ihre innere Einsamkeit zu spüren, so wie sie seine spürte.

Aber ihr Vater hatte die Beziehung nicht gebilligt.

»Der Mann ist ein Wüstling«, hatte er eingewendet. »Ein Schuft der schlimmsten Sorte. Ein Mann wie er wird dir nur das Herz brechen, mein Kind. Du mußt darauf vertrauen, daß ich den Besten unter deinen Bewerbern wähle.«

Sie hatte ihn gewähren lassen, und er hatte sich für den Duke of Carlyle entschieden. Mary schluchzte noch heftiger in ihr Kissen und versuchte die blauen Flecken, die ihre helle Haut verunzierten, und den brennenden Schmerz zwischen ihren Beinen zu vergessen.

Ihr Vater hatte Carlyle gewählt.

Carlyle, dachte Mary, der schon übel wurde, wenn sie sich sein bleiches Gesicht nur vorstellte.

Es war ein Irrtum, für den sie den Rest ihres Lebens büßen würde.

Flache graue Wolken verdunkelten den Himmel. Ein Rabe krächzte im Geäst der Ulme vor dem Portal der kleinen Kirche am Stadtrand, in der Velvets Trauung stattgefunden hatte. Die kurze, wenig feierliche Zeremonie, von einem kleinen, kahlköpfigen Vikar vorgenommen, war vorüber. Auf den überdachten Stufen wirbelte ein heftiger Windstoß Laub vor Velvets silberdurchwirkte Röcke, als sie und Jason aus der Kirche traten und hinunterschritten.

Ich fühle mich nicht verheiratet, dachte sie. Ganz und gar nicht. Seit er sie von zu Hause abgeholt hatte, war Jason ihr mit höflicher Distanz begegnet, eine Haltung, die ihr klar zu verstehen gab, daß es nie eine richtige Ehe sein würde.

Sie wünschte, ihr Großvater hätte zugegen sein können, doch fühlte er sich neuerdings überhaupt nicht wohl. Natürlich hatte sie ihm ihre Heirat angekündigt und erklärt, sie hätte Lord Hawkins durch den Marquis of Litchfield kennengelernt. Sie hätten sich angefreundet, und Jason hätte sich zur Ehe bereiterklärt, um ihr zu helfen. Ihr Großvater hatte ihm überschwenglich gedankt und den Grund für Jasons Besuch sofort wieder vergessen.

Es spielte auch keine Rolle. In gewisser Weise kam ihr seine Vergeßlichkeit jetzt zugute. Da sich der Zustand ihres Großvaters zusehends verschlechterte und sie keine anderen männlichen Anverwandten hatte, war es ganz klar, daß Velvet einen Gatten brauchte, der sich ihrer Angelegenheiten annahm. Eine Heirat bot sich in ihrer schwierigen Situation als vernünftigste Lösung an.

Unter schweren Wimpern hervor blickte Velvet zu dem Mann auf, den sie geheiratet hatte, voller Bewunderung für seine männlichen Züge, die ihr nie markanter erschienen waren. Er war ein wahrhaft achtunggebietender Mann, einer, der über Macht und über eine ausgeprägte Persönlichkeit verfügte. Eine andere Frau hätte sich vielleicht vor der Gefahr, vor den finsteren Tiefen, die in ihm spürbar waren, gefürchtet. Velvet verstand selbst nicht, warum sie keine Angst hatte.

Als sie mit Litchfield, der als Zeuge fungiert hatte, aus dem überdachten Vorbau ins Freie traten, umfaßte Velvet Jasons Arm unwillkürlich fester. Er spürte, daß sie zitterte.

»Du frierst«, sagte Jason. Einen Moment innehaltend, legte er ihr ihren mit Atlas gefütterten Umhang um die Schultern. »Im Wagen wird es wärmer sein.«

In Wahrheit fror sie nicht, sondern mußte gegen das schreckliche Gewicht der Wahrheit ankämpfen, das auf ihr lastete, seit die Trauung vollzogen worden war. Sie war die Gemahlin Jason Sinclair Hawkins' – so stand es zumindest auf dem Trauschein. Er war ein wohlhabender entfernter Vetter der Havershams, dem in Northumberland ansässigen Zweig der Familie entstammend. Da sie einander seit Kindertagen kannten, war er unter den gegebenen Umständen eine ideale Partie.

Ob die Heirat legal war? Sie nahm an, daß es für ihren Zweck ausreichte. Sobald der Treuhandfonds Jason die Mitgift übereignet hatte, konnte niemand sie wieder zurückfordern. Wenn er nicht erkannt und festgenommen wurde, war es unwahrscheinlich, daß jemand die Ehe in Frage stellen würde, und mit der Zeit würde die Verbindung ohnehin annulliert werden, hatte ihr gegenwärtiger Ehemann angekündigt.

Der Gedanke weckte Beklemmung in ihrer Brust.

Jason half ihr über den eisernen Fußtritt in die Kutsche, dann stiegen er und Litchfield ein.

»Ich nehme an, jetzt wären Glückwünsche angebracht«, sagte der Marquis. Er war den ganzen Morgen über freundlich und umsichtig gewesen, ein ausgleichender Faktor zwischen ihrer Unsicherheit und Jasons brütender Mißstimmung, die sich mit jeder Stunde steigerte.

»Sehr komisch, Lucien«, sagte Jason, dessen Laune ebenso trüb wie der Tag war.

»Danke, Mylord«, sagte Velvet daraufhin zu Litchfield, nur um Jason zu trotzen.

Jason knurrte. »Diese Farce einer Ehe ist wohl kaum ein Grund zum Feiern. Je eher sie ihren Zweck erfüllt, desto günstiger für uns beide – sicher wird meine geliebte Frau mir zustimmen.«

Sie lächelte, nur um ihn zu reizen. »Ja, das tue ich. Die Heirat mit einem so übellaunigen Mann wie dir wäre für jede Frau eine Zumutung.«

Jason sah sie finster an. »Tut mir leid, wenn ich die Rolle des Jungvermählten nicht so gut verkörpere, wie du es dir wünschen magst. Das liegt vielleicht an der Tatsache, daß ich die Nacht allein verbringen werde, anstatt mit meiner schönen Braut das Bett zu teilen und mich in ihr so tief und oft zu verlieren, wie ich möchte.«

Velvets Wangen röteten sich vor Verlegenheit.

Litchfield, der ihr gegenüber saß, lächelte nur. »Ich hatte so eine Ahnung, daß dies der Grund für deine schlechte Laune ist.«

Jason nagelte ihn mit seinem Blick fest. »Ich kann nicht glauben, daß du in dieser Situation glücklicher wärest als ich.«

Der Marquis lachte leise auf. »Ich wäre kein solcher Narr wie du. Würde die Lady mein sein, verstünde es sich von selbst, daß sie die Hochzeitsnacht in meinem Bett verbringt.«

In Jasons Gesicht zuckte es, doch sagte er nichts mehr. Velvet hielt den Blick gesenkt, da ihr dieses Thema unangenehm war, von dem sie viel mehr wußte, als es am ersten Ehetag angebracht war. Das Geklirr des Pferdegeschirrs, begleitet vom Räderrollen, durchdrang die Stille im Wageninneren, während der Wagen über die staubige Straße stadteinwärts fuhr.

Velvet, deren gerötete Wangen noch immer ihre Verlegenheit verrieten, zwang sich zu einem ruhigen Ton. »Mylord, Sie haben sich noch nicht dazu geäußert, ob Sie nach Castle Running zurückkehren oder in Lord Litchfields Stadthaus bleiben wollen?«

In seinen Augen blitzte Spott auf. »Herzogin, ich dachte, du hättest es begriffen. Natürlich werde ich zu dir ziehen. Schließlich bin ich dein Vetter, gehöre also zur Familie. Wo sollte ein liebender Ehemann denn wohnen, wenn nicht bei seiner Frischangetrauten ... bis wir gemeinsam aufs Land ziehen können.«

»Aber ... aber, du hast eben gesagt, daß du allein schlafen wirst. Daß du nicht mit mir ins Bett gehen willst. Du hast gesagt ...«

Der spöttische Zug um seinen Mund verschwand, er verfiel wieder in düsteres Brüten. »Ich sagte nicht, daß ich nicht mit dir ins Bett möchte. Ich kann kaum meine Hände zügeln, seitdem du in den Wagen gestiegen bist. Ich sagte, ich *würde* nicht mit dir ins Bett gehen, weil ich keine richtige Ehe möchte. Die Tatsache, daß ich mit dir unter einem Dach leben muß, ist für mich eine Strafe des Himmels.«

Zum erstenmal an diesem Tag ließ das dumpfe Pochen in ihrer Brust nach. Eine Weile schwieg sie. Sie hatte ihn mißverstanden. Jason begehrte sie immer noch. *Sie*, Velvet Moran. Er brauchte nicht nur irgendeine Frau fürs Bett, nein, er begehrte *sie* und war deshalb so aufgebracht. Und jetzt, da er es ausgesprochen hatte, wurde ihr klar, daß es die ganze Zeit über in seinen Augen gelegen hatte. Unter seiner Unsicherheit, die ihn die letzten drei Tage erfüllt hatte. Unter Reue und Schmerz. Dieses Wissen gab einer Hoffnung Auftrieb, die zuvor nicht vorhanden gewesen war.

»Warum bleibst du dann bei mir, wenn du es nicht willst?«

»Weil deine Schnüffelei und deine Fragen Averys Interesse geweckt haben. Jemand beschattet dich und beobachtet das Stadthaus, wenn du da bist.«

»Ausgeschlossen ... er kann es nicht entdeckt haben. Bist du sicher?«

»Ja, Mylady, ich bin sicher. In den letzten acht Jahren habe ich viel gelernt, unter anderem auch die Kunst des Überlebens. Dazu gehört, daß man weiß, wenn man beobachtet wird – und den Grund herausfindet.«

»Du lieber Gott ...«

»Genau.«

Litchfield sagte nichts, sein Blick aber verriet, daß er Jasons Meinung war.

»Wenn du sicher bist, daß das Haus beobachtet wird, kannst du dort nicht bleiben. Der Spitzel könnte Avery deine Anwesenheit verraten.«

»Er wird nur Jason Hawkins sehen, da Jason Sinclair tot ist. Avery hat keinen Grund zu argwöhnen, ich könnte noch am Leben sein. Er hat auch keinen Grund anzunehmen, dein Interesse entspränge einem anderen Grund als purer Neugierde. Aber leider ist sogar diese schon zuviel. Mein lieber Bruder wird deine Einmischung nicht dulden. Es muß also jemand im Haus sein und für deine Sicherheit sorgen.«

Velvet widersprach nicht. Blieb Jason in ihrer Nähe, bestand Hoffnung, ihn umzustimmen und für sich einzunehmen. Sie konnte ihm helfen, seinen Namen von jedem Verdacht reinzuwaschen, und wenn sie es schaffte, daß er am Leben blieb, konnte sie ihn vielleicht sogar dazu bringen, daß er bei ihr blieb.

15

Lucien Montaine rutschte über den abgenutzten Ledersitz der Mietdroschke ein Stück weiter, damit Jason einsteigen konnte. Neben der Tür des Stadthauses der Havershams am Berkeley Square brannte Licht. Lucien sah Velvet neben den schweren Vorhängen an einem Fenster stehen.

Jason, der seinen Mantel enger um sich zog, nahm den Sitz ihm gegenüber ein. »Ein richtiges Hundswetter«, sagte er.

»Kälte und Regen werden heute manchen abhalten, vor die Tür zu gehen ...«

Luciens Blick glitt zurück zu dem Fenster, als die Droschke losfuhr. »Das mag stimmen. Aber eigentlich hätte ich erwartet, deine Gemahlin würde dich zumindest an den Wagen bringen.«

Jason ließ ein Knurren hören. »Der kleine Teufelsbraten wollte sogar als Junge verkleidet vor der Kneipe warten. Sie sagte, sie wolle uns warnen, falls plötzlich Schwierigkeiten auftauchten, oder im Ernstfall Hilfe holen.« Er schüttelte den Kopf mit dem braunen Haar, das in dieser Beleuchtung fast ebenso dunkel wirkte wie das Luciens. »Ist das zu fassen?«

Lucien lehnte sich auflachend zurück. »Für mich schon. Aber ich kann mir vorstellen, wie du darauf reagiert hast.«

Jason seufzte. »Die Frau macht einem ganz schön zu schaffen.«

»Nicht nur schön zu schaffen – sie ist auch schön.«

»Komm mir nicht damit. Wenn noch ein Funken Mitgefühl in dir wäre, würdest du mich nicht daran erinnern. Ich verzehre mich nach dem kleinen Biest.«

Lucien beschränkte sich auf ein Lächeln und schwieg. Die Umstände hatten die beiden zusammengeführt. Nun lag es am Schicksal und an Velvet Moran, ob die Ehe von Bestand sein würde.

Jason starrte aus dem Fenster. »Verdammt, hoffentlich läßt sich dieser Foote vom Geld verlocken und kommt zu unserem Treffen.«

»Keine Angst. Ein Mann wie Foote kann Goldguineen nicht widerstehen.«

Jason sagte nun nichts mehr, und der Rest der Fahrt verlief stumm. Dichter Nebel hatte sich über die Stadt gelegt und die Bettler von den Straßen vertrieben. Vor der Bierkneipe im

Bell Yard angekommen, bezahlten sie den Kutscher, damit er wartete. Dann stiegen sie aus, querten die mit Unrat übersäte Straße und betraten das schmutzige Innere.

In der Kneipe, die so verräuchert und düster wie immer war, stank es heute nicht ganz so erbärmlich wie das letzte Mal, da sich weniger Gäste in dem Raum mit den rohen Holzwänden eingefunden hatten.

»Hallo, mein Freund.« Gracie, die vollbusige Schankmaid, machte sich augenzwinkernd an Jason heran. »Ich fragte mich schon, ob du dein Wort halten würdest.«

Sein Lächeln war gezwungen. »Ich sagte, wir würden um Mitternacht da sein. Es fehlen noch zehn Minuten. Ist Foote gekommen?«

»Ja. Er wartet dort drüben in der Ecke.« Sie wies mit dem Kopf in die Richtung, und Jasons Blick folgte ihrer Bewegung.

Merkwürdig, der grobschlächtige Bursche war ihm aus seiner Zeit im Kerker tatsächlich in Erinnerung geblieben: groß und breitschultrig, mit dunkler, grobporiger Haut, die noch zusätzlich von Pockennarben entstellt war. Vor acht Jahren hatte er darauf geachtet, ihm nicht in die Quere zu kommen. Offensichtlich hatte er gut daran getan.

«'n Abend, Leute.« Foote stand auf, als sie näher kamen. »Hab' gehört, daß ihr mich sucht.«

»Das stimmt«, sagte Lucien. Sie ließen sich auf rohen Bänken um den Tisch nieder. »Du hast Informationen, die wir dir abkaufen möchten. Es wird sich für dich lohnen.«

Foote beäugte sie mißtrauisch. »Und ich dachte, ihr hättet einen Job, den ich für euch erledigen soll.«

»Der Job wurde schon erledigt«, erwiderte Jason. »Vor acht Jahren. Wir möchten jetzt wissen, wer dich dafür bezahlt hat?«

Der Blick des Mannes huschte argwöhnisch von einem zum anderen. »Freunde, ich … ich weiß nicht, wovon die Rede ist.«

»Newgate«, sagte Jason. »Dort war ein Aristokrat unter Mordverdacht in Haft. Er hieß Jason Sinclair.«

Die Luft entwich zischend aus der Lücke zwischen Footes Schneidezähnen. »Carlyle. Ihr meint den jungen Herzog.«

»Das ist der Mann«, sagte Lucien. »Wir wollen wissen, wer dich bezahlt hat, damit du ihn umbringst.«

Die Bank scharrte auf dem Boden, als Foote mit einem Ruck aufsprang. Jason packte die Schulter des Mannes und drückte ihn auf seinen Sitz zurück. Eine Pistolenmündung bohrte sich zwischen Footes Rippen.

»Ganz ruhig«, warnte ihn Jason. »Wir sind nicht hinter dir her. Sag uns, was wir wissen wollen, und du kommst ungeschoren davon.«

Jeder einzelne Muskel in Footes Körper spannte sich unter Jasons Hand. Einige Sekunden, die sich endlos dehnten, sagte er nichts. Er saß nur da und schätzte Härte und Format seines Gegners ab. Dann zog er die mächtigen Schultern in die Höhe.

»Tja, ich nehme an, es spielt keine große Rolle mehr. Man ist ohnehin hinter mir her. Ein Mord mehr oder weniger macht nicht viel aus.«

»Wer war es?« drängte Jason. »Wer hat dich bezahlt, damit du Jason Sinclair tötest?«

Foote stieß einen knurrenden Laut aus. »Ob du es glaubst oder nicht, es war der Bruder dieses armen Teufels. Der zahlte mir ein Vermögen dafür, daß ich den jungen Herzog um die Ecke brachte.«

»Du sprichst von Avery Sinclair«, warf Lucien ein, um sicherzustellen, daß es sich um keinen Irrtum handelte. »Dem gegenwärtigen Duke of Carlyle.«

»Das ist der Kerl. Ein Schurke, wie er im Buch steht. Aber wenn ihr glaubt, ich sage das auch bei der Polizei aus, habt ihr euch gründlich getäuscht. Daß ich baumeln muß, war nicht abgemacht.« Er grinste boshaft. »Und jetzt her mit dem Zaster, und ich verschwinde.«

»Noch nicht ganz.« Jason drückte den Pistolenlauf fester gegen Footes Rippen, während Lucien einen zusammengefalteten Papierbogen aus der Innentasche seines Frackrocks holte. Sie hatten Footes Widerstreben vorausgesehen. Er würde seine Tat natürlich nur dann eingestehen, wenn dies keine Konsequenzen für ihn nach sich zog.

»Sicher kannst du nicht lesen«, sagte Lucien.

Foote überraschte sie mit einem amüsierten Auflachen. »Ob ihr es glaubt oder nicht, ich war Lehrer, ehe ich das Gaunerhandwerk lernte.«

Jason war schon aufgefallen, daß seine Sprache ganz passabel war. Irgendein Zeichen, vor einem Zeugen aufs Papier geworfen, hätte ihnen gereicht. Eine richtige Unterschrift war ein unerwarteter Pluspunkt.

»Dann kannst du auch sehen, daß dieses Dokument nicht mehr besagt, als das, was du bereits gestanden hast«, fuhr Jason fort. »Avery Sinclair hat dich dafür bezahlt, daß du seinen Bruder während dessen Haft aus dem Weg schaffst.«

Foote überflog das Geschriebene. »Ja, das steht hier.«

Jason stieß ihn mit der Pistole an. »Unterschreibe, und du bekommst das Gold und kannst verschwinden. Wenn du dich weigerst, schleppen wir dich zur Polizei, und dann wirst du in jedem Fall baumeln, ob du den Mord gestehst oder nicht.«

Ohne Footes Antwort abzuwarten, winkte Jason Gracie an den Tisch. »Bring uns Federkiel und Tinte.« Er warf ihr eine Münze zu, und sie eilte hüftschwenkend davon, um mit Feder und Tintenflasche wiederzukommen. Auf Jasons Drängen hin blieb sie stehen, um mitanzusehen, wie Footes mächtige Gestalt sich über das Papier beugte und er mit grober Hand die Unterschrift hinmalte.

Jason ließ die Tinte trocknen, ehe er das Papier zusammenfaltete und es wieder in seine Tasche verstaute. An sich bedeutete das Dokument nicht viel, das Wort eines Mörders, nicht ausreichend, um Avery endgültig zu überführen. Aber zusammen mit den in Averys Safe aufgefundenen Schriftstücken war es mehr, als sie sich erträumt hatten.

»Mein Lieber, ich schlage vor, daß du London den Rücken kehrst und verschwindest ... möglichst weit weg«, warf Lucien ein, während Jason dem Mann einen kleinen Beutel voller Münzen zuschob.

»Die verdammte Stadt hat mir nie gefallen«, knurrte Foote.

»Sie wird dir noch viel weniger gefallen«, warnte Jason ihn, »falls sich unsere Wege jemals wieder kreuzen sollten. Es behagt mir gar nicht, daß ich einen Mörder mit Gold entlohne.«

Foote sah ihn finster und zähneknirschend an, widersprach aber nicht. Was er in Jasons Zügen las, gab ihm zu verstehen, daß er einen Mann vor sich hatte, der ebenso gerissen und hart war wie er.

Foote verließ den Schankraum, und Litchfield und Jason taten es ihm wenig später gleich. Sie bestiegen ihre Droschke und lehnten sich erleichtert gegen die harte Lederpolsterung, als plötzlich aus einer dunklen Ecke eine Stimme an ihre Ohren drang.

»Mylord, ich bin glücklich, Sie und Litchfield wohlbehalten wiederzusehen. Ich war schon in Sorge, weil ich glaubte, es hätte Ärger gegeben.«

Jason drehte verblüfft den Kopf in Velvets Richtung. In ihm kämpften Zorn mit Erschrecken. »Du bist es, mein reizender kleiner Satansbraten, der heute noch Ärger bekommen wird.« Er klopfte gegen das Dach des Wagens. »Kutscher – auf schnellstem Weg nach Hause!«

Die Kapuze ihres Umhangs zurückwerfend, ging Velvet hocherhobenen Hauptes Jason in den Salon voraus. Sie drehte sich um, als er die schweren Türflügel hinter sich zuwarf.

»Um Himmels willen, was hast du dir dabei gedacht?« hielt er ihr mit einem resignierten Seufzen vor. »Bell Yard liegt im verrufensten Teil der Stadt. Eine Frau, die sich allein dorthin wagt – ich kann es nicht fassen, daß du so verrückt sein konntest, uns zu folgen.«

»Das hat nichts mit Verrücktheit zu tun. Dieser Foote, mit dem ihr euch getroffen habt, ist ein gefährlicher Bursche. Ich dachte, es wäre am vernünftigsten, wenn jemand vor der Tür Posten bezieht und euch im Notfall warnt.«

»Am vernünftigsten! Wenn einer dieser verkommenen Typen geahnt hätte, daß du eine Frau bist …«

»Ich rief eine Droschke, als ihr losgefahren wart, und wies den Kutscher an, euch zu folgen. Ich stieg ein und blieb außer Sicht. Vor der Kneipe angekommen, schickte der Kutscher eure Droschke fort. Ich beschränkte mich darauf zu beobachten und zu warten. Es zeigte sich, daß mein Beistand nicht nötig war. Wäre es anders gekommen, ihr hättet gestaunt, wie nützlich ich sein kann.«

Jason stieß einen leisen Fluch aus. »Velvet Moran, du hast den Verstand verloren.«

Sie warf ihren nassen Umhang über einen Sessel. »Velvet Sinclair … Hawkins«, berichtigte sie ihn halblaut.

In Jasons Augen flammte es auf. Er packte sie an den Armen und zog sie so dicht an sich, daß sie sah, wie lang seine geschwungenen dichten schwarzen Wimpern waren. »Velvet, ich bin ein Mann. Du bist eine Frau. Ich bin doppelt so groß und mehr als doppelt so stark. Ob du es glaubst oder nicht, ich komme ohne fremde Hilfe zurecht, die ganzen vergangenen acht Jahre schon.« Er schüttelte sie. »Begreifst du denn nicht – ich möchte dir nicht wehtun!«

Velvet, die nichts darauf sagte, starrte in seine blitzenden blauen Augen. Als er sie losließ, setzte sie ihn in Erstaunen, indem sie noch näher an ihn heranrückte, anstatt zurückzuweichen. Ihre Arme um seinen Nacken schlingend, stellte sie sich auf die Zehenspitzen und drückte ihre Wange an sein Gesicht.

»Jason, ich möchte dir auch nicht wehtun. Deshalb bin ich dir zum Bell Yard gefolgt.«

Sie spürte, wie sich seine Muskeln anspannten, und glaubte schon, er würde sie von sich stoßen, doch drückte er sie mit einem kehligen Laut an sich. »Ich verstehe dich nicht. Du bist anders als sämtliche anderen Frauen, denen ich je begegnete.«

Velvet, die keine Antwort gab, drückte sich noch enger an ihn und preßte sich an seine Brust, seine männliche Stärke und Kraft fühlend. Seine Kleider rochen nach Regen und nach einem Hauch von Rauch aus der Kneipe. Sie klammerte sich an ihn und spürte sein Herz an ihrem Busen schlagen, spürte auch, wie dessen stetiger Schlag schneller wurde, dann die Wölbung seiner Begierde, die hart wie Eisen gegen sie drückte.

Begehren erfaßte auch sie, heiß und verlockend. Sie erkannte dieses Gefühl als das, was es war. Als sie einen zärtlichen Kuß seitlich auf seinen Nacken drückte, schmeckte sie ein wenig Salz und die Wärme seiner Haut. Ihre Lippen glitten zum Rand seines Ohres, und ihn durchlief ein Beben. Sie knabberte zärtlich an seinem Ohrläppchen, um dann die pochende Stelle an seiner Kehle zu küssen.

Jason stöhnte. Er strich über ihren Rücken, umschlang ihre

Taille und zog sie noch näher an sich heran. Dann küßte er ihre Kehle, ihre Wangen, um sodann ihre Lippen in einem glühenden Kuß in Besitz zu nehmen, der ihr den Atem raubte und dessen Leidenschaft sie zu versengen drohte. Sie verspürte am ganzen Körper ein wundervolles Prickeln. Feuchte Hitze pulsierte zwischen ihren Beinen. Ihre Brüste wurden prall, die Brustspitzen so steif, daß sie sich am Stoff ihres Hemdes unter ihrem Kleid rieben. Sie wollte, daß er sie berührte und das Verlangen stillte, das sie schier verzehrte. Sie wollte, daß er sie liebte.

Mit bebenden Fingern knöpfte sie sein Hemd auf, ließ ihre Finger unter den Stoff gleiten, fühlte die harten Muskeln, griff in das gelockte braune Brusthaar.

Er ließ einen kehligen Laut hören. Seine großen, warmen Hände fuhren über ihr Mieder, griffen in den Ausschnitt, hoben eine Brust heraus und streichelten sie. Er küßte sie gierig, und seine Zunge ging auf Wanderschaft, bis sich kleine Hitzewirbel in ihr stauten. Als seine Finger sanft eine Brustspitze reizten, wurde sie von wohliger Schwäche übermannt.

»Jason …«, hauchte sie. »O Gott …«

Die Hand auf ihrer Brust hielt inne. Er atmete schwer, als er sich losriß.

»Verdammt!« Ihre Arme festhaltend, schob er sie von sich, als stelle sie eine Gefahr dar. »Was glaubst du eigentlich, daß du da tust?«

»Ich … ich habe dich geküßt. Und es schien dir zu gefallen. Ein einziger kleiner Kuß …«

»Ein einziger kleiner Kuß! In fünf Minuten hätte ich dich auf den Boden gelegt. Ich hätte deine Röcke hinaufgeschoben und meine Hose aufgeknöpft. Ich wäre in dir versunken, so tief und fest wie nur möglich, ohne Rücksicht auf irgendwelche verdammten Konsequenzen.«

Obschon hochrot vor Verlegenheit, reckte Velvet trotzig ihr Kinn. Zwischen ihren Beinen war ein drängendes Pochen spürbar, und ihre Brüste reagierten überempfindlich. »Es ist ja nicht so, als wäre es noch nicht passiert. Und jetzt sind wir zumindest verheiratet.«

»Sind wir nicht! Ich machte von Anfang an klar, daß es sich nur um eine zeitlich begrenzte Vereinbarung handelt. Ich will keine Ehefrau – ich bin nicht zum Ehemann geschaffen –, jetzt nicht, niemals.«

Ungeachtet der Hitze, die noch immer in ihr glühte, blieb Velvets Blick an seinem Gesicht haften. »Ich bin sicher, daß du einen guten Ehemann abgeben würdest, Jason.«

Er schüttelte den Kopf. »Du verstehst das nicht.« Er wendete sich ab und sagte leise und schroff: »Es ist schon spät. Höchste Zeit, daß du dich zurückziehst.«

Ihr Herz schlug heftig, und ihr Verlangen, ihn zu berühren, war übermächtig. Sie wollte nicht gehen, sie wollte vielmehr, daß er sie von neuem küßte. Aber ein Blick in seine verschlossenen Züge sagte ihr, daß es am klügsten war, ihn in Ruhe zu lassen.

»Gute Nacht, Jason«, sagte sie verhalten.

Seine Reaktion war ein knappes Nicken und ein finsterer Blick.

Erst Stunden später hörte sie seine Schritte, als er sein Zimmer, das neben ihrem lag, betrat. Nun erst fielen ihr die Augen zu, und sie konnte endlich einschlafen.

Velvet schritt in einem hellgrünen Kleid mit üppiger weißer Spitzenverzierung auf dem Weg ins Frühstückszimmer die Treppe hinunter. Ganz unerwartet schlug ihr beim Eintreten lautes Gelächter entgegen, das heiser krächzende ihres Großvaters und das tiefe, wohlklingende Jasons, in ihren Ohren angenehme und glückverheißende Laute, die sie heiter stimmten.

»Guten Morgen, meine Liebe.« Ihr Großvater begrüßte sie lächelnd. Beide Herren standen bei ihrem Eintreten auf. »Dein Mann und ich unterhalten einander mit Geschichten aus unserer Zeit in Oxford. Manches ändert sich nie, unter anderem die Universität.« Er ließ ein amüsiertes Auflachen folgen. »Mein alter Klassenkamerad Shorty James war in meiner Studentenzeit mein bester Freund. Als Jason in Oxford studierte, war mein Freund schon Rektor und wurde nur noch hinter seinem Rücken Shorty genannt.«

Velvet lächelte Jason zu, und er erwiderte ihr Lächeln. Für ihren Großvater war es immer eine große Freude, wenn er in Erinnerungen schwelgen durfte, da die Gegenwart für ihn äußerst problematisch war. Offenbar hatte Jason diese Tatsache erkannt und das Gespräch auf ein Thema gelenkt, das dem alten Herrn lieb war. Sein Verständnis erfüllte Velvets Herz mit Dankbarkeit.

Sie beobachtete die beiden unter gesenkten Wimpern hervor und registrierte, wie unbefangen sie bereits miteinander umgingen. Wenn sie nicht nur eine Scheinehe geführt hätten, wenn sie wirklich die Familie hätten sein können, die sie zu sein vorgaben. Schmerzliche Sehnsucht regte sich in ihr, die Velvet sofort in ihre Schranken wies. Sie gestattete sich nur selten, an Jason als ihren Mann zu denken, damit der Kummer bei seinem Abschied nicht unerträglich sein würde.

Ein leises Klopfen ertönte. Der schwarzgekleidete Butler erschien in der Tür. »Lord Litchfield macht überraschend seine Aufwartung und möchte Lord Hawkins sprechen. Ich habe ihn in den Salon gebeten.«

»Danke, Snead«, sagte Jason. Er wandte sich an Velvet und den alten Earl. »Wenn ihr beide mich entschuldigen wollt …«

»Aber gewiß doch«, gab ihr Großvater zurück, Velvet aber stand auf und folgte ihm den Korridor entlang.

Sie holte ihn vor der Tür zum Salon ein und hielt ihn auf, indem sie ihre Hand auf seinen Arm legte. »Ich bin deine Frau, Jason – zumindest bis du fortgehst. Was Litchfield zu sagen hat, betrifft mich ebenso wie dich.«

Er wollte widersprechen, hatte aber in ihren Worten wohl ein Körnchen Wahrheit entdeckt, da er statt dessen mit einer leichten Verbeugung sagte: »Wie Mylady meinen.«

Litchfield, der bei ihrem Eintreten vor dem Kamin stand, sah ihnen mit finsterer Gewittermiene entgegen, die ahnen ließ, wie es um seine Stimmung bestellt war.

»Was ist?« Jason schloß die schwere Tür, um sicherzugehen, daß sie ungestört blieben.

Der Marquis sah Velvet an, die er nicht erwartet hatte, zögerte jedoch keinen Moment. »Es handelt sich leider um Avery. Offenbar hat er Mary Stanton geheiratet und soll nun über enorme Einkünfte verfügen.«

»Du lieber Himmel … arme Mary«, entfuhr es Velvet.

»So ist es«, sagte Litchfield darauf.

»Ich hatte gehofft, ihre Verlobung – falls sie nicht nur auf Gerüchten beruhte – würde lange genug dauern, damit sie die Wahrheit über ihn entdeckte.«

Litchfield furchte die Stirn so stark, daß seine schwarzen Brauen sich zusammenzogen. »Es handelt sich angeblich um eine Liebesehe. Das Paar soll so leidenschaftlich füreinander entbrannt sein, daß es heimlich in Abwesenheit von Marys Vater heiratete. Ich wies unseren Mann Barnstable an, der Sache auf den Grund zu gehen, und er behauptet nun, Mary Stanton sei zur Ehe gezwungen worden. Man hätte Mary von der Hausparty der Briarwoods unter dem Vorwand weggelockt, ihr Vater wäre erkrankt.«

»Das klingt ganz nach Avery«, sagte Jason finster. »Er schreckt vor nichts zurück, um an das dringend benötigte Geld heranzukommen.«

»Das muß ja grauenvoll für Mary gewesen sein.«

Jason sah Velvet an. »Sosehr ich Mary Stanton bedaure, bin ich doch froh, daß nicht du an ihrer Stelle bist.«

Velvet, die gar nicht erstaunter hätte sein können, verschlug es die Sprache. Der Anflug von Beschützerinstinkt in seinem Blick weckte in ihr einen süßen Hoffnungsschimmer.

Litchfield zog ein verärgertes Gesicht. »War Avery schon bislang ein gefährlicher Widersacher, so ist er jetzt mindestens doppelt so gefährlich, da er die Rückendeckung seines einflußreichen Schwiegervaters genießt und wieder über Vermögen verfügt.«

»Wir müssen unseren Zeitplan raffen«, sagte Jason.

»Du sprichst von Celia«, meinte Lucien.

Jason nickte. »Unter anderem. Seit es sich herumgesprochen hat, daß Velvet heiratete, sind mindestens ein Dutzend Einladungen eingetroffen. Alle Welt möchte den Glücklichen kennenlernen, der die Haversham-Erbin bekommen hat. Wir können der Gesellschaft nicht länger ausweichen, wenn wir den Lästerzungen nicht noch mehr Grund für Klatsch liefern wollen. Und Avery wird der Allerneugierigste sein. Als erstes müssen wir einen Ausweg aus diesem Problem finden und dann die Suche nach Beweisen gegen ihn fortsetzen.«

Velvet nagte an ihrer Unterlippe. »Du hättest mich nicht heiraten sollen. Dein Leben, das schon vorher in Gefahr war, ist jetzt noch viel gefährdeter.«

Jason schüttelte den Kopf. »Das macht keinen Unterschied. Es ist bereits alles unternommen worden, damit deine Mitgift verfügbar ist. Sobald ich das Geld habe, lasse ich es auf deinen Namen überschreiben. Meine Schuld wird bald beglichen sein.«

Velvet drückte es fast das Herz ab. Eine Schuld, die es zu begleichen galt. Der Preis für ihre Unschuld. Sie wußte, daß er dieser Meinung war, und doch schmerzte es sie, als sie es ihn aussprechen hörte.

»Aber vorher möchte ich Barnstable sprechen und hören, was er herausgefunden hat«, sagte Jason.

Velvet hoffte, der Detektiv hätte tatsächlich etwas gefunden, das ihnen weiterhelfen würde. Da Avery Sinclair ein Mensch von ausgeprägter Bösartigkeit war, wuchs mit jedem Tag, den Jason länger in England blieb, die Gefahr seiner Entdeckung. Und wenn man ihn faßte, würde er am Galgen enden. Es mußte rasch ein Weg gefunden werden, seine Unschuld zu beweisen. Velvet gelobte sich, daß sie ihn finden würde. Erst wenn sie es geschafft hatte, würde er seines Lebens wieder sicher sein.

Sie beachtete den Stich nicht, den sie verspürte, als ihr einfiel, daß er aus ihrem Leben verschwinden würde, sobald er rehabilitiert war.

Christian Sutherland, Earl of Balfour, lehnte an der Terrassentür. Vor einer Stunde war Velvet Moran, die ihren entfernten Vetter aus Northumberland geheiratet hatte, auf der von zahlreichen Gästen besuchten Soiree eingetroffen. Sie befand sich in Begleitung Lucien Montaines und Lord und Lady Briarwoods, mit denen sie neuerdings eine enge Freundschaft verband.

Velvet hatte Christian natürlich Nachricht zukommen lassen, einen Brief, der ihn einen Tag nach ihrer Hochzeit von dem Ereignis in Kenntnis setzte. Darin erklärte sie, daß sie schon seit langem in ihren Vetter verliebt gewesen sei, aber nicht erwartet hätte, daß er ihr einen Antrag machen würde. Sie bat ihn in dieser Herzensangelegenheit um Verständnis und gab ihrer Hoffnung Ausdruck, sie könnten gute Freunde bleiben.

Christian, der sie beobachtete, sah, wie sie lächelnd stehenblieb, um sich mit der Countess of Brookhurst zu unterhalten. Daß ihr Mann ein in sich gekehrter Bücherwurm sein sollte, der seine Studien den geselligen Freuden der eleganten Welt vorzog, hatte ihn sehr verwundert. Aber nur Geduld, hatte sie geschrieben – mit gespielter Launigkeit, wie Christian zu spüren glaubte –, sie und Lord Hawkins planten zur Feier ihrer Verehelichung in allernächster Zukunft eine große Festlichkeit. Bei diesem Anlaß würden ihre Freunde Gelegenheit haben, ihren menschenscheuen Ehemann kennenzulernen.

Er hatte ihr natürlich seine aufrichtigen Glückwünsche übermittelt. Wenn Velvet glücklich war, freute er sich für sie. Was Ehekandidatinnen im allgemeinen betraf, wurmte es ihn allerdings sehr, daß die ersten beiden Schönen, denen er sich mit Heiratsabsichten genähert hatte, ihm einen Korb verpaßt hatten.

Es war ein Gedanke, der bewirkte, daß Christians Blick ans andere Ende des überfüllten Salons wanderte. Ihre Durchlaucht, Mary Sinclair, Duchess of Carlyle, stand geisterhaft bleich neben der schlanken Gestalt ihres lächelnden blonden Gemahls. Herausgeputzt wie ein Pfau präsentierte er sich heute in seinem goldbetreßten, königsblauen Frackjackett, das mit Perlen und Brillanten übersät war. Mit seiner protzigen Aufmachung, die ein Vermögen gekostet haben mußte, wollte er wohl vor aller Welt Reichtum und Macht zur Schau stellen, die er seit der Heirat mit Mary Stanton wieder besaß.

Aber was war nur mit Mary los? Christian hätte sie selbst gern geheiratet, da er ihr vom Augenblick ihrer ersten Begegnung an zugetan war. Als er sie nun bleich und verloren dastehen sah, regte sich in seiner Brust ein unerwartetes Mitgefühl.

Er fragte sich, ob die Gerüchte, die er bislang als böswillige Erfindungen abgetan hatte, nicht doch auf Wahrheit beruhten. Es sollte sich angeblich um keine Liebesheirat handeln, ganz im Gegenteil, Mary hätte den Herzog gegen ihren Willen und unter Zwang geheelicht.

Unwillkürlich ballte er die Fäuste. Mary Stanton hätte einen Mann gebraucht, dem sie vertrauen konnte. Und er hatte sich sehnlichst gewünscht, dieser Mann zu sein. Wie klein und zerbrechlich sie neben Carlyle wirkte ... Christian drehte sich um und ging hinaus auf die Terrasse.

Es war schon spät. Velvet hatte das Gefühl, ihr Gesicht sei zu einer Maske erstarrt, nachdem sie den ganzen Abend gelächelt und endlose Glückwünsche entgegengenommen hatte. Bis zu diesem Moment hatte sie alles klaglos ertragen und die Fröhliche und Unbekümmerte gespielt, da sie entschlossen war, wenigstens *etwas*, und sei es noch so geringfügig, zu entdecken, das für Jason von Bedeutung sein konnte.

Unter einem funkelnden Lüster am Ende des Gold-Salons stehend, lachte sie über eine gewagte Bemerkung, die ihre Gesprächspartnerin, die schöne schwarzhaarige Countess of Brookhurst, ihr hinter ihrem handgemalten Fächer zugeflüstert hatte, eine Andeutung, daß der junge Baron Densmore gebaut sei wie ein schottischer Bulle und über entsprechende Ausdauer im Bett verfüge. Als diese Bemerkung Velvet erröten ließ, hoffte sie inständig, die Countess würde es nicht bemerken.

Seit ihrer ersten Begegnung in Carlyle Hall hatte sie Celia Rollins Fährte aufgenommen. Immer wenn sie ins Gespräch gekommen waren und Velvet vorsichtig Freundschaftsfühler ausstreckte, war Lady Brookhursts Interesse gewachsen.

Velvet belachte die nächste lüsterne Bosheit Celias, eine Beschreibung von Lord Whitmores männlicher Anatomie, die mit jener einer geschrumpften Kröte verglichen wurde.

»Mylady, Ihre Bemerkungen sind köstlich und boshaft«, sagte Velvet, die sich fragte, ob Jason diese Seite Celias jemals kennengelernt hatte. Sie bezweifelte es. Lady Brookhurst verstand es meisterhaft, einen Mann zu bezaubern und zu betören, während sie geschickt verbarg, wie tief sie in ihrer Verkommenheit gesunken war.

»Meine Liebe«, sagte Celia nun, »es ist an der Zeit, daß die Förmlichkeiten zwischen uns ein Ende haben. Von nun an sollst du mich Celia nennen, und du bist für mich Velvet.«

Velvet zwang sich wieder zu einem Lächeln. »Ich bin entzückt … Celia.«

Die Countess beugte sich näher zu ihr. »Ich kann die meisten Frauen nicht ausstehen. Aber hin und wieder begegne ich einer, die weiß, worauf es ankommt. Das habe ich in dir gespürt, Velvet. Du bist entschlossen, so zu leben, wie es dir beliebt. Deinen Gemahl kenne ich nicht, aber wen immer du geheiratet hast, eine Frau von deiner leidenschaftlichen Natur wird sich nur mit dem feurigsten Liebhaber zufriedengeben.« Ihre dichten schwarzen Wimpern senkten sich betörend. In dem Blick, den sie Velvet im nächsten Moment zuwarf, lag etwas Verführerisches, das diese plötzlich unsicher machte. »Noch etwas, das uns gemeinsam ist.«

Velvet nickte zustimmend, obwohl sich zum erstenmal ihr Argwohn meldete. Sie hatte sich unter Vorbehalt mit einer Frau angefreundet, die behauptete, männliche Gesellschaft vorzuziehen. Sonderbar, aber eben hätte Velvet schwören mögen, daß Celia sie mit demselben schwülen Blick angesehen hatte, den sie ansonsten für ihre ahnungslosen männlichen Opfer bereithielt. Aber vielleicht hatte sie sich das auch nur eingebildet. Bestimmt beruhte das Geflüster über Frauen, die andere Frauen liebten, nicht auf Wahrheit ... aber plötzlich war sie dessen nicht mehr so sicher.

Celia warf einen Blick über ihre weiße Schulter. »Mein Begleiter, der Baron, kommt auf uns zu. Ich glaube, er hat mit mir Pläne, die mich für den Rest des Abends beanspruchen werden.« Sie bedachte den jungen Mann mit einem einladenden Lächeln und wendete ihre Aufmerksamkeit wieder Velvet zu.

»Du mußt zum Tee kommen«, sagte die Countess mit betörendem Augenaufschlag.

»Kommenden Donnerstag vielleicht?« Sie lächelte. »Ich verspreche dir den saftigsten Klatsch über die überstürzte Heirat deines Ex-Verlobten mit Mary Stanton. Du kannst damit rechnen, jedes unappetitliche Detail aufgetischt zu bekommen, bis hin zur Hochzeitsnacht.«

Velvets Puls schlug schneller. Tee mit Celia Rollins. Und Avery würde das Gesprächsthema sein. Es war die Chance, die sie gesucht hatte, die ideale Gelegenheit, Fragen zu stellen, obwohl ihr die Aussicht auf einen Nachmittag mit Lady Brookhurst entschieden Unbehagen bereitete.

»Ich bin entzückt ... Celia.«

Die Countess lächelte befriedigt, um dann ihre perfekt geformten schwarzen Augenbrauen hochzuziehen, als sie den jungen schottischen Bullen Lord Denmore erspähte. »Ach, da kommt er ja. Seine Miene ist verheißungsvoll. So wie ich ihn einschätze, sind seine Absichten alles andere als ehrenhaft.«

Velvet sagte nichts, als die Countess ihr zum Abschied zuwinkte und auf ihren Anbeter zuschlenderte. Wenig später trat Litchfield mit Lord Briarwood und seiner hochgewachsenen blonden Frau Elizabeth neben sie. Balfour hatte Velvet mit ihr bekanntgemacht und ihr damit zu einer Anstandsdame verholfen. Zum Glück hatten Elizabeth und sie von Anfang an Gefallen aneinander gefunden, und an dieser Freundschaft hatte auch ihre Heirat mit Jason nichts geändert.

Eine halbe Stunde später verließen die drei die Soiree, erschöpft von der anstrengenden Runde der Partys, die sie an diesem Abend absolviert hatten.

Auf der gesamten Heimfahrt dachte Velvet an ihren Besuch bei Celia am kommenden Donnerstag und gelangte zu der Erkenntnis, daß es klüger war, wenn Jason davon nichts erfuhr.

16

Mondschein drang durch die Baumkronen vor dem Schlafzimmer, wurde von den Pflastersteinen reflektiert und fiel auf die zahlreichen Kutschen, die ihre Insassen zu ihren Adressen am Berkeley Square zurückbrachten. Jason lief vor den Sprossenfenstern auf und ab, immer wieder innehaltend, um in die Dunkelheit hinauszuspähen, aber es hielt kein Pferdegespann vor der Haustür an.

Velvet war von ihrem Abend mit Litchfield und den Briarwoods noch nicht zurück, obwohl es bald drei Uhr morgens war – wo zum Teufel steckte sie?

Er drehte sich um und nahm seine Wanderung erneut auf, gespannt nach Geräuschen vom Eingang her lauschend, besorgt um Velvet, obwohl er wußte, daß sie in Gesellschaft von Freunden und somit sicher war. Der Spitzel, der das Haus in jener Nacht beobachtet hatte, als er heimlich in Velvets Zimmer geklettert war, war wenigstens nicht zu sehen – momentan jedenfalls –, was Jason ein wenig beruhigte.

Weitere zwanzig Minuten vergingen, ehe er Litchfields Kutsche erspähte. Wenig später hörte er Velvet die Treppe heraufkommen. Erst verspürte er Erleichterung, die im nächsten Moment unvernünftigem Zorn wich. Er riß die Verbindungstür zwischen ihren Räumen auf – eine Tür, die er bislang sorgsam geschlossen gehalten hatte – und stürmte zu ihr hinein.

Ein erstauntes Luftschnappen kam aus einer kerzenerhellten Ecke.

»Entschuldigung, Mylord«, sagte Tabby. »Ich hörte Lady Velvet ankommen und dachte mir, sie würde mich zum Auskleiden brauchen, ehe sie zu Bett geht.«

Er hörte Schritte, drehte sich zur Tür um und sah Velvet im Eingang stehen.

»Schon gut, Tabby. Mein Mann kann mir beim Auskleiden helfen, da es ganz so aussieht, als hätte er auf meine Rückkehr gewartet.« Sie warf ihm einen kecken Blick zu, in dem Herausforderung mitschwang. Du bist in meine Domäne eingedrungen, gab sie ihm zu verstehen. Aber da es nun mal geschehen war, konnte er ebensogut die Rolle des Ehemannes spielen.

Tabby musterte ihn von Kopf bis Fuß, ehe sie ihm ein vielsagendes Lächeln zuwarf und hinausging. Wenn ihre Miene Schlüsse auf ihre Gedanken zuließ, waren die Junggesellentage des Kutschers gezählt.

Jason wartete, bis sie die Tür hinter sich geschlossen hatte. Zuerst hatte er befürchtet, sie oder der Kutscher könnten ihn als den Mann erkennen, der sich als der geächtete Jack Kincaid ausgegeben hatte, doch die Nacht der Entführung war bewölkt und finster gewesen, zudem wären sie nie auf den Gedanken gekommen, Lady Velvet könnte einen solchen Mann heiraten.

Manchmal wunderte er sich selbst. Velvet war so verdammt vertrauensselig. Zumindest hätte sie eine Spur Argwohn haben können, daß er seinen Vater doch getötet hatte, doch wußte er zweifelsfrei, daß sie von seiner Unschuld überzeugt war. Dieses Wissen bewirkte seltsame Dinge in seiner Herzgegend ...

»Gibt es etwas, daß Sie mit mir zu besprechen wünschen, Mylord?« Velvets wohlklingende Stimme lenkte seine Aufmerksamkeit auf sie.

»Das weißt du ganz genau. Ich möchte wissen, was du bis drei Uhr morgens getrieben hast!«

»Lange Abende sind ganz en vogue, Mylord. So lange waren Sie doch nicht fort von London, als daß Sie es vergessen haben könnten.«

Er versuchte zu übersehen, wie ihr voller Busen sich über ihrem meergrünen Abendkleid wölbte, wie die Senke dazwischen einen dunklen, verlockenden Schatten bildete. Doch sein Körper hatte es wahrgenommen, und sein Blut geriet in Wallung.

»Du bist angeblich verheiratet. Hat dich niemand nach deinem Mann gefragt?«

»Aber natürlich, Mylord.« Sie setzte sich auf den Gobelinschemel vor ihrem Frisiertisch und zog die Nadeln aus ihrem Haar, das im weichen Licht kupferrot schimmerte. Die Hitze seines Blutes brachte seine Schläfen zum Pochen.

»Wie besprochen erklärte ich, daß du ein Büchernarr bist«, fuhr sie fort, »und das Landleben vorziehst. Des weiteren sagte ich, daß ich dich jedoch zu einem Ball Ende des Monats überreden konnte, sozusagen als Nachfeier unserer Hochzeit. Bei dieser Gelegenheit sollen dich alle kennenlernen. Das müßte genügen, um ihre Neugierde fürs erste zu befriedigen.«

Er beobachtete ihr Gesicht im Spiegel, registrierte das winzige herzförmige Schönheitspflästerchen neben dem Mundwinkel und verspürte den unwiderstehlichen Drang, die Stelle darunter zu küssen. Ihre Hände wirkten schmal und zart, als sie mit der silbernen Bürste durch die langen gelockten Strähnen ihres schimmernden Haares fuhr. Es juckte ihn in den Fingern, es zu berühren und diese feine, seidenweiche Flut zu fühlen.

Er riß seinen Blick los und sah ihr ins Gesicht. Sein Blut kreiste schneller und staute sich in seinen Lenden. Als er zum Reden ansetzte, war seine Stimme heiser.

»Ja, die Aussicht auf einen Ball wird sie eine Weile im Zaum halten. Vielleicht habe ich bis dahin genügend Beweise zusammengetragen, um Lady Brookhurst gegenübertreten zu können. Wenn ich es tue, wird sie gezwungen sein, Averys Schuld einzugestehen – und meine Unschuld.«

Velvet zog Strähnen ihres Haares über eine Schulter nach vorne und bearbeitete sie mit der Bürste, immer an ihrer rechten Brust vorbei. Er beobachtete es mit angehaltenem Atem. Nur mit Mühe löste er seinen Blick davon.

»Sobald ich meinen guten Namen wiedererlangt habe«, sagte er mit belegter Stimme, »werde ich fortgehen können. Du kannst behaupten, ich hätte dich verlassen, und das Annullierungsverfahren einleiten. Lucien wird dir dabei helfen und nötigenfalls reichlich Bestechungsgelder fließen lassen.«

Velvet blieb stumm, dann stand sie unvermittelt auf, durchquerte den Raum und blieb mit dem Rücken vor ihm stehen, eine wortlose Bitte, ihr die Reihe der winzigen Knöpfe zu öffnen.

»Ich sehe keinen Grund für Eile«, sagte sie schließlich, während sie geduldig wartete, daß er mit dem Aufknöpfen anfing. Er spürte unter seiner Hand ihre weiche Haut. Feiner Fliederduft stieg ihm in die Nase. Sein Begehren war kaum zu zügeln.

»Möglicherweise werde ich mich an den Ehestand gewöhnen«, sagte sie, und sein Kopf ging mit einem Ruck in die Höhe. Der letzte Knopf schien sich zu sträuben, weil seine Finger erstarrten. »Sobald du das Land verlassen haben wirst und ich allein bin, kann ich mir alle möglichen Freiheiten erlauben. Eine verheiratete Frau, die diskret vorgeht, kann fast alles tun, was ihr beliebt.«

Jason hörte es zähneknirschend und fummelte entnervt den letzten Knopf auf. »Daß du als Ehefrau ohne Ehemann ein lustiges Leben führst, war in unserer Abmachung nicht vorgesehen. Du warst mit einer Annullierung einverstanden, Velvet.«

»Gewiß.« Mit einem dramatischen Aufseufzen drehte sie sich zu ihm um. Obwohl sie das Oberteil ihres Kleides festhielt, drängten ihre Brüste über den oberen Rand. »Aber wenn du wirklich keine andere heiraten möchtest, würde es doch nichts ausmachen, oder? Als deine Frau könnte ich mich frei bewegen, ohne Angst vor einem Skandal haben zu müssen. Ich könnte ...«

»Du könntest was? Mit jedem schlafen? Dir scharenweise Liebhaber zulegen?«

Velvet zuckte die Achseln. »Jason, ich habe die Liebe mit dir sehr genossen. Sie hat mich gelehrt, daß eine Frau dieselben Bedürfnisse hat wie ein Mann. Eine Frau sehnt sich nach Küssen und Liebkosungen ...«

»Sei still!«

»Sie möchte die Lust spüren, die ein Mann ihr verschaffen kann. Eine Frau möchte …«

»Ich sagte, du sollst still sein, verdammt!« Er packte ihre Arme und zog Velvet an sich. »Nicht zu fassen! Willst du damit sagen, du beabsichtigst, dir einen Liebhaber zu nehmen, wenn ich gegangen bin?«

»Natürlich, was hast du denn geglaubt?«

»Was ich geglaubt habe!« Fast schrie er die Worte heraus. »Ich dachte, daß du nach der Annullierung unserer Ehe mit deinem Großvater zusammenleben würdest, bis du einen guten, anständigen Mann gefunden hättest, der dir mit Fürsorge und Achtung begegnet.«

»Jason, ich habe einen guten Ehemann. Ich bin mit dem Mann meiner Wahl völlig zufrieden. Die Tatsache, daß er mich nicht will …«

»Das stimmt ganz und gar nicht, und du weißt es. Im Moment bin ich hart wie Stein. Herrgott, wenn ich könnte, wie ich wollte, würde ich dir die Kleider von deinem aufreizenden Körper reißen. Ich würde dich zu diesem Bett dort zerren, deine schönen Beine spreizen und mich tief in dich versenken. Die ganze Nacht würde ich dich immer wieder nehmen, jede Nacht, bis ich befriedigt wäre. Ich würde dafür sorgen, daß diese Bedürfnisse, von denen du so freimütig sprichst, erfüllt werden. Du müßtest dir nicht den Kopf über andere Männer in deinem Bett zerbrechen, und wenn du dir einen Geliebten zulegtest, würde ich euch beide erschießen, das schwöre ich!«

Sekundenlang starrte sie ihn erstaunt an, den Blick zu ihm erhoben, während ihre Wangen anmutig erröteten. Wenn sie geglaubt hatte, ihn zu schockieren, so hatte er den Spieß umgedreht. Er war kein untadeliger Gentleman, und er wollte, daß sie es wußte. Er hatte es aus Rache getan, oder zumindest glaubte er es, bis sie ihm direkt in die Augen sah.

Sie benetzte ihre weichen, rosigen Lippen. »Küß mich, Jason. Ich möchte, daß du alles das tust, was du gesagt hast.«

Jason stöhnte auf. Allmächtiger – diese Frau war sein Untergang! »Verstehst du denn nicht – ich tue dir damit nur einen Gefallen. Wenn wir uns lieben, könntest du schwanger werden. Ich habe keine Ahnung, wie man Ehemann und Vater ist. Früher einmal hätte ich mich darauf eingelassen. Als Erbe meines Vaters wurde es von mir erwartet. Aber das hat sich alles geändert. Ich bin nicht mehr der, der ich früher war – und werde es nie wieder sein.«

Sie schüttelte den Kopf, und ihre nächsten Worte kamen ganz leise. »Du siehst dich nicht, wie ich dich sehe. Jason, du würdest einen wundervollen Ehemann abgeben.«

Resignation erfaßte ihn. Wie konnte er es ihr verständlich machen? »Wenn ich dir die Dinge gestehe, die ich tat, wenn ich den Mut hätte, dich den Mann erkennen zu lassen, der ich in Wahrheit bin … würdest du es begreifen.«

Sanfte Hände umfaßten seine Wangen. »Sag es mir. Sag mir, was dir widerfahren ist, daß du so empfindest.«

Jason schluckte. Dunkle Bilder stiegen vor ihm auf, Schreie … in Todesangst, im Schmerz, um Hilfe. Er kämpfte dagegen an, versuchte alles abzuwehren. Schwindel und Übelkeit erfaßten ihn. »Ich kann nicht.« Als er seinen Kopf abwandte, sehnte er sich sofort wieder nach ihrer sanften Berührung. »Bitte mich nicht darum, Velvet. Nicht jetzt. Niemals.«

Velvet sah ihn an, und ihre Augen wurden feucht. Es waren Tränen um ihn, und ihr Herz flog ihm zu. Als sie so dastand, ihr Kleid festhielt und ihn in dieser Mischung aus Begehren und Sorge ansah, war es um seine Zurückhaltung fast geschehen.

»Jason liebe mich. Laß mich dir helfen zu vergessen.«

Den Druck in seiner Brust und Velvets mitfühlenden Blick ignorierend, trat er beiseite, verzweifelt bemüht, auf Distanz zu gehen. »Zieh dich an«, befahl er. »Falls du es vergessen hast, du stehst halbnackt da. Es paßt nicht zu dir, daß du dich benimmst wie ein Flittchen.« O Gott, es war nicht so, ganz und gar nicht. Sie war schön und begehrenswert, und er verzehrte sich danach, sie in den Armen zu halten. Er wollte sie lieben, wollte sie in seinem Bett und nicht nur für eine Nacht.

Velvets Unterlippe bebte. Tränen rannen über ihre Wangen. Ein leises Schluchzen war zu hören, als sie sich umdrehte und hinter einem Paravent verschwand. Er wollte sich zum Gehen zwingen, um sich nicht einer unnötigen Folter auszusetzen, indem er dem wispernden Rascheln, der hinter dem Paravent hervordrang, lauschte. Er durfte nicht zulassen, daß das Bild ihrer glatten nackten Haut bis in die hintersten Winkel seines Bewußtseins drang. Doch er blieb wie angewurzelt stehen, unbeweglich, als könnten seine Füße ihm nicht gehorchen.

Schließlich kam sie in einem schlichten weißen Nachthemd hinter dem Wandschirm hervor, ebenso verführerisch wie vorhin in ihrem Abendkleid. Sie sah zart und zerbrechlich aus, verlegen und unsicher, und flüchtete sich in ihr Bett. Er wußte, daß er mit seinen Anschuldigungen ihre Pein verursacht hatte, aber er sagte sich, daß es am besten war, wenn er der großen Anziehungskraft zwischen ihnen ein Ende machte. Er trat an ihr Bett und kniete sich daneben. Dann griff er nach ihrer grazilen weißen Hand und drückte sie an seine Lippen.

»Wäre es eine echte Ehe«, sagte er, »gäbe es nichts, was du nicht sagen könntest, nichts, was verboten wäre. Ich würde deine Leidenschaft, dein Begehren zu schätzen wissen. Es ist eine seltene und schöne Eigenschaft an einer Frau, eine, die ein kluger Ehemann wie einen Schatz hüten sollte.«

Sie drehte den Kopf so, daß sie ihn ansehen konnte. Ihr dunkles Haar lag ausgebreitet über dem Kissen. In ihre Wangen war Farbe wiedergekehrt. »Ich bin deine Frau, du bist mein Mann.«

Er schüttelte den Kopf. »Velvet, ich bin es nicht und werde es nie sein. Ich war einmal dein Geliebter, aber ich war auch ein Narr.«

Ehe sie etwas sagen konnte, etwas, das ihn zum Bleiben bewegen würde, drehte Jason sich um und ging zur Verbindungstür. Herrgott, wie würde er froh sein, wenn die Sache vorbei war und er endlich wieder nach Hause käme – falls er nicht zuvor am Galgen landete.

Christian Sutherland hielt auf der breiten Marmortreppe inne. Sein im West End gegenüber Hyde Park gelegenes Haus war ein großzügiges Geschenk seines Großvaters an seine Gemahlin gewesen, und jetzt war es Christians Zuhause, sein Refugium, obwohl es im Moment aussah, als ob es jemand kapern wollte.

»Bitte … ich muß den Earl sehen.« Eine zierliche, von einem Umhang verhüllte Gestalt stand im Eingang. »Ich weiß, daß ich nicht angemeldet bin, aber bitte, würden Sie ihm sagen, daß ich da bin.«

»Tut mir leid, Madam, Lord Balfour hält sehr auf seine Privatsphäre. Aber wenn Sie mir Ihnen Namen nennen …«

Die Besucherin gab einen Laut der Verzweiflung von sich, der einem Schluchzen nahekam. »Sagen Sie … sagen Sie, Mary sei da. Ich glaube, der Earl wird kommen, wenn Sie sagen, es sei Mary.«

Christians Herzschlag beschleunigte sich. Rasch lief er die letzten Stufen hinunter und betrat das Foyer mit dem glänzenden Marmorboden. »Schon gut, George. Mary ist eine

Freundin, die mir sehr willkommen ist. Ich werde im Weißen Salon mit ihr sprechen.«

Sie starrte ihn an, das Gesicht tief in ihrer Kapuze verborgen. »Christian«, flüsterte sie mit einer Andeutung von Hysterie, »bitte, Sie müssen mir helfen. Ich bin außer mir vor Angst. Ich weiß nicht, was ich tun soll.« Es war das erste Mal, daß sie ihn beim Vornamen nannte, und es verriet ihm, daß sie der Panik nahe sein mußte.

In ihm regte sich Besorgnis. »Schon gut, meine Liebe.« Eine Hand um ihre Schulter legend, führte er sie in den Salon. Wie dessen Name verriet, war es ein ganz in Weiß und Gold dekorierter Raum, von den üppigen elfenbeinfarbenen Seidendraperien angefangen bis zu den Goldrahmen der Gemälde an den Wänden. »Sobald Sie mir verraten haben, was Sie dermaßen aus der Fassung gebracht hat, können wir alles in Ruhe besprechen.«

Er nahm ihren nebelfeuchten Umhang und warf ihn über einen Sessel, dann führte er sie zu einem Sofa mit Goldfransen.

Mary verschränkte die Hände im Schoß. Sie sah dünn und blaß aus, und er sah, daß sie zitterte. »Ich weiß, daß es eine große Zumutung ist, aber ich mußte kommen. Ich wußte nicht, wohin ich gehen, an wen ich mich wenden sollte.«

»Wo ist Ihr Vater?« fragte er gütig und in dem Bewußtsein, daß sie einander schon länger nahestanden.

Ihre blauen Augen verdunkelten sich vor Schmerz. Sie waren total glanzlos, jedes Leben schien aus ihnen gewichen. »Mein Vater ist tot.«

Christians Züge erstarrten. »Das tut mir leid, Mary.« Er drückte ihre Hand. »Bleiben Sie hier sitzen, meine Liebe. Ich komme gleich wieder.« Er ging an ein Sideboard und schenkte ein Glas Sherry ein. »Hier, trinken Sie«, sagte er und reichte es ihr. Er kniete nieder und drückte ihr den Stiel des

Glases in die Hand. »Ein Schluck oder zwei, und Sie werden sich besser fühlen.« Nachdem sie das Glas in Empfang genommen hatte, setzte er sich auf das Sofa neben sie.

Das Glas bebte zwischen ihren schlanken Fingern. Sie nahm einen Schluck und stellte es ab. »Er fehlt mir«, sagte Mary gebrochen. »Schon jetzt fehlt er mir so sehr.«

»Mary, mein aufrichtiges Beileid. Wie ist es geschehen?«

»Ein Unfall ... die Kutsche kam von der Straße ab und landete in einem Weiher. Mein Vater ertrank.« Verweinte Augen sahen ihn an. »*Er* hat es getan. Ich weiß es. Irgendwie. Avery hat meinen Vater getötet.«

Er schwieg betroffen, während ihm ein eisiger Schauer über den Rücken lief. »Mary, sicher irren Sie sich. Die Nachricht vom Tod Ihres Vaters ist ein grauenvoller Schock. Verständlich, daß Sie außer sich sind. Sicher würde der Herzog nicht ...«

Ihre Finger gruben sich in seinen Arm. »Sie kennen ihn nicht, wie ich ihn kennengelernt habe. Sie wissen nicht, wie erbarmungslos, wie grausam er sein kann. Ich glaube, mein Vater war im Begriff, ihn zu durchschauen, und befürchtete zunehmend, daß er mit Avery eine schlechte Wahl getroffen hatte.«

Christian blickte auf. Ihre letzten Worte berührten ihn noch stärker als ihre unerwarteten Anschuldigungen. »Ihr Vater war also die treibende Kraft? Sie selbst wollten den Herzog gar nicht heiraten?«

Offene Qual verzerrte ihr Gesicht. Sie schloß die Augen, als sie ihren Tränen freien Lauf ließ. »Ich wollte ihm den Gefallen tun. Er war alt, und ich wollte ihn glücklich machen.« Sie lehnte sich an Christian, ihr verängstigter Blick hing an seinem Gesicht. »Ich hätte Sie geheiratet, Mylord. Ich war in Sie verliebt.«

Christians Brust wurde eng. »Mary ...« Er nahm sie sanft in die Arme, flüsterte ihr leise Trostworte zu und ließ zu, daß sie sich an seiner Schulter ausweinte. Er hielt sie fest, und sein Herz war schwer Marys wegen. Und seinetwegen.

»Am Tage der Gesellschaft bei Briarwoods«, setzte sie stockend an, »lockte er mich von dort fort. Er brachte mich in ein Gasthaus auf dem Land. Ich dachte, mein Vater wäre dort, aber das war gelogen.« Ein herzzerreißendes Schluchzen entrang sich ihr. »Avery riß mir die Kleider vom Leib. Er tat ... gewalttätige, schreckliche Dinge. O Gott, es war grauenhaft und schlecht.« Sie schüttelte den Kopf und neue Tränen stürzten aus ihren Augen. »Und ich dachte immer, es würde schön sein.«

Wut durchzuckte ihn wie ein Messerstich, und wildes Bedauern brandete in ihm auf. Wie schön hätte es sein können, dachte Christian erbittert, wenn ich der Mann gewesen wäre, der die sanfte Mary die Liebe gelehrt hätte.

Nun rückte sie von ihm ab und sah ihm ins Gesicht. »Ich kann keinen Augenblick länger bei ihm bleiben, Mylord. Ich kann ihm nicht gegenübertreten in dem Wissen, was er getan hat.«

»Mary, Sie können nicht sicher sein, daß der Herzog am Tod Ihres Vaters schuld ist.«

»Ich weiß es – hier drinnen.« Sie legte eine Hand aufs Herz. »Er wollte das Geld meines Vaters. Als mein Gemahl hat Avery die Verfügungsgewalt über jeden Shilling, den ich von meinem Vater erbte. Verstehen Sie nicht? Es war Avery. Irgendwie fand er einen Weg, sein Ziel zu erreichen.«

Christian war nicht sicher, ob dem Herzog ein Mord zuzutrauen war, aber das spielte keine Rolle. Der Duke of Carlyle hatte schon mehr als genug getan, um Haß und Verachtung des Earl of Balfour auf sich zu ziehen.

249

»Er schlägt mich«, flüsterte sie, und Christian versteinerte. »Er achtet immer darauf, daß man nachher nichts sehen kann. Ich bin bemüht, ihn nicht zu erzürnen, wirklich, aber es will mir nicht gelingen, sein Wohlgefallen zu erringen.« Sie sah ihn mit tränenumflorten Augen an. »Bitte, Mylord, werden Sie mir helfen? Ich weiß nicht, wohin ich sonst gehen sollte.«

Christian zwang sich zur Ruhe. Am liebsten hätte er Avery Sinclair eigenhändig getötet. »Mary … natürlich helfe ich Ihnen.« Er überlegte angestrengt und zog alle Möglichkeiten in Betracht. »Aber selbst wenn Sie nicht verheiratet wären, könnten Sie hier nicht bleiben. Ich bin Junggeselle. Der Klatsch würde sich sofort der Tatsache bemächtigen, daß eine Frau in meinem Haus wohnt.«

»W … was soll ich tun?«

Ja, was? Er brauchte Hilfe, er brauchte jemanden, dem er vertrauen konnte und der Verständnis für die Situation aufbrachte. »Es gibt jemanden, der uns helfen könnte, eine junge Frau, die Averys Grausamkeit wohl selbst erfahren haben muß. Vielleicht hat sie aus diesem Grund ihr Verlöbnis mit ihm beendet.«

»Sie sprechen von Velvet Moran.«

»Von der jetzigen Lady Hawkins. Ja, sie ist die Frau, die ich meine. Kennen Sie sie?«

»Wir sind uns mehrmals begegnet. Sie war immer sehr liebenswürdig zu mir.«

Christian drängte Mary, aufzustehen. Nach ihrem Umhang greifend, hüllte er sie in dessen schützende Falten. »Avery wird es nicht gefallen, wenn seine Pläne durchkreuzt werden. Er wird Sie suchen, sobald er entdeckt, daß Sie fort sind. Mit dem Geld, das ihm jetzt zur Verfügung steht, kann er eine ganze Armee auf die Jagd nach Ihnen schicken, wenn es ihm beliebt.«

»Ich habe ihm Nachricht hinterlassen und geschrieben, mein Gram sei so groß, daß ich es in London nicht aushielte. Ich wolle mich auf den Landsitz meines Vaters zurückziehen und ihn dort erwarten. Die Beerdigung ist für Ende der Woche angesetzt.«

»Avery wird mit Sicherheit dort erscheinen. Wenn Sie aufs Land reisen, wird er wissen, daß Sie ihn verdächtigen. Er wird es in Ihren Augen lesen. Und es ist nicht vorauszusehen, was er dann tun wird.«

»Ich weiß. Deshalb bin ich zu Ihnen gekommen.«

Christian nickte. »Uns bleibt noch etwas Zeit. Sie müssen sich verborgen halten, bis wir uns zurechtgelegt haben, was wir unternehmen können.«

Mary legte ihre leichte, zitternde Hand auf seinen Arm. »Danke, Mylord.«

Marys errötende Wangen waren die einzigen Farbflecken in ihrem bleichen Gesicht, als sie ihn mit einem zaghaften Lächeln bedachte, dem ersten, das er heute von ihr zu sehen bekam. »Ich werde ewig in Ihrer Schuld stehen ... Christian.«

Er strich sacht mit dem Finger ihre Wangenrundung entlang, voller Bewunderung für ihre samtige Zartheit. »Mary, ich werde an Ihre Worte denken.« Ohne weitere Bemerkung führte er sie zur Tür und wies den Butler an, seine Kutsche vorfahren zu lassen. In der Zwischenzeit überlegte er fieberhaft, wie er das Unrecht, das der Herzog Mary angetan hatte, rächen konnte.

Velvet, die in einem schlichten Hauskleid aus indischer Baumwolle im Salon der bleichen Mary Sinclair gegenübersaß, mußte unwillkürlich daran denken, daß eine merkwürdige Schicksalsfügung Mary zu ihrer Schwägerin gemacht hatte, obwohl diese davon natürlich keine Ahnung hatte.

Christian Sutherland stand in Beschützerhaltung neben ihr, eine Seite, die Velvet an ihm nie kennengelernt hatte.

Der Earl war vor einer knappen Stunde gekommen und hatte angefragt, ob er sie unter vier Augen sprechen könne. Da er nicht wußte, wie er sein Anliegen in Gegenwart ihres jungen Ehemannes vorbringen sollte, hatte er mit Erleichterung reagiert, als sich zeigte, daß Jason nicht zu Hause war.

Velvet hatte Balfour und die zarte, in einen Umhang gehüllte Gestalt, der er aus seiner Kutsche geholfen hatte, in den Salon gebeten. Während sie vom Earl erfuhr, daß Avery Sinclair noch niederträchtiger war, als sie geglaubt hatte, kam Jason von seinem Treffen mit Litchfield und dem Detektiv Mr. Barnstable zurück.

Bei Jasons Eintreten hatte sich Lord Balfour schützend vor Mary gestellt, aber Velvet hatte ihn beruhigt, daß ihr Gemahl ihrem Problem mit großem Verständnis gegenüberstünde – und daß sie ihm völlig vertrauen könnten.

Daß einer der beiden Jason erkennen würde, stand nicht zu befürchten. Jason war Christian Sutherland vor zehn Jahren nur einmal flüchtig begegnet, und Mary Stanton kannte er gar nicht. Mary sah Jason an, während er die Geschichte ihrer erzwungenen Heirat mit verschlossener Miene vernahm.

Wäre die Situation für die arme Mary nicht so schrecklich gewesen, Velvet hätte Jasons schrullige Gelehrtenaufmachung ein Lächeln entlockt – eine kleine Brille mit Drahtgestell saß auf seiner geraden, wohlgeformten Nase. Sein dunkles Haar wurde von einer schlichten grauen Perücke verborgen, die ihn um Jahre älter aussehen ließ. Seine Kleidung ließ eher an einen Hauslehrer denken als an den vermögenden Landjunker aus Northumberland, der zu sein er vorgab: zu seinem schlichten braunen Samtjackett trug er ein weißes Jabot, helle Breeches und weiße gewirkte Strümpfe mit gestickten Zierborten.

»Es gäbe noch viel mehr zu sagen«, erklärte Mary unvermittelt, und Velvets Blick zuckte zu der schlanken blonden Frau. »Lord Balfour möchte nicht, daß ich es ausspreche, da ich keinerlei Beweise habe, aber da Sie gewillt sind, mir zu helfen, sollten Sie das Risiko kennen, das Sie eingehen.«

»Sprechen Sie«, ermunterte Jason sie. »Was Sie sagen, wird nicht über diese vier Wände hinausdringen.«

Balfour hatte inzwischen seine Ruhe wiedergefunden, während Marys Anspannung nicht nachließ. »Daß mein Vater tot ist, sagte ich schon. Ich verschwieg aber, daß ich überzeugt bin, daß mein Mann irgendwie seinen Tod verschuldet hat.«

Jasons Miene wurde noch finsterer, und Velvet spürte, wie ihre innere Anspannung wuchs. Mary eröffnete ihnen, wie groß das Vermögen war, über das Avery nun verfügen konnte. Weiter erklärte sie, daß sie glaubte, ihr Vater hätte geargwöhnt, daß Avery sie schlecht behandle.

»Ich sagte meinem Vater niemals die Wahrheit, da ich nicht wollte, daß er die Schuld bei sich sucht, was er sicher getan hätte.« Als sie in Tränen ausbrach, legte Balfour ihr tröstend die Hand auf die Schulter. »Ich hätte zu ihm gehen und ihm die Wahrheit über Avery sagen sollen. Mein Vater hätte einen Weg gefunden, mich zu schützen. Er hätte nötigenfalls seinen Einfluß benutzt, um den Herzog zu ruinieren. Und jetzt ist er tot.«

Balfour reichte ihr ein Taschentuch und wandte sich dann an Jason und Velvet. »Meine Mutter und mein Bruder befinden sich auf meinem Landsitz in Kent. Mary kann daher nicht bei mir in London bleiben. Ich bin völlig ratlos, was ich tun soll.«

»Windmere wäre die ideale Zuflucht!« rief daraufhin Velvet wie aus der Pistole geschossen aus. »Es ist zwar nicht sehr luxuriös und kann sich gewiß nicht mit dem messen, was sie als Gemahlin eines Herzogs gewöhnt ist.« Balfours Blick verhärtete sich, als wären die Worte eine schmerzliche Erinnerung daran, daß Mary nicht die Seine war.

»Velvet hat recht«, warf Jason ein. »Windmere bietet sich für diesen Zweck geradezu an. Es gibt dort zwar nur eine Handvoll Bedienstete, aber das ist ja nur zu Ihrem Vorteil.«

»Und die wenigen, die dort sind, sind sehr verschwiegen«, setzte Velvet hinzu. Falls Balfour es sonderbar fand, daß die reiche Haversham-Erbin unter so bescheidenen Umständen auf einem angeblich großartigen Landsitz lebte, behielt er sein Erstaunen für sich.

»Auf Windmere wird Mary in Sicherheit sein«, schloß Velvet. »Dort würde der Herzog sie nie suchen.«

Balfour erhob sich, und Mary folgte seinem Beispiel. »Dann soll es Windmere sein«, sagte er. »Sie wissen ja gar nicht, was Ihre Hilfe Mary und mir bedeutet. Sollten Sie je einen Gefallen brauchen, egal welcher Art, dann zögern Sie nicht, mich darum zu bitten.«

Jason nickte. »Der Zeitpunkt könnte bald kommen. Und wenn es soweit ist, tut es gut zu wissen, daß Velvet und ich Sie zu unseren Freunden zählen können.«

Der Zeitpunkt könnte bald kommen. Balfour fragte nicht, was diese Worte bedeuten mochten. Er nickte nur und drückte Jason die Hand, ehe er Mary in ihren Umhang hüllte. »Wenn Sie auf Windmere Bescheid geben, werde ich dafür sorgen, daß Mary dort wohlbehalten eintrifft.« Er blickte auf ihren von der Kapuze verhüllten Kopf hinunter. »Es war für sie eine schwere Zeit. Vielleicht sollte ich bei ihr bleiben, bis sie sich ein wenig eingerichtet hat ... falls es Ihnen recht ist.«

»Aber natürlich«, sagte Jason. Er und Velvet blickten den

beiden nach. Kaum waren ihre Besucher gegangen, als Velvet sich in seine Arme warf. Er wehrte sie nicht ab.

»Er hat also noch ein Menschenleben auf dem Gewissen«, sagte sie, die Wange an seine breite Brust drückend.

»Wir wissen es nicht mit Sicherheit.«

»Du weißt es – ich sehe es dir an. Und wieder gibt es keine Möglichkeit, es zu beweisen.«

Velvet drückte sich so fest an ihn, daß sie Jasons Herzschlag spürte, während ihr eigenes Herz schwer vor Traurigkeit war.

Und auf einmal überkam sie Angst.

17

Der Donnerstag kam, doch Velvet erschien nicht zum Tee bei Celia Rollins. Sie saß statt dessen neben Jason in der schwarzen Karosse Litchfields, die über eine schlammige Landstraße holperte. Ihr Ziel war das Wirtshaus Peregrine's Roost.

Es hatte ihrer ganzen Überredungskunst bedurft, damit Jason eingewilligt hatte, daß sie mitkäme.

»Ich werde dir nicht zur Last fallen«, hatte sie immer wieder betont. »Ich kann dir behilflich sein. Als Dienstmagd verkleidet, könnte ich mich unter dem Personal frei bewegen. Unter dem Gesinde blühen Klatsch und Tratsch, und ich würde von den Leuten Dinge erfahren, die man dir nie sagen würde.«

Er hatte sie finster angesehen. »Du siehst einer Dienstmagd nicht annähernd ähnlich. Du könntest niemanden täuschen.«

Sie reckte den Kopf und warf ihm ein keckes Lächeln zu, die Hände dreist in die Hüften gestützt. »Da irren'se sich aber gewaltig, mein Bester. Wenn ich's darauf anlege, führe ich alle hinters Licht.«

Jason blieb der Mund vor Überraschung offenstehen. »Wo hast du denn diese Sprache gelernt?«

Velvet schmunzelte. »Hast du Tabby nie zugehört? John Wilton ist nicht viel besser. Mit den wenigen Dienstboten in Windmere leben wir sehr eng verbunden.«

Jason schüttelte den Kopf. »Es gefällt mir nicht, Velvet.«

»Das muß es doch nicht. Du kannst ja so tun, als würdest du mich nicht kennen. Ich werde allein dahergeritten kommen und sagen, ich wolle nach Castle Running, weil ich dort Arbeit hätte – oder besser noch nach Carlyle Hall. Das liefert mir die Möglichkeit, über den Herzog zu sprechen. Ich werde sagen, eine Verwandte arbeite dort und hätte mir die Stellung verschafft. Alles andere erfinde ich nach Bedarf.«

»Ich weiß nicht …« Jason rieb sich seinen Spätnachmittagsbart, der sein Kinn verdunkelte. »Avery ist noch gefährlicher, als wir glaubten. Wenn er irgendwie Wind davon bekommt, daß du herumschnüffelst … wenn er sich dann einen Reim darauf macht …«

»Das wird nicht geschehen. Der Mann ist nicht allmächtig. Er kann nicht wissen, daß wir da waren.«

Jason sagte lange nichts. »Es gefällt mir trotzdem nicht«, antwortete er schließlich widerwillig.

Velvet lächelte. »Aber du wirst es tun – mein Bester?«

In seinem resignierten Seufzer schwang eine Andeutung von Belustigung mit. »Ich muß herausfinden, ob jemand im Wirtshaus den Mord mit eigenen Augen sah. Als Dienstbotin hast du vielleicht wirklich bessere Chancen als ich. Außerdem werde ich zur Stelle sein und dafür sorgen, daß du nicht in Schwierigkeiten gerätst.« Er hielt sie mit seinem Blick fest. »Das ist doch richtig, meine Liebe?«

Velvet schlug die Augen nieder. »Natürlich, Mylord.«

Sie sparte sich jede Widerrede. Außerdem wollte sie Jason dort haben, wollte mit ihm so viel wie möglich zusammen sein. Sie war entschlossen, ihn für sich zu gewinnen, damit er in England blieb – oder sie mitnahm, wenn er fortging. Da sie verheiratet waren, war es in seinem wie in ihrem Interesse, hatte sie entschieden.

So kam es, daß sie am nächsten Tag gemeinsam aufbrachen. Jason kutschierte Litchfields eleganten, einspännigen Phaeton, an den hinten ein mageres graues Sattelpferd angebunden war, auf dem Velvet möglichst unauffällig später zum Wirtshaus reiten sollte. Jason würde die Rolle spielen, die er schon zuvor innegehabt hatte, Jason Hawkins, ein Landedelmann auf Durchreise.

Eine knappe Meile vor dem Peregrine's Roost fuhr er mit seinem Gefährt an den Straßenrand und half Velvet beim Aussteigen, ehe er sie rittlings in den Sattel der alten grauen Mähre hob. Als er ihr den Wollrock herunterzog, damit die Beine bedeckt waren, blieb ein Stückchen ihrer schmalen bestrumpften Fesseln sichtbar, wie er stirnrunzelnd bemerkte.

»Ich folge in einem gewissen Abstand«, sagte er finster dreinblickend, »um sicherzugehen, daß du gut ans Ziel kommst. Eine Stunde später treffen wir uns dann.«

»Gut.« Sie trug einen braunen Wollrock und eine Bluse aus ungebleichtem Musselin. Ihr brünettes Haar verschwand fast ganz unter einem gerüschten Häubchen.

Jason erfaßte die Zügel ihres Pferdes, als sie losreiten wollte. »Verdammt, es paßt mir gar nicht, daß du in die Sache verwickelt wirst. Bist du sicher, daß du das durchstehen kannst?«

Velvet sah ihn mit keckem Lächeln an. »Versteht sich, mein Bester. Kann es kaum erwarten hinzukommen.«

Jason runzelte die Stirn. »Meide vor allem die Schankstube.

Für die Männer, die dort herumhocken, stellt ein Mädchen, das allein unterwegs ist, eine zu große Versuchung dar.«

»Recht haben Sie, mein Herr.«

Er schmunzelte wider Willen. »Und so aufreizend, wie du in dieser Aufmachung aussiehst, könnte es sein, daß dies auch auf mich zutrifft.«

Velvets Wangen färbten sich rosig, und sie lächelte. »Viel Glück, Jason«, sagte sie wieder ernst, warf ihm einen Kuß zu und wendete den knochigen alten Gaul.

Jason sah ihr mit einer Mischung aus Unbehagen und Bewunderung nach. Sie hatte mehr Mumm als zwei Männer zusammen, auf sie und ihre Entschlossenheit war Verlaß. Wäre er der Mann gewesen, der er vor acht Jahren war, hätte er sich glücklich gepriesen, sie zur Frau zu haben. Aber in seiner großen Naivität wollte er damals Celia Rollins heiraten. Er hatte zu sehr auf seinen Unterleib gehört, als sein Hirn in Bewegung zu setzen.

Mit einer Verwünschung auf den Lippen rollte Jason in seinem Phaeton Velvet hinterher, um dann im Schutz eines Waldstückes zu warten, bis eine Stunde vergangen war und er ihr zum Wirtshaus folgen konnte.

Als er schließlich ankam, sah er, daß ihr Gaul friedlich im Stall stand. Er warf dem Stallburschen eine Münze zu, damit er sich um Pferd und Wagen kümmerte, und ging dann über den Hof zum Hauseingang. Efeu überwucherte die dicken Mauern und hing tief über die niedrige Holztür. Er zog den Kopf ein und betrat den breiten Flur mit dem Steinboden.

Zuerst sah er sie nicht. Erst als er an der Küchentür vorüber ging, erspähte er ihre grazile Gestalt hinter einer über dem Herd hängenden Dunstwolke. Er war nicht wenig verwundert, daß sie hier arbeitete. Offenbar hatte sie eine Übernachtung gegen einen Tag Arbeit eingehandelt.

Aber eigentlich hätte es ihn nicht wundern sollen.

Jason mußte wider Willen lächeln. Wenigstens wußte er, wo sie war und was sie machte. Er hoffte, sie würde damit sämtlichen Schwierigkeiten entgehen.

Er betrat die Schankstube, einen niedrigen Raum mit dicken Deckenbalken. Alles war alt und abgenutzt, doch der Steinboden war sauber gefegt, die Wände seit seinem letzten Besuch frisch getüncht. Er wußte noch, daß der Eigentümer immer sein Bestes getan hatte, um alles in Ordnung zu halten. Daran hatte sich offenbar nichts geändert.

Er setzte sich an einen Ecktisch, von dem aus er das Kommen und Gehen gut im Auge behalten konnte, lehnte sich zurück und rief nach der Schankmaid, um sich einen Krug Bier zu bestellen. Den Rest des Tages und den größten Teil des Abends verbrachte er entweder an seinem Tisch oder ging im Haus umher. Er sprach mit dem Mann an der Theke und der Kellnerin, plauderte mit ein paar Stammgästen, hielt sich aber insgesamt mit seinen Fragen zurück, weil er damit noch warten und Velvet Gelegenheit geben wollte, sich beim Personal umzuhören, ehe er selbst seine Nachforschungen intensiver gestaltete.

Sich an die Wand lehnend, zog er seine goldene Taschenuhr heraus, ließ den Deckel aufklappen und sah nach, wie spät es war. Viertel vor elf. Zeit für sein Stelldichein mit Velvet im Stall.

Da er wußte, daß sich der Stallbursche bereits in seine Schlafkammer über der Remise verzogen hatte und sie ungestört bleiben würden, verließ Jason das Haus durch eine kleine Tür im rückwärtigen Teil des Ausschankes und ging über den Hof zum Stall. Eine schmale Mondsichel erhellte die Nacht mit spärlichen Strahlen, die immer wieder hinter bizarr geformten Wolken verschwanden.

Er bewegte sich mit weit ausholenden Schritten durch die Finsternis, voller Neugierde, was Velvet erfahren haben mochte. Er wollte sich außerdem überzeugen, daß sie in Sicherheit war und einen anständigen Schlafplatz hatte. Falls sich nichts ergeben hatte, würde er es morgen erneut versuchen und die Leute weiter ausfragen, bis er irgendwann die Antworten auf seine Fragen bekam.

Im Inneren des Stalls konnte er nur den schwachen Schimmer einer Laterne ausmachen. Die Kerze hinter dem dicken Glas war so heruntergebrannt, daß sie kaum mehr als die Andeutung einer Flamme lieferte. Nun erst bemerkte er die Konturen von Velvets Kopf mit dem Häubchen. In der spärlich beleuchteten Box, in der sie wartete, konnte er trotzdem feuchte Löckchen ihres dunklen Haares erkennen, die sich unter ihrer Haube hervorringelten. Die anstrengende Arbeit hatte ihren Tribut gefordert.

»Jason«, rief sie in die Dunkelheit. »Ich bin hier in der Ecke.« Das hatte er schon entdeckt. Ebenso, daß ihre vom Küchendunst feuchte Bluse verführerisch ihren Busen nachzeichnete. Ohne den Reifrock, den sie meist unter ihren Röcken trug, sah man die natürliche und sehr weibliche Rundung ihrer Hüften, die auf ihn wie Blütennektar auf Bienen wirkte.

In der Box, in der sie vor einem abgewetzten Ledersattel stand, blieb er in einiger Entfernung von ihr stehen, da er sich selbst nicht über den Weg traute. »Nun, hattest du Glück?«

Sie strich mit dem Handrücken über ihre schweißnasse Stirn. »Nicht so viel, wie ich hoffte. Zumindest noch nicht.«

Es wunderte ihn nicht, dennoch war er ein wenig enttäuscht. »Wir wußten, daß es nicht einfach sein würde. Morgen versuchen wir es noch einmal.« Sein Blick umfaßte ihre anliegenden, verschwitzten Kleidungsstücke. Es war unglaublich, aber schwere Arbeit bekam ihr gut. In diesen einfachen Sachen sah sie so attraktiv aus, als wäre sie in Samt und Seide gekleidet.

»Ich wollte sagen, daß ich zwar nicht so viel herausfand, wie ich gewollt hätte, aber irgend jemand weiß hier etwas«, berichtigte sie sich. »Jemand hat in jener Nacht etwas gesehen – ich bin meiner Sache ganz sicher. Für die Dienstboten steht ohne Zweifel fest, daß der Mörder des alten Herzogs nicht sein ältester Sohn war.«

Jasons Herz schlug schneller. Er bezwang eine Aufwallung von Erregung. »Glaubst du, du könntest herausfinden, wer derjenige ist?«

»Früher oder später gewiß. Ich sagte zur Köchin, daß ich meinen Dienst in Carlyle Hall erst in einigen Tagen antreten müßte, und sie meinte, sie könnte die zusätzliche Aushilfe gebrauchen. In ein paar Tagen ...«

Jason sah sie finster an. »In ein paar Tagen wirst du zurück in London sein. Ich kann nicht länger als bis übermorgen bleiben, ohne Argwohn zu erregen, und ich werde dich hier nicht allein lassen.«

Um Velvets Mund erschien ein entschlossener Zug. »Lächerlich. Das ist die Chance, auf die wir gewartet haben. Ich werde nicht von hier fortgehen, ehe wir nicht die Person gefunden haben, die mithelfen kann, dich zu rehabilitieren.«

»Ich sagte, du würdest mit mir gehen!«

Sie stützte ihre Hände in die Hüften. »Ich bleibe, bis ich herausgefunden habe, wer von den Leuten den Mord an deinem Vater mitangesehen hat.«

»Du gehst mit mir.«

»Ich bleibe.«

Seine Kinnladen spannten sich. Die Frau war eine echte Landplage. Aber sie war auch das aufreizendste kleine Ding, das ihm je untergekommen war. »Wärest du wirklich meine Frau, ich würde dich verprügeln.«

Sie zog eine Braue hoch und lächelte herausfordernd. »Das glaube ich nicht.«

Er zog einen Mundwinkel hoch. »Nein? Wenn ich mich recht erinnere, bist du dieser falschen Annahme schon einmal aufgesessen.«

Sie errötete höchst anmutig und rührte sich nicht von der Stelle, von seinen Worten keineswegs eingeschüchtert. Nun sagte er ganz ernst: »Velvet, du kennst mich nicht. Würdest du mich kennen, wärest du deiner Sache nicht so sicher.«

Sie sah ihm lange und wortlos ins Gesicht. »Jason, du irrst dich. Du bist derjenige, der nicht weiß, wer du bist. Ich weiß, daß du ein guter und edler Mensch bist. Ein Mann mit Prinzipien. Du bist gütig und anständig …«

»Das glaubst du von mir, Velvet? Daß ich ein Mensch mit Prinzipien bin? Gütig und anständig?«

»Ja.«

Mit flammendem Blick machte er einen Schritt auf sie zu. In seinen Augen brannte ein begehrliches Licht, das sie pechschwarz aufglühen ließ. »Wenn du das glaubst, ist es vielleicht Zeit, daß du entdeckst, wie sehr du dich täuschst. Und jetzt sage ich dir, an was ich in diesem Moment denke.«

Sie befeuchtete ihre Lippen, ein wenig nervös, da er nun so gefährlich dicht vor ihr stand. Doch ihre Neugierde war stärker als irgendwelche Bedenken.

»Ich denke, daß du mir nie verführerischer erschienen bist als in diesem Moment. Ich denke, daß ich dir dein Häubchen vom Kopf reißen und in dein Haar fassen sollte. Ich möchte dich küssen, wild und leidenschaftlich, deinen süßen Mund in Besitz nehmen und deine reifen, aufreizenden Brüste.« Seine Kiefer malmten, Begierde loderte in seinen Augen auf.

»Und dann würde ich dich nehmen – auf der Stelle hier im Stall. Ich würde dich über diesen Sattel beugen, deine Röcke heben und tief in dich eindringen. Das ist es, was ich mir denke. Und das ist es, was ich tun möchte. Ist das der anständige Mensch deiner Phantasie? Sicher bist du nicht so blind, um nicht zu merken, daß es in mir keinen Funken Güte gibt.«

Velvets Herzklopfen war so heftig, daß sie kaum sprechen konnte. Die Hitze, die sie durchströmte, trocknete ihren Mund aus. »Wir könnten es so machen … wie die Pferde.«

»Allmächtiger, hast du nicht zugehört? Du bist eine Lady, verdammt noch mal! Du kannst doch nicht wollen, daß ich dich hier nehme?«

»Du hast es doch schon so gemacht, oder?«

»Natürlich, aber …«

»Niemand ist da. Wenn du nicht mein Mann wärest, sondern mein Geliebter, würdest du mich auf diese Art lieben?«

Glitzernde blaue Augen bohrten sich in ihre. »Ja. Ich würde dich jetzt nehmen … hier – ich würde dich nehmen, wie ich es jeden Tag möchte, seitdem ich dich zum ersten Mal sah.«

Velvet griff nach seinen Händen und strich mit seinen Handflächen über ihre Brüste. Als ihre Brustspitzen hart unter seiner Berührung wurden, hörte sie ihn aufstöhnen. »Du hast von allem Anfang an keinen Zweifel daran gelassen, daß ich nicht deine Frau bin. Einmal war ich deine Geliebte. Bitte, Jason … ich möchte wieder deine Geliebte sein.« Er schüttelte den Kopf, nahm aber seine Hände nicht von ihr. Seine Finger griffen zu, weideten sich an der Festigkeit, an der Fülle.

»Ich bin nur ein Mann«, sagte er rauh und sah sie mit begehrlichem Blick an. »Ich habe weiß Gott alles versucht, mich zu bessern, aber es sieht aus, als hätte ich versagt.«

Er legte den Arm um sie, zog sie an sich und beugte sich über sie, um sie zu küssen. Mit einer Hand schob er ihr das Häubchen vom Kopf und fuhr mit den Fingern durch ihr Haar. Dabei streifte er ihr die wenigen Nadeln heraus, die sie zur Befestigung hineingesteckt hatte. Lose flutete die kastanienbraune Pracht um ihre Schultern. Glühende Hitze durchströmte sie, der Duft nach Mann, Pferden, würzigem Stroh und Leder betäubte ihre Sinne.

Sich an ihn klammernd, erwiderte sie gierig seinen Kuß, gab sich der Süße seiner Zunge hin, des wollüstigen Prickelns, das der leidenschaftliche Kuß auslöste, dem Gefühl seines fordernden Körpers, der sich an ihre Brüste drückte. Seine Finger zerrten an dem Band ihrer Bluse und streiften ungeduldig den Stoff hinunter, um ihren Busen zu entblößen. Dann faßte er nach einer Brust, rieb die Spitze zwischen zwei Fingern, beugte sich darüber und nahm sie in den Mund, um sacht daran zu lecken.

Velvet, deren Beine schwach wurden, wölbte ihren Rücken und grub ihre Nägel in seinen Rücken. Glühende Lava schoß durch ihre Adern. Ihr Kopf sank zurück. Steif und tiefrot reckten sich ihm ihre Knospen entgegen. Er küßte den Puls an ihrer Kehle, ließ Küsse auf ihre nackten Schultern regnen.

»O Gott, wie ich dich begehre!« Er drehte sie um und schob ihren braunen Rock samt dem dünnen Batistunterkleid hoch. Beine und Hüften waren nun entblößt, und sie spürte, wie das Leder des Sattels gegen ihren Leib drückte, als er sie darüber beugte. Ihr Knie berührten den niedrigen Ständer, auf dem der Sattel lag. Sie hörte, wie er die Knöpfe an seinen Breeches öffnete, einen nach dem anderen, bis er sich ganz befreit hatte und sein hartes Glied entschlossen gegen ihre Hüfte stieß.

»Spreize deine Beine für mich, Velvet.«

Sie tat wie ihr geheißen, vor Erregung, vor Hitze und unerträglichem Verlangen bebend. Seine Finger fanden sofort die Pforte in ihr rosiges, samtenes Fleisch und er fing an, sie sanft zu stimulieren. Sie ließ ein kehliges Wimmern ertönen, als eine heiße Welle der Lust sie erfaßte.

»Du bist so feucht.« Sein Daumen strich liebkosend über ihre Liebesperle. »So eng und heiß.« Er stieß mit dem Mittelfinger tief in sie, vorsichtig erkundend, ihre Wollust steigernd. Ein weiterer Finger glitt in sie, noch tiefer zwischen die geschwollenen, feuchten Falten.

»Jason ...« Konvulsivische Zuckungen erfaßten sie. Ihre Muskeln spannten sich an, als ein heftiger Höhepunkt sie schüttelte. Wilde Lust durchraste ihren Körper, so daß sie schon fürchtete, ihre Beine würden unter ihr nachgeben. Momentan vergaß sie, wo sie war, hatte nur das Gefühl, daß Millionen Sterne um sie herum zerbarsten. Dann drang etwas Steifes, Heißes in sie ein, und die Wogen süßer Empfindungen bauten sich wieder auf.

»Jason ...?«

»Bleib so, Liebes.« Während er tief eindrang, drückten seine Lenden gegen ihr Gesäß, und sein schwerer Schaft füllte sie aus, glitt hinein und heraus und füllte sie von neuem. Ein sengendes Hitzegefühl erfaßte sie, gleichzeitig bekam sie Gänsehaut. Er umfaßte ihre Brüste und zupfte an den empfindsamen Knospen. Dann legte er seine Hände um ihre Taille und begann, mit aller Macht in sie hineinzustoßen.

Sein ungestümer Rhythmus bewirkte, daß ihre Hüften sich nach oben reckten und sie ihn noch tiefer in sich aufnahm. Velvet schloß keuchend die Augen, als alles verzehrende Wogen der Lust sie erfaßten. Ihre inneren Muskeln krampften sich um sein pulsierendes Glied und Jason ließ ein heiseres Stöhnen hören, als er seinen Höhepunkt erreichte.

Im letztmöglichen Augenblick zog er sich zurück und vergoß seinen kostbaren Samen auf den strohbedeckten Boden. Schweratmend hielt er sie an seinen schweißnassen Körper gedrückt.

Seine Lippen strichen über ihren Nacken, über den Rand eines Ohres. Eine Hand tastete über ihr Haar. Dann drehte er sie zu sich um und drückte sie an seine Brust. So blieben sie lange schweigend stehen.

Spielerisch umfaßte er eine Brust. Es war nun keine Aufforderung in seiner Berührung, nur zärtliche Liebkosung. »Wir müssen hineingehen, Liebes.«

Velvet schmiegte sich enger an ihn. »Jason, das war unfaßbar. Ich kann gar nicht glauben, welche Gefühle du in mir weckst. Wenn ich dich nicht als Ehemann haben kann, gebe ich mich gerne damit zufrieden.«

Sie spürte, wie er erstarrte, und wünschte, sie hätte den Gedanken für sich behalten. Er rückte von ihr ab, zog ihr die Bluse über die Schultern und machte sich daran, seine Breeches zuzuknöpfen.

»Das war sehr selbstsüchtig«, grollte er, »und doch kann ich es nicht bereuen.«

»Ich bereue es auch nicht. Im Gegenteil, ich kann das nächste Mal kaum erwarten.«

Da drehte er sich zu ihr um und sah sie finster an. »Nein, verdammt! Wenn wir so weitermachen, wird es früher oder später ein Kind geben. Und was würdest du tun, wenn du guter Hoffnung bist?«

Velvet zwinkerte, als sie unerwartet Tränen in den Augen spürte. »Ich wäre überglücklich, Jason. Mir wäre nichts lieber, als dein Kind zu bekommen.« Sie legte ihre zitternde Hand auf seine Brust. »Jason, ich könnte dich lieben ... wenn du es zuließest.«

Sein Antlitz wurde aschfahl, als er sie an den Schultern

packte. »Begreifst du nicht – ich will nicht, daß du mich liebst. Ich will nicht, daß du mein Kind bekommst. Was ich für dich empfinde, ist Luft – mehr nicht. Du bist eine schöne begehrenswerte Frau, nach der ich mich vor Sehnsucht verzehre. Mehr ist nicht zwischen uns. Und mehr wird es niemals geben!«

Glühender Schmerz durchzuckte sie. Sie wußte, daß er so dachte, und doch konnte sie sich nicht damit abfinden. Er drehte sich um und ließ sie stehen, nur um kurz an der Tür innezuhalten. »Wo schläfst du?« fragte er, ohne sich umzudrehen.

Sie schluckte schwer, weil ihre Kehle würgend eng war. »Ich … ich habe eine Kammer oben unter dem Dach.«

»Bist du dort gut untergebracht?«

»Der Raum ist sauber und ordentlich. Es fehlt mir dort an nichts.«

Noch immer drehte er sich nicht um. »Läßt sich die Tür versperren?«

»Ja.«

»Dann vergiß es nicht.« Aus der Dunkelheit neben dem Stall beobachtete Jason, wie Velvet durch die Stalltür ins Freie trat und dann durch die Hintertür des Wirtshauses verschwand. Als er wieder den Schankraum betrat, lastete in seiner Brust ein Bleigewicht. Verdammt, was hatte das Mädchen an sich, daß er ihr nicht widerstehen konnte? Herrgott, wie jung und naiv sie war … Warum nützte er dies ständig aus?

Er hatte den Gedanken noch nicht zu Ende gedacht, als sein Verstand ihm sagte, daß Velvet eine Frau und kein Mädchen war. Sie war stark und entschlossen und wußte genau, was sie wollte. Dennoch wollte er ihr nicht mehr Schmerz zufügen, als er es sowieso schon tat.

Er ließ sich schwer auf die Bank an einen Tisch rechts vom

Kamin plumpsen. Ein Gruppe von Soldaten, Infanteristen des Vierten Regiments, kürzlich aus Indien zurück, waren eingekehrt. Es waren trinkfeste Burschen, die Hälfte von ihnen inzwischen voll wie die Haubitzen, die andere Hälfte auf bestem Weg dahin.

Vier Infanteristen schäkerten mit dem Schankmädchen, einer davon war ein Sergeant mit kräftiger Brust, dessen rotweiße Uniform an den Ärmeln Streifen aufwies. Als er dem Mädchen in die Kehrseite kniff, tat es vor Schreck einen Satz und verschüttete einen Humpen Bier. Entrüstet drehte sie sich um und schlug ihm auf die Hand.

»Benehmen Sie sich, Sergeant.«

»Du kriegst Geld von mir«, raunte er ihr zu, doch waren seine Worte mehr ein zischendes Lallen, soviel hatte er schon getrunken. »Eine Runde mit dir, und ich zahle dir mehr, als du hier in einer Woche kriegst. Es ist Monate her, seitdem ich und die Jungs eine Frau hatten.«

Jasons Unbehagen wuchs, da er an Velvet dachte. Es wollte ihm nicht gefallen, welche Richtung die Gespräche der Männer nahmen. Hier im Wirtshaus waren Frauen rar, und einige der Soldaten hatten Bemerkungen über das »leckere dunkelhaarige Ding« gemacht, das sie im Vorübergehen in der Küche erspäht hatten.

Das Mädchen wog abschätzend das Silberstück in ihrer Handfläche und gab sie dem Sergeanten zurück. Nach einem Blick über die Schulter, der dem Mann an der Theke galt, nickte sie. »Es soll mir recht sein. In einer Stunde ist für mich hier Schluß. Also bis dann, draußen im Stall. Um diese Zeit läßt sich dort niemand blicken.«

Jason spürte, wie seine Ohren heiß wurden. Zum Teufel, er selbst war nicht viel besser als der Sergeant. Er hatte es mit einem unschuldigen jungen Ding wie Velvet draußen im Stall getrieben und sie wie das Flittchen behandelt, als das er sie vor kurzem bezeichnet hatte. Schon dreimal hatten sie einander geliebt und noch nie ein anständiges Bett geteilt. Schlimmer noch, jedesmal, wenn er sie verließ, war er schon wieder steif und bereit, sie erneut zu nehmen. Was war es nur, das ihn an ihr so reizte?

Am Tisch neben ihm krakeelte der Sergeant mißmutig, daß eine Stunde Wartezeit auf ein Weibsbild zu lange sei, und das Mädchen verschwand, um die nächste Runde Bier zu holen. Auch Jason bestellte sich etwas, einen Becher Rum, den er viel zu hastig hinuntergoß, dann einen zweiten, der endlich die ersehnte Wirkung zeitigte und ihn benommen machte.

Er mußte eingenickt sein, denn als er wenig später aufschreckte, war der Sergeant verschwunden, und zwei der Infanteristen lagen sich wegen einer Wette in den Haaren. Einer sagte, der Sergeant würde seine Lust stillen, ehe die Stunde um wäre, während der andere wettete, das Mädchen würde ihn zurückweisen, egal, wieviel Geld er bieten mochte.

Ein dritter meinte, daß es darauf ohnehin nicht ankäme. Das Mädchen würde ihm zu Willen sein müssen, ob es ihm beliebte oder nicht.

»Eine verdammte Schande, wenn ihr mich fragt«, knurrte der hagere Korporal. »Frauen packt der Sergeant immer zu grob an. Ein hübsches kleines Ding wie sie hat was Besseres verdient.«

Jasons Herzschlag stolperte. Die Wirkung des Rums war im Nu verflogen. Er sprang auf, so schnell, daß er die Bank umstieß, um mit hallenden Schritten auf die Dienstbotentreppe im rückwärtigen Teil der Schankstube zuzurennen.

Als Velvet ganz allmählich erwachte, mußten sich ihre Augen erst an die Dunkelheit der kleinen Dachkammer gewöhnen.

Ein Geräusch hatte sie geweckt, ein scharrendes, metallisches Geräusch. War die Türverriegelung angehoben worden? Nein, das konnte nicht sein. Sie hatte die Tür gut verschlossen. Sicher war es irgendeine andere Tür.

Sie drehte sich auf den Rücken und suchte sich eine bequemere Stellung auf dem schmalen Strohsack, als sie ein unheimliches Prickeln im Nacken spürte. Sie war nicht allein im Raum. Jemand beobachtete sie. Ein eiskalter Schauer lief ihr übers Rückgrat, ihre Hände wurden feucht. Sie fuhr von ihrem schmalen Lager auf, den Mund zu einem Schrei geöffnet.

Eine fleischige Pranke landete auf ihren Lippen, erstickte den Schrei und raubte ihr fast den Atem. Ein schwerer Männerkörper, mit der Ausdünstung von Schweiß und Rum behaftet, zwang sie zurück aufs Lager.

»Hallo, Kleine.« Vor Angst bebend, mußte sie es dulden, daß er eine Haarlocke um seinen schwieligen Daumen wickelte. »Ein niedliches Dingelchen bist du, Mädchen. Du und ich werden noch gut miteinander bekannt werden.«

Seine Hose, über deren Gürtel ein dicker Fettwulst quoll, war schon zum Teil aufgeknöpft. Ihre Angst stieg und brachte sie fast der Hysterie nahe. Er war doppelt so groß wie sie. Selbst wenn es ihr gelänge, seine Hand wegzuschieben und um Hilfe zu rufen, würde sie niemand hören, weil die Wände zu dick waren und sich niemand in der Nähe befand.

Sie fing an, wild um sich zu schlagen. O Gott, wie schwer der Kerl war! Sein übler Atem beleidigte ihre Nase, Tränen brannten in ihren Augen. Als er sie kurz losließ, um nach ihrem Nachthemd zu fassen, riß Velvet sich los, verzweifelt bemüht, sich zu befreien. Noch ehe sie ihren Schrei ausstoßen konnte, hatte er den Laut mit einem Schlag der flachen Hand abgewürgt. Ein zweiter Schlag riß ihre Lippen auf. In ihren

Ohren dröhnte es. Mit derben Fingern riß er ihr Hemd vorne auf, tastete nach einer Brust und knetete sie so fest, daß sie schrill aufjammerte.

»Kleine, du wirst tun, was ich will. Du wirst es rasch lernen. Sergeant Dillon duldet bei Weibern keine Widerrede.«

Velvet schmeckte den Kupfergeschmack des eigenen Blutes im Mund, doch ihr Widerstandsgeist war ungebrochen. Sie drehte und wand sich und versetzte ihm Tritte, schaffte es aber nicht, ihn abzuwehren. Ihr Aufschrei erstarb unter seinen wulstigen Lippen, die sich gierig und sabbernd auf sie drückten. Ihr Ekel war so groß, daß sie schon glaubte, sie würde sich im nächsten Moment erbrechen.

Da faßte sie in sein Haar und biß mit aller Kraft in seine Zunge, die sich in ihren Mund drängte. Mit einem gotteslästerlichen Fluch zuckte er zurück, ließ seine Faust vorschnellen und hieb auf ihr Kinn, worauf sie fast bewußtlos rücklings aufs Bett krachte.

»Verdammtes kleines Luder. Dafür wirst du bezahlen.«

»Du bist es, der bezahlen wird«, ließ sich eine sanfte Stimme vernehmen, in deren Ton tödliche Bedrohung mitschwand. »Ich werde dich töten, Sergeant. Mit diesen beiden Händen werde ich es tun.«

Vor Schmerzen wimmernd und völlig benommen, hatte Velvet das Gefühl, daß sich der Raum um sie drehte. Dennoch erkannte sie die hochgewachsene bedrohliche Gestalt, die in der Dunkelheit aufragte. Jason war gekommen. Sie blinzelte, um ihren Tränenschleier durchdringen zu können. Gottlob, Jason war da.

Der Sergeant richtete sich auf, den Blick auf seinen unverhofften Widersacher geheftet, und Velvet raffte ihr zerrissenes und blutbeflecktes Nachthemd über ihren schmerzenden Brüsten zusammen.

»Die Kleine gehört mir, Kamerad. Wenn ich dich zuerst umlegen muß, bevor ich sie kriege, soll es mir recht sein.«

»Hände weg von ihr«, zischte Jason. Zum erstenmal erfaßte Velvets Blick sein Gesicht. Fast hätte sie erneut aufgeschrien, als sie die Mordlust darin las. Seine Augen waren so durchdringend, daß sie schwarz wirkten, sein Mund zu einem harten, grimmigen Strich zusammengepreßt. Jeder Muskel seines mächtigen Körpers bebte vor Wut. Er ballte die Fäuste so fest, daß seine Knöchel weiß hervortraten.

Aus ihrem Mundwinkel floß Blut, das sie abwischte, ohne den Schmerz zu registrieren. Völlig auf die zwei tödlichen Gegner fixiert, sah sie das Aufblitzen von Stahl, als der Sergeant mit blitzschnellem Griff aus seinem Stiefel eine schmale, silbern aufblitzende Klinge zog.

»Jason! Achtung!«

Er wich mit einem Ruck aus, und die Klinge verfehlte ihn nur knapp. Jason stieß ein fauchendes Geräusch aus. Sein verzerrtes Lächeln verlieh ihm etwas Raubtierhaftes. Velvet fuhr mit der Zunge nervös über ihre Lippen. Sie zitterte am ganzen Körper. Noch nie hatte sie ihn so gesehen, nie hätte sie sich diese rücksichtslose Entschlossenheit vorstellen können, die seine markanten Züge zu einer kalten Fratze des Zorns erstarren ließ.

Jason vollführte einen Kreis, doch in der kleinen Kammer war nicht viel Raum für Manöver. Der große Sergeant grinste bösartig.

»Sie ist ein leckerer Happen, wie? Jede Wette, daß ich sie hart hernehmen werde.«

Jasons Pupillen schrumpften zu Nadelspitzen. Er malmte mit den Zähnen, doch konnten die Worte des anderen seiner eisernen Beherrschung nichts anhaben. Im Gegenteil, sie steigerten sie noch.

»Ich bringe dich um«, wiederholte er. »Ich werde dich mit deinem eigenen Messer zerstückeln und mich über jeden einzelnen Blutstropfen freuen, den ich deinem nichtswürdigen Kadaver entlocke.«

Velvets Kehle entrang sich ein Röcheln. Diesen Mann kannte sie nicht. Er jagte ihr fast so viel Angst ein wie vorher der Sergeant. Sie drückte sich in eine Ecke, als der bullige Offizier Jason wie ein gereizter Stier mit gesenktem Schädel angriff.

Velvet biß sich auf die Unterlippe, um einen Schrei zu ersticken. Ihr Gesicht brannte von dem Schlag, ihr Herz raste, und in ihrem geschundenen Kiefer hämmerte es. Dennoch spürte sie von alldem nichts, da sie starr vor Entsetzen die zwei Männer beobachtete, von denen jeder dem anderen nach dem Leben trachtete.

Die Widersacher krachten über einem wackligen Tisch in der Ecke zusammen. Jason bekam die Messerhand des Sergeanten zu fassen und schlug ihm die tödliche Klinge aus den Klauen. Kaum aber hatte der Soldat die Hände frei, als er sie um Jasons Hals preßte und zudrückte.

»Jason!« Vor Angst nahezu besinnungslos, sah sie, wie sein Gesicht rot anlief. Verzweifelt sah sie sich nach irgendeiner Waffe um.

Da schnellte Jasons Faust vor und traf das Gesicht seines Gegners, schlug ihm die Nase blutig und riß seine Lippe auf. Jason rollte sich weg, und die zwei Männer kamen schnaufend wieder auf die Beine. Der Sergeant landete einen Hieb gegen Jasons Rippen, der diesem aber nur ein Knurren entlockte und dazu führte, daß er ihm einen um so heftigeren Kinnhaken versetzte. Der Sergeant polterte rücklings zu Boden, und Jason packte ihn an den Aufschlägen des roten Waffenrockes, riß ihn hoch und traktierte sein blutüberströmtes

Gesicht mit einem wahren Hagel von rasch aufeinanderfolgenden Faustschlägen.

Schmerzlaute drangen zwischen den aufgeplatzten Lippen des Mannes hervor. Blut lief aus seiner Nase. In einem verzweifelten Versuch, sich zu retten, tastete er mit den Fingern den Boden oberhalb seines Kopfes ab, und bekam das Messer zu fassen. Er holte damit aus, aber Jason packte sein Handgelenk und verdrehte es knackend, als wäre es eine lästige Bagatelle. Wütend jaulte der Mann auf.

Mit kaltem Lächeln erfaßte Jason den Messergriff und hielt dem Sergeanten die Klinge unter das wabbelige Kinn. »Ich werde dir die Kehle aufschlitzen. Ich werde dich verbluten lassen wie ein Schlachtschwein.«

»Jason!« schrie Velvet auf. Auf ihn zuspringend, versuchte sie, seine Hand, die das Messer hielt, zu packen »Um Himmels willen, töte ihn nicht!«

Er schien sie nicht zu hören. Die scharfe Stahlklinge ratschte fein säuberlich über die fleckige Haut des Mannes und hinterließ eine feine Blutspur.

»Erbarmen, Mann – sie ist doch nur eine Dienstmagd!« gurgelte er. Jasons Augen funkelten. »Sie ist meine Frau.« Die Klinge schnitt tiefer, das Blut floß stärker.

»Jason!« Velvet brach in Tränen aus, so heftig, daß sie kaum etwas sehen konnte. Vor ihr war das verschwommene Bild seiner großen, kraftvollen Gestalt, die scharlachrot umrändert schien. »Bitte … ich flehe dich an … töte ihn nicht.«

Seine Hand zitterte, doch der Druck blieb. Die Messerschneide bebte, rührte sich aber nicht von der Stelle.

»Jason …«, hauchte sie, noch immer seinen Arm umfassend. »Bitte …«

Sein Atem entfuhr ihm zischend. Er schleuderte das Messer gegen die Wand, wo es mit stählernem Klirren auftraf.

Dann riß er den Sergeanten an der Jacke hoch, donnerte ihm links und rechts einen Boxhieb ins Gesicht und ließ ihn anschließend krachend auf den Boden fallen.

»Er … ist ohnmächtig«, flüsterte Velvet mit trockenen Lippen, während sie die über und über mit Blut befleckte Gestalt auf dem Boden anstarrte.

Jason rappelte sich hoch. »Das wird er eine ganze Weile bleiben.« Er kam schwankend auf sie zu, mit blutigen Lippen und zerrissenem Jackett. Unwillkürlich zuckte sie zurück, als er die Hand nach ihr ausstreckte. Er blickte sie voller Sorge und Angst um sie an.

Als er jedoch ihr entsetztes Gesicht sah, änderte sich sein Ausdruck so sehr, daß sie ihn nicht zu deuten vermochte. Seine Gesichtsmuskeln malmten. Er schien sich zu sammeln und gleichzeitig in sich zurückzuziehen. »Alles in Ordnung bei dir?«

Nichts war in Ordnung. Ihr ganzer Körper schmerzte und hämmerte. Sie bebte vor Angst und Schrecken, den Tränen näher als dem nächsten Atemzug.

»Ich … ich möchte nicht hierbleiben. Ich kann nicht mehr. Bitte … ich möchte mit dir gehen.«

Er überraschte sie mit einem Kopfschütteln. »Das kann nicht dein Ernst sein. Nicht nach allem, was passiert ist.« Sein Blick blieb dunkel, abweisend, seine ausdruckslosen Augen die eines Fremden. »Nicht nach allem, was du gesehen hast.«

Sie verstand ihn nicht. »Was habe ich denn gesehen?«

»Velvet, ich hätte ihn umgebracht. Ich hätte diesem Schurken glatt die Kehle durchgeschnitten. Wärest du nicht gewesen, ich hätte es getan.«

»Ja.«

»Verstehst du jetzt?« Er wich ihrem Blick mit schmerzlicher Miene aus. »Weißt du endlich, was für ein Mensch ich bin?« O Gott … ihre Beine zitterten so stark, daß sie schon glaubte, sie würden ihr den Dienst versagen, doch sie zwang sich mit aller Kraft zum Gehen. Sie machte einen Schritt über den reglosen Sergeanten hinweg und ging unsicher auf Jason zu, wobei die schmerzliche Sehnsucht nach ihm und der dröhnende Schmerz, der ihren gequälten und geschlagenen Körper erfüllte, eins wurden.

Vor ihm blieb sie stehen und wartete, bis sie seinen Blick eingefangen hatte. »Ja … ich habe gesehen, was du getan hast. Mir ist jetzt klar, daß ich dir so viel bedeute, daß du meinetwegen dein Leben riskierst. Ich habe gesehen, daß du noch tapferer bist, als ich dachte.«

Er packte sie an den Schultern. »Ich hätte ihn getötet!«

»Ja. Oder du hättest dein Leben für mich gelassen, wenn der Sergeant gewonnen hätte.«

Seine Augen bohrten sich in ihre. »Ich verstehe dich nicht. Wie kannst du noch an mich glauben? Sicher mußt du Zweifel haben … sicher mußt du dich fragen …«

»Hast du deinen Vater getötet?«

Er schüttelte den Kopf. »Nein.«

»Dieser Mann hat mich geschlagen. Er hätte mich vergewaltigt. Du warst außer dir, blind vor Wut. Du wolltest mich schützen!« Ihr zerfetztes, blutbeflecktes Nachthemd an sich drückend, trat sie noch näher an ihn heran. »Jason, bring mich hier weg. Bitte. Nimm mich mit. Bei dir bin ich geborgen.«

Jason starrte sie an. Er rührte sich nicht. Dann kam ein rauher Laut aus seiner Kehle, und er nahm Velvet in die Arme, um sein Gesicht in ihr Haar zu drücken. Sekundenlang hielt er sie nur fest. Dann hob er sie hoch, öffnete die Tür mit dem Fuß und trat hinaus auf den Gang.

»In meinem Zimmer werden wir sicher sein.« Seine Stiefel

polterten über die Treppenstufen. »Deine Sachen holen wir am Morgen.«

Velvet widersprach nicht. Der Schock saß so tief, daß sie unkontrolliert zitterte. In seinem Zimmer angekommen, schlug er die Bettdecke zurück und bettete sie behutsam auf die Matratze. Er zündete eine Kerze auf dem Nachttisch an, ehe er zur Tür ging und sie versperrte. Nachdem er seine Pistole aus der Tasche gezogen hatte, sah er nach, ob sie geladen war, und legte sie auf den Tisch neben die Kerze.

Sich auf die Bettkante niederlassend, faßte er nach Velvet. Seine Hände waren unsicher, als er sanft ihr Kinn anhob und ihr Gesicht dem Licht zudrehte, damit er ihre Verletzungen sehen konnte. Er schluckte schwer, als er sah, wie grausam der Sergeant sie zugerichtet hatte.

»O Gott, das tut mir leid. So verdammt leid.«

»Nicht so wichtig«, sagte Velvet leise. »Du bist gekommen, und das zählt.« Aber noch immer zitterte sie und konnte ihre Angst nicht abschütteln.

Er schob behutsam ihr Nachthemd auseinander und entdeckte die dunklen Flecken auf ihren Brüsten. »Himmel, er hat dir richtig wehgetan.« Er knirschte mit den Zähnen. »Dieser elende Bastard soll zur Hölle fahren.« Sein Blick wurde gequält. »Ich hätte dich nicht mitnehmen dürfen. Was passierte, ist meine Schuld.«

Velvet ergriff seine Hand. »Glaubst du, alles, was geschieht, sei deine Schuld? Nur weil du Herzog bist, kannst du doch nicht für alles verantwortlich sein, was sich an bösen Dingen zuträgt.«

Sein Ausdruck verriet ihr, daß er jedoch dieser Meinung war. »Auch dein Vater war nicht vollkommen. Hätte er sich gezügelt und wäre dir nicht gefolgt, dann wäre er nicht getötet worden – oder glaubst du, auch dies sei deine Schuld?«

Er ließ den Kopf hängen. Auf seinen Schultern schien die Last der ganzen Welt zu liegen. »Ich weiß nicht mehr, was ich glauben soll.«

Velvet verdrängte ihre Tränen. Sie legte eine Hand auf seine Wange, spürte seine harte Kieferlinie. »Ich zittere noch immer. Bitte, Jason, ich bin todmüde, aber ich weiß, daß ich nicht schlafen kann. Wirst du mich in den Armen halten?«

Sie glaubte schon, er würde widersprechen und sich weigern. Statt dessen drehte er sich um und bückte sich, um seine Stiefel auszuziehen. Hemd und Breeches folgten. Mit nackter Brust, nur in seinen engen Baumwollunterhosen, legte er sich neben sie ins Bett. Velvet schmiegte sich in seine Arme und kuschelte den Kopf an seine Schulter.

»Danke«, flüsterte sie. In Minutenschnelle schlief sie ein, in dem Bewußtsein, bei ihm in absoluter Sicherheit zu sein. Jason würde sie beschützen.

18

Velvet wurde durch Jason geweckt, der schon auf war und mit irgend etwas herumrumorte. Durch ein halbgeöffnetes Auge sah sie, daß er mit Packen beschäftigt war. Ihre kleine Tasche, die er offensichtlich aus der Dachkammer geholt hatte, hing auf der Lehne des Stuhls neben dem Bett.

Als sie sich aufrichtete, zuckte sie zusammen Ihre Brüste schmerzten, ihr Kopf dröhnte, und ihre Unterlippe war geschwollen und verkrustet.

»Jason, was machst du da?«

Sich aufrichtend, warf er ihr einen Blick über die Schulter zu. »Ich bringe dich nach Hause.«

»Was ist mit dem Sergeanten?« fragte sie, ohne auf seine Antwort einzugehen. »Ist er …?«

»Die Soldaten sind abgezogen. Mit denen haben wir wenigstens nichts mehr zu schaffen.« Er stopfte ein weitärmeliges Leinenhemd in seine Tasche, als sie ihre Beine ächzend über den Bettrand schwang.

»Aber wir müssen doch nicht gleich fort. Sicher wird Mrs. McCurdy, die Köchin, Verständnis dafür haben, daß ich verspätet zur Arbeit komme, sobald sie erfährt, was passiert ist.«

Seine Augen wurden tellerrund vor Fassungslosigkeit. »Bist du verrückt? Du mußt dich ebenso elend fühlen, wie du aussiehst. Du kannst unmöglich hinuntergehen und arbeiten. Ich hätte dich gar nicht erst mitkommen lassen dürfen. Und jetzt bringe ich dich nach Hause, ehe noch etwas anderes Schlimmes passiert.«

Da war unbestritten etwas Wahres dran. Es war ihr gar nicht nach Arbeit zumute, aber dies war die Chance, deretwegen sie gekommen waren, und sie wollte nicht aufgeben, ehe sie nicht die Antworten hatten, die sie suchten.

»Laß mir noch ein paar Stunden Zeit. So zusammengeschlagen, wie ich aussehe, werden die Dienstboten mir mit Mitleid begegnen. Vielleicht werden sie sich mir anvertrauen und mir sagen, was wir wissen wollen.«

»Nein. Kommt nicht in Frage.« Er fuhr in seiner Tätigkeit fort, warf seine Strümpfe und die blutbefleckte Hose vom Abend zuvor in seine Tasche. »Wir brechen auf … das ist mein letztes Wort.«

Velvet stand auf und zuckte erneut zusammen, als ein beißender Stich sie durchfuhr. Zum Glück sah Jason nicht in ihre Richtung. »Jason, wir müssen durchhalten. Wir dürfen nicht aufgeben. Die Soldaten sind jetzt fort. Bitte … gib mir noch eine Chance, die Wahrheit herauszufinden.«

Der Lederriemen seiner Tasche schnurrte durch die Schnalle, als Jason ihn festzurrte. Er blickte auf. »Ich habe dir schon genug Schmerz zugefügt.«

»Ich sagte schon, daß es nicht deine Schuld ist, was geschah. Und jetzt bitte ich dich … bitte … nur diesen kleinen Gefallen. Gib mir noch drei Stunden, Jason, dann laß uns aufbrechen.«

Er marschierte mit finsterer Gewittermiene vor ihr auf und ab. Dann nahm er die Tasche und warf sie aufs Bett. »Das ist nicht fair, und das weißt du.«

»Jason, laß zu, daß ich dir helfe.«

Er ging auf sie zu und blieb so dicht vor ihr stehen, daß sie einander fast berührten. Er starrte auf sie hinunter, die Hände in die Hüften gestützt. »Drei Stunden, Velvet, dann gibt es kein Pardon mehr. Wenn du nicht gehen willst, werfe ich dich wie einen Kartoffelsack über die Schulter und schleppe dich davon.« Er beugte sich zu ihr nieder, so daß sie Auge in Auge waren. »Habe ich mich klar genug ausgedrückt?«

Velvet lächelte. »Sonnenklar, Mylord.« Sich umdrehend, zog sie rasch ihre Dienstbotenkleidung an, ohne Rücksicht auf die Schmerzen, die sich bei jeder Bewegung meldeten.

»Wir treffen uns im Wäldchen hinter der Schenke. Wenn du in drei Stunden nicht zur Stelle bist, hole ich dich.«

»Ich werde da sein«, rief Velvet aus und lief auch schon die Treppe hinunter. Kaum war sie seiner Sicht und Hörweite entzogen, als sie sich ein qualvolles Aufstöhnen erlaubte, das sie bis dahin zurückgehalten hatte. O Gott, ihr Körper brannte wie Feuer.

Mrs. McCurdy war eben dabei, eine schwere gußeiserne Bratpfanne zu spülen, als Velvet in die Küche kam.

»Guter Gott, Kleine, du siehst ja noch ärger aus, als ich dachte!«

»Sie haben gehört ... ich meine, Sie ha'm gehört, was los war?« fragte Velvet, die gerade noch rechtzeitig in den ländlichen Dialekt verfiel.

Mrs. McCurdy nickte. »Wir alle haben es gehört. Die Soldaten redeten über den Burschen, der dir zu Hilfe kam, aber keiner wußte so recht, wer er ist.« Sie zwinkerte Velvet zu. »Aber man hat so seine Ahnungen.«

Die beleibte Frau gab wie eine Mutterglucke einen besorgten Laut von sich und watschelte auf Velvet zu, als gelte es, ein verletztes Küken zu begutachten. »Man mußte den Riesenkerl von Sergeanten auf einer Tragbahre hinausschaffen.« Sie inspizierte die dunklen Flecken in Velvets Gesicht. »Zu schade, daß der Schuft noch Atem in sich hatte.«

Velvet sparte sich die Bemerkung, daß der Sergeant tatsächlich seinen letzten Atemzug getan hätte, wäre es nach Jason gegangen.

»Was kann ich Ihnen helfen?« fragte Velvet, was ihr von seiten Mrs. McCurdys einen strengen Blick einbrachte.

»Du wirst doch nicht etwa arbeiten wollen?«

»Ich brauch' das Geld, Mrs. McCurdy.«

Die Frau seufzte. »Meine Betsy ist eben aus dem Dorf zurückgekommen. Sie kann das Geschirr spülen. Du setzt dich hier hin und flickst ein paar Küchentücher.«

Das war keine schwere Arbeit, und Velvet war der Frau dankbar für ihr Mitleid. Sie plauderten eine Weile, bis Betsy kam, ein hübsches, rothaariges Mädchen in Velvets Alter, dessen strahlendes Lächeln es noch gewinnender machte. Die beiden fanden sofort Gefallen aneinander. Und wie ihre Mutter und das übrige Gesinde, das nacheinander hereinkam, zeigte auch Betsy sich sehr mitfühlend. Nach zwei Stunden hatte Velvet das Gespräch unauffällig in die gewünschte Richtung gelenkt.

»Der Mann, der mir beistand …«, erwähnte sie beiläufig, »der sagte, er wäre schon vor einigen Jahren hier gewesen… an dem Abend, als der alte Herzog ermordet wurde. Er sagte, daß ihm damals die Gäste hier nicht behagt hätten.«

»Ich wußte ja, daß er es ist«, rief Mrs. McCurdy schrill vor Begeisterung aus. »Der stattliche junge Gentleman, der gestern kam, war schon einmal wegen meiner Betsy da.«

Velvet runzelte die Stirn. Jason hatte die hübsche Rothaarige nicht erwähnt. »Er war sehr tapfer«, sagte sie mit einem Anflug von Groll. »Er hat mich unter Lebensgefahr gerettet.« Im weiteren Verlauf dirigierte Velvet das Gespräch Schritt um Schritt so, daß man wie von selbst auf die Nacht des Mordes am alten Herzog zu sprechen kam.

»Ich bin so gut wie sicher, daß es hier jemanden geben müßte, der sah, was damals wirklich geschah«, sagte sie leise und in vertraulichem Ton. »Ich glaube, jemand weiß, daß der junge Herzog unschuldig war.«

Betsy sah sich nach beiden Richtungen um, als wolle sie sichergehen, daß niemand zuhörte, dann flüsterte sie Velvet ins Ohr. »Ich sah es«, sagte sie. »Damals war ich erst zehn, aber ich sah den Mann mit der Pistole die Hintertreppe hinaufschleichen. Und ich sah auch, wie er durchs Fenster zielte und schoß.« Die Erinnerung jagte Betsy Schauer über den Rücken. »Ich war noch ein Kind, aber ich werde es nie vergessen.«

Velvet war vor Überraschung zunächst wie gelähmt. Ihr Herz schlug so heftig, daß sie schon glaubte, es würde ihre Rippen sprengen. »Hast du gesehen, wer es war?«

Wieder warf Betsy einen Blick in alle Richtungen. »Er war es, diese schleimige Kröte. Seine Durchlaucht, der Duke of Carlyle. Nur war er damals noch kein Herzog.«

Velvet holte tief Atem, ihr Herz hüpfte aufgeregt in ihrer

Brust. Geschafft – sie hatte eine Zeugin gefunden! Erschrocken drehte sie sich um, als durch die offene Küchentür eine laute Männerstimme drang.

»Du hast dich verspätet«, donnerte Jason vorwurfsvoll.

Velvet sprang auf, lief zu ihm und sagte glücklich: »Es tut mir leid. Die Zeit verging schneller, als ich dachte, aber ich denke, es hat sich gelohnt.« Sie schaute ihn so strahlend an, daß er verblüfft schwieg und auch keinen Widerstand leistete, als sie nach seiner Hand faßte und ihn in die Küche zog.

»Lord Hawkins … ich möchte, daß Sie jemanden kennenlernen.« Sie mußte gegen einen Anflug von Eifersucht ankämpfen, als sie sagte: »Falls ihr beide euch nicht schon begegnet seid.«

Sie hatten es geschafft. Es war ihnen tatsächlich geglückt, einen Augenzeugen des Mordes zu finden. Obwohl zur Tatzeit noch ein Kind, war das Mädchen eine Trumpfkarte in der Partie, die Jason gegen seinen Bruder zu eröffnen gedachte.

Während er den Phaeton über die Landstraße nach London kutschierte, warf er einen Blick auf die zarte Gestalt, die an seiner Schulter schlummerte. Mit zärtlicher Fürsorge zog er ihr die Reisedecke bis ans Kinn und steckte sie als Schutz gegen die Kälte sorgsam um sie herum fest. Im wässrigen grauen Sonnenschein, der sich zwischen den Wolken hervorkämpfte, konnte er die dunklen Verfärbungen in ihrem Gesicht sehen, und wieder stieg Wut in ihm hoch.

Er wußte nur zu gut, welche Schmerzen sie leiden mußte, Schmerzen, die er verschuldet hatte, doch wenn sie nicht darauf bestanden hätte, mitzukommen, wären sie niemals auf Betsy McCurdy gestoßen, und diese hätte sich niemals bereit erklärt, gegen seinen Bruder auszusagen.

Gegen den Wunsch ihrer Mutter allerdings und nur dank

Velvets sanfter Überredungskunst und nachdem sich Lord Hawkins sich für ihre Sicherheit verbürgt hatte.

»Ich muß es tun, Mutter«, hatte sie gesagt und schniefend die Tränen zurückgehalten. »Ich wünschte, ich hätte es seinerzeit schon gestanden. Jahrelang habe ich mir deswegen Vorwürfe gemacht. Lord Hawkins möchte den Namen des jungen Herzogs von jedem Verdacht reinwaschen, und ich möchte ihm dabei helfen. Diesmal nutze ich die Chance, die Wahrheit zu sagen.«

Vielleicht würde es genügen, wenn sie ihre Aussage bei den Behörden nur zu Protokoll gab. Jason hoffte es jedenfalls. Aber die Gewißheit, daß er mit Betsy rechnen konnte, war für ihn eine große Beruhigung.

Velvet gab im Schlaf ein leises Stöhnen von sich und schmiegte sich enger an ihn. Jason strich ihr sanft eine lose Haarsträhne hinters Ohr. Sie war so klein und zierlich, nicht viel größer als ein Kind, und doch war sie ganz Frau. Auch jetzt noch mit ihrem geschundenen und verschwollenen Gesicht und mit ihrer aufgeplatzten Lippe, begehrte er sie mit einer an Besessenheit grenzenden Verzweiflung.

Er hatte versucht, sich von ihr fernzuhalten, sie vor der Lust zu beschützen, die ihn in ihrer Nähe immer überkam, bislang aber war es ein verlorener Kampf. Und sie machte ihm die Sache nicht einfacher.

Küß mich, Jason. Ich möchte, daß du die Dinge tust, von denen du sprichst. Herrgott, diese Frau verstand es, sein Blut in Wallung zu bringen. Sie war ein verführerisches kleines Ding, dessen Leidenschaft sich mit seiner messen konnte, wenn ihr Eigensinn einem das Leben auch schwermachen konnte.

Aber sie war beherzt und klug und in ihrer Freundschaft so loyal, wie er es selten erlebt hatte. Eine wirkliche Freundin, die durch ihn hatte leiden müssen. Was sollte er jetzt mit ihr anfangen?

Jason mußte sich eingestehen, daß er es nicht genau wußte. Bei ihrer Ankunft in London würden die Dokumente zur Freigabe ihrer Mitgift bereit sein. Sie würde das Geld haben, das sie so dringend brauchte, und er hatte genug Beweise, um Celia Rollins gegenüberzutreten zu können.

Er müßte aus Velvets Haus ausziehen, auf Distanz zu ihr gehen, ehe er wieder seinem Begehren nachgab. Aber das Zusammenleben mit Velvet bot ihm andererseits die ideale Deckung. Ein menschenscheuer Bücherwurm aus Northumberland als Ehemann, ein entfernter Vetter, dem die Gesellschaft Neugierde, aber nicht viel mehr entgegenbrachte. Dank Velvet und Lucien konnte er Averys Tun verfolgen. Und da er im Haus der Havershams wohnte, konnte er Velvet im Auge behalten, wie es von Anfang an seine Absicht gewesen war. Er wollte nicht erleben, daß ihr noch einmal etwas zustieß.

Ich werde bleiben, entschied Jason, der bereits bei dem Gedanken an die Nächte, die er in dem Zimmer neben ihrem verbringen mußte, unruhig wurde. Aber dieser Zustand würde nicht lange dauern, beschwichtigte er sich. In ein paar Wochen war sein Ziel erreicht – oder aber er würde an einem Galgen baumeln. So oder so, seine Zeit mit Velvet würde bald ein Ende haben.

Merkwürdig genug, es war ein Gedanke, der bei Jason tiefe Niedergeschlagenheit auslöste.

Der Widerschein des Kerzenlichts flackerte auf den mit lavendelblauem Seidenmoiré ausgeschlagenen Wänden des Boudoirs der Countess. Die Decke des riesigen weiß-goldenen Himmelbetts mit den Draperien aus derselben lavendelfarbenen Seide war in Erwartung seiner Ankunft zurückgeschlagen.

Avery verkniff sich ein Lächeln. Wie leicht zu durchschauen diese Frau war. Celia wußte, daß er wieder zu Geld gekommen war, zu sehr viel Geld, und schon machte sie sich daran, seine Gunst zurückzuerobern.

»Es ist schon viel zu lange her ... Euer Durchlaucht.« Die leise verführerische Stimme kam vom Eingang ihres luxuriösen marmornen Ankleidezimmers am anderen Ende des Schlafgemaches. »Avery, Liebster, du hast mir gefehlt.«

Sie trug ein hauchdünnes purpurfarbenes Nachtgewand, eine Spur dunkler als der Lavendelton der Wandbespannung. Es betonte ihre helle Haut, ihr schwarzes Haar und die vollreife Figur so aufreizend, daß Avery sich kaum beherrschen konnte.

Obwohl er sich seine Gelüste nicht anmerken ließ, bewunderte er insgeheim ihre Bemühungen, vor allem aber das Geschick, wie sie ihre Verführungskünste einsetzte, um die gewünschte Wirkung zu erzielen. Aber nicht nur sie beherrschte das Spiel. Er hatte seine langweilige und gefühlskalte junge Frau satt und war froh, daß sie sich auf ihrem Landsitz vergraben hatte – auf seinem, wie er sich berichtigte. Und Celia war im Bett immer sensationell gewesen.

Er zog fragend eine helle Braue hoch. »Was ist los, meine Liebe? Hat Densmore etwa schon klein beigegeben? Schade ... ich dachte mir, der Gute würde mehr Ausdauer zeigen.« Er zog seinen pflaumenblauen Frackrock aus und warf ihn auf einen Sessel. »Aber andererseits weiß man ja, daß dein unersättlicher Appetit den stärksten Mann zu schwächen vermag.«

Ihr rubinroten Lippen wölbten sich zu einem verführerischen Schmollmund. »Durchlaucht tun mir unrecht.« Als sie auf ihn zuschwebte, bot sie in ihrem durchscheinenden, fließenden Nachtgewand, über dessen Ausschnitt sich elfenbeinweiß ihre Brüste wölbten, ein zauberhaftes Bild, das seinen Schaft pulsieren ließ. »Auch wenn es wahr wäre«, fuhr sie fort, »so war es doch niemals so wie mit dir.«

Avery lachte. »Was für eine Schmeichelei, meine Liebe. Dergleichen darf nicht unbelohnt bleiben.« Er ging auf sie zu, traf am Fuß des Bettes mit ihr zusammen und nahm sie in die Arme. Ohne sich mit Kuß oder Umarmung aufzuhalten, umfaßte er sofort ihre Brüste und reizte ihre Brustspitzen so fest, daß Celia fast die Luft wegblieb, als er sie grob kniff.

Plötzlich ging ihr Atem schneller. Sie hatte es immer schon gemocht, wenn sie hart angefaßt wurde. Geschickt half sie ihm, seine Weste aus Silberbrokat abzulegen, die er von sich warf. Er beugte sich über Celia und drückte einen Kuß auf ihren Halsansatz, während seine Hände nach ihren Schultern faßten und sie in die Knie zwang. Sie gab sofort nach und knöpfte seine Hose auf. Die Größe seiner Erektion entlockte ihr ein Lächeln.

»Wie soll ich Sie befriedigen, Durchlaucht?« Ihr Lächeln war betörend und voller Verheißung, als ihre schlanke Hand über sein Geschlecht strich. »Ich glaube, ich weiß, wie.«

Avery stöhnte auf, als sie ihn in den Mund nahm und ihre weichen Lippen ihn umschlossen. Wilde Lust durchfuhr ihn, als er ihre Zunge sein steifes Fleisch entlanggleiten fühlte. Sie wollte Geld. Sie würde tun, was nötig war, um sicherzugehen, daß sie es bekam. Dennoch legte sie es darauf an, ihr Liebesspiel auf die einfachste und schnellste Art hinter sich zu bringen.

Er hatte freilich nicht die Absicht, es ihr so leicht zu machen.

Er griff in ihr Haar und zog ihren Kopf hoch. Dann kleidete er sich völlig aus. »Meine Teuerste, wir haben die ganze Nacht für uns. Wir müssen uns also nicht beeilen – oder?«

Momentan flammte Widerspruch in ihren grünen Augen auf, um sofort wieder zu erlöschen. Avery hätte zu gerne gewußt, welchen ihrer Liebhaber sie empfangen wollte, nachdem sie ihn erledigt hatte.

»Nein, das müssen wir nicht … Euer Durchlaucht.«

In ihm regte sich Unwillen. In der Art, wie sie ihn anredete, lag eine Spur Sarkasmus, ein Unterton, der ihn schon lange gestört hatte. Und heute würde das Biest dafür bezahlen.

»Rauf aufs Bett«, befahl er, und Celia gehorchte augenblicklich. Ihre Stimmung änderte sich jäh, in ihre Augen trat ein Leuchten. Sie spürte seinen Zorn und wußte, was das bedeutete. Er würde sie grob, vielleicht sogar grausam nehmen. Ihr Widerstreben hatte sich in freudige Erwartung verwandelt.

»Leg dich auf den Bauch«, sagte er und kletterte neben sie aufs Bett. Er ballte ein Kissen zusammen und schob es ihr mit kühlem, boshaftem Lächeln unter die Hüften. Er gedachte, sie auf griechische Manier zu nehmen, eine Position, die Celia nie besonders geschätzt hatte.

Dieser befriedigende Gedanke steigerte seine Erregung. Celia arbeitete darauf hin, einen hübschen Anteil seines Geldes in ihre Finger zu bekommen. Aber mehr als eine ordentliche Bettrunde, Schmerzen und blaue Flecken würden dabei nicht für sie herausschauen.

Es war das letzte Mal, daß sie ihn in ihrem Bett willkommenheißen würde.

Silber klirrte. Ein Diener räumte das Frühstücksgeschirr ab. Eine Teetasse klapperte laut auf der Untertasse, als sie auf dem Servierwagen davongerollt wurde. Vor den Fenstern hatte sich ein Gewitter zusammengebraut, dicke Wolken dräuten, und der Nebel war so dicht, daß die roten Pfingstrosen im Garten nur undeutlich zu sehen waren.

»Freitag findet Sir Wallaces Beerdigung statt«, sagte Velvet zu Jason, der am Kopf der langen, blankpoliert schimmernden Tafel saß. Ihr Großvater hatte früher gefrühstückt und sich bereits zur Lektüre, seinem bevorzugten Zeitvertreib, ins Arbeitszimmer zurückgezogen. »Glaubst du, daß Mary daran teilnehmen wird?«

Jason sah vom *Morning Chronicle* auf. »Hoffentlich nicht. Balfour wird seine schützende Hand schwerlich über sie halten können, wenn Avery von ihr verlangt, sie solle mit ihm nach London zurückkehren.«

»Arme Mary.«

»Ja, als Frau meines mordgierigen Bruders kann man sie arm nennen. Aber vielleicht hat sie in Balfour einen Retter gefunden. Ich hoffe es jedenfalls.«

»Was werden sie tun?«

»Schwer zu sagen. Wenn es ihr mit der Lösung ihrer Ehe ernst ist, kann sie versuchen, irgendwie eine Annullierung zu erwirken. Sollte sie dank eines Wunders Erfolg haben, wird sie aber eine ruinierte Frau sein. Es erscheint mir unwahrscheinlich, daß Balfour ihr die Ehe anbieten wird. Wenn ja, wird ihn die Gesellschaft ebenso schneiden. Aber angesichts der Macht, die Avery zu Gebote steht, ist es ohnehin unwahrscheinlich, daß sie eine Annullierung durchsetzen könnte ...«

»Es besteht also keine Hoffnung für die beiden?«

Um seinen Mund legte sich die Andeutung eines Schmunzelns. »Sollte ich mein Ziel erreichen, besteht jede Hoffnung für sie. Ihr Schicksal ist, wenn auch unbeabsichtigt, mit meinem verknüpft. Wird Avery des Mordes an meinem Vater überführt, verliert er alles – vielleicht sogar sein Leben. Unter diesen Umständen ist ihr eine Annullierung der Ehe sicher, wenn sie nicht ohnehin Witwe wird.«

Und wenn du dein Ziel nicht erreichst? Velvet brauchte die Frage nicht auszusprechen.

»Wenn ich mein Ziel nicht erreiche«, sagte er, als hätte sie es ausgesprochen, »werde ich sehr wahrscheinlich den Tod finden. Und Mary müßte außer Landes fliehen, um Averys Rache zu entgehen.«

Daraufhin schwieg Velvet. Bei dem Gedanken an Jasons Tod legte sich eiserne Beklemmung um ihre Brust. Sie räusperte sich mühsam. »Wann wirst du mit der Countess sprechen?«

»Das weiß ich nicht. Ich muß absolut sicher sein, daß ich sie zwingen kann, die Wahrheit zu sagen. Wenn sie statt dessen zu Avery geht und ihm eröffnet, daß ich noch lebe, wird er alles in seiner Macht Stehende tun, um dafür zu sorgen, daß ich nicht lange am Leben bleibe.«

Velvet sparte sich eine Bemerkung, doch ihr Herz war schwer. Jason konnte nicht zu Celia gehen, ehe er ihrer Reaktion nicht sicher war. Aber Velvet konnte es. Erst am Tag zuvor hatte sie der Countess ein Schreiben geschickt und um eine Verschiebung des Treffens gebeten. Als Antwort war eine Einladung für diesen Nachmittag gekommen.

Die blauen Flecken, die sie bei der unseligen Begegnung im Gasthof abbekommen hatte, waren fast verschwunden. Die leichte gelbliche Verfärbung, die noch geblieben war, verdeckte sie mit einem Hauch Reispuder.

Um drei Uhr würde sie die Countess in deren Haus am Hanover Square besuchen. Velvet wollte die Gelegenheit nutzen und versuchen, herauszubekommen, wie es zwischen Avery und der Countess stand. Das Thema würde sich geradezu anbieten, da der Herzog sich erst kürzlich vermählt hatte und sein reicher Schwiegervater gestorben war.

»Vielleicht sollte ich mit ihr sprechen«, sagte Velvet versuchsweise. »Da wir uns ein wenig angefreundet haben, wäre es möglich, daß ich es herausfinde.«

»Nein«, fuhr er sie an. »Ich möchte dich nicht in der Nähe dieser Person wissen. Für mich steht fest, daß sie skrupellos und ohne mit der Wimper zu zucken einen Mord begehen würde. Sie ist zu allem imstande.«

Ein Schauer des Unbehagens überlief sie. Kein Zweifel, die Frau war gefährlich.

»Halte dich von ihr fern«, wiederholte Jason. »Zu gegebener Zeit werde ich mir Celia selbst vornehmen.«

Velvet spielte mit der Serviette auf ihrem Schoß. Jason und Celia. Einst hatte er sie geliebt. »Vielleicht freust du dich auf die Begegnung. Vielleicht wirst du wieder Gefallen an ihr finden.«

Sein Kopf ruckte in ihre Richtung. Die Zeitung raschelte in seinen Händen. »Ich verachte diese Frau. Alle Schönheit ist nichtig, wenn sie so tief im Sumpf des Bösen wurzelt. Bei dem Gedanken an Celia Rollins verspüre ich nur das übermächtige Verlangen, ihr die Hände um den schönen weißen Hals zu legen.«

Jason vertiefte sich wieder in seine Zeitung. Seine Augen waren hinter den Brillengläsern verborgen, die auf seiner Nase klemmten. Als sie das finstere Stirnrunzeln sah, das noch immer sein Gesicht verdunkelte, schob sie ihren Stuhl zurück, ging um den Tisch herum und trat hinter ihn. Sie legte die Arme um seinen Nacken, beugte sich über ihn und drückte ihm einen sanften Kuß auf die Wange, worauf sie sein erstaunter Blick traf.

»Keine Angst, Mylord. Wir werden einen Weg finden, sie

zu überzeugen. Bald wird ganz England wissen, daß du nichts verbrochen hast.«

Er befreite sich sanft, aber entschieden aus ihrer Umarmung. »Wohl kaum, Velvet. Ich habe mehr Missetaten begangen, als ich im Gedächtnis behalten möchte. Aber der Mord an meinem Vater ist nicht darunter.«

Er griff nach der Zeitung und stand auf. »Wenn du mich jetzt entschuldigen würdest, ich muß zu Litchfield und werde erst spät nach Hause kommen. Warte mit dem Abendessen nicht auf mich. Ich kann unterwegs etwas essen.«

Velvet sah seiner hochgewachsenen Gestalt nach, als er hinausging. Seit sie wieder in London waren, benahm er sich höflich, aber distanziert. Sie vermißte die gemeinsam verbrachten Stunden, die tröstliche Wärme jener Nacht im Gasthof, als sie neben ihm geschlafen hatte.

Velvet stieß in der Stille des leeren Raumes einen tiefen Seufzer aus. Jason schien fest entschlossen, ihr aus dem Weg zu gehen, aber heute sollte es ihr recht sein. Sie hatte eine Verabredung mit Celia Rollins. Vielleicht konnte sie etwas in Erfahrung bringen, das ihnen weiterhelfen würde.

19

Jason stieg auf den eisernen Fußtritt des Wagens, den Litchfield ihm für die Dauer seines Aufenthaltes in der Stadt zur Verfügung gestellt hatte, setzte sich im Wageninneren zurecht und lehnte sich in die Lederpolsterung zurück.

Er kam von einer Besprechung mit seinem Freund, bei der es um das Gewicht der Beweise gegangen war, die sie bis jetzt gesammelt hatten. Leider reichten das Wort einer Frau, die zur Tatzeit ein verängstigtes Kind von zehn Jahren gewesen war, das Geständnis eines Mörders und eine finanzielle Vereinbarung zwischen Lady Brookhurst und seinem Bruder nicht aus, um den gegenwärtigen Duke of Carlyle des Mordes an seinem eigenen Vater zu überführen.

Jason stützte die Finger gegeneinander und brütete über dem Problem. Was zu tun war, wußte er. Da Barnstable nichts Neues entdeckt hatte, brauchten sie einen glaubwürdigen, verläßlichen Zeugen.

Sie brauchten Celia Rollins – deren schwarze Seele und ebensolches Herz er zur Hölle wünschte …

Er wußte, daß es riskant, sogar verdammt riskant war, sich ihr zu nähern. Aber Celia war der Schlüssel, und die Zeit wurde knapp. Er hatte keine andere Wahl. Sie wohnte nahe dem Hanover Square, nicht weit entfernt von Litchfields Haus, deshalb befahl er dem Kutscher, diese Richtung einzuschlagen. Spannung erfaßte ihn. Was er plante, war überaus gefährlich, doch mußte er das Risiko auf sich nehmen, wenn er wieder einen ehrlichen Namen haben wollte. Irgendwie würde er sie überzeugen müssen, daß er ausreichend Beweismaterial besaß, um sie und Avery des Mordes zu überführen.

Der Wagen rollte durch die Straßen, und Jason sah die Stadt vorübergleiten, ohne sie richtig wahrzunehmen. Er übersah den Trödler, der seine Waren unter einer Platane mitten im Geviert feilbot, ebenso den singenden Bettler an der Ecke. Erst als sie die St. George Street erreichten, merkte er, daß sie fast angelangt waren. Durch die kleine Öffnung unter dem Sitz des Kutschers wies er diesen an, hinter dem Haus in die kleine Gasse einzubiegen. Vor den Stallungen gab er ihm das Zeichen zum Anhalten.

»Warten Sie hier«, sagte er. »Sollte jemand kommen, dann

fahren Sie um den Block, und wir treffen uns an der Straße am Nordende der Gasse.«

Er beabsichtigte, Celia zu überrumpeln und wählte daher den Dienstboteneingang, wiewohl dies dem Kutscher vielleicht merkwürdig erscheinen mochte. Seine Auferstehung von den Toten sollte Celia ebenso blitzartig treffen wie ihn seinerzeit ihr Betrug und ihre Falschheit.

Lautlos bewegte er sich auf das Haus zu, seitlich den Garten entlang, immer die kleine Tür an der Rückfront des Hauses im Auge. Da niemand zu sehen war, öffnete er sie und trat leise ein. Dann hielt er inne, um zu lauschen, ob näherkommende Schritte zu hören waren.

Kein Laut. Keine Dienstboten, die im Haus hin und her gingen. Jason fiel ein, daß es Celias Gewohnheit war, vom Personal möglichst viele fortzuschicken, wenn sie intimen Besuch erwartete. Er fragte sich, wer heute der Glückliche war, und hoffte, Celias Geliebter würde nicht schon oben bei ihr sein.

Stimmen drangen aus dem zur Küche führenden Korridor, doch die Treppe nach oben schien verlassen. Nachdem er sich in den Oberstock geschlichen hatte, blieb er vor ihrer Suite stehen, um auf etwaige Stimmen zu lauschen, ehe er rasch eintrat.

Ihr extravaganter Geschmack war ihm in Erinnerung geblieben, nicht aber das chaotische Durcheinander. Silberkandelaber standen dicht gedrängt neben Kristallschalen. Dutzende kostbarer Schnupftabakdosen nahmen die gesamte Fläche eines Tisches mit Elfenbeinintarsien ein. Uhren aller Art hingen an der Wand oder bedeckten zahllose Beistelltischchen, darunter viele Spieluhren, Federzierat, Scherenschnitte, kleine Japanvasen – ganz zu schweigen von größeren Stücken wie dem reich verzierten Klavichord, das in eine Ecke geschoben war.

Offensichtlich war die Vorliebe der Dame für kostbaren Krimskrams proportional zu ihren sexuellen Gelüsten gestiegen, die angeblich in den letzten acht Jahren geradezu legendäre Dimensionen angenommen hatten.

Der dicke Orientteppich dämpfte seine Schritte, als er lautlos den Raum durchquerte und auf ihr Boudoir zuging. An der Tür blieb er stehen, da er aber keine Geräusche hörte, öffnete er und trat ein.

Ein leises erschrockenes Atemholen zeigte ihm weibliche Gegenwart an, und er drehte sich in diese Richtung. Celia saß vor dem Toilettentisch aus Rosenholz neben der Tür, die zu ihrem Ankleidezimmer aus Sienamarmor führte, eine Extravaganz, die sie sich auf Kosten ihres zutiefst betrauerten Gatten, des altersschwachen Earl of Brookhurst, geleistet hatte.

Ihr Blick schätzte seine schlichte, aber gutgeschnittene Kleidung ab, dann seine Gestalt. Sie erkannte ihn nicht.

»Was treiben Sie hier? Wer hat Ihnen erlaubt, hier einzudringen?« Sie war einfacher gekleidet, als er erwartet hatte, da sie ein minzgrünes Tageskleid aus Taft trug, wie man es zu einem Damentee wählt. Ihr Haar fiel lose um ihre Schultern, doch ihr Busen quoll beinahe aus dem Ausschnitt. Wieder drängte sich ihm die Frage auf, wen sie erwarten mochte.

Sein Lächeln war grimmig. »Guten Tag, Celia.«

Ihr Blick flog zu seinen Augen und hielten diese fest. Nach ihrer Kehle fassend, stand sie von ihrem Schemel auf, als er näher kam. »Jason! Mein Gott – bist du es wirklich?«

Er trug keine Brille. Keine Perücke verdeckte sein Haar. Er hatte gewußt, daß sie ihn erkennen würde. Er wollte, daß sie wußte, wer er war. Er richtete sich zu voller Höhe auf, er war größer und fast vierzig Pfund schwerer als acht Jahre zuvor. Einschüchterung hieß die Parole, eine Methode, die er mittlerweile gut beherrschte.

Er hielt ihren Blick fest, eiskalt und von finsterer Entschlossenheit. »Es ist lange her, Countess.«

»Lieber Gott – du bist es wirklich!«

Sein Lächeln war verzerrt und wirkte fast brutal. »Leider, meine Liebe.«

Sie zuckte zurück. In ihre Augen trat Angst. Als sie sich umdrehte und sich an ihm vorüberdrängen wollte, hielt er ihren Arm fest und verhinderte ihre Flucht, noch ehe sie diese beginnen konnte. Mit festem Griff ihre Schultern umfassend, drückte er sie gegen die Wand.

»So rasch willst du fort? Wie enttäuschend. Und ich dachte, du würdest überglücklich sein, daß ich noch atme.«

Ihr Blick flog verstohlen zur Tür. Celia befeuchtete ihre vollen rubinroten Lippen, zu einem Hilferuf bereit.

»Diesen Gedanken laß lieber fallen. Ich bezweifle, ob jemand da ist, der dich hört, und auch wenn es so wäre, würde man in Anbetracht dessen, was hier regelmäßig vor sich geht, gar nicht darauf hören.«

Die stolze Art, wie sie ihren Kopf zurückwarf, war ihm noch von früher in Erinnerung. Ihre Angst hatte nachgelassen, da er ihr noch nichts angetan hatte. »Woher willst du das wissen? Du hast mich verlassen, hast mich einem grausamen Schicksal ausgeliefert. Mit welchem Recht verdammst du mich?«

»Ich hätte dich verlassen?«

»So war es. Du bist dem Kerker offenbar entflohen, ohne auch nur einen Gedanken an mein Los zu verschwenden. Du hast es mir überlassen, mich dem Gericht zu stellen, mit Avery und dem Skandal fertigzuwerden, den ihr beide verursacht habt. Du hast dich nicht um mich gekümmert, während ich vor Kummer völlig außer mir war, da ich dich für tot hielt.«

Sein Jähzorn überfiel ihn mit einer Gewalt, daß ihn Schwindel erfaßte. »Weißt du nicht mehr, daß du vor Gericht gegen mich ausgesagt und Averys Version bestätigt hast – oder ist dir diese kleine Einzelheit entfallen?«

Sie sah ihn durch lange schwarze Wimpern an, die roten Lippen schmollend verzogen. »Ich war völlig konfus. Alles ging so rasch vor sich. Bis ich wieder klar denken konnte, sagte man mir, du wärest tot.« Seine Finger gruben sich schmerzhaft in ihre Schultern. Am liebsten hätte er sie geschüttelt, bis ihr die Zähne im hohlen Kopf geklappert hätten. »Celia, ich bin kein Knabe mehr. Du kannst mich nicht mehr dazu bringen, deine Lügen zu glauben, indem du mit deinen Wimpern klimperst oder mich mit deinem vollen Busen zu reizen versuchst. Du hast mit Avery den Mord an meinem Vater von langer Hand geplant. Ich bin gekommen, um dafür zu sorgen, daß ihr beide für eure Taten zur Rechenschaft gezogen werdet, und ich verfüge über die nötigen Beweise.«

Schock und Panik traten in ihre tiefgrünen Augen. »Was ... was redest du da? Es gibt keinen Beweis. Dein Vater ist seit acht Jahren tot. Welchen Beweis könntest du da noch haben?«

»Celia, es gab einen Augenzeugen. Und der Mann, den Avery bestach, damit er mich im Gefängnis aus dem Weg schafft, hat gestanden.« Er verzog boshaft den Mund. »Und natürlich wäre da noch das Schriftstück, das Avery am Tag nach dem Mord unterschrieb – Blutgeld, zu dessen Zahlung er sich für den Rest deines elenden Lebens verpflichtete.«

»Jason, das ist nicht wahr!« Sie warf sich gegen ihn und fing bitterlich zu weinen an. »Ich habe dich geliebt. Immer habe ich dich geliebt.« Verzweifelte grüne Augen sahen ihn flehentlich durch tränenglänzende Wimpern hindurch an. »Ich liebe dich noch immer.«

Jason starrte aus seiner Höhe auf sie hinunter.

»Tatsächlich, Celia?«

»Ja … Jason, ja! Wirklich. Du mußt mir glauben. Ich wußte nichts von dem, was dein Bruder plante. In der Nacht des Mordes war ich total verängstigt und befürchtete, er würde auch mich töten. Er sagte, er würde es tun, wenn ich jemandem die Wahrheit sagte. Nach dem Prozeß hielt ich dich für tot. Das Geld, das er mir zahlte, war seine Versicherung, daß ich schweigen würde.«

Jasons Kiefermuskel spielte. Wie konnte diese Frau diese empörenden Lügen erfinden, wenn sie doch beide genau wußten, wie sich alles zugetragen hatte? Während er sie beobachtete, mußte er gegen das Verlangen ankämpfen, sie zu schlagen. Er hatte noch nie eine Frau geschlagen, jetzt aber juckte es ihn, den Abdruck seiner Hand auf ihrer glatten Wange zu hinterlassen.

»Du warst also eingeschüchtert«, spottete er, »und warst aus Angst vor meinem Bruder nicht imstande, die Wahrheit zu sagen.«

»So war es.«

Er strich mit dem Handknöchel ihre Kinnlinie entlang. »Aber jetzt würdest du die Wahrheit doch sagen, nicht wahr, Celia? Weil du weißt, daß du neben Avery hängen wirst, wenn du es nicht tust.«

Sie schlang ihre Arme um seinen Hals und preßte ihre schweren Brüste gegen ihn. Er sah mit einem Gefühl des Widerwillens, daß ihre Brustspitzen steif waren. Sein Zorn hatte sie erregt. Sie wollte die härtere, stärkere, unnachgiebigere Variante seiner Selbst, die sie nie erlebt hatte. Und sie wollte Gewalt über ihn wie einst.

»Avery ist wie ein Tier. Schon sein Anblick ist mir zuwider.« Ihre Hand glitt zur Vorderfront seiner Breeches hinunter. »Du bist es, den ich liebe, Jason.« Sie umfaßte sein Geschlecht und streichelte es, aber er packte ihre Hand und schob sie angewidert von sich.

»Celia, das gehört der Vergangenheit an. Gegenwärtig möchte ich von dir nur die Wahrheit. Ich habe die Absicht, eine Zusammenkunft mit den Richtern am Old Bailey zu arrangieren. Datum und Uhrzeit wirst du erfahren, und ich werde dich persönlich abholen. Du sollst ihnen sagen, daß Avery meinen Vater tötete. Das wirst du doch tun, nicht wahr, Celia?«

Als sie zögerte, wurde der Druck um ihr Handgelenk fester.

»Ich werde es sagen.«

»Wenn du versuchst, London zu verlassen, werden die Richter dies als Eingeständnis deiner und Averys Schuld betrachten. Solltest du meinen Bruder irgendwie warnen, werde ich dafür sorgen, daß du das Verbrechen, das er begangen hat, ebenso büßen wirst.«

Er umfaßte ihre Arme, riß sie auf die Zehenspitzen hoch und schüttelte sie heftig. »Hast du die leisesten Zweifel, daß ich es ernst meine?«

Celia sah in Augen, so eisig wie der Tod, und ein Angstschauer ließ sie erbeben. »Nein.«

»Dann wird Ihr stark ausgeprägter Selbsterhaltungstrieb meine Sicherheit sein, daß Sie Ihr Wort halten, Lady Brookhurst.« Er ging zur Tür, hielt davor inne und drehte sich um.

»Noch eines.«

Sie befeuchtete ihre Lippen, die bleich vor Furcht waren. »Ja, Jason?«

»Solltest du dich aus irgendeinem Grund entschließen, dich noch einmal auf Averys Seite zu schlagen, wirst du es nicht mit einem naiven jungen Herzog zu tun haben, sondern mit einem Mann, der dich bis ans Ende der Welt verfolgen wird, um dir den Atem aus deinem schönen, falschen Körper zu drücken.« Damit drehte er sich um und schritt hinaus.

Draußen auf der Gasse hielt er inne, da sein Wagen nicht zur Stelle war. Erst als er um die Ecke ging, sah er das Gefährt und stieg ein. Endlich nahm das Schicksal eine für ihn glückliche Wendung. Wenn Celia zu seinen Gunsten aussagte, war seine Unschuld bewiesen. Er würde seinen Besitz zurückbekommen, von seinem Namen würde jeder Makel getilgt sein.

Zum erstenmal seit seiner Rückkehr nach England löste sich seine innere Anspannung, und er verspürte Erleichterung.

Sein Wagen bog um die Kurve und rollte an der Vorderfront des Hauses vorüber, vor dessen Tür eine elegante schwarze Kutsche stand. Kaum hatte er das Wappen der Havershams am Wagenschlag erkannt, als seine Erleichterung wie verflogen war und er wieder den wohlbekannten Druck in seinem Inneren spürte.

Es war Velvets erster Besuch in Lady Brookhursts Stadthaus am Hanover Square, das von außen ebenso schmal und schmucklos war wie alle anderen, die sich um den baumbestandenen Platz eng nebeneinander drängten. Im Inneren sah es freilich völlig anders aus.

Celias Stadtresidenz war ganz in kunstvoll verspieltem französischem Stil gehalten. Extravagante, vergoldete und mit Seide überzogene Polstermöbel wurden von orientalischen Stücken ergänzt, die in der Umgebung fehl am Platze wirkten. Die Mischung wäre bei sparsamer Anwendung noch erträglich gewesen, doch die Fülle wertvoller, dicht aneinandergerückter Stücke wirkte erdrückend. Die einzige freie Fläche, diese allerdings auch nur klein, befand sich in der Mitte des Salons.

Der Butler zog eine seiner buschigen grauen Brauen hoch, als er Velvet empfing. »Lady Brookhurst erwartet Sie oben, Lady Hawkins. Sie wünscht, daß Sie in ihrem privaten Salon den Tee mit ihr einnehmen.« Damit drehte er sich um und ging ihr, die spitze Nase hoch in die Luft gereckt, in der selbstverständlichen Erwartung voraus, sie würde ihm folgen.

Auf dem Korridor fiel ihr auf, daß bis auf den Butler und ein Hausmädchen im Erdgeschoß keine Dienstboten zu sehen waren.

Das Unbehagen, das sie schon empfunden hatte, als sie von zu Hause losgefahren war, meldete sich wieder, als sie sich der Tür zur Privatsuite der Countess näherte. Als der Butler die Tür zum Salon öffnete und sie dabei mißbilligend beäugte, lagerte sich dieses Gefühl kalt und schwer wie Stein in ihrem Magen ab. Dort blieb es liegen und mischte sich mit einer gewissen Erregung. Vielleicht würde sie just heute irgendeine Kleinigkeit erfahren, die Jason weiterhalf.

Velvet nahm auf einem mit hellem Brokat bezogenen Sofa Platz und sah sich im Salon um, der ebenso überladen und protzig wirkte wie die Räume im Erdgeschoß. Unruhig hin und her rutschend, versuchte sie, sich in ihrer steifen Krinoline bequemer hinzusetzen. Sie strich ihr besticktes aprikosenfarbenes Kleid glatt und wunderte sich, warum die Dame des Hauses sie warten ließ. Als hinter der geschlossenen Tür zu Celias Schlafgemach Geräusche zu hören waren, fuhr sie erschrocken auf. Möbel wurden gerückt, gedämpfte Stimmen waren zu vernehmen, ein scharrendes Geräusch, ehe etwas Schweres zu Boden fiel. Du lieber Himmel, was ging da drinnen vor?

Auf Zehenspitzen tapste sie über den Teppich und bemühte sich, das dumpfe Durcheinander von Geräuschen im angrenzenden Raum einzuordnen. Als sie ihr Ohr an die Tür drückte, war der Lärm verstummt.

Velvet nagte an ihrer Unterlippe, während Neugierde mit Besorgnis in ihr kämpften. Vielleicht war die Countess hingefallen. Vielleicht war sie verletzt und brauchte Hilfe. Gewappnet gegen den Zorn, dem sie sich womöglich auf der anderen Seite der Tür gegenübersehen würde, drehte Velvet den Silberknauf und schob die Tür vorsichtig auf, ehe sie den Kopf durch den Spalt steckte und hineinspähte.

»Allmächtiger!« Ihr stockte der Atem beim Anblick Celia Rollins, die auf dem großen Himmelbett liegend alle Glieder von sich streckte, weiß wie ihre Laken, den Kopf in unnatürlichem Winkel verdreht. Velvet stürzte auf sie zu – eben noch rechtzeitig, um eine große Männergestalt durch die Glastür auf den Balkon entwischen zu sehen. Trotz seiner Statur sehr flink, kletterte er behende übers Geländer und ließ sich am Spalier hinunter. Sie lief ans Fenster und sah nur noch, daß er hinter den hohen, als Labyrinth angelegten Buchsbaumhecken im vorderen Gartenbereich verschwand.

Velvet umklammerte den Bettpfosten. Ihr Atem kam schnell und stoßweise. Celias unbewegte Brust verriet ihr, daß diese nicht mehr atmete. Ein Blick in ihr Gesicht und die tiefgrünen Augen, die in leblosem Entsetzen zur Decke starrten, dazu die unnatürliche Kopfstellung, und Velvet wußte, daß Celias Genick gebrochen war. Große dunkle Druckstellen wurden sichtbar, Spuren kräftiger Männerhände, die die Tat begangen hatten.

Am ganzen Leib zitternd, umklammerte sie den Bettpfosten fester. Lieber Gott – die Countess war ermordet worden. Und sie hatte den Mörder gesehen. Wer war er? Warum hatte er Celia getötet? O Gott, was sollte sie tun?

Den Blick von Celias lebloser, verdrehter Gestalt abwendend, kämpfte sie, ihre fünf Sinne und ihr Denkvermögen wiederzuerlangen. Sie sah Jason vor sich, einen großen, dunkelhaarigen und sehr starken Mann. *Ich verabscheue die Frau*, hatte er gesagt, und sogar das Verlangen geäußert, ihr die Hände um den schönen weißen Hals zu legen.

Velvet schauderte. Der Mörder war so groß wie Jason, vielleicht noch größer, und sein Haar dunkel, möglicherweise schwarz.

Jason konnte es nicht gewesen sein. Ganz gewiß nicht. Jason hätte sie nie getötet. Doch ihr Zittern wurde ärger und ihr schwindelte, daß sie schon glaubte, in Ohnmacht zu fallen.

Ein Geräusch an der Tür bewirkte, daß sie sich faßte. Sie drehte sich um und sah die Umrisse von Jasons Gestalt im Eingang unbeweglich dastehen. Aus seinen aufgerissenen Augen sprach fassungsloses Entsetzen. Er war so bleich wie sie.

»Mein Gott …« Er trat ein, eilte durch den Raum und blieb erst vor dem Bett stehen. »Was ist passiert, um Himmels willen?« Er starrte die leblose Gestalt an, dann Velvet. Er sah ihr bleiches Gesicht, sah, wie sie unsicher auf ihn zuschwankte, und fing sie auf, als ihre Beine nachgaben.

Falls ihr die Sinne schwanden, dann nur einen Augenblick.

»Ich … mir geht es gut. Ich wollte es nicht. Ich kann allein stehen.«

Er nahm sie auf die Arme und hastete aus dem Raum. »Ich schaffe dich erst mal hier heraus. Du kannst mir später erzählen, was Celia zugestoßen ist, dann werden wir überlegen, was zu tun ist.«

Sie nahmen nicht die Vordertreppe. Jason trug sie über die Dienstbotenstiege hinunter. Sein Wagen wartete in der Gasse hinter den Stallungen. Er hob sie hinein und gab dem Kutscher Anweisung, nach vorne zu fahren, wo er nur kurz anhielt, um Velvets Kutsche zurück zum Haus der Havershams zu schicken.

»Woher ... woher wußtest du, wo ich bin?« Velvet blickte beklommen zu ihm auf, aber Jason gab keine Antwort. Er starrte aus dem Fenster, düster und sichtlich aufgebracht.

»Jason?«

Er drehte sich um und schien sich erst konzentrieren zu müssen. »Entschuldige, du hast gefragt, woher ich wußte, wo du bist.« Er sah sie finster an. »Ich kam, um Celia aufzusuchen, da ich hoffte, sie überreden zu können, die Wahrheit zu sagen. Als ich losfahren wollte und deine Kutsche sah, hielt ich es für besser, noch einmal ins Haus zu gehen und nachzusehen, welchen Unfug du diesmal ausgeheckt hattest.«

Er sah so abgespannt aus, daß seine Backenknochen scharf unter der straffen Haut hervortraten. In seinem Blick lag höchste Beunruhigung, als er sie fixierte. »Velvet, was ist geschehen? Was hat dich zu Celia geführt?«

Velvet lehnte sich in die Polsterung des Wagens zurück, dessen Rädergeräusch in den bevölkerten Straßen vom Geratter der Karren und Wagen und den Schritten der Sänftenträger, die reiche Kunden beförderten, übertönt wurde.

»Lady Brookhurst hat mich zum Tee eingeladen«, antwortete Velvet matt. »Sie versprach, mir sämtliche Einzelheiten über Averys Heirat zu erzählen, in der Meinung, sie würden von Interesse für mich sein, da ich mit Avery verlobt war.«

In seiner Wange zuckte ein Muskel. »Weiter.«

»Als ich ankam, sagte der Butler, die Countess wolle mich in ihrer Suite zum Tee empfangen. Das kam mir etwas seltsam vor, aber da ich aus einem bestimmten Grund gekommen war, nahm ich keinen Anstoß daran.«

»Du warst es also, die sie erwartete. Und ich dachte, sie hätte ein Stelldichein mit einem Geliebten.«

Velvets Wangen röteten sich vor Verlegenheit. »Ich fragte mich schon ... es hört sich sonderbar an, aber wäre es möglich, könnte Celia mich mit amourösen Absichten erwartet haben?«

Jasons schlug auf den Fensterrahmen. »Verdammt, Velvet, ich sagte, du solltest dich von ihr fernhalten! Diese Frau war verderbt und böse! Allein bei dem Gedanken, daß du jemandem wie ihr ausgeliefert warst, überläuft es mich kalt. Ich weiß gar nicht, was ich seinerzeit an ihr gefunden habe. Unfaßbar, daß ich jemals so dumm sein konnte, auf eine Frau wie sie hereinzufallen.«

»Sie war sehr schön, Jason«, sagte Velvet leise, wobei sich ihr Celias leblose, ausgestreckt auf dem Bett liegende Gestalt vor Augen drängte.

Er seufzte und strich eine dunkle Locke zurück, die ihm in die Stirn gefallen war. »Berichte mir alles übrige«, forderte er sie auf.

Velvet beruhigte sich mit einem tiefen Atemzug und faltete die Hände vor sich. »Ich wartete in ihrem privaten Salon, aber Celia zeigte sich nicht. Als ich Geräusche aus ihrem Schlafgemach hörte, öffnete ich vorsichtig die Tür und fand sie auf dem Bett liegend vor. Gleichzeitig sah ich den Mann ...«

Sein Kopf fuhr mit einem Ruck herum. »Du hast ihn gesehen? Du hast ihren Mörder gesehen?«

»Ganz kurz, ja.«

»Ich nehme an, auch er hat dich gesehen.«

Sie hatte diesen Gedanken zu verdrängen versucht und wurde nun von ihrer Angst wie von einer mächtigen Woge erfaßt.

»Ja.«

»Verdammt, habe ich dir nicht gesagt, du solltest dich von ihr fernhalten? Ich befürchtete, daß irgend etwas passieren würde. Zum Donerwetter, Velvet – tust du denn niemals, was ich sage?«

Sie richtete sich auf ihrem Sitz auf und riß sich zusammen. »Nicht, wenn sich mir eine Chance bietet, etwas zu tun, das dir weiterhilft. Ich mußte zu ihr, Jason, siehst du das nicht ein? Ich ...« *Ich liebe dich*, wäre es ihr fast herausgerutscht, doch sie verschluckte diese Worte. »Ich wollte dir helfen. Wäre Celia nicht getötet worden, hätte ich vielleicht etwas Nützliches entdecken können.«

Jason hielt ihren Blick lange fest, dann wandte er sich ab und starrte aus dem Fenster, den Kopf an die Rückenlehne gestützt. »Es war Avery, nicht wahr?«

»Nein.«

Sein Blick erfaßte sie abermals, nun aber dunkler und eindringlicher. »Wenn es nicht mein Bruder war, wer dann? Wie hat er ausgesehen?«

»Ehrlich gesagt, sah er ganz so aus wie du.«

»Wie ich! Glaubst du am Ende, ich hätte sie getötet? Celia war die einzige Hoffnung, die ich hatte, um mich rehabilitieren zu können. Warum hätte ich ...«

»Ich sage nur, daß er dir sehr ähnlich war. Ich sage nicht, daß du es *warst*. Größe und Körperbau waren gleich. Mag sein, daß er ein wenig größer und breiter war. Sein Haar war dunkel, wenn nicht dunkler als deines. Sein Gesicht konnte ich nicht sehen.«

Sie sah, daß seine Wangenmuskeln sich spannten. »Aber sicher bist du nicht? Du glaubst, ich könnte derjenige sein, der sie getötet hat?«

»Du sagtest, daß du dort warst.«

»Ich entschied, daß der Moment gekommen war, ihr gegenüberzutreten. Die Zeit wurde knapp. Ich hoffte, sie dazu zwingen zu können, vor Gericht die Wahrheit zu sagen.«

»Und?«

»Celia war einverstanden ... nur spielt das jetzt keine Rolle mehr.«

Velvet griff nach seiner Hand, spürte den Druck, die bittere Enttäuschung, die ihn erfüllte. Seine Wangenknochen traten scharf hervor, tiefe Furchen zogen sich über seine Stirn.

»Ich weiß, daß du es nicht getan hast. Hätte ich auch nur den geringsten Argwohn, wäre er geschwunden, als ich dein Gesicht sah. Du warst ebenso verblüfft, sie tot vorzufinden wie ich, daran konnte kein Zweifel bestehen. Und selbst wenn ich dein Erstaunen nicht gesehen hätte, so glaube ich nicht, daß du imstande wärest, eine wehrlose Frau zu töten.«

Etwas blitzte in den Tiefen seiner Augen auf, diese Düsternis, die nie von ihm wich, und sie konnte wieder einen kurzen Blick auf die abweisende Resignation tun, die sie schon sooft an ihm bemerkt hatte.

»Velvet, du würdest dich wundern, was ein Mensch zu tun imstande ist, wenn die Umstände es erfordern.« Er schüttelte den Kopf, aber sein finsterer Gesichtsausdruck glättete sich ein wenig. »Nein, ich habe sie nicht getötet. Avery könnte den Mörder gedungen haben. Vielleicht hat er erfahren, daß ich am Leben bin und wollte sich ihr Schweigen sichern. Oder aber er hatte es einfach satt, sich ihr Schweigen auch weiterhin zu erkaufen.«

»Oder aber es besteht überhaupt kein Zusammenhang. Es könnte ja sein, daß sie andere Feinde hatte, solche, von denen wir nichts wissen.«

Jason starrte aus dem Fenster. »Nein. Mein Gefühl sagt mir, daß Avery dahintersteckt. Jedenfalls ist die Frau tot und mit ihr jede Chance, meinen Namen und meinen guten Ruf wieder herzustellen.« Seine Schultern fielen herab. Seine Augenfarbe war zu einem stumpfen, bläulichen Grau geworden, leblos, entmutigt. »Schlimmer noch, der Mörder hat dich gesehen. Er weiß, daß du gegen ihn aussagen könntest. Man muß damit rechnen, daß er es nun auf dich abgesehen hat.«

Unwillkürlich krallten sich Velvets Finger in seinen Arm. »Jason, ich habe Angst – um uns beide. Was werden wir tun?«

»Ich werde nicht zulassen, daß dir etwas zustößt. Das verspreche ich dir. Ich werde Leute anstellen, die das Stadthaus bewachen. Und ich werde dafür sorgen, daß dich ständig jemand begleitet, wenn du ausgehst.«

Velvet widersprach nicht. Sie wollte nicht enden wie Celia. »Was ist mit dem Mord? Der Butler muß Lady Brookhurst inzwischen gefunden haben – und wenn nicht, so wird es bald der Fall sein. Er weiß, daß ich da war. Ich werde den Mord melden müssen, und das wahrscheinlich besser früher als später.«

»Ja, es bleibt dir nichts anderes übrig. Sobald wir zu Hause ankommen, schicken wir jemanden zur Polizeistation. Er soll melden, du hättest Celias Leichnam gefunden und wärest so erschrocken, daß du auf der Stelle nach Hause gefahren seist. Sobald du dich gefaßt hättest, würdest du deine Aussage machen.«

»Sicher wird der Konstabler mit meinem Mann sprechen wollen. Was soll ich tun?«

»Sag, daß ich nicht da bin. Ich hätte in Northumberland zu tun und würde erst in ein paar Tagen zurückkehren. Das wird ihm vorerst genügen. Wenn der Mann, der den Fall bearbeitet, nicht mit dem Mord an meinem Vater vor acht Jahren zu tun hatte, wird er nicht wissen, wer ich bin, so daß ich ein Gespräch mit ihm führen kann, wenn es sich nicht vermeiden läßt. Ansonsten lassen wir die Sache auf uns zukommen und verhalten uns, wie es die jeweilige Situation erfordert.«

Velvet klammerte sich noch immer an seinen Arm, dessen

Muskeln so ausgeprägt waren, daß sie ihn mit ihren beiden Händen nicht zu umfassen vermochte. Er hätte Celia mit Leichtigkeit den Hals brechen können, so wie man einen Zweig knickt, und doch wußte sie, daß er unschuldig war, so wie sie wußte, daß er seinen Vater nicht getötet hatte. Vielleicht war sie voreingenommen, weil sie ihn liebte. Mit jedem Tag mehr. Aber ihr Glaube an Jason Sinclair war unerschütterlich, von Anfang an, und sein Leid war auch ihres.

»Wir werden einen Weg finden«, flüsterte sie. »Ich weiß es. Du kannst nicht aufgeben, Jason, ich werde es nicht zulassen.«

Durchdringende blaue Augen sahen sie an. In ihnen lagen Zärtlichkeit und unendliches Bedauern. »Ich bin ein glücklicher Mensch, Velvet, daß ich dein Mann sein durfte, und sei es nur für kurze Zeit.« Seine Hand strich über ihre Wange und verweilte. Ihre Ankunft vor dem Haus verhinderte jedes weitere Wort.

Sobald die Kutsche anhielt, wich die Zärtlichkeit aus seinem Blick, und Verzweiflung nahm ihren Platz ein. Er hatte die Hoffnung aufgegeben, doch das würde sie nicht zulassen. Es durfte nicht sein, daß er für ein Verbrechen büßen sollte, das er nicht begangen hatte. Sie wollte ihm helfen, doch jeder Tag, den er in England blieb, bedeutete Gefahr für ihn.

Ein schneidender Schmerz erfüllte ihre Brust. Sie liebte ihn. Sie wollte, daß er bei ihr bliebe, und doch würde er am Ende fortgehen, wenn er nicht schon vorher sein Leben lassen mußte. Sein Entschluß stand fest, und sie wußte, wie unbeugsam er war.

Ihre seelische Qual wurde noch intensiver. Er würde sterben oder sie verlassen. So oder so, sie würde ihn verlieren.

Sie stieg über den eisernen Fußtritt des Wagens aus, nahm

seinen angebotenen Arm und ließ sich von ihm zur Haustür geleiten. Tapfer bekämpfte sie ihre aufsteigenden Tränen.

Lieber Gott, wie sehr er ihr fehlen würde!

20

Avery blickte von den Papieren auf, die er am Schreibtisch seines Stadthauses studiert hatte, und bedeutete Baccy Willard einzutreten. Der hünenhafte Mann kam näher, seinen zerknüllten Dreispitz fest in den großen, knotigen Händen.

»Ist die Sache erledigt, Mann?«

Baccy schluckte, daß sein Adamsapfel auf und nieder hüpfte. »Ich hab's getan. Ich hab' sie um die Ecke gebracht ... so wie Sie es wollten.« Sein Blick hing starr an einem Punkt an der Wand hinter Averys Kopf. »Sie haben nie gesagt, daß sie so hübsch ist.«

»Hübsch?« Avery ließ ein abfälliges Brummen hören. »Hübsch wie eine indische Kobra. Nein, um die ist es nicht schade.« Er schob seinen Stuhl zurück und stand auf. »Hat dich auch niemand gesehen? Bist du ungehindert ins Haus und wieder herausgekommen?«

»Mehr als drei Tage war ich auf der Lauer. Heute hat sie das Personal früh fortgeschickt. Ein günstiger Zeitpunkt, um es zu tun.«

»Sehr klug, Baccy.«

Der Mann trat unbehaglich von einem Fuß auf den anderen.

»Was ist?« Avery schob ungeduldig die Papiere auf seinem Schreibtisch hin und her. Der Auftrag war ausgeführt worden, die Sache für ihn abgetan.

»Da war eine Frau. Sie trat ein, als ich eben rauswollte.«

»Hat sie dich gesehen?« Avery beugte sich mit jähem Interesse vor.

»Sie hat mich gesehen. Zwar nicht mein Gesicht, aber sie hat genug gesehen.«

»Verdammtes Pech! Wir müssen herausfinden, wer sie war, und sie aus dem Weg schaffen, ehe sie Zeit hat, uns Ärger zu bereiten.«

»Ich weiß, wer sie war.«

»Ach?«

Baccy nickte mit seinem zottigen, schwarzen Kopf. »Es war das Mädchen, das Sie hätten heiraten sollen.«

»Velvet? Du sprichst doch nicht etwa von Velvet Moran?«

»Genau die.«

»Herrgott, was macht Velvet bei einer Frau wie Celia?« Sonnenschein fiel auf Averys gepudertes blondes Haar. »Bist du sicher, daß sie es war? Ist ein Irrtum ausgeschlossen?«

»Sie war es.«

Avery spürte, wie er schwitzte. Ein unangenehmes Gefühl, die Schweißtropfen unter dem Hemd an den Seiten hinunterrinnen zu spüren. »Baccy, du mußt sie zum Schweigen bringen. Tust du es nicht, könnte dein Leben in Gefahr sein.« Wie sein eigenes auch. Velvet hatte schon vorher herumspioniert und versucht, über den Mord an seinem Vater etwas in Erfahrung zu bringen. Ihre Freundschaft mit Celia konnt nur einem einzigen Grund entspringen …

»Bring sie um«, befahl er dem Mann. »Du mußt sie aus dem Weg schaffen, ehe sie uns Schwierigkeiten macht.«

Baccy trat von einem großen Fuß auf den anderen. »Ich mag keine Frauen töten. Schon gar nicht hübsche.«

»Hör gut zu, du Dummkopf! Wenn du das Mädchen nicht erledigst, ehe es seinen Mund aufmacht, landest du auf dem Tyburn Hill!«

Baccys Miene verfinsterte sich. Er furchte die Stirn, bis seine Brauen zusammenstießen.

»Los«, drängte ihn Avery. »Bring die Sache hinter dich, je eher, desto besser.«

Schließlich nickte Baccy resigniert, wenn auch mit mißmutiger Miene. Da er nichts mehr fürchtete als den Galgen, würde er tun, was Avery sagte. Mit einer für einen Mann seiner Größe ungewöhnlichen Leichtfüßigkeit verließ er den Raum und schloß die Tür hinter sich. Avery starrte die Stelle an, wo Baccy gestanden hatte. Worauf war Velvet aus? Warum interessierte sie sich für einen Mord, der acht Jahre zurücklag?

Wenn Baccy sie tötete, würde er es nie erfahren.

Wenn sie jedoch tot war, konnte es ihm einerlei sein. Mit befriedigtem Lächeln ließ sich Avery auf seinen Stuhl zurücksinken.

Er griff nach dem letzten Schriftstück, das er unterzeichnen mußte, tauchte die Feder ins Tintenfaß und warf seinen Namen so schwungvoll aufs Papier, daß die Tinte nur so über die weißen Seiten spritzte. Es kümmerte ihn nicht. Seine Kutsche wartete vor der Tür, seine Koffer waren gepackt und verladen. Sobald hier alles erledigt war, würde er London verlassen und nach East Sussex auf sein Gut fahren, auf den ehemaligen Besitz Sir Wallace Stantons, der seit kurzem ihm gehörte.

Und er mußte an dessen Beerdigung teilnehmen.

Als er wieder vergnügt lächelte, tat er es in Gedanken an seine Heirat und an den Tod seines Schwiegervaters, seinem gewinnträchtigsten Schachzug seit Jahren.

Christian Sutherland stand in Windmere am Fuß der Treppe, die von der Eingangshalle nach oben führte. Draußen nieselte es, die Luft war kühl und feucht, der Himmel grau und bewölkt.

Das Geräusch von Marys Schritten ließ ihn aufblicken, leichte, leise Schritte, die immer ein wenig zögernd wirkten.

»Mary …« Sein Atem stockte, wie in letzter Zeit immer, wenn sie erschien, eine schlanke, kindhaft zarte Erscheinung, deren Lieblichkeit für ihn verlockender war als die Reize der begehrenswertesten Kurtisane.

Seine Zuneigung war in den Tagen seit ihrer Ankunft auf dem Landsitz der Havershams rasch gewachsen. Sie hatten viel Zeit gemeinsam im Garten verbracht, hatten stundenlang vor dem Kamin gesessen und dort meist auch ihre Mahlzeiten eingenommen. Er fand ihre Offenheit und Ehrlichkeit erfrischend und ihre Scheu bezaubernd. Dazu kam ihre vornehme Gesinnung und die Tatsache, daß sie ihn geradezu ideal ergänzte, ihre Weichheit seine Stärke, ihr sanftes Wesen seine kühne Entschlossenheit, die zuweilen der Zügelung bedurfte.

»Christian, ich bin bereit.«

Er nahm ihre Hand und half ihr die letzten Stufen hinunter. »Mary, sind Sie sicher? Kann ich Sie nicht umstimmen?«

»Christian, er war mein Vater, und ich hatte ihn lieb. Ein letztes Lebewohl bin ich ihm schuldig. Ich könnte es nicht ertragen, wenn ich seiner Beerdigung fernbliebe.«

Wut regte sich in ihm, Zorn auf Avery Sinclair. »Wenn der Herzog kommen sollte und Ihnen die Rückkehr nach London befiehlt, habe ich keine Möglichkeit mehr, Sie zu beschützen.«

Das Erbeben ihres grazilen Körpers verriet Christian ihre Angst. »Ich muß zur Beerdigung«, hauchte sie. »Bitte, seien Sie mir nicht böse.«

Er war nicht böse, sondern zutiefst enttäuscht. Mary Stanton hätte ihm gehören sollen und nicht Carlyle. Er wäre ihr mit Liebe und Hochachtung begegnet, während er gar nicht daran denken mochte, wie der Herzog mit ihr umgehen würde.

»Wären Sie nicht gewesen ...«, ihre Stimme erhob sich kaum über ein Flüstern, »... hätte es nicht diese gemeinsamen Tage gegeben ... Ihre ständige Ermutigung – ich weiß nicht, was ich getan hätte. Aber Sie sind klug und stark, und jetzt ist etwas von dieser Stärke und Klugheit auf mich übergegangen.«

In ihren hellen Augen schimmerten Tränen. Sie perlten auf ihren goldenen Wimpern und flossen über ihre Wangen. »Christian, ich werde Sie nie vergessen. Mein Leben lang werde ich diese wundervollen Tage mit Ihnen im Gedächtnis bewahren.«

Bei ihren Worten durchfuhr es ihn wie ein Stich.

»Mary ...« Er nahm sie in die Arme und hielt sie fest, während Bedauern und Angst um sie in seiner Brust kämpften. »Meine Liebe, ich bitte Sie ... bitte, bleiben Sie hier, wo Sie in Sicherheit sind. Mit der Zeit wird sich eine Lösung finden, ein Ausweg aus diesem Chaos, in das Carlyles Machenschaften uns stürzten. Es gibt immer Mittel und Wege, wenn man ...«

»Lieben Sie mich, Christian?«

Er umfaßte ihr Gesicht mit beiden Händen. »Mary, Sie wissen, wieviel mir an Ihnen liegt.«

Er spürte, wie sie unmerklich den Kopf schüttelte. »Das zählt nicht. Ich bin ruiniert, bin nicht mehr rein, nicht die Frau, die ein Mann wie Sie heiraten würde.«

Christian faßte nach ihren Armen. »Das ist nicht wahr. Carlyle kann Ihnen nichts anhaben – Sie sind süß, lieb und unschuldig. Sagen Sie so etwas niemals wieder.«

Mary sah ihn traurig an. »Sie sind der kühnste und tapferste Mann, den ich kenne, und ich liebe Sie aus ganzem Herzen. Würden Sie mich ebenso lieben, gäbe es nichts, was ich nicht täte, damit wir zusammensein können.«

»Mary, bitte. Ich bin kein Mann, der leicht liebt. Meine Gefühle für Sie sind tief und echt, aber Liebe? Ich weiß nicht recht ... und ich werde nicht lügen, um Sie zu halten.«

Ihre Kehle wurde eng, und ihre Tränen flossen heftiger. »Deswegen liebe ich Sie, Christian, und werde Sie immer lieben.«

Er spürte, wie sich in seiner Brust etwas zusammenkrampfte. »Mary, bitte, gehen Sie nicht.«

»Ich muß. Machen Sie es mir nicht noch schwerer, als es ist.«

Er holte bebend Luft. Wenn er sie lieben würde, hätte er sie vielleicht zum Bleiben überreden können, hätte einen Weg gefunden, der ihnen ein gemeinsames Leben ermöglichte.

Wenn er sie lieben würde.

Aber liebte er sie? Da er noch nie eine Frau geliebt hatte, kannte er dieses Gefühl nicht. Vielleicht hätte er lügen sollen? Er verwarf den Gedanken sofort wieder, da es Mary gegenüber nicht fair gewesen wäre.

Mit verbissener Miene geleitete er sie zum Wagen, half ihr beim Einsteigen und nahm den Platz ihr gegenüber ein. Seine langen Beine ausstreckend, setzte er sich für die Fahrt zurecht, deren Ziel Marys Landsitz in East Sussex war.

Er wollte, daß sie vor der Ankunft des Herzogs einträfe, damit es aussähe, als hätte sie die ganze Zeit über dort geweilt. Christian beabsichtigte, sie den größten Teil der Strecke zu begleiten und sie nur das letzte Stück allein fahren zu lassen.

Der Gedanke an die Trennung ließ den Druck in seiner Brust ins schier Unerträgliche wachsen. Irgendwie werde ich ihr zu Hilfe kommen, gelobte er sich.

Draußen herrschte Dunkelheit. Eine schmale Mondsichel erhellte spärlich die menschenleeren Straßen in der Umgebung des Londoner Hauses der Havershams. Die einzigen Geräusche, die die kühle Nachtluft durchdrangen, waren Räderrollen, wenn ein Wagen seine Insassen nach Hause brachte, und der einsame Ruf der Eule, die sich im Stall eingenistet hatte.

Es ist aus. Nach all den Jahren ist schließlich das Ende gekommen. Er war erschöpft, am Ende seiner Kräfte. Das Gefühl der Niederlage lastete schwer auf seinen Schultern, so erstickend, daß er sich in der Stille seines Schlafzimmers wie zwischen Kerkermauern eingesperrt fühlte.

Nur eine einzige Kerze flackerte unruhig im Raum und tröpfelte in die kleine Wachspfütze, die sich im Lauf der Stunden um sie herum gebildet hatte. In einem Sessel in der Ecke sitzend, die langen Beine vor sich ausgestreckt, das Haar wirr um seine Schultern, führte er die Brandykaraffe an die Lippen und nahm einen tiefen Zug.

Heute brauchte er diesen Trost, da es die Dämonen des Hasses zu vertreiben galt.

Seit vielen Jahren hatten sie ihn nicht mehr so bedrängt wie an diesem Abend. Als er im Kerker Leid, Schmerz und Demütigungen ausgesetzt gewesen war, hatte er dies alles nur ertragen, weil er den Tag erleben wollte, an dem sein Bruder für alles büßen würde.

Racheschwüre hatten ihn die quälenden Wochen im gedrängt vollen Schiffsgefängnis überstehen lassen, wo er tagelang so stark an Seekrankheit gelitten hatte, daß er in seinem eigenen Erbrochenen schlief, zu schwach, um den Kopf aus der Hängematte zu heben, den ebenso ekelerregenden Ausdünstungen seiner Mitgefangenen auf engstem Raum ausgesetzt.

Haß auf seinen Bruder hatte ihm die Kraft verliehen, die

sengend heißen Tage unter der unbarmherzigen Sonne Virginias zu überleben, bei karger Kost und knappen Wasserrationen, die endlosen Tage der Schwerarbeit, im ständigen Kampf gegen Ungeziefer, Krankheit und dem in den Sümpfen lauernden Tod.

Als er schon glaubte, der Tod sei besser, als noch einen einzigen Sonnenaufgang zu erleben, hatte allein der Gedanke an Avery in Carlyle Hall ihn am Leben erhalten, an Avery, der sich an Fasan und Champagner delektierte, während er selbst mit wurmigem Reis und wässriger Brühe, aus einer einzigen Ochsenkeule für fünfzig Mann gesotten, seinen Hunger stillen mußte. Der Gedanke an Avery, der das Vermögen der Carlyle verschwendete, den guten Namen ihres Vaters besudelte und mit der Frau schlief, die Jason einst zu lieben glaubte.

Eiserne Entschlossenheit und ein geradezu schwindelerregend starkes Verlangen nach Rache waren seine Verbündeten.

Und immer hatte er fest daran geglaubt, daß er schließlich aus diesem Kampf siegreich hervorgehen würde. Immer. Heute aber, in der Dunkelheit seines stillen Zimmers, saß er da und sah sich der schrecklichen Gewißheit gegenüber, daß der Sieg Avery zufallen würde. Die Beweise, die er vorzuweisen hatte, reichten nicht aus, um ihn zu rehabilitieren. Da Celia nun tot war, würde er England verlassen müssen, ohne daß der Gerechtigkeit zum Sieg verholfen worden wäre und er Vergeltung geübt hätte. Wenn er im Lande blieb, drohte ihm früher oder später der Galgen.

Dann würde Avery seinen letzten gemeinen Sieg errungen haben.

Jason nahm erneut einen tiefen Zug aus der Karaffe. Aber wozu dieser Selbstbetrug? dachte er ironisch. Sein Bruder hatte doch schon vor Jahren durch seinen Betrug den Sieg davongetragen. Ihn selbst hatte man fast gebrochen, in der grausamen Zeit in Georgia und während seiner Flucht durch die tückischen Sümpfe, als er, verfolgt von Spürhunden, mehr Tier als Mensch war.

Damals war Überleben für ihn das einzige Ziel, ein Drang, dem er alles unterordnete und opferte, was er einst gewesen war, und der auch die letzten Reste von Anständigkeit in ihm tilgte. Seit dieser Zeit hatte er für sich jede Möglichkeit verwirkt, ein geordnetes Leben wie einst zu führen, der Mensch zu sein, der er früher gewesen war.

Sein Blick schweifte zur Tür, und seine Gedanken wendeten sich der Frau in dem Raum nebenan zu, der zierlichen, dunkelhaarigen Velvet Moran … Velvet Sinclair, wie er sich berichtigte. Seine Frau – in allen Belangen, bis auf einen. Es war eine rechtmäßige, vor Gott und der Welt geschlossene Ehe.

Eine Ehe, die er ablehnte – die er nie hätte führen dürfen, wie er sich mit einem heiligen Eid geschworen hatte.

Wieder nahm er einen tiefen Schluck. Früher hatte er eine solche Verbindung ersehnt, hatte von Kindern und einem Heim geträumt, von einer Frau, die sein Leben teilte und die zu ihm gehörte, wie Vater und Mutter es ihm vorgelebt hatten. Diese Träume waren auf den blutdurchtränkten Planken eines gekaperten britischen Schoners zerstört worden, für immer vernichtet durch einen gnadenlosen, tödlichen Gewaltakt, der ihn mit dem Abschaum der Menschheit auf eine Stufe stellte.

Wieder tauchten die Bilder vor seinem geistigen Auge auf, ohrenbetäubender Kanonendonner, Pulvergeruch in der Luft, schreiende Frauen, die auf das brennende Deck gezerrt wurden.

Mit heftigem Kopfschütteln wollte Jason diese Erinnerungen verscheuchen. Seine Finger umfaßten den Hals der Brandykaraffe so fest, daß die geschliffenen Glasränder in sein Fleisch schnitten.

Unter Aufbietung seiner ganzen Willenskraft verdrängte er die grausigen Gedanken, stellte die Karaffe auf den Boden und stand auf, um sich auszuziehen. Er legte seine verknitterte Jacke und Weste ab und schälte sich aus seinem weißen Batisthemd. Seine Trunkenheit reichte nicht aus, um Schlaf zu finden, er hoffte aber, sich wenigstens ausruhen zu können, und wenn es nur eine Stunde war. Was immer das Schicksal für ihn bereithielt, er brauchte einen klaren Kopf, wenn er die vor ihm liegenden Tage überleben wollte.

Seine Müdigkeit und der Brandy machten seine Bewegungen unsicher. Er schimpfte halblaut, als er einen Tisch streifte, diesen umstieß und ein bereitstehender, noch unberührter Brandy-Schwenker klirrend auf dem Boden landete.

Fluchend verwünschte er sein Pech, das Spiegelbild der Ereignisse des Tages zu sein schien.

Velvet hörte aus dem angrenzenden Raum das Klirren von zerbrechendem Glas. Jason war noch wach, wie sie vermutet hatte. Celias Ermordung hatte ihn in tiefe Depressionen gestürzt. Er war überzeugt, mit ihr sei seine letzte Hoffnung auf Rehabilitierung gestorben.

Beim Abendessen hatte Velvet versucht, ihn aufzuheitern und ihm in allen Einzelheiten den Besuch beim Konstabler geschildert, der sich mit ihrer Version des Mordes zufriedengegeben hatte, und daß die Polizei überzeugt war, es handelte sich bei dem Mörder um einen Einbrecher, der es sicher auf den Schmuck der Countess abgesehen hatte. Sie hatte Jason zu beruhigen versucht und gesagt, daß sie im Moment nichts zu befürchten hätten, er aber hatte nur genickt und sich mit einer lahmen Entschuldigung auf sein Zimmer zurückgezogen.

Kurz darauf hatte er sich von einem Diener Brandy auf sein Zimmer bringen lassen. Seither hatte sie nichts mehr von ihm gehört.

Als sie nun lauschte, vernahm sie Jasons Bewegungen durch die Trennwand hindurch. Herzklopfend stand Velvet auf, zog ihren gesteppten Morgenmantel an und ging zu seiner Tür, die er nicht versperrt hatte. Da Celias Mörder frei herumlief, war Jason um ihre Sicherheit äußerst besorgt und wollte im Falle einer Gefahr möglichst rasch zu ihr gelangen können.

Leise drehte sie den Knauf, öffnete die Tür und trat ein. Lange, dunkle Schatten erfüllten den Raum, in dem eine heruntergebrannte Kerze gelblich-trüb flackerte. Jason kniete mit dem Rücken zu ihr neben einem kleinen kunstvoll verzierten Tischchen und sammelte die Scherben des Brandyglases auf. Sein sonnengebräunter Oberkörper schimmerte im matten Kerzenschein. Er war nackt bis zur Taille und trug nur Breeches und Stiefel.

Als er sie eintreten hörte, richtete er sich auf und wollte sich umdrehen, aber sie hatte bereits die kreuz und quer verlaufenden weißen Narben gesehen, die ein wulstiges Muster auf seinem Rücken bildeten.

Ehe sie sich zügeln konnte, verriet ein erschrockenes Japsen ihr Entsetzen. Jason stieß eine Verwünschung aus, legte die Scherben auf den Tisch und ging auf sie zu. »Was willst du, Velvet? Anklopfen hast du wohl nicht gelernt?«

Ihre Unterlippe zitterte. Ihr war speiübel. »Dein ... dein Rücken. O Gott, Jason – was um Himmels willen ist dir zugestoßen? Was hat man dir angetan?«

Er blieb wie angewurzelt stehen. Sein Gesicht wurde hart,

seine Züge verschlossen und abweisend. »Ich wurde ausgepeitscht. So verfährt man mit Verbrechern, Velvet. Ich bin kein Mensch, der sich leicht fügt, Befehlen zu gehorchen, fällt mir schwer, da ich zum Erben eines Herzogs erzogen wurde. Mich zu brechen, dauerte länger als bei den anderen.«

Ihre Augen füllten sich mit Tränen. Wie kam es, daß es ihr nicht aufgefallen war? Daß sie es nicht gespürt hatte? Aber bei den wenigen Malen, die sie sich geliebt hatten, hatte sie sich ihm so leidenschaftlich hingegeben, daß alles um sie herum versunken war.

Velvet schloß die Tür hinter sich und ging auf ihn zu. Ihr Herz pochte wie wild, das Mitleid drückte ihr den Atem ab. »Dreh dich um«, flüsterte sie und sah ihn flehentlich an.

»Velvet, es ist kein schöner Anblick. Ich hoffte, du würdest meine Narben nie sehen.«

»Bitte, Jason.« Ihre Kehle war so eng, daß sie kaum sprechen konnte. »Ich möchte sehen, was man dir angetan hat.«

Seine Muskeln bebten von der Anspannung, die seinen kraftvollen Körper erfaßt hatte. Schon glaubte sie, er würde sich weigern, dann aber drehte er sich langsam und in aufrechter Haltung um, so daß das Licht der Kerze auf die tiefen Einkerbungen und Narben fiel. Als hellen Kontrast zu seiner sonnenverbrannten Haut bildeten sie ein Muster dünner Linien, die die Muskeln querten, einige tiefer als andere, wo die Peitsche mehr als einmal aufgetroffen war. Stellenweise sah man kleine Krater, wo das Fleisch großflächig herausgerissen und schlecht verwachsen war.

Ihr Atem stockte. Es war unfaßbar, was er hatte erleiden müssen. Tränen brannten in ihren Augen und tropften über ihre Wangen. Sie konnte sich nicht annähernd die Qual vorstellen, die unbarmherzige Folter, der er ausgeliefert gewesen war. Ihre Hand zitterte, als sie sein geschundenes, vernarbtes

Fleisch berührte. Sie ließ sie leicht auf einer der Vertiefungen ruhen, bückte sich und drückte ihren Mund auf die wulstige Haut.

Sie hörte, wie er hörbar Atem holte, spürte auch, wie seine Muskeln sich spannten. Noch zweimal streifte ihr Mund seine Haut, als könne sie den Schmerz wegnehmen, die grauenvollen Torturen, die er erlitten haben mußte.

Da drehte er sich um und sah sie durchdringend an. Seine Augen waren dunkel vor Wut, die sich nun direkt gegen sie richtete.

»Velvet, ich bin ein Verbrecher, wie ich dir schon mehrmals versuchte, begreiflich zu machen. Meinen Vater habe ich nicht getötet, doch habe ich andere Verbrechen begangen, Dutzende, schlimmer noch als Mord.«

»Nein ...« Es kam geflüstert und kaum hörbar. Velvet schüttelte den Kopf. »Das war nicht dasselbe. Du warst unschuldig. Du hast gekämpft, um zu überleben. Du hast nicht verdient, was dir angetan wurde.«

Er packte so fest ihre Schultern, daß seine Finger sich unbarmherzig in ihr Fleisch gruben. »Warum siehst du es nicht ein? Warum ist es für dich so schwer zu verstehen?« Er blickte auf seine narbige Linke, ballte sie zur Faust und hielt den Handrücken nahe an die Kerze. »Das habe ich in Georgia geerntet. Ich hatte aus einer kleinen Kirche Geld gestohlen und griff den Geistlichen an, einen alten Mann, der sich mir in den Weg stellte. Damals wollte ich von der Reisplantage fliehen, auf der ich als Häftling arbeitete. Dazu brauchte ich natürlich Geld – woher es kam, kümmerte mich nicht. Als man mich fing, wurde ich mit einem glühenden Eisen gebrandmarkt.«

Velvet stand wie versteinert da, während es in ihrem Inneren tobte. Grundgütiger Himmel!

Er rieb sich über das verbrannte Hautgewebe. »Da ich damals sehr kräftig war, war ich lebendig mehr wert als tot – wäre es anders gewesen, hätte man mich glatt gehängt.«

Sie hatte das Gefühl, ihr Herz müßte brechen, so groß war ihr Mitleid.

»Als ich drei Jahre später endlich doch entkam, hielt ich meine Hand über eine Kerzenflamme, um das D auszulöschen, das man mir mit einem Brenneisen eingeprägt hatte. Ein großes häßliches D, Velvet. In Georgia wußte jedermann, daß es für Dieb, für Verbrecher stand.«

Ein Schluchzen entrang sich ihr. »Das ertrage ich nicht. Das ist grauenvoll.« Velvet schlang ihre Arme um seinen Nacken und drückte ihre Wange an seine Schulter, als könne sie so ein wenig von seiner Not in sich aufnehmen.

Ein Wehlaut kam über ihre Lippen. Sie spürte seine Hände, zögernd zunächst, dann strichen sie sanft über ihren Rücken. »Schon gut, Velvet. Das ist Vergangenheit. Die Narben schmerzen nicht mehr.«

Velvet weinte noch heftiger. O Gott, wie hatte er das alles nur ertragen können? Wie hatte er überlebt?

»Schon gut«, flüsterte er. »Bitte, weine nicht. Ich bin deiner Tränen nicht würdig, Velvet. Ein Mensch wie ich verdient deine Tränen nicht.«

Ähnliches hatte er schon häufiger gesagt. Sie trat einen Schritt zurück und blickte zu ihm auf, sah ihn durch einen Tränenschleier hindurch an. »Das sind nicht die einzigen Narben, die du trägst, Jason, so ist es doch? Die in deinem Inneren sind viel ärger. Sag mir, was du getan hast, das so schrecklich ist und dich fast zerstört hat. Was immer es war, du hattest Grund, es zu tun. Du hast um dein Leben gekämpft, hast darum gekämpft, das dir angetane Unrecht wieder gutzumachen. Sag es mir, Jason, laß zu, daß ich deine

323

schreckliche Last gemeinsam mit dir trage, und mit der Zeit wird der Schmerz verblassen.«

Er schüttelte den Kopf. Schon zeigte sich wieder die Düsternis in seinen Augen und erfaßte seine Züge. »Verlange das nicht von mir, Velvet. Wenn dir etwas an mir liegt, dann wirst du mir diese Frage nie mehr stellen.« An seiner Erregung konnte sie ermessen, wie tief seine Qualen saßen.

Sie wollte ihn festhalten und ihn trösten. Sie wollte ihm den Schmerz nehmen und die schrecklichen Erinnerungen auslöschen. »Schon gut, Jason. Du brauchst mir nichts zu sagen, wenn du nicht möchtest.« Sie berührte ihn, strich ihm eine widerspenstige dunkle Locke aus der Stirn.

Dann drehte sie sich um und knöpfte ihren Morgenmantel auf. Da ihre Finger stark zitterten, dauerte es länger als sonst. Jason blieb stumm, als sie den Mantel mit einer leichten Schulterbewegung fallen ließ, sagte nichts, als sie zu seinem großen Himmelbett ging und die Decken zurückschlug.

Er stand reglos in der Dunkelheit da, doch spürte sie seinen glühenden Blick auf sich, seine aufgewühlten Gefühle. Ihr Herz schlug schneller, und Wärme durchströmte ihre Adern, als sie nach dem Saum ihres Nachthemdes griff, um es auszuziehen.

Er sah ihr zu, wie sie es von sich warf und sich in sein breites Bett legte.

»Bitte …« Nach ihrem langen Zopf fassend, flocht sie ihn auf und ließ die Locken auf die Schultern fallen. »Ich brauche dich, Jason, und ich weiß, daß du mich auch brauchst. Liebe mich heute nacht. Hilf uns beiden zu vergessen, und sei es nur für eine kurze Weile.«

Lange Augenblicke vergingen. Jason schwieg. Sein Herz schlug schwer wie ein Hammer in seiner Brust. Er stand reglos da, als fürchtete er, sich zu bewegen, und starrte das Mädchen an, das nun durch ihn kein Mädchen mehr war, die Frau, die er geheiratet hatte und die nicht wirklich seine Frau sein durfte.

Er schloß die Augen gegen den verlockenden Anblick, den sie bot, wie sie so in seinem großen Bett lag, nackt auf den weißen Laken. Dichtes dunkelrotes Haar umrahmte ihre feingezeichneten Züge, und die vollen sinnlichen Lippen waren erwartungsvoll geöffnet. Helle, reife Brüste wölbten sich, gekrönt von rosigen Spitzen. Im Kerzenschein schmiegte sich das Dreieck seidiger Haare zwischen ihren Beinen und forderte ihn geradezu heraus, es zu liebkosen.

»Komm zu Bett, Jason.« Goldbraune Augen baten ihn, sich ihr nicht zu widersetzen.

Sein verräterischer Körper glomm vor Hitze. Blut staute sich in der steifen Wölbung, die sich unangenehm gegen seine knappen Breeches drückte. Seit dem Tag im Landgasthaus hatte er versucht, seine Begierde zu zügeln, und zuweilen war es ihm auch geglückt. Aber heute nicht.

Sie strich einladend über den leeren Platz neben sich. »Wir beide wissen nicht, was die Zukunft bringen mag. Ich möchte, daß du mich festhältst, mich berührst, in mir das Gefühl des Geborgenseins weckst. Wirst du das für mich tun, Jason?«

Seine Atemzüge beschleunigten sich, sein Verlangen wurde größer mit jedem Herzschlag, entzündet vom Schimmer ihrer Haut, von ihren makellosen Brüsten. Er sah, daß die Knospen sich durch die Kälte im Raum steil aufrichteten – oder machte es das Wissen, daß er sie sosehr begehrte?

Seine Erregung wuchs schmerzhaft und drängte ihn, die festen kleinen Knospen zwischen die Lippen zu nehmen, daran zu saugen und sie zu reizen, bis Velvet vor Wonne fast verging und ihn anflehte, sie zu nehmen. Es drängte ihn, ihren süßen Mund zu erkunden, mit seiner Zunge einzudringen. Er wollte ihre wohlgeformten Beine spreizen, Velvet mit seiner Härte füllen, in sie stoßen, bis das Begehren, gegen das er ständig ankämpfte, befriedigt war.

»Jason…?«

Herrgott, er war auch nur ein Mann. Und er wollte sie so sehr. Mit unsicheren Händen tastete er nach den Knöpfen an seiner Hose, ließ den ersten mit einem schabenden Geräusch aufspringen, dann den nächsten, setzte sich und zog die Stiefel aus.

Vielleicht würde er für sein Tun büßen müssen. Da es ihm aber mit großer Wahrscheinlichkeit bestimmt war, in der Hölle zu schmoren, kam es auf eine einzige zusätzliche Sünde nicht mehr an, da sein Leben von mehr Sünden überschattet war, als er zählen konnte.

Er flüsterte ihren Namen, als er sich nackt aufs Bett neben sie setzte. »O Gott, wie sehr ich mich nach dir verzehre.«

Ein feines Lächeln lag um ihre Lippen. Ihr Blick glitt von seinem Gesicht zu seinen Schultern über die behaarte Brust. Sie strich mit der Hand über seinen flachen muskelbepackten Leib und hielt inne, als ihr Blick auf sein erhobenes Geschlecht fiel.

»Du bist so schön. So stark, Jason, so unglaublich männlich. Nicht einmal deine Narben können deiner Schönheit etwas anhaben.«

Ihre Aufrichtigkeit entlockte ihm ein Lächeln. »Nun sollte ich wohl auch etwas in dieser Richtung sagen.«

Sie sah ihn unter ihren dichten schwarzen Wimpern hervor an. »Bin ich schön?«

»Du bist unglaublich schön.« Er küßte sie, erst sanft, um sie zu erobern, für sich zu fordern und ihr Innerstes in Besitz zu nehmen. Er wollte langsam mit ihr verschmelzen, sie so sehr zu einem Teil seiner Selbst machen, daß sie ihn nie vergessen würde.

Sie erwiderte seinen Kuß weit weniger sanft, so als fordere sie, daß er seine Stärke zeige, oder sie spürte sein glühendes Verlangen, wie so oft. Er stöhnte auf, als ihre flinke Zunge in seinen Mund glitt und seiner Beherrschung alles abverlangte.

Seine Hände glitten über ihren Körper, spürten die Glätte ihrer Haut, die süßen Hügel und Senken ihrer Weiblichkeit. Er plazierte überall seine federleichten Küsse, einen neben den anderen, nahm eine Brust in den Mund, kostete und liebkoste sie, rieb die andere zart, bis Velvets Leidenschaft sich kaum mehr zügeln ließ. Seine Hand strich über ihren flachen Bauch, rieb über ihre Liebesperle und versank in den heißen, feuchten Spalten ihrer Weiblichkeit. Er stieß tief mit zwei Fingern in sie, erforschte die samtige Höhle ihres Innern und spürte, wie sie erbebend seine Schultern umfaßte.

»Jason«, stöhnte sie, als er sich auf sie legte und ihre Beine mit dem Knie teilte. »Ich möchte ... möchte ...«

»Schon gut, Liebes, ich habe, was du brauchst.« Mit einem einzigen Stoß eindringend, füllte er sie aus und verschmolz mit ihr. Ihre Vereinigung war rasch und wild, entzündet von einer lange geleugneten Leidenschaft, in die sich Verzweiflung mischte. Danach lagen sie eng umschlungen da.

Augenblicke später nahm er sie ein zweites Mal, langsamer diesmal, fast sanft, die Nähe auskostend, in dem Wissen, daß es unrecht war. Und doch war die Lust so ungestüm, die Wonne so überwältigend, daß er alle störenden Gedanken beiseite schob.

Danach schlief er, den traumlosesten und unbeschwertesten Schlaf seit langem. Morgen würde er sich den Problemen stellen, den Sorgen um Velvets Sicherheit und seinen eigenen. Und er würde endgültige Entscheidungen treffen, mochten diese auch noch so schmerzlich sein.

Heute nacht aber gab es nur diese ungewöhnliche Frau

und einen Frieden, wie er ihn seit Jahren nicht mehr gespürt hatte. Das letzte, an was er sich erinnerte, war das Glück, das er empfand, als sie sich vertrauensvoll in seine Arme schmiegte.

21

Am Himmel zeigten sich die ersten hellen Streifen als Vorboten des Sonnenaufgangs. Velvet hatte eine Weile schlummern können, da das Liebesverlangen ihres Körpers Erfüllung gefunden hatte. Ihre Gedanken aber waren nicht wirklich zur Ruhe gekommen.

Ständig wurde sie von Schreckensbildern verfolgt, von Jasons Narben, von den Foltern, die er hatte erdulden müssen. In ihr war Traurigkeit, ein bohrender Schmerz um Jason.

Erst letzte Nacht war ihr zu Bewußtsein gekommen, wie innig sie ihn liebte. Als Haversham-Erbin hatte sie nie damit gerechnet, sich zu verlieben. Immer hatte sie geglaubt, sie würde nur jene Gefühle kennenlernen, die sich in einer Vernunftehe mit der Zeit einstellten, und hatte gehofft, im günstigsten Fall einen gütigen, großzügigen Ehemann zu finden, mit dem sich ein geruhsames Leben führen ließ.

Sie hatte nicht geahnt, daß es diese verzehrenden Gefühle gab, diese sehnsuchtsvolle Hingabe zu einem anderen. Sie würde Jason ewig lieben. Sie wußte es so sicher, wie sie wußte, daß er sie verlassen würde – wenn er nicht erkannt und dem Henker ausgeliefert wurde.

Sie dachte an die Liebesglut dieser Nacht. Erst hatte er sie leidenschaftlich genommen und dann mit so großer Behutsamkeit, daß ihr die Tränen gekommen waren. Doch am

Höhepunkt hatte er sich stets zurückgezogen und seinen Samen außerhalb ihres Körpers vergossen.

Er wollte kein Kind, das er dann im Stich lassen mußte. Er hätte es ihr nicht deutlicher zu verstehen geben können, und sie empfand deswegen ödeste Leere in sich.

Sie war ihm nicht gleichgültig, sein Gefühl war aber nicht so stark, daß es ihn zum Bleiben bewogen hätte. Er würde gehen, auch wenn er seine Unschuld beweisen konnte und wieder in den Besitz von Titel und Vermögen gelangt war. Und er würde sie nicht mitnehmen.

Velvet würgte die Bitterkeit in ihrer Kehle entschlossen hinunter. Was sie gemeinsam hatten, war nicht von Dauer. Früher oder später würde sie ihn verlieren. Der Gedanke war jedoch so gallig, daß sie sich wünschte, sie hätte ihre Liebe vergessen und begraben können, doch dazu war sie einfach nicht imstande. Statt dessen wünschte sie sich inbrünstig, ihm helfen zu können.

Und als die Sonne den grauen Horizont erhellte, gelobte sich Velvet wie schon zuvor, daß sie einen Weg finden würde.

Lucien Montaine warf den *Morning Chronicle* aufgebracht auf den Wagensitz neben sich. Die Meldung vom Mord an Celia prangte als Schlagzeile in riesengroßen Lettern auf der ersten Seite. Lucien hatte davon schon gewußt, da das Verbrechen Tagesgespräch der feinen Gesellschaft war und die Nachricht sich wie ein Lauffeuer verbreitet hatte. Außerdem war von Jason eine Nachricht gekommen, deren entmutigter Ton Luciens eigener Niedergeschlagenheit entsprach.

Das war gestern gewesen. Lucien hatte keine Zeit verloren und in einem kurzen Schreiben für den heutigen Tag um eine Unterredung mit Lord und Lady Hawkins ersucht. Eine Niederlage einfach hinzunehmen, war nicht seine Sache.

Er hatte einen Plan ausgearbeitet.

»Los, Lucien, heraus damit.« Jason, der die Salontür schloß, blickte ihn durch die Brille an, die er nun wieder trug. »Deine Schritte sind gar so kühn und herausfordernd. Was hast du vor, mein Freund?« Dunkle Schatten unter den Augen ließen ihn erschöpft aussehen, während Velvets Miene sich sofort hoffnungsvoll erhellte und ihre Stimmung sich hob.

»Ja, Mylord, bitte, wenn Sie etwas erfahren haben, etwas, das uns weiterhelfen könnte …«, drängte sie Lucien.

»Leider gibt es nichts Neues. Ich wünschte, es wäre anders. Was ich nun vorzuschlagen habe, ist sehr gewagt und gefährlich, aber in dieser Situation …«

Jason beugte sich vor, um nach der Schulter des Freundes zu greifen. »Wenn du einen Plan hast, der Aussicht auf Erfolg bietet, kümmert mich keine Gefahr.«

»Das dachte ich mir.«

»Was schwebt Ihnen vor, Mylord?« fragte Velvet gespannt. »Was könnten wir unternehmen?«

Lucien sah die beiden an und sagte nach einem tiefen Atemzug: »Meiner Meinung nach haben wir überzeugendes Beweismaterial gegen deinen Bruder in der Hand, das aber leider Gottes nicht ausreicht, um ihn zu überführen. Celias Aussage hätte es ermöglicht, aber die ist nun tot. Bleibt also nur eine Person, die uns weiterhelfen kann.«

Jason nahm die Brille ab. »Avery? Du meinst, wir könnten meinen Bruder zwingen, die Wahrheit zu gestehen?«

»Nicht ganz. Viel wahrscheinlicher könnte man ihm mit einem Trick ein Geständnis entlocken. Wenn zufällig ein hoher Richter mithört, müßte dies zusammen mit den bereits vorliegenden Beweisen genügen.«

Der gehetzte Ausdruck wich aus Jasons Miene, und er sah

trotz dunkler Kleidung und grauer Perücke sofort viel jünger aus. »Lucien, du bist ein Genie«, sagte er schmunzelnd.

»Eine seit langem bekannte Tatsache.«

Jason lachte. Es war ein voller, kehliger Ton, den Lucien schon lange nicht mehr vernommen hatte.

»Aber wie soll das vor sich gehen? Wann und wo?«

»Immer mit der Ruhe, mein ungeduldiger Freund. Es bedarf dazu einiger Planung und Zeit. Wir werden sehr vorsichtig ans Werk gehen und jede Einzelheit genau prüfen. Ein einziger falscher Schritt, und du hast dein Leben verwirkt.«

Velvet erbleichte, aber Jason nickte beifällig. »Wir fangen heute an«, sagte er, »legen uns einen Plan zurecht und untersuchen ihn dann auf eventuelle Schwachpunkte. Wie du ganz richtig sagst, wagen wir den ersten Schritt erst dann, wenn wir sicher sein können, daß unser Plan klappt. Andererseits ist eine gewisse Eile geboten, da die vornehme Gesellschaft es kaum erwarten kann, Velvets geheimnisvollen jungen Ehemann endlich kennenzulernen. Sie hat die Leute bisher unter dem Vorwand abgespeist, meine Interessen hielten mich meist auf dem Lande fest. Aber wenn wir nicht bald etwas unternehmen, werden sie uns womöglich in Scharen die Tür einrennen, nur um einen Blick auf mich zu erhaschen.«

Lucien lachte auf. »Sollen sie doch … besser noch, wir werden sie glauben machen, daß sie dich bald kennenlernen werden.«

»Verzeihen Sie, Mylord, aber ich verstehe leider kein Wort.« Als Velvet unwillkürlich ihre Hand auf Jasons Arm legte, fiel Lucien auf, daß sein Freund sich ihr nicht entzog. »Wir können auf keinen Fall zulassen, daß diese Leute ihn zu Gesicht bekommen. Auch wenn er so gekleidet ist wie jetzt und ein wenig anders aussieht als früher, besteht die Gefahr, daß er jemandem bekannt vorkommt.«

Lucien lächelte dazu. »Sie haben den Leuten einen Ball versprochen, um ihnen Ihren scheuen, zurückhaltenden Ehemann zu präsentieren. Diesen Ball können wir nicht riskieren – aber wir können wenigstens Einladungen verschicken.« Er legte den Kopf schräg. »Mal sehen ... das Datum könnte man für ... sagen wir, heute in drei Wochen festsetzen? Damit halten wir uns die Leute so lange vom Leib, bis wir unsre Pläne in die Tat umgesetzt haben.«

Velvet lächelte erleichtert. »Lucien, Sie sind tatsächlich ein Genie.« So strahlend und weiblich hatte er sie noch nie gesehen. Die Anzeichen waren ihm wohlbekannt – es war die weiche weibliche Aura einer Frau, die geliebt wird.

Wenn Jason sein Gelöbnis, sich ihr nicht zu nähern, gebrochen hatte, so war es sicher nicht aus Leichtsinn geschehen. Daß er sie begehrte, sprach aus jedem Blick, den er ihr zuwarf, aber Lucien war sicher, daß mehr dahintersteckte. Velvet war Jason nicht gleichgültig, und Lucien fragte sich, wie stark die Gefühle seines Freundes waren.

Und wie tief es Velvet treffen würde, wenn Jason, seinem Entschluß folgend, England ohne sie verließ.

Das Feuer knisterte und prasselte. Ein Glutstückchen prallte zischend gegen das heiße Metallgitter. Draußen war die Nacht mit eisigem Frost eingefallen. Velvet legte ihre Stickerei in den Schoß und setzte sich vor dem Feuer im Salon bequemer zurecht. Das Wetter war feucht, ein steifer Wind peitschte die Äste der Bäume, doch im Haus war es nicht mehr kalt, seit Jason hier wohnte.

Jetzt gab es ausreichend Kohle, um Feuer in allen Kaminen am Brennen zu halten. Anstatt billiger Talgkerzen brannten im Haus nun edle Bienenwachskerzen.

Sie war nicht mehr mittellos. Jason hatte ihr die Mitgift

übereignet, aber auch danach hatte er nicht zugelassen, daß sie das Geld ausgab. Seit er im Haus wohnte, sorgte er für sie und hatte zumindest in dieser Hinsicht die Rolle des Ehemannes übernommen.

In anderer Hinsicht war er noch immer so verschlossen wie vorher. Er hatte sich ihr nicht wieder genähert. Letzte Nacht hatte sie auf ihn gewartet, als er sich spätabends mit Litchfield traf, um stundenlang weitere Einzelheiten auszuarbeiten.

In einem durchscheinenden Seidennachthemd aus ihrer kostbaren Ausstattung hatte sie in seinem Zimmer ausgeharrt, in der Hoffnung, er würde ihrer unverhüllten Aufforderung nicht widerstehen können.

Jason hatte sich ihr jedoch nicht genähert. Er hatte nur dagestanden und den Kopf geschüttelt.

»Velvet, es kostet mich meine ganze Beherrschung«, hatte er schließlich geknurrt. »Wenn wir weiterhin unserer Leidenschaft nachgeben, wird es früher oder später ein Kind geben. Früher oder später …« Er sprach nicht weiter und sah sie plötzlich mit hartem, anklagenden Blick an. »Aber vielleicht beabsichtigst du genau dies in der irrigen Meinung, ich würde dich nicht verlassen, wenn du guter Hoffnung bist. Wenn du darauf abzielst, Velvet, dann irrst du dich gewaltig. Ein Kind würde meinen Abschied beschleunigen und nicht verzögern. Ich möchte nichts mit Kindern zu tun haben – mit meinen nicht und nicht mit fremden. Das habe ich von allem Anfang an klargemacht.«

Sie hatte einen Stich im Herzen verspürt. Die meisten Männer wollten Kinder zeugen, einen Sohn, um den Fortbestand des Namens zu sichern. Warum wollte Jason kein Kind? War es Teil des dunklen Geheimnisses, das er in sich verschlossen hielt? Velvet war ihrer Sache so gut wie sicher.

»Mylord, es war nicht meine Absicht, Sie in eine Falle zu locken. Wenn Sie nicht genügend für mich empfinden, werde ich mich zurückziehen.«

Jason hatte daraufhin geschwiegen.

»Es war nur so, daß ich dich begehrte«, fuhr sie fort und hatte damit die Wahrheit gesagt – wenigstens die halbe Wahrheit. »Du hast mich gelehrt, die Lust zu genießen, die es zwischen Mann und Frau geben kann. Und letztes Mal hast auch du unser Beisammensein genossen. Ich dachte, vielleicht …«

»Was dachtest du vielleicht? Daß ich wieder in dein Bett möchte?« Mit raubtierhafter Grazie war er auf sie zugegangen und so dicht vor ihr stehengeblieben, daß sie seinen Pulsschlag am Hals sehen konnte.

Sein Blick hatte sie voller Begehren abgetastet. »Velvet, du weißt, wie sehr ich mich nach dir sehne, und du weißt, daß ich mich kaum zurückhalten kann, dir dein dünnes Nachthemd vom Leib zu reißen und dich auf der Stelle zu nehmen, wenn du dich in dieser Aufmachung vor mir präsentierst.« Er hatte die Hand zu ihrer Wange gehoben, sie aber nicht berührt. »Es gibt nichts, was ich lieber täte, als mit dir ins Bett zu gehen. Als die Freundin, die du mir geworden bist, bitte ich dich aber, dich an unser Abkommen zu halten.«

Trotz ihrer Verzweiflung war ein Funken Hoffnung in ihr aufgeglüht. Er liebte sie nicht, hatte sie aber als Freundin akzeptiert. Und sie wußte, daß er ihr vertraute. Bei einem Mann wie Jason kamen Freundschaft und Vertrauen nicht so ohne weiteres, und doch war es ihr gelungen, diese Gefühle irgendwie zu erringen. Dieses Wissen war sonderbar tröstlich, obwohl damit dem gewagten Spiel, das sie gespielt hatte, ein gewaltsames Ende bereitet wurde, dem gefährlichen Spiel des Herzens, in dem zu siegen sie gehofft hatte.

Sie hatte seine Wange umfaßt und die Bartstoppeln an seinem Kinn gespürt. »Mylord, ich werde Sie nicht mehr behelligen.« Ihr Lächeln war traurig. »Schlaf gut, Jason.« Damit hatte sie sich umgedreht und war gegangen.

Allein am Kamin sitzend, gab sie sich nun Erinnerungen hin, fragte sich, welche Geheimnisse er haben mochte. Sie wünschte sich sehnlichst, er würde sie ihr anvertrauen. Die schlurfenden Schritte ihres Großvaters ließen sie aufblicken.

»Meine Liebe, wo steckt dein reizender Ehemann?« Er betrat den Salon, einen ledernen Folianten in der schmalen, geäderten Hand. »Ich dachte, ich könnte ihn vielleicht zu einer Schachpartie überreden.«

»Er mußte zu einer Besprechung mit Litchfield«, rief Velvet ihm in Erinnerung, obwohl er die Frage schon vor einer knappen Stunde gestellt hatte. »Er wird noch eine Weile ausbleiben.«

»Ach ja, ganz recht, Litchfield. Tut mir leid, ich muß es wohl vergessen haben.«

In ihrem Lächeln lag Zärtlichkeit. »Schon gut, Großvater.«

Er kratzte sein schütteres weißes Kopfhaar. »Hm … mir scheint, da war noch etwas … etwas, das ich dir hätte sagen sollen.«

Unbehagen erfaßte sie. »Was denn, Großvater?« Vermutlich war es ihm entfallen. Sie konnte nur hoffen, daß es unwichtig war.

Er schnalzte mit den Fingern. »Eine Nachricht! Ja, genau! Jetzt weiß ich es. Ich legte sie auf den Schreibtisch im Arbeitszimmer. Ich hole sie sofort. Moment, bin gleich wieder da.«

Velvet wartete ungeduldig, mit der Stickerei auf ihrem Schoß spielend, nicht imstande, sich auf die komplizierte Arbeit beim Muster zu konzentrieren.

Der alte Earl steckte seinen Kopf durch den Türspalt. »Herrgott, wieder habe ich vergessen, was ich wollte!«

»Eine Nachricht, Großvater. Du hast sie im Arbeitszimmer vergessen. So warte doch hier, und ich …«

»Richtig! Die Nachricht, die für deinen Mann bestimmt war. Sofort.« Leise vor sich hinmurmelnd, ging er wieder und holte den Brief, der am Morgen eingetroffen sein mußte, ein an Lord Hawkins adressierter und mit Wachs versiegelter Umschlag.

Velvet betrachtete den Brief eingehend, ehe sie ihn nervös aufriß. Für die Wahrung der Formen war keine Zeit, da die Nachricht dringend sein konnte.

Und genau das war sie.

Velvet überflog den akkurat zusammengefalteten Bogen erst und las ihn dann einige Male durch. Die Worte waren mit größter Sorgfalt geschrieben, als hätte der Absender sie diktiert und nicht selbst zu Papier gebracht. Er bat um eine Zusammenkunft. Er hätte von der Suche Seiner Lordschaft nach Informationen bezüglich der Ermordung des Duke of Carlyle vor acht Jahren gehört. Um einen gewissen Preis könne er ihm diese Informationen verschaffen.

Kommen Sie heute abend in die Gasse neben dem Swan and Crown. Sie liegt am Strand, einen Block von der Bury Lane entfernt. Zehn Uhr – nicht später. Kommen Sie allein.

Sich auf die Lippen beißend, warf Velvet einen Blick auf die schimmernde Uhr aus vergoldeter Bronze, die um ein Haar mit den anderen Wertsachen der Familie verkauft worden wäre. O Gott! Schon Viertel nach neun, und Jason würde womöglich noch sehr lange nicht nach Hause kommen. Und sie wußte nicht, wo sein Treffen mit Litchfield stattfand. Da er es überdrüssig war, zu Hause eingesperrt zu sein, hatte er angekündigt, daß sie vielleicht auswärts dinieren würden.

»Was ist es, meine Liebe?« unterbrach ihr Großvater ihre Überlegungen. »Du scheinst ein wenig ungehalten.«

Velvet sah den Brief in ihrer Hand an. Wie hatte der Absender entdeckt, welche Interessen Lord Hawkins verfolgte? Woher wußte er, wohin er sein Schreiben richten sollte? Vielleicht hatten Mr. Barnstables Ermittlungen seine Aufmerksamkeit geweckt. Oder er kannte jemanden aus dem Peregrine's Roost.

Wie auch immer, es war klar, daß diese Person etwas wußte, vielleicht sogar etwas sehr Wichtiges. Und wenn Jason nicht zur bestimmten Zeit zur Stelle war, würde der Informant verschwinden und unauffindbar bleiben.

»Großvater, ich muß mich mit jemandem treffen. Sollte Jason vor mir nach Hause kommen, dann gib ihm den Brief. Er kann ihm entnehmen, wo ich bin. »Sie drückte ihm den Bogen in die Hand. »Kannst du dir das merken, Großvater?«

»Aber natürlich.«

Sehr wahrscheinlich würde er es vergessen. Sie spürte, wie ihr der Schweiß auf die Stirn trat. Schon erwog sie, den Butler zu rufen und ihn einzuweihen, aber je weniger Leute Bescheid wußten, desto besser. Außerdem wollte sie den Mann mitnehmen, den Barnstable zur Überwachung des Hauses engagiert hatte, und würde lange vor Jason wieder zu Hause sein.

Sie sah auf die Uhr. Die Sekunden verflogen wie die letzten Augenblicke vor einem Rennen auf Leben und Tod. Im nächsten Moment lief sie zur Tür und rief einem Diener zu, er solle anspannen lassen, griff nach ihrem Kapuzenmantel und machte sich auf die Suche nach dem Mann, der das Haus bewachte.

Zehn Minuten später rasten sie durch die belebten Straßen, unter großen bunten Schildern hindurch, die an den Häusern hingen, ihrem Ziel entgegen. Das Swan and Crown lag nicht im besten Viertel der Stadt – ganz im Gegenteil –, doch ließen Größe und Körperbau des Mannes mit dem zerknüllten Hut, der ihr gegenübersaß, hoffen, daß er sehr wohl imstande war, sich und nötigenfalls auch sie zu verteidigen.

Er rutschte auf dem schwarzen Ledersitz unbehaglich hin und her. »Mylady, ungefragt rede ich nicht gern, aber ist es nicht ein wenig spät für eine Frau, zumal in dieser Gegend? Ich kann mir nicht denken, daß Lord Hawkins es billigen würde.«

Das war äußerst maßvoll formuliert. »Mr. Ludington, leider bleibt mir nichts anderes übrig.« Sie lächelte liebreizend. »Außerdem fühle ich mich in Ihrer Gesellschaft absolut sicher.«

Ungeachtet der trüben Beleuchtung entging ihr seine stolzgeschwellte Brust nicht. »So besehen, haben Sie natürlich recht.«

»Und es dauert ja nicht lange. Sobald ich meine Angelegenheit erledigt habe, fahren wir wieder zurück.«

Ohne Widerspruch zu äußern, beschränkte er sich auf ein Brummen und drückte seinen stämmigen Körper fester in die Polsterung. Draußen hatte sich der Nebel zu undurchdringlichen Schwaden verdichtet, und in der Luft lag ein Geruch, der Velvet unangenehm in die Nase stieg, ein ekelerregender, fauliger Fischgestank, der über der ganzen Gegend hing. Die Häuser an der ungepflasterten, schlammigen Straße waren rußgeschwärzt, die Fenster oft mit Brettern vernagelt, an der verfallenden Ziegelwänden türmte sich der Unrat.

Die klamme Luft, die ihren Mantel durchdrang, ließ Velvet schaudern, ihre Haut fühlte sich feuchtkalt an. Richtige Angst hatte sie zwar nicht, doch verspürte sie ein flaues Gefühl im Magen.

Das Schild des Swan and Crown tauchte vor ihnen aus dem Nebel auf. »Dort ist es!« Velvet pochte gegen das Verdeck und wies den Kutscher an, vor dem Haus zur Linken anzuhalten.

338

»Mylady, das alles will mir nicht gefallen. Wenn Ihnen etwas zustößt, wird Lord Hawkins meinen Kopf fordern.«

»Mr. Ludington, gar nichts wird geschehen, nicht, wenn Sie hier neben dem Wagen stehen bleiben. Sollte ich Beistand brauchen, werde ich um Hilfe rufen.« Von ihrem Stelldichein wußte er nichts. Sie hatte nur gesagt, daß sie in diesem verrufenen Viertel zu tun hätte und seine Begleitung benötige.

»Ich kann nicht hier bleiben«, sagte er und stemmte sich aus seinem Sitz hoch. »Ich komme mit. Wenn ich es nicht täte, wäre es eine grobe Pflichtverletzung.«

Velvet, die sich ihre Enttäuschung nicht anmerken ließ, nahm die derbe Hand des Mannes und ließ sich von ihm aus der Kutsche helfen. »Mr. Ludington, ich verstehe ja Ihre Bedenken, aber leider handelt es sich um etwas, das ich allein erledigen muß.«

Er schüttelte eigensinnig den Kopf. »Ihr Gemahl hat mir Ihren Schutz ans Herz gelegt.«

»Mr. Ludington, das ist völlig richtig. Mein Mann ist es, der Sie bezahlt. Und wenn Sie Ihr Geld weiterhin bekommen wollen, schlage ich vor, daß Sie sich den Wünschen seiner Frau fügen.« Diese verdrehte Logik war das genaue Gegenteil dessen, was wirklich passieren würde. Jason würde toben, wenn er entdeckte, daß sie fort war – auch wenn sie sich in Ludingtons Begleitung befand. Aber was sonst hätte sie tun können?

Sie zog ihre Kapuze über den Kopf und griff nach der kleinen Messinglaterne, die sie vorsorglich mitgenommen hatte. »Es wird nicht lange dauern. Von hier aus können Sie das Licht sehen.«

Er trat von einem Fuß auf den anderen, und der Anblick zweier volltrunkener Seeleute, die in die Kneipe torkelten, war nicht dazu angetan, ihn zu beruhigen, aber Velvet schenkte ihm ein zuversichtliches Lächeln und ließ ihm keine

Zeit für einen Einwand, da sie sich einfach umdrehte und forsch auf die enge Gasse neben der Taverne zuging. Aus dem Haus drang lautes Grölen, die Klänge eines wüsten Seemannsliedes, die Gasse aber lag verlassen da. Bis auf einen blinden Bettler, der in einen Fetzen von Decke gehüllt in der Dunkelheit hockte, sah sie niemanden. Keine Spur von dem Informanten, der den Treffpunkt vorgeschlagen hatte.

Ihr Unbehagen wuchs und zerrte an ihren Nerven. Etwas scharrte in der Finsternis, und sie drehte sich mit einem Ruck um. Zwei große graue Ratten huschten hinter leeren Kisten hervor und verschwanden wieder. Velvet überlief ein angstvolles Schaudern.

Schwere Männerstiefel, die sich mit knirschenden Schritten näherten, jagten ihr abermals Schauer über den Rücken. Sie warf einen Blick zum Wagen hin, sah undeutlich die Umrisse ihres Beschützers, doch der Nebel verdichtete sich noch mehr, und er schien plötzlich sehr weit entfernt.

»Ist… ist da jemand?« rief sie aus, während ihre Angst mit jedem Herzschlag wuchs. »Ich bin an Stelle von Lord Hawkins gekommen. Bitte … wenn jemand da sein sollte …« Ein Schatten ragte über ihr auf, groß und breitschultrig, dunkel und unheimlich im wabernden, weißen Nebel.

Velvet schrie auf, als ein starker Arm sich um ihre Schultern legte und sie gewaltsam an sich zog. Eine schwielige, stumpffingrige Hand schwang hoch, sie sah eine Klinge aufblitzen, spürte, wie die Muskeln des Mannes sich spannten. Mit einem Aufschrei versuchte sie, sich loszureißen, doch sein Griff lag wie ein stählernes Band um sie.

Wieder wollte sie aufschreien. Sein Unterarm erstickte jeden Laut. Blitzartig ging ihr auf, daß der Mann, der sie festhielt, Celia Rollins ermordet hatte und daß auch sie sterben sollte.

»Tut mir leid, Miss«, murmelte er mit aufrichtigem Bedauern, ehe die Klinge einen hohen Bogen auf ihre Kehle zu beschrieb. Velvet schloß ihre Augen vor dem erwarteten Schmerz, der jedoch ausblieb, da der Arm mit dem Messer in die Höhe gerissen wurde. Der wackere Mr. Ludington hatte ins Geschehen eingegriffen.

Mit einem gurgelnden Aufschrei riß sich Velvet so heftig von ihrem hünenhaften Angreifer los, daß sie rücklings gegen die Mauer prallte. Ihre Beine gaben unter ihr nach, sie landete im Straßenschmutz. Mühsam rappelte sie sich auf, während ihr das Herz aus Angst um den tapfer kämpfenden Ludington bis zum Hals schlug.

»Laufen Sie Mylady! Retten Sie sich!« brüllte er ihr zu.

Sie hätte es zu gern getan, konnte ihn jedoch nicht dem sicheren Tod preisgeben. In ihrer Verzweiflung sah sie sich nach einer provisorischen Waffe um und entdeckte ein verrostetes und gekrümmtes Stück Eisen, einst Teil eines Rades, mit dem sie auf den Riesen losging, der den Hals des armen Ludington fest umklammerte.

Sie sah, daß ihr Beschützer bewußtlos war, wenn nicht gar schon tot oder zumindest dem Ersticken nahe. Mit einem Stoßgebet um die nötige Kraft auf den Lippen holte sie mit ihrem Eisenprügel aus und traf den Angreifer in den Rippen. Man hörte das Geräusch brechender Knochen, gefolgt von einem saftigen Schimpfwort. Ludington sank besinnungslos zu Boden, und Velvet glaubte schon, es sei um sie geschehen, während sich der große, ungeschlachte Mann blitzschnell umdrehte und auf sie losging.

Das schwere Eisenstück mit zitternden Händen hoch über den Kopf schwingend, stellte sie sich ihm, in der Gewißheit, sie und ihr Beschützer würden in dieser dreckigen, rattenverseuchten Seitengasse ihr Leben lassen. Der Riese, der mit erhobenen Fäusten auf sie zustürmen wollte, kam zwei Schritt weit. Dann drehte er sich abrupt um und ergriff wüst fluchend die Flucht.

Sekundenlang blieb Velvet verblüfft stehen, das rostige Eisenstück umklammernd, vor Angst zitternd. Sie brauchte einen Augenblick, bis sie hinter sich ausgreifende Schritte vernahm, die rasch näherkamen. Als sie gleich darauf erkannte, wessen Schritte es waren, drehte sie sich mit einem überwältigenden Gefühl der Erleichterung um.

»Jason!« Neben ihm lief der Kutscher, in der Hand eine der Wagenlaternen, deren Licht auf Jasons grimmige Miene fiel. Jason rannte in Verfolgung des Angreifers an ihr vorbei, blieb in einiger Entfernung stehen und versuchte in dem dichten, treibenden Nebel etwas zu erkennen. Der Verbrecher war wie vom Erdboden verschluckt. Jetzt drehte sich Jason um, kam auf sie zu und blieb vor ihr stehen.

Im Schein der Laterne kniete der Kutscher an der Seite Mr. Ludingtons nieder, und Velvet hörte den Bewußtlosen aufstöhnen.

»Wie geht es ihm?« rief Jason dem Kutscher zu, ohne den Blick von Velvet zu wenden.

»Einigermaßen, Euer Lordschaft. Nur ein paar Beulen und blaue Flecken. Ich helfe ihm zurück zur Kutsche von Mylady.«

Jason nickte nur. Stumm griff er nach dem schweren Eisenstück, das Velvet noch immer umklammert hielt, um es ihren steifen, verkrampften Fingern zu entwinden. Er sah sie voller Sorge an. »Ist alles in Ordnung?«

Sie nickte nur, nicht imstande, auch nur ein Wort herauszubringen.

»Um Himmels willen, was hast du hier zu suchen?«

Noch immer konnte Velvet nicht antworten.

»Verdammt, es hätte dich das Leben kosten können! Wie konntest du nur etwas so Törichtes tun?«

Tränen stiegen ihr in die Augen. Sie blieb noch immer stumm.

»O Gott, Velvet ...« Jason berührte ihre Wange, und sie spürte, daß seine Hand zitterte. »Was soll ich nur mit dir machen?«

Halte mich fest, lag ihr auf der Zunge. *Bitte, Jason, ich habe so große Angst. Würdest du mich wohl festhalten?*

Sie sprach die Worte nicht aus. Es war auch nicht nötig. Mit einem leisen Aufstöhnen nahm Jason sie fest in die Arme. »Wie konntest du nur so unvorsichtig sein und dich in so große Gefahr begeben?«

Sie hielt ihre Tränen zurück und holte bebend Luft. »Mir blieb keine Zeit, auf dich zu warten. Ich hoffte, der Briefschreiber würde etwas wissen, was dir helfen könnte. Ich mußte das Risiko eingehen.«

»Du kleines Dummchen«, sagte er, doch lag keine Barschheit in seinen Worten, sondern eine Mischung aus Angst und etwas anderem, das sie nicht benennen konnte. Er hielt sie ein paar Augenblicke fest, wobei sein Herz fast so heftig schlug wie ihr eigenes, dann ließ er sie los, und gemeinsam gingen sie zurück zu seinem Wagen.

Vor dem Wagenschlag blieb sie stehen. »Vermutlich hat Großvater nicht vergessen, es dir auszurichten.«

Er faßte sie so heftig an ihren Schultern, daß sie zusammenzuckte. »Und wenn er es vergessen hätte, Velvet? Oder wenn ich ein paar Augenblicke später gekommen wäre? Ist dir klar, daß du dann vermutlich tot wärest?« Als der Mond hinter einer Wolke hervorglitt, wirkte Jasons Gesicht im fahlen Licht bleich und erschöpft.

Seine Worte brachten die häßliche Szene zurück, und Velvet fing wieder zu zittern an. Ihre Beine gaben nach, und sie griff nach seinem Arm, um nicht umzufallen.

Mit einer knurrenden Verwünschung drückte er sie an seine Brust. »Ach Gott, Velvet.« Er hob sie ins Wageninnere, setzte sie auf seinen Schoß und hielt sie auf der ganzen Heimfahrt schützend an sich gedrückt.

Velvet spürte die Spannung, die in ihm tobte, die Reste von Wut und Angst, die er zu bezwingen versuchte.

»Ich nehme an, es handelte sich um eine Falle«, sagte sie schließlich und brach damit das Schweigen.

Sein Griff um sie festigte sich fast unmerklich. »Das nehme ich auch an. Aber ich bin noch immer nicht sicher, ob sie dir oder mir galt.«

Velvet drehte sich um und sah ihn an. »Der große Mann war Celias Mörder, also hatte er es auf mich abgesehen.«

Jason schüttelte den Kopf. »Der Brief war an mich gerichtet. Hätte dein Großvater sich rechtzeitig erinnert und ihn mir gegeben, wäre ich an deiner Stelle zum Treffpunkt gegangen. Die Nachricht muß von meinem Bruder stammen. Vermutlich entdeckte er, daß ich noch lebe, und wollte mich in eine Falle locken.«

»Aber ich bin sicher, daß es der Mann war, der Lady Brookhurst tötete.«

»Das kann gut sein. Zweifellos ist er der Handlanger meines Bruders. Es sieht aus, als trachtete Avery uns beiden nach dem Leben.«

Velvet schwieg entsetzt. Als ein eisiger Schauer sie überlief, drückte sie ihr Gesicht tiefer an Jasons Schulter und schmiegte sich fester an ihn. Diesmal aber vermochte auch seine beruhigende Nähe nicht, ihr ein Gefühl von Geborgenheit zu vermitteln.

22

Der Tag von Sir Wallaces Beerdigung dämmerte windig und kalt herauf. Flache graue Wolken hingen tief über dem kleinen Familienfriedhof auf der Anhöhe hinter Stanton Manor.

Die Andacht selbst war kurz, eine Gedächtnisfeier in der nahegelegenen Pfarrkirche, und nicht die von Pomp und Gepränge geprägte Feierlichkeit in einer blumengeschmückten Londoner Kathedrale, die ihr Vater sich gewünscht hätte. Aber Mary glaubte, daß Sir Wallace ihr in diesem Punkt verzeihen würde. Sie war nicht imstande, den vielen Menschen gegenüberzutreten, die sich zur Teilnahme verpflichtet fühlen würden, weil seine Tochter mit einem Herzog vermählt war.

Während sie am offenen Grab wartete, daß der prunkvolle silbern beschlagene Sarg ihres Vaters in die Erde gesenkt wurde, empfand sie Abscheu vor Avery, der mit sorgfältig einstudierter Trauermiene und einem schwarzen Flor am Ärmel neben ihr stand. Ein Gefühl, so intensiv, daß es einen bitteren Geschmack in ihrem Mund hinterließ.

Der Duke of Carlyle empfand kein Mitgefühl. Und schon gar keine Reue. Avery hatte es getan – das wußte sie im Innersten ihres Herzens. Der Duke of Carlyle, der bei der Verfolgung seiner Ziele mit aller Härte und Skrupellosigkeit vorging, hatte ihren Vater ermordet.

Während sie wie erstarrt neben ihm stand, wünschte Mary sich inbrünstig, sie wäre als Sohn ihres Vaters zur Welt gekommen und nicht als schwache, willenlose Frau, als die sie sich in diesem Moment fühlte. Sie wünschte, sie hätte den Mut besessen, Avery ein Messer in sein erbarmungsloses, schwarzes Herz zu stoßen.

Endlich war die Beerdigung vorüber, und Avery faßte nach

ihrem Arm. »Komm, meine Liebe«, sagte er mit seinem geheuchelten Mitgefühl, das ihr abgrundtief widerwärtig war. »Höchste Zeit, daß wir die Trauer hinter uns lassen und nach London fahren.«

Ihr Magen krampfte sich zusammen, Übelkeit drohte sie zu überwältigen. »Ich … ich hatte eigentlich die Absicht, noch zu bleiben, Durchlaucht, zumindest eine Zeitlang.«

Avery schüttelte seinen Kopf mit der Silberperücke und schob die dicken, gerollten Locken hinter die Ohren. »Unsinn, meine Liebe. Es wird Zeit, daß du mit mir zurückkehrst. Als Herzogin hast du gewisse Pflichten, und eine davon ist es, mir einen Erben zu schenken. Wir müssen dafür sorgen, daß du in andere Umstände kommst.«

Mary wäre fast in Ohnmacht gefallen, aber Averys Griff wurde fester, und der Schwächeanfall ging vorüber. »Verzeihung, Mylord. Die Trauer um meinen Vater ist überwältigend. Wären Sie eventuell gewillt, mich hier auf dem Land zurückzulassen, bis ich mich ein wenig erholt habe?«

Er schürzte mißbilligend die Lippen. »Du wirst mit deinem Mann nach Hause zurückkehren. Damit ist das Thema für mich erledigt.« Avery wandte sich von ihr ab und trat zu einem von Sir Wallaces engsten Freunden, um ihn in ein Gespräch über die profitablen Investitionen zu verwickeln, zu denen der Mann ihrem Vater im Laufe der Jahre geraten hatte.

Mary, die die beiden eine Weile beobachtete, konnte dem Freund ihres Vaters ansehen, wie groß sein Widerwille gegen den Herzog war. Schließlich drehte sie sich um und ging steifbeinig zurück zum Haus. Avery würde nachmittags aufbrechen, und sie würde mit ihm fahren. Das war der Preis, den sie bezahlen mußte, weil sie nicht auf Christian hören wollte.

Sie fragte sich, wo der Earl of Balfour sein mochte, fragte sich auch, ob er sich wenigstens ein wenig Sorgen um sie machte. Seine hochgewachsene, blendende Erscheinung stand ihr so deutlich vor Augen, als sähe sie ihn tatsächlich vor sich. Als ihr die Tränen kamen, wußte sie, daß es nicht Trauer um ihren Vater war, die ihre Augen überfließen ließ.

Jason beugte sich über die Skizze, die Lucien von seinem an den Docks von London gelegenen Lagerschuppen angefertigt hatte, jenen Ort, den sie als Treffpunkt für ihre Begegnung mit Avery gewählt hatten.

»Hier hinten liegt ein kleiner Raum, den Avery nicht sehen kann.« Litchfield deutete auf die Stelle in der Planskizze. »Dort wird unser Vertrauensmann Posten beziehen und durch eine kleine Fensteröffnung alles sehen und hören können.«

»Hast du schon mit ihm gesprochen?« fragte Jason. »Ich könnte mir denken, daß er uns seine Hilfe nur sehr widerstrebend gewährt.« Sie waren im Arbeitszimmer des Haversham-Hauses am Werk, da Jason Velvet seit dem Überfall nicht mehr allein ließ.

»Nein, aber er wird es tun. Dank einer sehr günstigen Investition, die er vor einigen Jahren auf mein Anraten tätigte, steht er ein wenig in meiner Schuld. Außerdem gehören wir demselben Klub an. Vor dem morgigen Treffen werde ich mit ihm sprechen.«

»Bist du sicher, daß man ihm trauen kann?«

»Ich halte ihn für einen ehrenwerten Mann. Deine Identität können wir ihm nicht enthüllen, solange wir Averys Geständnis noch nicht haben, da Thomas sich verpflichtet fühlen würde, dich festnehmen zu lassen.«

Und wenn mein Bruder nicht gesteht? dachte Jason insgeheim. Wenn er gar nichts zugibt? Er ließ seine Bedenken unausgesprochen. Sie beide wußten die Antwort darauf.

»Wenn das, was letzte Nacht passierte, ein Indiz ist«, fuhr Jason fort, »können wir so gut wie sicher sein, daß mein Bruder weiß, daß ich am Leben bin. Unser Brief mit dem Vorschlag, zu einem Treffen zu kommen, wird für ihn daher keine große Überraschung sein.«

»Das ist leider nur allzu wahr, da das Überraschungselement wegfällt. Viel günstiger wäre es gewesen, er hätte es erst entdeckt, wenn wir bereit gewesen wären. Er hätte sicher die Nerven verloren, wenn er dich plötzlich nach all den Jahren in Fleisch und Blut vor sich gesehen hätte.«

Jason verzog verbittert den Mund. »Das läßt sich denken.«

»Jedenfalls müssen wir weitermachen. Wir brauchen das Geständnis dieses Schurken und werden es uns auf diese oder jene Art verschaffen.«

Als Jason sich übers Kinn strich, spürte er leichte Stoppeln, obwohl er sich am Morgen rasiert hatte. »Möchte wissen, wie er herausfand, daß ich lebe.«

Ein Geräusch ließ ihn aufschrecken »Ich bin nicht sicher, daß er es weiß.« Velvet stand in der Tür. Jason hatten seine Überlegungen so in Anspruch genommen, daß er ihr Eintreten überhört hatte.

»Ich fürchte, ich kann dir nicht ganz folgen«, sagte er, und sah sie an, von ihrem unerwarteten Erscheinen freudig überrascht.

»Je länger ich darüber nachdenke, desto fester bin ich davon überzeugt, daß dein Bruder von deiner Anwesenheit nichts weiß.«

Jason tat ihren Einwand ab. »Er wußte genug, um einen Anschlag auf dich zu planen.«

Sie trat nun ganz ein. Ihr dunkles, kastanienbraunes Haar war im Nacken zu einem schlichten Knoten zusammengefaßt, ihr helles Taftkleid schwang anmutig um ihre Fesseln.

Bei ihrem Anblick regte sich unweigerlich sein Verlangen, das er jedoch sofort bezwang.

»Es gibt eine andere Möglichkeit«, sagte sie.

»Und die wäre?« Lucien veränderte seine Haltung am Kamin.

»Die Nachricht, die wir erhielten, könnte echt gewesen sein. Es könnte wirklich jemanden geben, der in der Mordnacht etwas sah. Dieser Jemand gab sich mir gestern am Treffpunkt nicht zu erkennen, weil er nur Jason sprechen wollte.«

Jason runzelte finster die Stirn. »Und die Anwesenheit von Celias Mörder war wohl reiner Zufall, nehme ich an.«

»Du weißt, daß es keiner war. Er beobachtete unser Haus, und als er mich wegfahren sah, folgte er mir, in der Hoffnung, mich umbringen zu können.«

»Was ihm beinahe geglückt wäre«, brachte Jason ihr finster in Erinnerung.

Lucien drehte sich um und fing an, vor dem Kamin auf und ab zu gehen. »Mein Freund, deine reizende Frau könnte recht haben. Ich wüßte nicht, warum Avery vermuten sollte, daß du am Leben bist. Die Countess könnte es ihm vor ihrem Tod noch verraten haben, wäre Avery ihr Mörder gewesen und hätte er es nicht seinem Komplizen überlassen, die Tat zu begehen.«

Jason überlegte diese Möglichkeit, und als er Velvet wieder ansah, lag Hochachtung in seinem Blick. »Du schaffst es immer wieder, mir eine Überraschung zu bereiten, Herzogin.« Zu Lucien gewandt sagte er: »Ich denke, in diesem Fall hat Velvet recht. Ich hätte mich nicht zu voreiligen Schlußfolgerungen hinreißen lassen sollen. Falls ihm nicht ein Zufall die Information zuspielte, hat mein Bruder wirklich keinen Grund anzunehmen, daß ich noch lebe.«

Lucien lächelte. »Damit gewinnt das Überraschungsmoment wieder einen gewissen Stellenwert in unserem Plan.«

»Das alles bedeutet auch, daß es dort draußen jemanden gibt, der uns helfen kann«, setzte Velvet hinzu. »Jemanden, der die Wahrheit kennt. Vielleicht wird er erneut versuchen, mit uns in Verbindung zu treten.«

»Kann sein«, pflichtete Lucien ihr bei. »Bis dahin werde ich die Einzelheiten unseres Treffens festlegen und mit Thomas Randall, meinem Vertrauensmann, darüber sprechen.«

»Was werden Sie sagen?« wollte Velvet wissen.

»Daß ich vermute, der Duke of Carlyle könnte in Schmuggelgeschäfte verwickelt sein und mein leeres Lagerhaus für seine ruchlosen Zwecke benutzen. Weiter werde ich sagen, daß ich ein Treffen arrangiert hätte, in dessen Verlauf ich die Schuld des Herzogs beweisen würde. Und ich werde Randall bitten, als Zeuge zu fungieren.«

Velvet nickte begeistert. »Aber Avery wird keine Schmuggelei gestehen, sondern einen Mord.«

»Wenn alles gut geht«, rief Jason ihnen ins Gedächtnis und ballte unbewußt die Fäuste.

Velvet berührte leicht seinen Arm. »Alles wird gutgehen, Jason – es muß gutgehen. Du bist unschuldig. Es wird höchste Zeit, daß der Wahrheit zu ihrem Recht verholfen wird.«

Aber Jason war nicht so überzeugt. So vieles konnte passieren. So vieles konnte schiefgehen. Teils drängte es ihn, die Rache zu vergessen, nach der er so lange gestrebt hatte, auf seine westindische Plantage zurückzukehren und das einfache Leben der letzten Jahre wieder aufzunehmen, doch mußte er an Velvet denken. Ehe er nicht einen Weg fand, Averys mörderischem Tun ein Ende zu bereiten, schwebte sie in unmittelbarer Lebensgefahr.

Vor ihm blitzte ein Bild auf … Velvet in der Dunkelheit, ihr entsetztes Gesicht, blitzender, todbringender Stahl. Er schloß die Augen, als er sie sich in ihrem Blut liegend vorstellte, tot in der rattenverseuchten Gasse.

Er spürte Übelkeit, doch schon im nächsten Moment veränderte sich das grausige Bild. Die Blutlache lief auf ihn zu, über das schräge Deck eines Passagierseglers. Er hörte die Schreie der Frauen, ihr Flehen um Hilfe.

Jason stützte sich haltsuchend auf den Tisch, um das Bild zu verdrängen, doch die rote Lache breitete sich weiter aus und bildete eine Blutpfütze zu seinen Füßen. »Nein…«, flüsterte er, während die Schreie immer lauter wurden. Vergeblich versuchte er, die Geräusche abzublocken, und auch das Blut hörte nicht auf zu fließen. Er wollte davonlaufen, konnte sich aber nicht rühren. Er mußte fliehen. Er mußte …

»Jason? Jason, was ist mit dir?«

Ihre sanfte Stimme drang süß und besorgt an sein Ohr. Die rote Pfütze verblaßte, die Schreie wurden leiser und zogen sich in den Hintergrund seines Bewußtseins zurück.

»Jason?« Sie umfaßte seinen Arm, und er spürte, wie er zitterte. »Liebster, wie fühlst du dich?«

Die Liebkosung war wie Balsam. Als er den Kopf schüttelte, um ihn zu klären, merkte er, daß er sich noch immer an den Tisch klammerte. »Entschuldige. Ich war nur … ich wollte nicht, daß es passiert.« Er glühte vor Verlegenheit.

»Schon gut.« Ohne ihn wie befürchtet um eine Erklärung zu bedrängen, gab sie ihm einen leichten Kuß auf die Wange. »Sicher ist deine Müdigkeit daran schuld. Ihr habt erledigt, was ihr wolltet, und der Marquis wollte eben gehen.«

Er spürte den festen Griff seines Freundes an seiner Schulter. »Du wirst dich jetzt ausruhen. Alles übrige überlasse getrost mir. Sobald alles geregelt ist, schicken wir deinem Bruder eine Nachricht.«

Jason nickte nur. Seine Gedanken waren noch immer in Aufruhr. Bilder von Tod und Blut waren haftengeblieben und erhöhten seine Sorge um Velvet.

O Gott, wenn ihr etwas zustieß, war es seine Schuld, noch ein schwarzer Punkt auf seiner langen Sündenliste.

Es war ein Gedanke, zu schrecklich, um dabei zu verweilen.

Christian Sutherland, sechster Earl of Balfour, kam sich wie ein kompletter Idiot vor. Im Garten des Stadthauses des Duke of Carlyle versteckt, harrte er in der Finsternis wie ein liebeskranker Jüngling aus, um einen Blick auf Mary Sinclair zu erhaschen.

Es war die zweite Nacht, die er hier verbrachte, zwischen Topfpflanzen auf der Lauer liegend, verborgen hinter Geranien, in der Hoffnung, Marys Aufmerksamkeit zu erregen und einen Moment der Zweisamkeit zu ergattern. Er wußte, daß sie wieder in London war. Noch immer in tiefer Trauer um ihren Vater, verließ sie das Haus nicht, doch der Herzog hatte kein Geheimnis daraus gemacht, daß er sie nach London mitgebracht hatte.

»Die Kleine weiß, daß es besser ist, sich mir nicht zu widersetzen«, hatte er sich gebrüstet. »Sie tut, was ich sage, und das ist gut so. Leider zeigt sie keine Vorliebe fürs Ehebett, doch werde ich dafür sorgen, daß sie ohne zu murren ihre Pflicht erfüllt. Ein Mann braucht einen Sohn. Ein paar Tage darf sie noch um ihren Alten trauern, dann wird sie ihre Beine breitmachen, und zwar gerne, das schwöre ich euch – bis ich sicher sein kann, daß sie empfangen hat.«

Carlyle hatte diese Bemerkung an einem Spieltisch bei Brook's fallenlassen.

Christian hatte seine ganze Beherrschung aufbieten müssen, um nicht handgreiflich zu werden.

Statt dessen war er hier gelandet, lauerte wie ein Mondsüchtiger im Garten und hoffte, niemand würde seine Anwesenheit entdecken, außer Mary natürlich.

Da ... eine Bewegung in einem Raum im Obergeschoß. Für die Rückkehr des Herzogs war es noch zu früh. Christian beobachtete eine flackernde Kerze, die aus dem Schlafgemach und die Treppe hinunter getragen wurde. Einen Moment verschwand das Licht, um dann in der Bibliothek wieder sichtbar zu werden. Sich an die Wand neben dem Fenster drückend, spähte er ins Innere. Er lächelte erleichtert, als er Mary sah.

Christian klopfte leicht an das hohe Sprossenfenster, und die Kerze wurde in diese Richtung gehoben. Wieder ein leises Klopfen. Er trat aus dem Gebüsch hervor, damit sie ihn sehen konnte. Ein paar Sekunden, dann erkannte sie ihn. Mary faßte erschrocken nach ihrer Kehle, zögerte aber nicht, das Fenster zu öffnen.

»Christian? Was treibst du hier? Sieh zu, daß du verschwindest, ehe dich jemand sieht.«

Wortlos faßte er nach ihrer Hand und zwang Mary, übers Fensterbrett hinaus in den Garten zu klettern. »Ich ... ich bin nicht richtig angezogen. Mein Haar ist nicht gemacht. Ich muß schrecklich aussehen.«

Christian lächelte. Mit ihrem silberblonden Haar und den hellblauen Augen sah sie wie ein zarter Engel aus. »Du bist wunderschön.«

Die Spannung in ihrer Hand lockerte sich spürbar, als sie sich in der Dunkelheit über die Stufen zum Pavillon am anderen Ende des Gartens führen ließ. »Was ist passiert, Christian? Was führt dich her?«

»Mary, ich mußte dich sehen. Ich mußte mich vergewissern, daß es dir einigermaßen gutgeht.«

Mary wich seinem Blick aus. »Mir geht es soweit gut. Der

Herzog bestand darauf, daß ich mit ihm zurückkehre – wie du es mir prophezeit hast. Ich hätte auf dich hören sollen.«

»Noch ist es nicht zu spät. Wir können zusammen fortgehen, wie ich es vorschlug. Wir können außer Landes gehen und irgendwo ein neues Leben beginnen.«

Sie sah ihn mit tränenhellen, verhärmten Augen an. »Du würdest alles aufgeben? Dein Heim? Deine Geschäfte? Deine Familie? Warum, Christian? Warum würdest du das tun?«

Er strich über ihre Wange, die weich war wie Vogelflaum. »Seit ich dich verließ, konnte ich an nichts anderes als an dich denken. Ich liebe dich, Mary. Ich war ein Narr, daß ich es nicht erkannte. Ich liebe dich, und ich möchte, daß wir zusammen sind – koste es, was es wolle.«

Ihre sanften blauen Augen füllten sich mit Tränen. »Christian, ich liebe dich auch. Mehr als mein Leben. Und deshalb kann ich nicht mit dir gehen. Seit ich Windmere verließ, hatte ich Zeit, alles zu überdenken. Was immer Avery getan hat, mein Leben ist nicht in Gefahr. Ich habe keine andere Wahl, als zu bleiben, um das Beste aus dem Leben zu machen, das Gott mir zugedacht hat.«

Christian schüttelte den Kopf. »Mary…«

»Bitte, Christian … ich bin eine verheiratete Frau. Mir sind die Hände gebunden. Mit der Zeit werde ich lernen, Avery zu ertragen, und wenn ich einmal Kinder habe, werden sie mein Trost sein.«

»Wenn du mit mir kämst, würden deine Kinder auch meine sein.«

Sie schüttelte den Kopf. »Christian, für uns ist es zu spät. Ich werde nicht zulassen, daß du büßen mußt, was die Habgier des Herzogs und die guten, wenn auch fehlgeleiteten Absichten meines Vaters angerichtet haben. Ich weiß, was ich tun muß.«

In Christians Brust wuchs ein scharfer Schmerz, der ihm fast den Atem abdrückte. »Bist du sicher, Mary?«

Sie nickte. »So ist es besser. Ich würde dir eine schlechte Frau sein. Avery hat zerstört, was immer ich an Leidenschaft für einen Mann zu empfinden glaubte. Ich verabscheue den Liebesakt, und das wird wohl immer so sein. Du verdienst eine bessere Frau, als ich es dir sein konnte.«

Seine Hand zitterte, als er ihr Kinn umfaßte. »Glaubst du das wirklich? Daß du keine Leidenschaft mehr empfinden könntest?«

Sie versuchte, seinem Blick auszuweichen, aber Christian ließ es nicht zu. Er drehte ihr Gesicht zu sich und drückte sacht seinen Mund auf ihren.

Es war ein leichter Kuß von unsäglicher Sanftheit, doch Mary spürte ihn wie einen warmen, verlockenden Hauch in ihrem ganzen Körper. Seine Zunge glitt ihre Lippen entlang, öffnete sie schmeichelnd und drang ein. Er kostete sie aus, drängte sie, es ihm gleichzutun, und sie folgte zögernd, obwohl sie wußte, daß sie es nicht hätte tun sollen, weil es sündig war. Christian zog sie näher zu sich, umarmte sie fester und preßte seinen harten Körper ganz an sie. Als er den Kuß vertiefte, ertappte sie sich dabei, wie sie sich an seine Schultern klammerte und noch enger an ihn schmiegte.

Seine Hand fand ihre Brust, doch anstatt des brutalen Druckes, den sie erwartete, streiften sie seine Finger nur leicht an der Seite. Dann umfaßte er zart die Fülle, und weiche, süße Wärme flammte in ihrem Inneren auf und durchströmte ihre Glieder. Es war so unglaublich und wundervoll, daß sie sich noch enger an seine muskulöse Brust drängte. Christian war es schließlich, der sich zurückzog.

»Mary, es gibt nichts, was mit dir nicht stimmt. Nichts, was Sanftheit und Geduld nicht heilen könnten.«

Ihr Atem kam in kurzen, heftigen Stößen. »Ich hätte es nicht zulassen sollen ... ich weiß, daß es falsch ist, aber ich wollte dich nicht hindern, daß du mich anfaßtest.«

Christian fuhr mit einer Hand durch ihr Haar. »Mary, ich werde dich Leidenschaft lehren. Komm mit mir. Wir wollen uns irgendwo ein gemeinsames Leben schaffen.«

Sie wünschte es sich von ganzem Herzen, so sehnlich, wie sie sich noch nie etwas gewünscht hatte. Aber es wäre für Christian der Ruin gewesen. Für sie beide. Sie hätten ihr Zuhause aufgeben müssen, ihre Heimat, ihre Familien.

»Christian, ich kann nicht.« Sie ließ ihn los und wandte sich ab. Ehe sie die Stufen des Pavillons hinunterlief, hielt sie inne und warf ihm über die Schulter einen Blick zu. Tränen funkelten an ihren Wimpern. »Mein Liebster, lebe dein Leben weiter. Finde einen Weg, glücklich zu sein.«

Christian sagte nichts darauf. Er stand in der Finsternis da, mit schmerzender Brust und enger Kehle. Er würde normal weiterleben. Das war seine Art. Vielleicht würde er sogar mit der Zeit etwas finden, das man Glück nennen konnte.

Aber er würde nie wieder lieben, um niemals wieder den Schmerz erleben zu müssen, den er jetzt beim Verlust Marys empfand. Christian wußte dies so sicher, wie er wußte, daß er den nächsten Atemzug tun würde.

23

Velvet schloß die Tür zum Schlafgemach ihres Großvaters und ging die Treppe hinunter. Auf dem Treppenabsatz traf sie mit dem schmalen grauen Butler zusammen, der eben auf dem Weg nach oben war.

»Guten Morgen, Snead. Ich kann den Earl nicht finden. Haben Sie ihn zufällig gesehen?«

»Guten Morgen, Mylady. Nein, seit dem Frühstück nicht mehr.«

»In seinem Zimmer ist er nicht, und im Arbeitszimmer habe ich ihn auch nicht angetroffen. Könnte es sein, daß er ausgegangen ist?«

»Das glaube ich nicht, Mylady. Er hat den Wagen nicht vorfahren lassen, und beide Diener sind noch da. Er muß im Garten sein.«

Velvet nickte. Ihr Großvater ging kaum aus und nie ohne einen Diener als Begleitung. Seitdem sein Gedächtnis ihn immer öfter im Stich ließ, vertrieb er sich die Zeit lieber mit Lektüre oder mit einer Partie Schach. Sie sah im Garten nach, konnte ihn aber auch dort nicht finden. Ein Blick in den Wagenschuppen zeigte ihr, daß ihre Familienkutsche da war, nicht aber Jasons geborgtes Gefährt. Sie sprach mit dem Stallknecht und dem Kutscher, aber keiner der beiden hatte den Earl gesehen.

Velvet, bei der sich Sorge regte, ging ins Haus zurück und fragte in der Küche nach, aber auch die Köchin und die Hausmädchen wußten nichts.

»Sie haben ihn noch immer nicht gefunden, Mylady?« Nun war es auch an Snead, ein besorgtes Gesicht zu machen.

»Nein, ich …«

In diesem Moment rief das Zimmermädchen übers Treppengeländer: »Mylady, er war mit Ihrem Mann zusammen. Ich habe die beiden reden gesehen.«

Velvet lächelte erleichtert. »Danke, Velma.« Sie wandte sich an Snead. »Sicher ist er mit Lord Hawkins ausgegangen. Jason sagte, er hätte einiges zu erledigen. Ich denke, er hat den Earl mitgenommen und vergessen, es uns zu sagen, ehe er das Haus verließ.«

Der Butler erwiderte ihr Lächeln. »Sicher verhält es sich so. Soll ich Ihr Frühstück kommen lassen, Mylady?«

Sie seufzte. »Ja, ich glaube, das wäre eine gute Idee. Wenn Großvater nicht zu sehr ermüdet, wird Jason erst am Nachmittag zurückkommen.« Es war das erste Mal seit dem Überfall, daß er sie allein ließ, und er hatte es sehr ungern getan.

»Ich habe zwei zusätzliche Männer engagiert, die das Haus bewachen«, hatte er gesagt. »Ludington soll drinnen aufpassen, und die anderen vor und hinter dem Haus.«

»Es wird schon nichts passieren.«

Er runzelte die Stirn. »Celia ist aber etwas passiert. Vielleicht sollte ich dich mitnehmen und nicht aus den Augen lassen.«

Velvet stützte resolut die Hände in die Hüften. »Nichts ist mir lieber als Ihre Gesellschaft, Mylord, aber ich weigere mich, mir von Ihrem Bruder in meinem eigenen Haus Angst einjagen zu lassen.«

Jason seufzte resigniert. »Vielleicht hast du ja recht. Vermutlich bist du hier sicherer. Außerdem habe ich viel zu tun und werde eher damit fertig, wenn ich nicht abgelenkt werde.« Er sah sie mit vielsagendem Lächeln an. »Und Sie, meine liebe Herzogin, können sehr ablenkend wirken.«

Sie hatte ihn nicht mehr gesehen, ehe er fortging, doch mit dem Fortschreiten des Nachmittags und nachdem sie ihre vielfältigen Haushaltspflichten erfüllt hatte, wünschte sie sich beinahe, sie wäre mit ihm gegangen.

Als Jason um vier Uhr nach Hause kam und wie immer zielstrebigen Schrittes das Arbeitszimmer betrat, galten Velvets Blicke als erstes seiner imponierenden männlichen Erscheinung.

»Wie ich sehe, hast du ohne mich überlebt«, sagte er sichtlich erleichtert.

»Und Sie ebenfalls, Mylord. Ich nehme an, mein Großvater ist ebenso wohlbehalten zu Hause angekommen?«

»Dein Großvater? Woher soll ich wissen, wie es deinem Großvater geht?«

Alles Blut wich aus ihrem Gesicht. »Ich dachte, er wäre mit dir zusammen.«

»Das war er nicht. Ich hätte ihn doch nicht mitgenommen, ohne es dir zu sagen. Soll das etwa heißen, daß der Earl nicht da ist?«

Velvet konnte ihre Angst nicht verbergen, als sie aufstand. »Er ... er ist seit heute morgen fort. Ach, Jason, wo kann er nur sein?«

»Es wird sehr rasch finster. Wir müssen uns unverzüglich auf die Suche machen. Am besten fangen wir mit den Männern an, die vor und hinter dem Haus postiert sind. Hoffentlich hat einer ihn gesehen, als er fortging.«

Velvet nagte an ihrer Unterlippe. »Daran hätte ich schon früher denken sollen.«

»Es wäre dir sicher eingefallen, wärest du nicht der Meinung gewesen, er sei mit mir unterwegs.«

Sehr wahrscheinlich. Aber nun galt es herauszufinden, wohin ihr Großvater gegangen war, und ihn ins Haus zurückzubringen.

Jason nahm ihre Hand. »Komm, Liebes. Ich verspreche dir, daß wir ihn finden werden.«

Velvet unterdrückte ihre Besorgnis und begleitete ihn zur Haustür. Tatsächlich hatte einer der Bewacher den alten Earl aus dem Haus gehen sehen.

»Er kam gleich nach Ihnen heraus, Mylord. Hielt auf den Platz zu, munter vor sich hinpfeifend. Sah aus, als hätte er ein bestimmtes Ziel vor Augen.«

Velvet griff nach Jasons Arm. »Auch wenn er ein Ziel hatte,

müßte er jetzt längst wieder zu Hause sein. Ach, Jason, wir müssen ihn rasch finden.«

»Das werden wir. Ich habe schon den Wagen anspannen lassen.«

Gott sei Dank. Da Jason nun die Führung übernommen hatte, ließ ihre Angst ein wenig nach. Zumindest so lange, bis ihr der Mann einfiel, der ihr zur Kneipe gefolgt war, als sie letztes Mal das Haus verlassen hatte. *Du lieber Himmel, Großvater.*

»Du glaubst doch nicht ... daß jemand ihm etwas antun könnte?« Aus dem fahrenden Wagen heraus suchten sie die Straßen ab, in denen sie ihn vermuteten.

»Du meinst, einer der Komplizen meines Bruders? Nein, ich wüßte keinen Grund, warum ihm von dieser Seite Gefahr drohen sollte.«

Velvet hatte ihre Zweifel. »Vielleicht braucht dein Bruder keinen Grund. Oder er hat Großvater entführen lassen, um an mich heranzukommen.«

»Oder an mich. Wir wissen noch immer nicht mit Sicherheit, ob er entdeckt hat, daß ich lebe. Ich schätze, es ist möglich, daß mein Bruder seine Finger im Spiel hat. Aber ehe wir nicht alle anderen Möglichkeiten ausgeschöpft haben, sollten wir uns auf diese eine Version nicht zu sehr konzentrieren. Der alte Mann ist vielleicht einfach davongelaufen.«

»Das würde er nicht tun. Er geht nie allein aus.«

Jason drückte liebevoll ihre Hand. »In seinem Alter sind Gedächtnislücken sehr häufig und nehmen mit der Zeit zu. Man kann nie wissen, worauf der Earl noch verfällt.«

Aber Velvet ließ sich nicht trösten. In den nächsten Stunden suchten sie unermüdlich ganz Mayfair bis Piccadilly ab und weiter bis St. James, und fragten unentwegt, ob jemand ihn gesehen hätte.

In der Pall Mall glaubte ein Mann, dem alten Earl am Morgen begegnet zu sein, und ein anderer meinte, jemanden, auf den die Beschreibung paßte, am späten Nachmittag beobachtet zu haben. Sie setzten die Suche bis zur völligen Erschöpfung Velvets fort. Erst nachts um elf Uhr gab Jason dem Kutscher gegen ihren Willen Anweisung, er solle nach Hause fahren.

Um Mitternacht war Velvet außer sich und untröstlich.

»O Gott, wo kann er nur sein?« Sie lief im Salon auf und ab, immer wieder einen Blick hinaus in die Dunkelheit vor dem Fenster werfend.

»Leider kann er überall sein. Wahrscheinlich hatte er Geld bei sich. Vielleicht hatte er soviel Verstand, sich irgendwo ein Quartier zu mieten, als es dunkelte.«

»Und wenn man ihm etwas angetan hat? Wenn er jetzt irgendwo auf der Straße liegt, zusammengeschlagen, verletzt, und sich fragt, warum ihn niemand sucht? Schlimmer noch, was ist, wenn er entführt wurde? Wenn der Mann, der mich angriff …«

»Hör auf!« Jason schüttelte sie an den Schultern und gebot ihr Einhalt. »Hör sofort auf! Wir haben keine Ahnung, ob etwas auch nur annähernd Ähnliches passiert ist. Ehe wir nicht genau wissen, was los ist, werde ich nicht zulassen, daß du dich so quälst.«

Velvets Augen füllten sich mit Tränen. »Ich habe so große Angst. Ich muß ihn finden, Jason – ich muß. Meine Familie ist tot. Mutter und Vater leben nicht mehr.« Sie fing zu weinen an, so daß er sie in die Arme nahm. »Er ist alles, was mir geblieben ist, Jason. Er ist alles, was ich habe.«

»Wir werden ihn finden. Bitte, weine nicht. Mein Wort darauf. Sobald es tagt, nehmen wir die Suche wieder auf. Lucien wird kommen, und wir werden Leute anstellen, die uns helfen.«

Ihre Tränen benetzten sein weißes Hemd, aber Velvet konnte nicht aufhören zu schluchzen und klammerte sich an seine Jackenaufschläge. »Er war immer so gut zu mir. Großvater ist das einzige Stückchen Familie, das ich je hatte. Mama starb, als ich ganz klein war, und mein Vater war nie da. Wäre Großvater nicht gewesen, ich hätte nicht gewußt, was ich tun soll.«

Er hob ihr Kinn an und strich zärtlich über ihre Wange. »Du hättest es gemeistert. Du wärest stark gewesen wie immer.«

Velvet schüttelte den Kopf. »Das glaube ich nicht. Großvater war es, der mich lehrte, stark zu sein. Er schenkte mir den Mut, mich der Welt ohne Scheu zu stellen. Als mein Vater starb und wir entdeckten, daß er unser gesamtes Vermögen verspielt hatte, war es Großvater, der mich überzeugte, daß ich uns retten könnte.« Sie blickte mit tränenüberströmten Gesicht zu ihm auf. »Du wirst fortgehen, Jason. Wenn nun auch Großvater fort ist, habe ich niemanden mehr. Ich bin nicht annähernd so stark, wie du glaubst.«

Er drückte ihr liebevoll einen Kuß auf die Stirn. »Du wirst mich haben, Velvet. Auch wenn ich nicht da bin, kannst du mit meiner Hilfe rechnen. Solltest du jemals etwas benötigen, brauchst du mich nur zu verständigen.«

Velvet blickte zu ihm auf. »Ich brauche jemanden, der mich liebt, Jason. Wirst du mir das auch geben können?«

Etwas blitzte in seinen Augen auf, etwas Schmerzliches, Flüchtiges. Jason gab keine Antwort. Er stand nur da und sah sie an, während sich ungezählte und unergründliche Fragen und Antworten in seinem Gesicht widerspiegelten.

Als sich das Schweigen zwischen ihnen in die Länge zog, machte Velvet sich von ihm los. »Morgen wird ein langer Tag«, sagte sie mit einem bebenden Atemzug. »Ich denke, wir sollten versuchen …«

Er stand auf, ehe sie den Satz beenden konnte. »Ja… das sollten wir.« Einen Arm um ihre Taille, führte er sie aus dem Salon und die Treppe hinauf. Vor ihrer Tür angelangt, folgte er ihr in ihr Schlafzimmer, anstatt sie alleine zu lassen. Ohne ein Wort drehte er sie um und machte sich daran, ihr Kleid aufzuknöpfen.

»Was … was machst du da?«

Er war mit den Knöpfen fertig und löste nun die Verschnürung ihres Korsetts. »Ich bringe dich zu Bett. Ich bin dein Mann, zumindest im Moment. Und solange ich das bin, kann ich dich lieben. Ich werde versuchen, achtzugeben. Sollten sich trotzdem Folgen einstellen, werden wir uns später damit befassen.«

Glühende Hitze erfaßte sie, ihre Brustspitzen wurden hart. »Möchtest du es auch?«

Sein Blick blieb an ihren Lippen hängen. »Velvet, ich bin ein Mann. Ich habe es gewollt, seit ich dich sah.«

Sie aber war sicher, daß er jetzt nicht bei ihr wäre, wenn sie nicht vorhin die Fassung verloren hätte. »Und was ist mit Großvater?«

Der schmale Strich, den sein Mund bildete, wurde weich. »So wie du ihn eben geschildert hast, würde er nicht wollen, daß du dich sorgst. Wenn du mit mir im Bett bist, wirst du zu beschäftigt sein, um daran zu denken.« Ohne ihr Zeit zum Widerspruch zu lassen, zog er an den Halterungen ihres Reifrockes und zerrte das steife Fischbeingestell über ihre Hüften. Er zog ihr das Unterkleid aus, setzte sich aufs Bett und streifte Schuhe und Strümpfe ab. Nachdem er die Nadeln aus ihrem Haar genommen hatte, breitete er die schweren gelockten Strähnen lose um ihre Schultern.

»Jetzt bist du dran. Ich glaube, es wird Zeit, daß du lernst, wie man einen Mann auszieht.«

Ein köstlicher Gedanke, doch die Erleichterung, ihren Sorgen zu entfliehen und die versprochenen Freuden zu genießen, kämpfte mit ihrem Gewissen, da es gut möglich war, daß ihr Großvater in eine gefährliche Situation geraten war. Aber sie konnte erst morgen etwas unternehmen, und sie bedurfte des Trostes, den Jasons schlanker, gestählter Körper ihr bot.

Velvet lächelte. »Ich habe schon immer gerne etwas Neues gelernt.« Sie rückte näher und streifte sein Jackett über seine muskelbepackten Schultern, dann nahm sie sich seine Westenknöpfe vor. Leicht war es nicht, da seine Hände über ihre Brüste strichen, seine Handflächen ihr Gesäß drückten, sein Mund über ihre Kinnlinie glitt.

»Ich kann nicht… ich schaffe es nicht, wenn du nicht stillhältst«, stieß sie atemlos hervor. Ihre innere Glut ließ ihre Hände zittern.

Hungrige blaue Augen bohrten sich in sie. »Na schön, wie du willst.« Breitbeinig dastehend, ließ er sich von Weste und Krawatte befreien, ehe sie seine Manschettenknöpfe herauszog und ihm das Hemd von den Schultern streifte. Straffe Muskeln schimmerten im Kerzenlicht, nur von der Matte gelockter brauner Brusthaare verdunkelt. Sie strich über seine kleinen flachen Brustwarzen und sah, wie diese sich zu Knospen verfestigten. Wo sie auch hinfaßte, überall strafften und wölbten sich Muskeln.

»Freut mich, wenn du dich amüsierst«, sagte er mit grollendem Unterton. »Ich glaube, es wird Zeit für die Stiefel.«

Aufblickend sah sie seine Belustigung – und sein Begehren – in seinen angespannten Gesichtszügen. Er ließ sich auf dem Fußschemel nieder, streckte seine langen Beine aus, und Velvet zog ihm die hohen schwarzen Stulpenstiefel aus. Als nächstes streifte sie seine Strümpfe über die muskulösen Waden herunter und registrierte, wie kräftig die von der Fessel zum Knie verlaufenden Sehnen waren. Als sie fertig war, stand Jason auf. »Die Breeches, Herzogin. Ich glaube, sie kommen als nächstes dran.«

Velvet fuhr sich mit der Zunge über die Lippen. Ihre Hände verrieten Unsicherheit, als sie die Knöpfe an seiner Hose öffnete und sein Glied spürte. Sein scharfes Einatmen verriet ihr, welche Macht sie über ihn hatte, und sie schmunzelte entzückt. Die starke Auswölbung seines Geschlechts umfassend, drückte sie sacht zu, streichelte ihn und spürte dabei die Steifheit unter ihrer Hand wachsen.

Jasons sinnlicher Mund verzog sich leicht. »Dir gefällt es also, wenn du das Sagen hast? Nun, ich zweifelte eigentlich nicht daran.« Jason packte ihr Handgelenk. »Aber ich glaube, dein Eifer sollte anders genutzt werden.«

Velvet stand reglos da, als er sich seiner letzten Kleidungsstücke entledigte und sie nackt zum Bett trug. Ein paar fiebrige Küsse folgten, bei denen seine Zunge gierig ihre Mundhöhle erforschte. Seine Hände liebkosten ihre Brüste und strichen aufreizend über deren rosige, steil aufgerichtete Knospen.

»Ja, Herzogin«, neckte er sie zwischen unzähligen kleinen, sanften Küssen. »Ich dachte, du würdest es genießen, wenn du die treibende Kraft bist.«

»Nein, ich …«

Doch sie verstummte, als seine großen Hände ihre Mitte umspannten und er sie auf sich hob, damit sie rittlings auf ihm zu sitzen kam. Seine Finger ertasteten ihre Weiblichkeit und streichelten sie, worauf Velvet von einer Glutwoge erfaßt wurde. Feucht und heiß verzehrte sie sich nach ihm, als er sie wieder anhob, und in einer einzigen geschmeidigen Bewegung auf seinen Schaft setzte. »Ja, höchste Zeit, daß du die

Führung übernimmst. Heute wirst du mich zur Abwechslung reiten.«

Ihre Wangen röteten sich, ihre Lippen waren von seinen Küssen weich und voll. Ein Gefühl der Fülle und Hitze erfaßte ihren ganzen Körper. Sie fing zögernd an, sich zu bewegen, und ihr inneres Feuer begann zu züngeln. Sich aufrichtend, nahm sie ihn in voller Länge in sich auf, spürte ein heißes Pulsieren und verfiel in einen immer schnelleren Rhythmus.

»Allmächtiger …«, stöhnte Jason, während sie wie rasend an ihm auf- und abglitt, die Wonnen ihrer Lust voll auskostend.

Und die Macht, die sie ausübte.

Ihr kastanienbraunes Haar umhüllte sie beide und schloß bis auf den Kerzenschein alles aus. Ein rauher Laut drang aus Jasons Kehle, und sie merkte, daß er um Beherrschung rang.

»Velvet …«, murmelte er, nach ihr greifend, umfaßte ihr Gesäß und stieß seinen Unterleib heftig nach oben, um jeder ihrer Bewegungen zu begegnen. Lodernde Hitzewellen schossen durch ihren Körper. Velvets Kopf fiel zurück, ihr Haar streifte seine Lenden, als die Erlösung sie erbeben ließ. Jason, der erstarrte und selbst den Höhepunkt erreichte, schob sie im allerletzten Moment von sich. Er zog sie neben sich und hielt sie keuchend vor erfüllter Lust in den Armen. Erschöpft schliefen sie eine Weile, erwachten und liebten sich von neuem, diesmal ganz sanft, ihre zärtliche Leidenschaft voll auskostend.

Trotz der Sorge um ihren Großvater, die noch immer im Hintergrund ihres Bewußtseins lauerte, schlief Velvet ein, tief und fest. Es war die Ruhe, die er ihr versprochen hatte, der Schlaf, den sie so dringend brauchte. Jason hatte sein Wort gehalten.

Obwohl Velvet friedlich schlummernd neben ihm lag, konnte Jason selbst aus Sorge um den Earl keinen Schlaf finden. Wer konnte wissen, aus welchem Grund sein Bruder eine Entführung arrangiert hatte, und in welcher Gefahr der alte Mann womöglich schwebte. Sobald es Tag wurde, wollte er die Suche von neuem beginnen. Er betete darum, der Graf möge nicht der Habgier und Mordlust seines Bruders zum Opfer gefallen sein.

Jason zog Velvet näher zu sich. Ein paar seidenweiche Strähnen ihres kastanienbraunen Haares, die über seiner einen Schulter lagen, ringelten sich um seine Hand, während er ihre Atemzüge beobachtete. Noch nie hatte er mit einer Frau solche Wonnen erlebt.

Er hätte freilich besser daran getan, sein Gelübde zu halten und sie nicht anzurühren. Doch er war gegen ihre Tränen machtlos, als sie vom alten Earl gesprochen hatte. *Er ist alles, was ich habe, Jason.* Er hatte Velvet immer für unbeugsam gehalten, für stark und widerstandsfähig wie eine Weide im Wind. Jetzt wußte er, daß sie ungeachtet ihrer Stärke auch den Ängsten, Wünschen und Bedürfnissen einer Frau unterworfen war.

Sie brauchte einen Mann, jemanden, der über sie wachte. Solange er ihr Mann war, war es an ihm, diese Aufgabe zu erfüllen.

Die Entscheidung war gefallen. Ihre Trennung würde sie beide härter treffen, doch würden sie sie überleben und mit der Zeit Vergessen finden.

Und sie würde es ohne ihn besser haben.

Dieser Gedanke beunruhigte ihn auf eine Weise, wie es zuvor nicht der Fall gewesen war. Er dachte an Velvets Eigensinn, ihre willensstarke Natur, ihre Neigung, in Schwierigkeiten zu geraten. Nichts leichter, als daß der falsche Mann versuchen würde, sie zu brechen. Sie vielleicht mißhandeln würde. Avery hätte es getan. Ein schwacher Mann würde kein Verständnis für sie aufbringen, würde auch nicht erkennen, daß sie trotz aller Stärke nicht immer allein mit allem fertig wurde und des Beistands und der Führung eines Gatten bedurfte, den sie lieben und respektieren konnte.

Unwillkürlich kam ihm der Gedanke, daß er genau der Typ von Mann war, der mit ihr umgehen konnte. Sie war stark, er aber auch. Wider alle Vernunft glaubte sie an ihn, und dieser Glaube war in Respekt übergegangen. Und er hatte allmählich ihre Bedürfnisse verstehen gelernt, so wie sie Verständnis für seine zu haben schien. Flüchtig schoß ihm der Gedanke durch den Kopf, sie mit sich zu nehmen, wenn er auf seine Plantage zurückkehrte.

Der Gedanke war so verlockend, so von Sehnsucht erfüllt, daß er schon deswegen schmerzte.

Jason verdrängte diese Vorstellung. Es war eine törichte Überlegung. Velvet respektierte ihn, weil sie die Wahrheit nicht kannte. Sobald sie diese erfuhr, würde alles, was sie für ihn empfand, wie Asche im Wind verfliegen, und es würde nur Bitterkeit zurückbleiben.

Früher oder später würde es aus ihrer Verbindung Kinder geben. Nach allem, was er getan hatte, konnte er ein Kind kaum sehen, ohne daß er von Schuldgefühlen geplagt wurde. Wie konnte er da eigene Kinder haben?

Ihm blieb nichts anderes übrig, als sie zu verlassen. Gleichgültig, was er wollte oder was sie zu wollen glaubte, konnte es mit ihnen nie gutgehen.

Auch wenn er dumm genug war, sich für sie stark zu interessieren.

Velvet ließ im Schlaf einen leisen Laut hören, kuschelte sich enger an ihn, und er streifte ihre Lippen mit einem zarten

Kuß. Ein tiefes Gefühl der Zugehörigkeit und gleichzeitiges heißes Verlangen wuchsen in ihm, und Jason spürte den scharfen Stich der Verzweiflung, als er mit plötzlicher, absoluter Klarheit wußte, was ihm zugestoßen war ... er hatte sich in sie verliebt.

24

Die Sonne stand schon hoch am Himmel, als Velvet am nächsten Morgen erwachte – allein in ihrem Bett.

Sofort überfiel sie wieder die Angst um ihren Großvater. Sie schlug die Decke zurück, griff eilig nach ihrem Morgenmantel aus blauer Seide, riß die Tür auf und lief hinaus auf den Korridor, ohne Rücksicht auf ihr wirres Haar, ihre rosigen Wangen und alle anderen verräterischen Anzeichen der Liebesnacht, die hinter ihr lag.

Kaum aber hatte sie den oberen Treppenabsatz erreicht, als mit einem Schlag alle ihre Sorgen verflogen. Unten in der Diele stand wohlbehalten ihr Großvater, wenn auch in seinen zerknitterten Sachen vom Vortag ziemlich mitgenommen aussehend.

»Großvater!« Velvet stürmte die Treppe hinunter, und warf sich in die schwachen Arme des alten Herrn. »Wo hast du nur gesteckt? Was ist dir zugestoßen? Wir haben uns zu Tode geängstigt.«

Jason antwortete rasch für ihren Großvater. »Der Earl hat eine lange Nacht hinter sich, Velvet«, sagte er halblaut. »Ich könnte mir denken, daß er ein Bad nehmen und sich umkleiden möchte.«

Ihr Großvater sah so müde und verwirrt aus, daß es ihr

momentan die Sprache verschlug. »Ja, natürlich«, sagte sie mit gespielter Munterkeit, nachdem sie sich gefaßt hatte. »Eine großartige Idee.«

Der Earl, der mit hängenden Schultern vor ihr stand, beschränkte sich auf ein Nicken und folgte Snead, der wie gerufen aufgetaucht war, die Treppe hinauf. Velvet mußte sich mit aller Gewalt zurückhalten, um ihm nicht zu folgen.

Statt dessen drehte sie sich zu Jason um. »Was war los? Wo hat er gesteckt?«

»In einer Schusterwerkstatt an der St. James Street bei einem Mann namens Elias Stone. Dieser Stone war spätabends noch an der Arbeit, als dein Großvater bei ihm erschien und sich nicht erinnern konnte, wo er wohnt.«

Velvets Herz krampfte sich zusammen. Barmherziger Gott, nun war der seit langem gefürchtete Tag gekommen!

»Man gab ihm eine Schlafstelle, fand heute morgen seine Adresse heraus und war so umsichtig, ihn sicher nach Hause zu schicken.« Jason schmunzelte. »Da Mr. Stone jede finanzielle Abgeltung seiner Gefälligkeit ablehnte, habe ich sechs Paar Stiefel für mich und ein Dutzend Paar für dich in Auftrag gegeben, Mylady.«

Velvet atmete tief durch und lächelte ihn an. »Gott sei Dank, daß dein Bruder nicht seine Finger im Spiel hatte.«

Jasons Lächeln verblaßte. »Nein, in diesem Fall nicht. Endlich haben wir etwas entdeckt, an dem dieser Schurke nicht schuld ist.«

Darüber war Velvet unendlich erleichtert. Am Nachmittag lief im Haushalt alles wieder wie gewohnt, bis zum Abend hatte sich auch die gute Laune des Earls wieder eingestellt, und als er zu Bett ging, hatte er sein böses Abenteuer schon vergessen. Das Personal bekam Anweisung, in Zukunft aufzupassen, damit sich ein solcher Vorfall nicht wiederholte.

Velvets Niedergeschlagenheit und schlechte Laune, die sie nicht verbergen konnte, hatten daher ganz andere Gründe. Als sie nach dem Abendessen im Salon saß, trat Jason zu ihr und hob ihr Kinn mit einem Finger an. »Anstatt den Kopf hängen zu lassen, solltest du Freudentänze aufführen. Dein Großvater ist wohlbehalten zu Hause eingetroffen, und die Pläne meines mordlustigen Bruders, uns aus der Welt zu schaffen, wurden bislang vereitelt.«

Sie bedachte ihn mit einem Lächeln, das sofort wieder erstarb. »Mary Sinclair ist wieder in der Stadt. Offenbar hat sie sich mit dem Herzog ausgesöhnt.«

Jason lehnte sich stirnrunzelnd zurück. »Mit meinem Bruder söhnt sich niemand aus. Er hat auf ihrer Anwesenheit bestanden, und sie hat gehorcht. Offenbar war Balfour nicht bereit, alle Vorsicht fahren zu lassen und sie zu entführen.«

»Oder aber Mary weigerte sich, mit ihm zu gehen.«

»Dann ist die Dame sehr dumm«, knurrte Jason.

»Glaubst du, daß sie gefährdet ist?«

»Kann sein. Vielleicht auch nicht. Mein Bruder ist ja nicht verrückt. Er weiß, was er will, und ist skrupellos genug, sich bei der Verfolgung seiner Ziele aller ihm zur Verfügung stehenden Mittel zu bedienen. Im Moment aber möchte er einen Erben, und da er eine Frau hat, steht dem nichts im Weg.«

Velvet nagte an ihrer Unterlippe. »Mary ist in Balfour verliebt.«

Jason sah sie an. »Dann könnte es sein, daß sie deswegen bei meinem Bruder bleibt. Würde sie Avery verlassen, wäre Balfour ruiniert und würde auf alles verzichten müssen, wofür er gearbeitet hat. Vielleicht liebt sie ihn so sehr, daß sie sogar bereit ist, ihn aufzugeben.«

Sie sah etwas in seinen Augen, etwas Unbestimmbares, das aber offensichtlich mit ihr zu tun haben mußte.

»Ich möchte sie sehen«, sagte Velvet. »Ich möchte mich überzeugen, ob es ihr gutgeht.«

»Du weißt, daß das nicht möglich ist. Du würdest dich in Lebensgefahr begeben.«

»Sicher würde mich Avery nicht unter seinem eigenen Dach ermorden.«

»Avery ist unberechenbar. Er ist zu allem imstande.«

»Aber wir wissen ja nicht einmal mit Sicherheit, ob der Mord an Celia auf sein Konto geht. Wenn Mr. Ludington mich begleitet ...«

Jason packte ihren Arm. »Ich sagte nein. Da es für dich zu gefährlich wäre, verbiete ich es dir, und du wirst mir gehorchen, verdammt noch mal!«

Velvet schluckte schwer. In diesem bedrohlich ruhigen Ton hatte er noch nie mit ihr gesprochen. Nun, vielleicht wußte er wirklich, was in diesem Fall das Beste war.

Sie schlug die Augen nieder. »Wie Sie wünschen, Mylord.«

Jason zog eine schmale dunkle Braue hoch. Da er ihr Einverständnis spürte und glaubte, daß es ihr ernst war, lockerte er seinen Griff. »Danke.«

Erstaunt über seine Reaktion, lächelte sie flüchtig. »Wirst du heute nicht bei mir bleiben?«

Jason zögerte keinen Moment. »Doch.«

»Dir oder mir zuliebe?«

»Weil wir beide es wollen. Da ich mich mit meinem Versagen abfinden muß, beschloß ich, meine Bemühungen um ein mönchisches Leben ganz aufzugeben.« Er deutete mit dem Kopf zur Tür. »Ich glaube, ein Mittel gegen schlechte Laune zu kennen, Mylady, eine leicht abgeänderte Variante der Kur gegen Sorgen. Willst du sie kennenlernen?«

»Ich glaube, das würde mir sehr zusagen«, gab Velvet zurück und erbebte vor Erwartungsfreude.

Jasons Blick blieb auf den zwei Hügeln haften, die sich unter ihrem Mieder wölbten.

»Komm«, sagte er halblaut. »Es wird Zeit, zu Bett zu gehen.« Er legte besitzergreifend eine Hand um ihre Taille und zog sie mit sich. Velvet folgte ihm in fiebriger Gespanntheit. Ihre Niedergeschlagenheit hatte sie schon völlig vergessen ...

»Der Plan steht also fest?« Jason trat auf Litchfield zu, der neben dem Kamin im Arbeitszimmer stand.

»Ja. Das Einverständnis des Richters haben wir. Es geht jetzt nur noch darum, deinen Bruder in die Falle zu locken.«

»Und wie soll das geschehen?« fragte Velvet, die mit so gekonnter Lässigkeit auf dem Ledersofa sitzend Tee trank, daß nur Jason spürte, wie nervös sie war.

»Wir schicken ihm einen Brief, in dem wir behaupten, wir hätten Beweise, daß er den Duke of Carlyle tötete«, erklärte Litchfield. »Wir werden ihm das Angebot machen, für zehntausend Pfund dieses Wissen für uns zu behalten.«

»Und das wird er glauben?«

»Er wird es glauben. Erpressung ist ein Mittel, dessen sich Avery unter ähnlichen Umständen selbst bedienen würde. Er wird glauben, daß es jemanden gibt, der zu einem gewissen Preis sein Schweigen garantiert. Averys Reaktion auf diese Erpressung stellt die Unbekannte in unserer Gleichung dar.«

Velvets Tasse klapperte. »Ich nehme an, Sie erwarten, daß er allein im Lagerhaus erscheint.«

»Ich bezweifle, daß er allein kommt«, erwiderte Lucien. »Trotz seiner üblen Machenschaften ist Avery im Grunde genommen ein Feigling. Vermutlich wird ihn einer seiner Handlanger begleiten, sonst aber niemand. Für den Fall, daß sich das angebotene Beweismaterial als echt erweist, wird er keine Entdeckung riskieren wollen.«

Velvet stellte ihre fast unberührte Tasse auf den Tisch. »Was ist, wenn meine Theorie nicht stimmt? Wenn er doch weiß, daß Jason noch lebt? Wenn er argwöhnt, daß sein Bruder in die Sache verstrickt ist?«

Jason seufzte. »Leider ist das der springende Punkt. Wenn er irgendwie meine Beteiligung entdeckt hat, ist seine Reaktion noch weniger vorhersehbar.«

Velvet stand auf, ging zu ihm und umarmte ihn fest. »Jason, ich habe Angst.«

Er drückte ihr einen Kuß aufs Haar. »Es ist ganz gut, wenn man Angst hat. Wichtig ist nur, daß man sich durch die Angst nicht von seinem Ziel abbringen läßt.«

»Unser Plan ist nicht ungefährlich«, gab Lucien ihr recht. »Aber wenn er klappt, wird Jason frei sein.«

Jason legte eine Hand an ihre Wange. »Velvet, ich muß das Risiko eingehen. Meines Vaters wegen. Und auch meinetwegen. Die Zeit drängt.«

»Barnstable und Ludington werden mitkommen«, setzte Lucien hinzu. »Sie sollen draußen Posten beziehen und uns warnen, wenn Gefahr im Anzug ist, worauf wir den Plan fallenlassen und den Rückzug antreten.«

»Jason, so glatt wird das sicher nicht ablaufen.«

Lucien kam federnden Schrittes auf sie zu. »Kopf hoch, Mylady. Der Plan ist gut. Dank Averys Arroganz, die ihn zu der Meinung verleitet, er sei unantastbar, haben wir jeden Grund zu der Annahme, daß unser Plan funktionieren wird. Wir brauchen ja nur eine kleine Unachtsamkeit, eine Andeutung seinerseits, daß er bei dem Mord seine Finger im Spiel hatte. Wenn wir ihn zum Reden bringen, könnte es sein, daß er sich selbst belastet. Dieses Eingeständnis und die Beweise, die wir schon haben, sind mehr als ausreichend, um Jasons guten Namen wieder herzustellen.«

»Das stimmt.« Jason strich mit dem Finger Velvets Kinn entlang. »Wir müssen ihn in die Enge treiben, ihn dazu bringen, wenigstens einen Teil der Wahrheit zuzugeben.« Er wandte sich an seinen Freund. »Das Treffen ist für den morgigen Abend festgesetzt?«

»Er bekommt die Nachricht in diesem Moment. Und morgen werden wir sehen, ob unser Plan klappt.«

Avery überflog die Botschaft, die sein Diener ihm eben übergeben hatte. Nachdem er sie noch einmal gelesen hatte, hieb er mit der Faust auf den Tisch. Trotz aller seiner sorgfältig ausgeklügelten Pläne, trotz der langen Zeit, die es gedauert hatte, bis er sich völlig abgesichert glaubte, wußte jemand etwas über den Mord an seinem Vater! Verdammt! Das hatte ihm gerade noch gefehlt.

Eine halbe Stunde später saß er in seinem Arbeitszimmer hinter dem Schreibtisch, ihm gegenüber hatte sich Baccy Willard aufgebaut, breitbeinig, die knotigen Hände verschränkt.

Avery schwenkte den Brief wie eine pestverseuchte Flagge. »Acht Jahre, und man belästigt mich schon wieder mit dieser verteufelten Sache. Wer immer er sein mag, dieser Schurke besitzt die Frechheit, ein Treffen zu fordern. Ist das zu fassen? Ich soll mit dem Geld in einen verlassenen Lagerschuppen an den Docks kommen. Allein.«

»Das sollten Sie nicht.«

»Ich weiß. Ich bin doch nicht blöd.«

Baccy stand abwartend da.

»Ich möchte wissen, wer dieser Mann ist und was er weiß.« Wieder wedelte er mit dem Papier, während er in Gedanken rasch die Ereignisse der letzten Wochen Revue passieren ließ. »Dieses verflixte Mädchen hat damit zu tun – das spüre ich.

Es kann kein Zufall sein, daß Velvet Moran vor ein paar Wochen ihre Nase überall hineinsteckte und die Vergangenheit auszugraben versuchte. Ihre Freundschaft mit Celia kam allzu gelegen und zeitgerecht. Sie hat etwas gesucht – aber was? Warum will sie etwas über einen acht Jahre zurückliegenden Mord in Erfahrung bringen? Was hat sie damit zu gewinnen?«

»Tja, vielleicht steckt jemand anderer dahinter, der es wissen möchte.«

Avery schaute auf. Mitunter war Baccy viel schlauer, als er aussah. »Wer zum Beispiel?«

Der Mann zog seine mächtigen Schultern hoch. »Keine Ahnung. Ihr neuer Ehemann vielleicht. Könnte ja sein, daß er das Geld möchte.«

Avery schüttelte den Kopf. »Der Mann hat doch die Haversham-Erbin ergattert. Der braucht kein Geld.« Ganz plötzlich furchte er die Stirn, seine Gedanken setzten sich in Bewegung, griffen Einzelheiten auf und versuchten, sie zu einem Ganzen zusammenzufügen. »Welchen anderen Grund könnte ein Mensch haben, Baccy?«

Der Riese zuckte mit den Achseln. »Weiß ich nicht.«

»Rache, ja, das ist es. Vielleicht war der Mann, den sie heiratete, mit meinem Vater befreundet. Oder mit meinem Bruder. Vielleicht ist er sogar mit mir verwandt, ein außerehelicher Sproß meines Vaters, von dem ich nichts weiß.«

Baccy schwieg, und Avery stand auf. »Du hast ihn gesehen. Wie schaut er aus?«

»Wer?«

»Velvets Ehemann, von dem eben die Rede war.«

»Ach so.« Er scharrte mit seinem riesigen Fuß. »Groß, denk' ich. Fast so wie ich. Braunes Haar.« Er blickte auf. »Er trägt Brille. Aber damals in der Nacht in der Gasse konnte ich trotzdem seine Augen erkennen. Blaue Augen. So blaue, wie ich noch nie welche gesehen habe.«

Die letzten Worte trafen Avery wie ein Hammer. »Blaue Augen, sagst du? Velvets Mann hat blaue Augen?«

»Blauer als der Himmel. Wie Saphire.«

Avery ließ sich wieder auf seinen Stuhl fallen. »Nein.« Er schüttelte den Kopf. »Ausgeschlossen. Das kann nicht sein.« Unvermittelt aufspringend, eilte er hinter seinem Schreibtisch hervor und lief an Baccy vorüber zur Tür. »Komm mit.«

Nachdem sie mehrere Korridore hinter sich gebracht hatten, führte Avery den Mann in die lange Galerie an einer Reihe Familienporträts vorbei zu einem Gemälde, das ein wenig abseits hing. »Baccy, sieh dir das Bild an. Ist er das?«

»Wer?«

»Velvets Mann, du Schwachkopf. Du hast ihn doch gesehen. Also, ist er das?«

»Das sind doch Sie auf dem Bild.«

Avery zwang sich zähneknirschend zur Ruhe. »Ja, links bin ich. Aber sieh dir den dunkelhaarigen Jungen genau an. Jetzt wäre er älter. Ein erwachsener Mann um die Dreißig. Stell ihn dir größer, breiter vor. Baccy, ist das der Mann, den du gesehen hast?«

Baccy ging näher heran. Dann drehte er sich verblüfft um. »Das ist er, der Mann aus der Gasse. Es war zwar neblig, aber ich hatte ihn im Haus schon flüchtig gesehen und damals in der Nacht sehr gut.«

Der beschränkte Kerl konnte sich natürlich irren, aber eine innere Stimme sagte Avery, daß das nicht der Fall war. Er drehte sich um, starrte das Bild an, und plötzlich wußte er ohne den geringsten Zweifel, daß der Mann, mit dem er sich im Lagerschuppen treffen würde, sein angeblich seit langem toter Bruder sein würde.

Sekunden verstrichen. Baccy rührte sich nicht, und Avery glotzte das Porträt an.

»Er muß es sein«, knurrte er schließlich. »Alles fügt sich nahtlos zusammen. Die Entführung. Velvets überstürzte Hochzeit – mein Bruder verstand sich immer auf Frauen.« Er spitzte seine Lippen. »Der Schuft ist also von der Toten auferstanden ... trotzdem wird er daran nicht mehr lange Spaß haben.«

»Wer?« fragte Baccy verständnislos.

»Mein Bruder, du Trottel!«

»Ach so.«

»Er glaubt wohl, er hätte mich in der Hand, während ich ihn in Wahrheit in der Hand habe. Ich war immer schon klüger als er.« Er lachte teuflisch auf. »Manches ändert sich eben nie.«

Am Kai war es ruhig. Nur das Geräusch des Brackwassers, das gegen nasse Planken leckte, durchbrach die Stille der mondlosen Nacht. Der Gestank nach toten Fischen und Moder stieg Jason unangenehm in die Nase, als er mit Ludington und Barnstable zu Luciens verlassenem Lagerhaus fuhr.

Sein Freund würde mit Richter Randall unabhängig dort eintreffen, um mit ihm sofort in das leere Kontor im rückwärtigen Teil zu verschwinden. Lucien wollte kein Risiko eingehen, daß Randall womöglich den Mann erkannte, der einst der junge Duke of Carlyle war, obwohl er den Titel nur ein paar Tage vor seiner angeblichen Ermordung im Gefängnis von Newgate getragen hatte.

Jason tappte durch den weiten Lagerraum und zündete eine halb heruntergebrannte Kerze an, die auf einer Kiste stand. Dann zog er seine Taschenuhr heraus und sah nach, wie spät es war. Noch zwanzig Minuten bis zu Luciens Ankunft. Alles war bereit. Erfolg oder Mißerfolg waren in unmittelbarer Reichweite.

Jetzt hieß es, geduldig zu warten.

Velvet schaute auf die prächtige Uhr im Salon. Seitdem sie letztes Mal hingesehen hatte, waren erst fünf Minuten vergangen. Es war die längste Nacht ihres Lebens.

»Ich hätte mitfahren sollen«, murmelte sie, legte ihre Handarbeit beiseite, nur um gleich darauf wieder danach zu greifen und entschlossen die Nadel durch das Material zu stechen. »Ich hätte durchsetzen sollen, daß sie mich mitnehmen.«

»Was ist, meine Liebe? Was hast du gesagt?« Der Earl sah von seiner Lektüre auf.

»Nichts, Großvater. Ich … ich bin heute nur ein wenig durcheinander.«

Er legte ein Lesezeichen ein und klappte das Buch zu. »Warum läßt du dir nicht ein Glas warme Milch bringen und gehst zu Bett? Genau darauf hätte ich auch Lust.« Er stand auf und legte den schweren, in Leder gebundenen Folianten auf einen Tisch. »Und genau das werde ich tun – zu Bett gehen.«

Auch Velvet erhob sich. »Ich selbst möchte heute nichts mehr, aber du sollst dein Glas bekommen. Wenn es fertig ist, bringe ich es dir.« Sie ging zu ihm, stellte sich auf die Zehenspitzen und drückte ihm einen Kuß auf die welke Wange. »Schlaf gut, Großvater.«

Er grummelte ein schläfriges »Gute Nacht«, gähnte und ging hinaus. Velvet war nun allein mit ihren sich überschlagenden Gedanken. Als sie wie versprochen hinunter in die Küche gehen wollte, um die Milch zu wärmen, tauchte Snead auf und nahm ihr die Arbeit ab.

Auf Drängen des Butlers trank sie selbst ein Glas, doch die

erwartete beruhigende Wirkung wollte sich nicht einstellen. Ganz im Gegenteil, ihre Nervosität wuchs immer mehr, so daß sie fast einem Herzinfarkt nahe war, als ein lautes Klopfen an der Haustür ertönte.

Snead erschien gleichzeitig mit Velvet in der Diele. Die Hand an der Kehle, in der ihr Puls wie rasend schlug, sah sie zu, wie er durchs Guckloch spähte, dann den Riegel zurückschob und die Tür öffnete.

Von Kopf bis Fuß in einen schwarzen Umhang gehüllt, stand Mary Sinclair, Duchess of Carlyle, im Eingang. »Es … es tut mir leid, Sie so spät zu behelligen, aber ich … Darf ich eintreten?«

Da Jasons Konfrontation mit Avery bevorstand, nahm Velvets Angst Riesendimensionen an. »Natürlich, Durchlaucht.« Sie zwang sich zur Ruhe. Snead nahm der späten Besucherin ihren Kapuzenmantel ab. Im Licht des vielarmigen Kerzenleuchters auf dem Marmortisch sah Mary bleich und verzagt aus, eine Tatsache, die nicht dazu angetan war, Velvets Befürchtungen zu zerstreuen.

»Lady Hawkins, können wir ungestört sprechen? Es ist dringend.«

Lieber Gott! »Folgen Sie mir. Wir können uns im Salon unterhalten.« Velvet ging Mary voraus und schloß hinter ihr die Tür. »Was ist passiert?«

Mary befeuchtete ihre blassen, bebenden Lippen. »Ihr Mann ist in Gefahr. Gestern belauschte ich in der langen Galerie ein Gespräch Averys mit einer seiner Kreaturen. Zunächst war mir nicht klar, um was es ging, heute aber sah ich die beiden gemeinsam zu irgendeinem Treffen losfahren.«

Die Angst, die in Velvets Magen rumorte, ergriff Besitz von ihrem gesamten Körper. »Sagen Sie mir, was Sie wissen.«

Mary faltete die Hände. »Leider nicht viel. Der Herzog

muß ein Geheimnis entdeckt haben, das Ihren Gemahl betrifft. Lord Hawkins schwebt in großer Gefahr, da Avery es auf ihn abgesehen hat ...«

Velvets Angst ballte sich zu einem eiskalten Klumpen zusammen. Avery wußte, daß Jason am Leben war, und hatte ganz sicher einen impertinenten Plan ausgeheckt. »Ich muß die beiden warnen.« Sie warf einen Blick auf die Uhr. »Oh, mein Gott, es ist zu spät!«

»Vielleicht noch nicht, wenn ich mitkomme. Mein Wagen wartet draußen.«

Velvet zögerte nur kurz. Wenn es herauskäme, daß Mary Jason half, war nicht abzusehen, wie sich der Herzog an ihr rächen würde. Aber die Zeit war zu knapp. Ihre eigene Kutsche vorfahren zu lassen, würde Minuten dauern, kostbare Zeit, die sie nicht vergeuden durfte.

»Meinetwegen, gehen wir. Und beten wir darum, daß wir ankommen, ehe ein Unglück passiert.«

Eine einzelne weiße Kerze brannte auf einer leeren Kiste. Jason ließ den Deckel seiner Taschenuhr aufklappen und versuchte, im flackernden gelben Licht die Zeit abzulesen. »Er verspätet sich.«

»Geduld, mein rastloser Freund«, ließ sich Lucien aus der Dunkelheit hinter ihm vernehmen. »Avery spielt mit uns Katz und Maus, wobei er die Katze sein möchte und nicht umgekehrt. Er vergewissert sich ganz genau, ob der Treffpunkt ungefährlich ist.«

Jason dachte an Ludington und Barnstable, die auf der anderen Straßenseite postiert waren. Wenn Avery sie erspähte, würde er den Schuppen gar nicht erst betreten, und das Spiel würde vorüber sein, ehe es begonnen hatte. »Was ist mit Randall?«

381

»Er ist auf seinem Platz und bereit wie alle anderen.«

Doch die Minuten verstrichen, und der Duke of Carlyle ließ sich nicht blicken.

Wo, zum Teufel, mag er stecken? Jason, den seine Nervosität drängte, auf und ab zu laufen, zwang sich zur Ruhe. Hatte sein Bruder die Falle entdeckt, die er ihm stellte? Oder hatte er es sich anders überlegt und war nicht gekommen, weil er glaubte, die im Brief erwähnten Beweise wären falsch?

Ein scharrendes Geräusch ließ ihn aufhorchen. Litchfield zog sich tiefer in die Finsternis zurück, als die schief in den Angeln hängende Tür des Lagerschuppens langsam aufschwang und Avery Sinclair in den gespenstischen Lichtkreis der Kerzenflamme trat.

Momentan stand er nur da, eine elegante, schlanke Gestalt in Schwarz, das bleiche Gesicht von blondem Haar gekrönt, das im Nacken zusammengebunden war. »Nun, du elender Wicht, ich bin da. Jetzt ist es an dir, dich zu zeigen, wenn du das Geld haben willst.«

Jason trat ins Licht. Angst und Schock, die er in der Miene seines Bruders zu lesen gehofft hatte, blieben aus. Avery stand ihm mit selbstgefälligem, gelangweiltem Lächeln gegenüber.

»Ach, du bist es, teurer Bruder. Ich dachte es mir, war aber meiner Sache nicht ganz sicher.«

Jason erstarrte. Verdammt. Avery hatte es die ganze Zeit über gewußt! »Dein Erstaunen hält sich offenbar in Grenzen. Eigentlich unglaublich, wenn man bedenkt, was deine Bemühungen, mich ins Jenseits zu befördern, dich gekostet haben. Andererseits spricht es natürlich für dein übliches brutales Vorgehen.«

»Brutales Vorgehen? Welches denn? Wenn ich mich recht erinnere, bist du der Mörder in der Familie. Du warst es, der zum Tod durch den Strang verurteilt wurde.«

»Aber du hast den Mord begangen. Das wissen wir beide, Avery. Und nun habe ich die Beweise dafür in der Hand.«

»Ach?« Averys Auflachen, das im leeren Raum widerhallte, klang wie eine Drohung. »Wie willst du mir einen Mord in die Schuhe schieben, den du begangen hast?«

Jasons Zorn wuchs. Der erhoffte Überrumpelungseffekt war verpufft, da Avery geahnt hatte, von wem die Nachricht stammte. Daß man diese Möglichkeit nicht hatte ausschließen können, war Jason wohl bewußt gewesen, und doch hatte er darum gebetet, sie würde nicht eintreten.

Lucien trat in den Lichtkreis, in der Hoffnung, die Situation zu retten, indem er den Herzog zu einer unbedachten Äußerung verleitete. »Carlyle, es hat einen Zeugen gegeben. Sie mögen gewußt haben, daß Jason am Leben ist, aber mit einem Tatzeugen haben Sie gewiß nicht gerechnet.«

Über Averys Züge huschte ein Anflug von Unsicherheit, der jedoch sofort wieder verschwand. »Falls es einen Zeugen gibt, dann ist es einer, der bestochen wurde, zugunsten meines Bruders zu lügen.« Er grinste boshaft. »Hätten Sie tatsächlich einen echten Beweis in Händen, dann wäre dieses Treffen überflüssig, da Sie sich sofort an die Behörden gewandt hätten.«

Jason schwieg. Sein Bruder hatte recht. Avery war nicht dumm – außer in geschäftlichen Belangen.

»Wenn ich es recht bedenke«, fuhr Avery fort, »so taucht dein Zeuge wie durch ein Wunder auf, nachdem meine Zeugin ermordet wurde.« Von draußen drangen Geräusche herein, Stimmengewirr, das immer lauter wurde.

Jason warf Lucien einen Blick zu. Von Ludington und Barnstable war keines der verabredeten Warnsignale gekommen. Avery mußte ihre Anwesenheit bemerkt und die beiden zum Schweigen gebracht haben.

»Gehen wir«, befahl Lucien.

Jason nickte, schon auf dem Weg zu der in der Finsternis verborgenen niedrigen Tür, dem vorgesehenen Fluchtweg.

»Die Gentlemen gehen schon?« hörte man Averys Stimme, als Jason mit eingezogenem Kopf durch die Tür auf die Straße trat. »Das glaube ich nicht.« Avery lachte hämisch.

»Jason!« Der Ruf kam von Velvet, die neben Mary Sinclair in der Dunkelheit an der Seitenfront des Schuppens stand. Beide Frauen wurden von starken Männerarmen festgehalten. »Es ist eine Falle! Lauf, Jason!«

Ihre Warnung, unter Tränen hervorgestoßen, konnte ihn nicht vor der kleinen Armee schützen, die den Schuppen umzingelt hatte, Polizei und Leute in Carlyles Sold.

»Stehenbleiben!« ließ sich hinter ihnen eine befehlsgewohnte Stimme vernehmen.

Lucien stieß einen der Männer beiseite, und Jason stürzte in diese Richtung, nur um von einem halben Dutzend anderer aufgehalten zu werden, die vor ihm auftauchten. Einem versetzte er einen Kinnhaken, dem zweiten einen Tritt, dem dritten einen Hieb in den Magen, ehe er sich blitzschnell umdrehte und wieder losrannte, nur um von weiteren drei Männern gestellt zu werden. Ein dicker Eichenknüppel traf ihn seitlich am Kopf. Jason aber gab nicht auf. Er ging gegen einen Wachmann los, nahm es mit zwei Kreaturen seines Bruders auf und fiel erst in einem Durcheinander von Armen und Beinen, unter Ächzen und Stöhnen und unter einem Hagel von Boxhieben zu Boden, als er sich gegen die Übermacht nicht mehr auf den Beinen halten konnte.

Als letztes sah er die Spitze eines großen Stiefels. Sie traf ihn direkt in den Leib, und er hörte das Brechen von Rippen und Velvets Schluchzen.

»Jason!« Sie riß sich von den Männern los, die sie festhielten, und lief zu ihm. Über und über mit Blut verschmiert, lag er bewußtlos im Straßenschmutz. Ohne Rücksicht auf den Schlamm, der ihre Rocksäume durchweichte, kniete sie neben ihm nieder und strich ihm behutsam das Haar zurück.

»Er ist unschuldig«, flüsterte sie, zum Konstabler und zu Thomas Randall, dem Vertreter der Justiz, aufblickend, die sich einen Weg durch das Menschenknäuel gebahnt hatten und nun zu ihnen traten. »Der Herzog hat den Mord begangen.«

Randall sah Lucien mit durchdringendem Blick an. »Litchfield, was hat das zu bedeuten? Ich kam an diesen Ort, weil es hieß, es ginge um die Aufdeckung eines Verbrechens. Statt dessen muß ich feststellen, daß Sie mit einem überführten und zum Tode verurteilten Mörder gemeinsame Sache machen. Ist Ihnen klar, daß Sie damit zum Komplizen eines Verbrechers werden? Und das ist an sich schon ein Verbrechen.«

»Das ist mir klar, Mylord.« Der Marquis richtete sich zu seiner ganzen eindrucksvollen Größe auf. »Leider war ich gezwungen, dieses Risiko einzugehen, Lord Randall. Lady Velvet und ich können zweifelsfrei beweisen, daß Jason Sinclair den Mord an seinem Vater nicht beging.«

Ungläubiges Stimmengewirr erhob sich.

»Dann hätten Sie mit dieser Information in mein Büro kommen sollen. Das steht Ihnen immer noch offen – um zehn Uhr morgen früh können sie den Richtern des Krongerichtes Ihre Beweise vorlegen. Die Zeit bis dahin wird der Gefangene in Newgate verbringen.«

Ein Klagelaut kam über Velvets Lippen. Lord Randall warf einen ungehaltenen Blick auf Jason, der sich leicht regte.

»Schafft ihn fort, Männer«, ordnete er an, und Velvet mußte hilflos zusehen, wie Jason hochgezerrt und fortgeschleppt wurde.

Lucien legte ihr die Hand auf die Schulter. »Noch ist nichts verloren«, sagte er leise. »Wir werden dafür sorgen, daß er den besten Strafverteidiger von ganz London bekommt. Vielleicht reichen unsere Beweise aus, um ihn freizubekommen.«

Velvet schüttelte den Kopf. »Sie wissen, daß sie nicht genügen. Nicht gegen das Wort eines Herzogs. Und jetzt sind Sie ebenso in Gefahr.« Velvet schaute zu ihm auf. »Lucien, Sie könnten mit Jason hinter Gittern landen.«

Er drückte tröstend ihre Hand. »Beruhigen Sie sich, meine Liebe. Ich habe immerhin Thomas Randall, einen hohen Richter, in die Sache hineingezogen. Das allein zeigt schon meine ehrlichen Absichten. Ich glaube nicht, daß ich in Gefahr bin. Jason ist es, dem unsere Sorge gelten muß.«

Da kam Velvet ein Gedanke, und sie hob abrupt den Kopf. »Und Mary«, flüsterte sie. Ein Blick über die Schulter zeigte ihr, daß der Herzog seine abtrünnige Frau zurück zur herzoglichen Kutsche geleitete. »Mein Gott, was er ihr jetzt wohl antun mag?«

Luciens Gesicht verfinsterte sich. »Ich wünschte, ich wüßte es. Hoffentlich wird es ihr gelingen, ihn davon zu überzeugen, daß es vor allem die Sorge um ihn war, die sie herführte.«

Velvet sah zu Jason hin, dem nun seine Arme hinter dem Rücken gefesselt wurden. Blut rann über sein Gesicht, und er brach bei jedem Schritt fast zusammen, zu dem man ihn zwang. Mit einem unsanften Rippenstoß und groben Handgriffen beförderte ihn einer der Männer in ein bereitstehendes Gefährt. Die Tür schlug zu, und der Wagen rumpelte los. Velvet zwinkerte heftig, um ihre Tränen zurückzuhalten.

»Jason sagt die Wahrheit«, sagte sie, »aber niemand wird ihm glauben.« Ihr Blick glitt zur prunkvollen Kutsche der

Carlyles, die sich ebenfalls in Bewegung gesetzt hatte. »Und Mary Sinclair ist zu keiner Lüge imstande, selbst wenn diese für sie selbst die Rettung bedeuten würde.«

25

Sie hatten nur geblufft. Velvet wußte es, und Litchfield ebenso. Die Beweise, die sie hatten, waren im günstigsten Fall als fragwürdig zu bezeichnen: das Wort einer Dienstmagd, die zur Tatzeit noch ein Kind gewesen war, das Geständnis eines Mörders und eine finanzielle Vereinbarung, die den Duke of Carlyle an die Countess of Brookhurst band, ein Dokument, das alles mögliche bedeuten konnte, unter anderem den Preis für eine kostspielige Geliebte.

Trotz der Unzulänglichkeit ihrer Beweise traten sie mit dem Ehrenwerten Winston Parmenter, den sie als Verteidiger gewonnen hatten, vor das Tribunal der sechs Richter, die als Vertreter der Krone über Fälle von Leben oder Tod zu befinden hatten. Die Anhörung fand in einem großen, mit Eichenholz getäfelten Raum mit hohen Fenstern statt. Die Richter, die in Robe und mit üppigen weißen Perücken erschienen waren, saßen an einem schmalen, langen Tisch, während man Jason ihnen gegenüber Platz an einem kleineren Tisch anwies. Sein Gesicht war von blauen Flecken und Schrammen entstellt, ein Auge so geschwollen, daß er es nicht öffnen konnte.

Als sie eintraten, sah er sie nicht an, sondern blickte starr geradeaus. Velvet mußte mit aller Macht gegen Tränen ankämpfen und sich zwingen, nicht seinen Namen zu rufen. Sie wußte, wie sehr er sie brauchte, obwohl seine gefaßte Haltung es nicht vermuten ließ. Vielleicht war es ihm sogar selbst nicht bewußt.

Velvet, die in einem strengen grauen Seidenkleid mit schwarzem Besatz erschienen war, riß ihren Blick von seinem entstellten Gesicht los und nahm an einem Tisch neben Litchfield und dem Verteidiger Platz. Parmenter, ein hochgewachsener imposant wirkender Mann Ende der Dreißig, mit braunem, an den Schläfen ergrauendem Haar und ständig gefurchter Stirn, warf einen Blick in seine Unterlagen, dann schaute er auf und sah sie mit aufmunterndem Lächeln an.

Nach den üblichen Formalitäten kam Thomas Randall, der den Vorsitz führte, sofort zur Sache. »Ich möchte Sie erinnern, daß es sich hier nur um eine Anhörung handelt, eine Präsentation bislang unbekannter Beweise in einem Verfahren, in dem vor acht Jahren das Urteil erging. Es geht um äußerst schwerwiegende Anschuldigungen, da sie sich gegen einen so prominenten Mann wie den Duke of Carlyle richten. Würden sie nicht von einem Mitglied der Aristokratie erhoben, vom Marquis of Litchfield, dessen Ruf über alle Zweifel erhaben ist, würde man ihnen nicht die geringste Glaubwürdigkeit zubilligen.«

Er machte sich an dem Papierstapel zu schaffen, der vor ihm auf dem Tisch lag. »Auf der anderen Seite klagt der Duke of Carlyle seinen Bruder nicht nur des Mordes an seinem Vater an, eines Verbrechens, dessentwegen der Häftling bereits abgeurteilt wurde, sondern auch des Mordes an der Countess of Brookhurst.«

Velvet schnappte buchstäblich nach Luft, und Jason stieß einen kehligen Laut aus. Litchfield saß wie erstarrt da.

Allmächtiger! Wut mischte sich in die Angst, die sie erfüllte, so sehr, daß ihr schwindelte. Da sie nicht wagte, Jason anzusehen, wendete sie sich an den Marquis, der trotz allem beruhigend ihre Hand drückte.

Nun erhob sich der Verteidiger. »Meinen Klienten des

Mordes an Lady Brookhurst zu beschuldigen, ist lächerlich, Mylord. Es gibt absolut keinen Grund für die Annahme, der Mörder von Celia Rollins sei Jason Sinclair.«

»Will man dem Herzog glauben, gibt es Grund. Es gibt eine Zeugin, die gesehen hat, wie der Mörder das Haus der Countess verließ. Er ersucht darum, daß die Dame vereidigt wird und uns eine Beschreibung des Mannes gibt, den sie vom Tatort verschwinden sah.«

O Gott, die Rede war von ihr! Velvet war nun tatsächlich einer Ohnmacht nahe.

»Sie meinen doch gewiß nicht die Gemahlin meines Klienten«, sagte der Verteidiger, der wußte, daß Velvets Anwesenheit im Haus der Countess aktenkundig war.

Avery meldete sich nun aus der Ecke zu Wort, in der er mit seinem Anwalt unauffällig Platz genommen hatte. »Ich meine sehr wohl die Gemahlin meines Bruders – falls sie es tatsächlich ist.«

Seine Absicht war klar. Litchfield schlug mit der Hand auf die Tischplatte. Raunen wurde hörbar, und der Richter griff zu seinem silbernen Hämmerchen.

»Ich bitte um Ruhe!«

»Euer Lordschaft, es besteht kein Grund, die Integrität der Dame in Zweifel zu ziehen«, sagte der Verteidiger mit seiner ihm eigenen Gelassenheit, die mit ein Grund gewesen war, den Fall in seine Hände zu legen. »Die Heirat hat stattgefunden. Sollte das Gericht es fordern, können wir die Heiratsurkunde vorlegen. Ich vermag aber nicht einzusehen, welche Rolle die Heirat meines Klienten im Moment spielt.«

»Sie haben recht«, sagte Thomas Randall. »Uns interessiert nur die Aussage der Dame.«

Velvet schüttelte den Kopf. »Nein«, flüsterte sie. »Ich werde nicht aussagen. Man würde mir die Worte im Mund verdrehen und alles so hinstellen, als hätte ich Jason gesehen. Ich ... ich kann nicht ...«

»Mylords ...« Litchfield stand auf. »Die Erschütterung der Dame ist so groß, daß sie nicht aussagen kann. Der Angeklagte ist ihr Ehemann. Außerdem wurde sie schon verhört. Kurz nach dem Verbrechen beschrieb sie dem mit dem Fall betrauten Konstabler den Mann, den sie sah. Das müßte dem Gericht genügen.«

»Ja, mag sein.« Randall gab einem der Schriftführer ein Zeichen. »Ich glaube, Ihnen liegt das Protokoll vor, das Konstabler Wills uns überließ. Lesen Sie uns die Aussage der Dame vor.«

»Sehr wohl, Euer Lordschaft.« Der stämmige kleine Schriftführer räusperte sich und las dann die Aussage vor, die Velvet nach dem Mord auf der Polizeistation gemacht hatte. »Er war ein großer Mann von kräftigem Körperbau. Er hatte langes, dunkles Haar, das er ungepudert und mit einem Schnur zusammengebunden trug. Sein Gesicht konnte ich nicht sehen.«

»Nein!« Velvet sprang auf. »Es war nicht Jason! Ihn hätte ich erkannt.«

Ein Hammerschlag des Vorsitzenden forderte Ruhe, dann richtete einer der anderen Richter das Wort an sie. »Mylady, Sie sagen selbst, daß Sie sein Gesicht nicht sehen konnten. Also wie war es, haben Sie es gesehen oder nicht?«

Velvets Herz schlug so heftig, daß es ihre Brust zu sprengen drohte. Mit Lügen würden sie alles nur noch verschlimmern.

»Ich sah es nicht.«

»Danke. Bitte, nehmen Sie Platz.«

Sie kam der Aufforderung nach. Ihr Mund war wie ausgedörrt, das Dröhnen des Hammers klang in ihren Ohren nach.

»Ich darf Sie alle daran erinnern«, sagte nun Richter Randall, »daß diese Anhörung informellen Charakter hat. Der Häftling wurde bereits verurteilt. Wir befinden hier nur darüber, ob das neu aufgetauchte Beweismaterial ausreicht, um das Gerichtsurteil aufzuheben. Mr. Parmenter, fahren Sie in Ihren Ausführungen fort.«

Auf der Stuhlkante sitzend und am ganzen Körper zitternd, hörte Velvet, wie die spärlichen Beweise, die sie zusammengetragen hatten, nun den sechs Richtern präsentiert wurden.

»Wenn das Gericht es wünscht«, sagte Parmenter, »kann die Zeugin Betsy McCurdy nach London kommen. Ihre Aussage wird die Anschuldigungen bestätigen und allfällige Zweifel des Gerichtes bezüglich des Täters ausräumen.«

Obwohl er nun zuversichtlich und sehr geschickt sämtliche anderen Beweise präsentierte, befürchtete Velvet wie auch Jason, daß sie nicht ausreichten.

»Ich möchte Lord Litchfield eine Frage stellen.« Einer der Richter sah den Marquis über den Brillenrand hinweg an.

»Warum sind Sie mit diesem Wissen nicht direkt zu Lord Randall gegangen? Was wollten Sie und der Häftling damit erreichen, daß Sie Lord Randall in einen leeren Lagerschuppen bestellten?«

»Mylord, wir hatten gehofft, dem Herzog ein Geständnis zu entlocken, und Ihnen damit Ihre Aufgabe erheblich zu erleichtern.«

Velvet warf Lucien einen Blick zu. Falls er Unsicherheit empfand, zeigte sich nicht die geringste Spur davon in den Tiefen seiner silbergrauen Augen.

»Ja, das hätte allerdings etliches erleichtert«, sagte Randall, »ebenso wie ein Geständnis aus dem Mund des Häftlings. Da leider keine der Parteien gewillt ist, uns diesen Gefallen zu tun, müssen wir unsere Entscheidung aufgrund der uns vorliegenden Beweise treffen.« Nach einem Blick in seine Unterlagen sah er Jason an. »Bis das Gericht zu einem Urteil gelangt ist, verbleibt der Häftling im Gefängnis von Newgate.« Er ließ den Hammer niedersausen.

Velvets Kehle war wie zugeschnürt. Newgate. Nur die Hölle war schlimmer. Und er hatte schon so viel erdulden müssen.

Der Verteidiger erhob sich. »Bitte, Euer Lordschaft. Wir stellen bis zur endgültigen Entscheidung des Falles Antrag auf Untersuchungshaft. Bei seinem letzten Gefängnisaufenthalt wurde mein Klient Opfer eines Mordversuches.«

Randall seufzte. »Tut mir leid, aber der Häftling hat sich seinem Urteil schon einmal entzogen, daher bleibt die Verfügung des Gerichtes aufrecht. Wir lassen es Sie wissen, wenn wir zu weiteren Entscheidungen gelangt sind.« Wieder trat der Hammer in Aktion, und die Richter erhoben sich von ihren Plätzen.

Nun erst sah Jason in Velvets Richtung. Die bittere Resignation, die seine Züge prägte, drückte ihr fast das Herz ab. Sie wollte zu ihm, doch der Verteidiger vertrat ihr den Weg.

»Tut mir leid, Mylady. Hier drinnen können Sie nicht mit ihm sprechen, aber Sie werden ihn besuchen können, sobald er eingeliefert wurde.« Ins Gefängnis, natürlich. O Gott, sie hatte das Gefühl, einen Alptraum zu durchleben. »Sicher werden Sie das Kostgeld für ihn hinterlegen und für eine einigermaßen anständige Unterbringung sorgen.«

»Ja …«, hauchte Velvet kaum hörbar.

»Velvet, ich werde mich darum kümmern«, sagte Lucien leise und nahm ihren Arm, um sie hinauszuführen. »Wir werden alles tun, damit der Aufenthalt für ihn so erträglich wie möglich verläuft.«

Aber das genügte nicht. Sie mußten irgend etwas finden, ihn zu retten, doch im Moment sah es aus, als wäre dazu nur der Himmel imstande.

Die grauen Steinmauern drückten gegen seinen Rücken. Die Feuchtigkeit in der Zelle durchdrang sein weißes Hemd und haftete auf seiner Haut. Der bleiche Sonnenstrahl, der in die Nachbarzelle fiel, streifte seinen verschmutzten Strohsack auf dem kalten Steinboden kaum.

Ein kratzendes Trippelgeräusch war zu hören, als eine Ratte mit klauenbewehrten Pfoten durch die Zelle huschte. Die Luft war erfüllt von einem ekelerregenden Geruchsgemisch aus verschwitzten, ungewaschenen Leibern und verdreckten Lumpen, aus Fäkalien und Erbrochenem. Man hatte ihn in die tiefsten Verliese des Kerkers geschafft, obwohl Lucien das Kostgeld hinterlegt und verlangt hatte, man solle Jason im Trakt für Vorzugshäftlinge unterbringen und nicht beim Pöbel.

Doch in Newgate ließen sich die Bestimmungen mit Geld nur soweit umgehen, als es den Aufsehern beliebte. Für das Geld, das Lucien bezahlt hatte, sollte Jason in ein paar Stunden in eine größere, sauberere Zelle verlegt werden. Diese Stunden aber konnten zu Tagen werden, Tage zu Wochen. Und bis dahin …

Bis dahin hieß es hier in der Dunkelheit auszuharren, den üblen Gestank einzuatmen und Feuchtigkeit und Moder zu ertragen. Und zu versuchen, nicht an das letzte Mal zu denken, als er in demselben stinkenden Gefängnis gesessen hatte und fast zugrunde gegangen wäre.

Es gab noch andere Erinnerungen, denen er zu entrinnen versuchte, anfangs zumindest. Er dachte an Velvet, die Frau, die mit so viel Leidenschaft sein Leben, sein Bett und schließlich sein Herz in Beschlag genommen hatte. Und er dachte an ihr Lächeln, ihr Lachen, ihren Mut im Angesicht der Gefahr, ihre unbeirrbare Anhänglichkeit und Treue. Andere Gedanken wiederum versuchte er zu verdrängen – die Erinnerung an seine heißen, begierigen Küsse, das Gefühl, wenn er ihre Brüste liebkost hatte, die Wonne, die es ihm bereitet hatte, in sie einzudringen und sich in ihr zu spüren.

Er wollte nicht an sie denken, damit nicht jede Minute und Sekunde seiner Einsamkeit noch schmerzlicher wurde.

Doch das Dunkel kam über ihn, drängte sich in sein Bewußtsein und versetzte ihn zurück in die leidvolle Vergangenheit, in die Zeit seiner ersten Haft und in die grausigen Jahre, die darauf folgten. Das Schlimmste aber war die Erinnerung an jenen Schreckenstag im Mai, als er so tief gesunken war, daß er aufgehört hatte, Mensch zu sein.

Um die qualvollen Erinnerungen im Zaum zu halten, gab er seiner Sehnsucht nach Velvet nach und konzentrierte seine Gedanken auf die mit ihr verbrachten Tage, auf ihr gemeinsames Lachen, die Stunden der Leidenschaft, vor allem aber auf die Kostbarkeiten, die sie ihm geschenkt hatte: ihre Unschuld, ihre Freundschaft, ihre unwandelbare Treue und ihren Beistand.

Eine Zeitlang schaffte er es, die Dunkelheit abzuwehren, die Erinnerung an Blut und Tod und Angstgebrüll. Dann aber brachen die ekelhaften Gerüche, der Schmutz und die Schwärze der Zelle seinen Willen, und die Erinnerungen an Velvet entglitten ihm.

Die Dunkelheit zog ihn an sich, begrub ihn unter der Vergangenheit, ließ ihn mit seinen Dämonen allein. Häßlichkeit und Verzweiflung rissen ihn mit sich, hielten ihn wie mit Fangarmen fest, und diesmal gelang es ihm nicht, sich zu befreien.

Sie mußte ihn sehen. Nicht erst am Morgen, wenn Lucien sie zu ihm bringen wollte. Nicht erst morgen. Nein, heute noch. Jetzt. Egal, was die anderen sagten.

Velvet zog sich in aller Eile an, den schlichten braunen Rock und die Baumwollbluse, die sie auch im Peregrine's Roost getragen hatte, dazu feste Schuhe und einen sehr praktischen Kapuzenmantel. Die Kutsche wartete bereits vor der Tür. Ohne Sneads besorgter Miene Beachtung zu schenken, verließ Velvet das Haus, ging die Eingangsstufen hinunter und stieg ins dunkle Wageninnere. Mr. Ludington, der ebenso wie Mr. Barnstable bei dem Zusammenstoß mit Averys Leuten arge Blessuren davongetragen hatte, saß ihr gegenüber.

Beide hatten erstaunliche Standfestigkeit an den Tag gelegt und Jason unterstützt, auch nachdem sie seine wahre Identität erfahren hatten. In ihren Augen konnte ein Mann, der so tapfer darum kämpfte, seine Unschuld zu beweisen – und die ihm anvertrauten Menschen zu schützen –, keinen Mord begangen haben.

Mr. Ludington rutschte auf dem weichen, roten Plüschsitz unbehaglich hin und her. »Sind Sie Ihrer Sache sicher, Mylady? Es wäre besser, Sie würden sich gedulden, bis Seine Lordschaft Sie am Morgen abholt.«

»Mein Mann braucht mich. Ich spüre, daß mit ihm etwas nicht stimmt. Ich kann nicht bis morgen warten.«

Ludington gab keine Antwort. Etwas stimmte nicht – daran bestand kein Zweifel. Der Gemahl der Lady sollte hängen. Er wünschte, er hätte etwas tun können, um es zu verhindern. Da seine Bemühungen bisher aber nicht den geringsten Erfolg gezeitigt hatten, war es nun gewiß nicht zuviel verlangt, wenn er sie sicher nach Newgate begleitete.

Der Wagen rollte zunächst durch dunkle, stille Straßen, je näher sie ihrem Ziel jedoch kamen, desto lauter wurde das städtische Getriebe. Lumpenhändler und Kohlenverkäufer, Kaminkehrer und Bettler drängten sich in den Straßen und Gassen. Durch das Wagenfenster drangen der Gestank der Gosse und die Rufe der Händler, die ihre Waren laut feilboten, während sie dahinratterten, unter zahlreichen hin und her baumelnden Schildern hindurch, und schließlich vor den Gefängnistoren anlangten.

Ludington half Velvet aus dem Wagen, erstaunt, wie fest sie seinen Arm umklammerte. Er mußte gespürt haben, wie sehr sie seine Stütze brauchte, denn er ließ es sich nicht nehmen, sie bis zum Büro der Gefängnisverwaltung zu eskortieren.

Geld wanderte von einer Hand in die andere, mehr als erwartet. Es war unwichtig. Sie war bereit, jede Summe zu bezahlen, um das Ziel zu erreichen, dessentwegen sie gekommen war. Sie ging mit dem Versprechen des Aufsehers – ein paar weitere Goldguineen hatte es sie gekostet –, daß man für Jason eine andere Zelle bereitmachen würde, in die er am Morgen verlegt werden solle. Dann öffnete sich eine schwere Tür, und sie und Mr. Ludington wurden in das Innere des Gefängniskomplexes geführt.

Ein dicker, bärtiger Aufseher wies ihnen mit blakender Laterne den Weg. Seiner Kleidung haftete ein untilgbarer Geruch nach der Ausdünstung ungewaschener Körper, nach Schweiß und Schmutz an, der sich mit dem fauligen Brodem, der in der Luft hing, vermischte und bewirkte, daß Velvets Magen in Aufruhr geriet. Doch als sie den dunklen gemauerten Gang zwischen den vor Feuchtigkeit und Schimmel glitschigen Wänden hinuntergingen, an denen ihr Mantel streifte, hatte sie sich schon fast an die üblen Gerüche gewöhnt.

In den Zellen, an denen sie vorübergingen, kauerte zusammengedrängt menschlicher Abschaum. Ekel würgte Velvet, als sie die zotigen Rufe hörte, die ihr folgten, das Stöhnen der Kranken und Sterbenden. Klauenähnliche Finger griffen zwischen den Stäben hindurch nach ihr. Ludingtons Arm fester umfassend, ging sie unbeirrt weiter und zwang sich, geradeaus zu blicken und nicht an die Elenden zu denken, die in dieser Hölle dahinvegetierten.

Sie zitterte, als sie die Tür zu Jasons Zelle erreichte, und daran war nicht die eisige Kälte schuld, die durch den Gang herunterwehte.

»Da wären wir, Miß.« Der dicke Aufseher steckte einen Schlüssel in das massive Schloß, das ein metallisches, scharrendes Quietschen von sich gab. Er griff nach einer kleinen Talgkerze, die neben der Tür stand, zündete sie an und reichte sie Velvet. »Sie haben eine Stunde Zeit, mehr nicht.«

Velvet nickte und nahm die Kerze mit unsicheren Händen in Empfang. »Danke.«

Ludington trat neben sie. »Ich warte hier, Mylady. Direkt vor der Tür. Wenn Sie mich brauchen, rufen Sie.«

Sie zwang sich zu einem Lächeln. »Schon gut.« Aber nichts war gut. Der Gedanke, daß Jason an einem Ort wie diesem festgehalten wurde – und das nicht zum erstenmal –, ließ sie bis ins Mark erschauern. Nun erst hatte sie einen Begriff von den Wurzeln des Schmerzes, der seine gequälte Seele aufzuzehren drohte.

Ach, mein Geliebter, wenn ich dich davor nur hätte bewahren können, dachte sie. Von dem verzweifelten Wunsch erfüllt, etwas für seine Befreiung tun zu können, schwor sie sich wie schon sooft, daß sie einen Weg finden würde.

Sie atmete tief durch, um sich Mut zu machen, ehe sie die dunkle Zelle betrat. Der Schlüssel knirschte im Schloß, als der Wärter hinter ihr wieder zusperrte.

»Jason?« Verwundert, warum er ihr nicht entgegenkam,

hob sie die Kerze und suchte den Raum ab. »Jason, ich bin's, Velvet. Wo bist du?«

Noch immer keine Antwort. Ein leises Kratzgeräusch, als kleine Füße über den nackten Boden huschten. Velvet mußte sich auf die Lippen beißen, um nicht aufzuschreien. Nur eine Ratte, hier unten die kleinste ihrer Sorgen ... Sie leuchtete mit der Kerze in die letzte Ecke. Wo war er? Hatte der Wärter sich in der Zelle geirrt?

Da sah sie ihn, auf dem Boden sitzend, mit einer schweren Fußfessel an die Wand gekettet. Seine Augen standen offen, doch er sah sie nicht, als er geradeaus in die Dunkelheit starrte.

»Ach, du lieber Gott.« Am liebsten wäre sie in Tränen ausgebrochen. Velvet stellte die Kerze mit zitternden Händen auf den Boden und näherte sich ihm behutsam. An seiner Seite niederknieend, legte sie die Arme um seinen Nacken und drückte ihre Wange an seine.

»Jason, mein Geliebter. Ich bin es, Velvet. Alles wird gut.« Noch immer sagte Jason nichts und stierte nur vor sich hin. »Jason, bitte ... ich bin es, Velvet.«

Da rührte er sich fast unmerklich. Sie spürte, wie er einen tiefen Atemzug tat, dann noch einen und immer mehr Luft in seine Lungen zwang. Er blinzelte mehrmals, dann schüttelte er den Kopf, als müsse er sich von einem Traum losreißen. Sie rückte ab und sah ihm ins Gesicht, sah, daß sein Blick die Umgebung erfaßte.

»Velvet?«

»Ja, Liebling, ich bin da.« Sie wischte die Tränen weg, die ihre Wangen benetzten, beugte sich vor und küßte ihn auf die Lippen. »Geht es dir gut?«

Seinem tiefen, verzweifelten Seufzer folgte Kettengerassel. »Velvet, du hättest nicht kommen sollen.«

»Jason, wo warst du, als ich eintraf? Was hast du gesehen?«

Sein Blick erfaßte sie im Kerzenlicht, eindringliche blaue Augen, die in seinem von tiefen Furchen durchzogenen Gesicht leuchtend hervortraten. »Die Vergangenheit«, sagte er einfach. »Der Grund, weswegen du nicht hättest kommen sollen.«

»Ich mußte kommen. Ich mußte dich sehen. Ich mußte mich vergewissern, daß alles in Ordnung ist. Du bist mein Mann, Jason.« Sie hielt seinen Blick fest. »Und ich liebe dich. Ich scheute mich, es dir zu sagen, aber jetzt … jetzt sollst du es wissen. Ich liebe dich. Schon lange.«

Seine Halsmuskeln zuckten, doch er sagte kein Wort. Dann fiel sein Kopf vornüber. Als er ihn langsam wieder hob, sah sie, daß sein Kinn dunkel verfärbt war und seine Lippen aufgeplatzt und geschwollen.

Er streckte die Hände aus und umfaßte ihr Gesicht. »Ich wollte nie, daß du mich liebst. Ich versuchte es dir beizubringen, versuchte, dich gegen die Liebe zu mir zu schützen. Es tut mir leid, wenn ich dir Schmerzen bereitet habe und daß ich dich mit Kummer belastete.«

»Mir tut es nicht leid. Ich liebe dich. Mir ist jeder gemeinsame Augenblick lieb und wert. Ich bete um deine Freilassung, damit wir wieder zusammensein können.«

Er schüttelte den Kopf. »Dazu wird es nicht kommen. Auch wenn ein Wunder geschieht und ich hier lebend herauskomme, ist es zwischen uns aus. Was wir teilten, ist Vergangenheit.«

»Nein, sag das nicht. Ich …«

»Du liebst mich nicht. Du bildest es dir nur ein. Der Mann, den du liebst, existiert nicht. Nicht mehr. Schon lange nicht mehr.«

»Das ist nicht wahr. Du bist genau der Mann, für den ich dich halte, und noch viel besser.«

Ohne ihre Worte zu beachten, tastete er mit seinem Finger ihre Unterlippe entlang, federleicht. »Ich war sehr selbstsüchtig, Herzogin. Ich hätte dich nie anfassen dürfen, hätte dich auch nie heiraten dürfen. Ich hätte dich vielmehr in Ruhe lassen sollen. Dann wäre dir kein Leid geschehen.« Jason blickte sich in der stinkenden, rattenverseuchten Zelle um, sah Velvet an seiner Seite auf dem Strohsack knien, und sein Herz wurde schwer. Sie hatte an einem Ort wie diesem nichts zu suchen, hätte gar nicht wissen sollen, daß es dergleichen gab.

Er war der Grund ihres Hierseins. Es war seine Schuld – wieder einmal.

Er strich mit dem Finger ihr Kinn entlang und wünschte, er hätte ihr nicht wieder wehtun müssen, wünschte, er hätte ihr die Wahrheit ersparen können, doch dafür war es jetzt viel zu spät.

»Du möchtest wissen, was ich sah, während ich hier in der Dunkelheit hockte? Du möchtest die Wahrheit wissen? Nun, du sollst sie erfahren, Velvet. Dann wirst du endlich diesen gottverdammten Ort verlassen und froh sein, mich niemals wiederzusehen.«

26

Acht lange Jahre waren seither vergangen, und doch kam ihm vor, alles sei erst gestern gewesen. Es war Ende Mai geschehen. Drei qualvolle Jahre in Georgia lagen hinter ihm, eine Zeit voll sengender Hitze, Ungeziefer und Schwerstarbeit, eine Zeit auch, in der ihn blindwütiger Haß verzehrte. Er wollte seine Freiheit und war bereit, alles zu tun, um sie zu erringen.

Immer wieder hatte er Fluchtversuche unternommen, doch die Bluthunde hatten ihn unweigerlich aufgespürt. Man hatte ihn ausgepeitscht, fast zu Tode geprügelt, aber auch das hatte ihn nicht aufhalten können, da er zur Flucht entschlossen war.

Beim vierten Mal mußte er damit rechnen, daß man ihn töten würde, doch hatte sein Glück sich endlich gewendet. Im dichten Wald unweit des Lagers war er Samuel, einem uralten Schwarzen, über den Weg gelaufen, der sich ebenfalls auf der Flucht befand. Samuel brauchte jemanden, der die Kraft besaß, sein Flachboot durch die Sümpfe Georgias zu staken. Und Jason hatte Kraft.

»Ich hatte die Muskeln, und er kannte den Sumpf«, sagte Jason zu Velvet. »Sobald wir in Sicherheit waren, ging Samuel nach Norden, während ich mich südwärts wandte. Ich wollte in die Carolinas, nach Charles Town. Von dort sollten Schiffe nach Häfen auf der ganzen Welt auslaufen. England kam für mich natürlich nicht in Frage, doch mußte es einen Ort geben, wo ich sicher war.«

Er lehnte seinen Kopf gegen den kalten grauen Stein und gab sich den Erinnerungen hin, den Blick starr in die Dunkelheit gerichtet. »Es zeigte sich aber, daß die Kapitäne anständiger Schiffe flüchtige Sträflinge nicht an Bord nahmen. Hätte ich versucht, mit einem im Hafen liegenden Schiff das Land zu verlassen, wäre ich vom Kapitän ausgeliefert worden.«

Velvets Hand, die warm, sanft und tröstlich war, suchte seine in der Dunkelheit. Er fragte sich, in welchem Moment sie sie ihm entziehen würde.

Nur mit Mühe überwand er sich und erzählte ihr von dem Schiff, das er endlich außerhalb des Hafens gefunden hatte, ein Freibeuterschiff, wie Kapitän Miles Drury ihm eröffnete.

Jason sah auf den ersten Blick, daß sich die Besatzung aus skrupellosen Typen zusammensetzte, aus Männern, die kein Gewissen kannten.

Die *Valiant* war eine britische Brigg. Er sollte erst später entdecken, daß sie gestohlen war.

Die Männer waren Galgenvögel, Räuber und Diebe, zu allem imstande. Jason konnte sich gut an sie erinnern, Taugenichtse und Trunkenbolde, Halsabschneider und Piraten, allesamt. Niemals sonst im Leben hätte er den Fuß an Bord eines Schiffes mit solcher Besatzung gesetzt, damals aber kümmerte es ihn nicht. Er hatte drei Jahre mit ähnlichem Abschaum verbracht und hatte überlebt. Er würde wieder überleben.

Sechs Tage nachdem sie ausgelaufen waren, sichteten sie eine Brigantine mit Kurs auf Bermuda, ihre erste Prise, die erste eines halben Dutzends. Die Besatzung raffte reiche Beute zusammen, und Jason beruhigte sein Gewissen mit der Ausrede, er hätte einen Anteil verdient, als Ausgleich für die schwere Ungerechtigkeit, die ihm angetan worden war. Er würde das Geld brauchen, wenn er nach England zurückkehrte, um seine Unschuld und Averys Schuld zu beweisen. Und um seinem Vater Gerechtigkeit widerfahren zu lassen.

Abgesehen von den Männern, die ihr Hab und Gut schützen wollten und verletzt worden waren, hatte man niemandem ein Haar gekrümmt.

Sein Vermögen wuchs dank der reichen Beute, und zwischen ihm und Captain Drury, einem Waliser, der als Hausdiener in die Kolonien gekommen war, entwickelte sich eine merkwürdige Freundschaft.

»Du bist ein Gentleman«, erklärte der untersetzte, grauhaarige Drury, als er eines Abends am Ruder stand, eine lange Tonpfeife zwischen den Zähnen. »Und in England erzogen. In unserem Gewerbe eine Seltenheit.«

Und so waren sie weitergesegelt, bis zu jenem unglückseligen Maitag, jenem warmen, leicht windigen, völlig harmlosen Tag, als das Passagierschiff *Starfish* mit Ziel Barbados am blauen Horizont erschien.

»Ein leckerer Happen, nicht?« Black Dawson, der fleischige erste Maat, trat neben ihn an die Heckreling.

»Ja, das ist sie«, gab Jason voller Unbehagen zurück. »Aber wir täten vielleicht besser daran, nach einem Frachtschiff Ausschau zu halten, als eines zu kapern, das nur Passagiere befördert.« Handelsschiffe waren das eine, und Passagierschiffe etwas ganz anderes. Ihn entsetzte die Vorstellung, daß Drurys blutrünstige Besatzung sich auf unschuldige Reisende stürzte.

Black Dawson ließ ein Knurren hören. »Da sind Geld und Waren drauf. Viel mehr, als man glaubt.«

Der Rest der Besatzung teilte seine Ansicht. Jason wurde immer nervöser, als die *Valiant* das große, unter voller Takelage segelnde Schiff einholte und in Position ging.

»Schießt ihr mit der vorderen Kanone eins vor den Bug«, befahl der Kapitän. »Mal sehen, ob sie beidreht.«

Jason hörte den Geschützdonner und sah das Aufspritzen knapp vor dem Bug der *Starfish*, die jedoch anstatt langsamer zu werden, zu entkommen versuchte, ein vergebliches Unterfangen, trotz aller wackerer Bemühungen ihres Kapitäns.

Es bedurfte etlicher wohlplazierter Kanonenschüsse, ehe endlich die weiße Flagge gehißt wurde und die *Valiant* ihr Bramsegel einholte und längsseits ging.

»Lassen Sie die Passagiere an Deck antreten«, befahl Drury dem Kapitän der *Starfish*. »Sie sollen an Steuerbord Aufstellung nehmen.«

Black Dawson, der neben Jason stand, starrte aufmerksam hinüber. »Sieh dir das an, Freundchen.« Ein dicker Ellbogen stieß ihn in die Rippen. »Siehst du die Röcke? Seit drei Monaten hatte ich keine mehr. Sieht aus, als wäre die Trockenzeit zu Ende.«

Jason überfiel Übelkeit. Am Schanzkleid stand ein halbes Dutzend bleicher Frauen. Wortlos ließ er den stämmigen ersten Maat stehen und ging auf der Suche nach Drury heckwärts.

»Ihre Leute wollen den Frauen Gewalt antun. Sie müssen es verhindern.«

Der Kapitän warf ihm über seine Pfeife hinweg einen Blick zu. »Hawkins, du bist nicht dafür geschaffen. Warst es nie. Ich hätte dich nicht mitnehmen sollen.« Er drehte sich um und sah zu seiner Besatzung hin, die bereitstand, die *Starfish* zu entern, sobald die Enterhaken griffen und die Schiffe miteinander verbanden.

Kapitän Drury zog den Pfeifenstiel zwischen den Zähnen hervor. »Tut mir leid, mein Junge. Ich bin zwar der Captain, kann meine Leute aber nicht davon abhalten, sich zu nehmen, was ihnen zusteht. Außerdem sind die meisten Frauen verheiratet. Ein bißchen Bettsport wird ihnen nicht schaden. Die kennen einen Mann zwischen ihren Beinen.«

»Aber es war mehr als Bettsport«, sagte Jason zu Velvet, während die Erinnerung an das Entsetzen von damals ihn wie einen schweren Brecher erfaßte. »Sie zerrten die Frauen an Deck und rissen ihnen die Kleider vom Leib. Die Männer, die sie verteidigen wollten, wurden mit Entermessern und Säbeln von oben bis unten aufgeschlitzt und den Fischen zum Fraß ins Wasser geworfen.«

Velvet ließ einen leisen Laut hören, und die Hand, die seine festhielt, zitterte. Dennoch zwang er sich fortzufahren, die Szene zu beschreiben, die sich auf Deck abspielte, eine Szene wie aus Dantes Inferno, die ihn bewog, den Kapitän anzuflehen, er solle dem wüsten Treiben Einhalt gebieten, ehe er selbst vergebens einen Versuch unternahm, der damit endete, daß er bewußtlos in seinem eigenen Blut auf dem schwankenden, eigenen blankgescheuerten Deck landete.

Stunden später rissen ihn wüstes Gelächter und Gegröle aus seiner Ohnmacht. Die Männer hatten die Rumfässer aus dem Frachtraum der *Starfish* heraufgeholt und sich vollaufen lassen.

Sein Schädel brummte, sein Sichtvermögen war getrübt, dennoch rappelte er sich auf und starrte über Bord. Die *Starfish* trieb wie ein Gespensterschiff auf der rauhen See, ihr Deck war verlassen. Alle Männer hatte man sofort über Bord geworfen, während die Frauen erst von der Besatzung mißbraucht worden waren, ehe man sie ins Wasser kippte.

Jason, der eine Platzwunde am Kopf und eine tiefe Schramme seitlich im Gesicht davongetragen hatte, stand neben dem Kapitän und starrte zum blutigen Deck der *Starfish*. Sein getrübter Verstand konnte das Geschehene nicht fassen. Und in diesem Moment sah er sie. Ein Mädchen, nicht älter als elf oder zwölf, ein zartes, durchscheinendes Geschöpf mit großen, erschrockenen Augen und langem, kastanienbraunem Haar. Black Dawson hatte sie unter Deck gefunden, wo sie sich irgendwo im Rumpf des Schiffes versteckt hatte, das er eben in Brand gesetzt hatte.

Nun schleppte er das Mädchen triumphierend zu seinen Gefährten, ihre schlanke Gestalt wie eine kostbare Prise schwenkend, eine, die er selbst zu genießen gedachte, ehe er sie an die anderen weiterreichte.

Jason stürzte blindwütig vor, kaum imstande, an sich zu halten. Drurys Hand umklammerte ihn wie ein Schraubstock.

»Du kannst nichts tun.«

Jason starrte den Mann an, den er einst als Freund betrachtet hatte. »Sie müssen ihnen Einhalt gebieten. Sie ist nur ein Kind.«

Der Kapitän schüttelte den Kopf. »Zu spät. Wenn es dir ein Trost ist – du hattest recht. Wir hätten das Schiff nicht aufbringen sollen. Ich bedaure es sehr, aber es ist nun mal geschehen.«

»Aber das Mädchen …«

»Sie werden sie nehmen, einer nach dem anderen. Und dann werden sie sie ins Wasser werfen wie die anderen. Jetzt sind sie im Blutrausch. Versuchst du, sie aufzuhalten, wird es dein Tod sein, und dem Mädchen wird es nichts nützen.«

»Nein! Man kann nicht zulassen, daß sie die Kleine töten!« Jason schüttelte entsetzt den Kopf. »Sie ist doch noch ein Kind!« Er drehte sich um und wollte übers Deck laufen, doch bärenstarke Hände hielten ihn von hinten fest.

»Du läßt das schön sein, Freundchen. Der Käpt'n möchte dich lebend, und deshalb wirst du leben.« Serge Baptiste war ein Hüne von einem Mann, ein großer Portugiese, den die Besatzung »den Täufer« nannte. Trotz Jasons Größe überragte Baptiste ihn um einiges. Unter Mithilfe von Patsy Cullins, einem anderen kräftigen Seemann, riß er ihm die Arme nach hinten und zwang ihn aufs Deck in die Knie.

»Man riß ihr die Kleider vom Leib«, fuhr Jason tonlos fort. »Vier Mann hielten sie fest, während Black Dawson sich zwischen ihre Beine drängte.«

Er hatte versucht, den Blick abzuwenden und auf die stürmisch werdende See zu schauen, doch die schmale Klinge einer Haifischflosse, die die Wasseroberfläche durchschnitt, war nicht dazu angetan, ihn zu beruhigen. Ein schriller Schmerzensschrei zwang ihn, wieder zu dem Mädchen hinzusehen.

Was nun geschah, würde er sein Leben lang bereuen, und doch hätte er es immer wieder getan. Mit einem Wutschrei riß Jason einen Arm aus dem Griff seiner Bewacher, griff sich die Pistole, die der große Portugiese im Gürtel trug, und legte damit auf das Mädchen an.

Er hatte nur einen Schuß. Hätte er Black Dawson getötet, würde er ihr damit nicht helfen, obwohl es ihn juckte, den struppigen Schädel des Mannes ins Visier zu nehmen. Ein Dutzend andere würden seine Stelle einnehmen. Jason zielte und drückte ab. Der Schuß hallte übers Deck.

»Die Kugel traf genau«, flüsterte er. »Ich weiß noch, wie sie hochzuckte und ihre Lider sich langsam schlossen. Sie hatte so unendliche Angst gehabt. Und nun sah ihr leidendes, vorher verzerrtes Gesichtchen fast friedlich aus.« Seine Stimme gehorchte ihm kaum mehr. »Was immer man ihr angetan hatte, ihre Qualen, waren zu Ende.«

»Jason …« Velvet flüsterte seinen Namen, doch er hörte sie nicht. Er dachte daran, wie er unter Tränen die Waffe gesenkt und seinen Kopf abgewendet hatte.

Es kümmerte ihn nicht, ob jemand seine Tränen sah, ebensowenig wie es ihn kümmerte, ob man ihn tötete. Er wünschte sich den Tod. Wünschte sich, er läge statt des kleinen Mädchens in der Blutlache, die sich über das Deck ausbreitete.

Aber Black Dawson lachte nach dem ersten Überraschungsmoment nur. Es war ein bellendes, nicht endenwollendes Lachen und wirkte so ansteckend auf seine Kumpane, daß sich schließlich die ganze betrunkene Meute unter ergötztem Gekreische auf dem Deck wälzte.

Miles Drury legte ihm die Hand auf die Schulter, aber Jason rückte von ihm ab.

»Ich muß dich bei der ersten Gelegenheit an Land absetzen«, sagte Drury. »Dein Anteil wird dir eine Zukunft sichern. Bis dahin halte den Mund und bleib unter Deck. Mal sehen, ob ich dich bei lebendigem Leib in einen Hafen bringen kann.«

Jason gab keine Antwort. Er wollte das Blutgeld des Kapitäns nicht, und es kümmerte ihn nicht, ob er tot oder lebendig war. Er wünschte sich nur, die Uhr bis zu dem Tag zurückdrehen zu können, an dem er das verfluchte Schiff betreten hatte, und das konnte er natürlich nicht.

Statt dessen war er verflucht wie das Schiff, zum Untergang verurteilt wie die Besatzung. Nie würde er vergessen, was an jenem grauenerregenden Tag passiert war, und würde sich nie verzeihen, was er getan hatte.

Verhaltenes Schluchzen riß ihn aus dem Dunkel der Vergangenheit. Eine leichte Berührung zeigte an, daß Velvet noch immer seine Hand festhielt. Ihre Stimme hauchte tränenschwer und schmerzerfüllt seinen Namen. Schlanke Arme legten sich um seinen Hals, er spürte ihre feuchte Wange, und ihre Tränen vermischten sich mit seinen.

»Jason …«

»Verzeih mir«, flüsterte er, und wußte doch, daß sie es nicht konnte. Das konnte nur Gott allein, und er hatte nicht den Mut, den Himmel um Vergebung anzuflehen, da er nicht das Gefühl hatte, sie zu verdienen, selbst wenn Gott in seiner Güte sie ihm gewähren würde.

Velvet bebte vor Mitgefühl und brachte kein Wort über die Lippen. Nur ihr leises Wimmern war zu hören. Er hätte ihr diese gräßliche Geschichte ersparen sollen. Nun würde er auch den letzten Funken ihrer Zuneigung verlieren.

Sie strich über seine Wange und umfaßte dann mit beiden Händen sein Gesicht.

»Jason, Liebster, du brauchst meine Verzeihung nicht. Du hast sie nie gebraucht. An jenem Tag auf dem Schiff hast du nach bestem Wissen und Gewissen gehandelt. Du hast dein Leben riskiert, um ihr zu helfen.«

»Ich tötete sie. Es war Mord.«

»Du hast sie gerettet. Auf die einzige Weise, die dir zu Gebote stand. Sie weiß es, wo immer sie sein mag. Mir wäre deine Kugel willkommen gewesen, und ihr war sie es auch.«

Jason schüttelte den Kopf. »Sie war nur ein Kind. *Ein Kind!* Und sie durfte nicht mehr leben.«

Sie sah ihn mit feuchten Augen an. »Und was ist mit dir, Jason? Du hast keinen einzigen Tag wirklich gelebt, seit jenes Mädchen starb.«

In seiner Kehle bildete sich ein dicker Kloß.

»Du bist nur ein Mensch, Jason. Nur ein Mensch, der manchmal Fehler macht wie jeder andere. Und manchmal Entscheidungen treffen muß. Damals hast du eine getroffen. Du mußtest zwischen zwei schrecklichen Möglichkeiten wählen. Du wußtest, daß es dich dein Leben kosten konnte, und doch hast du dem unschuldigen jungen Mädchen geholfen, um seinem Leiden auf die einzig mögliche Weise ein Ende zu machen.«

Er rang mühsam nach Luft. O Gott, er wollte nicht, daß sie ihn weinen sah. »Du bist nur menschlich«, sagte Velvet. »Gott weiß das. Jason, mach deinen Frieden mit Gott. Und was mich betrifft, so liebe ich dich mehr als zuvor. Ich habe recht behalten. Du bist alles, was ich glaubte, daß du bist, und noch viel besser.«

Jason schluckte den Kloß in seiner Kehle hart hinunter, nahm sie in die Arme und drückte sie heftig an sich. »Ach Gott, Herzogin.« Er griff ohne Rücksicht auf ihre kunstvolle Frisur in ihr Haar und zog die Nadeln heraus, bis ihr die schweren Locken über den Rücken fielen. »Ich liebe dich, Herzogin, ich liebe dich sosehr.«

Wieder konnte sie gegen ihre Tränen nicht an. Er spürte, wie ihr Körper bebte, doch als sie zu ihm aufschaute, sah er im schwachen Kerzenschein, daß sie selig lächelte.

Sie zog ein Taschentuch aus ihrer Rocktasche und trocknete ihre Augen. »Du liebst mich. Das soll wohl heißen, daß es nicht nur Lust war.«

»Ich hoffte immerzu, daß es Lust wäre.«

Ihr Lächeln brach sich unwiderstehlich Bahn. Doch als sie etwas erwidern wollte, rumpelte der Aufseher gegen die Tür.

»Zeit zu gehen, Miß.« Der Schlüssel knirschte im rostigen Schloß, und die Tür schwang quietschend auf.

Velvet sah ihn an. »Jason, nun kann die Dunkelheit dir nichts mehr anhaben. Sie kann dir nie wieder wehtun. Du bist aus der Finsternis ins Licht getreten, und die Vergangenheit ist einfach nur Vergangenheit.« Sie streichelte seine Wange. »Versprich mir, daß du daran denkst. Wenn die Dunkelheit droht, dann denke ans Licht, Jason. Das Licht ist Liebe. Wirst du daran denken?«

Er schluckte trotz des Würgens in seiner Kehle. »Ich werde daran denken«, sagte er heiser.

Da küßte sie ihn, und es war ein Kuß der Liebe und Zärtlichkeit, ein Kuß der Verheißung und Entschlossenheit. Jason erwiderte ihn aus ganzem Herzen mit Liebe, Dankbarkeit und Hoffnung. Eine Frau wie sie gab es kein zweites Mal. Und wenn er am Leben blieb, würde er sie nie mehr gehen lassen.

27

Christian Sutherland konnte keinen Schlaf finden, bis zwei Uhr morgens nicht. Nicht, seitdem er erfahren hatte, daß Lord Hawkins gar nicht Lord Hawkins war, sondern der ältere Bruder des Duke of Carlyle, dem eigentlich der Herzogtitel gebührte, ein Mann, der wegen Mordes an seinem Vater zum Tod durch den Strang verurteilt worden war.

Christian glaubte nicht an seine Schuld. Nicht, seitdem er Jason Sinclair kennengelernt hatte. Nicht, nachdem Celia Brookhurst und Sir Wallace Stanton wie zufällig kurz hintereinander den Tod gefunden hatten. Nicht nach allem, was Mary erzählt hatte.

Zu viele Zufälle, zuviel Glück für den Herzog, einen Mann, der ein gewissenloser Schurke war, wie Christian nun deutlich erkannte.

Aber was sollte er tun? Wie konnte er Sinclair helfen? Und was sollte er Marys wegen unternehmen?

Am Fenster seines Schlafzimmers stehend, von dem aus man ein Stück Hyde Park überblickte, dachte Christian an die Frau, die er liebte. Sie hatte einen großen Fehler begangen, als sie bei Carlyle geblieben war. Nach allem, was er ihr angetan hatte, schuldete sie ihm keine Treue. Und nun war zu befürchten, daß Mary in Gefahr schwebte.

Christian wußte wie alle Welt von dem Treffen, das Litchfield mit dem Richter in den Docks arrangiert hatte. Er hatte auch von Marys vorzeitigem Auftauchen mit Velvet Sinclair gehört und von ihrem vergeblichen Bemühen, Velvets Mann zu helfen. Damit hatte sich Mary gegen Carlyle gewendet. Avery mußte vor Wut getobt haben und hatte ihr Gott weiß was angetan.

Die Vorstellung, Mary würde von den Händen des ruchlosen Herzogs ein Leid geschehen, erbitterte Christian am allermeisten.

Unwillkürlich umfaßte er das Fensterbrett fester. Er würde ihr Nachricht zukommen lassen und sie um ein Treffen bitten, sobald sie das Haus unauffällig verlassen konnte. Aber wenn Avery die Nachricht abfing? Verdammt, alles mögliche konnte passieren. Es war einfach zu gefährlich für Mary.

Um einen Entschluß ringend, tigerte Christian vor dem Fenster auf und ab. Er mußte sie sehen. Nötigenfalls würde er sie entführen. Sie liebte ihn, und er liebte sie, und mit der Zeit würde sie sicher Einsicht zeigen.

So lief er auf und ab, mit geballten Fäusten und verbissener Miene. Hätte der Butler nicht angeklopft, er wäre noch stundenlang so auf und ab gerannt.

»Verzeihung, Mylord.« George Marlin, seit über zwanzig Jahren Butler der Familie, blinzelte mit schweren Lidern und schläfrigen Augen, auf dem Kopf eine Schlafmütze.

»Ja, George, was gibt es?«

»Es tut mir leid, Sie zu nachtschlafender Zeit stören zu müssen, aber die Dame, die schon einmal kam ... ich glaube, Ihr Name ist Mary ...«

Christian schloß momentan vor Erleichterung die Augen. »Gott sei Dank.« Im nächsten Moment schlug seine Erleichterung in Sorge um. War Mary etwas zugestoßen? War sie verletzt oder in Bedrängnis? Christian schritt zur Tür, ihm auf den Fersen der Butler.

»Ich weiß, daß es ungehörig ist, Euer Lordschaft. Unter normalen Umständen hätte ich um diese Zeit niemanden eingelassen, aber nach dem letzten Besuch der Dame ...«

»George, Sie haben korrekt gehandelt.«

»Ich führte sie in den Weißen Salon, Sir.«

Christian nickte beifällig und hetzte dann die Treppe hinunter, stürmte in den Salon und stieß dabei fast mit Mary zusammen, die ihn aus großen Augen unsicher ansah.

»Christian …«

»Mary! Gottlob bist du gekommen.« Sie ließ es zu, daß er sie in die Arme nahm. »Ist alles in Ordnung? Hat er dir nichts getan? Hat er nicht …?«

Mary wich seinem Blick aus. »Er war außer sich vor Zorn. Ich hätte einen Betrug begangen, indem ich Lady Hawkins zu helfen versuchte. So erbost habe ich ihn noch nie erlebt.«

»Sag mir, daß er dir nichts angetan hat. Ich töte ihn, wenn er dir nur ein Haar krümmte.«

»Er wollte mich züchtigen. Sicher hätte er mir Gewalt angetan, aber dieser Kerl, dieser Willard, kam, und es gab offenbar wichtigere Dinge zu tun, als sich um eine treulose Frau zu kümmern. Seither ist er beschäftigt, aber ich wußte, daß er, wenn er fertig sein würde …«

Christian schob sie von sich. »Du gehst nicht wieder fort«, sagte er entschlossen. »Und wenn ich dich fesseln und davonschleppen müßte, um dich bei mir zu behalten.«

Mary schenkte ihm ein Lächeln voller Liebe. Tränen stiegen ihr in die Augen, von denen ein einzelner Tropfen über ihre Wange kullerte. »Ich gehe nicht fort. Nicht ohne dich. Nicht wenn du möchtest, daß ich bleibe.«

Aus Christians Blick blitzte Leidenschaft. »Mary, ich begehre dich. Vom ersten Moment an. Nie hätte ich zulassen dürfen, daß du zu Carlyle zurückkehrst.«

Ein Schauer überlief sie. »Er ist ein Mörder. Er tötete meinen Vater, und jetzt bin ich überzeugt, daß er auch seinen eigenen Vater auf dem Gewissen hat.«

»Ich hätte von Anfang an auf dich hören sollen.« Wieder nahm er sie in die Arme.

»Wir müssen jetzt Jason und Velvet helfen. Aber wie?«

»Ich weiß es nicht. Das Gericht hat seine Entscheidung noch nicht getroffen. Es besteht noch immer die Möglichkeit, daß man ihn freispricht.«

»Du weißt, daß es auch nicht die kleinste Chance gibt.«

Christian mußte ihr recht geben. Die Richter würden ihn nie freisprechen, nicht, wenn ein mächtiger Herzog sein Gegner war, nicht, wenn nicht überzeugendere Beweise auftauchten. »Was immer geschieht, als erstes müssen wir dafür sorgen, daß du in Sicherheit bist. Ich werde dich zu meiner Familie nach Kent schicken. Wenn sie die näheren Umstände erfährt und weiß, daß wir zusammengehören, wird sie alles in ihrer Macht Stehende tun, um uns zu helfen.«

»Noch kann ich nicht fort. Nicht ehe Avery für seine Verbrechen zur Rechenschaft gezogen wird.«

Christian wollte widersprechen, doch Marys Blick gebot ihm Einhalt.

»Christian, ich habe eine Idee. Ich glaube, ich könnte Jason doch helfen.«

»Sprich weiter.«

»Die Behörden scheinen ihre Suche nach dem Mörder Lady Brookhursts aus Mangel an Spuren eingestellt zu haben. Wenn aber Avery hinter der Tat steckt, wie ich stark vermute, muß einer seiner Helfershelfer den Mord begangen haben. Böse Zungen wollen wissen, daß Jason der Mörder ist, weil sogar Velvets Täterbeschreibung auf ihren Mann paßt.«

»Ach … ich verstehe, worauf du hinauswillst. Wer immer die Tat beging, muß Jason in Größe und Körperbau ähneln.«

»Und er muß dunkelhaarig sein.« Mary umfaßte seinen Arm fester. »In Averys Sold steht ein Mann, auf den die Beschreibung genau paßt. Er kommt nur sehr selten, und wenn, dann immer durch den äußeren Zugang zu Averys Arbeitszimmer, aber einige Male konnte ich ihn doch sehen. Er heißt Willard und ist derselbe, von dem ich vorhin sprach.«

Christian überlegte. Möglich war es immerhin. Andererseits konnte es sich abermals um einen Zufall handeln. »Es ist weit hergeholt, aber besser als gar nichts. Und wenn wir Celias Mörder finden, wird er uns mit großer Wahrscheinlichkeit direkt zu Avery führen.«

»Genau das war auch meine Überlegung.«

Christian küßte sie zärtlich. »Alles ist einen Versuch wert, meine Liebe.« Leider schließt das den Versuch aus, den mörderischen Schuft auf Pistolen zu fordern, dachte Christian in einer Anwandlung von Rachedurst. Der Gedanke an ein Duell war so bestechend, da er ein wahrer Meisterschütze war und Averys Tod allen eine Menge Ärger ersparen würde.

Doch mit dem Tod des Herzogs würde auch die Möglichkeit dahinschwinden, die Unschuld seines Bruders zu beweisen.

Wie es jetzt aussah, würde Jason Sinclair mit großer Wahrscheinlichkeit hängen.

Wie versprochen traf Litchfield am nächsten Morgen pünktlich um zehn Uhr ein, um Velvet ins Gefängnis zu begleiten. Sie war schon fertig und harrte ungeduldig seiner Ankunft, da sie Jason möglichst rasch sehen und sich vergewissern wollte, daß es ihm gut ging.

Das Geräusch der energischen Schritte Litchfields in der Diele veranlaßte Velvet, hinauszueilen, um ihn zu begrüßen. Beim Anblick seiner ernsten, verkniffenen Miene erfaßte sie jedoch so große Angst, daß ihr das Herz bis zum Hals schlug.

»Lucien – was ist passiert?« Wortlos nahm er ihren Arm und zog sie in den Salon, dessen Tür er schloß. »Bitte, Mylord, so sagen Sie doch, was sich ereignet hat.«

»Vielleicht sollten Sie sich erst setzen.«

»Lucien, bitte, machen Sie mir nicht noch mehr angst.«

Er holte tief und hörbar resigniert Luft. »Velvet, es tut mir leid. Vor einer Stunde kam die Nachricht von der Entscheidung des Gerichtes, die früher als erwartet getroffen wurde.« Seine Miene verdüsterte sich zusehends, und Velvet sank auf das Sofa nieder.

»O Gott, so hält man ihn noch immer für schuldig.« Tränen brannten in ihren Augen und ließen sich auch nicht durch noch so heftiges Zwinkern zurückdrängen.

Der Marquis setzte sich zu ihr. »Velvet, Sie dürfen nicht aufgeben. Avery ist der Schuldige. Und irgendwo gibt es den Beweis dafür. Uns bleibt noch etwas Zeit, ihn zu finden.«

Seine Worte berührten ihr Bewußtsein nur oberflächlich, da es in ihren Ohren brauste und sie kaum etwas hören konnte. »Wurde das ursprüngliche Urteil bestätigt?«

»Ja.«

»Wann soll …?« Die Frage kam als abgehacktes Flüstern über ihre Lippen.

Lucien seufzte. »Montag.«

Montag. Natürlich. Hinrichtungstag. Noch vier Tage, dann würde Jason hängen.

»Die vorgelegten Beweise reichten nicht aus, um das Gericht gegen einen Herzog einzunehmen«, fuhr der Marquis fort. »Und dann ging es ja noch um den Mord an Celia, und als einfachste Lösung bot sich an, Jason auch an diesem Verbrechen schuldig zu sprechen.«

Velvet preßte die Lippen zusammen, kaum imstande, Luciens Worte aufzunehmen. Jason würde hängen. In vier Tagen.

»Wir werden in unserer Suche nach Beweisen nicht nachlassen«, sagte er. »Barnstable und Ludington arbeiten rund um die Uhr. Es kann nicht ausbleiben, daß sie auf irgend etwas stoßen.«

Als Velvet ein klägliches Lächeln versuchte, um Zustimmung anzuzeigen, fingen ihre Mundwinkel zu zittern an. Sie wandte sich ab und brach endgültig in Tränen aus.

Luciens tröstende Arme umfingen sie und drückten sie an seine Brust. Sie weinte sich wie ein Kind an seiner Schulter aus.

»Ganz ruhig, meine Liebe«, murmelte er. »Sie dürfen nicht aufgeben. Das wäre Jason gegenüber nicht fair.«

Sie spürte ein Würgen in der Kehle. Ihr war so eng ums Herz, daß jeder Atemzug wie ein Stich schmerzte. Dennoch nahm sie Haltung an und setzte sich kerzengerade auf.

»Natürlich haben Sie recht. Wir müssen stark für Jason sein.« Er reichte ihr sein Taschentuch, das sie an ihre Augen führte. »Hat jemand … hat jemand Jason schon vom Urteil in Kenntnis gesetzt?«

»Es hätte keinen Sinn gehabt, es hinauszuzögern. Parmenter ging sofort zu ihm. Inzwischen weiß er es.«

Sie schob ihr Kinn vor. »Dann müssen wir ganz rasch zu ihm. Wir dürfen nicht zulassen, daß er aufgibt.«

Lucien widersprach nicht, obwohl er insgeheim der Meinung war, sein Freund würde das Alleinsein vorziehen. Es gab Dinge, mit denen man sich lieber in aller Einsamkeit beschäftigte, und dem Tod ins Auge zu sehen, gehörte gewiß dazu. Für ein Verbrechen, das man nicht begangen hatte, dem Henker gegenübertreten zu müssen, war etwas, das Luciens Vorstellungsvermögen vollends überstieg.

Trotzdem wußte Lucien, daß Widerspruch zwecklos war. Velvet wollte zu dem Mann, den sie liebte, und würde sich keinem seiner Einwände beugen. Es war jene Liebe, an die er nie wirklich geglaubt hatte, und in gewisser Weise beneidete er seinen Freund.

»Ich muß Sie warnen, Mylady. Inzwischen müßte Jason in

den Vorzugstrakt verlegt worden sein, doch ist auch dieser kein angenehmer Ort. Es wird für Sie ein schlimmes Erlebnis sein.«

»Mylord, mir ist klar, daß Newgate die reinste Hölle ist. Ich war gestern in Begleitung Mr. Ludingtons dort.«

»Was?«

»Jason brauchte mich. Ich mußte zu ihm.«

»Aber gestern hatte man ihn noch nicht verlegt. Sie sind doch nicht etwa ...«

»Ich mußte ihn sehen und ging dorthin, wohin man ihn verfrachtet hatte.«

Der Marquis äußerte etwas Unverständliches und schüttelte den Kopf. »Jason sagte schon, daß Sie einem ganz schön zu schaffen machen können. Allmählich wird mir klar, was er meinte. Sollte ich mich jemals mit Heiratsabsichten tragen, müssen Sie mich daran erinnern, nach einer angenehm fügsamen Frau Ausschau zu halten.«

Velvet rang sich ein Lächeln ab, das wenig mehr war als eine Grimasse. »Mylord, eine fügsame Frau würde Sie zu Tode langweilen, aber warten wir's ab.«

Da sie in den letzten Nächten keinen Schlaf gefunden hatte, war sie vor Gram und Erschöpfung fast am Ende, und im Marquis regte sich Verantwortungsbewußtsein, obwohl er schon genug eigene Sorgen hatte.

Wieder gab Litchfield seinem Unwillen durch ein undefinierbares Schnauben Ausdruck, ehe er in der Diele vom Butler ihren Mantel in Empfang nahm, den er ihr um die Schultern legte. Dann bot er ihr seinen Arm, und sie machten sich auf den Weg ins Gefängnis.

Jason starrte zwischen den Fensterstäben seiner geräumigen und erstaunlich sauberen Zelle hinaus. Er wußte noch vom letzten Mal, um wieviel besser das Leben im Vorzugstrakt des Gefängnisses war.

Geld war hier wie fast überall der Schlüssel. Und doch konnte auch noch soviel Geld nichts am Schicksal eines Menschen ändern. Aber vielleicht war etwas Wahres dran, daß Geld die Wurzel allen Übels war.

Oder waren es die Mittel, zu denen manche griffen, um an Geld heranzukommen?

Wie sein Bruder Avery, den seine Geldgier zum Mord an seinem eigenen Vater getrieben hatte, der Celia und Sir Wallace Stanton hatte töten lassen.

Jason spähte weiter hinaus und ließ sich von der Sonne bescheinen und ein wenig wärmen, da sich hier die Kälte trotz der Heizung hartnäckig hielt. Von seinem Standplatz aus sah er auf den Hof hinunter, wo sich die Häftlinge frei bewegen konnten und sich in ihren schmutzigen Lumpen stritten, gespenstische Erscheinungen, die um Essensbrocken oder Tabak oder ein zerfetztes Kleidungsstück feilschten. Jason zog es vor, nach oben zu blicken, zu dem Stückchen Blau, das über den grauen Steinmauern zu sehen war, zu den Dächern und Fenstern, Kuppeln und Kirchtürmen von London.

Was für eine große und lebendige Stadt! Bis zu seiner Rückkehr war ihm nicht bewußt gewesen, wie sehr er England vermißt hatte. Die saftigen, sanft gewellten grünen Wiesen und Felder, die Moore und Wälder, den kühlenden Dunst, der über der Landschaft schwebte. Sogar den dichten Nebel, der durch die bevölkerten Straßen der Stadt waberte und sie in diffuses Licht tauchte.

England war für ihn nun ebenso verloren wie der Traum von der Vergeltung, die er hier hatte üben wollen. In nur vier Tagen würde er hängen. Nur noch vier Tage.

Es hatte eine Zeit gegeben, da hätte es ihn nicht gekümmert, eine Zeit, da er den Tod als Freund willkommen geheißen hätte. Die Jahre hatten dies geändert.

Und die Tage, die er mit Velvet verlebt hatte.

Jason dachte nun an sie, dachte daran, wie seine Liebe zu ihr erwacht war, und bedauerte wie schon unzählige Male zuvor, daß er ihr Leid gebracht hatte. Es war nie seine Absicht gewesen, und doch hatte er ihr von Anfang an Schmerz zugefügt. Er dachte an ihren Besuch vom Abend zuvor, an die Geheimnisse, die er ihr offenbart hatte, und es wurde ihm eng ums Herz. Sie hatte seine Dämonen vertrieben, hatte ihn ans heilende Licht geführt, wenn auch nur für diese wenigen kostbaren Tage.

Es war das wertvollste Geschenk, das sie ihm je gegeben hatte.

Er sah ihr Gesicht in aller Deutlichkeit vor sich, ihre rosigen weichen Lippen und ihre goldbraunen Mandelaugen, die dichten Wimpern, das schimmernde kastanienfarbene Haar. Schloß er die Augen, konnte er sich ins Gedächtnis rufen, wie sich ihre Haut anfühlte, die vollen Rundungen ihrer Brüste. Von dem Augenblick an, als er sie auf sein Pferd gehoben hatte, war sie für ihn eine Versuchung gewesen. Und war es immer noch. Trotzdem hätte er sie nicht anrühren dürfen.

Jason faßte einen unumstößlichen Entschluß. Und in diesem Fall wird sie auf mich hören, schwor er sich. Er wollte ihr für alles, was sie ihm gegeben hatte, etwas zurückgeben. Und sie würde seine letzte Bitte erfüllen. Da würde er unnachgiebig sein.

Stumm durchschritt Velvet die feucht-modrigen Gänge mit den dicken Mauern, dankbar für Luciens Stütze. Sie hatte die Freundschaft des Marquis schätzen gelernt und wußte, daß sie diese in den vor ihr liegenden Tagen noch dringend brauchen würde.

Nun aber mußte sie an Jason denken. Velvet wollte mit allen Mitteln verhindern, daß der Mann, den sie liebte, ihre Verzweiflung sah. Als sie vor der Zelle innehielt, spürte sie Luciens Blick auf sich. Seine grauen Augen waren vor Trauer und Sorge verdunkelt.

»Sind Sie sicher, daß Sie dafür bereit sind?«

Sie reckte ihr Kinn mit gezwungenem Lächeln. »Natürlich bin ich das.«

Lucien gab dem Aufseher mit einem Nicken zu verstehen, er solle aufsperren, worauf sie und der Marquis eintraten. Jason empfing sie mit einem Lächeln, auf das sie nicht gefaßt war. Wortlos kam sie in seine Arme, spürte, wie sich diese mit fast schmerzhafter Festigkeit um sie legten. Lange, herzzerreißende Augenblicke hielt er sie fest, ehe er sie freigab.

»Damit ihr gar nicht erst auf trübe Gedanken kommt, sollt ihr als erstes wissen, daß ich hier sehr gut untergebracht bin«, sagte er. »Hier sitze ich wenigstens nicht im Dunkeln. Parmenter war schon da und hat mir die bittere Nachricht überbracht und euch dieser schmerzlichen Pflicht enthoben. Zum Glück hat er sich seinen Optimismus bewahrt und glaubt fest daran, daß vor der Vollstreckung des Urteils noch ein Beweis auftauchen wird, und ich teile seine Zuversicht.«

»Barnstable und Ludington sind unermüdlich tätig«, sagte Lucien. »Ihnen stehen zusätzlich sechs Mann zur Verfügung, nötigenfalls auch mehr. Ich gab Anweisung, nichts unversucht zu lassen.«

Velvet schmiegte sich enger an ihn. »Jason, wir werden etwas finden. Im Moment bemüht sich Lucien, eine Unterredung des Königs mit seinen Ministern zu arrangieren. Die Chancen stehen gut, daß sich Seine Majestät für dich verwenden wird.«

Aber Lucien hatte sie gewarnt, nicht zu viel Hoffnung darauf zu setzen. Die Macht des Königs war so eingeschränkt, daß er nur auf Empfehlung seiner Minister handeln konnte. Und die Minister benötigten die Unterstützung des Parlaments. Es war wenig wahrscheinlich, daß sie riskieren würden, den Unwillen des Parlaments zu erregen, indem sie sich gegen das Urteil von sechs Kronrichtern aussprachen.

Jasons Lächeln ließ ihn fast heiter aussehen. Zu heiter, ging Velvet plötzlich auf, und ihr Herz tat einen schmerzlichen Sprung. Er glaubte fest, daß er nächsten Montag sterben würde, war aber entschlossen, ihr die Wahrheit so lange wie möglich vorzuenthalten.

Velvet könnte es nicht ertragen. Momentan hatte sie das Gefühl, ihrer Tränen nicht mehr Herr werden zu können, doch Jasons Nähe verlieh ihr die Kraft, ihre Ruhe zu bewahren.

Sie blickte auf und ging lächelnd auf sein Spiel ein, in der Hoffnung, es würde ihm irgendwie helfen und seine Lage erleichtern.

Sie sprachen eine Weile, legten ihre Strategie fest, überlegten, wie Lucien und seine Leute an Beweise herankommen konnten, obwohl keiner noch ernsthaft glaubte, daß es gelingen könnte, etwas zu finden.

Dann ließ Lucien sie allein. »Ich muß noch einiges erledigen«, erklärte er. »In zwei Stunden komme ich wieder und bringe Velvet nach Hause.« Er sah Jason mit fragend hochgezogener Braue an. »Kann ich deine Frau hier lassen oder wird sie einen Ausbruchsversuch unternehmen?«

Jason feixte. »Falls sie einen plant, hoffe ich, daß er gelingt.«

Nun lächelte auch Velvet. »Wenn auch nur die kleinste Erfolgschance bestünde, würde ich einen Versuch wagen, aber die Anzahl der Wachen vor Jasons Tür läßt mich daran zweifeln.«

Lucien versetzte Jason einen aufmunternden Stups in die Seite. »Kopf hoch, mein Freund.« Damit verließ er die Zelle.

Velvet ließ ihren Blick durch den kahlen Raum wandern, dessen Einrichtung sich auf eine Pritsche mit durchgelegenem Strohsack sowie auf Tisch und Stuhl, beides alt und abgenutzt, beschränkte.

»Ich kann nicht glauben, daß du wirklich hier bist«, brach sie das Schweigen. »Mir ist, als befände ich mich in Trance, und es würde jeden Moment ein Erwachen geben.«

»Vielleicht wird es das«, sagte er leise. »Lucien hat sich immer schon darauf verstanden, Wunder zu wirken.«

Velvet schüttelte den Kopf und versuchte die Benommenheit zu vertreiben, die sie seit Jasons Verhaftung umfangen hielt. »Das alles ist nicht fair. Du gehörst nicht hierher. Vor acht Jahren nicht und jetzt nicht.« Sie blickte zu ihm auf. »Mr. Barnstable ist unermüdlich auf der Suche nach neuem Beweismaterial. Sobald er etwas entdeckt, werden wir es dem Gericht vorlegen. Dann wird diesem Unrecht ein für allemal ein Ende gemacht, und du kannst nach Hause kommen.«

Sie streckte die Hand aus und strich ihm eine Strähne aus der Stirn, spürte, wie weich sich sein Haar anfühlte.

»Jason, wir werden eine Familie haben. Eine richtige Familie, wie ich sie mir einst erträumte.«

Sein Lächeln war traurig. »Davon hast du geträumt, Velvet? Daß wir eine Familie sein würden?«

Sie sah ihm ins Gesicht. »Ich stellte mir immer vor, wie es wohl sein würde, wenn du bliebst. Ich wollte deine Kinder, Jason. Ich möchte neben dir aufwachen und wissen, daß du zu mir gehörst und nicht fortgehst.«

»Ich liebe dich, Herzogin. Ich glaube nicht, daß ich imstande gewesen wäre, dich zu verlassen, auch wenn ich es gewollt hätte.« Da küßte er sie, und es war ein zärtlicher Kuß voller Liebe und Traurigkeit, voller Bedauern und voller Versprechen, von denen sie wußten, daß er sie nicht halten konnte. Jason vertiefte den Kuß, forderte ihren Mund, wie er ihren Körper fordern wollte, und drückte ihr die Erinnerung an ihn für alle Zeiten auf.

»Liebe mich, Jason«, flüsterte sie und umklammerte seine Schultern. »Hier. Jetzt. Schenke mir dein Kind.«

Früher hätte er sich zurückgezogen, wäre der Nähe ausgewichen. Jetzt sah sie, daß er in Versuchung geriet. Aus seinen Augen blitzten Hunger und Begehren – und Liebe, die er nicht mehr zu verbergen suchte.

Er löste sich langsam von ihr. »Velvet, ich möchte es, aber ich kann nicht. Nicht hier. Nicht an diesem üblen Ort. Ich möchte, daß deine Erinnerungen an mich schön sind, erfüllt von der Leidenschaft und Liebe, die wir teilten.« Er schob sie noch weiter von sich und sah ihr ins Gesicht.

»Du mußt mir etwas versprechen. Es ist der letzte Gefallen, den ich von dir erbitte.«

Ihr Herz krampfte sich zusammen. Sie spürte ein Brennen in den Augen. Er sprach aus, was sie nicht hören wollte – daß er nie wieder nach Hause zurückkehren würde. Velvet schüttelte den Kopf.

»Du kannst mich darum bitten, wenn du hier herauskommst. Morgen komme ich wieder und …«

»Nein.« Sein Griff, der ihre Schultern umklammerte, wurde fester. »Ich möchte dich bitten, daß du nicht mehr kommst. Ich möchte es nicht.«

»Nein! Das kannst du nicht von mir verlangen! Ich liebe dich. Ich möchte bei dir sein. Ich …«

»Ich möchte nicht, daß du mich hier eingesperrt siehst,

und ich möchte nicht, daß du mich hängen siehst. Gib mir dein Wort, Velvet. Versprich mir, daß du es für mich tust, daß du mir diese letzte Bitte erfüllst.«

Ihre Kehle wurde so eng, daß sie kein Wort herausbrachte. Tränen schossen ihr aus den Augen. »Ich kann nicht. Ich muß dich sehen. Ich muß bei dir sein.«

»Bitte, Velvet. Mir zuliebe. Weil du mich liebst.«

Der Schmerz in ihrer Kehle griff auf ihre Brust über. O Gott, plötzlich hatte sie das Gefühl, ihr ganzer Körper würde bersten.

»Jason …«

»Ich liebe ich, Herzogin. Würden die Dinge anders stehen und könnte ich nach Hause zurück, ich wäre der Ehemann deiner Träume. Ich würde alles tun, um dich glücklich zu machen. Ich würde dich niemals verlassen, Velvet. Niemals.« Sein Kuß erstickte das Zittern ihrer Lippen. »Aber das wird nicht der Fall sein. Und deshalb möchte ich dein Wort, dein feierliches Ehrenwort, daß du nicht mehr kommen wirst.«

Sie klammerte sich an ihn, von Weinkrämpfen geschüttelt. »Ich liebe dich«, stieß sie unter Tränen hervor.

»Dann erfülle mir diesen letzten Wunsch. Tu es für mich, Herzogin. Tu es für mich.«

Sie wollte es nicht versprechen. Sie wollte bei ihm sein, jede Stunde, jede Minute, die ihnen noch vergönnt war. Doch er wollte es nicht, und so gab sie schließlich nach. »Ich werde tun, was du willst.«

»Und du wirst nicht zum Tyburn kommen. Ich könnte es nicht ertragen, dich dort zu wissen.«

»Nein, ich werde nicht kommen.«

»Versprichst du es?«

»Ja.«

Kraftvolle Arme umschlangen sie. Er hielt sie fest, und sie

weinte, und keiner sagte ein Wort, keiner löste die Umarmung. Schließlich gab er sie frei und sah ihr ein letztes Mal in die Augen, ehe er über ihren Kopf hinweg zur Öffnung in der Zellentür blickte. Lucien war zurückgekehrt. Der Augenblick des Abschieds war gekommen.

Er hob sanft ihr Kinn und wischte ihr zärtlich die Tränen von den Wangen. »Velvet, du warst immer schon stark. Stärker als alle Frauen, die ich kannte. Sei jetzt für mich stark.«

Velvet blinzelte, um klar sehen zu können. Sie ertrug es kaum, ihn anzusehen, in seine blauen Augen zu blicken, die sie vielleicht nie wieder sehen würde. Sich auf die Zehenspitzen stellend, küßte sie ihn mit bebenden Lippen. Ihr Kuß war ein süßes Lebewohl, von ihrer Sehnsucht und Liebe erfüllt. Mehr hatte sie nicht zu geben, und mehr würde er sich nicht geben lassen.

Jason erwiderte den Kuß mit einer gelassenen, schmerzenden Zärtlichkeit, die ihr schier das Herz zerriß.

»Ich werde dich nicht sterben lassen«, flüsterte sie. »Ich werde nicht zulassen, daß du mir genommen wirst.«

Jason drückte einen Kuß auf ihre Stirn. »Gott schütze dich, Liebste.«

Velvet drehte sich um, ging wie eine Schlafwandlerin zur offenen Tür und verließ die Zelle.

Sich umzublicken wagte sie nicht.

Als Lucien sie den Gang entlangführte, sah sie die dicken Mauern durch einen Tränenschleier.

»Er bat mich, nicht wiederzukommen«, flüsterte sie. »Ich mußte es ihm versprechen.«

Lucien seufzte. »Ich dachte mir, daß er es tun würde.«

»Wir müssen ihn retten. Wir müssen einen Weg finden.«

Aber Lucien antwortete nicht. Es gab nichts mehr zu sagen.

»Endlich! Nach allem Unglück, das mein geliebter Bruder über mich brachte, ist endlich sein Ende nahe.« Avery warf den *Morning Chronicle* auf seinen Schreibtisch und blickte grinsend zu Baccy Willard auf, der auf der anderen Seite stand. Nur mit Mühe verkniff er sich ein boshaftes Lachen. »Der Schurke wird morgen hängen.«

Baccy gab keine Antwort. Hinrichtungen waren ihm ein Greuel. Die armen Teufel, die am Galgen baumeln mußten, bedauerte er aus tiefstem Herzen, und es störte ihn gewaltig, daß sein Herr sich immer am Unglück anderer weidete. Sogar am Tod seines eigenen Bruders.

»Was ist mit dem Mädchen?« fragte Baccy, dem sein Unbehagen ins Gesicht geschrieben stand. »Wollen Sie noch immer, daß ich sie umbringe?«

Avery hatte dieser Frage schon einige Überlegungen gewidmet. »Im Moment kannst du sie in Ruhe lassen. Wenn mein Bruder tot ist, hat sie keinen Grund mehr, Schmutz aufzuwühlen, und selbst wenn sie es täte, würde ihr niemand glauben. Das Gericht wird kaum bereit sein, einzugestehen, daß es einen Unschuldigen hängen ließ.«

»Und was ist mit Ihrer Frau?«

Avery erstarrte. Das war ein heikler Punkt. Mary, dieses mausige kleine Luder, hatte doch glatt die Frechheit besessen, davonzulaufen. »Wir wissen, wo sie ist. Und alle anderen glauben, ich hätte das arme schwache Geschöpf zurück aufs Land geschickt. Da es mir nicht eilt, werde ich mir Balfour vornehmen, wenn ich es für richtig halte. Und wenn das erledigt ist, kümmere ich mich um meine Frau und hole sie mir zurück.« Und prügle ihr den Verstand aus dem mageren Körper, sobald sie das Haus betritt. Er würde sie lehren, was für Folgen es hatte, wenn man versuchte, ihn zu übertölpeln. Ein zweites Mal würde sie so etwas nicht wagen.

»Bis dahin wollen wir uns in aller Gemütsruhe die Hinrichtung ansehen«, setzte er mit gehässiger Genugtuung hinzu.

Baccys Gesicht war finster, während Avery aus seiner freudigen Erwartung keinen Hehl machte.

28

Velvet konnte es nicht fassen, daß vier Tage, von denen ihr jeder wie eine ganze Ewigkeit erschienen war, nun vergangen sein sollten. Nun blieben nur diese letzten Stunden, Stunden einer Trauer, die zu tief für Tränen war, ein Tag der zerbrochenen Träume und gebrochenen Versprechen.

Velvet konnte sich nicht entsinnen, wann sie zum letzten Mal ihr Wort gebrochen hatte. Vielleicht als kleines Mädchen, wenn sie ungehorsam war, oder als sie versprochen hatte, niemals ohne die Erlaubnis ihres Großvaters am Bach zu spielen, ihre Finger beim Versprechen aber gekreuzt gehalten hatte, weil sie wußte, daß sie es doch tun würde.

Ein feierliches Versprechen zu brechen, das sie Jason in Liebe und Respekt gegeben hatte, um ihm einen Wunsch zu erfüllen, fiel Velvet nicht leicht, doch brachte sie es einfach nicht fertig, ihren Mann allein zur Hinrichtung fahren zu lassen.

Sich gegen Gewissensbisse wappnend, machte sie sich auf die vor ihr liegende schwere Prüfung gefaßt. Weinen würde sie nicht. Heute nicht. Sie hatte die langen, bitteren Stunden der Nächte durchgeweint, bis sie sich innerlich leer gefühlt hatte, ausgehöhlt und aller Gefühle bar.

So kam es, daß sie sich für diesen schrecklichen Tag bereitmachte und das graue, schwarzbesetzte Kleid anzog, das sie schon vor Gericht getragen hatte.

Vor der Tür wartete die unauffällige schwarze Kutsche Litchfields. Velvet trat aus dem Haus, stieg ein und zog die Vorhänge zu, um sich und ihre Gefühle gegen die Außenwelt abzuschließen. Die nächsten Stunden würde sie nur irgendwie existieren, nur für Jason überleben, für den Mann, den sie liebte. Sie würde nicht zulassen, daß er sie entdeckte, er sollte nicht wissen, daß sie da war oder daß sie ihn sterben sah. Sie würde ihr Wort soweit halten, wie es ihr möglich war.

Doch sie mußte zur Stelle sein, da sie fest daran glaubte, daß er ihre Anwesenheit spüren und daraus Kraft und Mut beziehen konnte, auch wenn er sie nicht sah.

Litchfield würde dafür sorgen, daß Jasons sterbliche Hülle nach Hause geschafft wurde. Er war der beste und treueste Freund, den man nur haben konnte.

Velvet lehnte sich zurück, fest entschlossen, an gar nichts zu denken und ihre Fassung zu bewahren. Aber sie hatte noch nie einer Hinrichtung beigewohnt, war nicht auf die rummelplatzähnliche Atmosphäre gefaßt, auf die Vergnügungssucht der Menschenmassen, die zum Tyburn Hill strömten.

Ebensowenig wie sie auf die Abfolge prächtiger Karossen gefaßt war, in denen die feine Gesellschaft vorfuhr, um einen amüsanten Tag zu erleben.

Aus dem Fenster starrend, sah sie eine lange Reihe von Karren, auf denen die Todeskandidaten zur Richtstätte gebracht wurden, jeder Mann neben seinem eigenen Sarg.

»Jason ... o Gott.«

Sie erkannte ihn auch aus der Ferne, da er die anderen an Größe übertraf. Aufrecht, hocherhobenen Hauptes, die Schultern gerade, ließ er keine Schwäche erkennen. Genauso hatte sie sich ihn vorgestellt.

Während sein Karren vorüberrollte, umdrängte ihn die Menge, eine buntgemischte Schar Schaulustiger, von morbider Neugierde getrieben, vom mindersten Taschendieb bis zu den vornehmsten Herrschaften. Wohlgeborene Damen spähten durch Operngläser, das gepuderte Haar hoch über den bemalten Gesichtern aufgetürmt. Stutzer mit Schnallenschuhen und engen Satinhosen entstiegen Sänften. Damen in italienischer Seide sowie Herren in englischem Samt standen in engster Tuchfühlung mit Kaminfegern, gingen dicht hinter Milchmädchen oder fuhren im Wagen neben Huren einher.

Tyburn Hill am Marble Arch. Velvet wußte wie ganz London davon, doch hatte sie sich in ihren wirrsten Träumen die Wirklichkeit nicht so vorgestellt. Nie hätte sie gedacht, daß die Menschen imstande waren, Freudentänze aufzuführen, während der Henker dem Verurteilten die Schlinge über den kapuzenverhüllten Kopf schob, daß zotige Lieder gesungen wurden oder daß sich die Leute eine lustige Guckkasten-Schau besahen, während ein Stück weiter Menschen starben.

Über allem lag der Geruch von Bratäpfeln, als eine Frau sich durch die Menge drängte, auf dem Kopf eine Kohlenpfanne, in der die Äpfel brieten.

Velvet wurde übel, als ihr der Duft in die Nase stieg. Momentan war sie dem Erbrechen nahe, doch dann verging das Gefühl, und sie beugte sich vorsichtig wieder hinaus, das Fensterbrett umklammernd.

Ein Geistlicher schritt die Reihe der Karren ab und murmelte Gebete für jene, die es wünschten. Jason wartete geduldig, bis die Reihe an ihn kam, ohne einen Blick nach rechts oder links zu werfen. Der johlende Pöbel schien für ihn nicht zu existieren. Nur mit Mühe konnte sie sich zurückhalten, zu ihm hinzustürzen und ihn ein letztes Mal zu berühren, doch wußte sie, daß er es nicht wollte, und daran hielt sie sich.

Sie suchte die Menge nach Lucien ab, da sie sicher war, daß er irgendwo stand, konnte ihn aber nirgends entdecken. Vielleicht war es besser so, da er ihre Anwesenheit auf gar keinen Fall billigen würde.

Ihr Blick wanderte wieder zu Jason, dem sie etwas von ihrer Kraft zu vermitteln versuchte, und es brach ihr das Herz, weil sie es nicht geschafft hatte, ihn zu retten. Da nahm sie aus dem Augenwinkel eine Bewegung in der Reihe der Kutschen wahr, die ein Stück weiter an der Straße standen. Velvet erspähte das Wappen der Carlyles, groß und golden am Wagenschlag der herzoglichen Karosse. Gelächter war zu hören, Averys Lachen und jenes der aufgedonnerten Flittchen, die ihn zur Hinrichtung begleiteten.

Der Jähzorn, der sie überkam, war so heftig, daß sie ihn im Mund zu schmecken meinte. Er brachte ihr Blut in Wallung, vertrieb die wattegleiche Benommenheit, und bewirkte, daß ihr Körper zum erstenmal seit Tagen richtig zum Leben erwachte. Avery war da. Er war gekommen, um seinen Bruder hängen zu sehen. In ihrer blinden Wut sah sie einzig und allein den skrupellosen, verderbten Herzog, der ihren Mann an den Galgen gebracht hatte.

Velvet faßte nach dem silbernen Türgriff und stieß die Tür auf, um über die schmale eiserne Trittstufe auszusteigen.

Der Karren hatte am Ende seiner langen, gewundenen Fahrt die Anhöhe erreicht. Jason nahm das Klirren seiner schweren Eisenketten nicht wahr, registrierte kaum, als ein Büttel die Kette seiner Fußfessel löste, die am altersschwachen Holz festgemacht war. Seine Fußknöchel waren noch gefesselt, seine Hände ebenso. Unter den Fesseln war seine Haut aufgeschürft und blutig. Jason beachtete die Schmerzen nicht. Er hatte sich auf den Tod vorbereitet und war auf ihn gefaßt. Er wünschte

431

nur, in ihm wäre nicht so viel Bedauern gewesen, wünschte, er hätte ein friedvolleres Ende gefunden, doch war es schwer, friedvoll zu sein, wenn der Tod des Vaters ungesühnt blieb und der Bruder abermals dem Henker entkommen konnte und die Früchte von Verrat und Mord genießen würde.

Und dann dachte er an Velvet, immer wieder an Velvet. Sie brauchte ihn, wie er sie brauchte. Gewiß, sie war stark, aber sie war auch unschuldig und verletzlich. Sie brauchte einen Mann, einen Ehemann, und er war der richtige für sie.

Das wußte er nun mit unumstößlicher Gewißheit. Es war eine Erkenntnis, die leider zu spät kam.

»Rasch, Mann. Du baumelst als nächster.«

Aber das Gewicht der Ketten machte es ihm schwer, sich zu beeilen, selbst wenn er gewollt hätte. Sein Schritt blieb ruhig und so würdig, wie unter diesen Umständen möglich. Trotzdem erreichte er das Gerüst viel zu schnell. Jason blieb am Fuß stehen, um sich mit einem tiefen Atemzug Mut zu machen, ehe er den Aufstieg zum Galgengerüst begann.

Velvets Herz schlug so laut, daß es ihr wie Donner in den Ohren dröhnte. Es tat gut, den Zorn durch die Adern fließen zu spüren. Seit Tagen fühlte sie sich zum erstenmal wieder lebendig und atmend. Sie lief weiter, erbittert, weil sie keine Waffe bei sich hatte, um sie auf Avery zu richten, getrieben von wilder Wut, einem Gefühl, das sie bis in den letzten Nerv erfüllte, da der Augenblick von Jasons Tod unaufhaltsam näher rückte.

Ihr Zorn schützte sie und verlieh ihr unendliche Kraft und Mut, für Jason stark zu sein.

Fast hatte sie Averys edles, graues Vierergespann erreicht, das auf die lärmende, wilde Menge mit ungehaltenem Schnauben reagierte, als eine klauenartige Hand sich um ihren Arm legte. Der Druck knochiger Finger durchstieß den Nebel der Wut und brachte sie widerstrebend kurz vor der Kutsche zum Stehen. In ihrem atemlosen Haß brauchte sie einen Moment, um die Situation zu begreifen.

»Einen Penny für einen Blinden«, flehte der Bettler, der ihr auf dem Boden kauernd einen Blechnapf entgegenhielt. In Lumpen gehüllt, starrte er sie mit einem trüben Auge an. Das andere Auge wurde von einer langen, grauen Haarsträhne verdeckt. »Gebt einem Armen eine Münze.«

Schon wollte sie sich umdrehen. Jasons letzter Augenblick war gekommen, Avery war in Reichweite, und in ihr brodelte flammende Vergeltung.

»Helfen Sie einem alten Mann, Lady«, hörte sie den Singsang des Bettlers. »Ein Münze oder zwei für einen Bissen Essen.«

Als sie ihren verebbenden Zorn von neuem entfachen wollte, glitt ihr Blick zu Jason, und in ihrer Kehle stauten sich Tränen, obwohl sie geglaubt hatte, sie würde nie wieder weinen können. Aber nun wischte sie sich die Tränen von den Wangen, faßte in ihre Rocktasche und zog einen kleinen Geldbeutel heraus, dem sie eine Münze entnahm und in den Napf des Alten warf, wo sie scheppernd landete.

»Dank Ihnen, Mylady.« Er richtete sich auf, war plötzlich größer, als es den Anschein gehabt hatte, und dabei so mager, daß die Knochen durch seinen ärmlichen Kittel hervortraten. Er warf die schmierige Haarlocke zurück. »Sie haben ein so gutes Herz wie Ihr Mann, Mylady. Der gab mir stets eine Münze, wenn er ins Wirtshaus ging. Nicht wie sein Bruder, der immer schon anders war. Ich war es, der die beiden sah, Mylady, und ich schickte Ihnen die Botschaft. Es war der Jüngere, der es tat, der jüngere Sohn, der den alten Herzog in jener Nacht tötete.«

Momentan erstarrte Velvet, dann geriet sie ins Schwanken und fürchtete schon, in einem Schwächeanfall zu Boden zu sinken, da ihre Knie zitterten und ihr Mund plötzlich wie ausgetrocknet war. »Du hast ihn gesehen? Wie kommt das? Du bist doch blind.«

»Blind auf einem Auge, meine Liebe, nicht auf beiden.«

»O Gott.« Die Hand des Alten ergreifend, stürzte sie vor, halb in Erwartung, er würde sich wehren und sich losreißen, doch er stakste hinter ihr her, während sie unbeirrt auf die Stufen zuhielt und sich durch die Menschenmenge zum Galgengerüst auf der Anhöhe durchkämpfte. Taschendiebe, Halsabschneider, Diebe und Huren wichen bei ihrem Ansturm zurück und gaben ihr den Weg frei.

»Aus dem Weg!« rief sie laut. »Ich muß durch!« Ihr durchdringender Ton bewirkte, daß der Pfad sich noch schneller öffnete. Laufend, stolpernd und keuchend zerrte Velvet den Alten mit sich, während sie darum betete, noch rechtzeitig anzukommen und durch die Aussage des Mannes einen Aufschub zu erwirken.

Wieder war Zeit ausschlaggebend. Schon diese kleine Gnadenfrist war mehr, als sie zu erhoffen wagte.

Das Wort eines Bettlers gegen das eines Herzogs.

Es war reiner Wahnsinn, dennoch stürmte sie unbeirrt weiter, aufkeimende Hoffnung im Herzen. Sie wollte sie unterdrücken, vergebens, denn sie wußte mit schrecklicher Gewißheit, daß diese Hoffnung mit Jason sterben würde.

Sie sah, wie man ihm auf dem Gerüst die Schlinge um den Hals legte. Ohne Kapuze stellte er sich der Menge mit der schlichten Würde eines echten Duke of Carlyle.

»Aufhören!« rief Velvet. »Sofort aufhören!« Aber sie war noch zu weit entfernt, und die Schaulustigen zu laut, als daß der Henker sie hätte hören können, der vielleicht auch nicht

innegehalten hätte, wenn er ihren verzweifelten Ausruf vernommen hätte.

Velvets Lippen bewegten sich in einem stummen Gebet.
Bei jedem Schritt flehte sie um himmlische Hilfe. *Er ist unschuldig. Er ist ein guter Mensch. Bitte, so hilf ihm doch.* Fast
war sie am Ziel, hatte nahezu die Anhöhe erreicht. Die Menschen waren bis auf ein leises Raunen verstummt, gebannt
von dem Moment des Todes, dessen Augenzeugen sie werden
sollten. Der Henker prüfte das Seil um Jasons Nacken.

Velvet öffnete den Mund zu einem Schrei, als eine füllige
Frau mit umgebundener Schürze ihr in den Weg trat und mit
erstaunlicher Wucht mit ihr zusammenstieß, so daß beide
stürzten und in einem Durcheinander von Gliedmaßen,
scharfen Steinen und Staub auf dem Boden landeten. Ohne
den Flüchen der Frau und dem Schmerz in ihrem Bein Beachtung zu schenken, raffte Velvet sich auf und humpelte weiter, den Bettler an seinem mageren Arm nach wie vor hinter
sich herzerrend.

Herr im Himmel, sie würde zu spät kommen!

Der Schatten einer Bewegung huschte dunkel am Rand ihres Gesichtsfeldes vorüber. Ein Mann, der in schnellem Lauf
auf das Gerüst zuhielt. Lucien, der zwei Stufen auf einmal
nahm und oben ankam, als der Henker den Block unter Jasons Füßen wegstieß.

»Neiiin!« schrie sie auf, von einer Woge der Qual erfaßt,
von einem so tiefen Schmerz, daß ihr schwarz vor Augen
wurde. Aber Lucien hielt nicht inne, sondern schnellte mit einem Satz vor und bekam Jasons Füße zu fassen, ehe der Strick
sich gestrafft hatte.

»Gott im Himmel …« Die Tränen stürzten ihr ungehemmt
über die Wangen.

Andere drängten sich nach vorn durch. Der Earl of Balfour

führte zwei der Richter durch die Menge, die angesichts der Szene auf dem Gerüst verstummt war.

»Der Mann soll abgeschnitten werden!« befahl einer der Richter. Es war Thomas Randall, Luciens Vertrauensmann. »Schneidet ihn ab, sage ich. Und zwar rasch!«

Schon glaubte Velvet, ihre Beine würden unter ihr nachgeben. Obwohl sie am ganzen Körper zitterte, ließ sie den Bettler, der doch nicht ganz blind war, keinen Moment los.

»Euer Lordschaft!« Velvet lief das letzte Stück zum Gerüst, schwer und rasselnd atmend. »Dieser Mann war Augenzeuge des Mordes am Duke of Carlyle. Bitte – ich weiß, daß sein Wort gegen das eines Herzogs wenig wiegt, aber zusammen mit den anderen Beweisen, die wir vorlegen konnten …«

»Ganz recht, Mylady. Ihrer Schwägerin Mary Sinclair ist es zu verdanken, daß der Earl of Balfour einem Mann namens Bacilius Willard auf die Spur kommen konnte. Dank Lord Balfours … hm … Überredungskunst ließ der Mann vom Pfad der Sünde ab, gestand im Angesicht des Lichts der Wahrheit und Gerechtigkeit den Mord an der Countess of Brookhurst und benannte den Duke of Carlyle als seinen Auftraggeber. Dies und die bereits vorgelegten Beweise …«

Da ertönte ein Schuß. Eine weiße Rauchwolke schwebte über der Menge, Frauen kreischten, der neben Lucien stehende Jason duckte sich, und die Kugel pfiff so dicht an ihm vorüber, daß er den Luftzug spürte.

»Das ist Avery!« Lucien deutete auf den Mann, der brutal um sich boxend den Weg zurück durch die Menge erkämpfte. »Wir müssen ihn aufhalten!«

Jason stieß einen Fluch aus, als die letzte Eisenfessel auf die Holzplanken zu seinen Füßen fiel. Er zögerte nur einen Augenblick, ehe er vom Gerüst sprang und neben Velvet landete, die er rasch auf den Mund küßte, ehe er loshetzte. Er arbeitete sich mit Püffen und Schulterstößen durch das Volk, das durch diese letzte Wendung der Ereignisse in höchste Erregung geraten war. Gefolgt von Lucien und einer kleinen Armee von Polizisten und Detektiven brach er sich den Weg durch die wogende Menschenmasse, immer wieder Stöße nach allen Seiten austeilend, ständig den davonrennenden Mann vor Augen, der den Schuß abgegeben hatte.

Avery, der direkt auf seine Kutsche zuhielt, war dumm genug zu glauben, man hätte ihn entweder nicht gesehen, oder aber er könne sich freikaufen wie schon einmal.

Er sollte sein Ziel nie erreichen. Jason bekam ihn mit einem Hechtsprung zu fassen, und fiel mit ihm in den Staub. Es entspann sich ein Handgemenge, bei dem Jason seinem Bruder einen Kinnhaken versetzte. Avery schlug mit dem Kopf hart auf den Boden auf, worauf Jason seine Hemdbrust zu fassen bekam und ihn hochzerrte, um seinen Kopf erneut auf den Boden knallen zu lassen. Aus seiner aufgeplatzten Lippe tropfte Blut auf Averys Frackrock aus goldfarbenem Atlas.

»Ich werde dich töten«, zischte Avery, der seine Hände um Jasons Hals legte und zudrückte. Jason zupfte die Hände wie ein lästiges Insekt weg und versetzte seinem Bruder wieder einen Boxhieb. Die Menschen umdrängten die Kämpfenden und feuerten sie an, obwohl Avery für Jasons überlegene Stärke kein Gegner war. Jason richtete sich auf und zerrte seinen Bruder mit, entschlossen, seinen Haß und seinen Rachedurst zu zügeln. Er wollte Avery lebendig. Er wollte, daß sein Bruder der Gerichtsbarkeit überantwortet und für seine Untaten zur Rechenschaft gezogen wurde.

Jemand stieß einen gellenden, anfeuernden Ruf aus, die Menge stürzte vor, und Avery entwand sich Jasons Griff. Er faßte blitzschnell in seinen Frackrock und hielt plötzlich eine Pistole in der Hand.

»Ich wußte ja immer schon, daß man alles selbst machen muß.« Er spannte den Hahn.

Jason wußte, daß Avery ihn nicht verfehlen konnte, da er zu dicht bei ihm stand. Bei allen Heiligen, er konnte nicht zulassen, daß diesem Schurken am Ende doch noch der Sieg zufiel. Mit einem Seitwärtssatz landete Jason auf dem Boden und rollte sich weg. Ein Schuß krachte, dann ein zweiter. Es dauerte ein paar Sekunden, bis ihm klar wurde, daß der erste hinter ihm abgegeben worden war und Avery direkt in die Brust getroffen hatte. Der zweite Schuß stammte aus der Waffe seines Bruders und ging, ohne Schaden anzurichten, in die Luft.

Silas Ludington steckte seine Pistole lässig in seine Breeches. »Den wären wir los«, sagte er ohne eine Spur des Bedauerns.

Jasons Blick flog zu Avery, der im Staub lag. Ein letzter Hauch kam über die schmalen Lippen seines Bruders, dessen Augen nach oben starrten, als folgten sie der wirkungslosen Bahn seiner Kugel.

»Ist er tot?« fragte Lucien, als er sie schweratmend erreichte.

»Ja.«

Litchfield umfaßte seine Schulter. »Dann ist alles ausgestanden.«

Jason, der das Gefühl hatte, als sei er so frei wie ein Vogel am blauen Himmel, nickte erschüttert. Ja, es war ausgestanden. Die Gerechtigkeit hatte gesiegt, er hatte gesiegt.

Er ging langsam wieder hügelan und sah, daß Balfour ihm vom äußeren Rand der Menschenmenge aus zuwinkte. Der Tag hatte auch für ihn und Mary Stanton eine wundervolle Wendung gebracht. Niemand verdiente es mehr als diese beiden.

Am Fuß des Gerüstes wartete Velvet an der Seite Thomas Randalls. Ihre Augen schwammen in Tränen, doch schimmerte so viel Liebe und Hoffnung durch, daß ihn ein wirbelndes Glücksgefühl erfaßte.

»Ihr Gemahl kann sich glücklich schätzen«, erklärte der Richter. »Heute ist er zweimal dem Tod entronnen. Es freut mich, daß der Gerechtigkeit Genüge getan wurde.« Dann wandte er sich an Jason. »Durchlaucht, es wird Zeit, daß Sie Ihre reizende Gemahlin nach Hause bringen.«

Velvet biß sich auf die Lippen, zum erstenmal von Unsicherheit erfaßt. »Wollen wir denn nach Hause, Durchlaucht?«

Jason zog sie an sich. »Ja. Herzogin, nach Hause – nach Carlyle Hall.« Er nahm ihr Gesicht zwischen beide Hände. »Was ich sagte, war mein Ernst. Ich liebe dich und werde dich nie mehr verlassen. Du wirst mich ein Leben lang haben, Herzogin.« Er lächelte. »Dank dir und einiger sehr guter Freunde sieht es so aus, als würde diesem Leben noch eine gewisse Dauer beschieden sein.«

Die Menschenmenge auf Tyburn Hill brach in Jubel aus und ließ Jason hochleben, den rechtmäßigen Duke of Carlyle, der dem Tod ins Angesicht gesehen hatte und dem das Leben zurückgegeben worden war, und es bejubelte seine schöne Herzogin mit dem leuchtenden kastanienroten Haar, die ihn innig küßte.

Es war ein so glückliches Ende, daß es sogar den Mob auf Tyburn Hill zu einem begeisterten Stimmungsumschwung bewog.

Epilog

ENGLAND, 1765

Letzte Sonnenstrahlen tauchten den Horizont in zarte Goldtöne. Der Herbst lag schon in der Luft und kündigte sich mit fallenden Blättern und kühlen Abenden an.

Velvet, die noch ein Bad nehmen und sich umkleiden wollte, ehe ihre Gäste – Lord und Lady Balfour und deren zwei kleine Kinder Michael und Sarah – zu einem Wochenendbesuch eintreffen würden, beobachtete ihren Mann durchs Schlafzimmerfenster.

Auf der Grasfläche unterhalb der Terrasse ließ er an der Longe ein geschecktes Pony laufen, in dessen Sattel sein vierjähriger Sohn Alexander Jason III. saß, während die zweijährige Mary auf wackeligen Beinchen ihrem Vater folgte, immer wieder die Arme um seine Beine schlang, ganz fest, und ihn nicht wieder loslassen wollte. Beim dritten Mal bückte Jason sich mit amüsiertem Lachen und hob sie auf seine Schultern, worauf Mary mit entzücktem Kreischen reagierte. Der Earl of Haversham, nunmehr stolzer Urgroßvater, beobachtete die Szene mit unverkennbarem Vergnügen.

Velvets Herz tat einen kleinen Hüpfer. Jason war ein wundervoller Vater, noch viel besser, als sie es sich erträumt hatte. Die dunklen Geheimnisse seiner Vergangenheit lagen endgültig hinter ihm. Als rechtmäßiger Duke of Carlyle war er zu dem Mann geworden, der er von Beginn an hätte sein sollen. Seine Leidensjahre hatten ihm zu Charakterstärke und Menschenkenntnis verholfen, wie sie nur wenigen seines Standes zu eigen waren. Er war gütig und fürsorglich, fähig und gerecht. Der schweren Zeit war es auch zu verdanken, daß er für die Sorgen und Nöte seiner Leute mehr Verständnis aufbrachte als die meisten anderen Grundherren.

Als an die Tür geklopft wurde, drehte Velvet sich um und wollte öffnen, doch Tabby kam ihr zuvor.

»Schnell, Burschen, beeilt euch.« Die füllige Frau deutete auf die Kupferwanne in der Ecke, und die Jungen liefen gehorsam in diese Richtung. »Rasch, und verschüttet nicht wieder alles.«

Velvet sah zu, wie die Wanne gefüllt wurde. Als die zwei Jungen gegangen waren, ließ Velvet sich von Tabby aus ihrem rosa Seidenmorgenmantel helfen und stieg nackt in die Wanne.

»Brauchen Sie mich noch?«

»Nein, Tabby, ich komme allein zurecht.«

»Dann genießen Sie Ihr Bad, Durchlaucht.« Tabby verließ leise den Raum und schloß die Tür hinter sich.

Velvet lehnte sich mit behaglichem Aufseufzen in der Wanne zurück. Das Wasser hüllte sie warm und beruhigend ein und ließ sie die Anstrengungen eines geschäftigen Tages vergessen, eines Tages, der aber ebenso von Kinderlachen und der Liebe und Wärme ihres Mannes erfüllt war.

Bald würden sie nach London zurückkehren. Jason hatte einen Sitz im Oberhaus und kam seinen Verpflichtungen sehr gewissenhaft nach. Sein Hauptinteresse galt dem Rechtswesen, dessen Schwächen er am eigenen Leib zu spüren bekommen hatte, daneben aber trat er auch unermüdlich für die Rechte des armen, unterprivilegierten Menschen ein.

Nach Averys Tod hatte er Baccy Willard beigestanden und mit seinem Gnadengesuch erreicht, daß das Todesurteil in eine Gefängnisstrafe umgewandelt wurde. Der eigentliche Verbrecher war Avery. Der törichte, unwissende Baccy war von seinem Bruder nur als Schachfigur in seinem tödlichen Spiel eingesetzt worden.

Velvet ließ sich tiefer in die Wanne sinken, bis das Wasser über ihren Brüsten zusammenschwappte. Wie glücklich sie doch war!

»Na, meine Liebe, gibst du dich Tagträumen hin?«

Sie spürte Jasons große, zärtliche Hände auf ihren Schultern. Sie hatte ihn nicht hereinkommen gehört, da er sich mit seiner gewohnten raubtierhaften Anmut bewegt hatte.

Sie drehte sich um und blickte ihn an, sah, wie sein Blick über ihre nackten Schultern glitt, über ihre knapp aus dem Wasser ragenden Brustspitzen. »Ich träumte von dir«, sagte sie, und sah ihn lächelnd an, erwärmt von dem Feuer in seinen Augen, das er nicht zu verbergen suchte.

»Das freut mich zu hören, da es mein Vorhaben erleichtert.«

Sie wölbte eine Braue. »Ach? Und das wäre?«

»Verführung, meine Liebe. Als ich kam, war es nicht meine Absicht, aber da deine Aufmachung dem Anlaß gemäß ist …«

Velvet stieß einen Quietscher aus, als er sich bückte, um sie aus der Wanne zu heben, und das Wasser ihm über seine hohen, schwarzen Stiefel lief. »Jason Sinclair, hast du den Verstand verloren?«

Er schmunzelte, und in seinen blauen Augen zeigte sich ein spitzbübisches Funkeln. »Ich glaube nicht. Ein Mann, der seine hinreißende Frau lieben möchte, ist nicht verrückt.« Aus seinem Blick sprach Begehren. Sie erkannte es, da sie dasselbe empfand, das tiefe, leidenschaftliche Verlangen nach Jason, das sie nie zu verlassen schien.

Ohne Rücksicht auf das Wasser, das von ihrem nackten

Körper tropfte, trug er sie zum Bett und legte sich auf sie, genau zwischen ihre Beine.

»Du hättest wenigstens warten können, bis ich mich abgetrocknet habe.«

Er drückte ihr einen leichten Kuß auf die Lippen. »Ich werde dafür sorgen.« Er senkte den dunklen Kopf und leckte einen Wassertropfen von einer Brustspitze, ehe er sie in den Mund nahm.

Velvet stöhnte auf. Heiße Wollust durchströmte sie, und voller Begehren wölbte sie sich ihm entgegen.

Er aber schüttelte den Kopf. »Ich bin mit dem Abtrocknen noch nicht fertig.«

Du lieber Gott. Seine Lippen wanderten über ihre Brüste, nahmen den Rest des Wassers auf, dann küßte er sie bis zu ihrem Nabel hinunter, um dort seine Zunge einzutauchen und sie kreisen zu lassen, ehe er noch tiefer glitt und das weiche, dunkle Vlies zwischen ihren Beinen teilte. Sein Mund ließ sich auf ihrer winzigen, empfindlichen Liebesperle nieder, saugend und züngelnd, bis sie sich unter ihm erregt keuchend wand.

In kürzester Zeit erreichte sie ihren Höhepunkt und bäumte sich, in sein dichtes Haar fassend, auf. Als sie ermattet und befriedigt dalag, spürte sie noch immer ein Prickeln am ganzen Körper. Jason ließ ein tiefes, vergnügtes Brummen hören, während er sich behende auszog.

Dann deckte er sie mit seinem nackten Körper zu und drückte sie zärtlich in die Matratze. »Ich liebe dich, Herzogin.« Er küßte sie auf den Hals. »Habe ich dir das in letzter Zeit schon mal gesagt?«

Velvet lächelte entzückt. »Einst sagtest du, in deinem ganzen Leben sei dir nichts schwerer über die Lippen gekommen, als das Eingeständnis deiner Liebe.« Sie strich ihm eine Locke aus der Stirn. »Aber so hart kommt es dich doch nicht an, oder?«

Mit verschmitztem Lächeln legte er ihre warme Hand auf seine erigierte Männlichkeit. »Ehrlich gesagt, sehr hart.«

Velvet lachte, und er verschloß ihren Mund mit einem leidenschaftlichen Kuß, ehe er erneut anfing, sie zu liebkosen. Es hatte eine Zeit gegeben, als er glaubte, weder Frau noch Familie zu wollen. Wenn das Glück ihnen weiterhin gewogen blieb, würde ihre Familie bald wieder Zuwachs bekommen.

Und Velvet zweifelte keinen Augenblick daran, daß die Freude ihres Mannes ebenso groß sein würde wie die ihre.

BLANVALET

FEDERICA DeCESCO

Ariana und das Feuer – eine tiefe Beziehung verbindet die Vulkanforscherin mit ihrem Element.
Bis zwei Männer in ihr Leben treten, die eines dramatischen Tages eine Entscheidung von ihr fordern...

Federica de Cesco ist und bleibt eine Magierin sinnlich betörender Literatur!

Federica de Cesco. Feuerfrau   35003

BLANVALET

DEIRDRE PURCELL

Eine faszinierende Familiensaga aus Irland –
und das Porträt einer Frau zwischen
strahlendem Ruhm und persönlicher Tragödie.

»Eine wunderbare Begabung – eine ergreifende
Liebesgeschichte!« *Sunday Times*

Deirdre Purcell. Tränen aus Stein   35009

BLANVALET

LAVYRLE SPENCER

Mit allem hatte die erfolgreiche Sängerin Tess McPhail
gerechnet, als sie zurückzog in ihre kleine Heimatstadt,
nur nicht damit, ihre alte Jugendliebe wieder zu treffen...

»LaVyrle Spencer gelingt es aufs Vortrefflichste,
mit Wärme und Intelligenz Charaktere zu entwickeln,
die das Herz des Lesers erobern.« *Kirkus Reviews*

LaVyrle Spencer. Melodie des Lebens   35017